钱中文文集

第四卷

文学理论：
求索与反思

钱中文 著

中国社会科学出版社

2020年，在家写作中

1988年访问母校莫斯科大学

1988年，与陈晓明在武夷山

与夫人顾亚铃在一起（1994年）

目 录

第一编

一 文学理论中的几个问题：文学的终结与消亡、
  理论的边界与扩容 ……………………………………………（3）

二 文学理论提供知识，也创造思想
  ——钱中文先生访谈录 …………………………………（24）

三 文学意识形态与不是意识形态论引起的论争
  ——兼论文学审美意识形态的逻辑起点及其历史生成 ……（37）

四 西方马克思主义文艺理论与我国当代文论建构浅议 ………（102）

五 躯体的表现、描写与消费主义 ………………………………（109）

六 理解的理解
  ——巴赫金的人文科学方法论思想 …………………………（119）

七 人文科学方法论问题刍议 ……………………………………（132）

第二编

一 自律与他律
  ——20世纪30年代中期前文学观念之争 …………………（151）

二 文学理论：1949—1978年 ……………………………………（227）

三 文学理论：新时期到新世纪 …………………………………（267）

目 录

四 我的文学研究之路
　　——钱中文先生访谈录 …………………………………（288）

五 现代性与当代文学理论的新的建构
　　——钱中文先生访谈录 …………………………………（331）

六 跋涉中创新
　　——钱中文先生访谈录 …………………………………（353）

七 我国文学理论与美学审美现代性的发动
　　——评梁启超的"新民""美术人"思想 ………………（387）

八 反思与重构：近20年来我国中青年学者俄苏
　　文学研究 …………………………………………………（403）

九 文学经典的艺术魅力
　　——评果戈理《死魂灵》 ………………………………（411）

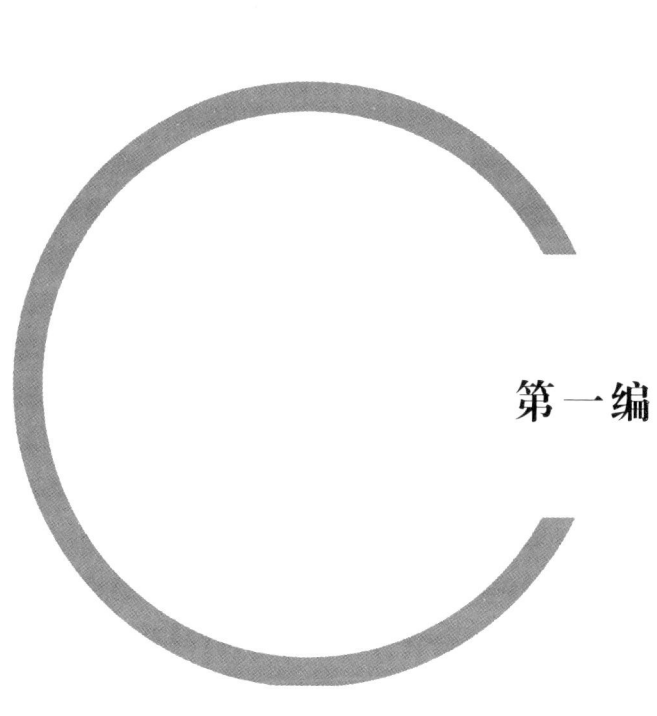

第一编

一　文学理论中的几个问题：文学的终结与消亡、理论的边界与扩容[*]

主讲：钱中文
主持：王光明（首都师范大学教授、博士生导师）
地点：首都师范大学图书馆学术报告厅

主持人：各位同学，今天人文学术论坛的题目是"当前文学理论中的几个问题"，由钱中文教授主讲。钱先生是我国文艺理论界著名的学者，他的学术给我们提供了许多新的观点、新的视角和思考问题的框架，非常切实地推进了中国的文学理论建设。他是中国社会科学院学术委员会委员，中国中外文艺理论学会会长。这一二十年以来，他一直致力于文学理论学科的建设，做出了很大的贡献。近年来文学理论中出现了一些新的问题，比如伴随着"后现代"思潮的出现以及社会的转型，文化研究进入了文学理论中间，同时也出现了种种要求开放文学理论学科的想法。如何正视文学理论所面临的这些挑战？文学理论的发展应该持怎样的应对策略？对此钱先生都有自己的思考，下面让我们以热烈的掌声欢迎钱先生给我们作报告。

钱中文：各位同学、各位老师，在"当前文学理论的几个问题"这个题目之下，今天我主要围绕两个问题来谈，第一是文学的终结问题，有人提出了"文学已经终结"，与消亡相提并论，认为可以抛弃

---

[*] 本文为钱中文教授 2004 年 5 月 26 日在首都师范大学文学院的演讲，讲稿由赖彧煌整理。

 第一编

文学了；第二是文学理论的合法性危机问题，有人认为文学理论没有意义了，设想要以其他的知识系统来替代它。先讲第一个问题。

（一）文学终结了吗？

如果文学真的终结了或者消亡了，怎么办呢？或许我们只能阅读过去的文学著作了？其实从19世纪黑格尔提出艺术（文学）的消亡以来，这个问题就经常被重新提起。一般而言，往往文学思潮发生变化的时候，就有作家或者理论家以不同的方式宣称"文学要终结了""消亡了"，这里"终结"与"消亡"往往是同义语。比如20世纪50年代，西方的一些名流、作家和理论家，曾聚集在巴黎、爱丁堡、斯特拉斯堡、维也纳、列宁格勒等地专门讨论长篇小说的前途问题，他们的分歧主要在于，一类是现代派作家的观点，他们认为长篇小说"死"了，或者将要"死"了；另一类是理论家的观点，认为文学遭遇的危机并不具有普遍性，而是现代派自身比如现代派小说遇到了问题，写不下去了，所以指的是这个"死"，双方争论得非常激烈。后来出了个俄文本的集子《长篇小说的命运》，收入了各派的意见。但小说到底"死"了没有呢？事实上是没有"死"，因为自20世纪50年代以后，到了七八十年代，出现了拉丁美洲的魔幻现实主义文学，证明小说不停地发展着，小说又平平安安地发展下去了。倒是之后的后现代小说，因为它把自己解构了，出现过一些"新小说""新新小说"，还有一种所谓"活页小说"，就是随便翻开某一页，看完了翻过几页，照样可以看得下去的"活页小说"，但最后这种小说也写不下去了。这也说明了小说虽然不断地玩着一种写作的策略、写作的手段，即语言游戏，然而都写不下去了。就像我们的实验小说一样，在20世纪80年代后半期，一些作家也是这样做的，当翻新的花样弄完了之后就难以为继了，这说明了小说对所谓的叙事策略的倚重，是难以持久的，不过这不失是一种可以使小说产生新鲜感的写作手段。

但争论一直都存在着。最近就出现了"文学终结了""文学死了"的说法。这个观点在前些年的西方就已出现，最近我国学者把它

一 文学理论中的几个问题：文学的终结与消亡、理论的边界与扩容

介绍了来，并写了文章附和。文章认为，文学终结了，或是现在无人再光顾文学了，但文学性——文学之所以成为文学的"文学性"，还存在、还活着。活在什么地方呢？活在其他社会科学、人文科学、广告、社会生活中间。比如社会科学中的哲学，采用了叙事的手法。"叙事"一般是小说的写作方式或手法，而有些哲学著作不用陈述、不表现语言的所指而用能指来写，即使用描述、叙事的方法来写，这或许是有的。还有一些小说，表现的是哲学、高度的哲理思想，如存在主义文学。我们阅读一些著名作家的代表作，如加缪的《局外人》那样的小说，通过小说的样式，深刻地表现了一种存在主义的哲学思想。然而，如果我们阅读伽达默尔的关于诠释学的著作，能够当作文学作品来读吗？相反，它是一些极为艰涩的哲学著作，比如《真理与方法》，我们很难当作文学作品来读的，而且哲学中绝大部分著作，至今都依赖逻辑推演的方法，尽管它们在某些地方或者个别部分可能使用了文学的叙事笔调，但无论如何，它们仍旧还是哲学，而不是文学。

让我们回到"文学死了"的观点。文学是怎么死的呢？我们看到，"后现代"文化思潮登陆美国之后，如德里达的解构主义，美国学者一方面把它作为一种方法来用，解放了原有的思维方法，破除了对以往思想、教条的迷信，不断地推翻过去的原有的结论，不承认有什么预设的、永恒的真理的存在。这种方法其实我们也可以学习，也可以提倡这种精神的，这可以帮助我们打破常规，用自己的话语去表述自己的思想，把过去那些并不合乎发展的、并不合乎现状的东西进行解构。但是，另一方面，如果把这一思想简单化，如果对一切东西都使用解构、颠覆的方法来阐释的话，那无异于否定一切，过去被创造出来的东西就没有存身之地了。出现在美国的"文学终结"，就反映了这样的问题，理论家们使用"差异"等这类方法，认为任何文本都会自行解构的，从文学作品自身存在的问题即从文学的虚构的不真实性来否定文学，进而就宣布了文学是欺骗人的，都是谎言。其实，文学的"真实"本来就不是现实的真实，是艺术的假定，是艺术的虚构，现在却用这个办法来颠覆文学写作的前提，来掏空文学，那文学

第一编

还能存在吗!文学的"真实"是一种艺术的真实,其中包含了一个社会的文化精神和价值,尽管它是虚构的,但却是虚构的"真实",表现了一定社会的、人群的思想感情。所以说,如果把文学虚构的艺术"真实"也否定了,那文学就真的不存在了,那文学还有什么意义呢!当然,科技、声光艺术、图像艺术的广泛普及,也在占领着文学的市场,阅读文学著作的人数减少了。这种种原因,就使一些人认为"文学终结了""消亡了"。

在 20 世纪的最后几十年的时期内,在美国的一些大学里,出现了一个贬抑文学教学的过程。这个过程与文化批评日渐高涨的形势相伴发生,在这个过程中,文学的威信、文学经典的权威被渐渐消解,文学变成了一钱不值的东西,因此一些教师不愿讲授文学课,研究生也害怕写作有关文学作品的论文,在一些学校文学研究被"文化批评"取代了,出现了文学的大逃亡,人们都远离文学,一时避之犹恐不及。既然文学的真实是"假"的无用的东西,似乎人们可以理所当然地抛弃它,这在文化界引起了非常大的震动,也在文学界引起了不断的争论,并且一直延续到现在。[①] 而一些倾向较为保守的美国名牌大学,对于这类泛文化的时尚研究,则不予理会,也无博士学位的设置与授予。

在文化研究流行的一些美国大学里,课堂上的讲课内容发生了重大的变化,过去讲解文学经典,进行文学的文本研究,而现在普遍打破了文学、文化、理论的界限,"电影、电视、音乐映画、以及广告、动画、春宫图和行为艺术……都成了今日英文系的课程设置内容"。同时,为了激起学生的新奇感,不得不把那些非经典的、冷僻的、品位不高的作品拿到课堂上"表态"。后来作为美国现代语文学会主席的爱德华·赛义德,对这一过程进行了沉痛的反思。他说,在盛极一时的文化批评中,我们把什么东西都解构掉了,文学本身已经从英文系课程设置中消失,拿些残缺破碎、充满行话、俚语的东西,在课堂

---

① 这一现象,可见盛宁《对"理论热"消退后美国文学研究的思考》和余虹《文学的终结与文学性蔓延——兼谈后现代文学研究的任务》,两文均刊于《文艺研究》2002 年第 6 期。

一 文学理论中的几个问题：文学的终结与消亡、理论的边界与扩容

上大讲特讲，唯独不研究文学自身。重要的是他认为，这类研究把一个国家文化、文学的价值和精神解构掉了，因而造成了今日美国大学人文科学的滑坡与堕落，他提出还是要回到文本阅读和研究，当然那已不是原来的文本研究。① 不过，在美国的这场"文学终结"的风波之后，现在文学研究、文化批评都仍在进行着。

现在我们要谈的是国内文学研究中的一些取向。把西方提出的诸如"文学终结"这样一种比较宏大的结论性的判断移植到国内来，我觉得是要谨慎的。落实到现实的情况中来看问题——文学能不能"终结"、会不会"终结"、是不是"死"了呢？一些学者强调"文学的终结"，是当今后现代的大势所趋，有多种因素，如文学是虚假的思想的传播，如人们更为倾向于感性的阅读，因此图像艺术、网络文学占用了人们的阅读时间，等等。但目前来说我们还看不到文学就此就终结了，人们还在创造大量文学作品、阅读各种文学作品、颁发各类文学奖。

从实践的方面来看，图像艺术的发展，吸引了相当部分的原先那些属于文学的读者，使文学的读者圈缩小了。但是我们也看到，由于信息技术的发展，例如电脑这样一些工具的发展，书籍的印数不是少了，而是大量增加了，当然，读者的兴趣也变了。最近我看到一个报道，在桂林的一个全国性书市上，读者对传统的文学作品显得比较冷淡，倒是对那些实用性的东西感兴趣。这篇报道举例说，原来有一本书叫《伤寒学导论》，销量平平，但再版时将书名改为《关注中医》之后，订数一下子上升到10万册。这种诱导的确是存在的。但是，我们也要面对这样的现实，即处于后现代社会的广大作家还在继续写作文学作品，世界范围内还设立了各种各样的奖项，文学奖也在继续颁发，至于我们的社会是不是后现代，这本身就是个要引起争论的问题，怎么能说和西方一样，文学终结了呢？从人的艺术思维的发展来看，也不能说艺术思维已经走到了终结的地步。人的艺术思维是和人一同诞生的，与生俱来的，同时通

---

① 见拙文《全球化语境和文学理论的前景》，《文学评论》2001年第3期。

过后天的培植，不断地发展、丰富着。艺术思维和其他思维一样，是人的本质的确证，或者说它是人的思维本质的一个方面的表现。例如可以改变一个人的姓氏，但这改变不了思维的本质，因为它是跟人一同发展着的。再一个方面是，从语言的角度来看，语言是一个民族语音的记录，比如典籍就是用语言来记录一个民族的文化、民族的记忆，文学作品同样也是通过语言记录下来，民族的文化、价值和精神都包含在里面。具体到文学，如果没有过去的那些经典作品，可以肯定的是，我们的人文知识、人文精神、人的健康的发展，就要大大地受到打击。而这一二十年来我们的人文觉悟其实大大地滑坡了，我想这是有原因的。过去的社会科学、人文科学中的一些做法，曾经把国家搞到濒临崩溃的边缘，这是有目共睹的，因此到了20世纪80年代就没有人相信这个东西了，一直到90年代都在不断地恢复社会科学和人文科学的价值。然而在实践上，学校培养的人却主要是向理工科发展的。人们很少意识到，一个国家缺乏社会科学精神和人文精神是会堕落下去的。当然，经济发展和社会稳定的确要依靠自然科学的进步。相应地，人文科学、社会科学很长时间里被摆到很不重要的地位。所幸的是，现在从上到下终于逐渐意识到了这是个大问题了，因此又开始抓青少年的德育问题了，我觉得这是非常必要的。比如像我这一代人，我以为知识分子的精神状态和责任感，都是从小教育出来的。如果没有这些教育和熏陶，那么在那残酷的年代，真不知何以为生，能活着维持下来！

谈到社会科学、人文科学的重要性，这里还有一个例子。我最近看到一份材料，其中谈到美国的名校如哈佛大学、耶鲁大学，它们之所以著名，不但在于理工科管理得好，有尖端的科学家，而且在人文方面有着自己的传统，一流的传统，并且这些大学把人文传统始终地保持、传承下来，我看了很有感触。就是像这样一些一流的大学，它们的自然科学和社会科学是并驾齐驱的。李政道说，科学和艺术是一辆车的两个轮子，不可偏废，既要用科学的智慧激发艺术的感情，又要用艺术的感情深化科学知识。我觉得这位科学家讲得非常到位。谈到大学的自然科学与社会科学并重，就是为了强调人文的重要性。我

一 文学理论中的几个问题：文学的终结与消亡、理论的边界与扩容

们实在没有必要用国外已经过时的理论，比如"文学的终结"，来作为抛弃文学教学、文学理论的口实，以致认为只剩下还漂浮在其他学科里边的"文学性"。如果缺少了文学对精神的滋养，人的精神和心灵必将变得非常的荒芜。我们现今看到的一些文学作品，和《红楼梦》比较一下，当代哪一部流行的作品像《红楼梦》给我们的东西那么多？它给了你什么？像《红楼梦》这样的小说，阅读可能是要花时间的，但它会丰富你的精神，让人们知道人的情感是怎样发展而来的，人的过去的感情形态是什么样子的，为什么那么苦苦追求又追求不到？人的命运为什么要被描写成为一种悲剧的命运？在现在流行的小说里，你就看不到这些东西了，尽是一些躯体写作、美女写作之类。当然，休闲时看看这些我也不反对。但我们要清楚的是，那些古典作品用的是艺术的语言和结构承载了我们民族的文化精神的理念，而我们这个民族所以获得精神上的发展，就是依靠这些东西，就是为这些东西维系着的。因此，既然文学作品和其他的典籍中包含了这些东西，那么，学校就更应该予以疏导和提倡，否则我们的精神状态、我们的心灵就会慢慢地荒芜下来。我觉得师范大学，更有弘扬这份精神的责任，应该像哈佛大学那样，树立起走进来是求取知识的，走出去是报效祖国和为同胞服务的信念的。阅读、学习文学经典，就能帮助我们获得这种信念。人们必须有这种精神需要。在一次会议上，童庆炳先生就讲到，人的审美，作为一种精神需要，在任何时候都是必需的。他举例说，"文化大革命"的后期，朝鲜影片《卖花姑娘》在湖南某地放映的时候，去观看的人成千上万，不少人爬到篮球架上、树上和屋顶上的，结果发生了压死不少人的悲剧，这是精神荒芜、精神极度饥渴的结果。因此文学不会"终结"，无论从哪个方面来看，还看不到这个迹象。尽管它可能在变化，比如受到图像艺术不断扩张带来的压力，等等，但是，文学作为一种人类的审美意识的形态，它是不会死亡的，因为我们需要它，我们的精神成长需要它。

外国学者说，文学终结了，但"文学性"还存在，而且变得无处不在，它衍生于其他的人文科学、社会科学、社会生活之中，因此我们今后的后现代文学研究的任务，就是去研究"文学性"了。不过要

 第一编

说明的是，我们是否都要来进行后现代研究？来解构、颠覆原有的文化与文学？同时"文学的终结"后出现的"文学性"，即衍生于其他学科所表现出来的"文学性"，到底有些什么内容？"文学性"首先是在"形式主义"的理论中提出来的，将要使作品成为真正的文学作品的那个东西。那么这是什么东西呢？就是艺术手法。什克洛夫斯基有一篇非常有名的文章，叫《艺术即手法》，他认为艺术的发展、文学的发展就是手法的发展。后来到了雅柯布松就提出了"文学性"。要使作品真正成为文学作品，需要有手法，即艺术的手法，所以他说，手法在这里就成了"主人公"，这是比较狭义的理解，也可以说是"形式主义"的理解。

我们讲的"文学性"，比形式主义的"文学性"的涵盖面要宽阔得多，这是导致文学作品内容的形式性与形式的内容性完美结合的那些因素，是使作品成为有意味的形式的那些因素。比如通过语言、结构、体裁、隐喻、象征、感情、思想等多种因素共同促成作品意味的东西。而其他学科比如社会科学、人文科学中表现的"文学性"，只是文学描写的某些修辞特征，即采取了文学描写的一些手段而已，或是局部生动的举例说明，在整体上它不是文学。例如哲学著作中的特征是陈述而不是叙述，从语言的角度说是所指而不是能指。尽管有时能指的成分可能多一些，"征用"了一些能指的手法，即便如此，也不足以使它们成为文学。这在我们过去的作品中也是存在的，比如《左传》《史记》这样的著作，某种意义上可以当作文学作品来阅读，它们描写人物非常生动，用了一些被后人称之为文学的手法，但它主要写的是历史，是历史著作。在此，我当然赞成我们应当进行文化研究，因为它确实扩大了文学研究的视野，它的一些方法也的确可以应用到文学研究中来，但是我以为不能把文化研究替代文学研究、文学理论研究。

（二）文学理论的合法性危机

第二个问题，我想谈谈文学理论的"危机"。如我们所看到的，

一 文学理论中的几个问题：文学的终结与消亡、理论的边界与扩容

文学理论出现了一些危机，但我把它称作"合法性危机"。20世纪80年代出现了一次危机，但那是教条式的、庸俗社会学的危机。很长一段时间，文学理论和政治意识形态一个调子，这扼杀了文学的发展。直到20世纪70年代末80年代初进行了一次大批判之后，把庸俗社会学的、阶级斗争的东西逐渐剥离了，文学才慢慢恢复生机。这个时期开始大量引进西方的文学理论。我也是见证者之一，比如韦勒克、沃伦的《文学理论》，就是我找了出来，请人把它翻译过来的；同时，我与同行组织翻译了一批外国的文学理论著作。从理论形态来说，20世纪80年代是西方的"新批评"派统治了我们大概有十多年，这是我没有料及的。又如强调文学要建立自己的自主性，要回到文学自身，要回到文本，这也可以看作是这些年来来文学对自身的调整。

1985年，美国学者杰姆逊在北大作报告，介绍了后现代主义文化理论，当时没有什么反应，人们似乎还不太清楚这个理论到底有什么用。直到20世纪90年代，一些年轻的学者才从这个理论中间发现了"好处"，这好处是什么呢？原来有好些政治话语过去只能由政治家来讲的，例如体制问题、政治问题、殖民主义问题都是政治家的话语，现在通过文化批评，评论家也可以讲了，扩大了自由，发现了它的好处。当后殖民主义、女权主义、新历史主义等理论也介绍进来以后，又扩大了文学研究的视野，不再局限在过去的文学概念中间。文化研究扩大了我们的领域，这的确是有好处的。20世纪90年代初已有学者提出，要用大众文化、大众文学来解构主流意识形态。然而，这主流意识形态的构成却是很复杂的，相当部分是官方意识、官方话语，但主要成分则是广大学者在文学研究中所取得的学术成果与积累，如果对这些东西也要解构、进行颠覆，那我就要起来反抗了。到了20世纪90年代末，生活泛审美化、审美现象泛生活化这样一些观点就不断地从外国介绍了过来。

现在就出现了两个方面的问题，一个方面是，认为在文学研究中，要清除文学理论，保留文学批评和文学史就可以了，不要文学理论的理由是什么呢？表现在课堂上，文学理论学生不爱听，这个现象是存在的。20世纪八九十年代，我和高校的老师联系比较多，他们经

 第一编

常谈到文学理论在教学上的难处,学生爱听的少,如何有效地组织教学是很困难的事情,因为教学大纲的规定摆在那里,教师不便在课堂上随便发挥,我自然体谅文学理论老师的苦衷。当然也不排除学生不爱听是因为教师没讲好。我可以举个例子,童庆炳教授讲文学理论课,学生都爱听,甚至他在新加坡、在鲁迅文学院的讲课效果也非常好。他讲得比较灵活,比较实在,跟大量作品结合起来讲,讲一些理论问题,最后归纳起来,大家都爱听呀。我知道还有好些学校的老师,讲的同学都很爱听,为什么有些学校的文学理论课学生就不爱听呢?因此有一次我还建议童教授跟讲授文学理论课的老师们介绍一下经验。

另一个方面是,文学理论课程中的一些内容的确跟不上现实的发展和文学的实践,这也是存在的。当然这有它的难处,因为文学理论需要的一般是那些公共认可的东西,比较稳定的东西,恐怕不宜随时变动。而文学实践的发展却是不断更新的,今天出现一种形式,明天出现另外一种,后天又把这些都否定掉了,再来一种,花样不断翻新。倒是文学批评可能跟得上这种变化,文学批评比起文学理论来,能够及时地跟踪、评论新的文学作品的出现。文学理论不大可能把随时发生着变化的文学现象,概括、总结,写进教科书中去。但是这样,文学理论就与文学现状之间存在有一定的距离。而现在是个实用的时代,什么都讲功利,要求学了就用,立竿见影。经济知识比起文学知识实用得多,但是人们选听经济科学讲座,据说往往是宏观经济方面的讲座选择少,微观经济讲座多,原因就在于大概微观方面的经济知识,马上可以在自己的生活里发挥增值的作用,宏观的经济知识就不好办了,至于文学知识就更加难以发挥这种效益。

有的学者把我们现在的文学理论归说成仍旧是苏联体系。但是我知道,现在的文学理论从经济基础和上层建筑这类概念,来探讨文学问题,已经不是很多,十多年来,这一直是被定为经济决定论,经济决定论就是庸俗社会学。但是,正是这些反经济决定论的朋友认为,我们现在已经进入经济全球化时代了,我们的社会也是后现代社会了,因此,我们社会的意识形态应和美国的一致了,那么,这是不是

一 文学理论中的几个问题：文学的终结与消亡、理论的边界与扩容

新的经济决定论呢，算不算是新的庸俗社会学呢！在文学理论书籍中，的确有着存在与意识，思想性、典型、形象等的论述，这在过去苏联教科书中是有的。但有目共睹的是，20世纪80年代中期之后，我们的文学理论教科书已经"改头换面"了，里面吸收了大量的西方文学理论概念，如果其中仍有"思想性""典型""形象"这类术语，那么怎能说这就是苏联体系呢？如果有人还说整个文学理论都是苏联体系，我只能说持这种观点的人没有认真看过近几十年来我国学者自己撰写的文学理论方面的著作。我和童庆炳教授从2000年至2003年合作主编了"新时期文艺学建设丛书"，出版了36种。其中当然有的著作是研究马克思主义文论的，但我觉得这些著作提出的命题和概念，已经和20世纪80年代很不一样了，更不用提六七十年代了。其他的著作同样跟苏联体系毫无关系，借鉴了西方的各种思想成果与方法，怎么能说我们的文学理论就是苏联体系呢！从文章中看到，持这种观点的人抓住苏联体系不放，主要在于认为，这类文艺学概念都来自苏联，现在苏联既然已经解体，真如福山说的历史已经终结，所以这类文学理论理所当然可以不要，因此干脆也把文学理论教学、文学理论一并取消算了，最多也只能靠边，这样的观点是极为片面的。

事实上，文学概论的概念不是从俄国来的。早在1914年北京大学就设置了文学研究法课程。1917年蔡元培开始主持北京大学的时候，教学课程里明确设置了"文学概论"，但还没有实际内容。1920年南京高等师范学校暑期学校的课程中有梅光迪（他被称作所谓的文化保守派的代表人物之一）的文学概论课。1921年，梅光迪在东南大学任教，开设了"文学概论"课，课程内容主要依据美国温采司特的一书，叫《文学评论之原理》，当然，他是把它当成文学概论来讲的。[①] 20世纪20年代我国学者翻译过一些外国的文学理论这类著述，30年代初几年，老舍先生在齐鲁大学开设过"文学概论"课[②]，而那

---

① 参见旷新年《中国20世纪文艺学学术史》第2部下卷，上海文艺出版社2001年版，第67—68页。
② 参见舒舍予《文学概论讲义》，北京出版社1981年版。

时苏联的文学概论还未曾在我国出现过。直到20世纪40年代末50年代初我国翻译工作者才把苏联的文学概论、文学理论翻译过来，并仿照编写，才开始成为我们的一个体系。这跟我们当时的政治取向有关，因为当时西方国家联合起来封锁我们，我们和西方的交流中断了，只能一边倒，倒到苏联那边去了，也可以说这是西方的封锁逼着我们这么做的。始料不及的是，后来却证明在这种被称作马克思主义文学理论的著述中，有很多是庸俗社会学的东西。到了"文化大革命"时期，文学理论、文学批评"中国化"的结果，终于使自身发展到了极端庸俗化的地步，扼杀了整个文艺创作的生机。因此，不能说文学概论都是苏联来的，我们在20世纪之初就有了。如今人们说到理论体系，认为不是西方的就是苏联的，一个是西化，一个是俄化。当然我们的确经历了西化——俄化——西化的过程。我还想说的是，我们在很长时间内失去了传统，在对待传统的问题上我们是非常痛苦的，可能没有一个民族像我们这样痛苦过。（笑）在各种文化的交流之间，在复杂的文化传统面前，我们有如随风的浪潮，卷过来卷过去，甚至现在还是这样。

有些学者批评文艺学有着这样那样的"不是"，目的何在呢？目的就是要我们把后现代文化思潮当作"后现代真经"来膜拜。唐僧到西方取的是佛祖的真经，现在我们向西方取经则应取"后现代真经"了，甚至认为在今后的几十年之内，鉴于西方的学术思想继续会占主导地位，我们就有必要在几十年里，把"后现代真经"学深、学透，等到"修炼"好了之后再来建设中国的文艺学也不迟，这时新的文艺学就自然形成了。但在我看来，这是在创造神话了，如果我们真的这么做了，我们就不用操心中国文艺学的建设，只需做些翻译工作就可以了。但这样做的结果，只不过在中国开了一个西方"后现代真经"的分店而已，我们除了学样、照搬，还去谈什么新的文化的创造呢！或许有人认为，只有这样才能跟西方接轨，所以也就用不着担心断裂、传统等一揽子问题，这可能是省力的一厢情愿呢。关于传统的思考，我比较赞成全面地看问题，比如我曾提出，要把古代文论的现代转化作为建设中国当代文论的一种策略，目的在于把古代文论中有用

一 文学理论中的几个问题：文学的终结与消亡、理论的边界与扩容

的思想吸收到我们当今的理论中来，重新阐述和"发现"传统，以求解决与传统之间的断裂或裂痕。一些学者正在这么做着，而且做的很有成绩。但我的这种倡导，遭到两个方面的嘲弄与批评。一种是古是古、今是今、中是中、西是西，不可通约；另一种是所以提出这类主张，是出于对苏联体系的留恋，而且还是"终南捷径"，这真使我一时不知从何说起了。

另有一种是认为当前"文学理论死了"，要以"文化研究"来替代文艺学的倾向，应该扩充文艺学的内容，超越文艺学的边界。文学理论死了没有，这一问题见仁见智，但不是因为你现在主张要以文化研究替代文学理论研究，就可以做出这种充满非此即彼思维观念的结论的。如前面所说，文学理论在现实生活中发生了许多问题，需要进行内容的扩充与理念的更新，在面向现实这点上大家是没有分歧的。但是把什么东西扩充进文学理论？一些朋友认为，如今艺术的美、文学性已经不在艺术和文学本身了，而是表现在别的地方，认为日常生活审美化了，认为审美活动在别墅里边，"诗意"在售房广告中。美在哪里呢？在汽车博览会、时装展览、商场购物、主题公园、度假胜地、美容院、城市广场、城市规划、女人线条、减肥，等等，所谓扩容就是把这些东西都扩到文学理论中间来，文学理论研究生的论文要做健身房、汽车文化了，等等。如果这种做法也算是文艺学的"扩容"的话，美国早已经做过了。如前所说，他们课堂上讲一些文学的片断，新奇俚语，展览一些春宫图片，美女写真，行为艺术，人体艺术，自拍电视片断，等等。但把这些东西的讲解当作文学理论来讲，文学理论本身就给掏空了，它原有的那些价值，都被转换了，被诸如时装设计、时尚、服装展览、香车美女所替代了。这些东西当然可以讲，但它们不是文学理论课程的内容，因为它们不是文学现象。或许有的人要反驳说，为什么它们怎么不能叫作文学呢？人们不应该先给文学规定一个定义，进行本质主义的预设：这个是文学，那个不是文学。像以前的长篇小说，它本来也不叫文学，只是一些闲谈、闲聊，一些茶余饭后的谈资，但后来也成了文学。所以人们现在也就不能规定这些"新的内容"不是文学，它们以后可能也会进入文学。然而，文学的概念是经过很长的一个时期甚至几千年的演变，逐步确立起来的。原来是一种"杂"文学，慢慢蜕化出来，通过文字、语言的审美结构形成的一种体裁形式，慢慢把它称作文学，这是一个历史演变，不是随便就可以转换的。至于那些服装时尚、建筑物、度假村、城市规划、健身房、汽车展览，都是物质性的东西，都有专门的部门、专门的人才在管理，把它们都称为文学，或将来可以变为文学，实在太牵强了，实在是对文学知识的挑战，知识门类的再划分，恐怕不是这么进行的。至于在课堂上进行这种研究，比如设立审美文化课程，把上述文化现象的讲述作为文学课程的补充，但仍然不是文学理论。甚至广告，尽管现在很多广告的确借用了文学的语言来"说话"，可能有的几句话还有些像诗，但它们整体上毕竟不是诗。它们面向的是物质的销售，不断刺激你的无法满足的消费欲望，背后潜藏的是商业运作的规则，是机械复制的而非精神的精美创造，你不想观看它们，可它利用金钱权力，通过被收买的媒体，不断强加给你，不断强迫你看。

　　文学艺术记载的则是精神的东西。我们不能因为进入了一个物质化的时代，就把精神美学抛弃了。这主要在于，一个人除了满足正常的、物质的需要之外，还有精神上的需要与满足，人需要提升、建设自己的精神。如果把精神的需求完全排斥了，那人就被完全物化了，与动物没什么两样了。文学理论扩容或者说越界的问题确是存在的，但是"扩"什么东西，"越"过什么界限，应该扩入那些接近文学的东西。正在产生中的新的文学体裁，比如摄影文学，这在过去是没有的，它是一种新体裁，如果将它置于文学理论进行讨论，我觉得是合乎常识的。摄影文学实际上是摄影与文学的一种具有二重审美维度的融合。还有影视文学、大众文学，网络文学，等等，都可以成为文学理论讨论的问题，所以我也不是绝对地不赞成扩容，问题是扩进什么。很可能学科之间的相互交叉之处是一片模糊地带，但每一种学科都有一定的规定性，如果越过了这个规定性，把一些文化现象特别是物质文化现象扩大到文学理论中来，这就成了泛文化理论。我在2001年的《文学评论》上发表了《全球化语境和文学理论的前景》

一 文学理论中的几个问题：文学的终结与消亡、理论的边界与扩容

一文，其中提到，美国以及其他一些西方国家的文化理论就朝着这个方面发展，它们的文化理论和日常生活审美化这些东西，在课堂上带来一些负面的后果；我还提到，美国的学者是如何争论的，赛义德又是如何痛心地检讨这些问题的。所以，当有人把这些理论照搬过来时，我就看到了这种迹象，表达了我的忧虑，现在这个忧虑已经成了事实。当然，关于这种理论的争论，可能要好几年的时间。现在一些学者为了提倡文化批评，把过去的文学理论观点全盘推翻，过去那样说，现在这样讲，唯一的理由就是现在变化了，日常生活审美化了，这实在是言过其实了。怎么能够把日常生活审美化现象当作文学了呢？生活跟文学艺术是有紧密的关系，但生活本身不是什么文学。生活水平提高了，人的审美趣味扩大了，可以表现到日常生活中去，可以美化建筑，美化住房，美化环境，美化自然，使生活多些情趣，但这不是文学或文学现象，而是具有不同程度审美特色的物质文化现象。

2005年5月16日，北京师范大学召开了"文学理论的边界问题"的研讨会。会上的观点是有分歧和冲突的。诚然，各种观点的确需要切磋和对话，如果人们都抱着求真的信心和探讨的态度，经过一段时间，这些甚至互相歧异的观点将会逐渐形成比较一致的共识，当然也可以继续坚持各自的观点。这些问题，可能在今后还会讨论一个时期。有人提出把流行歌曲、性别、身体等都放到文学理论中来研究，这些想法当然是值得肯定的，歌曲的歌词应是文学创造，文学理论自应研究，同时音乐理论也在探讨。又如有关身体的问题，在几千年的文学艺术中间就有着各种各样的表现。西方学术界有关身体的著述十分丰富，看来这一潮流也在我们这里热闹起来。身体的问题涉及肉体的需求与精神的需求，它们的可能与不可能，过程十分曲折，文学作品也主要在于怎么表现两者的关系。

进行日常生活审美化的研究，我以为应保持反思和批判的精神。作为一个传授知识的学者，同时应该是一个具有人文精神的学者，刚才讲到一个学校要发展成名牌大学，它应该是既提倡科学的，又提倡人文这样的双结合的。人文的主要方面就是对人的关怀，对于问题的阐释应是反思的、分析的、批判的。并非"凡是存在的都是合理的",我们的研究应该秉有基本的反思和批判的能力,至于一些低俗的文学现象、文艺作品之所以会出现,首先应该反思的是它们存在的原因,而不是贸然地以"凡是存在的都是合理的"作为前提。实际上我以为还存在一个反命题:"凡是存在的并不都是合理的",存在大量的物质和精神的东西就其产生的原因来说,有其必然的因素,但就其作用、功能来说,并不都是合理的,而对于不合理的东西应该站在现代性的立场进行反思、分析、批判,起到一个人文学者的应有作用,否则还要人文学者干什么呢?人文学者不应满足传授一些知识,他还应对于知识进行分析,作出判断,给学生以引导。如果没有导向,那么现在的网络就可以大大地满足学生的知识需求了,所谓"学为人师,行为世范"就是。人文学者更应该是思想的创造者,他的创造在满足人们的精神需求方面,在创造文明的水平上,并不亚于自然科学家的创造。我们的文学理论原创性的东西太少了,或者说没有多少自己的东西。当然,人文科学和社会科学,尤其是人文科学要创造一些新东西、提出一些新观点,由于种种社会原因以及思维惯性,又是非常困难的,同时它需要大量的积累,这样才能比较准确、深入地提出一些观点来。我在20世纪80年代初给研究生上课时就说到,当人文学者提出了一个新的观点,就是向前走了一小步,这是非常不容易的。现在我们看到的一些学者在大力地搬用人家的东西,还以为就是"后现代真经",既不考虑人家用得怎么样,也不顾及在我们这里将会发生的后果。

我觉得通过反思、分析、批判之后,就可能使整个文学理论活跃起来,同时也激发了这门学科自己的生命力,而有所进步。我想我自己也应这样做。

(三)思想互动

主持人:下面是主讲人与听众的思想互动时间,同学们有什么问题可以向钱先生提出来。

一 文学理论中的几个问题：文学的终结与消亡、理论的边界与扩容

问：钱先生您好，我知道您有一个非常优秀的学生叫陈晓明，是研究后现代主义的，不知您有何评价？

答：他现在是后现代研究权威，很有锐气，青出于蓝而胜于蓝，在这方面我的确是大大落后了。我注意到他在2004年第1期《文艺研究》的一篇文章，谈"文艺学的反思"，我以为它相当武断地否定了文艺学、嘲弄文学理论学科，说除了文学史，文艺批评早就与文学理论不辞而别了，其实事情并非如此。我平时也阅读文学批评，发现他在探讨后现代文学现象时确很在行，在颠覆文学理论方面也很在行，但这正是我所害怕的文风，因为在20世纪60年代的文章中，我自己也有过这种使我懊悔一辈子的文风。我和他理论上有不同观点，但在个人关系上我们相当融洽，相互尊重。在当代文学的探讨中，不用后现代那套概念、方法而使用其他话语、观念的也大有人在，其中有年长的，中年的，也有年轻一些的，这些人的评论也非常出色。他批评我们现在的文学理论仍然是苏联体系，没有离经叛道。以我和童庆炳教授合编的"新时期文艺学建设丛书"为例，包括许多未包括在丛书的其他学者的著作在内，这苏联体系究竟表现在什么地方呢？我认为，在今天不应该再将20世纪80年代初的观点重复地套在当今文学理论的身上，不能因为有的文学教科书提到意识形态，就武断地认为这是苏联体系，就要废除它。有目共睹的是，20世纪很多文学观念、思想已经成了我们现代文学传统的组成部分。当然，现代文学传统中有消极的东西，我们要克服它，而积极的因素我们应该给以保留，作为建设新的文学理论形态的必要的组成部分。并且，新的文学理论形态也不是某一年某一天从某一本书里"横空出世"地宣告它完成了的，肯定地说，这不是一部"后现代真经"。我们只能说，现在进行着改造、充实、更新的文学理论就是发展中的当代文学理论形态，因为不可能在10年或20年之后突然出现一个当代文艺形态，这是一个积累过程，尽管现在它可能还很不成熟，但它必然是当代文学理论形态的表现。

问：现今的文学理论中间似乎总是许多花样翻新的东西，看起来更多的是同国外的东西有更多的关联，相反，对中国古代文论却注意得很不够。事实上，从曹丕而至王国维，中国古代文论展现出了一个有着自身的阐释范畴与方法的理论形态。现在的情形是，中国古代文论看起来已经不再能够进入或者很少进入到当代的文学理论中间了，您能否就此谈谈自己的看法？

答：的确，中国古代有着非常丰富的文学理论。有的学者认为，传统的文学理论到了现在已经过时或者不太适用了。当然，对传统的"偏见"有着非常复杂的原因，比如由于"五四"新文学的产生，原有的文学理论的确难以阐明新的文学现象了，加上激进主义的影响，新的文学理论似乎执意要显示出和之前的文学理论的"断裂"，尽管当时不同的声音此起彼伏，但总体的取向却是，在引进西方文学理论的同时，就把自己的传统文学理论放到一边去了，几乎没能冷静地思考传统与现代的关系。实际上，这个问题非常值得深思。中国古代文论，都是建立在文学创作经验之上的，使用了灵感式的、领悟式的方式进行写作，而不像西方使用逻辑的、理性的方法进行分析、推理。或许单篇的古代文论不像西方文学理论那样"系统化"，但从总体上看，不能说中国古代没有文学理论的体系，其中一些著作也是体大思精之作。从复旦大学编的《中国文学批评通史》7卷本就可以看出，我们有着非常深刻、丰富的一套文学理论思想。当然，中国文论发展到了20世纪初时，被认真清理了一下。像王国维、梁启超，他们一方面使用了过去的古代文学理论中的话语，但同时他们也输进了大量的国外的文学、美学话语。特别是王国维，他论述"境界"和悲剧，引进了二十几个关键词，这些术语至今我们还在使用，如"自律""他律"。我们在20世纪80年代讲文学的"自律"与"他律"时，大概还是从康德那里来的，而1904年王国维在《红楼梦评论》中就已经使用了。这一方面说明了王国维沟通中西的努力，另一方面也的确说明了中国与西方的资源应该在对话中相互释放活力。"五四"前后，中国古典文献中和新文学不适应的成分被极端夸大了，做了非常情绪化的理解，西化的倡导和偏激的打倒，几乎是同时进行的，这是一股不加区分的西化浪潮。到了20世纪20年代中期，俄国的、日本的又引进来了，比如左联时期，使用的是苏联的一套，包括社会主义

一 文学理论中的几个问题：文学的终结与消亡、理论的边界与扩容

现实主义，等等；20世纪40年代的"延安讲话"又是在左联基础上的一次总结，同时又做了本土化的努力，成为催生我国新文学的理论经典；20世纪50年代大量引进的东西又是苏联的。现在的任务是要冷静地分辨出哪些是合理的，可以继续利用的，而哪些需要反思，予以剔除的，在这方面我们仍然还得花不少气力来做这项工作。

古代文论的研究，到20世纪80年代真正兴盛起来。90年代初我和一些学者提倡"中国古代文论的现代转化"，并不是说把古代文论讲一下就变成了古为今用的东西，而是经过深入的研讨、鉴别，吸收里面有用的东西，作为当代文论建设的有机组成部分，进而沟通古今。当然，有一些古代文论的学者并不完全同意古代文论的现代转换的，2002年初，有几位研究古代文学的学者，写了几篇文章批判这种转化，认为这是个伪命题。它们认为，中是中，西是西，古是古，今是今，不可通约。情况要真是这样，那问题敢情简单多了。可是实际上，20世纪很多大学者都在那里进行中外古今的沟通，比如在王国维、梁启超那里，中西横向、古今总揽，努力进行沟通。到后来的宗白华、朱光潜、钱锺书、郭绍虞、王元化、蒋孔阳，包括现在的胡经之、童庆炳、陈良运都在做这种转化工作，还有一些年轻的学者也在做。可以说我们的转化工作做得是有成绩的。中外古今的沟通和融会，是当代文论建设的大问题。20世纪40年代初，朱光潜先生讲过："一是固有的传统究竟有几分可以沿袭，一是外来的影响究竟有几分可以接收。"这个策略到现在还是适用的，但它是1942年提出来的，正值抗战的高潮期间，没有引起多少注意。这是朱光潜写在《诗论》序文中的几句话，他的目的就是要把中外古今沟通起来的。朱光潜先生自己很重视《诗论》这本著作，甚至强调他毕生的著述仅此一本，其他都是别人的东西，可见他的重视程度。比如王元化的《文心雕龙疏证》，也是在吸收中外学人成果的基础上，进行自己的创造，目的也是中外古今的沟通。胡经之的《文艺美学论》在国外也是没有的，他是借用西方的一些观念与中国美学思想进行沟通。因而，人们不能说古代文论的现代转化没有成效。还有一些年轻的学者在这方面也是出手不凡。所以，我们不能在古今中外之间进行二元对立的划分，否则，古代文论只能成为老古董，永远不可能进入当代文论中间，也就没有传统可言了。传统是活的传统，传统是不断继承与发展的，如果把当代与传统截然对立起来，我们就会又一次中断传统，继承传统就成了一句空话了。古代文论思想，局部性地已进入我们当代的文论话语，但是作为一个漫长时代的种种范式、范畴，与当代文论整体性的融合，则是需要长期的探讨与极大的努力的。

问：您刚才提到文艺学的问题，我想问的是，文艺学是指文学学，还是大于文学的范围，比如包括其他艺术门类，如果包括艺术这个学科的话，那么广告、装饰等于艺术的范畴吗？

答："文艺学"是从苏联翻译过来的，但苏联又是从德国"引进"的，在俄文里其实应该叫作"文学学"，只是在我们把它翻译成了"文艺学"而已。文学学就是关于文学研究的学科，它包括三个方面，由文学理论、文学批评、文学史组成。韦勒克也是这么看的。由于人们不断地把文艺学、文学学与文学理论混用，2000年在山东开会的时候，我曾经在会上提出动议，希望将文艺学改称"文学学"或者"文学理论"。但文艺学的名称与文学理论现在还在继续混用。教育部有关学科的设置中有文艺学，内容包括文学理论、文学批评和批评史，文学史则包括在各类文学研究中。在学校里，文艺学与文学理论是互用的。至于其他门类艺术的研究，应属艺术学，广告有广告美学，装饰大体属工艺美学、实用美学，建筑、园林有建筑美学、园林美学等。在西方即使现在也还是讲文学理论。最近中国社会科学院的文学理论研究中心主持了一套丛书的翻译，是近年来西方文学理论方面的教科书，有美国的、英国的、俄国的。俄国的书名叫《文学理论》，英国的本名干脆就叫《文学》，而美国的书名叫《文学理论实用导读》。我想说的是，这几本著作都是围绕着文学理论的一系列基本问题进行结构和撰写的，尽管它们的内容、章节设置并不完全一样，这几本书将在北京大学出版社出版，它们或许可以作为我们更进一步地了解外国文学理论的教育情况。

主持人：因为时间关系，提问就到此为止。钱先生今天的报告，回应了"文学的终结"和"文学消亡"的观点，同时对"文学理论

一 文学理论中的几个问题：文学的终结与消亡、理论的边界与扩容

合法性的危机"的一些观点，包括关于后现代的问题、扩容的问题、越界的问题，钱先生都提出了很好的见解。文学理论确实需要在发展中建构，它和文学实践的关系是，既要不断地介入文学实践，又要通过文学实践反馈到自身的理论建设中来。所以说，包括文学理论的一些非常重要的方面，比如是不是文学、文学有没有本质的规定性等等，都可以展开许多探讨，包括反对文学的本质主义。另一方面，文学始终有它的基本问题，文学作为人类的一种把握和想象世界的方式，它是否真的没有存在的必要？钱先生对这些作了非常充分的富有说服力的回答。他讲到了文学提供给我们人类一种生存的价值，文学可以作为保存人类完整的感性的一种方式，同时文学提供给我们反思生活的一种方法。他还谈到，文学保存着我们语言的活力，思维的活力和语言的活力都通过文学得以伸张。钱先生的这样的观点，既是从文学的基本问题出发的，在回应现代文学理论建设中的种种争论的同时，又有着相当大的开放性。他的报告澄清了当前文学理论争论中的一些问题，回应那些比较片面的或者单方面的观点，对我们有着很好的启示，可以促进我们对当前文学理论论争的问题作进一步的思考。钱先生的报告是一个面向文学理论、文学批评、文学现实的实践，是非常具有现实感和理论深度的。我们非常感谢钱先生深刻、精彩的报告，让我们以热烈的掌声再次谢谢钱先生。

（原文载王光明等主编《我们时代的文化症候》，
社会科学文献出版社 2005 年版）

二 文学理论提供知识，也创造思想
——钱中文先生访谈录

丁国旗： 20世纪80年代初，外国的各种文艺思想纷纷被介绍到我国，文学理论、批评界十分热闹，您当时是大力支持这一活动的，是如何对待它们的？

钱中文： 外国文艺思想进入我国之后开始，就产生一个重大的问题，就是现实主义与现代主义的关系问题。20世纪70年代末80年代初开始，西方文艺思想特别是现代主义文艺思想大量输入，使人感到十分新鲜。但是一些现代主义文艺思想的介绍者，往往被现代主义文艺思想所影响，对现实主义采取了排挤甚至嘲弄谩骂的态度，正像爱因斯坦批评现代主义者无度张扬自己的主张时所说的那种"势利俗气"。我对现代主义作品并不反感，觉得陌生新奇，但对它的宣传者的理论观点则不以为然，比如说现实主义文学已经落后，只是模仿，不具主观创造精神，今后将是现代主义文学的时代，将被现代主义文学替代等。但是现实创作情况并非如此，这时我花了不少力气探讨了现实主义与现代主义理论，它们各自的诗学原则，并对它们进行了细致的比较，提出文学的发展不是一种文学替代另一种文学。比如文学史上，不是现实主义文学替代浪漫主义文学，也不是现代主义文学替代现实主义文学，更迭的是文学思潮、流派，而文学创作原则是难以更迭的，文学创作原则一旦形成，是会长期存在下去的。所以现实主义文学兴盛起来时，浪漫主义文学照样存在，现代主义者兴起时，现实主义文学照样流行。不断变化、更新的是文学思潮，而作为创作原则，现实主义是不断的创新与综合。20世纪80年代初，文论界对过

二 文学理论提供知识，也创造思想

去的文学基本原理、文学概论颇有微词，这时理论室获得一个国家项目：撰写一部以马克思主义思想为指导、适合新时期的《文学概论》，我也参与其中。商量的结果是，不能重复过去编写的同类书籍，要有超越，这样先要了解我国已有的几十种文学理论书籍的问题所在，以及其他国家的文学理论的最新成果。于是我去北京的几个图书馆多次，找到了美国韦勒克、沃伦合著的《文学理论》（1977年版，初版于20世纪40年代末），后来得知此书在国外已经流行多年，苏联波斯彼洛夫的《文学原理》（1978年版），荷兰佛克马与易布思合著的《20世纪文学理论》（1977版）以及美国、英国、法国作家论文学的俄译本。经我提议，组织翻译多种外国文学理论著作，以扩大国内学者的视界，出版"现代外国文艺理论译丛"，作为《文学概论》的副产品，由王春元与我任丛书主编，后来加入了不少外国美学、文学理论著作，共出版了14种，在文论界很有影响。《文学原理》一书的提纲经反复商量，最后分成五部分，即"作品论""创作论""欣赏论""批评论"与"发展论"，将作品的研究作为文学理论的起点，这在当时不失为文学理论的一种新的构成。分工时最后剩下"发展论"，归我来写。一般文学概论中的文学发展部分写得比较简单，资料不多，其他几部分不涉及文学本质问题，而"发展论"部分不探讨文学本质问题是不可能的，所以让我颇费思量。过去文学理论把文学看作一种意识形态，或称认识论文学观，但是这种文学观后来被简单化了。80年代初一些人对这种哲学认识论、反映论文学观进行了大力批判，也促进了我对文学基本问题的反思。在外国的各种文学研究方法、文学观念的影响下，各种方法、文学观念蜂拥而来。有认识论、反映论、表现论、感情论、心学论、性本能、无意识、生产论、象征论、符号论、原型说、控制论、系统论、信息论、形式论、修辞论、主体论、文学是人学、新批评、现代主义等文学理论，其中有的是方法问题，有的属于文学观念，它们处在不同的层次上面。我就文学观念做了反复的比较，上面一些有关文学观念的说法，都有一定道理，随便选择一个十分容易，但还是认为马克思主义文学观最能宏观地把握文学的本质特性。历史唯物主义的社会结构理论是令人信服的，在这个结构里，文学艺术作为一种意识形态，和其他意识形态如哲学、政治学、法学等有着共同性即意识形态性也是正确的。问题是后来一些人在阐述文学时，把各种意识形态的共性当成文学的唯一本性，而忽略了文学作为一种独立的艺术样式的审美特性，或是把审美特性当作附属性的、第二性的东西，因此需要强调对于文学审美特性的研究。马克思的意识形态理论自然是现代性的理论，但是意识形态现象却是各个社会经济结构共有的现象。歌德提出一些问题的研究，要从发生学的观点出发，同样马克思在《德意志意识形态》的《关于意识的生产》一节中谈到，在一定社会经济基础之上产生的各种意识形态，都可以"追溯它们产生的过程"。因此在《文学原理—发展论》一书中，就探讨了原始思维、神话意识而至审美意识的关系，审美意识的发生、发展而至审美反映的创造，审美意识形式的产生，最终形成现代意义上的审美意识形态。文学是审美意识形态，力图做到论从史出。后来审美反映与审美意识形态观念在文论界流行起来。20世纪90年代初，这些观念受到左倾文艺势力的批判，过不多久就悄无声息，前几年却是死灰复燃，批判更为猛烈。但是这次批判都是在马克思没有说过文学是意识形态的"凡是"的指导思想基础上进行的，或是讨厌文学与意识形态有着联系的基础上进行的。这类批判罔顾原典、历史与传统，不承认文学本体与作品本体的差异，就很难在同一层次上进行对话了。

丁国旗：20世纪90年代以来，市场经济的确立，引发了社会生活与文化生活的重大变化，一时理论与批评都失去了重心。人文学者的立场与态度一时显得十分突出，您觉得一个人文学者在现实社会中应该有一个什么样的立场、确立什么样的价值观，来为自己的人生和学术安身立命？

钱中文：20世纪90年代文学创作进入了市场经济，追求物质、金钱成为社会理想，贬抑人文理性，引发极为深刻的文化、精神危机，失去信仰与诚信。一切稳固的东西都破碎了，一切都处在不确定中，人的精神家园败落不堪。而人文理性在社会物化中经历着普遍的危机，使人类生存的底线屡遭破坏。一些哲学思潮推波助澜，有的人

二 文学理论提供知识，也创造思想

一听解构就惊惶异常，其实思想需要不断推进，新的思想需要不断建立，这个社会才有生气与活力。一些文学思想，在反对崇高与满纸谎言的时候，采取了消极的态度，贬抑人文精神，助长了社会腐朽的弥漫。文学艺术的感性，变成了性感的流行。面对这样的社会处境，我以为一个人文知识分子不能随波逐流，而应有一个建设性的立足点，反思人文、艺术创造的立足点，因此提出了"新理性精神"。新理性精神是一种以现代性为指导，以新的人文精神为内涵与核心，以交往对话精神来确立人与人的新的相互关系与实现它们的精神。建立新的思维方式，即提倡一种可以去蔽的、历史的整体性观念，一种走向宽容、对话、综合、创新的，包含了必要的非此即彼、一定的价值判断、总体上亦此亦彼的思维，是并包容了感性的理性精神。这几个方面，是文学创作、文学理论批评中不断重复、反复出现的现象，而且对于人文科学来说，基本方面也是如此。至于有人批判我说的现代性问题，不合他的马克思主义，其实批判时还是需要浏览一下我的《新理性精神与文学理论研究》一文，就会明白我所说的现代性是什么意思。新理性精神意在探讨人的生存与文化艺术的意义，在物的挤压中，在反文化、反艺术的氛围中重建文化艺术的价值与精神，寻找人的精神家园。这是以我为主导、一种对人类一切有价值的东西实行兼容并包、开放的实践理性，是一种文化、文学艺术的价值观。此说拓展了文学理论的思维，是加强文学理论人文精神的一个观点，也是我试图使文学理论介入当下社会生活的一个想法。有了这种立足点，我在人生与学术中确是有了一个安身立命之处。

丁国旗：我记得希利斯·米勒在《文学评论》（2001年第1期）上发表文章《全球化时代文学研究还会继续存在吗?》，借助新的电信时代的特点，米勒提出了"文学终结"思想。您是怎么看这一问题的？

钱中文："文学终结"是个流行一时的问题，其实类似的问题在历史上早就发生过了，黑格尔的艺术终结就不说了。20世纪初50年代到60年代，"小说死了"的说法在外国著名的作家之间相当流行，说作为文学主干的长篇小说死了无疑是说文学死了，这在现代主义文学兴起后又甚。主要是一些人把看到的新的文学样式的出现，看作是文学自身的终结或死亡（这里混用了）。比如一些现代主义作家对现实主义文学的理解十分肤浅，认为它是对现实的僵死的反映，这是一种庸俗化的理解，奇怪的是，认为现实主义文学就是模仿现实，在我国也很有市场。难道20世纪的许多现实主义文学巨著都是模仿吗？都是僵死的反映吗？20世纪下半期起，在信息科技的影响下，不仅原有的文学样式变了，而且文学的载体变了，正如希利斯·米勒文章里提到的未来可能情书也不会再存在了。20世纪初，一些自然科学家看到物质微观化了，以为物质消灭了，其实由于科学的发现，物质仅仅改变了其存在的形式，文学也是如此。文学所以会照样存在下去，在于文学创作是人的本质属性的一个方面，是人的审美的精神需要。人需要通过话语、文字的诗意结构，进行审美的创造，审美的欣赏，审美的阅读，审美的接受，同时从中反观自身，进行审美的观照，观照自己的精神，它的提升。我们还可以说，优秀的伟大的文学创作，是我们民族文化的传承，它维系着我们民族文化精神的发展与更新。因此，纸质印刷的文学作品未来会缩小市场，但通过高技术的载体而出现的文学会照样存在与发展。只是表现的形式变了，文学不会死亡，或是终结。我似乎看到，我们如果不采取措施，今后的人们在信息技术、图像艺术、偏好省力的图像阅读的影响下，审美趣味将会变得肤浅、粗俗，需要牢记心头的价值与精神，娱乐至死的现象会层出不穷。不过，文学还会照样存在。

丁国旗：英国马克思主义理论家特里·伊格尔顿则通过《理论之后》（2003）一书，宣布了"理论的终结"："文化理论的黄金时期早已消失。"2009年国内出版了伊格尔顿的《理论之后》，如果可以随性地将"文学的终结"的观点嫁接在一起，那么，也就可以直观地得出"文学理论终结"了？其实从后现代思潮兴起以来，我们似乎的确看到了价值的被颠覆、中心的被消解，一切都进入到平面化之中，理论的终结与消亡当然也应该是顺理成章了？

钱中文：这些问题，十分现实，也很尖锐。先说一下我对《理论之后》的理解。我以为伊格尔顿所说的理论，是针对欧美20世纪80

年代前兴起的"文化批评"或"文化理论"而说的。文化理论到了20世纪90年代和21世纪,在喜好花样不断翻新的西方文化界已难以为继,于是盛极一时的"结构主义、马克思主义、后结构主义以及类似的种种主义已风光不再。相反,吸引人的是性"。"在阅读文化的学生中,人体是非常时髦的话题,不过通常是色情肉体,而不是饥饿的肉体。对交欢的人体兴趣盎然,对劳作的身体兴趣索然……中产阶级出身的学生们在图书馆里扎成一堆,勤奋地研究着像吸血鬼迷信、挖眼睛、电子人、淫秽电影这样耸人听闻的题目。"某种意义上可以说是"理论的终结",而这种文化理论终结之后怎么办?所以叫作"理论之后"。虽然西方文化理论把文学理论也包括了进去,但实际上在研究与课堂中脱离开了文学,而大谈泛文化现象,诸如伊格尔顿所说的那些现象。20世纪末赛义德这样的文化批评的始作俑者面对空虚、无聊的文学课程,进行了深刻的反思,认为文化批评研究把文学理论架空了,把从文学讲授、研究中所应获得的精神、价值掏空了,提出文学课程仍应回到文本,回到细读,当然是一种新的回归。这样说来,我以为不存在"文学理论的终结",文化理论或批评还会存在下去,发展下去,而文学理论将会吸收其中合理成分而丰富自己。

更重要的是,人的审美意识将会进一步发展,文学创作将会继续存在下去,而文学不可能没有理论思维,文学理论同样也会发展下去,研究文学的规律性现象,它的兴衰流变,供作家、读者阅读。其实,不少大作家也写理论文章,思想精深,如托尔斯泰、巴尔扎克、歌德、雨果、司汤达、席勒、鲁迅。伟大作家的理论著作都是每个民族的精神财富与民族文化的组成部分。没有这种财富,我们在精神上将会变得十分贫困、落后。此外,有些作家还有应对教学需要而写出文学理论这类著作的,也别具一格,如老舍、郁达夫的文学概论等。20世纪80年代,文学理论的作用特别明显,那时候的文学理论批判,为80年代以来文学艺术的繁荣,开辟了道路,它起到了导向的作用,如关于写真实论、英雄人物论、文学与政治关系、政治要求与艺术本性、文学的人道主义、人性问题,现实主义与现代主义等。有些作家声称,我从来不读什么理论。一是现今的文学课本确是存在问题,老一套的政治观念太多，引不起人们兴趣；二是讲授者有个技巧的问题；三是这类作家一般说来理论思考的能力不高，可以平面地去编织故事，但是难以切入具有震撼力的人的生存处境，所以他们的口气很大，但他们的写作水平一般不高。

丁国旗： 在今天，由于我们处于信息社会、全球化、消费社会的条件中，文艺理论的处境的确举步维艰，它的不断扩容、越界也都证明了这一点。一方面，我们可以说它发展了，但另一面我们似乎也看到它正在被自身所消解。您是怎么看待这种现象的呢？

钱中文： 我对当今文学理论举步维艰的处境，深有同感，但我又有自己的一些想法。其实，一般文学理论大体可包括马列文论、基础理论、古代文论、外国文论、比较文论等，现在又大大拓宽了范围：比如生态文学理论、网络文学文论、视觉文学理论，等等。

现在常常谈到文学理论的危机、理论死了、或是将陷入凋零与绝境。我以为这多半是指文学基础理论而说的，其他理论部门，也各有各的问题，但态势似乎比较缓和一些，因为相对来讲，它们都有研究的基本对象。文学基础理论为何问题多多？一，在当今文学形态发生大变化的时期，比如一般的文学创作，现今变得形式多样，光小说一年就出版几千部，海量的作品难以使人一一阅读，不少作品价值不高，思想并不丰满，不易选择。同时，网络文学、视觉文学的大力发展、生态文论的大力呼唤，作品数量的激增，非过去所能想象。如果纸质刊物不登，那网络上自有一席之地，其想象之自由，形式的多样奇特，真是前所未有，人们更难以深入阅读它们，据闻也有佳作，那也是凤毛麟角。总的说来，文学创作趋向多样，而审美趣味变得粗俗、廉价，因而难以确切了解它们的问题所在。所以文学批评滞后，而文学理论就更是如此，显得无能为力，严重地跟不上文学创作的实践。

文学理论中的反本质主义问题。文化批评传入我国之后，这一思潮到 21 世纪更为活跃，它的反独断论，去中心化，很有影响，鼓舞了很多人。但是中国学者接过来后，他们自己的独断性、盲目性也很明显，如把文学理论对于文学现象本质的研究，当作本质主义加以批

二 文学理论提供知识，也创造思想

判，一时"反本质主义"呼声大作。对于本质主义要做具体分析，事物现象的本质研究与本质主义是有联系而又不同的两码事。个别事物现象的本质研究，在于弄清楚这一现象的性质、揭示现象后面隐蔽着的东西，它的真实形态与功能，它与其他事物之间的相互关系与发展前景，它在社会生活中的作用，等等。本质主义则是我怎么说都是对的，是一种自我定义为永恒真理的教条主义，是一种抱残守缺、不思进步的僵化思想，因此怎么可以把本质研究与本质主义等量齐观呢？说实在，很多事物本质的东西，我们不是研究得太多，而是难以研究。文学研究既可以去探讨象征与修辞现象，多种体裁与形式现象，文学和其他学科的共性特征，那么文学研究为什么就不能研究它的自身的本质特性呢？你说本质特性说不清楚，那么其他诸如象征、修辞、形式、体裁、流派、思潮都说清楚了吗？事物的真理性只能被不断地接近与认识，终极性的真理我们暂时还未见到。你不愿意研究文学本质，难道别人也不能研究吗？况且文学现象的本质研究，十分艰难，形成一个观念，极为不易，很可能是某些学者一生的心血的凝聚。这样的学者怎么会像有的人，今天写出这种倾向的文章，明天刊出相反倾向的论文，评奖了，就看着评奖人员的组成，掏出他们让领导人喜欢的文章，搞得皆大欢喜！这种现象难道不存在吗？

既然事物本质研究被贬为反本质主义，于是随着反本质主义的传播，事物的不确定性、平面化思潮大为流行。文化研究对象的不确定性与随意性被奉为文学理论研究的创新规则。可是反本质主义的创新原则，使事物失去了质的规定性。文学是什么，它的边界在哪里，使得一些人模糊起来，于是掺和着不少外国人的观点，大声宣布今天的文学还未有定论，不少生活、物质现象还未装入进去。这样，一时要以文化批评代替文学理论的呼声大为高涨。这种紧跟外国"诸子百家"的理论，使得文学理论特别是基础理论的探讨，一时处于变幻不定的状态，而日益走向后现代主义的碎片与拼贴。其实，如果这种做法也算是文学理论的"扩容"的话，那美国早就做过，如前所说，一些文化批评的始作俑者早就做过深刻的反省了。针对这些文化现象，当然可以开设讲座，但它们不是文学理论课程所要扩大的内容，如果把这些现象的讲解当作文学理论来讲，文学理论本身就给掏空了，它原有的那些价值，都被转换了，被诸如时装设计、时尚打扮、服装展览、香车美女所替代了。现在一些朋友出版了好几种有关审美文化的著作，写得很有分量，也有前卫性，我很欣赏。设置审美文化的课程，倒正是适应了文学课程扩容、补充的需求。

一些学者认为，既然文学本质观念永远也说不清楚，那就应该放弃这类研究，进行看得见、摸得到的文学现象研究就可，于是一些浅表性的实证主义研究得到了过分的重视。也有学者认为，现在已进入信息化的时代，认为老师的责任不在于给学生以观念、定义，只需传授各种知识、任其自然即可。但是对于知识不予系统的梳理与综合，不予概括与定性，那么它们可能只是一些毫无联系的散乱现象，只能使之成为一堆知识的拼贴，失去了知识应有的深度。由于文学中的泛文化研究的转向，放弃了理论的定性与归纳，甚至连文学本身也早被碎片化、拼贴化了。例如2009年哈佛大学出版的一部1000多页的《新美国文学史》，其别开生面之处，就是这部文学史把小说家、诗人与拳击比赛、电影、私刑、控制论、里根、奥巴马等社会文化现象、政治人物和歌手，都当作文学史的写作对象，这种写法可能有着他们的理由。目前，这种现象在我国虽然还未出现，但说不定哪天我们也会看到这类著作的。

丁国旗：您认为文学理论在今天的合法性究竟在哪里呢？我们该从哪里给自己找到合适的定位？这个定位是什么？

钱中文：在后现代的解构主义的盛行之中，上述现象流行于我国文化、文学理论中，也有它的合理成分，它毕竟扩大了我们的知识，使我们获得思想上的某种解放，这是最重要的方面。同时，也仍有避免了它的极端性而表现出当代建构性的一面，比如近期出版的几种文学概论一类的著作就是。它们普遍地就文学现象论述文学现象，建构各种关系，贴近当代现实，实用性强，视角新颖，力图有所出新，具有了不同的特点，显示了文学理论的多样化与进步，改变了原来的文学理论的面貌。当然，大叙事化倒是去掉了，而小叙事显出了平面化的特点，不易达到深思熟虑的哲理化的高度，也许这原本就不在考虑

二 文学理论提供知识，也创造思想

之内。当然，还有一些原有的《文学理论》修订本的出版，有的著作仍不失其权威性，还有马工程教材中的《文学理论》的出版。此外审美文化研究、网络文化理论研究、生态文学理论研究以及不少文学理论的专题性研究，都是很有成绩的，它们都要借助于文学基础理论而获得丰富。基础理论在艰难中行进，也显示了它的存在及其价值。

近几年来，我国的外国马克思主义文艺理论研究取得了重大的成果，七大卷"20世纪马克思主义文艺理论国别研究"丛书就是实绩之一。这套丛书，应该说是对20世纪世界范围的马克思主义文艺理论成就、问题的一个总体性的详尽描述、一个综合性的理论总结，一部20世纪全景性的马克思主义文艺理论发展史。这样全面性的介绍、大规模的综合研究，在中国自然是第一次，在世界范围内也更属首创。总主编说，20世纪马克思主义文艺理论在各个国家的新的历史条件下，提出了一系列的新命题，显示了马克思主义文论的多样性、当代性与开放性等特征。在我翻读过后的第一个印象是，世界范围内的马克思主义文艺理论确实表现出了蓬勃的生命力及其发展形态的多样性。中国式的与外国式的马克思主义研究如果有所不同，那就是在我国马克思主义被奉为国家意识形态，在外国则是知识分子群体中的一部分人，在马克思主义思想的指导下，各自针对自己所处的社会文化问题，进行研究，从而丰富了马克思主义，使得马克思主义在各种新的形态中持续地发展。

改革开放之后，外国马克思主义文艺理论研究被介绍到我国，在"唯我独马"的思想阴影下，那也是"西马非马"。现在看来，这是我们没有在世界范围内把马克思主义文学理论当作一个整体去了解的缘故。一百多年来，我们看到各国的马克思主义文学理论提出了许多新问题，它们因国别、地域与文化传统而各自不同，英国的马克思主义文学理论不同于法国马克思主义文学理论，德国的又迥异于美国的，什么缘故？在于马克思主义文学理论都要与该国的文化实际中出现的问题相结合，需要回答时代的要求；如果不与实际相结合，不能使自己成为本土化的研究与本土化的理论，那它本身哪会有什么实际意义呢？哪会有什么生命力呢？现在对外国马克思主义文学理论研究刚刚开始，就有人在放风，已经出现新马化倾向了，天要塌下来了！

此外还有多卷本研究外国马克思主义文学理论专题性的丛书，很有新锐精神。这几套丛书出版，一改20世纪八九十年代那种死气沉沉的注释派和唯我独马派的文风，它们提出了新的思想、新的思路，从而也显示了中国马克思主义文学理论研究的独创性、中国气派和强大的生命力。

文学理论中的消解现象是存在的，但只是某些人自身的消解。其实，文学理论不仅需要提供知识，也应提供思想。我以为文学理论研究中上述的成绩，就是文学理论存在的合法性理由，以及我们在文学理论中的定位，这里因篇幅所限，不好展开了。

丁国旗：您在文论界跨越了50多年，一定会有自己的体验与感悟，您对当前文学理论研究有些什么建议？未来会是什么样子？如何看待当前文学理论的发展？

钱中文：面对新的世纪，既有对当下文学理论处境的焦虑与不安，也有对于文学理论未来命运的期待与展望。但是，无论焦虑与不安，期待与展望，我们理论界需要进行自我反省，自我批判。

文学理论需要加强它的实践品格与时代特色。文学理论究竟为何、何为？这一问题从新时期到新世纪，出现过多次讨论。当今我们已处于网络文化之中，面对今天这样复杂而多样的文学现象、文化现象，文学基础理论确实身处窘境。如果我们肯定自己要在这块园地工作下去，那就需要有前沿性的问题感、现实感与时代感，去理解社会的转型，文学的转型，文学的多样性。文学理论需要贴近生活，贴近实际，在今后的研究中，需要多向文学批评家请教，实事求是地去阐明文学活动中出现的各种各样的新形式、新倾向，并在理论上给予恰当的概括。理论具有预言的功能，但它的常态则是去阐明已经发生的现象，确立相对稳定的规则。这需要我们在历史的发展中，努力去了解中外文学、理论的历史与现状，培养那种高屋建瓴的综合能力。当然，面对当今琳琅满目的文学现象，也需要有一个不断认识、梳理、消化与积淀的过程，现在看来这个过程会相当漫长。需要心向实际，同时又要避免当今相当流行的急功近利的学风。最近一些自然科学家

二 文学理论提供知识，也创造思想

谈到，理论问题搞出成果来（不是一般的成果），是要有时间的，而且一个成果当时可能不见实用价值，可后来在那个领域里发挥了无穷威力，要在学术研究中反对有我无他的"一刀切"的学风，一刀切和多样化是对立的。自然科学尚且如此，何况人文科学。

在外国文论的吸收中，需要反省我国文学理论的民族特色、本土意识与国际视域的关系。当今，外国文论的介绍十分普遍，国别文论、文论家的个案研究很有特色，相当深入。但是也要防止那种在介绍外国文论时，介绍者已被外国文论所介绍的现象，我们不能把我们的文学理论看成是外国文论的各种拼贴，任由感觉无选择的自由泛滥，跟在外国学者之后，拿他们的观点去引领我国文学理论的潮流，这极有可能成为各种无选择的理论的狂欢。自然，外国文学理论具有相对的普遍意义的品格，我们每每阅读外国文学理论著作时总会发现，它们都是针对本国的文学或是文化渊源相近的文学而展开的，最近出版的一套"当代国外文论教材精品系列"也是如此，都与自身文论传统紧密相联的。因此我们建设具有我国民族特色和本土化的文学理论时，必须汇入世界的文明，吸收与融化外国文论的优点，在国际视域中进行。我国具有民族特色的本土资源十分丰富，在这方面，不少学者已提出了值得思考的建议。

在自我反省与自我批判中，也要检验我们的著述，是否具有历史感的品格，真诚与诚信的品格。无论理论研究，还是文学史，缺乏深刻的历史感，就会缺乏科学性与理论性，就会失去真诚与诚信，而难以取信于人。对于文学理论来说，历史感就是论从史出，论史并重，就是重视问题产生的现实性，它的历史文化语境、历史生成及其发展，它的历史传统。历史感要求作者的真诚，在实事求是的理论展开中，使其成果获得科学性，进而获得诚信。对于文学史来说，历史感就是尽可能地显示史实，揭示事实的真实面貌，它同样需要论从史出，使之史论相映。真诚是学者的一种主观品格，缺乏真诚，就有可能遮蔽历史真相，就有可能利用外力与话语权，歪曲历史，另有所图。这种恶劣作风，已经成为我国社会中极为普遍的生活风习，所以导致社会诚信丧尽，失却了凝聚力。当今某些新时期文学理论史著作，看似史作，实则缺乏历史感，让人感到历史似乎不是他们写的那个样子。由于作者缺乏真诚，因此对于读者来说，这类文学理论史作，便只能是利用了话语权的缺乏诚信之作。

丁国旗：您如何评价当前的学术环境，如何使学术获得良性发展？

钱中文：学术的良性发展，是需要良好的环境的。课题费多了当然很好，但很可能使学术变为依附。学术需要说出真话，不说假话，使真诚融入自由的思想、独立的精神之中，那时才会产生具有独创精神的、原创性的有价值的文化产品。有的人把重复、宣传当作学术，旧习难改。不过我在这里也要重复一下自己说过的一段话：一个伟大的民族自然要拥有丰富的物质财富，但是最终昭示于世人、传之久远的，则是其充溢着民族文化精神的文化创造。生产这种精神财富，应该在文化、学术中，从发出自己的声音做起，进行原创性的创造。要坚持自己的声音，坚持那种具有学理精神的原创性声音，因为学术认同的只是独创。学术回应时代，也坚持自身的需求：学理的深化、完善与丰富。但是这种回应，应是绝对的个性化的，而不是重复与雷同。

当今文学理论介入的领域实在太多，中心问题是文学理论中的"国际视域"与"中国问题"。我国的文学理论，在国际视域、传统资源与中国问题的相互激荡中，会不断地出现动态的、多样的理论新形态，这是我们所热切期望的。

（原文刊于《文艺报》2012年10月26日）

三　文学意识形态与不是意识形态论引起的论争
——兼论文学审美意识形态的逻辑起点及其历史生成

（一）论争的由来

十多年来，"文学审美意识形态论"在文论界较为流传，最近一段时间受到质疑与批判，质疑者与批判的组织者主要是北京大学的董学文教授，他是我国的马列文论研究家。

其实，将文学仅仅视为意识形态或是审美意识形态，董学文教授早就论证过。比如20世纪80年代末董教授提出"承认不承认、坚持不坚持文学艺术的意识形态与非意识形态的结合，同样是个'原则问题'"①，措辞十分严厉。90年代，他指出毛泽东所说的观念形态就是意识形态，他极大地发展了马克思关于意识形态的原理，对指导我国文学艺术的发展具有重大意义。他在出版于2002年的《文学理论原理》就采用了文学"审美意识形态"说。

2004年马列工程中《文学理论》一书立项，童庆炳教授任课题组"首席专家"，持文学审美意识形态说（我同样持有此说），而董教授则是课题组的"主要成员"。小组讨论文学的本质特性时，董教授对于文学审美意识形态说提出了不同意见，这自然是值得重视的。从2005年起，他迅速地写了一批"考论""献疑"的文章，考论出

---

① 董学文：《马克思主义文艺学当代形态论纲》，《文艺研究》1988年第2期。

"马克思本人从来就没有直接或间接地说过文学是某种'意识形态'",而文学审美意识形态就是"审美"加"意识形态"的"硬拼凑"。《北京大学学报》《文艺理论与批评》等报刊相继发表这位"考论者"和他学生们的多组文章,批判审美意识形态论。① 2006年4月7—8日以北京大学等两校和马列文论研究学会的名义,在北京大学联合召开了全国性的"文艺意识形态理论研讨会",一些人进一步批驳文学是意识形态说与"文学审美意识形态论",会上发出了不许"谬种流传"的号召。他们提出,文学"审美意识形态"在词组结构上是个所谓"偏正结构"。一会儿他们判定这个"结构"中的"正"是审美,"偏"为意识形态,于是审美虚化了意识形态,是"去政治化",是个"没有'意识形态'的审美意识形态",所以这是"纯审美主义";或是说这是把意识形态"中性化"了。一会儿他们判定在这个"偏正结构"里,"审美"是"偏",它不过是虚晃一枪,"正"是意识形态,意识形态就是思想体系,就是政治,而文学与政治是无关的;又说如果文学属于意识形态,那么难道一首儿歌就是意识形态吗?这不是把意识形态泛化了吗?如此等等。在批判了别人的文学观之后,董学文教授等则提出文学是"社会意识形式",是"审美意识形式",或是文学"属于意识形态部门",文学不是意识形态,但具有意识形态性,等等。从2005年起的一两年内,仅这位"考论者"一人,在各处发表同义反复、不厌重复的批判文章就有15篇之多

---

① 董学文:《文学本质界说考论——以"审美"与"意识形态"为中心》,《北京大学学报》(哲学社会科学版)2005年第5期。董学文:《"审美意识形态"能成立吗?》,《文艺评论》2005年第5期。董学文:《关于文学本质与意识形态的关系——兼评"审美意识形态"说》,《苏州大学学报》(哲学社会科学版)2006年第1期。董学文、马建辉:《文学"审美意识形态论"献疑》,《文艺理论与批评》2006年第1期。董学文:《"审美意识形态"文学本质论浅析》,《湖南师范大学学报》2006年第3期。董学文:《文学意识形态理论的批判意义和当代价值》,《文艺报》2006年3月28日。另有3篇该作者的论文刊于《文艺意识形态学说论争》,吉林大学出版社2006年版,分别为《马克思意识形态学说与文学本质问题》、《文学本质界说:曲折的跋涉历程——以自我理论反思为线索》,与李志宏合写的《文学是可以具有意识形态性的审美意识形式》。以及李志宏的《是"审美意识形态"还是"审美意识形式"?》,《文艺理论与批评》2006年第2期;李志宏:《意识形态不等同于观念上层建筑》,《学术月刊》2006年5月号。马驰:《论文学的本质与审美意识形态》,见《文艺意识形态学说论争集》,吉林大学出版社2006年版。

三　文学意识形态与不是意识形态论引起的论争

（后来更多）。指向我们的"考论""献疑"文章，颇有声势地一篇又一篇地压将过来，还有大会批判。这使我深为惊异，一个小小的文学观点，居然激发了批判者如此丰富的灵感，投入了如此特有的热情，实属罕见。说实在，在文学理论界自1986年文学主体论文艺思想被批判以来，没有哪几位学者的观点，经受过如此规模的定点式的清除、密集型的"考论"的，因此，这让被"考论"的人也实在感到意外。

就目前所见的这位"考论者"的批判文章中摘引的观点和所做的注释表明，它们都出自我的、童庆炳与王元骧教授的著述。而且有的被批判的观点，据我所知，不过是童庆炳教授在小范围会议上的发言用语，还未公开发表，但是这位"考论者"顾不得依据文字为准的批评游戏规则，抢先拿来"考论"，进行驳斥。我虽然没有长期从事注释与阐释马列文论的工作，并非马列文论专家，但读罢这位"考论者"提出文学不是意识形态的理论，觉得极有可能是一百多年来不断发展的马克思主义理论中的一种创新之说。不过我又感到，他对马克思恩格斯的著作的和对别人的文本的"考论"多有误解之处。

20世纪20年代，马克思主义的历史唯物主义被介绍到了我国，当时的革命作家、理论家大力张扬文学是意识形态说。毛泽东的《在延安文艺座谈会上的讲话》中也认为文艺是一种"观念形态"，20世纪50年代以后，这种说法成了我国思想界、文艺理论界的主导思想。在后来几十年的过程中，"左"的理论、思想不断强化，文艺创作也出了不少问题，"文化大革命"更是扼杀了文化创造的生机。20世纪70年代末，提倡改革开放、思想解放，80年代初，各种外国文艺思想纷纷涌入我国，一些学者在总结以往经验教训的基础上，提出了对文学本质问题的探讨，一时文学是什么成为一个热门问题，出现了各种各样的文学观，其实我在那时完全可以选择一种时髦的文学观以为标榜。但是我在相当长的时间里对各种文学观做了比较之后，觉得把握文学本质而具有整体性意义的还是马克思主义文学观。问题在于我们过去将文学仅仅视为意识形态，总是在强调社会结构中的文学与其他意识形态的共同特性，把文学观念化、抽象化了，而文学是具体的意识形态，就其本质特性来说，它是具有审美特性的意识形态，也即审美意识形态。

20世纪80年代，我在探讨"文学审美意识形态"时，不是从已有的现成的意识形态作为逻辑起点，而是从"审美意识"开始的，也即从"追溯"审美意识形态"产生的过程"的源头开始的。审美意识是与意识同步生成的，是人审美地把握世界方式中的重要现象，是人的本质的确证开始的。提出把"审美意识"作为"文学审美意识形态"的逻辑起点的初衷，就是想改变一下半个多世纪以来我们已经习以为常的横向思维方式，即总是凭借过去先贤的多种既定文学理论观念，或是以某种现成的学说来界定文学本质，如文学是意识形态说。把审美意识作为逻辑起点，就是试图从发生学、人类学的观点，揭示文学的原生点及其在审美反映的不断丰富与更新中、在其历史发展生成中的自然形态。讨论人类审美意识在原始形态的审美反映中如何历史地生成口头的审美意识形式——前文学，遂后又融入蕴涵了民族文化精神的语言文字结构，进而历史地生成为现代意义上的审美意识形态的，找回文学本质特性探讨与文学观念形成中的历史感。同时，"文学审美意识形态"自然不是像某些思想偏执、直线化的人那样，认为是用文字来演绎思想体系，而是在于显示文学在其自身历史的发展中，所形成的最根本的复式特性——诗意审美与意义、价值、功利之间的最大的张力与平衡。在文学创作的实践中，诗意审美与意义、价值功利两者之间可能是平衡的，但也会产生失衡，而在理论上也可能出现偏颇，这都是正常现象；但这两个方面在本质上是互为依存，难以偏废的，本文最后部分将较为详细地讨论这一问题。而且文学审美意识形态论这一观念从未奢望穷尽对文学本质的概括，它不过是我与一些学者所主张的文学观而已。

在当今的情况下，第一，什么是文学，说法很多，各个学派有各个学派的说法。比如，文学可以是感情的表现，焦虑情绪的记录，可以是对压抑情绪的发泄，内心忧伤的回忆，都有道理，或是说文学什么都不是，可以是美男、美女的下半身写作，一些作家就是这么写的。第二，谈论文学，如果是从马克思主义的观点来谈，那么还是要

三 文学意识形态与不是意识形态论引起的论争

从马克思恩格斯提供的文本出发,尽可能准确地把握他们的原意与精神,作为我们的思想指导,进行阐释、发挥而创新。马克思并未提出过文学的定义,文学意识形态论其实只是揭示了文学本质特性的一个重要方面,而非全部。第三,如果一些人认为,过去把文学现象仅仅看成意识形态,理论阐述上错了,所以使我们的创作遭受了严重的灾难,现在要使文学与意识形态彻底脱钩,创造新说。于是想方设法到马克思那里去寻找我们对于意识形态的"误解"的根据,或是宣布我们早已陷入意识形态的"误区",这也只能说是当今已经进入不再会有理论权威、到处弥漫不确定性时代的理论风气使然,顺应当今国际时尚使然。第四,宣称意识形态是指法律、政治、宗教、哲学、艺术的"综合思想体系"等,而"社会意识形式"则是指政治、法律、宗教、艺术等,在我国,毛星先生早在1986年发表的《意识形态》[①]一文中就已提出了类似的说法,有的学者也附和过。对于这样的重要观点和详细论说,我以为在"考论者"的一批驳斥文学审美意识形态说的文章里,不宜不作"考论",不能以为一切都是从我开始的。

至于"文学审美意识形态论"引起异议,如上所说,其中"意识形态"四个字自然受到了特别的关注,主要原因在于,一是意识形态这一理论在20世纪流行开来后,学派众多,涵义各别,而其外延极为复杂。特别是当今意识形态一语,被各类政治家普遍使用而被赋予不同的、乃至绝然相反的内容。例如有的外国理论家提出的"全球化意识形态"就是,那么怎么可以用它来讨论文学问题呢?或是西方政治家们与媒体把西方国家的和我国的各种分歧,都说成是意识形态的分歧,这种单一的意识形态化的提法,实际上掩盖了各种政治体制和思想意识方面不同的极为复杂的实在内容,使得意识形态一词不堪承受其重。二是,一些人认定意识形态就是观念和思想的体系,是各类观念的一个"综合思想体系",那么怎么可以用"综合思想体系"来界定文学的本质呢,文学是综合思想体系吗?三是一些人认定"审美意识形态"就是审美加意识形态,他们的历来使用的思想方法就是简

[①] 见毛星《意识形态》,《文学评论》1986年第5期。

单的加与减，这已是几十年来流行的思维定势了。四是审美意识形态这一文学观念从理论上确实还需要进行进一步地阐明，等等。我反思过文学"审美意识形态"这一提法，比如，逻辑起点是审美意识，之后在其历史的发展过程的探讨，在逐步完善、多样的审美反映中，却自然地导出审美意识形态，只是目前还未能找到一个比它更有概括力的术语来重新界定。事实上，要提出一个十全十美、面面俱到、人人都能接受的文学本质观，那是十分困难的，现象比观念远为丰富得多。谁都明白真理是相对的，我们可以在生活实践中逐步地积累对于真理的认识，不断地接近真理，但是我们很难穷尽真理，一劳永逸地结束对真理的探讨。因此就这点来说，任何文学本质观念的界定，都带有时代的特征甚至局限，历来如此。特别是当今文学形式不断翻新，思想进入多元时代，学者们各有各的知识谱系，各有各的思维方法，各说各有理。而且文学接受面极宽，读罢文学作品，有所感触，谁都可以就文学是什么说上几句的。所以我也欢迎别的学者提出更为符合文学本质的整体特性、更为简洁的语言来界定文学。

我并不乐意参与这类无奈的论争，因为要探讨的新问题很多，但是一旦对自己的文学思想作出清理，就感到在认识上有所深化，也有了收获。

（二）所谓"马克思本人从来就没有直接或间接地说过文学是某种'意识形态'"辨析；文学在经济基础与上层建筑、意识形态体系中的地位

这位"考论者"董学文教授驳斥"审美意识形态论"，是从"马克思本人从来就没有直接或间接地说过文学是某种'意识形态'"开始的，这是一些年长的学者过去十分熟悉的典型的批判方法：提出一个观点，凡马克思说过的就可以成立，马克思没有说过的就不能成立，不想这种思想方法延续至今。这里实际上存在几个方面的问题，一是，马克思讲过的、至今仍在发挥作用的理论，我们需要深入地弄清它们的原意，作为我们探讨问题的指导思想。二是，在探讨马克思

三　文学意识形态与不是意识形态论引起的论争

主义理论中，在理解上可能会出现分歧，这是可能的，也是应该被容许的，何况"考论者"董教授自己在十多年间，不断地在改变自己的观点，提出了五六个马克思主义的文学观呢！三是，马克思逝世于一百多年以前，因而对于19世纪80年代后的种种现象，无法见到，也无法论及，但我们的生活却照样在汹涌前进，这就是为什么我们必须运用科学发展观的理论来努力阐释新现象、新问题。

"考论者"驳论的重点看来是"意识形态"问题。所以我不得不就我所理解的有关马恩意识形态的学说做些辩解。他考论了马克思在《〈政治经济学批判〉序言》里一段话，即经济基础与上层建筑的论述，引用了德文原文，相应的一段英译与一段俄译，考论了两种外文译法与原文意思相同，并考论中文版译文也是译得十分"精确的"。他引用三种外文加以"考论"，意在说明，在各种文字版本里，"由于'意识形态'不等同于'意识形式'，所以，马克思在论述的行文过程中，严格使用的是'社会意识形式'和'意识形态的形式'两个概念，用来指称他所要说明的对象"。因此，"认为马克思提出了文学'是一种意识形态的观点'，然后用《序言》的论述作为'文学是社会意识形态'或'文学是审美意识形态'界定的理由，应该说那是缺少有力的根据的"，审美意识形态就是审美加意识形态的"硬拼凑"[1]。

如果说，这种文学非"意识形态"理论是这位"考论者"自我的理论创新，那我自然乐观其成；但如果说，他的文学非意识形态说，是在"考论"了马克思恩格斯关于意识形态的理论的结果，那么，凭我对于马克思主义历史唯物主义观的一点肤浅的理解，就不得不也来做些考论了。意识形态、意识形式包括观念的上层建筑与思想上层建筑之间，存在什么关系呢？在马克思主义的基础与上层建筑、意识形态的理论中，意识形态包括不包括文学在内？能不能把马克思主义的历史唯物主义学说，搞成支离破碎、四分五裂的东西？我们能

---

[1] 董学文：《文学本质界说考论——以"审美"与"意识形态"为中心》，《北京大学学报》（哲学社会科学版）2005年第5期。

不能借用这位"考论者"极为典型的治学方法，以子之矛，攻子之盾地说："马克思从来没有直接地或间接地说过文学是某种'社会意识形式'"，来否定这位教授的理论？显然不能，这样做，无助于说明问题。

马克思恩格斯关于经济基础与上层建筑意识形态的理论，经历了一个发展的过程，看来需要进行简要的系统梳理，否则有的人对于有利于自己论点的观点，就加以引用，不利于自己的观点，即使就是在引文必须接下去的地方，却人为中断，加以避讳，或是左右而言他，这就很难说到一起去了；而且对于不少没有读过马克思恩格斯原著的读者来说，可能也不知就里，附和认同。马克思恩格斯在其早期著作《德意志意识形态》里，在对黑格尔的客观唯心主义和其后的青年黑格尔派的主观唯心主义思想、直观的唯物主义进行了批判时，就在不断地确立自己的唯物史观，一种新的世界观。他们把青年黑格尔派的各种唯心主义的观念，统称为"德意志意识形态"，此时他们的"意识形态"一词，大体上接受了拿破仑对特拉西"观念学"的批判的影响，是在"谬误意识"①的贬义上使用的。但是即使在贬义上使用意识形态一词，马恩也已清楚地意识到，那些通过虚假意识完成的虚假的意识形态，实际上都产生在特定的现实基础之上，由它们而构成了一个社会的有机的思想系统。马克思恩格斯作为黑格尔哲学的批判者与继任者，无疑也吸取了黑格尔出版于19世纪初的《精神现象学》中关于意识诸形态的系统思想的研究成果。黑格尔在《小逻辑》中讲到：他研究精神现象，是从最简单的精神现象意识开始的，道德、伦理、艺术、宗教等都是意识的具体形态，所以他的《精神现象学》就是研究诸种意识的形态的著作。②马克思恩格斯关于上层建筑意识形态论的系统思想，无疑与黑格尔关于意识诸形态的思想相联系，并且作了彻底的改造。

---

① 可参见［德］卡尔·曼海姆《意识形态与乌托邦》一书中译，黎明、李书崇译，商务印书馆2005年版，第75页注1。
② 关于这点，详见本文第五部分，作者注。

三 文学意识形态与不是意识形态论引起的论争

下面我们对马克思恩格斯在各个时期有关意识形态的多种说法进行简要地梳理，并对它们适当地加以综合与概述。面对物质前提和现实生活，马恩在《德意志意识形态》中说：那些"道德、宗教、形而上学和其他意识形态，以及与它们相适应的意识形式便失去独立性的外观"。"德国唯心主义和其他一切民族的意识形态没有任何特殊的区别。后者也同样认为思想统治着世界。"在稍后的行文中，他们又把宗教、哲学等称为意识形式："从市民社会出发来阐明各种不同的理论产物和意识形式，如宗教、哲学、道德等等，并在这个基础上追溯它们产生的过程。"

接着在批判费尔巴哈的《历史》一节的最后，马恩在论述资产阶级市民社会这种社会组织时指出："这种社会组织在一切时代都构成国家的基础以及任何其他的观念的上层建筑的基础。"在谈及资产阶级与无产阶级的关系时，马恩说竞争所引起的变革，使得资产者之间和无产者之间的关系，变为纯粹的金钱关系，"并把无产者的一切自然形成的和传统的关系，例如家庭的关系和政治关系，都和它们的整个思想上层建筑一起摧毁了"。

在这一阶段，马恩初步确立了唯物史观原则。《德意志意识形态》全书的一个中心思想之一，就是在批判青年黑格尔学派时反复论证：是社会生活、社会存在决定社会意识，而不是相反。人们如果不是从人们设想和想象的事物出发，而是就从事实际活动的人出发，那么可以在现实生活过程中，"揭示出这一生活过程在意识形态上的反射和回声的发展"[①]，也即人们可以看到，生活过程会在思想、观念上表现出来，并发生反响。

1851—1852年，马克思在《路易·波拿巴的雾月十八日》中，对观念的上层建筑的各种形态做了生动的描述。他写道："把它们（正统王朝—地主世袭权力，七月王朝—资产阶级暴发户）同某个王朝联结起来的同时还有旧日的回忆、个人的恩怨、忧虑和希望、偏见

[①] 《马克思恩格斯全集》第3卷，人民出版社1960年版，第30、16、42—43、41、432、30页。

和幻想、同情和反感、信念、信条和原则,这有谁会否认呢?在不同的占有形式上,在社会生存的条件上,耸立着由各种不同的、表现独特的感情、幻想、思想方式和人生观构成的整个上层建筑。整个阶级在它的物质条件和相应的社会关系的基础上创造构成这一切。通过传统和教育承受了这些感情和观点的个人,会以为这些感情和观点就是他的行为的真实动机和出发点。"① 值得注意的是,这里马克思把与某个王朝联结起来的那些阶级的旧日的回忆、个人的恩怨、忧虑与希望、表现独特的感情、幻想、思想方式和人生观,各种观念形态,归结为整个上层建筑的构成部分。从这里对上层建筑所做的描述的内容来看,实际上指的是种种观念形态,大体涉及思想体系的部门,如政治、法律、宗教、道德和哲学等各个方面,同时又涉及感性生活形态的独特表现,如文学、艺术等方面。马克思的确没有说明,那些阶级的旧日的回忆、个人的恩怨、忧虑和希望、同情与反感,作为"表现独特的感情、幻想、思想方式",就是文学艺术。但是作为"表现独特的感情、幻想、思想方式",如果不是文学艺术所要求的,那么它们又是哪个部门所要求的呢?是否一定要马克思说了这是文学艺术,我们才可以认可呢?我们能否将马克思所说的那些阶级的旧日回忆、个人恩怨、忧虑和希望、同情和反感,作为"表现独特的感情、幻想、思想方式",与文学艺术所要求的描写对象、表现方式进行比较、对照,然后做出我们的结论呢?同时马克思再次阐明了这些观念形态产生的物质基础,指出了那些受到传统教育的人们的思想的谬误。

1859 年马克思在其《〈政治经济学批判〉序言》中所表述的唯物史观的社会结构的著名范式,其中谈及相对于经济基础之上的各种意识形态,作为具有普遍意义的历史唯物主义的各个范畴,已是对意识形态的中性表述,我们在后面再行分析。19 世纪六七十年代,马克思主要在政治、社会、法律等领域谈及上层建筑。在《剩余价值理论》里,马克思说到,只有历史地考察物质生产本身,并把它当作这种生产的一定的、历史地发展的和特殊的形式来考察,在这种理解的基础

---

① 《马克思恩格斯选集》第 1 卷,人民出版社 1995 年版,第 611 页。

三 文学意识形态与不是意识形态论引起的论争

之上，"才能够既理解统治阶级的意识形态的组成部分，也理解一定社会形态下自由的精神生产"①。关于这点，我们在后面还会论及。

1877年恩格斯在后来汇集成书的《反杜林论》的论文中就说道："每一时代的社会经济结构形成现实基础，每一历史时期由法的设施和政治设施以及宗教的、哲学的和其他的观念形式所构成的全部上层建筑，归根到底是应由这个基础来说明的。"在同书中一处，他将整个认识领域分成三大部分，即非生物界以及多少能用数学说明的部门，研究生物机体的那些科学，还有，"即在按历史顺序和现在的结果来研究人的生活条件、社会关系、法律形式和国家形式以及它们的哲学、宗教、艺术等这些观念的上层建筑的历史科学"②。同时，在本书中多处，意识形态一词，还在"唯心主义现实观"的意义上加以使用，中译本有时译成了"玄想"。但是从整体上可以看到，在这里恩格斯把哲学、宗教、艺术以及类似的部门，称为"观念形式"，同法、政治设施一起，构成全部上层建筑，有时称它们为研究形式的"观念的上层建筑的历史科学"。1883年恩格斯《在马克思墓前的讲话》中说到，"马克思发现了人类历史的发展规律"，明白这不仅仅指资本主义的规律。"历来为繁芜丛杂的意识形态所掩盖着的一个简单事实：人们首先必须吃、喝、住、穿，然后才能从事政治、科学、艺术、宗教等等；所以，直接的物质的生活资料的生产，从而一个民族或一个时代的一定的经济发展阶段，便构成为基础，人们的国家设施、法的观点、艺术以至宗教观念，就是从这个基础上发展起来的，因而，也必须由这个基础来解释，而不是像过去那样做得相反。"③

1886年恩格斯指出："国家作为第一个支配人的意识形态力量出现在我们面前。社会创立了一个机关来保护自己的共同利益，免遭内部和外部的侵犯，这种机关就是国家政权。""国家一旦成了对社会的独立力量，马上就产生了新的意识形态。"④ 1890年，恩格斯在给布

---

① 《马克思恩格斯全集》第26卷，人民出版社1972年版，第296页。
② 《马克思恩格斯全集》第20卷，人民出版社1971年版，第29、97页。
③ 《马克思恩格斯选集》第3卷，人民出版社1995年版，第776页。
④ 《马克思恩格斯全集》第21卷，人民出版社1965年版，第347、349页。

洛赫的信中谈到,根据唯物史观,在历史过程中起决定作用的是现实生活的生产和再生产,经济状况是基础,但是影响历史进程的还有上层建筑的各种因素,例如政治的、法律的和哲学的理论,宗教的观点,等等。同年在给施米特的信里,恩格斯说到意识形态和经济基础的关系并不都是相同的,一些意识形态如政治、法律离经济基础较为直接,另外还有"那些更高地悬浮于空中的意识形态的领域,即宗教、哲学等等";同时恩格斯还指出了经济"决定着现有思想材料的改变和进一步发展的方式,而且多半也是间接决定的,因为对哲学发生最大的直接影响的,是政治的、法律的和道德的反映"①。1893年给梅林的信里,恩格斯提到了以往的思想家们以虚假意识制造了虚假的意识形态。在1894年给瓦·波尔吉乌斯的信里,恩格斯说,"政治、法、哲学、宗教、文学、艺术等等发展是以经济发展为基础的。但是,它们又都相互作用并对经济基础发生作用。并非只有经济状况才是原因,才是积极的,其余一切都不过是消极的结果。……在这些现实关系中,经济关系不管受到其他关系——政治的和意识形态的——多大影响,归根到底还是具有决定意义的"②。恩格斯在这里指出了各种意识形态,都为经济基础所决定,同时对于基础又发生反作用,具有相对的独立性,修正了过去对经济决定作用的过分强调。

这些摘录自然只是一个大概,我们看到:一,19世纪40年代中期,马克思恩格斯在分析资本主义社会现实基础时,把产生于其上的道德、宗教、哲学等称为意识形态,同时认为此外还存在其他意识形态;他们在"谬误意识"的贬义上广泛地使用"意识形态"的时候,已在寻求、探讨意识形态的规律性现象;同时,对于宗教、哲学、道德等,从基础方面追溯它们的起源时,又被他们称为不同的理论产物和意识形式。这些不同的意识形态或意识形式又被称为"观念的上层建筑"或"思想上层建筑";又说和道德、宗教、哲学等意识形态相关,还存在相适应的其他"意识形式"。可以说这一时期马恩所说的

---

① 《马克思恩格斯选集》第4卷,人民出版社1995年版,第703—704页。
② 《马克思恩格斯选集》第4卷,人民出版社1995年版,第732页。

三 文学意识形态与不是意识形态论引起的论争

意识形态、意识形式、观念的上层建筑与思想上层建筑，大体是在同一意义上使用的，但有时在追溯意识形式的起源时，又把意识形式与意识形态区分开来。

二，到了19世纪50年代初，马克思指出，在"整个上层建筑"的结构中，既有社会心理、感情的表现独特的形态，又有思想方式、世界观的表现形态。马克思把这些现象统称为上层建筑，即既有属于思想观念形态的上层建筑，又包括了感性形态的上层建筑，也即包括了那些"表现独特的感情、幻想、思想方式"的形态。如果把后者与文学艺术的对象、描写方式相比较，我以为主要是指文学艺术而言。

三，后来在19世纪60年代至90年代初这段时期，恩格斯在批判错误的哲学思想时，也有不少地方常常在在贬义的意义上使用"意识形态"一词；同时与基础相对应，在"研究"的基础上又使用了"观念的上层建筑的历史科学"，这自然不包括文学、艺术在内。1893年和1894年，他则把政治、法、哲学、宗教、文学、艺术等视为意识形态。这里所提到的"文学"与"艺术"，并不是指它们是什么思想体系，而是文学、艺术的创作形态（有关意识形态的肯定性的观点，我们在后面再谈）。恩格斯指出了经济基础对不同形式的上层建筑的制约关系，例如，基础对于政治、法律的作用更为直接，而后者的反作用较之其他意识形态亦然，基础对于哲学、宗教、文学艺术的影响就较为间接，反之亦然，有的更为次要。至于意识形态之间的相互作用，其中政治、法律、道德对哲学发生直接的影响，而政治、道德、哲学、宗教对文学艺术的影响影响重大，但不同时期影响并不一样，而文学艺术对于上述各种意识形态的影响，程度也并不相同。恩格斯还指出了国家和意识形态的关系，认为国家一旦成立，就会产生相应的新的意识形态，并成为第一个支配人的意识形态力量。更为重要的是，恩格斯把经济基础与上层建筑意识形态的理论，看作是"人类历史的发展规律"。

马克思主义的经济基础、上层建筑意识形态的理论，是对社会整体结构的一种阐述，是一种科学的历史观的表述。尽管这一表述不很完整，有时没有顾及两者极为复杂的相互作用，但后来恩格斯在一些著述中就两者的辨证关系做了补充说明。由于在马恩的著作中，关于上层建筑意识形态所涉及的形式，前后所做的表述不尽统一，因而使一些读者感到困惑，关于这一点在西欧理论界早就发生了争议，这也在情理之中。西方学者关于马克思恩格斯意识形态学说的著作[1]，对其这方面思想作了一些梳理，自有参考价值，但是不少地方它们并不完全可信。比如它们有意避开了一些文献，只是习惯地谈论意识形态是社会思想体系，指出意识形态是个"批判性概念"，等等，认为不包括文学艺术，这就不符事实了。又如认为马恩完全只是在"谬误意识"的贬义上使用意识形态一词，等等，这也实在缺乏全面辨析，而他们收集马恩材料要比我们容易得多，可他们的结论却实在偏颇得很。他们这些论述，被当今一些中国年轻学者当作权威意见，照搬过来就用，支离破碎地解构意识形态，并且不断地在进行着重复，以意识形态的各种话语来解构意识形态。

如果我们把马恩有关意识形态所说的方方面面，进行整体性的观察与理解，那是完全可以得到一个完整的概念的，并且也可看到马克思关于经济基础与上层建筑意识形态的范式的表述。

说"马克思本人从来就没有直接地或间接地说过文学是某种'意识形态'"，在这一点上，使用这种思想方法的这位"考论者"是绝对正确的，我也是完全赞同的：因为随你翻遍几十卷《马克思恩格斯全集》，不论是直接的还是间接的，是绝对不可能找到"文学是某种'意识形态'"这类的字句的。但是一些人提出文学不是意识形态，不是观念上层建筑，实际上只有两个可能，一是并没有比较完整地阅读马恩在这一问题上的多种论述，二是有意避开不少不利于自己主张的马恩的论述。但是这样做就不可能有对唯物史观学说的"整体性"理解，对于"人类历史的发展规律"的完整理解。

唯物史观范式的表述是马克思在1859年《〈政治经济学批判〉序言》里的那段话，因此，我们还得回到这里进行讨论。这段话被引得

---

[1] 如［英］约翰·汤普森的《意识形态与现代文化》，高铦、文涓、高戈等译，译林出版社2005年版；雷蒙·威廉斯的《关键词》，刘建基译，生活·读书·新知三联书店2005年版。

三 文学意识形态与不是意识形态论引起的论争

最多,但歧见也多,由于理解的不同,阐释的分歧是如此之大,以致有的人把自己"考论"了的文学不是意识形态理论,认定必然正确,而对于别人的不同观点务要清除为快了。

马克思的原话是这样的:"人们在自己生活的社会生产中发生一定的、必然的、不以他们的意志为转移的关系,即同他们的物质生产力的一定发展阶段相适合的生产关系。这些生产关系的总和构成社会的经济结构,即有法律的和政治的上层建筑竖立其上并有一定的社会意识形式与之相适应的现实基础。物质生活的生产方式制约着整个社会生活、政治生活和精神生活的过程。不是人们的意识决定人们的存在,相反,是人们的社会存在决定人们的意识。"如前所说,马克思恩格斯从19世纪40年代中期开始,以辩证唯物主义认识论,批判了黑格尔之后的唯心主义、直观的唯物主义与唯心史观,在《德意志意识形态》及其他著作里就反复地表述这种以唯物主义认识论为基础的新的历史观的萌芽。马克思在这篇《序言》中,更为完整地表述了这种新历史观的出发点,重申社会存在决定社会意识,而不是相反。相对来说,这里比较静观地说明了经济结构即"现实基础",在其上面竖立着法律、政治的上层建筑和与之相适应的诸种社会意识形式所组成的"社会结构"[①],强调的是上层建筑与诸多的社会意识形式,正是由"现实基础"决定的。马克思的这一小段的话偏重于唯物主义认识论的知识论,重点意思恐怕就在这里。他们每每谈及"社会意识形式",则往往是为了强调现实存在与社会意识的真实关系以及意识的真正根源所在。

马克思进一步接着说,当生产力与生产关系发生矛盾,那时社会革命的时代就来到了。"随着经济基础的变更,全部庞大的上层建筑也或慢或快地发生变革。在考察这些变革时必须时刻把下面两者区别开来:一种是生产的经济条件方面所发生的物质的、可以用自然科学的精确性指明的变革,一种是人们借以意识到这个冲突并力求把它克服的那些法律的、政治的、宗教的、艺术的或哲学的,简言之,意识

[①] 《马克思恩格斯全集》第3卷,人民出版社1960年版,第29页。

形态的形式。"① 这是马克思将社会存在决定社会意识的唯物主义观点置于历史的发展之中，用来观察历史而得出的唯物史观的表述。就是说，如果从前一个观点的上下文看，重点在于解释社会存在与诸种社会意识形式的关系，偏重于知识论，那么在这一前提之下，他动态地提出了经济基础变更与上层建筑和与之相应的诸种意识形态变革的理论，也即整个社会结构的历史的、发展的、变革的原理，在历史发展论的基础上偏重于社会价值论。② 这里的知识论与价值论提法可备一说。

这一段话的表述与前面一段话的表述，在对象既有一致与共同之处，又有各自的侧重点。说"社会意识形式"与"意识形态的形式"有着一致与共同之处，在于说明两者都是发生、建立在经济基础之上的现象，本质上是同一的，此时所说的诸种意识形态的形式，就其实质而言，就是诸种社会意识的形式。说两者各有侧重，在于诸种社会意识形式主要相对于社会存在而言，例如现实生活中出现的种种具有社会属性但未曾获得系统表述、组织起来的意识现象都是，甚至包括自然科学理论在内，它们的涵盖面比之意识形态要宽广得多。而诸种意识形态形式则是经过人们自觉或不自觉的表述，以各种不同形式，反映了一定社会集团、阶层、阶级的系统思想、观念以及它们之间的斗争，具有比较明确的思想指向与社会价值功能，作为观念形态，汇同相应的上层建筑与产生它们的经济基础，表述了一个整体的社会发展的科学理论。

马克思说，当经济基础发生变更，全部庞大的上层建筑或慢或快地会发生变革。在考察"那些"法律、政治、宗教、艺术或哲学中的变革，即那些意识形态的形式的变革时，人们不能应用自然科学的精确性去阐明它们，在"那些"意识形态的形式之中，人们可以"意识到"变革中所发生的复杂的社会冲突，其时只能通过批判、斗争而解决、克服它。如果谈及文学艺术，那么需要注意到，这时的文学艺

---

① 《马克思恩格斯选集》第 2 卷，人民出版社 1995 年版，第 32、33 页。
② 可参阅王元骧《我对"审美意识形态论"的理解》，《文艺研究》2006 年第 8 期。

三　文学意识形态与不是意识形态论引起的论争

术以其特有的表现手段，反映并认识一定的社会现象、人们感情、思想意识上的冲突，极为曲折地表现着一定社会、集团和阶级之间的争斗与利益。艺术与艺术思想、文学与文学思想，这时作为观念形式或观念形态，都是"总体性"地被视为经济基础之上的上层建筑意识形态的组成部分。后人包括俄罗斯的马克思主义者、卢卡契、毛泽东以及一批西方马克思主义者理解、解释马克思的唯物史观，都把经济基础与耸立于其上的诸种上层建筑和诸种意识形态以及它们之间的相互影响的关系，看作是社会结构以及社会结构变革的根本形式，而诸种意识形态则组成了相互独立又相互有机联系，不同程度地发生反作用于经济基础的整体性的意识形态体系，这也就是社会发展规律的理论阐释。

在这里，艺术和意识形态的关系，只是放在基础、上层建筑与意识形态的总体关系之中加以考察。至于涉及具体的艺术部门，比如雕塑、绘画、音乐等，那是需要进行具体分析的。

（三）所谓意识形态是思想家们通过特定关系的反映建立起来的"综合思想体系"，"'意识形态'概念，无疑不是法律、政治、宗教、艺术、哲学诸种思想系统的叠加，不是说意识形态本身又分成多少种类"辨析

但是这位"考论者"在前面提出的"严格使用"意不在此而在彼。他说在《序言》中，"涉及到文学艺术的部分，马克思用的不是'意识形态'，而是'社会意识形式'和'意识形态的形式'两个概念"。"特别要斟酌该句中'简言之'和'形式'两词的用法，可以说恰好表明'意识形态'是一个有机的总体性概念，或者说，它是一个时代的思想家们通过对特定社会关系的反映而建立起由法律思想、政治思想、道德观念、宗教观念、艺术观念、哲学思维等组成的综合思想体系。这个总体性的思想体系构成了特定历史时期的意识形态，并以各种形式表现出来。"这个特定历史时期的"'意识形态'概念，

无疑不是法律、政治、宗教、艺术、哲学诸种思想系统的叠加,不是说意识形态本身又分成多少种类……意识形态是个有机的总体性概念"。① 意识形态不能分类,法律学、政治学、宗教学、艺术学等不能称为意识形态,它们只能称为"意识形态的形式",文学、艺术当然就更不在话下了。

其实,上述的说法,已不是马克思的说法。比如,马克思在《序言》的什么地方说了,"涉及到文学艺术的部分",他用的"不是'意识形态',而是'社会意识形式'和'意识形态的形式'两个概念"?自然,这类说法,应是这位"考论者"的"严格使用"了一种独特文体的结果,他说有了什么,就有了什么样的结果!在这里我们先来看看"总体性概念"是什么,我们和"考论者"的分歧在哪里,然后再来区别"意识形态"与"意识形态的形式"之间的关系,看看马克思和"考论者"究竟说了些什么?下面分几个层次来谈。

一,先说意识形态是由各种思想、观念构成的一个"综合思想体系"。我们对照一下马克思在《序言》里所说到"那些……意识形态的形式"中的"那些"来看。按"那些"本意来说,就是法律的形式、政治的形式、宗教的形式、艺术的形式、哲学的形式等。在经济基础与上层建筑意识形态的体系里,除了法律、政治的上层建筑之外,马克思还把法律的形式、政治的形式、宗教的形式、哲学的形式等,都看作经济基础之上的一定的观念形态,即诸种意识形态。把法律、政治、宗教、艺术、哲学等称为意识形态,主要在于说明,它们作为诸种社会意识的表现,并非偶然的形成,而都是产生在一定的经济基础之上。对于作为已经产生、完成了的一种学说,一种观念形态,即一种意识形态来说,已经形成了一种客体性的东西,它们具有自身特定的形式:或是思想观念形态的,或是感性叙述形态的。因此,《序言》里所说的诸种意识形态的"形式",如果指的不是政治、法律、宗教、艺术、哲学等门类,不是用来表述、区别多种不同的意

---

① 董学文:《文学本质界说考论》,《北京大学学报》(哲学社会科学版)2005年第5期。董学文、马建辉:《文学"审美意识形态论"献疑》,《文艺理论与批评》2006年第1期。

三 文学意识形态与不是意识形态论引起的论争

识形态的,那么什么地方还存在着某个"意识形态的形式"?显而易见,这里的"那些……形式",从上下文的来看,把它们理解为具体的"种类""门类",也是一种解说,这是简单的形式逻辑关系。因此怎么可以把"意识形态"与"意识形态的形式"分离开来,以致不可通约,把文学仅仅看作是一个总体性的"意识形态的形式"的一种具体表现了呢?通过一个神秘的"形式",力图把文学排除出艺术意识形态之外呢!在"考论者"那里,为什么意识形态仅仅是一个思想观念的"综合思想体系"了呢?看来是"考论者"把各个意识形态的具体存在形式都综合、取消掉了。

各种意识形态的具体形式,都具有自身特定的社会价值与功能,它们在意识领域反映着不同社会集团、不同阶级利益而进行着相互之间的斗争,并组成诸种意识形态的体系。在这一点上,意识形态具有概括性意义、抽象性思想的特征,或是说具有"总体性"特征,也即意识形态性的一面:即不管是政治、法律,还是文学、艺术等,在整个社会的有机结构里,它们都是上层建筑意识形态,它们各自从不同的精神领域,或是公开地、或是极其曲折地显示着特定社会所有制的共同需求,即在社会、价值、功利、倾向性方面表现了其共性的一面。并且同样以各种不同的、复杂的、曲折的方式发挥着意识形态的价值、功能而反作用于基础,即使文学也不例外。把马克思所说的诸种形式进行单一化,也即把诸种意识形态仅仅视为一个纯粹抽象的、总体性的现象,显然取消了诸种意识形态自身的形式,而代之以"总体性"特征,即意识形态性了。

二,从"那些……意识形态形式"一语中的"形式"的数量来看。这位"考论者"引用了原文、英译与俄译,并加以考论,并提醒人们要特别重视一个意识形态"形式"一词,考论意识形态无种类之分,于是就使意识形态完全成了"考论者"自己的一个"总体性概念",也即曼海姆提出的"总体概念"① 了。但是令人遗憾的是,"考

---

① 参见[英]汤普逊《意识形态与现代文化》,高铦、文涓、高戈等译,译林出版社 2005 年版,第 53 页。

论者"在这里忽略了外语的构词法所表现的特点，以致促成了他理论上的极端偏执。在这段德语原文与英译、俄译中，无论"社会意识形式"中"形式"，还是"意识形态的形式"中的"形式"，都是复数（多数），指出这点十分必要。因为"考论者"把"形式"一词单一化了，以致生发出他的种种理论来。由于中文"形式"一词本身无法表示复数，所以要用定语界定。在现在的译文中，前一个"形式"之前的定语被译成"一定的"。"一定的"既可理解为单数，也可理解为复数，从上下文来看，这里"一定的"自然表示多数。在我看来，这里的"一定的"也可译成"诸种"，这样不致引起歧义。不过重要的是对后面一个"形式"的理解，即对"那些……意识形态的形式"中的"形式"的理解。在中译文中，这里的"形式"一词被"那些"这一指示代语所界定，"形式"的复数（多数）被相当准确地表达了出来。当然，这里的"那些"也可以译作"诸种""诸如"等。"那些……意识形态的形式"，这里显然不是"考论者"津津乐道的那一个"意识形态的形式"，而是说明存在多种"意识形态"的具体形式，诸如法律、政治、宗教、艺术、哲学等，这似乎是明白不过的事，那么怎能为了某种理论的需要，把"复数"的意识形态变成了一个"单一"的形式，即"一个有机的总体性概念""一个……综合思想体系""是个……总体概念"了呢！

三，从说明"形式"一词的诸个定语来看。在马克思的行文中，形容诸种"形式"的"政治的""法律的""宗教的""艺术的""哲学的"这些定语又都是复数（多数）。德语、英语的定语的数量——复数或单数，随后面的名词而定，而在有着独特词法结构的俄语里，法律的、政治的、宗教的、艺术的、哲学的诸个定语，明白无误地用的全是复数（多数）。诸种"形式"一词，被诸种"政治的"、诸种"宗教的"、诸种"艺术的"、诸种"法律的"、诸种"哲学的"诸个定语所界定。就是说不仅存在着法律、政治等上层建筑，同时还存在诸种法律的形式，依次阅读，即还存在着诸种政治的形式、诸种宗教的形式、诸种艺术的形式、诸种哲学的形式等，这也是符合现实生活实际情况的。而且这里的"艺术的"也可译作"文艺的"，涵盖面很

三 文学意识形态与不是意识形态论引起的论争

宽。文学是艺术的主要样式之一,提出涵盖文学的形式,也自在情理之中。

英国学者柏拉威尔的英语水平可能比我们要好些,比如他就曾说过马克思的《序言》里,意识形态就隐含了文学。他说:"有人说,马克思这样区分阶级的意识形态和自由的精神生产,似乎是再一次表示,即使受到一种意气不合的社会秩序的限制,艺术可能仍是一个比较自由的领域。这种论点是站得住脚的,即使我们必须承认,对这一段话的理解是有分歧的。马克思本人没有看到它的付印,而他的手迹又是这样模糊,后来的编辑者读做'自由的精神生产'的一句话也可以读做'精细的精神生产'。但是,不论读做什么,原来在《政治经济学批判》的序言中隐含地把文学与意识形态等同起来,而现在却把'统治阶级的意识形态组成部分'同不管是'自由的'还是'精细的'方式作出区分,这是一个可喜的纠正。"① 我们的"考论者"一见柏拉威尔说了马克思的《序言》里所说的意识形态隐含了文学,觉得这不符他的意思,于是对这位外国人很有礼貌地批评说这"未必妥当",当然使用的还是那个老办法:因为在《序言》里"马克思并未'把文学与意识形态等同'"②,但他对柏拉威尔说的马克思做了"可喜的纠正"一语大为欣赏,那么柏拉威尔纠正了什么呢?"考论者"大概认为,这位英国学者纠正了文学不是意识形态说。其实,这纯粹是这位"考论者"的一厢情愿了!我们在上面引用了马克思在《剩余价值理论》里的一段关于意识形态的话,同时马克思马上又谈及"一定社会形态下的自由的精神生产"。柏拉威尔在这里说明马克思做了"可喜的纠正",是指马克思在《序言》里隐含地讲了文学是意识形态,这只是揭示了其作为观念形态的共性一面,但作为意识形态的文学还自有其自身的独特性,即它还是一种精细的或是自由的精神生产。文学作为意识形态与自由的精神生产,这两个方面是并不矛盾

---

① [英]柏拉威尔:《马克思和世界文学》,梅绍武、傅惟慈、董乐山等译,生活·读书·新知三联书店1980年版,第423—424页。
② 董学文、马建辉:《文学"审美意识形态论"献疑》,《文艺理论与批评》2006年第1期。

的。马克思谈到，即使考察物质生产，也不能单纯地理解为物质财富的生产，而应放到历史的具体的发展形式中，对于文学、艺术的生产尤应如此。19世纪60年代以后，马克思在政治经济学说方面投入了大量精力，后期在意识形态理论方面，并未提出过"文学"的字样。但是如前所说，恩格斯倒是提出了的，不知这能否算数、合用？要是恩格斯在给波尔吉乌斯的信中没有直接提过"文学"一词，那按着这位"考论者"思想方法，我们还真不知道怎么办，我们可能还要处在千年黑暗之中！

四、从说明"形式"的"意识形态的"这一定语来看。更为重要的是，被这位"考论者"赞誉为"精确的"外文译文里，形容"形式"的"意识形态的"这一定语，用的也是复数，这特别在俄语里是一目了然的，但是这一点被"考论者"考论掉了，绝对粗心地忽略了！这里说的是，存在着诸种"法律的"、诸种"政治的"、诸种"宗教的"、诸种"艺术的"和诸种"哲学的"等形式，"简言之"，即诸种"意识形态的形式"。"简言之"，并不是把诸种意识形态的形式，仅仅简约化为一个"意识形态的形式"。从词义来看，作为诸种"意识形态的形式"的，就是诸种法律的形式、诸种政治的形式、诸种宗教的形式、诸种艺术的形式、诸种哲学的形式。马克思提出"诸种意识形态的形式"，在于把诸种法律、诸种政治、诸种宗教、诸种艺术、诸种哲学等形式意识形态化了，就是说在探讨诸种法律、政治、宗教、艺术、哲学等形式各自之间、相互之间的冲突、变化时，要把它们视为诸种意识形态，即要揭示它们的意识形态性，它们之间的矛盾、表现方式与社会现实制度、经济基础之间的曲折的联系与相互冲突的关系，揭露其意识形态的社会功能、实践意义，通过斗争的方式而解决它们。但是，在"考论者"那里，对于"诸种"（那些）意识形态的形式竟是全然未加"考论"，却清除了诸种法律、政治、宗教、艺术和哲学等的定语，即删去了"那些"，于是这一个"意识形态的形式"就被单独地硬挖了出来！但是，这诸种意识形态的形式依然是多种客观的存在，怎么能用一个什么"不是说意识形态本身又分成多少种类"这样的界定来讨论问题呢！

三 文学意识形态与不是意识形态论引起的论争

恩格斯在《在马克思墓前的讲话》中说道:"马克思发现了人类历史的发展规律,即历来为繁芜丛杂的意识形态所掩盖着的一个简单事实:人们首先必须吃、喝、住、穿,然后才能从事政治、科学、艺术、宗教等等;所以,直接的物质的生活资料的生产,从而一个民族或一个时代的一定的经济发展阶段,便构成为基础,人们的国家设施、法的观点、艺术以至宗教观念,就是从这个基础上发展起来的,因而,也必须由这个基础来解释,而不是像过去那样做得相反。"① 在这里,恩格斯指出了意识形态是"繁芜丛杂"的,是多种多样极为复杂的;这里所说的艺术,应是文学艺术本身,并没有暗示、单指艺术观点或是艺术理论。1893 年他在给梅林的信中说道:"正是国家制度、法的体系、各个不同领域的意识形态观念的独立历史这种外观,首先迷惑了大多数人";恩格斯还谈到自己理论中的某些缺陷,而被人利用:"还有思想家们的一个愚蠢观念。这就是:因为我们否认在历史中起作用的各种意识形态领域有独立的历史发展,所以我们也否认它们对历史有任何影响。这是由于通常把原因和结果非辩正地看作僵硬对立的两极,完全忘记了相互作用。"② 恩格斯在这里谈及有"各个不同领域的意识形态观念""各种意识形态领域",说明了意识形态有诸多种类。但是,这位"考论者"却说马克思的"'意识形态'概念,无疑不是法律、政治、宗教、艺术、哲学诸种思想系统的叠加,不是说意识形态本身又分成多少种类……意识形态是一个有机的总体性概念"等诸如此类的话。那么,这是不是不顾马恩原文意思,却极为自信地、无需"考论"地自我定义,实际上对马恩原文的意思进行对不上号的、南辕北辙的"考论"? 对照马克思《序言》里的那段原文,对它的英译、俄译、中译的词法分析以及恩格斯的论述,那么这位"考论者"用来支撑自己的理论的"考论",岂非属于对意识形态作了"考论者"自我放大了的、又是极为偏颇的臆测?

"形式"一词原很明白,但到了这位"考论者"那里就变得诱人

---

① 《马克思恩格斯选集》第 3 卷,人民出版社 1995 年版,第 776 页。
② 《马克思恩格斯选集》第 4 卷,人民出版社 1995 年版,第 728 页。

而复杂化了。如前所述，原来他先把一般人都能看得懂的中译文中形容"意识形态的形式"的指示代语"那些"清除了，接着把原文、英译、俄译中表示"意识形态的形式"中的"形式"的复数删除了，把说明诸种"形式"的法律的、政治的、宗教的、艺术的、哲学的等等诸种定语的复数删除了，把说明多种形式的、并把它们总体概括为"意识形态的"这一定语的复数删除了，最后自然就剩下一个光溜溜的"总体性概念"和一个神秘兮兮的"意识形态的形式"了！接着这位"考论者"是这样说的："当人们意识到经济基础和上层建筑之间的冲突并力求把它克服、但又不能用自然科学的精确性来指明那些东西的时候，如法律的、政治的、宗教的、艺术的或哲学的变革，这时，一言以蔽之，可以称之为'意识形态的形式'。"① 这一段话，粗看起来这里使用了读者耳熟能详的那些马克思的术语，还真像是对马克思的唯物史观的转述，说得十分干脆。但实际上这位"考论者"却对马克思的这段话做了明显的改造，变成了这位"考论者"自己的思想；以致这位"考论者"自己可能读得懂自己的话，但在旁人读来，却就一头雾水了！如果读者不信，请不妨一试，把"考论者"的这段"考论"，和马克思的文章里的那段译文对照一下，就可明白是怎么回事！

为了堵塞反驳者的答辩，这位"考论者"使用了先入为主、预先告诫的方法：不能把"社会意识形式"与"意识形态的形式"中的两个"形式"理解为"种类"，"因为原文表明，前者是对应与现实基础联系密切的'上层建筑'的，后者对应的实际上是自然科学，如果译成'种类'，那就说不通了。"但是一，《序言》中被引的前一段，并不是在探讨"一定的社会意识形式"与上层建筑的关系，从上下文来看，分明意在说明，两者所对应的恰恰是"现实基础"，意在阐明唯物史观的出发点，强调的是社会存在与多种社会意识形式的制约关系。那么怎么可以不顾上下文、毫无逻辑地让社会意识形式与上层建筑对应起来呢？二，而且就我所知，"种类"一词，是童庆炳教

---

① 董学文：《文学本质界说考论》，《北京大学学报》（哲学社会科学版）2005年第5期。

三 文学意识形态与不是意识形态论引起的论争

授只是在小范围的会议上说的：形式一词，可以当作"种类"的意思。这也是一种理解，他并没有说一定要译成"种类"的意思，那么怎么可以把这一并未正式发表、仅是口头的探讨与表述，越俎代庖，打上括号，拿来抢先发表，进行批判呢！如前所说，在这一引文的下一段里，马克思说的是，诸种法律、政治、宗教、艺术、哲学等形式的变革，要把它们视为诸种意识形态的变革，人们可以在这些意识形态的形式中，"意识到"最终由于经济的原因，通过对变革中发生的种种冲突的了解、进行斗争而求得克服，意思是十分通畅明白的。明明谈的是那些上层建筑和"诸种意识形态的形式"，即政治、宗教、艺术等，那么怎么可以不做"考论"，却在指示别人不能把形式当作"种类"，否则就是"说不通了"云云，不知道这种"考论"还是不是马克思的"原文表明"，抑或是这位"考论者"自己的创新思想的表述？两相对照，谁个说的"通"，谁个说的"不通"，不是一目了然的吗！这样使我们想到，引用三种外文和中译文，互相对照，这种形式十分罕见，这固然会使我们对作者的博学产生崇高的景仰之情，增加"考论"的不可辩驳的权威性。但要做到这点，需要"考论者"真正理解这些所引外语的意义才能发生作用，如果连它们的词法、语义还未"考论"清楚，就向我们大加展示，这样的三种外语的"考论"的效果就会适得其反了！

这样，那种不断地重复马克思从来没有直接地或是间接地说过文学是某种意识形态，意识形态仅仅是一个"总体性概念"，一个不能将意识形态分成多少种类，意识形态与意识形态的"形式"无法通约的这些"考论"，还不知还能否成立？我们在上面恰恰说明了马恩的意识形态理论并不是"考论者"所说的那种"考论"，但也只是聊备一说而已。

（四）意识形态在 20 世纪的多语境阐释；意识形态是虚假思想、意识问题辨析

在 20 世纪的各个时期的历史发展中，意识形态这一概念，被各

类思想家所接受，随着历史语境的变化，而赋予了多种阐释。

马恩逝世后，19世纪末、20世纪初，在俄国革命的进程中，意识形态被俄国革命家接了过去，提出了资产阶级有资产阶级的意识形态，无产阶级有无产阶级的意识形态的，偏重于贯穿了阶级斗争的意识形态的学说促使意识形态学说完全中性化，至于涉及各种具体的意识形态理论，则自然贯穿着不同的意识形态性的。沿着这条线索走的有后来的苏联、东欧各国的以及中国的政治家、思想家们。

马恩从未把自己的学识称为某种意识形态，但是正如恩格斯所说的马克思的伟大贡献即"人类历史的发展规律"和"剩余价值理论"，那些阐释了政治经济学、哲学、社会主义发展学说以及其他学说的著述，在后来的无产阶级的政治家、理论家看来，正是无产阶级意识形态的组成部分，正是无产阶级革命的意识形态。马克思主义意识形态传入我国后，特别在"五四"以后，由于社会历史的迫切需求而获得了飞速的发展，成了我国最有吸引力的、最具影响力的思想理论，其后成为我国革命的指导思想，我国革命的传统思想。马克思主义意识形态的威力，在于和中国社会实践和中国革命的实践相结合，进而促进了中国革命的胜利，最后成为我国的主导意识形态。如果我们在革命实践中有所偏离，把马克思主义当作现成的标签与教条，使马克思意识形态僵化、教条主义化，那么这类虚假的意识形态就会发生重大的破坏作用。所以，实事求是，根据我国社会实践的需要而与时俱进，不断进行理论创新，继续建设具有中国特色的马克思主义，是我们当代意识形态建设的重要任务。

从马克思主义这一潮流的理论来看，所谓意识形态，第一，它是一定的社会现实生活的反映，是耸立在经济基础之上的各种观念形态。对于作为已经产生、完成了的一种学说，一种观念形态，即一种意识形态来说，已经形成了一种客体性的东西，它们具有各自形式的特征、各自的形态：或是思想观念形态的，或是感性形态的，它们是表征感情、同情、反感、幻想、欲望、思想等各种精神的实体，是提供各种知识的谱系，包括文学艺术在内，而构成意识形态体系。第二，是价值观问题。政治、法律、宗教、艺术、文学、哲学等形式，

三 文学意识形态与不是意识形态论引起的论争

所以被称为意识形态,提升为意识形态,归总为意识形态,在于从唯物史观来看,在整个社会思想的体系中,它们各自显示了它们共同的社会、思想倾向的意识形态性。这种意识形态性,或是表现为已经不符时代潮流的统治阶级的利益辩护而被揭示,或是为广大劳动人民的利益服务而表现了其批判、建设意义,从而显示了其自身的价值。各种意识形态显示着各个阶级、集团的思想、理想与信仰,并且又必然地融入了阐释者的主观的感情与思想,通过思想家们阐明、标举的各种观念形态而得到体现,从而构成各个阶级集团在思想领域不同的、甚至对立的价值观、人生观与世界观,在这一点上意识形态是具有总括性意义的。但是不是相反,先由思想家们构成一个什么意识形态的"总体性概念",然后促使法律、政治、哲学、艺术等"以各种形式表现出来",成为所谓的"意识形态的形式",使自己成为中国式的、新的"德意志意识形态"。第三,是功能、实践问题。各种意识形态在生成中确立自身的价值观之后,必然产生能动作用,其自身功能一定会表现在,首先,是舆论方面的自我宣传,即为自身存在的合法性进行辩护,申述自己主张,张扬一定阶层、集团的政治、文化、伦理、道德思想;通过思想的渗入、口号的宣传,而起到动员群众、影响群众的作用。其次,是它的批判功能,通过理论话语或是感性的形象表述,抵制与批判对立的生活形态、思想意识,描绘与提供自己所肯定的、向往的理想生存方式与图景。再次,它具有实践、建构的品格,部分意识形态包括政治、法律被体制化,甚至我国的文学艺术,可以被半体制化,建立相应的权力组织或管理机构,进一步实现其意识形态原则,使"统治阶级的思想在每一时代都是占统治地位的思想"变为事实。而对于那些并未获得权力的阶层与团体来说,它们也会创造意识形态,成为宣传自己主张、进行斗争的手段,或是直接与对立的意识形态发生冲突,或是旁敲侧击地进行批判。第四,意识形态是历史的不断更新的现象,并有进步、先进与落后之分。它们在思想领域相互之间的冲突与斗争中发生演变,或走向衰落;或随着历史的发展,不断排斥虚假成分而更新其内容,生成新的意识形态,极力保持其进步性、先进性;或是利用强权,掩盖其虚假性,进一步建立霸权主义的意识形态。

如果按照"考论者"所说的意识形态不过是由法律、政治、宗教、艺术学、哲学等学说所构成的一种纯粹的"综合思想体系",那么无数并不具备上述各类"综合思想体系"的哲学家、政治家、法律学家、具有各类社会趣味、倾向的艺术家、作家与历史学家等人,算不算是各种意识形态的制造者呢?他们的某一方面著述的思想,算不算是某种形式的意识形态呢?恩格斯讲过有黑格尔的意识形态,费尔巴哈的意识形态,德国的少年黑格尔派曾用它们来阐释社会主义、共产主义思想,形成了当时特定的"德意志意识形态",有杜林的意识形态等。如果按照"考论者"的规定法来解释意识形态,那么,实际上只有一个国家的宪法、政府工作报告,党章这类文献,可能是表现"综合思想体系"的意识形态的范本了!

20世纪的西方学术界,不同派别广泛地接受了马克思的关于意识形态的理论。我们看到,凡是承认马克思关于经济基础、上层建筑与意识形态的理论,是一种社会结构以及人类社会发展的规律性现象的完整学说,尽管现代社会已经大大不同于过去,那么他们大体上会把文学置于上层建筑、意识形态的范畴进行探讨的。如果承认意识形态而又把它与经济基础脱离开来进行阐释,那么他们往往会把意识形态的理论,仅仅当成一种普泛的"社会意识形式"的知识性研究。下面就是这两方面的实例。

卢卡奇从明确的社会职能的角度论及意识形态,认为"某种思想或思想整体若要变成意识形态,它必须执行某种规定地非常确切的社会职能"①。他说:"如果人类存在的原则将被完全粉碎,在历史上人类第一次被他物所控制,那么在这种情况下,经济和暴力,斗争的目标和手段,都把利益放在中心地位。正因为以前被称作'意识形态'的内容现在开始变为人类真正的目标(诚然它在每一个方面都发生了变化),这样再用意识形态去装饰那种为它而进行战斗的暴力的经济

---

① [匈]卢卡奇:《关于社会存在的本体论》下卷,白锡堃、张西平、李秋零等译,重庆出版社1993年版,第487页。

三 文学意识形态与不是意识形态论引起的论争

斗争,就变得多余了……意识形态,现在可以成为人类生活的真正内容了。从社会的角度说,人现在才作为人而产生。"① 他认为历史唯物主义对于马恩美学、文学史研究来说是个原则性的问题,他说,"与此相联系各种意识形态——其中包括文学和艺术——在发展过程中仅仅是起着次要决定作用的上层建筑"②。在批判庸俗社会学时,他说:"谁要是把各种意识形态看作形成它们的基础的经济过程的机械和消极的产物,那么他就丝毫没有懂得它们的本质和发展。"③ 卢卡奇认为,意识形态对哲学与艺术的形成过程发生着持久的影响与先导作用,但是由于它们的独特性,和政治、法律等相比,"哲学和艺术绝对无意而且也不能对经济本身以及与之相联系的、对其社会再生产必不可少的社会构造物产生直接的影响,从这个意义上说,它们又不是最纯粹的意识形态形式"④。我觉得他的论述是有启发的,是可以接受的。

西方马克思主义学派根据自己所处的社会发展情况来解释意识形态,它们将意识形态视为文化批判。比如葛兰西认为,西方统治阶级主要是依靠意识形态来统治其他阶级,甚至将其"文化领导权"渗透到普通人的"常识"之中。无产阶级革命的任务在于形成自觉的意识形态的觉悟,并在文化领域夺取文化领导权,而走向革命的胜利。葛兰西认为,由于意识形态功能的变化,实际上应把意识形态范围的工作,提到了首位。这一思想,在 20 世纪中期的共运中曾经引起过激烈的论争。由于西方资本主义本身的不断变化,在西方实现葛兰西的思想显得重要而又十分棘手,而其理论的确又给我们很大的启迪。至于西方马克思主义其他学派,其中有把意识形态引向科技的,如哈贝马斯,有把意识形态完全视为虚假意识进行批判的,理论上比较复杂、斑驳。阿尔都塞对马克思主义进行了改造,在意识形态理论上就是如此,他把意识形态与科学分开,认为科学是理性的批判,而加入

---

① [匈]卢卡奇:《历史和阶级意识》,张西平译,重庆出版社 1989 年版,第 273、274 页。
② [匈]卢卡奇:《卢卡奇文学论文集》(一),中国社会科学出版社 1980 年版,第 275 页。
③ [匈]卢卡奇:《卢卡奇文学论文集》(一),中国社会科学出版社 1980 年版,第 276 页。
④ [匈]卢卡奇:《关于社会存在的本体论》下卷,白锡堃、张西平、李秋零等译,重庆出版社 1993 年版,第 570 页。

了政治利益的理论只能是意识形态，是虚假意识而不是世界的真实反映。在社会发展的决定力量上，主张多元论，即经济和诸种上层建筑都是平等的。在意识形态和艺术（包括文学）的关系上，他说："我并不把真正的艺术列入意识形态之中，虽然艺术的确与意识形态有很特殊的关系。"这是因为艺术"并不给我们以严格意义上的认识，因此它不能代替认识（现代意义上的，即科学的认识），但是它所给予我们的，却与认识有某种特殊的关系。这个关系不是同一的关系，而是差异的关系。……艺术的特殊性是'使我们看到'，'使我们觉察到'，'使我们感觉到'某种暗指现实的东西"[①]。这实际上是说，由于艺术（在这里他是指小说）不是认识，具有与认识不同的特点，与认识存在着差异，这是对的，但是因此艺术不能列入意识形态，这是阿尔都塞自己的界定了。在另一篇文章中他又说到，一件艺术作品，可以产生意识形态的效果，"能够构成为意识形态的一个成分，就是说，它能够被放到构成意识形态、以想象的关系反映'人们'（在我们的阶级社会中，即社会各阶级的成员）同构成他们'生存条件'的结构关系保持的关系体系中去"[②]。在这里他所说的艺术具体是指绘画，绘画具有意识形态的成分与因素，那我以为这种意见还是值得借鉴的。

德国卡尔·曼海姆的《意识形态与乌托邦》（1929）一书，如今受到中外学者的推崇。曼海姆认为马克思主义者对意识形态理论的最初陈述多有贡献，但这一术语比之马克思主义更为悠久，而后来被赋予的新意又是层出不穷。在他看来，意识形态有两个含义，"特殊含义"是指我们论敌的观点，"那些观点和陈述被看作是对某一情况真实性的有意无意的伪装，而真正认识到其真实性并不符合论敌的利益。这些歪曲包括：从有意识的谎言到半意识和无意识的伪装，处心积虑愚弄他人到自我欺骗"。而所谓总体含义则是指"某个时代或具

---

① ［法］阿尔都塞：《一封论艺术的信》，见陆梅林编选《西方马克思主义美学文选》，漓江出版社1988年版，第520页。

② ［法］阿尔都塞：《抽象画家克勒莫尼尼》，见陆梅林编选《西方马克思主义美学文选》，漓江出版社1988年版，第537页。

三 文学意识形态与不是意识形态论引起的论争

体的历史——社会集团（例如阶级）的意识形态，前提是我们关心的是这一时代或这一集团的整体思维结构的特征和组成"。马克思主义理论一开始就融合了意识形态的特殊概念和总体概念，并把它称为"谬误意识"。曼海姆认为，在历史过程中，意识形态的含义发生了变化，特别是其总体概念的阐述的出现，使得"单纯的意识形态理论发展成为知识社会学。曾经是党派的思想武器的东西变成了社会和思想史的一般研究方法"[①]。这种意识形态的观念，偏重于各种社会思想的研究，形成了一种"知识社会学"的分析，可以为我们提供更为宽阔的研究意识形态的视角而有所帮助，但较之马克思主义的意识形态学说存在着很大的差异。英国学者汤普逊的有关意识形态的理论，具有浓厚的理论色彩的，而且把意识形态与在西方的大众文化传播联系起来研究，很有现实意义。他把意识形态看作一个"批判性概念"，"意识形态分析首要关心的是象征形式与权力关系交叉的方式。它关心的是社会领域中意义借以被调动起并且支撑那些占据权势地位的人与集团的方式。……研究意识形态就是研究意义服务意图建立和支撑统治关系的方式。……意识形态现象就是只有在特定社会—历史环境中服务于建立和支撑统治关系的有意义的象征现象"[②]。而所谓象征形式，就是语言、有意义的事物与行动。这种"批判性概念"的意识形态的运行有多种方式，如合法化、虚饰化、统一化、分散化、具体化等，从这些运行方式中，又可导出叙事化、美化、转义等谋略，即通过"讲话、记实、历史、小说、电影被制作成叙事材料，用以描绘社会关系并揭示行动结果，使之确立和支撑权力关系"。其实，意识形态对权力的支撑，只是其功能的一个重要方面，恐怕不能以此盖全。另外由于该书追求概念的建立，使人觉得，那些具体的意识形态现象，好像成了概念的衍生物，意识形态就成了一个"功能性存在"了！

[①] [德]卡尔·曼海姆：《意识形态与乌托邦》，黎明、李书崇译，商务印书馆2005年版，第6、57、79页。

[②] [英]约翰·汤普森：《意识形态与现代文化》，高铦、文涓、高戈等译，译林出版社2005年版，第62页。

20世纪出现了多种消解意识形态的理论。如法国的雷蒙·阿隆在20世纪中期就撰文,提出了"意识形态的终结";接着1960年美国学者丹尼尔·贝尔就出版《意识形态的终结》,认为19世纪的意识形态理论已经过时,力图消解意识形态。后现代主义文化思潮中的各个流派,思想各异,但其主要倾向是对逻各斯中心主义,对压制人、束缚人的传统的思维方式,进行质疑与解构,其中就包括了对马克思主义意识形态的批判与消解。而与此同时,一种意识形态的泛政治化倾向,新的压制人的、含有极大虚假成分的所谓普适化的、"全球化的意识形态",实质上的霸权主义,正在世界各地肆虐。

我们的"考论者"说,马克思恩格斯使用的意识形态,是一个"思想综合体系",主要是指"思想家通过意识完成的一个认识'过程',是指在'经济基础/上层建筑'总体结构中的功能性存在"。刚说完"主要是指",马上又说:"凡是'意识形态',就都属于'观念'和'思想体系'的范围,它即不指带有'意识形态'属性的其他存在方式,或存在形态本身,也同具体的'意识形态'存在形式,即'意识形态的形式'如法律学、政治学、宗教学、艺术学和哲学,不能完全等同或混淆。"① 为了把马克思的意识形态理论仅仅划为一个"综合思想体系","考论者"的论点十分"严密",先是用了"主要",接着来了一个"凡是",把意识形态全都收拢到思想体系这个口袋里,不容再有其他说法了。把具体的意识形态存在的形式,如法学、政治、文学、艺术、宗教等,与"考论者"的意识形态只是政治学、法学、宗教学、艺术学、哲学等组成的"综合思想体系"或一个"意识形态的形式"置于一起,自然无法"完全等同与混淆",这是因为这样做的结果,实际上除去清除了意识形态自身存在的多种形式,阉割了多种意识形态的丰富性,还把多种意识形态具体存在的多种形式,归结为意识形态性了,那自然就使意识形态仅仅成为"一个认识'过程'"、一个"功能性存在"、一个"批判性概念"了。

---

① 董学文:《文学本质界说考论》,《北京大学学报》(哲学社会科学版)2005年第5期。

三　文学意识形态与不是意识形态论引起的论争

下面，我们就意识形态与虚假意识或虚假思想的关系，做一些辨析。

马克思恩格斯早期相当广泛地在贬义上使用意识形态一词，即使后期在中性意义上使用意识形态一词的同时，也仍然这样，甚至恩格斯到了晚年也是如此。恩格斯的在贬义上使用意识形态的论述，今天往往被一些人描述为意识形态的根本涵义和意识形态生成的根本方式，由此认为凡是意识形态都是"谬误意识"、虚假的思想。这种汤普森式的对马克思的意识形态观的论述，以及法兰克福学派式的与后现代主义文化思潮式的意识形态理解，在当今我国的一些青年学者中间甚有影响。汤普森说："在马克思的著作中，意识形态概念保有消极的、反对的意思，那是从拿破仑手中得来的。这种消极的意思在马克思著作包含的各种意识形态概念中转变为不同的方式，但是消极性的意思则是共同具有的。"又说："马克思的著作中并未提示意识形态是社会生活的一个积极的、进步的或必然的因素。马克思认为，意识形态是一种疾患的象征，不是一个健康社会的正常特点，甚至更不是一种社会医疗的药物。"① 这些观点都是值得商榷的。

我们在前面提及的恩格斯在 1893 年给梅林的那封信里说道："意识形态是由所谓的思想家有意识地、但是以虚假的意识完成的过程。推动他的真正动力始终是他所不知道的，否则这就不是意识形态的过程了。因此，他想象出虚假的或表面的动力。因为这是思维过程，所以它的内容和形式都是从纯粹的思维中——不是从他自己的思维中，就是从他的先辈的思维中引出的。他只和思维材料打交道，他直率地认为这种材料是由思维产生的，而不去研究任何其他的、比较疏远的、不从属于思维的根源。"② 为什么恩格斯到了 19 世纪 90 年代还这样说呢？我们如何把握这一段话的精神？

先说意识形态被视为虚假思想的表现，一，为了内容方面而忽略

---

① [英]约翰·汤普森：《意识形态与现代文化》，高铦、文涓、高戈等译，译林出版社 2005 年版，第 49、50 页。

② 《马克思恩格斯选集》第 4 卷，人民出版社 1972 年版，第 501 页。

形式方面。在这封信里,恩格斯就梅林的《莱辛传奇》中的《论历史唯物主义》这篇附录,表示了自己的看法,他肯定了梅林的唯物史观,指出了过去他和马克思的论著中的某些缺陷,即那时他和马克思"最初是把重点放在从作为基础的经济事实中探索出政治观念、法权观念和其他思想观念以及由这些观念所制约的行动,而当时是应当这样做的。但是我们这样做的时候为了内容而忽略了形式方面,即这些观念是由什么样的方式和方法产生的。这就给了敌人以称心的理由来进行曲解和歪曲……"[①] 被恩格斯称为"敌人"的人,曲解与歪曲了什么呢?即那时马恩由于主要从事经济、政治问题的研究,而无法分身对一些具体学科的本身形式的产生与方法如法学、宗教、艺术、文学等进行系统而细致的探讨,从而使得一些具有虚假意识的思想家在他们所从事的具体形式的学科的研究中,却大行其道,照样认为,他们自己所创造的理论体系、思想观念,与社会现实无关,他们的理论学识,完全由他们的思维产生的,从而继续造成了意识形态仿佛是一种独立的幻象。恩格斯嘲笑了这种所谓思想家,他们以虚假意识制作的意识形态以及这种意识形态的虚假性的原因,这与马恩19世纪40年代揭露青年黑格尔派的"德意志意识形态"的唯心史观是一脉相承的。但是马恩的意识形态学说形成以后,有关意识形态的理论经过了几代人的继承与发展,认识大大地深化了。马恩因工作时间关系而无法进行那些具体形式的学科研究,也即贯穿了唯物史观或接近唯物史观的多种形式的学科研究,而这些学科在整个20世纪得到了长足的进步;而且在基本学说方面,在我国也得到了极大的发展,如与时俱进的科学发展观的提出,就丰富了马克思主义及其实践。

二,意识形态是由所谓思想家通过虚假的意识完成的过程问题。十分明显,恩格斯在这里说的是建立在唯心史观基础之上的虚假的意识形态,以及完成这类虚假的意识形态的思想家的心态、方式与方法,这一过程对于19世纪的思想家以及这类意识形态的完成来说十分自然、典型,具有普遍意义。但是,能否说所有意识形态都是这么

[①] 《马克思恩格斯选集》第4卷,人民出版社1972年版,第500—501页。

三 文学意识形态与不是意识形态论引起的论争

完成的呢？自然不能这么说。

对于各种意识形态是如何完成的过程，首先，必须进行历史主义的考察。各个阶级的意识形态是不断发展的，有其生成期、发展期和衰亡期。恩格斯就谈到过，有表现了进步意向的进步阶级的意识形态的完成过程，也有走向没落的衰亡阶级的意识形态的变迁。他说欧洲的"一般的历史运动带有宗教的色彩，而且，甚至在基督教的领域中，这种宗教色彩，对具有真正普遍意义的革命来说，也只表现在资产阶级解放斗争的最初阶段，即从13世纪起到17世纪止；同时，这种色彩不能像费尔巴哈所想的那样，用人的心灵和人的宗教需要来解释，而要用整个中世纪的历史来解释，中世纪只知道一种意识形态，即宗教和神学。但是到了18世纪，资产阶级已经强大得足以建立他们自己的、同他们的阶级地位相适应的意识形态了，这时他们才进行了他们的伟大而彻底的革命——法国革命，而且仅仅诉诸法律的和政治的观念，只是在宗教堵住他们的道路时，他们才会理会宗教；但是他们没有想到要用某种新的宗教来代替旧的宗教"①。以中世纪宗教为核心的旧的意识形态，早就在文艺复兴时期开始土崩瓦解，18世纪的法国资产阶级强大起来后进行了革命，同时也就建立了与自己地位相应的意识形态。资产阶级在其上升阶段，它所建立的意识形态，是进步的，是适合时代的产物，作为革命的指导思想，并不都是虚假的。"国家作为第一个支配人的意识形态力量出现在我们面前。……国家一旦成了社会的独立力量，马上就产生了新的意识形态。"② 那么，我们怎么可以同意，意识形态不过是社会患疾的象征、不是健康社会的正常特点的这种说法呢？这种新的意识形态，即使具有某种虚妄与幻想成分，但它的完成过程，主要是通过现实的真实需求而产生的，通过真实意识建立起来的。比如，当基督教走向最后阶段时，"它已不能成为任何进步阶级的意向的意识形态外衣了"。而"加尔文的宗教改革却成了日内瓦、荷兰和苏格兰共和党人的旗帜，使荷兰

---

① 《马克思恩格斯全集》第21卷，人民出版社1965年版，第328页。
② 《马克思恩格斯全集》第21卷，人民出版社1965年版，第347页。

摆脱了西班牙和德意志帝国的统治，并为英国发生的资产阶级革命的第二幕提供了意识形态的外衣"。① 后期基督教明显地走向了虚幻与幻想，失去了最后的一点点进步性。有关意识形态的真实与虚假、进步与衰落的过程，马恩在生前早有辨析。那么，怎么可以抓住恩格斯在特殊场合给梅林的一封信里说的话，即意识形态只是思想家们使用虚假意识去完成的，因而马恩总是在虚假的意义上使用意识形态一词的呢！其次，判断各种意识形态的产生与完成过程，它们的真实、虚假与否，其实最为根本的手段就是社会实践。人们通过社会实践的检验，如果可以确定思想家的意识是不符实际需要的，是歪曲现实的，那么这时我们就可以通过"回溯"的方法，看到意识形态产生、完成过程的反常性，进一步揭示意识形态的虚假性；如果通过应有的价值判断，在实践中证明了某种学说、思想是有益于广大人群和促进社会进步的，表现了其自身的有效性，那么它就是积极的意识形态，就是由思想家通过真实的意识完成的过程。这样我们就不能把虚假的意识形态的完成过程，来替代后一种意识形态的完成过程。在我们的现实生活中，除了各种虚假的、落后的意识形态之外，还存在各种真实的意识形态，进步的以及革命的意识形态。因此，我们不能不假思索地搬用外国学者的观点，一见"意识形态"四个字，就立刻反对，就肯定它不过是虚假意识的表现，就立刻断定文学与意识形态无关。同时，我们不能把自己想当然的想法，当成马恩的思想。比如，有的学者认为，马克思精深地研究了资本主义，所以他只是阐明了资本主义的规律。但是恩格斯明明讲了"马克思发现了人类历史的发展规律"，其中自然也包括了资本主义发展的规律，我们不能把人类发展的规律缩小为资本主义规律，而仅把自己的眼光放在资本主义规律之上而进行自己的立论，这不免使自己的阐释发生偏颇了。

三，推动思想家去完成意识形态的动力问题。恩格斯针对虚假的意识形态指出，有着虚假意识的人去完成意识形态的动力，即物质基础，这是他所不知道的，不明白的，不自觉的，否则就不是意

---

① 《马克思恩格斯全集》第 21 卷，人民出版社 1965 年版，第 351、350 页。

三 文学意识形态与不是意识形态论引起的论争

识形态的过程了。就是说，对于那些制造虚假的意识形态的人来说，他只凭他原来所具备的知识、抽象的思想观念而提出种种理论。他不了解他所提出的思想、理论，正是他所赖以生存的物质基础所需要的，或某个阶级、某个集团的精神上的反映，所以这时他们的活动，具有极大的非自觉性与盲目性。"头脑中发生这一思想过程的人们的物质生活条件，归根到底决定着这一思想过程的进行，这一事实，对这些人来说必然是没有意识到的，否则，全部意识形态就完结了。"[①] 这种现象，在马克思恩格斯时代极为普遍。但是，随着今天社会条件的变化与发展，由于不同社会的代表人物的社会发展观是鲜明对立着的，所以对于当前无数制造虚假意识形态的人们来说，其实他们的目的也是十分清楚的，手段是十分自觉的，这种情况也是相当普遍地存在的。自然，对于另一些思想家来说，他们清楚地意识到自己提出的思想、理论的动力，即现实关系的物质基础、社会结构及其现实的物质需求，明白被意识到的历史、现实的思想深度，通过实践活动，通过对于人类文化遗产的把握，而建立起了自觉程度很高、精微而极高明的理论，如果认为这"就不是意识形态的过程了"，那自然就不合适了。对于社会科学人文科学来说，如果这些学说融合了极强的科学性和主体的创造力，对社会的进步起着促进作用，那它们自然是意识形态，甚至可以成为意识形态体系的。因此，意识形态既可以在不自觉中、也可以在自觉中产生，只是它们在性质不同而已。

这样，使用恩格斯对于虚假意识形态产生于虚假意识的方式、方法的论述，来套用、规范不同时代具体的意识形态产生的方法，具有极大的新的教条主义的盲目性，其结果只是制造了新的虚假的意识形态。目前，这一说法，在那些深受西学影响，力图取消意识形态理论的学者那里，相当流行，他们特别青睐于恩格斯的这段论说，到处引用，却不做全面、认真的辨析。

[①] 《马克思恩格斯全集》第 21 卷，人民出版社 1965 年版，第 348 页。

（五）文学审美意识形态的逻辑起点及其历史生成

我们在上面力图说明在马克思关于社会结构的学说中文学是意识形态这一观念。但是文学作为一种意识形态，只是说到了它在社会结构中的地位，即与其他社会学说的共同方面，是文学的一般，而并没有把文学作为具体的对象加以探讨。

"考论者"说完马克思从未直接或间接地说过文学是意识形态、文学不是意识形态、肢解了唯物主义历史观之后，接着对文学审美意识形态进行了驳斥。一，审美意识形态不过是审美加意识形态，是两个概念的"组合"与"硬拼凑"，"只会产生混乱"。文章的副标题就是"以'审美'与'意识形态'关系为中心"而"硬拼凑"出来的；二，审美意识形态是一个"偏正结构"，"从它的产生过程看，显然它是强调前者"；"'审美意识形态'是在纠正传统的反映论和意识形态论，'去政治化'，主张对文学的生活的'审美反映'时才提出来的。不过，不管它是那种情况，用来说明文学和定义文学，都有过滤掉构成文学本质的其他成分之嫌，且与多样化的文学存在状况不相符合。"①"如果以'审美意识形态作为文学本质的界定，那势必一方面以'审美'消解了意识形态，一方面又会把所有文艺作品都看成是意识形态，这是违背文艺作品的存在实际的。"②所以这一观点造成了我国最近十多年来文学艺术创作的下滑与堕落。三，那么文学本质如何界定？"考论者"引述说："当我们说文学具有一定的意识形态性时，其审美因素已经内在地包含其中了。"如丹尼尔·贝尔说："意识形态最重要的、潜在的作用就在于诱发感情。这说明用'审美'规定'意识形态'是不必要的。"③照"考论者"的说法，文学的特性早已

---

① 董学文：《文学本质界说考论》，《北京大学学报》（哲学社会科学版）2005年第5期。
② 北文：《文艺本质如何界定引发学术争鸣》，《文艺报》2006年4月13日。
③ 见董学文《文学本质界说考论》，《北京大学学报》（哲学社会科学版）2005年第5期。

三　文学意识形态与不是意识形态论引起的论争

包含在"意识形态"之中，它的本质特征就是"意识形态本性论"，文学就是"社会意识形式"。

一些人一谈审美意识形态，就把它当成审美加意识形态进行批判，这是几十年来机械论的思维惯性使然了。

本文开头就说，文学审美意识形态的逻辑起点是审美意识，而非意识形态。

黑格尔在《小逻辑》中讲道："在我的《精神现象学》一书里，我是采取这样的进程，从最初、最简单的精神现象，直接意识开始，进而从直接意识的辨证进展（Dialektik）逐步发展以达到哲学的观点，完全从意识辨证的进展的过程去指出达到哲学观点的必然性……因为哲学知识的观点的本身同时就是内容最丰富和最具体的观点，是许多过程所达到的结果。所以哲学知识须以意识的许多具体的形态，如道德、伦理、艺术、宗教等为前提。"① 精神现象学就是"关于意识的经验的科学"。精神在其历史发展中展开自身的每一个环节，"意识本身就是出现于它自己与这些环节的关系中的；因为这个缘故，全体的各个环节就是意识的各个形态"②。马克思对这种建立在抽象精神基础之上的意识指出，在黑格尔那里，"意识的对象无非就是自我意识；或者说，对象不过是对象化的自我意识、作为对象的自我意识（把人和自我意识等同起来）"。"正像本质、对象表现为思想的本质一样，主体也始终是意识或自我意识，或者更正确些说，对象仅仅表现为抽象的意识，而人仅仅表现为自我意识。"所以黑格尔的学说是以纯粹的思辨的思想开始，又是以绝对的抽象精神结束的。同时马克思又充分肯定黑格尔的现象学的最后成果，即"作为推动原则和创造原则的否定性的辩证法"的"伟大之处"，在于它把"人的自我产生看作一个过程，把对象化看作失去对象，看作外化和这种外化的扬弃；因而，他抓住了劳动的本质，把对象性的人、现实的因而是真正

---

① ［德］黑格尔：《小逻辑》，贺麟译，商务印书馆1981年版，第93—94页。
② ［德］黑格尔：《精神现象学》上卷，贺麟等译，商务印书馆1979年版，第62页。

的人理解为他自己的劳动的结果"①,从而使其辩证法具有了"伟大的历史感"。马克思恩格斯在《德意志意识形态》中开始营建他们的思想理论时,正是通过人类社会实践的基础,从批判"意识"这一最根本的范畴开始的。

就人类的意识、语言、思维的生成来说,这些现象都是长期劳动实践过程的产物,是在现实基础之上发生的,审美意识与意识是同步发生的。自然,最初级的原始思维尚不具备意识的所有形式,语言意义的范畴与生物本能无意识的范畴,处于共存状态,自觉意识极为模糊,被意识到的东西极为有限。当人类还不具真正意义上的语言时,他就只能依靠身体动作、手势、表情、叫喊、呼号等符号手段来交流感情。这时的意识融合了主体与客体,各种粗糙的感知觉、感情、想象,它们相互渗透,共处一体。意识起初不过"是对自然界的一种意识,自然界起初是作为一种完全异己的、有无限威力的不可制服的力量与人们对立的,人们同它的关系完全像动物同它的关系一样,人们就像牲畜一样服从它的权力,因而,这是对自然界的一种纯粹动物式的意识(自然宗教)"②。意大利学者维科讲到,原始初民的本性还类似于动物本性,他们尚不具备推理能力,但浑身充满了旺盛的感觉力和生气勃勃的想象力,"各种感官是他们认识事物的唯一渠道……他们还按照自己的观念,使自己感到惊奇的事物各有一种实体存在"。维柯把初民的这种思维称作"诗性智慧"③。意识的起源,实际也就是思维的起源。由于初民这种充沛的感觉力与想象力的不断进化,由于知觉的不断形成,由于记忆的不断积累,由于形成了具有协调性的、初级概括力的思维能力,他们就慢慢地感到外在于自己的世界,同自己一样是有生命的东西,以此来认识周围环境。意识的进一步发展,是实践活动发展的结果,它使人把"自己的生命活动本身变成自己的意志和意识的对象"。人的有意识的生命活动把自己同动物的生

---

① 《马克思恩格斯全集》第42卷,人民出版社1979年版,第164、162、163页。
② 《马克思恩格斯全集》第3卷,人民出版社1960年版,第35页。
③ [意]维柯:《新科学》,朱光潜译,商务印书馆1986年版,第161、162、155页。

命活动区别开来，而成为类存在物。"正因为人是类存在物，他才是有意识的存在物，也就是说，他自己的生活是他的对象。仅仅由于这一点，他的活动才是自由的活动。"① 人与人的交往、人与其他对象的关系不断扩大开来，形成了相互的关系即社会关系物。"人们参与这种社会关系，而这种社会关系只有通过人们的大脑感官以及行为器官才能够实现。在由这种关系所产生的过程中，还把客体以及主观影像的形式以意识的形式纳入人脑中"②，成为人类共同的初级知识。同时，意识又是通过语言来获得表现的一种心理形式，意识无法脱离开语言。意识、思想、观念的发生，"最初是直接与人们的物质活动，与人们的物质交往，与现实生活的语言交织在一起的"。"语言和意识具有同样长久的历史；语言是一种实践的、既为别人存在并仅仅因此也为我自己存在的现实的意识。"③ 在人们的共同劳动、相互交往的过程中，语言不断获得发展。这样，意识成了人的感觉、知觉、记忆、想象等心理活动的表现，是人的头脑对于客观物质世界相互关系的反映。"意识的存在方式，以及对意识说来某个东西的存在方式，这就是知识。知识是意识的唯一的行动。因此，只要意识知道某个东西，那么这个东西就成为意识的对象了。"④ 在意识的活动中，思维起着主要的作用，思维是以感知觉的发生为前提的，有了思维，就有了意识。"思维是要把一定的事物内部不同部分相互之间某种客观联系和区别探索清楚，取得这些事物或这些事物的不同部分，如何一定地相互联系又相互区分着的如实图景……取得一个尽可能的确切的'映像'。"⑤ 思维是在感性的表象、初步形成的概念的基础上，进行分析、综合、判断、推理等认识活动的过程，使意识连成完整的图景，成了人类特有的反映的高级形式。

---

① 《马克思恩格斯全集》第42卷，人民出版社1979年版，第96页。
② [苏]列昂捷夫：《活动·意识·个性》，李沂、冀刚、徐世京等译，上海译文出版社1982年版，第12页。
③ 《马克思恩格斯全集》第3卷，人民出版社1960年版，第34页。
④ 《马克思恩格斯全集》第42卷，人民出版社1979年版，第170页。
⑤ 潘菽主编：《意识——心理学的研究》，商务印书馆1998年版，第30页。

作为原始初民通过意识活动而认识世界的原始思维，实际上是一种因语言而获得表现的混合型的思维，它既是"诗性智慧"，又是神话思维，虽然关于原始思维、神话思维、巫术、宗教，人类学家有着不同的说法。实际上诗性智慧、神话思维都包含了审美意识在内，而审美则是人的本性的表现。普列汉诺夫曾经说道："人的本性使他能够有审美的趣味和概念。他周围的条件决定着这个可能性怎样转变为现实。"① 这"周围的条件"就是原初社会、劳动实践中的各种活动，如劳动、劳动工具的制作、模仿游乐、巫术活动等。神话思维崇尚相似性，"对于神话思维来说，每一项领悟的相似性都是本质之同一性的直接表现。这种相似性绝非纯粹的关系概念和反思概念，而是一种现实力量——它是绝对现实的，因为它绝对有效。一切所谓类推式巫术都显露出这种基本的神话意识"②。"巫术"是原始初民的生存信仰，是原始社会的主要文化现象。初民用以沟通神秘的不可知的自然力，以改变自己的生存状态。"巫术是一套动作，具有实用的价值，是达到目的的工具。现代宗教中有许多仪式，甚至伦理，其实都该归入巫术一类中的。"③ 巫术操作中的模仿性、拟人化原则，表现为通过"互渗律""接触律""相似律"，④ 把各种对象与事物，想象为有生命的东西，以此来认识自己所处的世界。普列汉诺夫说：在巫术的操作中，"每一次都能表现出在巫术与审美模仿的统一中的偶然性"⑤。神话思维通过虚幻的但把虚幻当作真实的巫术的操作过程，相当集中地显示了具有审美特性的模仿性、拟人化原则，使得审美意识得以自然的形态，显现于这种思维的过程与巫术活动之中，促使人的审美的可

---

① [俄] 普列汉诺夫：《没有地址的信 艺术与社会生活》，曹葆华译，人民文学出版社1962年版，第17页。
② [德] 卡西尔：《神话思维》，黄龙保、周振选译，中国社会科学出版社1992年版，第76页。
③ [波兰] 马林诺夫斯基：《文化论》，费孝通等译，中国民间文艺出版社1987年版，第51页。
④ 参阅列维-布留尔《原始思维》，丁由译，商务印书馆1985年版。
⑤ [匈] 卢卡契：《审美特性》第1卷，徐恒醇译，中国社会科学出版社1986年版，第387页。

三 文学意识形态与不是意识形态论引起的论争

能性转为现实性。这样,神话思维一方面具有感性的特征,是一个想象充沛的感性系统,并在操作中激发审美感情,从而构成审美意识与审美反映的最初形态。另一方面,它又具有认知的特征,是一个初级认识的概念系统,具有认识与理论的原初萌芽。这两个方面组成了神话思维的统一结构,即它既具审美的和非审美的、同时又具有认识的功利性特征。卡西尔说:"神话兼有理论的要素和一个艺术创造的要素。"① 当然,由于初民的这种对世界的认识往往缺乏科学性,所以他们的认识总是充满了臆想与虚假的。

随着长期的生活实践的进一步发展,神话思维的统一结构,不断走向瓦解与重构。一方面因人的劳动分工,生存经验的积累,认识能力的加深,而不断增强了理性因素,从而使神话思维的拟人化原则不断减弱,独立出了以认识为主的理论思维,并进而不断清除拟人化原则。另一方面,拟人化原则张扬非理性因素的同时,吸收了进一步增强了理性的人的想象性,发展成为宗教思维与艺术思维。这两种思维都包容着充满了感性特征的审美意识,从而使审美意识发展到了一个新的水平。从人类社会发展来说,这一时期大体上是母系氏族社会走向父系氏族社会的过渡阶段,在我国即将进入夏商周三代的阶段。

巫术和在巫术文化基础之上形成起来的原始宗教的拟人化,崇尚自然神灵,继续着包含有审美意识特性的巫术与原始神话的精神,把对超验世界的、彼岸世界的神秘的想象,神主宰的世界,当作人的理想的现实,并把它作为认识世界的手段,激发宗教的神性,获得信仰的满足。同时,在传说、故事、巫卜、游乐、吟唱之中,拟人化原则又被逐渐被纯化而走向了世俗化,进一步开掘了人身上的虚构、想象的潜能,拓展了人的不断发展的自由、自觉的审美创造力,丰富着审美意识的涵义,从而使人面向自己,面向人性,面向此岸世界,创造了他心灵向往的虚构的真实,并从他的想象创造物即人的身上,来审美地观照自己,审美地激发自己,获得精神的愉悦。当然,原始时代的宗教意识与艺术意识,在很长的时期内相互渗透,是难分难解的,

---

① [德]卡西尔:《人论》,甘阳译,上海译文出版社1985年版,第96页。

即使在进入文明时期之后的很长阶段内也是如此。

从审美意识与人通过本性的改造而为人化的自然界来说，人类的长期劳动实践、社会分工进一步的发展和生存的适应与改变，加上天赋、体力、偶然性等因素的影响，不断改造着人的本性，最终使自然界的产物——人，渐渐变成了人化的自然界。人因适应与改造环境而同时促进了自身本性的重大变化，而人的本性的演变，进一步构成了审美的心理的内在化，这必然地导致审美意识的演变。其中最具影响力的因素是人的想象力的飞速进步。想象力固然是人的本身的特性，但它的突飞猛进，反过来又促使人的本性的演变，并形成了思维和生存状况的全面的重大转折。摩尔根在《古代社会》一书中，具体说到在人类的低级的野蛮时期，人类的高级属性已经开始出现时，特别推重这时期人的想象力的发展。他说"个人的尊严、语言的流利、宗教的感情、以及正直、刚毅和勇敢已开始成为其性格的共同特点；但是，残忍、诡诈和狂热也同样是共同的特性"。在这一阶段，产生了偶婚制家族、氏族、胞族组成的部落联盟等。"在宗教方面对自然力的崇拜，对于人格化的神和伟大的神灵的模糊概念、原始的诗歌创作、公共的住宅、由玉米做成的面包，也都属于这个阶段。""野蛮时期"发展了人类蒙昧时期原始初民的语言、政治、宗教、建筑技巧等。"对于人类进步贡献极大的想象力这一伟大的才能此时已经创造出神话、故事和传说等等口头文学，这种文学已经对人类产生了强大的刺激作用。"[1] 人类通过以日益发展的想象力所形成的审美意识，创造了可以审美地观照自身、激发自身、欣赏自身的审美对象。"从这时候起意识才能真实地这样想象：它是同对现存实践的意识不同的某种其他的东西；它不想象某种真实的东西而能够真实地想象某种东西。从这时候起，意识才能摆脱世界去构造'纯粹的'理论、神学、哲学、道德等等。"[2]

---

[1] ［美］摩尔根：《古代社会》下册，杨东莼、马雍、马巨译，商务印书馆1983年版，第539页。

[2] 《马克思恩格斯全集》第3卷，人民出版社1960年版，第35—36页。

三　文学意识形态与不是意识形态论引起的论争

不去想象某种真实的东西，而能真实地想象某种东西，这一不断积累、富于开创意义的人的意识的变化，其实质标志着人类"自我意识"形成的过程。"自我意识"是社会交往的产物，是人在交往中把自我与对象区别了开来，使后者成为感觉与认识对象，并又通过对象认识自己。因此在感觉、思维等方面，人的五官成了"人化的"五官，可以通过对象的人化，来复现自己的心灵，审美地观照自己，促成了人对自己本质的全面占有。马克思说：五官成了"人化的"五官，"人以一种全面的方式，也就是说，作为一个完整的人，占有自己全面的本质。人同世界的任何一种人的关系——视觉、听觉、嗅觉、味觉、触觉、思维、直观、感觉、愿望、活动、爱，——总之，他的个体的一切器官，正像在形式上直接是社会的器官的那些器官一样……通过自己的对象性关系，即通过自己同对象的关系而占有对象。……只是由于人的本质的客观地展开的丰富性，主体的、人的感性的丰富性，如有音乐感的耳朵、能感受形式美的眼睛，总之，那些能成为人的享受的感觉，即确证自己是人的本质力量的感觉，才一部分发展起来，一部分产生出来。……人的感觉，感觉的人性，都只是由于它的对象的存在，由于人化的自然界，才产生出来的。五官感觉的形成是以往全部世界历史的产物。"[①] 要是我们把黑格尔所说的意识与现实的关系颠倒过来了解，那么黑格尔的话说得确是十分深刻的："人是一种能思考的意识，这就是说，他由自己而且为自己造成他自己是什么，和一切是什么。自然界的事物只是直接的、一次的，而人作为心灵却复现他自己，因为他首先作为自然物而存在，其次他还为自己而存在，观照自己，认识自己，思考自己，只有通过这种自为的存在，人才是心灵。""人通过改变外在事物来达到这个目的，在这些外在事物上面刻下他自己内心生活的烙印。而且发现他自己的性格在这些外在事物中复现了。人这样做，目的在于要以自由人的身份，去消除外在世界的那种顽强的疏远性，在事物的形状中他欣赏的只是他

---

① 《马克思恩格斯全集》第42卷，人民出版社1979年版，第123—124、126页。

自己的外在的现实。"① 人在自己造就自己是什么样的人，以及在观照自己、欣赏自己的过程中，自然也就显示了其感情的趋向，反映了其意图与评价。这就是审美活动、审美意识的自身展现，初级的审美反映。只有审美活动、审美意识的展现，最能消除世界对他的疏远性，而与之发生心灵的交织与亲近。

多种美感具体样式的生成，促进了审美意识的不断丰富，同时由于社会制度的进步，伦理关系的确立，促成了审美意识文化因素的不断提升。生存环境的递变、社会关系的剧烈变动、命运的激烈变迁，如前所说，使得人们自身的器官渐渐演化而为"社会的器官"，人的所有的感觉演化成了"人的感觉"。人的感觉、感情，通过与自然、社会、人与人之间相互联系和作用，变得复杂起来，他以全部感觉，在对象世界中肯定自己，而显示着他的本质力量；同时通过各种感觉器官的综合功能，使审美意识日益丰富起来。比如，从社会关系、现象来说，形成了多种美感样式的具体性，有对于氏族所崇拜的图腾的崇敬的感情；有对于先祖开创世界为子孙后代造福而献身的景仰之情，由此而激发的神圣、庄严的感受与感恩之情；或因战争杀戮、掠夺奴隶而引起的生离死别的感受；由于集体狩猎的成功，获得食物的欢庆与喜悦，祭祀的神秘与庄重，娱神的戏谑与自娱的欢乐，人生哲理的感悟的悬想等。从人和自然的关系来说，例如有面对宇宙的无穷，日月星辰的循环往复，对于崇山峻岭、滔滔江河，产生神秘的敬畏之感；遭遇人力难以抗拒的自然灾变所引发的惊惧心理，或因狂风暴雨、漫漫水患灾难所带来的恐怖之感，或是对于自然死亡引起的悲伤，等等，都在自己心里，逐渐积淀成为复杂的美感形态，进而演化为集体无意识，积累成为多种美感的原型，如悲剧、喜剧、叙事、游乐的美感，逐渐形成了心理上的审美意识的内形式。它们是人的感觉与感觉了的人性，是有音乐感的耳朵、有形式美的眼睛和其他感觉的联结物，是人在自己心灵中的再现，是人能够在对象上留下自己内心生活烙印的创造力的体现。与此同时，人们由于在劳动实践、生存斗

---

① ［德］黑格尔：《美学》第1卷，朱光潜译，商务印书馆1979年版，第38、39页。

三 文学意识形态与不是意识形态论引起的论争

争、氏族征战中经验教训的不断积累、认识能力的不断加强，加上原初性的国家体制力量的催化，于是出现了功利、追求价值、评价的活动，进而促成了功利、价值、评价观念的形成，关于这点，我们后面还要谈到。这样，渗入了各种美感和评价，从而被不断丰富、不断提高了文明程度的审美意识，它们既是充分感性的、审美的，同时又是具有不同的意义和价值的。

特别是低级野蛮时期而后过渡到文明时期的初期，父系氏族社会逐渐确立，私有制在滋生，阶级也在萌芽状态中发展，国家的雏形正在形成，文明的程度大大提高。社会组织日渐严密起来，政治、军事、宗教、艺术在功能上仍然浑然一体，它们在整体上为氏族、部落联盟、国家所拥有，渐渐成为群体意识的生存原则。祭祀、巫术是这一时期的文化生活的主要现象。"祠，国之大事也。"原始宗教流行时期，人神共通，崇拜自然，崇拜祖先。尔后传说尧将人神分开，"乃命重黎，绝地天通，罔有降格"，即尧"命羲和世掌天地四时之官，使人神不扰，各得其序，是谓绝地天通"①。这种社会大分工，也即专业、职业的大分工②，就把与神沟通的权力赋予了极少数人——巫史。因此殷商西周三代，巫史盛行，地位显赫，"王前巫而后史，卜筮瞽侑皆在左右。王中心无为也，以守至正"③。巫史既管政治，又掌祭祀、宗教、文化，订制礼仪、制度，使社会的统治秩序进一步的制度化。这样，文化的创造，包括艺术、文学的创造，就落入了有了自由时间的少数特殊人物之手。巫史聚政权、神权、军权于一身，他们既是当时的文化精英，又是专制式的领袖人物。商周青铜器上以精湛技

---

① 《尚书正义》，《十三经注疏》，北京大学出版社1999年版，第539页。
② 按照马克思恩格斯的说法，精神是生产劳动分工的结果，是在剩余劳动创造剩余产品的基础形成的，剩余产品把一部分劳动时间游离出来，成为"自由时间"，去创造"享受"与"发展"的资料（见《马克思恩格斯全集》第47卷，人民出版社1979年版，第287页）。到了文明时代，"生产力的提高、交换的扩大、国家和法律的发展、艺术和科学的创立，都只有通过更大的分工才有可能，这种分工的基础是，从事纯体力劳动的群众同管理劳动、经营商业和掌管国事以及后来从事艺术和科学的少数特权分子之间的大分工"（见《马克思恩格斯全集》第20卷，1971年版，第197页）。
③ 《礼记正义》中，《十三经注疏》，北京大学出版社1999年版，第705页。

巧雕刻出来的饕餮纹、龙纹、凤纹,眼珠突视,巨口怒张,准备随时吞噬什么的造型,表现了凶狠、恐怖、残忍的特点,看来它们都是巫史的设计,以显示权力、神力的绝对威严,同时它们又是巫史"通天的工具之一的艺术",而青铜器本身,则成了"政治权力的工具"①与象征。西周封建的建立,也随之建立起来的各种复杂的礼仪制度与伦理关系,规范着统治者与被统治者的各自地位,人与人之间的行为举止。"何谓人义?父慈、子孝、兄良、弟悌、夫义、妇听、长惠、幼顺、君仁、臣忠,十者谓之人义。讲信修睦,谓之人利,争夺相杀,谓之人患。故圣人之所以治人七情,修十义,讲信修睦,尚辞让,去争夺,舍礼何以治之?"至于最为讲究的祭祀,人物列队贵贱等级有分,供品酒浆陈列有序,"陈其牺牲,备其鼎俎,列其琴、瑟、管、磬、钟、鼓,修其祝、嘏,以降上神与其先祖,以正君臣,以笃父子,以睦兄弟,以齐上下,夫妇有所,是谓承天之祜"②。这十义、信睦、辞让、人利、人患等,无不显示了政治、宗教的森然秩序,人际关系中应具的伦理的意义与价值的追求,并以这些政治、宗教、伦理秩序的意义、价值、功利等观念,施教于贵族子弟,灌施于奴隶百姓。逐渐出现了初始状态的社会意识形态的形式,如政治、宗教、伦理、艺术、文学的雏形,虽然它们在形式上还难分难解。同时在各种节庆与日常生活中,在不同场合通过图腾、图像制作,以及在听觉性、视觉性的语言符号系统的运作中,进行着或是庄严的或是戏谑的在场性的相互交流。

就文学艺术而论,它们同然存身于有声性的、听觉性的语言符号系统之中。就后世出现的多种文学艺术形式发生而论,在它们形成之前,从神话总源的分化并过渡到文学艺术形式的过程中,在渗入了各种美感的审美意识的不断演化中,可以设想,其中必然存在着众多的中介环节,必然存在着与之融合一体的形式因素,例如节奏、音韵、歌唱、叙事、戏剧演出等,而它们的萌芽无不显示于有声的巫唱、神

---

① 张光直:《中国青铜时代》二集,生活·读书·新知三联书店1990年版,第113、123页。
② 《礼记正义》中,《十三经注疏》,北京大学出版社1999年版,第689、670页。

三 文学意识形态与不是意识形态论引起的论争

话传说之中，存身于有关先祖、英雄、创世故事、祭祀、巫卜、舞蹈游乐的视听并举的叙事、演唱的审美活动与审美反映之中。在这一漫长的过程中，人的审美意识原型的生成、演变与积淀，在心理层次上构成了审美意识的内形式，在多种方式、具体场合的审美活动中通过语言的表述，外化而为原初的有声性的审美意识形式——前文学形式。那些具有多种美感样式的演唱、表述、传说、记事、带有某些哲理感悟的思考等审美活动，大体都使用了口头的、有声语言的、乃至赋予多样的人的形体舞蹈动作的形式。但是由于这种传说演唱只能即兴表演，只能口头代代相传，或私相传授，因此这种口头审美意识形式，估计必然会有大量流失，比如当这些氏族或部落遭到自然灾难或战争灾祸而覆灭，这些口头传说与演唱性的审美意识形式，也即审美意识形态的初始性形式，也就会随之湮没无闻，使得今人难以见到它们的实在形态。现今我国边远地区的有语言而无文字的少数民族的史诗演唱、由原来祭祀、娱神仪式转变而为今天的地方性的戏曲表现，可能渗入了不少现代因素，但其原生态风貌依稀可见。

审美意识发展中的重大的转折，表现为不断演变的审美意识与日趋精致的语言的融合，表现为审美意识与逐步出现、完善的文字的融合，表现为审美活动中的心理意识时时生成的审美表现的偶然性，逐渐走向有序化的表现形式——赋、比、兴，就使得在原始审美活动中所产生的审美意识形式，获得了质的飞跃，体现了象征符号的自由创造和美的规律的生动的实现。

生活实践、口头传唱、记事、故事的拟人化原则的不断更新，促使语言发生了重大的变化，即语言不仅发展了自身的陈述功能，而增强了语言的表述功能，想象与虚构的功能。语言的表述功能由语意的游离现象即"语义游离"与"语义抑制"现象所组成。所谓"语义游离"，即语言可分为属类名称和专有名称，属类名称的词汇组织，形成含义的结构系统，这种含义结构具有广泛、普适的特点，即与它所指的对象形成脱节，造成一种不确定性。这不是为了认识，却是为感情所把握的语义游离，广泛地造成了描述中的"空洞幻想的自由"。这类描写，形似写实，但无实指。另一类情况是，"人们可能有意无意地使含义结构失去根基，切断了它与所指对象之间的指称关系"①。于是符号与对象之间的正确无误的关系不复存在，形成所谓"语义抑制"。例如历史人物、地名都可能是实在的，但进入语义游离的语境中，其语义本身受到了抑制，发生了变异。语义游离、语义抑制情况的形成，使得语言可以不同程度地脱离其所指对象，而引向语义的模糊与多义，为走向新的虚构创造提供了可能，从而使其成为艺术的语言、文学的语言。"文学的语言通过词、句的组合，构成最基本的审美单位，进而形成与单个词义截然不同的语言的审美结构，造成种种审美意象。"②同时，语言与音乐韵律的关系有了进一步的发展。仪式、舞蹈中的呼喊、应和逐渐形成节奏，对文学的发生无疑起着促进作用。节奏确实与劳动有关，开始的节奏就是劳动的节奏，但是日趋复杂的诗歌的节奏只是在超越了劳动，与劳动相分离之后，才能成为具有更高形态审美意义的节奏。节奏引起了人们的审美趣味，也培养了人的审美的形式感，即把对生活的各种感受通过一定的节奏表现出来，因而节奏可能是最早的审美形式，如游乐、仪式上的呼喊、重复等。节奏形成音顿，促使诗歌用韵，形成诗歌的韵律。出现了叠字、叠句、双声叠韵、重章叠唱，造成了诗歌的节律感与音乐感，使诗歌随舞能颂能唱，抑扬起伏，回环往复，韵味无穷。

文字的出现使人类改变了其生存的方式，传说面貌奇特的仓颉造字，"天为雨粟，鬼为夜哭，龙乃潜藏"。传说中的这些惊天动地的天象的发生，大约是由于文字的创造与使用，使得先人认为具有魔力般的文字咒语，可以制约、制裁鬼神，在很大程度上解蔽了生存的盲目与神秘，可以使人类在把握自己命运方面增加了自由度。他的历史的存在、生活情状、感情状态从此可以通过文字而相互交流，或被记载下来而为后人所了解，而不必再受制于神鬼。文字创始于商代，它的

---

① [美]贝克：《艺术中的意义判断》，见李普曼编《当代美学》，光明日报出版社1986年版，第183、184页。

② 见拙著《文学原理——发展论》，社会科学文献出版社1989年版，第40页。

三 文学意识形态与不是意识形态论引起的论争

出现自然不是个人的发明,而是集体的创造。当思维依附于语言的时候,思维就是语言,作为言说或表述,这时主客体渐渐开始分离。但当文字发明之后,文字以象征的符号记录了语言所说而被物化,这样人们就可以对语言进行思考与分析,从而使"自我意识"获得了生动的体现。语言学家认为,当人类能通过文字来思考语言的时候,也就意味着人类能够思考自我,思考自己的思维状况,反思自己的精神世界。"语言在文字那里发现了自己,思维在文字中获得了存在,人类在文字中实现了自己的理性和主体性。"主客体在文字里真正分离了开来,思维通过文字而投向对象。我国的文字主要是汉字,象形汉字可以取自图画类符号、造型类符号、记号类符号以及综合类符号等,这使得象形汉字这种符号的模仿力大于对象临摹的性质,而具有明显的写意性。写意性强的象形符号构成了汉字的意象性原则,即"符号形体与临摹的原型制件存在既像又不像的言此意彼的关系"。"汉字的象揭示了在汉字形体与汉语中间存在着一个意义世界,这个意义世界是建立在作为能指的汉字与作为所指的汉语之间的相似性即'象'的基础上的,这种'象'的意指方式更强调造字者在记录汉语时的动机选择性,以能指系统的'象'造成汉语意义仿佛在场的效果,但实际在场的是汉字自身的意义系统。……汉语书写者借助于声音的不在场,使书写者的自我意识成为语言意义的在场形式。"这样,"文字作为一种集体文化的记忆、储存、交流代码系统,在文化的整合和交流中发挥着重大的作用"[①]。汉字本身就是具象而像又不像、言此而意彼、极富象征意义的符号,而其语义就是汉字符号及其组合的形象的自身。因此如果我们丢弃了汉字,那就等于丢失了我国几千年来的文化创造与典籍,失去了我国独创的文化传承的基础。至此,长期发展中不断积累下来审美意识,蕴含着人的生存感受与感悟,包含着认识、意义、哲理等因素,及其原来口头的表现的、多种极富感性色彩的形式因素,现在融入了作为承载着人的生存意义与体验而成为象征

---

① 孟华:《汉字:汉语和华夏文明的内在形式》,中国社会科学出版社2004年版,第48、59、72、73、74页。

符号的文字，融入了具有独特的节奏、韵律的诗性语言的文字结构，这就使其自身获得了书写、物化的形式。这种审美意识的物化的实在形式，并非一种只具纯粹线条、色彩的"有意味的形式"，而是一种在诗性语言的文字结构中凸显着意义之流的"有意味的形式"。初始阶段通过文字记载而流传下来的民歌、巫唱、巫卜、叙事、历史记述等，不仅供人娱乐游唱，感情发泄，而且也承载了对原初的自然现象与生活现象的描述与认识，部落变迁的记事。

赋、比、兴的生成、积淀与形成，则是审美心理意识表现中不断出现的偶然性，逐步走向有序化的表现。这当然不是说审美意识活动中的偶然性被减弱了，而是说不断生成的偶然性，在表现方式上被纳入了开始有序化的赋、比、兴的规范，使审美意识的内形式，找到了外化的范式。其实，赋、比、兴不仅是审美意识的表现方式，而且是创作主体审美能力的质的飞跃，是文学初始形态诗歌的审美特性的组成与显现，是文学审美特性有序的形成，是由前文学走向文学的审美中介的确立，是美的规律的进一步生成与完美的实现。上古歌谣，言简意赅，重在记事，作为一种生命律动的自由创造表现，应该说大体上也是通过赋、比、兴来获得其表现形式的，但比、兴在《周易》前的古歌中成分还不很发达与丰富。《周易》的卦爻辞中，比兴成分已大大增加，它们本身成了从前文学走向文学的过渡的"活化石"。"赋、比、兴的融合，是人对自然与社会审美观照的不断深入与把握的结果，是从对自然、社会的无意识的人化，走向自然、社会的有意识的人化的标志，是人由无意识的生命本能的创造，走向自由、自觉的审美创造"[①] 的表现。由于这种审美能力的发展，人自觉地沟通了自然与社会，在心理感受中使之交融，找到契合，而后形成多种意象的排比与广泛的叙事与抒情构成因素。赋、比、兴的相互融合，促成了审美意识的心理内形式，转向全新的审美结构，转向美的规律的生成与实现，即流传下来的最早的抒情诗与叙事诗的出现。就抒情诗来说，赋、比、兴的融合，扩大了创作者的主体因素，使人的审美感受

---

① 见拙著《文学原理——发展论》，社会科学文献出版社1989年版，第48页。

三　文学意识形态与不是意识形态论引起的论争

力逐渐走向精细化,特别是人的感情、情绪与思想,在语言、节奏、文字的丰富中,具有了个性化的感情的血肉,并使主体原来的原始野性的呼喊,变成了音韵多变、有唱有演的感情抒发。就叙事诗来说,赋、比、兴的融合,由于创作主体性的强化,改变了叙事与表达的单一方式,形成了具有个性特征的多种叙述角度,如有描写、对话、设问性的层次递进的叙述,等等。

过去把《诗经》视为文学的源头,实际上在它之前的编纂而成的《周易》中的作品,和散见于其他典籍中的同时期的古歌、民谣,在数量上十分可观,已经具备后世观念上的相当严整的初期诗歌形式了。《周易》历来被认为是占卜之书或哲学著作,它的复杂的内容通过巫卜化、神学化才被记录下来。郭沫若抹去了《周易》的神秘性,几乎是把它当作《周易》时代社会生活的反映进行考证的。在谈及《周易》与时代的社会生活《生活的基础》一节中,他列举不少卦爻辞描述了先人"渔猎""牧畜""商旅""农耕""工艺"等活动情状。在《社会的结构》一节中,认为不少作品涉及了先人的"家族关系""政治组织""行政事项"(其中有分享祀、战争、赏罚等)、"阶级"划分、活动的。在《精神生产》一节里,指出了先人的"宗教""艺术"活动与"思想"观念的表现等;并对《易传》中的辩证观念进行了分析与批判。① 这一考古与文学社会学相结合的分析,真是振聋发聩。综合《周易》所表述的这些思想,已俨然是建立在当时阶级社会现实基础之上的各种初始形式的意识形态的汇集,成为上至统治者商议国是、征战、狩猎、祭祀的守规,下至黎民百姓盖房、出门、行走、婚嫁、劳作的各种行动的指南。其后我国学者不断对《周易》的卦爻辞以新的角度进行解秘、还原,又获得了令人耳目一新的发现。一旦揭去其巫卜、宗教的神秘外衣,原来这些卦爻辞皆为古代的谚语、俗语、成语、完整的古歌或古歌的断章与断句的引用,先民的日常生活、婚丧喜庆、农耕狩猎、征战离散、天象洪水、占卜宗教

---

① 见郭沫若《中国古代社会研究》第一篇《〈周易〉时代的社会生活》,河北教育出版社2004年版,第25—69页。

等内容，在这些简朴、古奥的诗语文字中清晰可见。① 《周易》历来被推为群经之首，其最早提出的人文精神、忧患意识，以及表现了东方特色的世界观，至今影响着我们的民族文化精神的发展。而后来的《诗经》，各个方面更趋成熟，较之《周易》在感情表现方面已经极大的精细化，语言文字虽然古朴，但用语数量已大大增加，韵律开始多变、复杂，内涵则显得更为丰富多采、博大深厚。风、雅、颂三大类诗作，作为风土之音、朝廷之音与宗庙之音，其中所出现的大量语词，至今在我们日常生活中仍然广为使用②，令人叹赏。诗三百大体以诗歌形式，记录、反映了西周初年至春秋末期前后五百多年间这一漫长阶段的生活情状，如历史、政治、伦理、征战、祭祀、宗教、劳作、爱情、离愁、商旅、各类民风民俗，而且还成了传授知识、授人经验，甚至成为部落与国家之间"不学诗，无以言"的相互交往的外交工具。它们是从奴隶制转向封建制时代不同社会关系之上的观念上层建筑，即诸种意识形态，从各个方面指导、影响着社会以及人们的思想。但是它们又被冠以"诗经"，是一种融入了诗性语言文字构形，而以"兴、观、群、怨"的作用透入了人们各种感情生活。《诗经》同《周易》一样，这是经过千百年传唱的审美意识形式，借助于语言节奏的复杂生成，由二言、三言发展而为四言的诗式，通过有序化的赋、比、兴表现形式，自然地、历史地生成的审美意识形态。作为诗性智慧、诗性文化的高度发展，这种审美意识形态具备了审美意识及其形式所具有的与生俱来的、最为根本的复式构成的特性。一是它的审美诗意特性，人的五官感觉已经不断提升而为人的"享受的感觉"，

---

① 著名学者高亨的《周易杂论》（齐鲁出版社 1987 年版），李镜池的《周易探源》（中华书局 1991 年版）等著作，都指出了《周易》中部分卦爻辞，具有古诗歌形式特征，给人以启迪。今人王振复的《周易的美学智慧》（湖南出版社 1991 年版），傅道彬的《〈诗〉外诗论笺》（黑龙江教育出版社 1993 年版），黄玉顺的《易经古歌考释》（巴蜀书社 1995 年版），陈良运的《周易与中国文学》（百花洲文艺出版社 1999 年版）等著作，进一步扩大了我国古诗源的探索，从文学的角度打开了《周易》的宝库，确认它们多为古代谚语、成语、俗语、民谣、完整的古歌或古歌的断章断句，极有特色。

② 可参见夏传才《诗经语言艺术新编》一书的《〈诗经〉的语言》部分，语文出版社 1998 年版。

三 文学意识形态与不是意识形态论引起的论争

而且已将人性的感觉、人的感情、感受、体悟，融入被掌握了的有序化的审美表现形式与具有象征符号意义的语言文字的诗性结构；二是这种人的享受的感觉，人的感性、感受，又是与人的初始阶段的生存意识、对世界认识、人的感性与伦理关系、哲理意识、哲学观念，也即他所意识到的生存的意义和价值，在汉字的构形之中融为一体的。这两个方面的融合，体现了人对美的规律的深入把握与自由自觉的审美创造。

这样，审美意识随着社会生活的演进，社会结构的日渐成熟与发展，人文意识的进步与强化，特别是文字的出现与完善和审美特性的丰富与表现形式的有序化，美的规律的进一步的生成与掌握，文学审美反映方式不断完善，于是由口头的审美意识形式，自然地、历史地生成而为审美意识形态。文学从自己的原生态，经历了不断的演变而走向自觉的创造，成为文学自身而接近了现代意义上的文学形式，为后世文学的生成提供了一个基本的样式。

两千多年来，不少卓有声誉的中外作家与学者有关文学的说明多种多样，他们相当普遍地认识到了文学与生活、社会制度的关系，或多或少地触及了文学的本质方面。就外国学者来说，比如斯达尔夫人出版于 1800 年的《论文学》一书，它的全称为《从社会制度与文学的关系论文学》，这里所说的社会制度包括了政治、经济、文化等方面。《论文学》一书，从不同的社会制度的视角，论述了欧洲古代文学以及当代欧洲主要国家文学的各自特征。19 世纪中叶，艺术理论家丹纳深受当时自然科学、进化论思想的影响，出版了《艺术哲学》一书，从唯物主义的观点研究了艺术发展的线索，提出种族、环境、时代三要素说，认为这是决定物质文明与精神文明的决定因素。又如巴尔扎克说："法国社会将写它的历史，我只能当他的书记。"文学在他们那里就是"社会意识形式"的表现。又如 20 世纪初的俄国学者佩平的《俄国文学史》把文学史视为社会的组成部分，以为通过文学可以"考察社会的自我意识的增长"[①]，同样也是

---

① 见拙著《文学发展论》，高等教育出版社 2005 年版，第 300 页。

把文学视为一种社会意识形式的。他们的理论与创作具有重要的时代意义，但是在整体思想上，他们都未能达到唯物史观的高度来理解文学艺术在整个社会生活中的地位及其作用。把文学视为"社会意识形式"，一些外国的理论家早在19世纪中叶前后就已做到了。

马克思恩格斯的唯物史观和文学艺术意识形态论的思想，阐明了文学艺术在整个社会结构中的地位，以及与其他意识形态的共同特性。这样，19世纪末开始，探讨文学的本质的时候，如果你要谈论马克思主义，那就不可能回避意识形态之维，但这并不是说，意识形态就是文学的定义。也是从这一时期开始，文学审美特性的探讨，因美学研究的日益发展而凸显出来。当然，人们也完全可以从别的学说去讨论文学的，如前所说，文学可以是感情的表现，忧伤情绪的记录，苦闷心理的象征，等等。20世纪无产阶级革命运动高涨的时期，意识形态理论是被普遍使用的观念，用来阐明各种社会现象。在讨论文学艺术的本质特征时，苏联和中国等国家的政治家、理论家，由于政治斗争的需要，常常强调文学是社会意识形态，以意识形态的普遍的共性特征和文学在阶级斗争中地位，来突出、规范文学艺术的本质，而论及文学的审美特性的方面不被重视，这是事实。但是当文学被认作意识形态，并以意识形态的共性，也即意识形态性，来替代文学的本质特性时，文学本身就被架空了，进而造成了后来对文学庸俗化、简单化的理解，遮蔽了文学的本性，这也是事实。当然，讨论文学本质特性，如果又忽视其意识形态的社会功利特性的要求，又会在理论上会走向唯美主义的偏颇。

新时期初期，在对文学中的庸俗社会学的批判声中，一些学者强调文学的根本特性在于审美，文学必须回归自身，这是完全必要的。但是那种认为文学的特性唯有审美，并用审美来排除、嘲弄、挞伐、否定文学的其他本质特性、功能，也未免矫枉过正而失之偏颇，这样做，并不符合文学的真实情况，但是这种说法在那时并不少见，并在文学评论中，社会学研究、历史研究都曾受到贬抑与嘲弄。在现实生活里，审美的现象极多，但是它们并非只为文学所特有，而且审美、审美现象也并不就是文学。我在写于1982年9月的《论人性共同形

三 文学意识形态与不是意识形态论引起的论争

态描写及其评价问题》（发表于《文学评论》第6期）一文中提出，"文艺是一种具有审美特征的意识形态"。认为讨论文学应该是探讨具体的文学样式及文学作品，而非抽象的文学一般，以为文学是通过对语言的审美结构的，通过创作主体的感受、体验而灌注了感情思想的鲜活的艺术形式。评价文学作品，需要美学分析，那些不具审美因素的作品，不是文学作品，就难以对它进行美学的分析。但是"加强美学分析，并不是要否定与美学分析密切相关的历史、社会分析"。1984年，我在评述苏联的文学理论与关于文学研究方法论更新的几篇文章里，继续提出文学是"审美意识形态"，文学创作是"审美反映"说，并对文学"意识形态本性论"进行专文介绍与评析。指出"意识形态本性论"这一观念，强调的是"文学艺术是认识生活的一种形式"，而忽视了文学艺术的审美特性。文学作为意识形态，重视的是它的意识形态性，即意识形态的共性，而将审美置于次要地位，以致将其看成了意识形态性的从属品格。当时看到我国原有的文学观念，明显已不符文学自身的特性，而外国几种著作所张扬的文学观念也未能使我满意，如韦勒克的"虚构性""内在研究"说，波斯彼洛夫的"意识形态本性论"等。还有如稍后不断涌入的外国学者和我国学者自己提出的如结构主义文学观、解构主义文论、文学符号论、文学语言学、文学心理学、精神分析论、文学感情论、文学表现论、文学生产论、文学接受论、读者反应论、文学现象学、文学是人学、文学心学论、主体性文学论、文学象征论、文学数学化论、信息论控制论系统论的文学论，它们只是接触了文学本质特征的某一方面，在文学本质的不同层次上都自有意义，但总觉得缺乏总体的涵盖力；或是它们只是一种研究文学的方法与切入点，而非文学理论本身。这样，我于1986年、1987年、1988年发表了几篇长文，较为详细地阐释了审美反映与审美意识形态这两个概念。而与此同时，童庆炳教授在其1984年出版的《文学概论》中也已提出了"审美反映"说，并对文学的本质作出了与文学审美意识形态论的相同的阐释。下面先谈审美反映。

20年来，认识论、反映论在文艺理论中一直受到诟病，人们把两者等同起来，批评认识论、反映论几乎成了一种条件反射。但是十分有趣的是，人们批判的东西实际上是把被过去歪曲了东西的再度歪曲，我说过这是新的庸俗社会学。一些人提出的新东西也不过是在照搬西学，并未新到哪里去，所以我一直以为这类批评与我的论述是对不上号的。后来得知，一些同行认为，审美反映与审美意识形态论是建立在认识论、反映论的基础之上的，反映论就是认识论，而认识论较之其他什么论，不仅庸俗，而且在实践上也是明显地落后了！我自己反省，在提出审美反映和审美意识形态之前和之后，我重视文学的认识作用，但从未强调文学就是认识，认为文学创作要以认识作用为先。我倒是一再强调，那种可以称作文学艺术的东西，如果不具审美特性，那么它的其他特性、功能也是无从谈起的，后来也不断在阐释文学的审美特性与文学其他特性的有机联系。反映不是认识，但含有认识，反映论中虽有主体客体之分，但从来是承认主体的能动作用的，只有机械唯物论的反映论，才是僵死的反映。论辩要恢复对方观点的原意再进行批驳，否则岂不是堂吉诃德式的大战风车，有什么意义呢！至于审美反映与一般的反映不同之处在于，审美反映是审美主体的创造过程，除了承认生活作为创作的源泉这一前提之外，整个创作过程起着主导作用的是审美的主体，是对于对象的改造与创新。我的《最具体的和最主观的是最丰富的》一文，讨论的正是创作主体在审美反映过程中的创造性作用，也即审美反映的创造性本质。

我使用"审美反映"一词，颇费踌躇，当时有多种概念、范畴可供选择与改造，如心理说、感情说、表现论、创造说、象征论、原型说、主体论、性本能、无意识、集体无意识、生产论、信息论、控制论、系统论、数学哲理等，以为它们都有道理，但觉得使用审美反映来阐释以语言文字诗性结构为其形式特征的审美创造，可能更符合创作的实际一些。当然，比喻往往是蹩脚的，概括也往往不能面面俱到地概述事物的全貌。在《最具体的和最主观的是最丰富的》一文的正文之前有一"提要"，简要地概述了我对"审美反映"的了解，现抄录于后：

三 文学意识形态与不是意识形态论引起的论争

本文认为,应把文艺批评中的简单反映论和能动的反映论区别开来,不作区别,很可能导致新的庸俗社会学。从反映论观察文学,文学的某些本质方面可以得到阐明,也可以使用其他方法研究文学,但不能把反映论直接移植于文学创作,在创作中要以审美反映代替反映论。审美反映有其自身结构,它是由心理层面、感性认识层面、语言形式层面、实践功能层面组成的统一体。审美反映中主观性的创造力表现为对现实的改造,现实呈现为三种形态:现实生活、心理现实,审美心理现实。心理现实中的主客观时时产生双向转化,客观因素的主观化,主观因素的对象化。侧向主观的审美倾斜,可以形成创新,也可能失去沟通。审美反映的动力源,来自主体的审美心理定势,审美心理定势的动态结构(格局)形成一触即发的内驱力,不断要求主体去获得实践的满足。审美心理定势的不断更新,促使主体不断走向审美反映的新岸。不存在没有表现的审美反映,自我在表现中得到归宿。审美反映无限多样,一是现实的无限性,二是主观性是一种不断更新的动力。凡是主观性不强的审美反映可能是失败的审美反映。创作个性是主观性的最高要求,是创造的极致。最丰富的是最具体的和最主观的。①

因此,这里所说的"审美反映",就难以套用"认识""反映"来规范它,实际上它与审美表现或是审美创造都是相通的。我的这一观点提出后,得到了一些同行的认同,有的学者认为,审美反映实际上已经超越了一般所说的反映论。1987年年初,我读到了卢卡契的《审美特性》第1卷中译本,原来该书主要是探讨"审美反映"的,我曾在一篇文章中说到,要是我早读到这部著作,那我对"审美反映论"的探讨文章,可能会写成另外一个样子了。后来"审美反映"不胫而走,无疑也与卢卡契、童庆炳教授著作的流传有关。现在不仅

---

① 见拙文《最具体的和最主观的是最丰富的——论审美反映的创造性本质》,《文艺理论研究》1986年第4期。

审美意识形态论受到"考论"而被否定，而且也祸及"审美反映"。先是被人把审美"反映"列为参加了对反映论的"批判大合唱"①，最近又被人蔑视为"所谓审美反映"！但是这些人和过去的审美反映的批判者一样，批判别人的观点，是从不阅读被批判者对论点所进行的阐释的。其实，如果要批判、驳倒"审美反映"，那么就应阅读一下上面所引的那段话，然后有时间的话，不妨看看这整篇文章究竟说了些什么，再来对审美反映这一术语进行批驳不迟，这应该是批判的最起码的原则了！这样可以完整地抓住论敌，如果批判得真有道理，就可以致论敌于死命！但是可惜的是，迄今为止，没有任何一位"审美反映"的批判者这样做过。

"文学审美意识形态"的命运也是如此。1987—1988年，我发表了《论文学形式的发生》与《论文学观念的系统性特征》②两篇长文。就文学作为审美意识形态而论，我的认识较之以前已有深入，主要是探索了文学审美意识形态的逻辑起点。《论文学形式的发生》一文将"审美意识"确立为文学审美意识形态的逻辑起点，从逻辑起点及其历史生成加以探讨，试图恢复文学本质特性探讨和文学观念形成中的自身的历史感。文学的发展是从"前文学"到文学，从中导出审美意识形态的结论性的观念，这在上文已做了说明和简要的补充。而意识形态这一的观念，是后来才出现的现象，讨论文学本质问题一开始就把意识形态作为中心范畴加以探讨，自然也是可行的，但往往缺失了历史的生成与发展的过程性，即历史性。后一论文讨论了文学本质特性的多层次性，和作为文学最根本特性的审美与意识形态性的不可分离性。出版于1989年的《文学原理——发展论》（2、3版改为《文学发展论》）讨论文学观念的第一编共四章，整合了这些想法，其中用了两章的篇幅，专门阐释了"审美意识"的演变。书出版后，正值展开对文化领域里的"资产阶级自由化"批判。几位马克思主义

---

① 见陆梅林、盛同主编《新时期文艺论争辑要》上，重庆出版社1991年版，第999页。
② 拙文《论文学形式的发生》，发表于《文艺研究》1988年第4期，《论文学观念的系统性特征》，发表于《文艺研究》1987年第6期。

三　文学意识形态与不是意识形态论引起的论争

文学理论家和注释家把审美反映与审美意识形态论，当作文艺学中的资产阶级自由化现象趁势进行不点名的、喊话式的批判，说这些说法已滑到资产阶级自由化的边缘，再往前去是万丈深渊，然后加以训斥：反映论就是反映论，还有什么审美加反映的！马克思的意识形态论就是意识形态论，还有什么审美加意识形态的！我知道学术界中的庸俗社会学、机械论已经批判了十来年，但这类思想、学风确实顽固得很。于是我在20世纪90年代的一篇文章中回答说：看看这类批判，我们还要到哪里去寻找庸俗社会学与机械论呢！现在又遭遇到"硬拼凑"这类批判，这与十多年前的批判相比，大概可以看作是一种时过境迁的回声与巧合吧！

提出审美与意识形态的融合，正在于使文学回归自身，回到文学自身的逻辑起点、它的与生俱来的复合性特性、它的历史的生成形态——审美意识形态。审美意识形态不是单纯的审美，也不是单纯的意识形态，而是审美意识的自然的历史生成。它把文学作为相对的独立形态，讨论的是这种独立形态自身的本质特性。一，如前所说，多年来以意识形态定性文学，这一提法重视了文学与其他意识形态的共同特性，而往往忽视文学另一方面的本身特性，即审美特性。把政治、法律、宗教、哲学艺术、文学称为意识形态，强调的是它们作为不同形式的意识形态，对于产生它们的社会经济基础发生不同作用的共同性一面，和它们在社会结构中的地位。因此当文学被称作意识形态时，要求说明的不是它的审美特性，而强调的正是它与政治、哲学、法律所共有的意识形态性质、价值与功能。被抽象出来的意识形态性即意识形态的共同性本身，并不含有什么审美特性，而且正是排除了审美特性的结果，否则它就不是意识形态性了。二，多年来由于强调意识形态性而忽视文学本身固有的审美本性，以致在阐释文学本质的时候，不能一开始就把审美特性看作文学本质特性的有机组成部分，而总要把审美特性当作第二位的东西、附属性的东西，致使文学本身变成依附于政治的部门，最终使文学丧失了自身的独立性与自主性。十分遗憾的是，一些人一如过去，对审美是如此恐惧，以为审美消解了意识形态，而大量地重复使用着20世纪80年代前的话语与表述着那时的观点,这就把这场讨论拉回到20世纪80年代初的大讨论去了。三,审美与审美现象普遍存在于现实生活之中,如前所说,它们并非文学,极具主体性特征的文学的审美,必须与多种多样的生活形式的描写和表现融合一起才能存身下来,并成为文学这种形态的不可分割的组成部分。

审美与意识形态的融合,强调的正是文学本质复合特性的有机融合与统一,并在融合与统一的关系中使得各自的特性和功能有所改变,形成文学本质的新的系统质。第一,文学的审美描写,确实反映了一定人群、集团乃至阶级的感情思想和一定时代的精神特征,显示了审美意识形态的一种具有较强倾向性形式。第二,与此同时,文学的审美描写,又可以揭示人类共同人性的要求,重现人们的普遍的感情和愿望,从而超越一定人群、集团乃至阶级的感情思想倾向,在这里审美意识具有共同人性的品格,而成为审美意识形态的另一种表现形式。第三,在文学中,有很大部分作品,它们描写自然景物,寄情山水之间,有的固然明显地寓有作者的情愫,有的却不甚分明;同时由于描写对象的特殊性,审美描写方面的特殊处理,不少作品只以优美的状物写景见长而吸引各个时代的读者,在接受上具有极大的普适性而流传千古,而具有全人类性,成为又一种形式的审美意识形态。审美意识形态由于客观地存在着内涵的差异与不同,而呈现了形式的多层次性和涵义的丰富性。

综合审美意识形态的系统质,实际也就是我们在上面论及的以审美意识为逻辑起点、历史地生成的审美意识形态所显示的最基本的复合特性:即在文字多种结构的样式中,文学的诗意审美与社会意义、价值、功能两者的融合,与这两个方面保持高度的张力与平衡。文学蕴涵着人的生存意义的积淀,显示了对被意识到的历史深度、意义的探求,具有多种多样的不同维度的价值与功能。但是在诗意的审美和价值、意义与功能之间的张力,并不总是平衡的,对于不同时期、不同作者与具体的创作来说,有的可能侧向前者,有的可能侧向后者,有的深沉、厚重,有的只是淡淡的几笔生活情趣,其间佳作同样不少。当然也有相当多的作品,虽具一定审美因素,却沉醉于生活的卑

三 文学意识形态与不是意识形态论引起的论争

微与恶俗之中,这可能就是文学中的低级文学了,虽然也是存在着的东西。至于那些不具审美意味品性的文字,那就无所谓是不是文学。因此,从总体上说,"文学作为审美的意识形态,以感情为中心,但它是感情和思想认识的结合;它是一种虚构,但又具有特殊形态的真实性;它是有目的的,但又具有不以实利为目的无目的性;它具有阶级性,但又是一种具有广泛的社会性以及全人类性的审美意识形态"①。审美意识形态不是单纯的审美,也不是单纯的意识形态,而是审美意识的自然的历史生成。意识形态理论讨论的是文学与其他意识形态在社会结构中的地位和作用,在实现方式上不同而又具有共同的意识形态性,而审美意识形态则是把文学作为相对的独立形态,讨论的是这种独立形态自身的本质特性。

这样,驳斥审美意识形态是审美加意识形态的硬拼凑也好,偏正结构也好,看来还真有一些硬拼凑出来的味道。至于说到十多年来由于我们提出了"审美意识形态","考论者"一会儿指责我们在理论上标榜的是一种"纯审美主义""去政治化",消解了文学的意识形态与意识形态性,进而促成了当今文学创作的下滑与堕落的趋势,从而落实20世纪90年代初一些老马克思主义者把"审美意识形态"当作"资产阶级自由化"思想的批判(自然,不同意见的探讨与批判都属正常现象),一会儿又指责我们扩大了意识形态的范围,竟把偶成的儿童诗等都当成了意识形态,把意识形态泛化了,实际上这是"考论者"们把具体的审美意识形态当作意识形态的一般抽象了。这种文不对题、离谱得出奇的批判,实在令我们感到尴尬!扔过来的全是和"审美意识形态论"不搭界的帽子!一些人对于当代文学中的某些消极现象的成因,实在是太隔膜了!与当今的金钱至上的现实生活离得实在太远了!

对于文学理论问题,重要的是要把马克思主义作为指导思想与中国文学理论实际结合起来研究,要有科学发展观的气魄与洞透力,提出切合实际的新的见解,实行理论创新,这样才能使理论获得发展。

---

① 见拙文《文学原理——发展论》,社会科学文献出版社1989年版,第110页。

第一编

因此,一,要坚决摆脱那种一开始就把马克思"说过"的或被改造过了的马克思"没有说过"的,当作我们讨论问题的出发点的学风。这种三十多年前的学风,使其信奉者严重脱离现实,还自以为一贯正宗。二,对于马克思主义的观点,对马恩的著作不能抱着为我所用的实用主义态度,有利于我观点的就大加"考论",对不利于自己说法的理论就故意视而不见,却准备随时抛弃马克思主义的基本的观点。或是注释了多年马列文论,马列文论讲解被僵化了、刻板化了,课堂教学又不受迎,于是干脆否定文学与意识形态的关系,扬言"现在要淡化意识形态",这当然可以。但对于几位多年研究马克思学主义文论的专家来说,却把马克思主义理论原则当成了策略手段,这岂不是迎合时尚的表现?或是弄些语言游戏?对于审美意识形态这一观念,从所谓句式的"偏正结构"出发给予批判,且不说这种说法与作者的历史的论述南辕北辙,是一种强加行为。可一会儿他们认定在这个"偏正结构"中的"正"是"审美","审美意识形态"意在"审美",其中"偏"是"意识形态",于是把审美把意识形态解构掉了,所以审美意识形态论在他们看来就是"纯审美主义"。如前所说,文学作为意识形态,是在社会整体结构中说明文学和其他意识形态的共性,和经济基础的相互关系。可责难者却根本不愿意去区分意识形态与审美意识形态的关系,拿着一首儿歌责问,难道一首儿歌就是意识形态吗,这不就把文学泛意识形态化了吗?好像很有道理。这里实际上使用了以个别作品的具体分析代替了文学作为意识形态的整体抽象的本质规定的手法,两者本是不同层次、性质的问题。现在却把两者混同一起,这是一个十分省力的手法,可以使不熟悉马克思著作的人轻松地接受,使本来就讨厌意识形态的人士感到高兴。一会儿他们又说,在"审美意识形态"这个"偏正结构"中"中的"正",是意识形态,是政治,"偏"是审美,审美不过是个幌子,可见审美意识形态就是意识形态,同时宣称文学与政治毫无关系,从一个极端跳到另一个极端。如果说审美意识形态真是个"偏正结构",那也只有一个。可是他们居然能够把这个"偏正结构"翻过来倒过去,得出相反的结论,而且左右逢源,怎么说都说得通,那只能说这类批判都是"独具只眼"的批判了！三，不能再像过去的那种"文艺哨兵"那样，以马列传人自居，总是紧盯别人，看看是否出现了与他们对马克思主义片面了解的不相同的说法，或者总是指责别人这也不对，那也错误，随意宣判，而对自己思想意识的极端偏执与陷入毫无历史感的误区，却罔无所知。几十年来的"消防队""灭火器"给文艺理论的正常发展造成了极大的危害，这个时代已经过去了。要想想自己在文艺理论的建设中，提出过什么新鲜问题，推动了理论的发展，这才是人间正道。四，还要宽容一些与自己不同的观点，其实，学术探索即使有所失误，那也是应当被容许的，因为理论上的失误本身，也是人类认识过程中积累起来的一种财富，因此还是需要以友好的对话方式来探讨、解决。这总比那种几十年来在经典著作中往来穿梭，皓首穷经，却容不得不同观点的学风要有价值得多！要在历史现实、文化遗产的评价中，提倡一种可以去蔽的、历史的整体性观念，一种走向宽容、对话、综合、创新、包含了必要的一定的价值判断、总体上亦此亦彼的思维方式。

最后，文学的本质问题，也可以从其他方面进行探讨，方式很多，未可定于一说。一个观念实在难于穷尽它的方方面面，而且任何理论观点，都有自身的特点，有的说明问题多一些，有的就少一些，只是程度不同罢了！

（原文写于 2006 年 7 月，9 月修改。原稿分三部分，分别刊于《文艺研究》《河北学刊》及《文学评论》，后合刊于《中华文化与文论》2007 年第 14 期，并收入北京师范大学文艺学研究中心编《文学审美意识形态论》论文集，中国社会科学出版社 2008 年版；这次编入文集，稍有修改）

四　西方马克思主义文艺理论与我国当代文论建构浅议

20世纪80年代中期以来，国外马克思主义文论同西方文化、文论思想一起，不断被介绍到国内，那时我们把它定位在"西马"。这西马二字，就是说它不是马克思主义原典意义上的文论，它不同于苏联的所谓马克思主义文论，同时也不是我们中国流行的马克思主义文论的形态，于是在我国的主流文化思潮中，"西马"非马，成了一个十分流行的说法。

这个"西马非马"的说法实际上是说，西方的马克思主义不是马克思主义的，它们是苏联学者说的不过是西方资产阶级的文艺思想，或是20世纪60年代初我们说的是修正主义文艺思想。同时，这个说法实际上也是说，只有我们中国的马克思主义才是从马克思主义原典意义上发展起来的真正的马克思主义。改革开放以来，上面的这类说法，曾使我国心有余悸的学者一时不敢接近它们，即使有所接触，也是抱着小心翼翼的态度的。

其实，事实并非如此。近百年来在我国不同时期传播的马克思主义思想中，有根据马克思主义原则，紧密结合我国国情和历史发展的具体需要而建立的、与时俱进的、中国化了的马克思主义学说，它们在社会的实践过程中，总能指明社会发展的道路，拨正社会发展的航向，或是挽救革命于颓势，或是促成了我国社会的飞速发展。与此同时，还存在教条主义，经验主义，"左"派幼稚病，甚至"左"倾的、以极"左"形式出现的教条化了的东西，在一个时期内，它们都被称作所谓的"马克思主义"，可是它们在实行过程中，在改造社会

四 西方马克思主义文艺理论与我国当代文论建构浅议

中,都曾给中国革命与社会发展进程造成了不同程度的损失,甚至重大的灾难。20世纪70年代末,识别与检验不同形态、不同倾向而一时都被叫作马克思主义理论的真理性的唯一标准,那就是社会实践。正是社会实践这一唯一标准,使人们辨别清楚了什么是教条主义与极"左"思潮,最终摆脱了"文化大革命"的灾难。

国外马克思主义文论,不是马克思主义文论原典意义上的文论,就这点来说,的确西马非马,因为原典意义上的马克思主义文论,只能由马克思主义经典作家创作一次。而西方马克思主义文论,不过是西方的马克思主义学者从马克思主义文论的原典出发,结合西方各国所处的具体社会的、文化文艺的实践而进行阐发和创造的理论,是一种对马克思主义重新的解读。由于国情不同,文化传统有别,社会问题有同有异,而且特别是受到各种各样的社会、哲学思潮的交差渗透和影响,因此它们形态多样,学说纷呈而显得十分驳杂。国外马克思主义学派并没有在各自的国家社会生活中获得中国式的政治、文化的主导地位,因此它们只能主要活动于文化、意识形态领域,并从文化、意识形态方面,提出各种文化批判的策略,展示着文化与文学艺术背后隐藏着的种种因素与本质特性,这是一。第二,马克思主义并未只有在苏联(一度占有主导地位)、中国获得传播,而在西方不同国家、不同历史阶段,结合社会实际,同样获得了相应的发展,而且极有自己的特色,虽然马克思主义在东方和西方不同国家的传播和作用不能等量齐观。但总体上说,不同国家的西马文论,是西方的各个历史阶段发展起来的文化成果与传统的继承,虽然显示了马克思主义在西方近百年来历史发展的曲折,但它们是整个西方马克思主义发展的组成部分,并且也是世界马克思主义文论发展中的主要的历史成果。我以为建立马克思主义历史发展的世界性的总体观念,十分重要,这是一种宏大的世界的历史观,这种观念不致于再次使我们酿成唯我独马、唯我独革的封闭心态。在这些方面,我们都有亲身的体验和历史的教训。

自然,对于西马文论,我们不能把它照搬。近百年来,西马文论广泛涉及资本主义社会、资本主义文化批判、文化与政治;探讨了资本主义各个阶段的文化及其不断出现的危机、资本主义文化市场、文化消费、文化所有权或文化霸权问题；论述了社会经济、物质生产、精神生产与文学艺术生产的特征，艺术传播；研究了审美、审美文化、审美人类学、审美救赎、大众文化的争论、文化研究和对现代性的坚持。西马文论论述范围极广，它们对于西方政治制度、文化体制的批判等有关问题的大量著述，既有理论上的不足、失误与不彻底性，又有切近生活的种种问题意识和深入而独到的研究。我国社会已经进入经济社会的发展阶段，由于市场经济的推动，在文化、艺术方面正在涌现诸多新问题，它们和西方不同发展阶段发生的众多的文化问题十分相似。这样，我们完全可以本着批判与鉴别、综合与创新方针，吸取国外马克思主义文学理论中的有用经验，将它看作我们建设具有中国化的马克思主义文论的重要资源，而为我所用。

几十年来，我国学者不仅译介了大量国外马克思主义文论，而且在研究方面也获得了巨大的成绩。20世纪90年代中期到21世纪之初，出现了如冯宪光的《西方马克思主义美学研究》、朱立元的《法兰克福学派美学思想论稿》、刘秀兰的《卢卡奇新论》以及马驰的《马克思主义美学传播史》等这样的有学术分量的著作。进入21世纪以来，我国国外马克思主义文论的研究可说是长盛不衰。就专著方面来说，出现了王向峰的《〈手稿〉的美学解读》以及蒋孔阳、朱立元主编的《西方美学通史》中关于西方马克思主义前后期美学文论的系统论说，还有多种关于西马学者的个案研究，如吴琼的《走向一种辩证批评：詹姆逊政治文化诗学研究》、李世涛的《通向一种文化政治诗学——詹姆逊文艺阐述理论与实践研究》与丁国旗的《马尔库塞美学思想研究》等，都是这方面的优秀之作（手头资料有限，肯定还有这方面的著作，只好暂付阙如）。至于论文，有《马克思主义美学研究》与其他刊物刊有的大量论文；而且就我所知，还有不少尚未出版的关于西马代表人物的专人的个案研究的博士论文。这些著作拓展了我国马克思主义文艺理论研究的视野，扩大了我们知识的领域。

在这里，我要提及冯宪光主持的《20世纪马克思主义文艺理论本体论形态研究》这一项目的系列专著，这一专题系列，吸收了著名

四 西方马克思主义文艺理论与我国当代文论建构浅议

的西马文艺理论家的综合性成果,归纳了西方马克思主义文艺理论在其自身的历史发展中自然形成的四个维度,并将目标定位于当代马克思主义文艺理论本体论形态问题的研究之上。其中有邱小林的《从立场到方法》的意识形态文艺理论研究;有温恕的《精神生产与社会生产》的艺术生产理论;有傅其林的《审美意识形态的人类学阐述》的审美人类学研究;有冯宪光的《在艺术与革命之间》的政治学文艺理论研究。

这一专题系列的特点是,第一,在于它们坚持了马克思主义的原典精神。马克思主义关于文学艺术本质特性的论述,始终是文学理论工作者所关注的中心问题。上述四个方面确是马克思主义在其理论阐释和实践中经常提出的问题,最为基本的问题,这是我们在研究文学理论中经常探讨的对象,而且这些方面在我看来国外马克思主义文艺理论研究家探讨得相当深入,范围宽广。我们探讨文学艺术本质特性,往往只是进行单个方面的研究,或是几个方面有所穿插,或是一一排列给予概述。文艺本质是一种多层次现象,专题系列把上述四个方面列为马克思主义理论中最具本质特性的方面,把它们看作既各自独立,相互联系、互有渗透的关系,进而建立起了各自的本体论思想,最后由政治学文论统摄全局,这为理解文艺本质特性提供了多个切入口,极有启发意义。

第二,专题系列把国外多种马克思主义文艺理论当作一个历史发展的过程,它们流派纷呈,各自独立,互有交叉,同中有异,甚至互有批判的相互关系;探讨了各派理论自身的历史传承、发展、演变过程。同时在材料丰赡的基础上,阐释与把握了近百年来各个时期不同学派理论的流变与各自的个性特征,它们的得与失。专题系列史论结合,但不是一种理论史的写法,它以论理专题为主,使之融化于丰富的史实之中,从总体上提出了20世纪西方马克思主义文艺理论发展中的一些最为基本的问题,描述了西方马克思主义文艺理论的一幅具有全景性的清晰画面,极富探索、创新精神。国外马克思主义文艺理论专题系列研究所提出的基本问题,其实也是我国文学理论建设中碰到的重要问题,因此具有借鉴意义。我们完全可以把其中的有用成

第一编

分，通过鉴别，给以改造，纳入我国当代文艺理论的建设之中。

第三，这一专题系列在具体的理论问题的研究中有所拓展与丰富。比如，马克思主义奠基人提出了历史唯物主义的原则，在这个著名的原则的结构中，他们把文学艺术视为意识形态的形式的，即文学艺术是一种意识形态，这在国外马克思主义文艺理论不同流派的研究中，虽然出发点和具体观点有所区别，但大体上已形成一种共识，国内学者也是如此。正是在这一基础上，《从立场到方法》一书花了那么大的篇幅，把它作为20世纪西方马克思主义文艺理论中一个基本方面，进行了细致的梳理、分析、区别与阐释。其实，只要愿意研究马克思主义文艺理论，阅读一下马克思《〈政治经济学批判〉序言》的那段原话，那是明白不过的。意识形态这个概念的涵义本来就很复杂，具体使用时是应当给以辨析的。但是这一概念如今随便使用到这种程度，比如不同的人说"意识形态"分歧，实际上多半是指不同的政治制度与政治思想的分歧，这种简单化了的说法，不仅掩盖了意识形态涵义的复杂性，而且使得意识形态一词更具贬义色彩，以致使得文学理论界有的人在课堂上对学生讲"马克思主义美学"，但一见到别的学者使用了意识形态四字，不分青红皂白，马上就破口大骂，宣布文学无关政治，予以否定。马克思是在不同的意义上使用了意识形态一词的，既在贬义的意义上使用意识形态，也在中性的意义上使用的，如他关于一定的经济基础、上层建筑和意识形态的论说中所说意识形态就是在中性意义上使用的，因为这一论述，对不同的社会形态的结构都是适用的。尽可以不同意这一历史唯物主义的基本观点，甚至对这段著名的论述，只念它的半句，但它已成为一种科学的指导思想。而且马克思还把感情形态与意识形态联系起来，这里就不加细说了。还有如《审美意识形态的人类学阐述》一书，前人已经将文学理论的研究，转向审美人类学，而西方马克思主义文学理论这方面的成就十分突出。我在《文学发展论》一书的开头几章，实际上使用了这种方法对文学的起源做过初步探讨，但在写作它们的时候，只是从发生学观点来讨论问题，而并未从人类学角度给予考虑。后来在写作《文学审美意识形态论的逻辑起点及其历史生成》时，就比较自觉一

四　西方马克思主义文艺理论与我国当代文论建构浅议

些,就一个观念的发生来"追溯它们产生的过程",这一文化人类学思想极为重要。《审美意识形态的人类学》一书梳理了西方马克思主义学者这方面的众多学说,极具启迪意义。将审美置于人类学研究的框架,置于源起、发生、发展的人类学的探讨之中,形成审美人类学以及审美文化理论,那么,不管你反对与否,它自然会导向审美意识形态的历史生成。自然,这也只是我个人的一孔之见。但书中论述将巴赫金列入西马,这可能是值得商榷的。其他如《精神生产与艺术生产》与《在革命与艺术之间》,都对各自的问题的源起、成因、发展过程中的复杂性、派别之间的分歧等都有细致的辨析,具有叙述态度的客观性与论述的深刻性。西马学者就物质生产与艺术生产之间的复杂关系,艺术生产与经济,从意识形态生产到文学生产等各种环节,甚至将文学生产与政治实践相结合,由此而形成了他们多种各具特色的学派理论。在西方马克思主义者看来,文学作品的审美语言、结构、意象等层面,细加探究,都是指向政治的。在此基础上,主编者对于上述四种形态所做的整合就水到渠成。"当代马克思主义文艺理论的人类学文论、意识形态文论和艺术生产文论,其最终的归宿是政治学文论。几种本体论形态的文艺理论,在政治学的归宿上整合起来了。"在政治学的指向下,生发了西马文论的多种样态;而极为复杂的西马文论的多样性,又为政治学的最终目的所制约,这是很有深度的理论见解,说到了马克思主义文艺理论最为本质的方面。这样宏放求真的理论观点,实事求是的理论概括,贯穿于专题系列。可以说,专题系列这是近几年来我国学者研究国外马克思主义文论的最为重要成果之一。

当今美学、文学理论的研究蓬勃发展,新说四起,多样化的大趋势已经形成。要倡导从马克思主义的思想原则出发,结合当今文化、文艺创造中不断发生的新的实际需求,拓展它们的内涵,提出新命题,阐述新命题,而有所创新。坚持和继承是为了创新,真正的理论创新,才能使我国当代文学理论研究获得新的生命和蓬勃发展。他山之石,可以攻玉。这套专题系列,为创建我国文学理论的新形态,吸收外国文论的长处,而具有重要的理论意义与实践意义。

探讨学术问题，重要的是对于现实的需求要有深刻的理解并与之相结合；要站到学术的前沿，善于鉴别各种学术趋向。同时还要有一个坚实的、坚定的立足点和强烈的创新意识。在学术探讨中需要独立之精神，自由之思想，需要求真，也需要求善和求美，在独立自由求真求善求美中进行平等的对话。差不多在20年前，我写过一篇文章《走向对话：误差、激活、融化与创新》。走向对话，总要尊重对方，总要把对方当作一个有思想的载体，即使思想有上下之分，价值有高低之别，双方应当是平等的、独立的。也许我的思想并不比你的思想高明，但在某个方面有一得之见，反过来，你的思想对我来说也是如此。那种自以为马克思主义真理尽在自己手里、霸气十足的20世纪五六十年代的文风，早已过时。要进行对话，就要试试站到他者的一面，通过比较，明白得失，这就需要宽容和承认误差。需要宽容和承认误差不是肯定错误，而是肯定学术探索中有一个认识不断完善的过程。阅读中存在误解与误差，例如阅读经典著作，误解就是对原典意义的并不理解，任意解释，再来代人立言，批判别人，这必然导致歪曲对方，无中生有，谬误百出。在阅读经典中，误差又是必然的，就是在理解原典精神的基础上，结合历史发展的需要，对当前的一些问题贯彻原典精神给予新的解释。需要利用他者思想中的有用成分，用以激活自己，在鉴别和融化中，走向新的创造境界。同时，在我们的学术探讨中，还应贯彻以人为本的思想，深切地关怀人们的生存处境及其精神成长，改善人们的精神生态环境，提升人们的精神境界，使我们的研究，既是高度科学的，又是具有高度人文精神的人文科学。

(原文录自《文学理论：求索与反思》，中国社会科学院学部委员专题文集，中国社会科学出版社2013年版)

五 躯体的表现、描写与消费主义

缘起：在旧有的道德风尚的瓦解中，一些应该为人们所共同遵守的人类道德底线，也受到嘲弄与撕裂！

对于文学艺术来说，躯体的表现和描写是个古老的命题了。各种艺术、文学体裁都曾大量地表现、描写过，如图腾、雕塑、舞蹈、民间故事，如英雄史诗、长篇诗歌、悲剧戏剧、长篇小说、短篇小说等。20世纪前的大量著名的文学作品，在对人的描写中，主要涉及他们的外形与内心，他们的思想意识，而性意识、性行为的描写虽然很多，但大体处于从属的地位。在城市需求和市场的影响下，不少流传的作品，在劝善的背后，则开始大量描写性意识、性行为，它们往往包含着相当丰富的文化因素，但由于赤裸裸的性事的过度描写，往往为后世所垢病。

社会进入市场经济时代之后，文学艺术进一步被商品化了，同时高科技的发展，知识的膨胀，图像艺术的流行，使得整个社会风尚、人的生存方式发生了急剧的变化，这里既有新的、公平的竞争的关系、新的道德原则的建设，同时也使原有的价值取向、伦理原则发生了裂变。近十多年来的文学与艺术，在市场与消费、影视与图像、广告与商业文化的影响下，日益注重人体描写，给广大读者增添了更多的审美文化需求，在大众文化产品中尤其如此。而另一部分的有关人体的描写，则极端趋向恶俗。在旧有的道德风尚的瓦解中，一些应该为人们所共同遵守的人类道德底线，也受到嘲弄与撕裂！

第一编

（一）

> 我可以在任何地方起舞，每当在我的心里的场地里伸开双臂起舞时，我感觉到我的灵魂从我的身体里飘荡开来，这种美妙的感觉使我的灵魂得到了最清净的安抚。
>
> ——杨丽萍

优美的人体本身就是一件伟大的艺术创造。世界上生存着不少体魄优美的物种，其中人体是最美的，最值得欣赏、亲近的。我们在伟大的经典作品中，看到男性人体的健壮之美，力量之美，阳刚之美，女性体态的优雅之美，柔和之美，艳丽之美，清婉之美，乃至柔弱之美。人体是双性的，人体之美的评价，往往是和对于性的关系的理解紧密地联系着的。一位外国作家说"美就是性"，这恐怕把问题绝对化了。性确实和美的发生、理解有关，但不是美的全部。人们观赏人体艺术雕塑和有关人体的描绘，无疑带着一种性意识的，但是在这里，优美高雅的艺术往往会把性意识提升为一种具有健康的生命之力、生命之美的人生体验，而不是继续停留在性意识自身。那种低劣的两性描写，则总是把性的粗俗的一面尽情展示，流向恶俗。见过"弥罗岛"的维纳斯雕像的观众都被她感动过。一次我在巴黎短暂逗留，曾三进罗浮宫，每次经过"弥罗岛"的维纳斯雕像，久久不忍离去。最后一次我坐在稍远的窗口，稍事休息，观看这座雕像，一时我的眼睛都湿润了。心想，人类在其童年时期竟有如此美丽而伟大的创造，女性体态如此宁静而和谐，高雅与丰满，要是整个世界也是这样，那该有多好！这座表现了人体高贵气质的雕像，正像一位著名的俄罗斯画家克拉姆斯科依说的，她"如此平静地照亮了我生命中令人疲惫不堪、郁郁寡欢的章页。每当她的形象在我面前升起时，我就怀着一颗年轻的心，重又相信人类命运幸福的起点"！

舞蹈主要是运用躯体语言表现的艺术。不久前，我看过《云南映象》的片断，读过一些有关介绍。这里既有以人的野性与粗犷的形体

五 躯体的表现、描写与消费主义

语言，表现人的生存的原生态，也有优美的女性形体的造型舞蹈，倔强而独特地表现着人的原始生命力，这是存在于当今云南的原生态舞蹈。据说不少观众看得热血沸腾，热泪盈眶。进行编导并参与演出的著名舞蹈家杨丽萍说：在这里演员"是用灵魂舞蹈，用生命歌唱"的。真如她自己一样："我可以在任何地方起舞，每当在我的心里的场地里伸开双臂起舞时，我感觉到我的灵魂从我的身体里飘荡开来，这种美妙的感觉使我的灵魂得到了最清净的安抚。"真的，这是我国的舞之魂，舞之精灵！"在舞蹈中我参与到他人存在里，同时最大限度地在存在中展现形态。在我身上翩翩起舞的是我的实体（从外部给以肯定的价值），是他人眼中所见之我，是我身上的他人之舞！"（巴赫金语）然而，我知道，对于这样的舞蹈中的瑰宝，私人投资者由于看到舞蹈太显土气，农村演员形体缺乏有钱人欣赏的裸露与曲线，也没有外国的男女对舞时所表现出来的那种万种风情的感性放纵，所以就中途撤资了；而那些整天喊着弘扬中华民族优秀文化传统的部门，又何曾给以一丝关怀？可是我知道，不久之后，这件瑰宝就会被它们列为自己的"形象工程"了呢！这就是当今消费主义的无情规律？在极度困难之中，杨丽萍变卖自己家产，和来自穷乡僻壤的民间演员同甘共苦，维护和抢救民间艺术，追求艺术生命的传承，这种崇高的艺术胸怀，真令人感佩不已！

（二）

当今一种消费主义正在文化市场流行开来，加上媒体与某些文化批评的炒作，好像消费主义成了我们社会生活、文化的主潮，竟和西方发达国家同步了。满足广大人群的正常的消费，自然是极端必要的，但是我要不无遗憾地说，消费一旦变为主义，它的消极一面也就不可避免，而且有如出鞘的剑，残害生灵的美。

今天在市场经济的强化下，文学中的躯体描写，获得了更多的自由，甚至躯体自身也获得了更多的解放。特别是女性形体的再塑造，成为媒体、电视、广告不断在宣传的话题，色彩斑斓的女性群体，有如满山满坡、姹紫嫣红的春花竞放，这自应使得文学本身获得丰满与滋润。文学作品中的躯体描写，在有的作品里，确实包含了文化因素在内的，比如20世纪80年代初出现的有的小说，它们抵制、控诉着旧有的道德律令和政治体制对人的肉体的摧残、人的本性的戕害，以致使得人的性本能都萎缩了、变态了，而着实令人心惊！性的描写、揭示、映照了历史和现实中的多种多样的文化因素，而使其叙述的内容变得厚重。两性的爱慕，恋爱与结合，实际上较之男性与男性、女性与女性的关系，更具人的生命之美与力度。男女性力的吸引与外射，相互结合而引起的肉体的快感，是人的本能欲望的自然需求，自由的欢愉，使人的生命获得活力与光辉，从而外化而为美的感受的一个方面、一个层次。但其本身的过程，又包含很多粗俗因素，进入文明社会后，这些因素是受到不同的、又是普遍的伦理关系的制约的。玩赏这种合乎伦理关系的两性激情中的粗俗，大约是一种普遍的欢愉行为。但悖论在于，这种普遍行为，一般只好在正常的伦理关系中隐蔽的私人场合进行，或是进行艺术化的表现与处理。如果直接把它们移入公共领域，则会招来人类普遍认同的伦理准则与舆论的非议。于是人的性行为在其生存中表现了必要的两面性，这大概是文明社会的一种普遍性的伦理默契吧。

当今一种消费主义正在文化市场流行开来，加上媒体与文化批评的炒作，好像消费主义成了我们社会生活、文化的主潮，竟和西方发达国家同步了。满足广大人群的正常的消费，自然是极端必要的，但是我要不无遗憾地说，消费一旦变为主义，它的消极一面也就不可避免，而且有如出鞘的剑，残害生灵的美。某些所谓图像艺术的恶俗形象展览，以所谓当今中国青年生活时尚为标榜的嫖妓卖淫的招贴广告的示范，和文学中的人体下部描写，渐渐变成了人们获得肉体快感的消费方式的追求；身体的肉欲的需求与由此而引起的快感，要求在文学写作中获得进一步满足，于是人体本身也早就变成了一种商品消费了。早就在文学里经历了一个自上而下的运动，由原来的形而上的期盼，变为形而下的身体性感的需求，由思想的向往，而变成肉欲的追求，由主要描写的头部，滑向人体下身的描写，而下身描写，主要是对男女生殖器官的描写与爱抚，性交的欣赏，进而是性滥交的快感的弥散。灵魂出窍，肉欲无限膨胀，显示了物质不断的丰富而精神不断地走向萎靡、匮乏的时代征兆。于是在媒体上就有了"美女写作"的说法，接着是"下身写作"的说法，为了使这些说法显得文雅一些，具有文化意味一些，于是就炒作成了"身体写作"。我不知道20世纪90年代以来这个使用频率极高的"身体写作"的来龙去脉是否就是如此？如果真是如此，那么"身体写作"这个说法实际上是被媒体炒作出来的，是被赋予了贬义的。这些现象，甚至也受到一些有着血性和良知的作家的指责。在这里，我觉得不如使用身体或躯体描写更为中性一些，可以使讨论的话题更为宽阔一些。

20世纪80年代后期、90年代初，当文学界大写下半身的时候，就有一些批评家说，其中有文化的深意在焉！的确，被压抑的性的解放，自然具有文化意味，但性的彻底解放，百事可为，恐怕是另一种负面的文化意味了。有的人说，这种文化的意味，就意味着对国家体制道德禁忌的反抗，含有政治深意，这是言过其实了。满足了自己的无遮拦的性的彻底解放，却说是一种对于官僚政治体制的反抗，这岂不是有点故作深沉？其实一些官僚也在这么干着呢，他们在反抗什么体制？在生活中，不少有权的人早已不知廉耻为何物，而一些人则早已失去羞耻之心，哪有什么真正的反抗！难道这就是文化深意的所在了？

当今不少涉及性描写的一些小说，不过是一种满足低俗趣味的时尚，一种散发着霉烂气味的而被欣赏的时尚，一种掺和着令人作呕的毒品气味、但被奉为当今青年时尚的时尚，一种有如弗洛伊德说的力比多的过量释放、随时随地发泄性欲的兴奋叙事的时尚，一种在公共场所、厕所随时由于性快感而发出刺耳尖叫的欣赏的时尚！也许我们从这类作品中，可以了解到当今社会的伦理不断被撕裂，道德败落到何等程度，但是它们本身则是恶俗不堪的东西。中国社会科学院的一位颇有一点名气的社会学学者，看到一位女写手自述有性滥交的爱好时说，这显示了中国社会进入了发展的第三阶段，不仅男性可以享受性自由，就是女性也可以享受和男性同样的性自由的权利了！可能这就是"文化深意"了？性滥交现象就是社会的更高阶段的自由？男女就此平权了？这真的就是中国社会的进步了？并且，现在连小说取名都要进行快感地叫喊了，它巧妙地利用小说联想的功能与噱头，掩饰小说平庸的质量。小说印刷量加大了，卖得了好价钱。而读者大多是冲着联想中的那种性快感的叫喊才购买的，抱回家去的不过是一个随时会听到由于快感而尖叫起来的一种时尚的叫喊！看来人们的自由的力度加大了，文化的意味加深了，又一次显示了我们社会的进步！或者说小说与读者的这种性联想毫无关系，读者不该如此联想，这不过是一个在越战时期的美国大兵的名言的引用。那么这快感的叫喊，也可能未尝不是美国大兵在战场上杀死越南人的快感的叫喊的体验？

（三）

> 实际上人们很快就发现，鞭挞一种旧道德，有的人是为了建立新的正常的道德关系，有的却是为了确立道德上的百事可为的不道德，和那种所谓不受任何约束的纯粹的身体快感审美主义。

在文学评论中，每当有人对作品中性滥交的详情的欣赏性描写表示异议，总有另一些评论家对前者发出断喝：你这是"假道学"，"叶公好龙"，可憎的"道德伦理说教"，"简单化"，你妨碍、干涉了人们的趣味和爱好时尚的自由，你不知文明为何物，你反对社会进步！不，朋友，你我都有七情六欲，都有欲望，食色本性，一般正常的人都不例外。同时我也知道人的欲望向往着价值，创造着价值，创造着财富，甚至可以不惜一切手段去达到目的，在这种意义上说，我非常同意中国当今的崛起，大概依靠的正是这种欲望的说法。但我还知道，人还有别的欲望，人与人相处，还要维系人与人的感情间的正常关系，维护人的伦理的道德的底线，给以社会规范，而不致使人性沦丧。比如，人的血性与良知，起码的羞耻感，比如真诚的人性感情。因此如果在维护人与人之间的正常的道德伦理关系，那何"假道学"之有？对于那些女写手津津有味描写的、为评论家所欣赏的性发作场面，总不能不让不欣赏这种场面的人说些不同的看法吧！总不能要我们欣赏那些写手自己身上过量的利比多，当着朋友的面，就和朋友的朋友当场释放起来的行为吧！总不好说，在风景优美、人迹罕至、戒备森严的山区高级度假村里，那些大款、高级白领们，以相互交换配偶为新鲜和时尚，过后兴奋地畅谈新的性体验；或是男大款拣选应召女名模、女大款专挑体育学院孔武有力、帅气十足的运动员，在豪华的密室里，将性本能发泄得淋漓尽致，并声言走漏此中消息，当心小命，就算是人性的真正解放，就算是美在高级度假村吧！总不能因为有人欣赏、羡慕，或已有同类体验和经历，指责不赞成这种颓风流行的人，是什么"假道学""旧道德"的卫道士吧！总不好说，这种种扭曲人性的恶俗现象，就是中国社会文化价值的创造动力、就是中国社会由此得到发展的"现代性"的体现吧！一些知识分子忧虑的是人的自由进取的个性、人的创造性的潜能能否充分获得解放，揪心的是在实现的过程中种种条件的人为限制与欠缺，和人的本能欲望获得必要的满足的同时，所出现的人的性本能的无度挥霍、肆意的"自由的解放"，酿成精神的堕落与沦丧。这和"简单化""叶公好龙"能扯上什么关系呢？

至于可憎的"道德伦理主义"，一些朋友早在20世纪80年代就对之进行了口诛笔伐过了，他们宣称文学与道德无关，审美与道德无关。自然，这在破坏那种扼杀人性的旧有的道德体制时，这一偏激的说法还不失有些积极意义。但是，我们也明白，你说文学与道德无关，正是为了在文学中确立另一种道德的关系。实际上人们很快就发现，鞭挞一种旧道德，有的人是为了建立新的正常的道德关系，有的却是为了确立道德上的百事可为的不道德，和那种所谓不受任何约束的纯粹的身体快感唯美主义。于是引用王尔德的话说，"书无所谓道德的或不道德的。书有写得好的或写得糟的。仅此而已"。"艺术家没有伦理上的好恶。艺术家如在伦理上有所臧否，那是不可原谅的矫揉造作"。又说，"一个艺术家是毫无道德同情的。善恶对于他来说，完全就像调色板上颜料一样，无所谓轻重主次之分"的，等等。自然，对于王尔德的作品,那是需要另作讨论的,他所主张的唯美主义与后来消费主义的关系,在这里我们也无法详加讨论。但是我们在上面引述的王尔德的这种思想,在我们的评论中早就十分流行。王尔德这样说,也身体力行。于是,最后由于他追求不顾道德底线的唯美主义,由于他为了充分满足官能享乐,做出了有违人伦的不道德的行为,而被投入牢狱。当出狱后,他说,"现在我的心完全破碎了,现在是同情充满了我的心胸;现在,我知道同情是世界上最伟大和最美丽的东西"。曾几何时,还在大力鼓吹艺术家与道德同情是格格不入的,作家写的书是无所谓道德不道德的,只有写得好、坏之别。可是当他在经历了牢狱之灾之后,却认为同情是最伟大、最美丽的东西了。但是同情不就是一个艺术家在伦理上的臧否和最具人性色彩的人的道德的底线么!

(四)

至于在文学理论中,搬用带有某些极端性的消费主义社会的文化理论,来给我们的文化文学艺术、文学理论树立新的标准,恐怕也要分析对待、谨慎而行的。

躯体的表现和描写,无疑受到当今社会消费、时尚消费以及消费主义的多种影响而变得复杂起来。但是,社会消费和充分的社会消费以及消费社会的消费主义是否就是一回事,我还有很多怀疑。比如,能否搬用西方的消费主义社会标准来给我们现在的社会定位?在我们13亿的人口大国,是推行、鼓励、扩大正常的社会消费,引导欲望,还是去追求外国式的消费主义?自然,要不要消费主义,可能不是以个人的意志为转移的。据有关方面统计,目前属于中产阶层的人,在全国有2千万人,就算他们都是领导消费潮流的消费主义者,恐怕在全国也只有一小部分吧。其实,在很长时间里,不是所有的人都能享受到丰富、饱和的消费的,因为没有那么多的充分的物质产品,好让13亿人敞开享用。实际上我国绝大多数人能够做到正常的生存消费,已经是不错的了。在冬天,出了北京城,坐上火车沿着铁路两边看看，在苍黄的原野里，散落着无数成堆破旧的土房，就可以知道是怎么一回事了！至于在乡霸、镇霸横行的乡里以及不少不发达地区，说来难以想象，相当广大的人群还过着极端贫困的生活。我国人要像美国人那样挥霍无度，还要有三个地球的资源才行！生活在京城里、大城市里，真是天之骄子了呢！

资本从来是不断地集中并不断轮换集中到少数人手里的，几百年来就是这么一个过程，现在不过是集中在一些新的人的手里。而我们的现实的情况是，不如此又是不行的，这就是我们的难处所在吧。资本建立着公平、竞争的新的道德机制，它驾着新科技的长风，创造着惊人的价值与财富，把当今的北京与上海油刷得金碧辉煌，流光溢彩。同时它又要无度地压榨他人，挥霍并攫取肉欲的极度满足。于是凭着粗俗的强暴的力量，在文化与文学中，裹挟着一股一股的污浊，浸淫着人的心灵与精神。一些知识分子不安的不是资本的价值创造，而是它的污浊的权力的横行无忌，是想抵制与减弱它所带来的这股腥臭与浊流，虽然他们明明知道，价值的创造与污浊是与生俱来的。但不甘心像一些人，把价值创造过程中的任何恶浊的东西都说成是必要的、可以接受和欣赏的，得意洋洋地如蝇逐臭，投身其中，为它辩护，逍遥于污浊之中。因此我想，引进西方的消费主义理论，是应该经过过滤和分析的，特别是对于消费主义所形成的消极方面，是应予以拒斥和批判的！至于在文学理论中，搬用带有某些极端性的消费主义社会的文化理论，来给我们的文化文学艺术、文学理论树立新的标准，恐怕也要分析对待、谨慎而行的。对于外国的文化、文学现象、理论现象，自然必须及时地介绍和了解，对于文化批评倡导者之一的萨伊德在后期对于文化批评所做的深刻反思，也是值得我们认真思考的；对于我们自己文化、文学中的新现象，自然需要敏锐地给予关怀与研究，不断改造我们的理论形态，使之进一步适应现实的需要。普世价值是存在的，但是在这里，我们不能不加具体的辨别与分析，去完全认同于西方的文化价值取向。

对于各种社会现象，我们自然要看到凡是存在的，都是合理的一面，进行阐述，因为任何事物的出现，都不会是无缘无故的。但是除此而外，我们还得承认，还有另一个命题，即凡是存在的并不都是合理的。对于后者，我们恐怕不好只限于中性的描述，而应进行反思、分析与批判。正是在反思、分析与批判中，显示着人文知识分子对事物的价值判断，显示着人文学科对于人的人文的关怀。我们总得关怀人的精神的健康发展，关怀人的精神家园的建设，尽管我们深深地感到，在资本、世俗的权力面前，我们自己是多么渺小和实在渺小！

（原刊于《社会科学报》2004年6月11日）

六 理解的理解
——巴赫金的人文科学方法论思想

十分高兴,茨维坦·托多洛夫参加了我们的研讨会。我一开始要引用他的一篇文章《对话批评》的第一句话:"大家知道,要想听到别人对你的批评是很不容易的。或者他们侵犯你,但这是因为他们不了解你也不想了解你;他们对你不是他们所期望的样子十分恼火;他们是那样地否定了你,你都不再认为这一切是冲自己而来的了。"[①] 这段话使我想到,原来外国也存在着这样轻浮、横蛮的批评,而在我国30多年前的批评中这是十分普遍的现象,最近在一些人那里这种文风又在流行起来。面对这种30年前文学批评的遗风,我自己问自己,人文科学能够这样进行研究下去的吗?人文科学有没有自己的准则?

30多年前,社会科学、人文科学在我国遭到严重破坏,近30年来,我们对人文科学本身有了一个大体科学的认识了吗?我们了解人文科学的主要之点吗?还需要理解吗?人文科学就是简单地搞你错我正确吗?就是把马克思说过的和没有说过的作为批判的出发点吗?对于他人的学术思想能够任意作出判决吗?我们还需要相互理解吗?在我国,我知道只有少数几个人在探讨人文科学本身的有关问题,所以这门学科还处于起步阶段。这样,我就再一次想起巴赫金有关人文科学的思想来了。

巴赫金在20世纪60—70年代的一则笔记中,把"理解"视为人

---

① [法]托多洛夫:《批评的批评》,王东亮、王晨阳等译,生活·读书·新知三联书店1988年版,第169页。

文科学方法论的基本问题。其实从20世纪30年代末开始到70年代,巴赫金在其论著里不断提出理解的问题,而他的这一思想是与德国诠释学是有着密切的联系的。

近代以来,理解的问题成了德国诠释学中的核心观念之一。诠释学是一个庞大的体系,在这里我无意细加梳理,而且由于篇幅有限,只能涉及其中个别人物的简要的论述。19世纪末,面对自然科学、科学理性的统治,狄尔泰力图把各类人文科学汇集一起,建立一种"精神科学"。他认为,自然科学面对的是物理世界,是人以外的存在,是物,是对象,没有感觉。认识自然,人们可以通过感觉、外在方式的观察加以研究,观察是认识的基础,最后导出因果关系。而精神科学作为精神活动的产物,则只能通过人的自身的内在领悟、体验和经验的概括而达其实质。精神科学的"对象不是在感觉中所给予的现象,不是意识中对某个实在的单纯反映,而是直接的内在的实在本身,并且这种实在是作为一种被内心所体验的关系。可是,由于这种实在是在内在经验里被给出的这一方式,却造成了对它的客观把握具有极大的困难"①。狄尔泰的精神科学是以生命学说为基础的,它面对的是整个的精神世界也即生命世界。他所说的生命,实际上是指人类共同的生命,是历史、社会的现实。"生命就是存在于某种持续存在的东西内部的、得到各个个体体验的这样一种完满状态、多样性状态,以及互动状态……历史都是由所有各种生命构成的。历史只不过是根据作为一个整体的人类所具有的连续性来看待的生命而已。"② 生命就是各个个体体验汇成的客观化的人类精神活动,而具有本体论意义。生命与历史是具有意义的,意义由各种事件的价值、行为目的以及相互关系所组成历史事件之间的关系,它不是物理事件之间的简单的因果关系。

于是就出现了如何探讨生命内涵的价值、行为、目的而达及意义

---

① [德]狄尔泰:《诠释学的起源》,洪汉鼎译,见洪汉鼎编《理解与解释》,东方出版社2001年版,第75页。
② [德]狄尔泰:《历史中的意义》,艾彦、逸飞等译,中国城市出版社2002年版,第141页。

六 理解的理解

问题，在狄尔泰看来，这手段就是"理解"与"解释"。"如果说在自然科学中，任何对规律性的认识只有通过可计量的东西才有可能……那么在精神科学中，每一抽象原理归根到底都是通过与精神生活的联系获得自己的论证，而这种联系是在体验和理解中获得的。"①与自然科学量化方法不同，人文科学共通的方法是理解，它必须"从内在的经验出发"，以生命的体验、表达和理解为基础，所以就此而言，理解是人文科学的有效的认识过程，具有普遍的方法论意义。狄尔泰重视的是人文科学与自然科学之间各自对象之间的差异，并为人文科学确立了一种方法论。

在理解的过程中，狄尔泰十分重视心理学的作用，理解的关键就是体验与经验。"我们把我们由感性上所给予的符号而认识一种心理状态，——符号就是心理状态的表现过程称之谓理解"②，理解，就是通过感官所给予的符号去认识一种内在思想的过程。理解产生于实际生活，在实际生活中人们依赖于相互交往，通过交往而达到。人们的行为具有目的性，他们必须相互理解，"一个人必须知道另一个人要干什么。这样，首先形成了理解的基本形式"。我对他人和对自己的理解，需要通过我的内在体验，"只有通过我自己与他人相比较，我才能体验到我自己的个体性，我才能意识到我自己此在中不同于他人的东西"③。"只要人们体验人类的各种状态、对他们的体验加以表达，并对这些表达加以理解，人类就会变成精神科学的主题。"又说"生命和有关生命的体验，都是有关理解这个社会—历史世界的、亘古长青和不断流动的源泉；如果从生命出发，那么，理解过程就可以洞察生命那些事永远崭新的深度"④。狄尔泰认为，主观的心理感受起着意义的生成的作用，感受产生感受，这是意义，话语制造话语，所

---

① 转引自刘放桐等编著《新编现代西方哲学》，人民出版社 2000 年版，第 125 页。
② [德] 狄尔泰：《诠释学的起源》，洪汉鼎译，见洪汉鼎编《理解与解释》，东方出版社 2001 年版，第 76 页。
③ [德] 狄尔泰：《诠释学的起源》，洪汉鼎译，见洪汉鼎编《理解与解释》，东方出版社 2001 年版，第 75 页。
④ [德] 狄尔泰：《历史中的意义》，艾彦、逸飞等译，中国城市出版社 2002 年版，第 8、24 页。

以心理学的任务就是描述性的和解释性的心理学，并使之成为人文科学的基础。认为符号的外部躯体，只是一个外壳，只是一种技术手段，用以实现内部效果——理解。

个人的自我理解也是如此。理解的过程，是一种转向自我的过程，是一种从外部的运动转向内部的运动。在这一过程中，"我们只有通过所有各种有关我们自己的生命和其他人的生命的表达，把我们实际上体验到的东西表现出来，才能理解我们自己"。同时"只有人所进行的那些活动、他那些经过系统表述的对生命的表达，以及这些行动和表达对其他人的影响，才能使他学会认识自己。因此，他只有通过这种迂回曲折的理解过程，才能开始对自己进行认识"①，理解只有面对语言记录才成为一种达到普遍有效性的阐释。

至于解释，狄尔泰认为，解释可以被看作是理解的实践过程，"这种对一直固定了的生命表现（Lebensaeusserungen）合乎技术的理解，我们称之为阐释（Auslegung）或解释（Interpretation）"②，两者"处于同质的统一的过程之中"③。

这样，狄尔泰阐释了人文科学与自然科学之别，提出人文科学以体验性的心理学基础的理解与解释为其基本方法，并以理解与解释贯穿于他的规范的人文科学，赋予了它们普遍的有效性，建立了他的认识论诠释学思想。这里自然是对狄尔泰思想的简约化的了解。

巴赫金关于人文科学的论述，与狄尔泰的观点有着相同之处，他承认人文科学是精神科学、语文科学；自然科学研究的是无声之物，是自然界，是纯粹的客体体系，人文科学是研究人及其特性的科学，需要使用理解的方法，在这些方面，巴赫金大体上是接受了狄尔泰的理论的，但是又有差异。

一是据巴赫金认为，狄尔泰的理论只是重视了生物学、生理学方

---

① ［德］狄尔泰：《历史中的意义》，艾彦、逸飞等译，中国城市出版社2002年版，第9页。
② ［德］狄尔泰：《诠释学的起源》，洪汉鼎译，见洪汉鼎编《理解与解释》，东方出版社2001年版，第77页。
③ ［德］狄尔泰：《诠释学的起源》，洪汉鼎译，见洪汉鼎编《理解与解释》，东方出版社2001年版，第76页。

面，而忽视了人文科学的社会性特征。关于狄尔泰的心理学流派的思想，巴赫金、沃洛申诺夫早在1927年《弗洛伊德主义批判纲要》中就已涉及。1929年，巴赫金在《马克思主义与语言哲学》① 中，又探讨了狄尔泰的及其学派的诠释学心理学也即"理解和解释的心理学"。巴赫金认为，要建立客观心理学，但这不是生理学的、生物学的心理学，而是社会学的心理学。心理内容的决定，不是在人的内心完成，而是在它的外部完成的。因为人的主观心理不是自然性的客体，不是自然科学分析的客体，而是社会意识形态理解和阐释的客体。所以，只有社会因素决定着社会环境中的个体的具体生活，只有用这些因素才能理解和解释心理现象。巴赫金在这里指出，心理学派的失误在于，首先把心理学的意义凌驾于意识形态之上，用心理学来解释意识形态了，而不是相反。这是因为，"一切意识形态的东西都有意义；它代表、表现、替代着它之外存在的某个东西，也就是说，它是一个符号。哪里没有符号，哪里就没有意识形态"②，进一步说，意识形态符号以自己心理实现而存在，而心理实现又为意识形态所充实而存在。"心理感受是内部的，逐渐转化为外部的；意识形态符号是外部的，逐渐转化成内部的……心理成为意识形态的过程中，自我消除，而意识形态成为心理的过程中，也自我消除。"③ 它们在相互充实与融合中，成为一种新的符号，成为心理的与意识形态实现的共同形式。认为感受具有意义，当然是对的，但意义如何存在？其实意义属于符号，附丽于符号，符号之外的意义是虚假的。"意义是作为单个现实与其他的替换、反映和想象的现实之间关系的符号表现。意义是符号

---

① 20世纪20年代，巴赫金与两位挚友沃洛申诺夫与梅德韦杰夫常在一起讨论问题，思想一致，所用术语共享。沃洛申诺夫于1929年出版过《马克思主义与语言哲学》等著作。70年代开始，大多数俄罗斯学者与一些外国学者，认为此书为巴赫金所作，于是《马克思主义与语言哲学》署名巴赫金公开刊行。2012年俄文版6卷《巴赫金文集》最终问世，未将该书收入文集。这段详细说明可见本书第三卷最后一文。本文作于2008年，刊出于2010年，有关译名问题就不做改动了。

② ［苏］巴赫金：《马克思主义与语言哲学》，《巴赫金全集》第2卷，钱中文主编，张杰、华昶译，河北教育出版社1998年版，第349页。

③ ［苏］巴赫金：《马克思主义与语言哲学》，《巴赫金全集》第2卷，钱中文主编，张杰、华昶译，河北教育出版社1998年版，第384页。

的功能，所以不能想象意义（是纯粹的关系、功能）是存在于符号之外作为某种特殊的、独立的东西……所以，如果感受有意义，如果它可以被理解和解释，那么它应该依据真正的、现实的符号材料。"①"理解本身也只有在某种符号材料中才能实现（例如，在内部语言中）。符号与符号是互相对应的，意识本身可以实现自己，并且只有在符号体现的材料中成为现实的事实……符号的理解是把这一要理解的符号归入熟悉的符号群中，换句话说，理解就是要用熟悉的符号来弄清新符号。"② 因此，心理学派没有考虑到意义的社会特性。这样，我们看到，狄尔泰把理解视为人文科学根本的方法，固然具有重大的理论意义，但是，由于从其生命哲学、特别是仅从心理体验出发，所以在巴赫金看来，他提出的"理解""解释"的理论内涵，在理论基础上显得并不坚实。对此，茨维坦·托多洛夫表示了不同意见，他认为，"巴赫金之所以批评狄尔泰，主要是因为他没有从自己的观点中得出最终结果（关于这点，巴赫金错了。当然在那个时期，他无法了解狄尔泰还未发表的著作）"③。在这里，托多洛夫的评价可供参考，因为当巴赫金在撰写《马克思主义与语言哲学》时，狄尔泰生前的好多著作还未被整理发表，巴赫金极有可能还未读到。

二是在诠释学中的理解和解释的问题上，巴赫金同样作了和狄尔泰以及后来的德国哲学家们不尽一致的阐释④，但十分有意思的是在《文本问题》一文中，他摘录并发挥了德国自然科学学者瓦尔杰克尔的观点。这位学者说："人文科学对自然科学方法的责难，我可以概括如下：自然科学不知道'你'。这里指的是：对精神现象需要的不

---

① [苏] 巴赫金：《马克思主义与语言哲学》，《巴赫金全集》第 2 卷，钱中文主编，张杰、华昶译，河北教育出版社 1998 年版，第 370 页。
② [苏] 巴赫金：《马克思主义与语言哲学》，《巴赫金全集》第 2 卷，钱中文主编，张杰、华昶译，河北教育出版社 1998 年版，第 351 页。
③ [法] 托多洛夫：《巴赫金、对话理论及其他》，蒋子华、张萍等译，百花文艺出版社 2001 年版，第 195 页。
④ 德国哲学家海德格尔、伽达默尔、哈贝马斯以及法国的利科尔等人，都有很多关于这方面的论述。

六　理解的理解

是解释其因果,而是理解。当我作为一个语文学家试图理解作者贯注于文本中的涵义时,当我作为一个历史学家试图理解人类活动的目的时,我作为'我'要同某个'你'进入对话之中。物理学不知道与自己对象会有这样的交锋,因为它的对象不是作为主体出现在它面前的。这种个人的理解,是我们经验的形式;这种经验形式可施于我们亲近的人,但不能施于石头、星斗与原子。"① 十分明显,人以智力观察物体,表述对它的看法,这里只有一个主体,与他相对的是不具声音的物体。任何的认识客体(包括人)均可被当作物来感知与认识。但主体本身不可能作为物来感知和研究,因为作为主体不能既是主体而又不具声音。巴赫金指出了解释与理解差别在于,自然科学求诸解释,而人文科学面向理解。由于自然科学的对象是多种客体现象,是物化现象,这种主体面对纯粹是客体的情况,不知道"你",这里就难以出现对话,就不可能有对话关系,这里要求的只是因果性的解释。如果进行对话,结论就无法做出来了。而理解使对象人格化,被人格化的现象,具有无限丰富的涵义,可以在不断的对话中被揭示。所以巴赫金说:"在解释的时候,只存在一个意识、一个主体;在理解的时候,则有两个意识、两个主体。"② "解释与释义的方法,往往只归结为揭示可重复的东西,认识已熟悉的东西,至于对新事物即使有所觉察,也觉得十分贫乏与抽象。这时创造者(说者)的独特个性已荡然无存。一切可重复的和已认识出来的东西,完全消融在理解者一人的意识里,并为这一意识所同化;因为理解者在他人意识中所能见到的、理解到的,只是自己的意识。他没有任何东西可以丰富自己。他在他人身上只能认出自己的意识。"③ 这样,自然科学、精密科学就是一种独白型的科学,而人文科学则是一种对话型的科学。

---

① [苏]巴赫金:《文本问题》,《巴赫金全集》第 4 卷,钱中文主编,白春仁、晓河等译,河北教育出版社 1998 年版,第 311 页。
② [苏]巴赫金:《文本问题》,《巴赫金全集》第 4 卷,钱中文主编,白春仁、晓河等译,河北教育出版社 1998 年版,第 314 页。
③ [苏]巴赫金:《1970—1971 年笔记》,《巴赫金全集》第 4 卷,钱中文主编,白春仁、晓河等译,河北教育出版社 1998 年版,第 407 页。

第一编

巴赫金关于理解的思想，是深深地建立在他的存在主义哲学①与超语言学的交往对话主义基础上的。存在意味着交往与对话，对话就是目的，但对话不是为对话而对话，而是为了达到理解。人文思想的诞生，总是作为他人思想、他人意志、他人态度、他人话语、他人符号的思想相互关系的结果，所以人文思想是指向他人思想、他人涵义、他人意义的，它们只能体现于文本中而呈现给研究者。但是不管研究的目的如何，出发点只能是文本。因为"文本是这些学科和这一思维作为唯一出发点的直接现实（思想的和感情的现实）。没有文本也就没有了研究和思维的对象"。"我们所关注的是表现为话语的文本问题，这是相应的人文科学——首先是语言学、语文学、文艺学等的第一性实体"。"当文本成为我们认识的客体时，我们可以说这是反映之反映。理解文本也就是正确的反映之反映。通过他人只反映达到被反映的客体"②。巴赫金以为，人文科学却必须对着文本说话，对着"你"说话，所以人总是在表现自己，亦即说话，同时创造文本。文本中所表现的人文思维是双重主体性的，"文本的生活事件，即它真正的本质，总是在两个意识、两个主体的交界线上展开"。这种文本的理解，是与其他文本相互对照，所以一开始就具有两个意识。人文思维中不可避免要出现的认识和评价，也总是表现为两个主体、两个意识。"这是两个文本的交锋，一个是现成的文本，另一个是创作出来的应答性的文本，因而也是两个主体、两个作者的交锋。"③

活生生的言语、活生生的表述中的任何理解，都带有积极应答的性质，虽然这里的积极的程度是千差万别的，但任何理解都孕育着回

---

① 茨维坦·托多洛夫在《巴赫金·对话理论及其他》（百花文艺出版社2001年版）第321页注中，谈道："必须明确最接近巴赫金的思想的不是马克思主义，从形式上看是存在主义；……必须承认他的存在主义与某种马克思主义是相通的；人们从未见过一位存在主义哲学家发表'超语言学'作品。"这一对巴赫金的哲学思想的定位，我基本上是同意的，但不是形式上，而是实质上。我在1998年为《巴赫金全集》所写的序文中，把巴赫金的哲学思想主要归结为"存在哲学"。

② [苏]巴赫金：《文本问题》，《巴赫金全集》第4卷，钱中文主编，白春仁、晓河等译，河北教育出版社1998年版，第300、301、317页。

③ [苏]巴赫金：《文本问题》，《巴赫金全集》第4卷，钱中文主编，白春仁、晓河等译，河北教育出版社1998年版，第305页。

六 理解的理解

答,也必定以某种形式产生回答。这种积极的应答式的理解,使理解者成为对话的参与者。理解者的回应,可以表现在行动中,也可以是一种迟延式的应答,即非直接的那种经过了时间的跨度而发生的应答。在这种背景上,理解不是同义反复,不是照搬,不是重复说者,不是复制说者。这也不是移情,使自己融入他人之中,把他人语言译成自己的语言,从而把自己放到他人位置之上,丧失自己的位置。"理解要建立自己的想法、自己的内容;无论说话者还是理解者,各自都留在自己的世界中;话语仅仅表现出目标,显露锥体的顶尖。"[1]

由于"广义的理解"是应答性的,不是追求一个意识,所以理解就不是消解他人意识,进而归结为一个意识,并变成一统的意识。但是当今这种消解倾向在我国一些人文科学者中间还很流行。后现代式的逆反心理、自我标榜、追求话语霸权、不同的知识背景、年龄背景、隐蔽的妒忌心理,都可以把自己奉为正确的代表,轻而易举地把别人的意识,使用不同思想体系的个别知识,用理工科大学习以为常的量化方法,随意凑在一起,进行消解、否定与贬斥,把错误全部归属他人,这实际上是一种"狭义的理解"。狭义的理解把对话性视为争论、讽刺性摹拟,是一种话语消解,最明显地表现在批判中。这类所谓理论批判,专注于独断思想,追逐话语的霸权,无所谓理解不理解,所以充满语言暴力与学术泡沫,格调粗俗,与真正探讨问题的理解相去甚远,是不理解。

应答性的理解又是一个创新的过程。在对话中,"说者和理解者又绝非只留在各自的世界中,相反,他们相逢于新的第三世界,交际的世界里,相互交谈,进入积极的对话关系"[2]。这里强调的是,对话不仅仅是保留各自意见,或是同意性的复合,对对方各自有所理解,或是通过直观现实,进行补充,而且还应进入新的世界。所以理解是一种富于创造性的对话与应答,理解进入创新,这是更高层次意义上

---

[1] [苏]巴赫金:《〈语言体裁问题〉相关笔记存稿》,《巴赫金全集》第4卷,钱中文主编,白春仁、晓河等译,河北教育出版社1998年版,第190—191页。

[2] [苏]巴赫金:《〈语言体裁问题〉相关笔记存稿》,《巴赫金全集》第4卷,钱中文主编,白春仁、晓河等译,河北教育出版社1998年版,第190—191页。

的理解了。"理解本身作为一个对话因素,进入到对话体系中,并且要给对话体系的总体涵义带来某些变化。理解者不可避免地要成为对话中的第三者……而这个第三者的对话立场是一种完全特殊的立场。"① 这个第三者是什么呢?他就是"超受话人",未来的理解者,我们稍后还要谈及。理解就是创造,那些"深刻有力的作品,多半是无意识而又多涵义的创作。作品在理解中获得意识的充实,显示出多种的涵义。于是,理解能充实文本,因为理解是能动的,带有创造的性质。创造性理解在继续创造,从而丰富了人类的艺术瑰宝。理解者参与共同的创造……与某种伟大的东西相会(встреча),而这种伟大东西总在决定着什么、赋予某种义务、施以某种约束——这是理解的最高境界"。而且,这是一个无限的过程,赓续不断的过程,因为"理解者和应答者的意识,是不可穷尽的,因为这一意义中潜存着无可计数的回答、语言、代码"②。这是我们应该真正追求的最高意义的理解即新的创造的理解。

前面谈到理解者和超受话人的关系。巴赫金认为,理解者不可避免地要成为第三者——超受话人,作品的任何表述总是在寻找读者,即第二者。但从长远时间来说,还有一个隐蔽的第三者,即持续不断涌现的、未来的读者。"除了这个受话人(第二者)之外,表述作者在不同程度上自觉地预知存在着最高的'超受话人'(第三者);这第三者的绝对公正的应答性理解,预料应在玄想莫测的远方,或者在遥远的历史时间中。(留有后路的受话人。)在不同时代和不同世界观条件下,这个超受话人及其绝对正确的应答性理解,会采取不同的具体的意识形态来加以表现(如上帝、绝对真理、人类良心的公正审判、人民、历史的裁判、科学等)。"一般来说,作者都不会把自己的作品交给近期的读者,由他们来进行裁判,而总是希望着一种最高层次的应答性理解。"在一场对话发生的背景上,都好像有个隐约存在

---

① [苏]巴赫金:《1961年笔记》,《巴赫金全集》第4卷,钱中文主编,白春仁、晓河等译,河北教育出版社1998年版,第335页。
② [苏]巴赫金:《1970—1971年笔记》,《巴赫金全集》第4卷,钱中文主编,白春仁、晓河等译,河北教育出版社1998年版,第405、406、398页。

六　理解的理解

着的第三者，高踞于所有对话参与者（伙伴）之上而做着应答性的理解。"①

巴赫金还将"外位性"运用于文化研究之中，提出了理解者的外位性而显得别具一格。这一问题的提出，和文化与文化之间的相互理解有关。他认为有一种错误观念，以为在更好地理解别人的文化时，似乎应该使自己融入其中，用别人的眼光来理解他人文化。这当然是需要的，也是理解所不可缺少的一个因素。然而如果就算是理解的全部过程，那不过是一种没有新意的重复、复制而已。理解他人的文化，在于丰富、更新自己的文化。"创造性的理解不排斥自身，不排斥自己在时间中所占的位置，不摒弃自己的文化，也不忘记任何东西。理解者针对他想创造性地加以理解的东西而保持外位性，时间上、空间上、文化上的外位性，对理解来说是件了不起的事……外位性是理解的最强大的推动力。"②巴赫金在这里提出，在文化交往中，我要投入他人文化，用他者眼光审视、理解他者文化，这是十分必要的。但我又应处于他者文化的外位，用我的眼光去理解他者文化。我所见到的他者文化，从外位的角度看，可以见到他者自身所见不到的部分，我所提出的问题，也是他者难以发现的，反之亦然。双方对于对方提出的问题，都是双方自身不易觉察到的问题，于是在这种交往中，就进入了真正意义上创造性的对话，在对话中相互提问、诘难、丰富与充实。所以别人的文化只有在他人文化的眼中得到充分的揭示。不同文化在对话的交锋中，"保持着自己的统一性和开放的完整性。然而它们却相互得到了丰富和充实"③。这也就是他在著述中不断论及的他者、他性问题。

关于人文科学的"准确性"问题，人们往往对此会提出诘难，这

---

① ［苏］巴赫金：《1961年笔记》，《巴赫金全集》第4卷，钱中文主编，白春仁、晓河等译，河北教育出版社19998年版，第335、336页。
② ［苏］巴赫金：《答〈新世界〉编辑部问》，《巴赫金全集》第4卷，钱中文主编，白春仁、晓河等译，河北教育出版社1998年版，第370页。
③ ［苏］巴赫金：《答〈新世界〉编辑部问》，《巴赫金全集》第4卷，钱中文主编，白春仁、晓河等译，河北教育出版社1998年版，第370、371页。

似乎正是人文科学的软肋，最易受到质疑。但是由于学科性质不同，要在意识形态学科中追求自然科学意义的科学性与准确性，是根本办不到的，人文科学有其自身的科学性与正确性。德国学者瓦伊杰克尔认为，人文科学是历史科学，"历史性在我们的理解中，首先是时间进程的不可逆转、命运的一次性、一切境遇的不可重复性。其次，我们理解的历史性，是知道事情的确如此，即意识到生活是自己的一次性命运"①。巴赫金也说："在文学和文艺学中，真正的理解总是历史性的和个人相联系的。"因此人文科学的"统觉背景"要比自然科学复杂得多，复杂性在于它不仅作为具体的语境，而且也必然包括了文本的历史性，它的历史生成。这样对于人文科学与自然科学的精确性就各有标准。人文科学中"对各种符号（象征）结构的解释，必然会涉及无限的符号（象征）的涵义，所以这种解释不具有精密科学的那种科学性。对涵义的阐释不可能具有科学性，但这种阐释具有深刻的认识价值"②。巴赫金指出，如果"自然科学中的准确性标准是证明同一（A=A），那么在人文科学中，准确性就是克服他人东西的异己性，却又不把它变成纯粹自己的东西（各种性质的替换，使之现代化，看不出是他人的东西等等）"③。在我看来，他人的异己性必须克服，但克服却不是为了同一，把对象消灭掉，或把他变为纯粹的我，克服异己性则是通过对知识的积累与继承、对历史与现实的历史性思索、通过与文本的对话而达到共识又各自保留己见，在互文性间相互融会而曲折地迈向新的高度的，并通过社会实践而获得检验，这正是人文科学准确性所要求的特征。人文科学的思维是积累、对话、理解、扬弃、相互丰富、创新的思维。而自然科学只知道要求你拿出A=A的证明，只承认一种绝对的精确性。自然科学的思维是积累、

---

① [苏]巴赫金：《文本问题》，《巴赫金全集》第4卷，钱中文主编，白春仁、晓河等译，河北教育出版社1998年版，第311页。巴赫金的这段话引自德国学者卡尔·瓦伊杰克尔的《物理学中的世界图画》，斯图加特，1958年版。
② [苏]巴赫金：《人文科学方法论》，《巴赫金全集》第4卷，钱中文主编，白春仁、晓河等译，河北教育出版社1998年版，第378页。
③ [苏]巴赫金：《人文科学方法论》，《巴赫金全集》第4卷，钱中文主编，白春仁、晓河等译，河北教育出版社1998年版，第390页。

六　理解的理解

独白、解释、否定他者、肯定自我、丰富整体、创新的思维，它必须证明他者之伪，才能使自身成为可能。

但是在人文科学中真要在话语的交往中导向对话，通过对话而达到理解，导向对话双方的主体间性的出现，产生理解与普遍认同，进而使各自认识有所跃进与丰富，那的确是很困难的。因此，哈贝马斯所提出的对话双方必须要使话语具有交往性规则资质的观点，是十分重要的，即在话语交往中真正做到恰当使用语句而付诸实施，那么就要具有话语的"真实性""真诚性"与"正确性"。这几个方面，都涉及交往对话也即理解的后果。

人文科学中一个概念的提出与阐发以及它的生命力，在于它是否是按照其自身的学理提出来的，也即这一抽象化了的概念，能否反映被它概括了的复杂现象的真实性与实在性，它的历史的轨迹、现实的需求与发展的前景，以及它与其他相关概念之间的内在联系，从而成为概念系统中一个组成部分。学理顺了，被认知的东西就多一些，被说明的方面就更为宽广一些。人文科学的思维是两个意识的对话与理解的思维，而非单一的解释，是价值的积累与增值，而非压制与消灭，与自然科学的思维是不同的。一些人的思维一贯是非此即彼、你错我对，玩弄非学术手段。历史证明，这是近百年来危害中国学术进步的顽固学风，是危害人文科学研究的学风。20世纪70年代末开始，我国绝大部分学者都是鄙视和痛恨这种恶劣学风的。

所以我呼吁，我们需要真正的人文科学研究；所以我反复呼吁要确立一种促进人文科学发展的思维方式，那就是：当今现代性的要求，应是一种排斥绝对对立、否定绝对斗争的非此即彼的思维，更应是一种走向宽容、对话、综合、创新，同时包含了必要的非此即彼、即具有价值判断的亦此亦彼的思维。

（原刊于《俄罗斯文化评论》第2辑，
首都师范大学出版社2010年版）

七　人文学科方法论问题刍议*

很高兴今天能来到南京大学参加"纪念改革开放 30 周年"的研讨会。改革开放为 30 年开了一个头，开了一个新时期的头。这不平凡的 30 年使我们国家走上了现代化的道路。虽然曲曲折折，问题不少，但是到现在我们已经逐渐建设成为一个强国，实现了先人们一百多年来为了国家富强前赴后继、英勇奋斗的愿望。

回顾前 30 年的我国建设社会主义的道路，应当承认，人文社会科学是发生了严重的失误的，把马克思主义简单化、庸俗化，占有主导地位的错误指导思想，使整个国家走到濒临崩溃的边缘，人文社会科学的威望也因此而丧失殆尽。1978 年围绕"实践是检验真理的唯一标准"发生了一场大讨论。"实践是检验真理的唯一标准"提法，本是马克思主义一般常识，可是对于当时于人文社会科学来说，却成了一个重大的贡献。这一理论的提出，推动了一场持久的思想解放运动。"解放思想"，解放什么思想？看来有几层意思，一是解放思想，就是要反对凡是派的思想，反对个人迷信，反对教条主义，特别是反对把错误思想继续神化，使活生生的现实生活服从僵死的教条主义；错误与正确，要通过实践来检验。要使思想符合实际情况，要承认生活实践不断在发生变化，思想是需要不断解放、不断发展、不断更新的精神现象，发展、更新永无止境。封闭的思想是墨守成规、脱离实际、失去了生命力的东西，会对生活产生消极的作用而失去指导意

---

* 本文为钱中文教授 2008 年 12 月 8 日在南京大学人文社会科学高级研究院"法鼓人文系列讲座"上的演讲，讲稿由南京大学人文社会科学高级研究院陈勇整理。

义。二是解放什么思想？我们把马克思主义的精神、原则，奉为自己的指导思想，而具体问题与具体思想则在各个不同时期会随着社会实践的实际需要，改变其表达的形式而获得丰富。三是解放思想，就是要进行自我批判，清除自己身上的错误思想，从旧有的思想中解放出来。至于改革开放，就是改革各种不适应现状的制度、体制、思想、理论；就是开放自己，更新自己，使我们形成兼容并包的胸怀；就是开放中外古今，从中吸取各个方面的经验与长处，把它们看作建设我们文化的思想资料；同时开放学科自身，并在学科与学科之间、不同的文化之间，相互开放，形成广阔的学术发展空间。

解放思想、改革开放这场思想运动，挽救了我们的人文社会科学，使其逐渐走上正确的发展道路。20世纪80年代原有的各种人文社会科学逐渐复苏起来，但是许多学科与现实发展的需要已明显不相适应。20世纪80年代初期在改革开放的形势下，外国的各种理论有如潮涌一般被介绍进来，两相比较，更显得我国人文社会科学的滞后。所以人文社会科学虽然已经走上正路，但是在拨乱反正之后，由于它们实际上在前30年受到不同程度的摧毁，所以它们的复苏不仅缓慢，而且已难以应对现实生活的激变；原有的知识、知识体系在新事物面前，不仅陈旧，显得苍白无力，而且十分可笑。国家的发展与前进，已经不能依靠现成的处方，而要根据实事求是的方针，不断探索与创新。面对复杂的百废待举的新形势，领导人不得不摸着石头过河，而表现出马克思主义者的真正勇气和胆略。

我国人文社会科学发展的滞后，深受教条主义、庸俗社会学长期肆虐的影响。教条主义、庸俗社会学使不同的人文社会科学学科本身失去了自身的对象与意义，而代之以被简单化了的、庸俗化了的阶级斗争理论。比如新中国成立后的历史，至今拿不出一本可以让人信赖的当代史读本，何故？无他，在阶级斗争思想的影响下，历史失去了历史的真相，它确实是一个可以被人任意打扮的小姑娘。历史在几个人的手里，今天因这种需要，拿出一些新资料，明天因另一种需要，又抖出一些新东西，一般人很难见到历史全貌，而唯有慨然长叹。

文学理论情况也很复杂。在文学理论中，解放思想，就是批判过时了的、被庸俗化了的流行观念，并从它们的影响下解脱出来。其中最为关键的、涉及全局的问题是文学与政治的关系、文学与人性、人道主义等大问题。1980年邓小平在《目前的形势和任务》中提出，以后不再提文艺从属于政治的口号了，这容易成为政治对文艺横加干预的理论根据。随后提出文艺要为人民群众服务，要为社会主义服务。这其实也是为政治服务，但是这个"为政治服务"和以前的"为政治服务"不一样。以前文学为政治服务，曾经表现了强烈的现代性的诉求，促进了大量优秀文学作品的出现；后来为政治服务，却逐渐走向了文学要服务于党的政策、运动。这样，文学就失去了自己的身份，发展到极端，真难以为继了，而且动辄牵连很多人的性命。现在自上而下，决定不再提文学从属于政治，这就让文学取得了自己的身份，获得了相对的独立性。文学取得了自己的身份，那它的灵魂在哪里？文学要寻找回自己的灵魂，自然就指向人性、人道主义。新时期最初的文学作品，首先揭示了青少年的人性被扭曲；新时期最初的优秀的电影，描绘的是因政治的异化而导致人性异化的图景。人性人道主义就是文学的灵魂，文学如果不通人性与人道主义，就会毁灭文学自身。但是人道主义的讨论还未深入，就被停止了下来。至于后来的文学观念的讨论，学术批判夹杂着被政治批判，致使被批判者不得不落荒而逃。

既然人文社会科学不能彻底地走向求真，不能提供真实的知识，不能成为国家、民族的精神的自由求索，那么它们存在的价值何在？影响人的精神成长的人文精神何在？作为社会存在与人的存在的导向、提供方法论意义的人文理性何在？所以特别在20世纪80年代，当人文理性继续受到压抑时，人文社会科学就不可能有多大建树，也不可能有什么权威性，因为它们无法真正介入现实生活。于是连同过去几十年的破坏，酝酿了一场持久的文化危机。文化危机是长期积累的结果，是在所谓矫枉必须过正的思想指导下，破坏旧有文化传统，连同需要继承的优秀文化传统一起被彻底破坏的结果。从20世纪50年代开始，长期积累起来的丰富的民族文化被当成封建文化糟粕，不能在大学讲坛上传承了，例如研究古代文论的专家，不能从事教学，只能做些资料工作了；在20世纪30年代末，还说从孔夫子到孙中山都要总结，到20世纪70年代初，就变成"孔学名高实秕糠"了；千百年来在国家、民族成长过程中形成的民俗文化、喜庆节日，如春节、清明、端午、中秋等节日，在移风易俗的口号下，很快被废除了。我在做大学生时，人们是不过这类节日的。随后这些节日就被淡忘了，而代之以阳历新年，晚上被动员去跳跳交谊舞，还有三八妇女节、五一劳动节等。新是新了，但是传统节日不见了、传统文化被糟蹋了。更为严重的是对于传统的伦理道德的破坏，传统的伦理道德是千百年来形成的各种人际关系的文化积淀，代代相传，维系着社会结构的秩序与稳定。毫无疑问，其中有不少糟粕，但也有精华。糟粕如封建家族等级制度、种种建制与规范，有悖人性与人伦的落后、愚昧的恶习等，精华则有可予改造、扬弃而后继承的忠孝节义、礼义廉耻、长幼有序、亲情人情、真诚与诚信等。现在用阶级斗争思想替代这些伦理道德，乱划政治成份，在家庭内部、在父母兄弟、夫妻朋友、同事邻居之间进行斗争，其结果就是父母断情、夫妻反目、朋友决裂、以邻为壑，造成了人与人之间无诚信可言，人人自危，但求个人苟且平安的局面，"文化大革命"把这种社会乱象发展到顶峰。一旦疯狂与狂热退潮，文化废墟的真实面目就暴露出来了，接下来的就是一场持久的文化危机。文化危机爆发的最初征兆，就是20世纪70年代末一位青年诗人唱的一句诗："我不相信！"一切都颠倒了，但这是现实自己颠倒了自己！原来光荣却是卑劣，崇高却是丑恶，真理却是谎言，感情却是残忍！文化危机的核心其实就是信仰危机。人一旦与传统隔绝，大破坏一旦结束，30年间积累起来的信仰立刻就土崩瓦解，他的灵魂与精神就变得无所依附。他不得不与人文理性告别，不得不与理想告别，不得不蹒跚于精神的荒原。他只能关注自身的实利需要，甚至是自身本能的需要。

当人文社会科学不具真理品格，一时难以提供社会行为、规划生活的准则，或是不能均衡重量、确定价值，以形成社会行为结构的秩序，丧失人文评估系统，这自然就会陷入不被信任的境地。正是在这种万般无奈的情况下，科学理性自上而下被激活了起来，与权力结合了起来，而且得心应手，驾轻就熟，这是那时必然的选择，也可能是别无选择的唯一的选择，因为生活不能停滞不前。于是从20世纪80年代开始，科学理性一路凯歌行进。这主要在于，自然科学讲究实际，它的理论可以经过实验而得以实证；一些应用科学，运用起来立竿见影，立见成效，变为财富，赓续国计民生，在这里杜绝虚假，童叟无欺。它所长期形成的量化统计手段，在一时难以说清楚事物的质的品格时，更是一种最为简单、最为雄辩的实证方式。因此不仅普及于自然科学自身，而且进入了国家社会组织体系，渗入人文社会科学领域。长期实施的结果是，量化统计方式促使人们忽视质量与思维创造，而去追求数量，并且急速地促使科学理性成为统计成绩、衡量资格、评定成就、确定价值、显示公平的基本手段。但是这样做的后果，使得科学理性一变而为一种表报思维，实用主义的工具理性，并且形成了一种普遍的社会风气。

对于任何制度的社会来说，支撑着社会、人群进行理想的选择，其实主要的是人文社会科学、哲学社会思想学识，而不是自然科学知识。20世纪科学的飞速发展，加重了科学在物质文明建设中的地位，科学家们伟大奇特的自由创造思想给人以无限的启迪。但是提供社会构图、管理社会的主要是人文社会科学理论，是具有先进社会理念的社会科学家、政治家，而非自然科学家（不过如今情况有变，随着信息社会的到来，科教兴国成了最为重要的动力）。

人文社会科学的地位在较长时间内陷入底谷，可以说，这一情况从20世纪80年代开始直到90年代才有所变化。变化主要表现在社会科学介入了国家的经济、政治、文化生活的设计，参与了国家建设的实践，并且获得了积极、有效的成果。社会科学在开放改革中一旦浴火重生，更新了自己的知识，确立了新的方向，马上就显示了自身不可替代的、巨大的价值与地位。如果说，经济、法制、政治的建设，需要依靠这些方面的专业知识，传达新的思想、使其变为理论与政策，以适应国际潮流与新的形势发展的需要，更新制度、提升人民的福祉的需要，那么人的精神方面的建设，则要依靠历史、哲学、文学艺术、文学研究等学科所提供的新知识新思想来提升人文精神，而这方面的卓有成效的工作，逐渐地恢复了自己的声誉，受到人民的信赖。到20世纪末、21世纪之初，人文社会科学终于恢复了与自然科学同等的地位，使它们成为社会建设发展中的两个轮子、两个翅膀，二者缺一不可。这种自然科学与人文社会科学比翼齐飞的思想，现在已经成了人们的共识。可惜当今仍然存在着重理工而轻人文的传统思想，而在人文社会科学中，又存在着重政治、重法律、重经济而轻史学、轻文学研究、轻哲学的思想，主要是管理人员是些并不在行的人物，可是他们有权力，主导着他们的仍然是只讲实效、只讲功利的工具理性主义。当然，人文社会科学受到损伤远不止于此，今天它们还受到金钱、权力意志的糟蹋。金钱、权力可以买到博士学位，特别是有的官员，论文可以捉刀代笔，答辩可以请替身代劳，答辩结束"真人"出面，答辩委员会居然会向"真人"表示祝贺！例子虽然极端，却也是实际存在。这种学术良心丧失殆尽的、触目惊心的学术丑剧，表明在有的地方人文社会科学已经严重地被商品化，成为权力者沽名钓誉、升官发财的工具！而且权大学问大，即使在所谓的最高学府，学术问题也是长官说了算。而各种评估系统，多年来依然是通过形形色色的填写数量的表报，来衡量人文科学的成绩与水平，确定这个单位的等级。

在这种情况下，确实需要反思一下人文社会科学自身的问题，它们自身的方法论问题。人文社会科学这种科学理论形态，只是20世纪才输入我国，所以作为科学理论的我国人文社会科学的历史还很短暂。在欧美的传统理论中，自然科学形成较早，较为成熟。19世纪下半期，狄尔泰把自然科学以外的学问，联结而为"精神科学"，以便使其取得合法地位，与自然科学并驾齐驱。狄尔泰将生命学说当作精神科学的基础，如果说，自然科学面对的无机自然界的各种存在、作为有机自然界的生物存在，那么精神科学面对的是人的整个精神世界也即生命世界。狄尔泰所说的生命，实际上是指人类共同的生命，是历史、社会的现实。"生命就是存在于某种持续存在的东西内部的、得到各个个体体验的这样一种完满状态、多样性状态，以及互动状态……历史都是由所有各种生命构成的。历史只不过是根据作为一个整体的人类所具有的连续性来看待的生命而已。"① 生命就是各个个体体验汇成的客观化的人类精神活动,而具有本体论意义。生命与历史是具有意义的,意义由各种事件的价值、行为目的以及相互关系所组成历史事件之间的关系,它不是物理事件之间的简单的因果关系。

如果自然科学通过对于对象的解剖、实验的手段来达到目的,那么对于精神科学来说,探讨生命的价值、行为、目的而达及其意义,则就必须通过"解释"与"理解"。"如果说在自然科学中,任何对规律性的认识只有通过可计量的东西才有可能……那么在精神科学中,每一抽象原理归根到底是通过与精神生活的联系而获得自己的论证,而这种联系是在体验和理解中获得的。"② 与自然科学量化方法不同,人文科学共通的方法是理解,它必须"从内在的经验出发",以生命的体验、表达和理解为基础,所以就此而言,理解是人文科学的有效的认识过程,具有普遍的方法论意义。狄尔泰重视的是人文科学与自然科学之间各自对象之间的差异,并为人文科学确立了一种方法论。

在理解的过程中,狄尔泰十分重视心理学的作用,理解的关键就是体验与经验。"我们把我们由感性上所给予的符号而认识一种心理状态,——符号就是心理状态的表现过程,称之谓理解"③,理解,就是通过感官所给予的符号去认识一种内在思想的过程。理解产生于实际生活,在实际生活中人们依赖于相互交往,通过交往而达到。人们的行为具有目的性,他们必须相互理解,狄尔泰认为,一个人必须知道另一个人要干什么,这样,就形成了理解的基本形式。我对他人和对自己的理解,需要通过我的内在体验,"只有通过我自己与他人相比较,我才能体验到我自己的个体性,我才能意识到我自己此在中不同于他人的东西"④。"只要人们体验人类的各种状态,对他们的体验

---

① [德] 狄尔泰:《历史中的意义》,艾彦、逸飞等译,中国城市出版社2002年版,第141页。
② 转引自刘放桐等编著《新编现代西方哲学》,人民出版社2000年版,第125页。
③ [德] 狄尔泰:《诠释学的起源》,洪汉鼎译,见洪汉鼎编《理解与解释》,东方出版社2001年版,第76页。
④ [德] 狄尔泰:《诠释学的起源》,洪汉鼎译,见洪汉鼎编《理解与解释》,东方出版社2001年版,第75页。

加以表达，并且对这些表达进行理解，人类就会变成精神科学的主题。"又说"生命和有关生命的体验，都是有关理解这个社会—历史世界的、亘古长青和不断流动的源泉；如果从生命出发，那么，理解过程就可以洞察生命那些永远崭新的深度"①。狄尔泰认为，主观的心理感受起着意义生成的作用，感受产生感受，这是意义，话语制造话语，所以心理学的任务就是描述性的和解释性的心理学，并使之成为人文科学的基础。认为符号的外部躯体，只是一个外壳，只是一种技术手段，用以实现内部效果——理解。② 至于解释，狄尔泰认为，解释可以被看作是理解的实践过程，那种对"生命表现合乎技术的理解，我们称之为阐述或解释"③，两者"处于同质的统一的过程之中"④。这样，狄尔泰阐释了精神科学与自然科学之别，提出精神科学以体验性的心理学基础的理解与解释为其基本方法，并以理解与解释贯穿于他的规范的人文科学，赋予了它们普遍的有效性，建立了他的认识论诠释学思想。

这里自然只是对狄尔泰思想的简约化的了解。狄尔泰的精神科学实际上包括社会科学与人文科学在内。用诠释学的思想来阐明人文科学的对象、意义、特征等问题，具有相当程度的可行性，为不少思想家所继承，并以人文科学代之以精神科学。后来海德格尔将转向本体论阐释学，而伽达默尔将其转为哲学阐释学，巴赫金则将其转为存在主义阐释学。

巴赫金就人文科学方法论所做的论述来说，实际上就是阐释学思想。我以为在确定人文科学的对象方面比较更为明白、清晰。他说，人文科学最基本的出发点是文本，这是第一性的。因为"文本是这些学科和这一思维作为唯一出发点的直接现实（思想的和感情的现实）。

---

① ［德］狄尔泰：《历史中的意义》，艾彦、逸飞等译，中国城市出版社2002年版，第8、24页。
② 以上几段文字，参阅拙文《理解的理解》，《文艺争鸣》2008年第1期。
③ ［德］狄尔泰：《诠释学的起源》，洪汉鼎译，见洪汉鼎编《理解与解释》，东方出版社版2001年版，第77页。
④ ［德］狄尔泰：《诠释学的起源》，洪汉鼎译，见洪汉鼎编《理解与解释》，东方出版社版2001年版，第76页。

没有文本也就没有了研究和思维的对象"。"我们所关注的是表现为话语的文本问题,这是相应的人文科学——首先是语言学、语文学、文艺学等的第一性实体。""当文本成为我们认识的客体时,我们可以说这是反映之反映。理解文本也就是正确的反映之反映。通过他人只反映达到被反映的客体。"① 那么人文科学的文本的特点是什么?方法论的特点是什么?在《文本问题》一文中,巴赫金摘录并发挥了德国自然科学家瓦尔杰克尔的观点。这位学者说:"人文科学对自然科学方法的责难,我可以概括如下:自然科学不知道'你'。这里指的是:对精神现象需要的不是解释其因果,而是理解。当我作为一个语文学家试图理解作者贯注于文本中的涵义时,当我作为一个历史学家试图理解人类活动的目的时,我作为'我'要同某个'你'进入对话之中。物理学不知道与自己对象会有这样的交锋,因为它的对象不是作为主体出现在它面前的。这种个人的理解,是我们经验的形式;这种经验形式可施于我们亲近的人,但不能施于石头、星斗与原子。"② 十分明显,自然科学家以自己获得的知识、一套特有的方法、特有的实验手段,去观察物体,解剖物体,进行实验,收集数据,进行叙述,甚至做出结论,表述对它的看法。这里只有一个被他四面八方观照的纯粹的客体,一个他自己的主体,即科学家的主体。任何的认识的客体(包括人)均可被当作物体来感知与认识,这是不具任何声音的客体。在这里,主体本身不可能作为物体来感知和研究,因为作为主体不能既是主体而又不具声音。自然科学的研究,是一个主体克服一个客体,是一个有生命的我和一个无生命的它,而没有一个"你"。在这种主体面对纯粹客体的情况、不知道"你"的场合里,就难以出现对话,就不可能有对话关系,这里要求的只是因果性的解释。如果进行对话,结论就无法做出来了。巴赫金指出,自然科学求诸解释,"在解释的时候,只存在一个意识,一个主体","解释与释义的方

---

① [苏]巴赫金:《文本问题》,《巴赫金全集》第4卷,钱中文主编,白春仁、晓河等译,河北教育出版社1998年版,第305、317页。
② [苏]巴赫金:《文本问题》,《巴赫金全集》第4卷,钱中文主编,白春仁、晓河等译,河北教育出版社1998年版,第311页。

法，往往只归结为揭示可重复的东西，认识已熟悉的东西，至于对新事物即使有所觉察，也觉得十分贫乏与抽象。这时创造者（说者）的独特个性已荡然无存。一切可重复的和已认识出来的东西，完全消融在理解者一人的意识里，并为这一意识所同化；因为理解者在他人意识中所能见到的、理解到的，只是自己的意识。他没有任何东西可以丰富自己。他在他人身上只能认出自己的意识"[①]。这样，自然科学、精密科学就是一种独白型的科学。

作为人文科学的文本，就大不相同，一旦进入人文科学的文本，这里马上就出现两个主体，一个是我，一个是你。人文科学必须对着文本说话，对着"你"说话，所以人总是在表现自己，亦即说话，同时创造文本。文本中所表现的人文思维是双重主体性的，"文本的生活事件，即它真正的本质，总是在两个意识、两个主体的交界线上展开"。这种文本的理解，是与其他文本相互对照，所以一开始就具有两个意识。巴赫金说，在理解的时候，则有两个意识、两个主体。人文思维中不可避免要出现的认识和评价，也总是表现为两个主体、两个意识。"这是两个文本的相遇，一个是现成的文本，另一个是创作出来的应答性的文本，因而也是两个主体、两个作者的相遇。"[②] 人文科学的理解使对象人格化，对象是被人格化的现象，具有无限丰富的涵义；而丰富的涵义与意义，则在不断的对话中被揭示，创造新的文本。所以，人文科学成了一种对话型的科学，并通过特殊方式而达到创新与创造。这种创造性表现为任何理解，都带有积极的应答性质，产生不同的看法，孕育着更新的希望。理解者的回应，可以表现为即时的行动中，也可以是一种延迟式的回答，或是经过了大跨度时间后的应答。在这种背景上，理解不是同义反复，不是照搬，不是重复说者，不是复制说者。这也不是移情，使自己融入他人之中，把他人语言译成自己的语言，从而把自己放到他人位置之上，丧失自己的位

[①] ［苏］巴赫金：《1970—1971 年笔记》，《巴赫金全集》第 4 卷，钱中文主编，白春仁、晓河等译，河北教育出版社 1998 年版，第 407 页。
[②] ［苏］巴赫金：《文本问题》，《巴赫金全集》第 4 卷，钱中文主编，白春仁、晓河等译，河北教育出版社 1998 年版，第 305 页。

置。"理解者要建立自己的想法、自己的内容;无论说话者还是理解者,各自都留在自己的世界中;话语仅仅表现出目标,显露锥体的顶尖。同时,说者和理解者又绝非只留在各自的世界中,相反,他们相逢于新的第三世界,交际的世界里,相互交谈,进入积极的对话关系。"① 这里强调的是,对话不仅仅是保留各自意见,或是同意性的复合,对对方各自有所理解,或是通过直观现实,进行补充,而且还应进入新的世界。所以理解是一种富于创造性的对话与应答,理解进入创新,这是更高层次意义上的理解了。巴赫金说,理解本身作为一个对话因素,进入到对话体系中,并且要给对话体系的总体涵义带来某些变化。因此,我们可以说,文学、历史、哲学等学科,实际上都是以上述应答的方式进行研究的,它们不是同义反复,不是重复说者,不是复制,而是在对话的理解中进行新的创造,做出新的发现。对话为后来者拓展着空间,延伸着空间。后来的研究者作为积极的应答者,以各自时代的需求和体认,又拓展着对话、延伸着对话;又不断丰富着文本,创造着新的文本。他们以自己的远见卓识,使文本的涵义发生变化,同时也就丰富着文本的涵义,并且拓展着文本的意义。

如果我们再将文本具体一下,那么那些"深刻有力的创作,多半是无意识而又多涵义的创作。作品在理解中获得意识的充实,显示出多种的涵义。于是,理解能充实文本,因为理解是能动的,带有创造的性质。创造性理解在继续创造,从而丰富了人类的艺术瑰宝。理解者参与共同的创造……与某种伟大的东西相会(встреча),而这种伟大东西决定着什么、赋予某种义务、施以某种约束——这是理解的最高境界"。而且,这是一个无限的过程,赓续不断的过程,因为"理解者和应答者的意识,是不可穷尽的,因为这一意识中潜存着无可计数的回答、语言、代码"②。这是我们应该真正追求的最高意义的理解

---

① [苏]巴赫金:《〈语言体裁问题〉相关笔记存稿》,《巴赫金全集》第4卷,钱中文主编,白春仁、晓河等译,河北教育出版社1998年版,第190—191页。此处还可参见191页上的原编者注(1)。

② [苏]巴赫金:《1970—1971年笔记》,《巴赫金全集》第4卷,钱中文主编,白春仁、晓河等译,河北教育出版社1998年版,第405—406、398页。

即新的创造的理解。

照巴赫金的说法，理解有广义、狭义之分。"广义的理解"是应答性的，不是追求一个意识，所以理解就不是消解他人意识，进而归结为一个意识，并变成一统的意识。但是当今这种消解倾向在我国一些人文科学者中间还很流行。后现代式的逆反心理，自我标榜，追求话语霸权，以不同思想体系、不同层次的知识背景、年龄背景，隐蔽的妒忌心理，都可以把自己的观点奉为正确的代表，轻而易举地把别人的意识，使用理工课大学习以为常的量化方法，随意凑在一起，进行消解与否定，或是对他人观点进行贬斥，这实际上是一种"狭义的理解"。狭义的理解把对话性视为争论、讽刺性摹拟，是一种所谓思想批判，务必驱除对方的批判，所以它充满语言暴力与学术泡沫，格调粗俗，与真正的理解相去甚远，是不理解。

巴赫金在其著作里，强调了解释与理解的差异，但是德国的哲学家，自施莱尔马赫到伽达默尔，都是将二者统一起来的。当然，我们自然不能把解释与理解绝然分开，伽达默尔说道："解释不是一种在理解之后偶尔附加的行为，正相反，理解总是解释，因为解释是理解表现的形式。按照这种观点，进行解释的语言和概念也要被认为是理解的一种内在的构成要素。"①

人文科学作为一种思维的类型，是一种对话的思维。自然科学的思维是一种独白性的思维，并非绝对，但大体如此。这里就牵涉到一个问题，自然科学家得出的概念经过验证，可以说明它准确与否，但是人文科学家通过什么方式来证明自己提出的观念是准确或是失误了呢？人们往往对此会提出诘难，这似乎正是人文科学的软肋，最易受到质疑。正是这点使人们总是对人文科学抱了质疑的目光，人文科学似乎矮人一头，文学、哲学、宗教学自然不仅不如自然科学，而且比各种经济学、法学、政治学、甚至语言学都不如，在社会科学体制内就是如此。

但是，由于学科性质、特征的不同，要在人文科学中建立起像自

---

① ［德］伽达默尔：《真理与方法》上卷，洪汉鼎译，上海译文出版社1999年版，第395页。

然科学那样的精确性的评价体制，或者即使像社会科学中的法学、经济学那样以社会效果来衡量其实用性与社会作用，那是根本不可能的，或者说只有部分是可以做到的。自然科学提出假设，收集相关资料，选择最佳方案，可以一次一次地进行试验、修正，经历一次一次的失败；或是纠正假设，可以推翻重来，在无数次失败之后，获得成功，成功是无数次失败的结晶，成功显示其各种数据的精确，结论的正确。但是人文社会科学是历史科学，是历史积累的科学，在历史中，任何事件于此时此地只可能发生一次，如果有同类事件发生，那必然在彼时彼地。德国学者瓦伊杰克尔认为，人文科学是历史科学，"历史性在我们的理解中，首先是时间进程的不可逆转、命运的一次性、一切境遇的不可重复性。其次，我们理解的历史性，是知道事情的确如此，即意识到生活是自己的一次性命运"[①]。人文科学、文艺学就是这种历史科学。其次，自然科学中的发明、创造，一个科学观念的提出，既是个人性的，也可以是群体性，这些人可以做，那些人也可以照常做。而且今天自然科学研究中的群体性倾向愈益明显，个人能力、财力根本无法实现。以致我国医学方面的发明创造项目，由于集体署名，而不能获得只授予个人的国际大奖。发明创造一旦做出来之后，可以探索空间，开发宇宙资源，指导科学实验，或是成批生产，目的是实用，创造财富，谋福大众。而且新的观念、发明一旦成立，那么原有的那些知识可能变为陈旧东西，落后方法即可搁置一边，而新观念、新方法就会变成这一领域的新起点。人文科学就不是如此，它既然是历史科学，那么作为一次性存在的东西，可以进行这一集体性的研究，也可是另一集体性的研究，而得出不同的但都可以成立的结果，成为互补；而且也可以是个人性的研究。至于文学理论，在历史上，文学理论中的新观念，都是个人提出的，如果有集体的观念，那可能是一些宣言之类的东西。这些个人的观念一旦提出，

---

① ［苏］巴赫金：《文本问题》，《巴赫金全集》第 4 卷，钱中文主编，白春仁、晓河等译，河北教育出版社 1998 年版，第 311 页。巴赫金的这段话引自德国学者卡尔·瓦伊杰克尔的《物理学中的世界图画》，斯图加特，1958 年版。

并被承认，那它必然反映了一些真理在内，而会存在下去。后人提出新观念，只可能在原有的基础上进行丰富、充实、发展、创新，或是一反原意，而进行更新，但是终究不能离开原有的出发点，即传统。如果评价其得失，我们只能把它置于同类已有知识的框架之内，看它在原有的知识之链之中，增加了些什么新东西，发生了些什么新的影响。比如《文心雕龙》只有一本，只能由一个人写得出来，其独创的影响无与伦比。后人要写作类似的东西，只能结合现实的需求，在其影响之下，进行创新，而难以凌空蹈虚，凭空虚构。自然科学不断废除旧有的知识，新知识一旦确立，更新了的知识就成为一个新的起点起点，而旧有的知识就不再发生作用，不再参与科学的实践。人文科学知识则是积累型的，任何被积累下来的东西都是那个时代有用的东西，都是有价值的，从而形成了知识之流，价值之链。如果其中部分已经落后，阻碍社会发展，不再能够参与社会实践，那它们即使遭到严厉批判而仍然会被作为反面材料而被保存下来。新的理论的提出，只能根据现实的需要，在前人的理论的基础之上，或进行充实，或进行更新，提出新观念。但充实也好，更新也好，提出新观念也好，都得根据两个前提，一个是现实的，一个是原有的，需要陈说原有的观念产生的合理性，为什么今天被更新，而不是简单地否定。巴赫金说到，在文学和文艺学中，真正的理解总是历史性地和个人相联系的。因此人文科学的"统觉背景"要比自然科学复杂得多，复杂性在于它不仅作为具体的语境，而且也必然包括了文本的历史性，它的历史生成。

这样，对于人文科学与自然科学的精确性就各有标准。巴赫金指出，如果"自然科学中的准确性标准是证明同一（A = A），那么在人文科学中，准确性就是克服他人东西的异己性，却又不把它变成纯粹自己的东西（各种性质的替换，使之现代化，看不出是他人的东西等等）"[①]。这样两大科学的"精确性"就处于不等式的地位，此精确性

[①] ［苏］巴赫金：《人文科学方法论》，《巴赫金全集》第 4 卷，钱中文主编，白春仁、晓河等译，河北教育出版社 1998 年版，第 390 页。

非彼精确性。自然科学的精确性有实验数据和无可辩驳的材料,它只承认一种绝对的精确性。它必须在解释中否定他者、肯定自我、丰富自我,它必须证明他者之伪,才能使自身成为可能。但是人文科学呢?它的目的在于克服他人的异己性,但克服却不是为了同一,把对象消灭掉,或把他变为纯粹的我。人文科学克服异己性是通过对知识的积累与继承,通过对历史与现实的历史性思索,通过与文本的对话而达到共识又各自保留己见,形成一种广义的互文性。"对各种符号(象征)结构的解释,必然会涉及无限的符号(象征)的涵义,所以这种解释不具有精密科学的那种科学性。对涵义的阐释不可能具有科学性,但这种阐释具有深刻的认识价值。"① 在互文性间相互融会而曲折地迈向新的高度的,并通过社会实践而获得检验,这正是人文科学准确性所要求的特征,人文科学的思维是积累、对话、理解、扬弃、相互丰富、创新的思维。

但是在人文科学中真要在话语的交往中导向对话,通过对话而达到理解,导向对话双方的主体间性的出现,产生理解与普遍认同,进而使各自认识有所跃进与丰富,那的确是很困难的。因此,哈贝马斯所提出的对话双方必须要使话语具有交往性的规则资质的观点,即在话语交往中真正做到恰当使用言语而付诸实施,它提出了一个交往模式。交往者的交往模式是认识性的,其言语行为是断言性的,其所述主题应是真实性的,这是一。第二,进而交往模式是相互作用式的,言语行为是调整性的,主题是人际关系,有效性要求是正确性;最后交往模式是表达式,用了一种表白性的言语,言说者的意向是真诚性的。② 我把它简化了一下,即在认识、相互作用、表达中需要遵循的几个原则,即需要具有话语的"真实性""正确性"(适当性)、"真诚性"。这几个方面,实际上都涉及人文科学"精确性"评估的后果。在交往对话中,一,你所做的陈述内容,你所下的断言,需要真

---

① [苏]巴赫金:《人文科学方法论》,《巴赫金全集》第4卷,钱中文主编,白春仁、晓河等译,河北教育出版社1998年版,第378页。
② [德]哈贝马斯:《交往与社会进化》,张博树译,重庆出版社1989年版,第60页。

实。二，你需要正确处理人际关系。三，你的表白、意向必须真诚。我以为这三个方面，对于对话、评价十分重要。双方进入交往对话，总体来看，就是要建立共同的话语资质，即大家站在同一平面上来说话，那就要有相互平等追求真理的愿望，真诚在这里就显得十分重要，通过真诚，就会发现双方相同之处与不同之处，在对话中获得双赢。如果批判者一开始就视你为假想敌，自然更不想了解你，不想与你对话，自然就没有对话的"真诚性"，也就没有了话语的准确性，陈述的正确性，结论的公正性，自然只有非此即彼、你错我对的批判。这样被批判者遭到了一顿劈头盖脸的漫骂，这时对话的条件已经处于十分险恶的境地，甚至就不具备了。

我在上面谈了人文科学方法论的问题，不尽妥当，我建议大家还可以找些著作阅读。外国这方面的著作甚多[①]；我国较为系统的理论著述，也很丰富，只是缺乏专门的系统的研究。

下面原想谈一下我在20世纪90年代提出的"新理性精神"问题，后来有所补充，它与人文科学方法有着密切关系。新理性精神的提出的原因是比较复杂的，但它与人文科学研究的现状、方法有关，是根据人文科学中不断出现、反复争论的带有相当规律性的问题而提出来的。但限于时间，这里只好从略了。

（原文刊于《南京大学学报》2009年第3期）

[①] 这方面的译著有狄尔泰的《精神科学引论》，中国城市出版社2002年版，后又根据英译译为《人文科学导论》，华夏出版社2004年版；李凯尔特的《文化科学和自然科学》，商务印书馆1991年版；马克斯·韦伯的《社会科学方法论》，中国人民大学出版社1991年版；皮亚杰的《人文科学认识论》，中央编译出版社1999年版；利科尔的《解释学与人文科学》，河北人民出版社1987年版；华勒斯坦的《开放社会科学》，生活·读书·新知三联书店1997年版；海德格尔的《存在与时间》，生活·读书·新知三联书店1987年版；伽达默尔的《真理与方法》，上海译文出版社1999年版；洪汉鼎主编的《理解与解释》，东方出版社2001年版；尤西林的《人文科学及其现代意义》，陕西人民教育出版社1996年版；尤西林的《人文科学导论》，高等教育出版社2002年版。

第二编

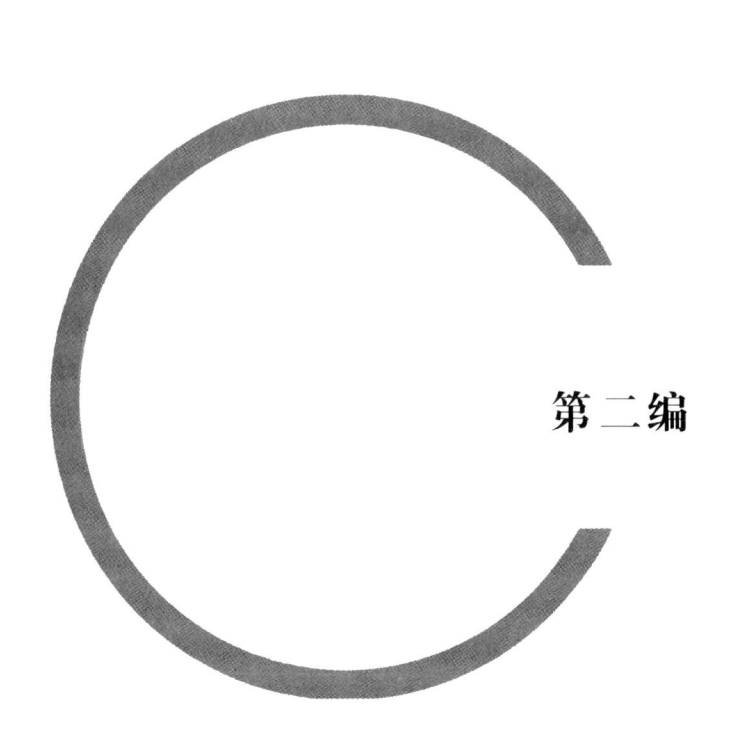

一　自律与他律
——20世纪30年代中期前文学观念之争

我国的文学理论作为一门十分年轻的学科，起步比较晚。近一百多年，是我国文学理论走向现代化的时代，不断地加深认识、建设的时代，但作为学科的建设，却经历了十分曲折的道路。在这一曲折的过程中，有过自由探索文学观念的阶段，出现过多元的文学思想并存、争鸣的阶段，同时也有过力图一统文学观念的阶段，被政党、行政力量进行严格规定以至对持不同文学观念者进行大规模压制的阶段，到当今复归于多元表述的阶段。

文学观念的不同探讨、表述、论争，从主导方面看，实际上是在现代历史精神的追求中进行的。近、现代历史追求的意向，就是一种反对封建等级、专制残暴、落后愚昧的现代意识精神，它通过对科学、民主、平等、自由、理性、人道、法制、权利的普遍肯定，实施与完善，体现为一种不断走向科学、进步的理性精神与启蒙精神，一种高度发展的科学精神与人文精神。

一百多年来，文学观念的演变，正是在现代性的策动下进行的。现代性固然表现为一种普遍原则，但是在不同时代其内涵不尽一致，同时在不同集团、不同个人那里，表现又各有差别，以致出现了多种文学观念。但是文学观念的主导旋律，则是启蒙与救亡。

一百多年来文学观念的现代化进程，大致可以分为几个时期。

第一，1840年前后的萌发状态，文学观念开始脱离千年传统而表现了其新的时代意向。但就其形式而论，文学理论仍是原有的传统诗论，诗论话语也是传统的话语。

第二，19世纪末20世纪初，既出现了从传统诗论转向现代文论短暂的过渡期，又出现了文学观念现代化的首演。这种结合，在梁启超、王国维身上都得到了充分的表现。梁、王二人，既是传统诗论的继承者，又是现代文论的开创人。梁启超的文论，既有传统诗论，同时又发扬了传统中的政治教化精神，与引进过来的西方文学观念相结合，直接以启蒙与救亡为导向，显示了其强烈的现代性特征，于是过去诗论中那些经常使用的概念，现今被适应当代生活需求的文学观念所替代了。王国维也是如此，他既有吸收了西方美学思想的极为高妙的诗论，同时也引进了当时正在逐渐走向主导的西方文学观念，从而又从另一个方面，极大地改造了我国原有文学的观念。此外还出现了符合文学自身特征，但是由于与启蒙与救亡有一定距离，而后来常常受到主导文学观念的挤兑与打击的现代性文学观念，不过一旦时过境迁，却显示了其无限的生命力。可以这样说，这时期的文学理论，无论从内容到形式，都是从传统向现代的跃进，体现了文学理论现代性的重大转折。

在这过程中间，文学理论的话语急剧地现代化了，随着观念的根本性转变，于是旧有的诗论一改而为现代文论，随想、感悟式的文字，一变而为分析的、逻辑的论说性文字。原有的一套理论话语，一变而为现代文论话语，当然，实际上大部分是从西方引进的文学理论话语。

第三，"五四"文学革命和文学转型时期，创建了真正意义上的现代新文学，文学观念显示了现代性的突进。但是，新文学的突进运动，由于存在着相当程度的激进情绪，而使得正在发展起来的文学理论现代性，受到一定程度的遏制。而20世纪30年代革命文学、无产阶级文学的大辩论，使文学公开转向政治化，认为文学艺术本身就是政治的一定形式。

第四，随后近四十多年间，文学观念现代性的激变与分化，出现了将外国的文学观与传统的政教精神合而为一的过程，并被一定时期的社会势力，将传统文学的政治教化作用发展到了极端，强加给了文学不堪忍受的生命之重，以致严重地脱离了它自身的轨道，阻碍了它自身的发展，显示了现代性的曲折轨迹，最后发展到了现代性的崩溃与反现代性。

第五，20世纪70年代末以后，文学观念现代性的多元发展趋向，成了主导趋向。文学观念现代性的发展，自然也应包括文学语言的现代性的演变，这是文学观念现代性的应有之义。

本文主要讨论20世纪30年代中期之前我国现代文学观念的演变。

（一）现代性的反思、批判与文学观念的现代化需求

文学观念的变革从来是先由内因造成的，虽然这动因有时十分隐蔽。

文学作为文学，是由文学作品的流传与接受而获得生命。唐宋以前的文学，包括那些伟大作家的作品，固然为我们留下了不少千古绝唱。白居易的诗歌据说平民老妪都能背诵，佛教的宝卷的宣唱，产生了文学的新形式，赢得了底层广大的听众，但那些诗人们的诗作，主要还是在士大夫之间传播，文学的主流是朝廷、士大夫们专有的诗文，流传于民间的作品不算很多。到了宋代，词的兴盛向民间有所靠拢，勾栏瓦舍的演唱、娱乐，不管怎么说，使文学走向了市民与下层，接受面较为宽广。元、明、清时期的戏曲演出日益增多、改用白话写的小说得到长足的进步，使它们拥有众多的普通百姓与识文断字的市民。虽然诗文仍然被奉为文学的正宗，但它们同过去一样，只限于在宫廷、官僚、文人中间流行。随着城市的繁荣与变迁，小说、戏曲的数量日益增多，这些广为流行的文学样式，形成了足以与诗文相抗衡的真正的文学潮流而激动于民间。

现代性的反思与批判是互为依存的，它们都指向传统文化中的保守、落后的一面。现代性的文化反思与批判，引起了审美现代性的演变，新的审美话语的产生，文学文体的新生，新的文学观念的形成。

早在1840年以前，有识见的中国文人就已看到清王朝由盛世而

转向国运衰微和"衰世"的来临，他们怀着一种忧国忧民的意识，奋力著述，痛陈社会弊端，要求改革政治。及至1840年之后，我国订下了不少丧权辱国的城下之盟，唤醒了不少有识之士的自救图强的愿望，而把目光转向西方。人们介绍并学习西方的科学技术、声光、电化、重学、开办铁路、发展矿务实业等，同时也要求政治、体制的改革；随着中西文化交流的日益增多，外出文化考察与西方文化的输入，使得人们开始对世界整体局面有所了解和认识。各种社会势力的斗争与权力的争夺，发展到极其残酷的地步。

梁启超在《清代学术概论》里讲道：

> "鸦片战役"以后，志士扼腕切齿，引为大辱奇戚，思所以自湔拔；经世致用观念之复活，炎炎不可抑。又海禁既开，所谓"西学"者逐渐输入；始则工艺，次则政制。学者若生息于漆室之中，不知室外更何所有；忽穴一牖外窥，则粲然者皆昔所未睹也；还顾室中，则皆沈黑积秽；于是对外求索之欲日炽，对内厌弃之情日烈。欲破壁以自拔于此黑暗，不得不先对于旧政治而试奋斗；于是以极幼稚之"西学"知识与清初启蒙期所谓"经世之学"相结合；别树一派，向于正统派公然举叛旗矣。①

这里十分生动地描述了一批有所觉悟的士大夫阶层人物，见到外面世界的开化与进步后所持的清醒态度。开启民智、救亡图存那种深沉的忧患意识，正是我国近代这一阶段现代性的主要内涵。19世纪末的维新派的文学革新运动所导致的文学观念的更新，是由19世纪40年代前后诗文评的思想内在的变化所准备了的，文学自身的发展，已积聚了变革的深刻的动因，同时由于中西文化与文学的交流与碰撞，也就进一步促成了这一时期我国文学观念和文学深刻的变化。

在杂文学的时代，我国的政治家、思想家、文学家往往是一身而兼任的。因此，他们的政治主张常常包含了他们的文学观念，他们的

---

① 《梁启超文选》下，中国广播电视出版社1992年版，第246—247页。

文学观念也常常表达了他们的政治理念因素。龚自珍倡导的"尊情"说，表达了对家国不振的忧患之情。魏源则提出文外无道、文外无治、文外无学、文外无教，强调的是文与诗的治国教化功能。相同的意思黄遵宪在《人境庐诗草》自序中也说过："诗之外有事，诗之中有人。"① 王韬广泛接触西学，改革之愿望自然强烈，在文学方面，他反对模仿前人，提倡"自抒胸臆"，要表述诗人面向残破家园的愤郁之情。他针对桐城派的诗文说："余不能诗，而诗亦不尽与古合；正惟不于古合，而我性情乃足以自见。"今之所谓诗人，"宗唐祧宋以为高，摹杜范韩以为能，而于己之性情无有也，是则虽多奚为"②？严复接触的西学面甚广、甚深，热望科学、民主，用西学实用的目光，反对八股，痛陈弊端，批判过去的文化、政教典籍。1895 年，直接提出在此"救亡危急之秋"，就中土学术的使用价值来说，"曰：无用"。在《诗庐说》中说："诗者，两间至无用之物也。饥者得之不可以为饱，寒者挟之不足以为温，国之弱者不以诗强，世之乱者不以诗治。""诗之所以独贵者，非以其无所可用也耶？无所可用者，不可使有用，用之失其真甚焉。"他对当时词章的评价，极为激烈，认为词章与经济殊科，词章不妨放达，故虽及蜃楼海市，恍惚迷离，但足可"移情遣意"，"得之为至娱，而无暇外慕"，所以"非真无用也，凡此皆富强而后物富民康，以为怡情遣日之用，而非今日救弱救贫之切用也"，但一旦赋予其"事功"，则"淫遁诐邪生于其心，害于其政矣。苟且粉饰，出乎其政，害于其事矣。而中土不幸，其学最尚词章"③。其"用"与"不用"之说，是很有见地的。

就是过去被视为保守落后的、反对变革的一批人士，也感觉着世道之变，不可避免地在他们的文学主张中显示出变化来，如桐城派诸人。

同时文字语言的改革也提上了日程，文学话语的更新，必然组成

---

① 黄遵宪：《自序》，见《人境庐诗草笺注》，古典文学出版社 1957 年版，第 1 页。
② 王韬：《蘅花馆诗录自序》，《弢园文录》外编卷七，中华书局 1959 年版。
③ 严复：《救亡决论》，《直报》（天津），1895 年，5 月 1—11 日。见《严复卷》，河北教育出版社 1996 年版，第 557 页。

文学现代性体现的重要部分。黄遵宪作为维新改革派的人物，在倡导诗歌语言改革方面，十分着力。早在19世纪60年代末，就反对崇古因袭，提出了诗歌因时代而变的改革的主张：

> 我手写吾口，古岂能拘牵？即今流俗语，我若登简编；五千年后人，惊为古斓班。①

他主张文字与语言的合一，以减少阅读的困难。从时代的变迁出发，他说"今之世异于古，今之人亦何必与古人同？"谈及语言与文字关系时，他说："言有万变而文止一种，则语言与文字离矣。"然而离则如何？

> 盖语言与文字离，则通文者少，语言与文字合，则通文者多，其势然也。
>
> 周、秦以下，文体屡变，迨夫近世，章疏移檄，告谕批判，明白晓畅，务期达意，其文体绝为古人所无。若小说家言，更有直用方言以笔之于书者，则语言文字几几乎复合矣……欲令天下之农工商贾妇女幼稚皆能通文字之用，其不得不于此求一简易之法哉！②

在要求语言与文字合一以适应现代化的需求，趋向口语，这大概是表现得最为明白的了。这样就出现了审美现代性与汉语现代性的交叉问题。

19世纪后半期，一面是西学东渐，一面是走出国门，这导致中西文化有了相当广泛的交流与了解，包括对外国文学的认识加深，开始有了外国文学的翻译。其中有通晓法文的陈季同，不仅将中国的一些剧作翻译出去，用法语写作介绍中国文化，同时对于外国文学特别是

---

① 黄遵宪：《杂感》，见《人境庐诗草笺注》，古典文学出版社1957年版，第15—16页。
② 黄遵宪：《日本国志学术志二文学》，《中国历代文论选》第4册，上海古籍出版社1982年版，第117、118页。

法国文学的了解也十分深入，并有独到的见解，提出中国文学要介绍出去，外国文学要翻译过来，形成一种当时闻所未闻的"世界的文学"观，我们在后面还将谈及。

政治、文化的翻天覆地的变化、海禁的打开、外国文明的输入、自救图强的强烈愿望，引起了整个思想界的深刻反思、批判与更新的要求。到了19世纪末，终于形成了文学文体现代化的一次首演。首先是小说，然后是戏曲，再后是通俗文艺，成为文学中的主导走向，而把原来的传统诗文，排挤到了边缘，形成了其曲折的走向。

（二）现代性与文学观念多元表述与论争

1897年，严复、夏曾佑在天津《国闻报馆附印说部缘起》一文中，纵论古今中外、历史演化，最后谈到"说部之兴其入人之深，行世之远，几几出于经史上。而天下之人心风俗，遂不免为说部之所持"。他们认为小说对于西方和日本在开化发达中起到了重大的作用，"且闻欧、美、东瀛，其开化之时，往往得小说之助"。附印说部缘起，目的在于"使民开化。自以为亦愚公之一奋，精卫之一石也"[①]。

戊戌政变之前，康有为、梁启超主要寄希望于政治变革，为此积极奔走、呼号、上书清帝，采天下之舆论，取万国之良法，推行新政，明定国是，革旧维新，以救时艰。还在1897年，康有为就看到小说在启发民智方面，有非凡的作用。在《日本书目志》识语中他提到，仅识字之人，有不读经的，但无有不读小说者。于是提出：

> 六经不能教，当以小说教之；正史不能入，当以小说入之；语录不能喻，当以小说喻之；律例不能治，当以小说治之……今中国识字人寡，深通文学之人尤寡，经义史故，亟宜译小说而讲

---

① 原载天津《国闻报》，光绪二十三年（1897）10月16日至11月18日。

通之。泰西尤隆小说学哉!①

1898年,维新改革遭到了反动封建势力的镇压,康有为不得不流亡日本。1900年,康有为得知友人欲效梁启超撰写以戊戌变法为题材的小说时,赠以一诗《闻菽园居士欲为政变说部诗以速之》,讲述了他过去在上海书肆的考察情况,了解到书肆销售情况:书经不如八股,八股不如小说,小说通于俚俗,读者最多。康有为在赠诗中谈到小说发展的势头,以为小说发展之盛,足以与六经争衡:

> 我游上海考书肆,群书何者销流多?经书不如八股盛,八股无如小说何……方今大地此学盛,欲争六艺为七岑。②

说今天小说的地位已大大增高,可与六经争衡而并列为七。严复、陶佑曾、康有为等人,极大地提高了小说这种文体在文学中地位,使小说堂堂正正地成了文学的主潮。同时在儒家的"文以载道""经世致用"之说的理论基础上,竟认为小说可以与六经平行,替代正史、语录、律例了。

梁启超在文学话语、文体现代化进程中无疑起着重大的作用。早在19世纪末的最后几年,就力主改革旧文体,严厉批判八股文体,反对言文分离,继黄遵宪等人之后,进一步倡导言文一致的"新文体"。1897年他任职湖南时务学堂时,在堂约中就提出要做"觉世之文"。对于觉世之文则要求"辞达而已矣!当以条理细备、词笔锐达为上,不必求工也"。他通过编办报纸、编辑写作的实践,创造了一种通俗易懂的报章"新文体",而风靡我国报界、学界。后来他自己概述这一经历时说,为文:

> 务为平易畅达,时杂以俚语韵语及外国语法,纵笔所至不检

---

① 康有为:《日本书目志》,见《康南海先生遗著汇刊》(十一),台湾宏业书局1976年版,第734页。
② 《南海先生诗集》卷五《大庇阁诗集》,商务印书馆民国三十年(1941)版(崔斯哲手写)。

束；学者竞效之，号新文体；老辈则痛恨，诋为野狐；然其文条理明晰，笔锋常带感情，对于读者，别有一种魔力焉。①

梁启超的倡导与身体力行，使得半文不白的"新文体"推行开来，作为向白话文的过渡，有力地推动了文学的白话化运动。

在《变法通议》的《论幼学第五·说部书》（1896 年）里，梁启超就谈及书经不如八股、八股不如小说的阅读情况了，即康有为在上海书肆所做的考察情况。同时宣传日本之变法，多赖小说、俚歌之力。1898 年戊戌变法失败，他出走日本，办《清议报》，本着小说可以为政治改革服务的目的，着手翻译早已过时的日人政治小说《佳人奇遇》，并亲自作序，即《译印政治小说序》一文，着力提倡政治小说。在这篇序文里，梁启超引用了康有为在《日本书目志》中所谈及的小说的作用与读者阅读之倾向，强调了政治小说在影响普通百姓精神中的作用，并同意外国学者把小说视为国民之灵魂。他说：

> 在昔欧洲各国变革之始，其魁儒硕学，仁人志士，往往以其身之经历，及胸中所怀，政治之议论，一寄之于小说。于是彼中缀学之子，黉塾之暇，手之口之，下而兵丁、而市侩、而农氓、而工匠、而车夫马卒、而妇女、而童孺，靡不手之口之。往往每一书出，而全国之议论为之一变。彼美、英、德、法、奥、意、日本各国政界之日进，则政治小说为功最高焉。②

他在这篇序文中，对中国传统小说做了评说：认为中土小说，佳制盖鲜，"述英雄则规划《水浒》，道男女则步武《红楼》，综其大较，不出诲盗诲淫两端，陈陈相因，涂涂递附，故大方之家，每不屑道焉"。

接着在他 1902 年创办的《新小说》创刊号上发表了《论小说与

---

① 梁启超：《清代学术概论》，《梁启超文选》下，中国广播电视出版社 1992 年版，第 252 页。
② 梁启超：《译印政治小说序》，原载《清议报》第一册，光绪二十四年（1898）11 月 11 日刊。

群治之关系》一文。此文一开始就把过去说的兵丁、贩夫走卒、农氓工匠，统统视为"一国之民"，认为"欲新一国之民，不可不先新一国之小说。故欲新道德必新小说，欲新宗教必新小说，欲新政治必新小说，欲新风俗必新小说，欲新学艺必新小说，乃至欲新人心，欲新人格，必新小说。何以故？小说有不可思议之力支配人道故"。这小说之不可思议的支配人道之力，就在于小说"常导人游于他境界，而变换起常触常受之空气者也"；能写尽人间喜、怒、哀、乐，"故曰小说为文学之最上乘也"。常可导人于他境者，"理想派小说尚焉"；写尽喜、怒、哀、乐的，"则写实派小说尚焉"。而其可以支配人道之四大作用，即熏、浸、刺、提等，它们触及人心，改造人道。熏，即在不知不觉中受到影响；浸，入而与之俱化；如果这两者对感受者在不觉中发生，则刺，使感受者骤觉，起异感而不能自制；而提，在于前三者是自外而灌之使入，则现在自内脱之使出。小说既有如此伟力，所以在梁启超看来，"中国群治腐败之总根源，可以识矣"。"吾中国人状元宰相之思想何自来乎？小说也。吾中国才子佳人之思想何自来乎？小说也。吾中国人妖巫狐鬼之思想何自来乎？小说也。"随后梁启超把中国社会上盛行的迷信相命，卜筮祈禳，风水械斗，迎神赛会，轻弃信义，权谋诡诈，苛刻凉薄，轻薄无行，沉溺声色，缱绻床第，缠绵歌泣于春花秋月，使一些人唯多情多感多愁多病为一大事业，或帮会门派，巧取豪夺，伤风败俗，陷溺人群等社会现象，都统统算到了小说身上。所以最后提出："故今日欲改良群治，必自小说界革命始；欲新民，必自新小说始。"[①]

几乎与此同时，梁启超提出了诗界革命说，文界革命说，要求改革旧文学，建立新文学。他与康有为都很推崇黄遵宪的诗作。

梁启超的小说论，主要看到了这一文体的通俗易懂的特征，易为"国民"所接受，且有熏浸刺提等作用，是用以教育"国民"的好材料，初步探索了小说的艺术特征。为此他为之奔走呼号，是有其进步作用的。这大大提高了小说这种文体的地位，是符合文学自身与社会

---

① 梁启超：《论小说与群治之关系》，《新小说》1902年第1卷第1期。

进步发展的需要的。其次,他提出小说要面对国民,以小说启蒙国民,提高他们的认识,这是我国文学中的民主精神的进一步表现。几乎没有人像他那样在文学中提出国民、面对国民的问题,这是一个十分有意义的问题和话题。再次,梁启超的小说论提倡的是一种政治小说,并把这种小说提到最高的地位,这是一种典型的政教型文学观。他的小说界革命、诗界革命、文界革命都是为他的政治革命或称社会改良服务的。但是由于他改变了封建社会的政教型文学观的方向,使之面向国民,因此符合当时社会、文学更新的需求,自然是值得肯定的。

我们如果把前面论及的文学话语、文体更新的要求稍加分析综合,则不难发现这种政教型文学观的偏颇。

一是它赋予小说的社会作用过高、过大了。他把欧美、日本的兴起,归之于政治小说在起作用,是不符事实的,言过其实的,因而表现了其历史观的严重缺陷。二是他把中国社会的种种弊端都归之于小说,实在是颠倒了社会生活、制度与文学的关系,使得问题本末倒置了,中国群治之腐败,岂能归罪于小说,而不是相反?甚至到了1915年谈到小说的作用时,还与世风联系起来说:"近十年来,社会风习,一落千丈,何一非所谓新小说阶之厉?循此横流,更阅数年,中国殆不陆沉焉不止也。"不见世俗流变的真正的社会原因,这正是改良主义的局限所在。三是由于只重视政治小说,于是就把政治小说的文体绝对化了,而不能正确对待其他小说类型,如将《水浒》《红楼梦》视为海盗海淫小说的源起,这是十分片面的。这几个方面,可以说显示了梁启超的文学观的现代性的两面性或不彻底性。自然,我们也应看到后期梁启超的文学观念的变化与发展。

梁启超的小说理论及其实践深受西方特别是日本文学思潮的影响,对于我国当时舆论起到了发聩振聋的作用,促成了一场真正的小说革命。从理论方面看,梁启超启蒙了不少小说家。这些人在五四文学运动前,写了不少有关小说的论述,或发挥,或补充了他的小说理论。如夏曾佑,如前所说,他先与严复合作撰文,宣传过新小说,并在梁启超的《论小说与群治之关系》发表之后,于1903年发表了

《小说原理》一文，一面发挥梁启超的小说观，一面有所深入，如指出创作小说的五易五难说：写小人易，写君子难；写小事易，写大事难；写贫贱易，写富贵难；写真事易，写家事难；叙实事易，叙议论难等。① 这确是抓住了小说创作的某些特征，同时在某种意义上又预示了梁启超宣传的政治小说发展中的难处。在 1903 年的《新小说》上，狄葆贤发表了《论文学上小说之位置》一文，就梁启超提出的小说的二德说（指梁启超说的小说能导人游于他境界，在抒情状物方面可和盘托出，彻底而发露之）、四力说，进行了补充。认为小说之妙谛还在于"对待之性质"，即简与繁、古与今、蓄与泄、雅与俗、实与虚等，小说描写可就这些方面曲尽其妙，并引梁启超的话，认为小说可以促使俗语文体之流行，此乃文学进步之关键。

梁启超的文论，如前所说，有传统诗论，但是提倡新文学的理论，则是一种真正现代意义上的文论，它所使用的话语，较之传统诗论，发生了革命性的变革。它所输入、使用的文论话语，大致有"国民""诗界革命""小说界革命""文界革命""新文体""新小说""写实派""理想派""浪漫派""情感说"，在后期其他论文中输入的有"象征派""浪漫境界""人生观""想象力""幻想""求真美""文学的本质和作用"等，此外还有与传统文论有着联系的"熏、浸、刺、提""境界""趣味"等，构成一种新型的政教型文论话语系统。

如果说，梁启超由政治批判、政治改良而走向学术、创作，而形成了政教型的文学观，那么稍后的王国维则是从哲学、学术批判入手，建立了一种批判政教型文学观并与之相对峙的文学观，即形式上的无功利说的文学观。这一文学观吸取了当时最新的西方哲学思想，突出了文学的自律性特征，背离了我国原有传统的文学观，显示了我国 20 世纪文学理论的另一个源头，另一条发展线索，同时也成为我国 20 世纪文学观念论争的起始。

---

① 夏曾佑：《小说原理》，原载《绣像小说》第三期，见阿英编《晚清文学丛钞》，中华书局 1960 年版。

一 自律与他律

先看他的学术思想。王国维青年时期在上海时接触了德国哲学，十分迷恋康德、叔本华、尼采的思想，并想从事哲学的研究，后来又转到文学、美学方面的探讨的。学术的现代性的反思与批判，使他的思想获得一种专业性知识。他认为旧时儒家抱残守缺，无创造之思想，学术停滞；而佛教东传，激活了我国思想界，学者见之，如饥者得食，渴者得饮，"担簦访道者，接武于葱岭之道，翻经译论者，云集于南北之都，自六朝至于唐室，而佛陀之教极千古之盛矣。此为吾国思想受动之时代。然当是时，吾国固有之思想与印度之思想并行而不相化合，至宋儒出而一调和之，此又由受动之时代出而稍带能动之性质者也。自宋以后以至本朝，思想之停滞略同于两汉，至今日而第二之佛教又见告矣，西洋之思想是也。"王国维把当代西学东渐比作过去佛学的传入，而激活了我国文化之创造，应该说他的这一见识是十分进步的。他以为过去传入的西学，多为形而下之学，而少有形而上学。就哲学而论，他说大学里分科不设哲学，士人谈论哲学，视为异端，政治上之骚动，疑为西洋思想所致。王国维看到，国家虽然有别，但知力人人之所同有，宇宙人生之问题，人人之所不得解，唯有通过哲学学术之探索而求解决。因此他批评康有为的著述，"其震人耳目之处，在脱数千年思想之束缚，而易之以西洋已失势力之迷信，此其学问上之事业不得不与其政治上之企图同归于失败者也。然康氏之于学术非有固有之兴味，不过以之政治上之手段"。至于人们读谭嗣同，"其兴味不在此等幼稚之形而上学，而在其政治上的意见。谭氏此书之目的，亦在此而不在彼，固与南海氏同也"。

在王国维看来，学术之争论，只有是非真伪之别，所以应把学术视为目的，而非手段。"故欲学术之发达，必视学术为目的，而不视为手段而后可"；"学术之发达，存于其独立而已"，所以"一面当破中外之见，而一面毋以为政论之手段"。涉及当时之文学，在他看来，"亦不重文学自己的价值，而唯视为政治教育之手段，与哲学无异"①。王

---

① 王国维：《论近年之学术界》，《王国维文学美学论著集》，北岳文艺出版社1987年版，第106、109、110页。

维对于当时学术所做的批判,如学术不能停留在形而下的层面,而应走向形而上的研究,探讨人们生存深感困惑的东西;要求学术自主等,都有见地。但是也应看到,他所说的学术必须离开政治,就其举例来说,实际是指向当时改良派的进步政治的要求,而对于清廷的腐败政治,却不置一字,明显地显示了其思想保守、落后的一面,潜伏着他后来的死因。他排斥形而下之真,而崇尚形而上之真,也是相当片面的。

经过德国哲学、美学的一番洗礼,王国维把其思想融会于中国文学、美学研究,提出了与传统诗学大相径庭、与梁启超的政教型文学观大异其趣的新的文学、美学观。在《文学小言》一文中,王国维接受了席勒、康德、叔本华等人的文学、美学的"游戏说":

> 文学者,游戏的事业也。人之势力用于生存竞争而有余,于是发而为游戏。①

在《人间嗜好之研究》一文中,认为"文学美术亦不过成人之精神的游戏"②。而游戏非关实利,文学则是"可爱玩而不可利用者"③。美在自身,而不在其外。这种文学美学观念,毫无疑问,吸取了席勒、康德、叔本华等人的思想的,强调了文学的审美特性,非关功利性的一面,"游戏""消遣"的一面。

王国维的这种文学观,集中地表现于他的关于屈原、《红楼梦》的评论中,并且尤其突出了叔本华的美学思想。王国维提出文学是表现人生的,他说,"诗歌者,描写人生者也";或是"描写自然及人生";再进一步,

> 诗之为道,既以描写人生为事,而人生者,非孤立之生活,

---

① 王国维:《文学小言》,《王国维文学美学论著集》,北岳文艺出版社1987年版,第24页。
② 王国维:《人间嗜好之研究》,《王国维文学美学论著集》,北岳文艺出版社1987年版,第45页。
③ 王国维:《古雅在美学上之位置》,《王国维文学美学论著集》,北岳文艺出版社1987年版,第37页。

而在家族、国家及社会中之生活也。①

在这里，王国维所谓的"人生"，既是个人的，亦是家庭、社会、国家的，乃至人性关系，即所谓"夫美术之所写者，非个人之性质，而人类全体之性质也"。王国维从叔本华的哲学、美学观出发，认为人的生活本质不过是一种"欲"的表现而已。但是生活一旦成为一种欲望表现，则：

> 欲之为性无厌，而其原生于不足。不足之状态，痛苦是也。既偿一欲，则此欲以终。然欲之被偿者一，而不偿者什佰。一欲既终，他欲随之。故究竟之慰藉，终不可得也。

即使各种欲望得到满足，到时又会萌生倦厌之心。

> 于是吾人自己之生活，若负之而不胜其重。故人生者，如钟表之摆，实往复于痛苦与倦厌之间者也。

人们即使获得快乐，也会愈感痛苦之深。

> 人生之痛苦，既无以逾于生活，而生活之性质，又不外乎痛苦，故欲与生活，与痛苦，三者一而已矣。②

这样，我们看到，王国维所说的人生、生活，实为人之不能满足之欲望，而不能满足的欲望产生痛苦。生活、欲望、痛苦，三者互通，无从超越，构成生之悲剧。文学何为？王国维认为，文学在于表现这种生活、欲望、痛苦，而且还在于解脱这种痛苦，使人从悲剧中

---

① 王国维：《屈子文学之精神》，《王国维文学美学论著集》，北岳文艺出版社1987年版，第31页。

② 王国维：《红楼梦评论》，《王国维文学美学论著集》，北岳文艺出版社1987年版，第2页。

解脱出来。他说：

> 吾人之知识与实践之二方面无往而不与生活之欲相关系，即与痛苦相关系。有兹一物焉，使吾人超然于利害之外，而忘物与我之关系。此时也……物之能使吾人超然于利害之外者，必其物之于吾人无利害关系而后可，易言以明之，必其物非实物而后可。然则，非美术何足以当之乎？

在关于《红楼梦》的评论中，王国维实际上就文学与生活、人生、国民、政治、历史等问题和梁启超争辩着。王国维认为《红楼梦》一书，在于表现了一种人生的悲剧，一种厌世解脱的精神，而且十分重要的是，在于它是生活自身的演变。"实示此生活此痛苦由于自造，又示其解脱之道，不可不由自己求知者也"，与悲剧的伦理的"净化"作用相合，故其解脱是"自律的"。因之，《红楼梦》是"哲学的""宇宙的""文学的"。王国维引进了叔本华的悲剧思想，在文学的样式中，特别推重悲剧，认为悲剧处于文学样式的最高层。

> 美术之务，在描写人生之痛苦与其解脱之道而使吾侪冯生之徒，于此桎梏之世界中，离此生活之欲之争斗，而得其暂时之平和，此一切美术之目的也。

在这点上，他认为《红楼梦》较之歌德的《浮士德》，同样都描写了人的痛苦与解脱，故其成就不在其下。他认为在中国文学中，《桃花扇》与《红楼梦》都表现了厌世解脱之精神，但在他看来，《桃花扇》之解脱，非真解脱；

> 故《桃花扇》之解脱，他律的也；而《红楼梦》之解脱，自律的也。[①]

[①] 王国维：《红楼梦评论》，《王国维文学美学论著集》，北岳文艺出版社1987年版，第7、8、10、9页。

主要是因为《桃花扇》借侯、李之事，写故国之戚，而非纯粹描写人生为事，所以是"政治的""国民的""历史的"。当然，王国维的"自律"说，实际上是服从于所谓"厌世""解脱"的，以为这才是"人生"，而一旦作品涉及政治、历史、国民，就非纯粹的人生，是属于所谓"他律"的了，这当然是康德美学影响的结果。但是，他首次在文学理论中移入了"自律"与"他律"的问题，后世围绕这一文学"自律"与"他律"的关系，竟是自觉或是不自觉地论争了一百来年。当然我们应该看到，不同时期的论争是赋予了"自律"与"他律"以不同的内涵的。

王国维在德国美学思想影响下提出的文学"游戏说""悲剧说"，触动了我国原有的政教型的传统文学观，同时和当时改变了方向、服务于政治改良的政教型文学观也判然有别，显示了文学艺术的独立与自主。他认为文学与政治应该分开，但是由于过去我国的文学家包括哲学家在内，无不以兼做政治家为荣，所以往往使他们的创作从属于政治，诗人文士往往"多托于忠君爱国劝善惩恶之意，以自解免，而纯粹美术上之著述，往往受世之迫害而无人为之昭雪者也。此亦我国哲学美术不发达之一原因也"。他认为，这样哲学家与美学家就"忘其神圣之位置与独立之价值"，并告诫说：

> 若夫忘哲学美术之神圣，而以为道德政治之手段者，正使其著作无价值者也。①

王国维在20世纪初就标举文学、哲学的独立，表述了它们的自主意识与要求，这在当时确是难能可贵，在学界简直是空谷足音了。在文学作品的评价上，王国维以叔本华的人生悲剧说作为价值取向，来反对文学的道德、政治评价的传统说，判定后者无视文学艺术独立之价值，这种理论自然使人耳目为之一新。因此他关于《红楼梦》的

---

① 王国维：《论哲学家与美术家之天职》，《王国维文学美学论著集》，北岳文艺出版社1987年版，第35、36页。

评价，就与梁启超的评价迥然不同。当然他的文学观念，并非无懈可击，对他的有关人生、欲望、痛苦、解脱之说，我们也不必完全表示同意，像他那样来理解人生与艺术，也只是部分地合乎文学艺术创作的事实；他把文学与政治、道德绝然分开，也极端片面。同时他所提出的文学的"自律"与"他律"，并以此来区分文学作品品位的高低上下，也多有偏颇。但是就文学观念的现代性而论，无疑是显示了当时所能达到的高度的。比如，在西方文学理论中，要求文学研究向内转，标榜文学的自律，较早的是美国的一位新批评家爵·斯宾根在1910年的文章中提出来的，但真正发表理有论见解的，则是俄国形式主义理论家什克洛夫斯基于1914年的《语词的复苏》一文。应该说，王国维的有关文学的自律观念的论述，比起欧美学者的理论要早整整10年。陈寅恪曾著文谈及王国维治学有三个方面的贡献，其中之一是，

> 取外来之观念，与固有的材料互相参证。凡属于文艺批评及小说戏曲之作，如红楼梦评论及宋元戏曲考唐宋大曲考等是也。

又说，这些著作：

> 足以转移一时之风气，而示来者以轨则。①

应当说，这一评价是十分得体的。但是，他的文学内在论与文学游戏、文学悲剧观相结合成的企图远离政治、道德的纯文学观，离开汹涌的社会潮流太远，更未能触动、改变他的保守、落后的政治观，以致当矛盾激化起来，只好投湖自沉了。

新的思想的输入，使话语发生了变化。如果说梁启超等人提倡文学革命，使话语出现了向白话文体的重大转折，那么王国维在输入外

---

① 陈寅恪：《王静安先生遗书序》，《陈寅恪史学论文选集》，上海古籍出版社1992年版，第501页。

国学术思想中肯定了学术话语更新的必要性。他的《论新学语之输入》一文，一面提出了中外思想方式的差别，一面则认为，"言语者，思想之代表也，故新思想只输入即新言语输入之意味也"。当时日本所造译西语之汉文，曾被大力引进，好奇者滥用之，泥古者唾弃之，他认为二者皆非。

> 夫普通之文字中，固无事于新奇之语也，至于讲一学，治一艺，则非增新语不可。①

应该说，这些看法，对于今天来说，仍有其积极意义。我粗略统计，王国维当时引进并使用了大致如下一些美学、文学术语，其中有的是他自己创造的，少量出自对传统美学观念的转化，有："美学""美术""艺术""纯文学""纯粹美术""艺术之美""自然之美""优美""古雅""宏壮""美雅""高尚"；"感情""想象""形式""抒情""叙事"；"悲剧""欲望""游戏""消遣""发泄""解脱""能动"与"受动""目的""手段""价值""独立之价值""他律""自律"；"天才""超人""直观""顿悟""创造"；此外还有如"世界""自然""现象""意志""人生主观""人生客观""自然主义""实践理性"以及"境界""隔与不隔"等。这些术语，作为强调自律的文学观念话语系统，竟是流传至今，成为当代美学、文学理论所经常使用的基本术语，自然，也成了我国现代文论的组成部分。

黄人与徐念慈的文学观大抵介于梁启超与王国维的文学观念之间，并与他们进行论争。他们与梁启超、王国维不同，都倾向于革命，但都认为梁启超把文学、小说的作用夸大了。黄人说"昔之视小说也太轻，而今之视小说又太重也"，使小说成了"国家之法典，宗教之圣经，学校之课本，家庭社会之标准方式"，使国之文明，成了

---

① 王国维：《论新学语之输入》，《王国维文学美学论著集》，北岳文艺出版社1987年版，第112页。

"小说之文明"。小说的影响、作用极大,但小说的实质是"文学之倾于美的方面之一种","微论小说,文学之有高格可循者,一属于审美之情操"①。如果小说不屑为美,只在于立诚明善,则不过一无价值之讲义,不规则之格言而已。徐念慈在《余之小说观》一文中,同样谈到过去冬烘学究把小说视为"鸩毒霉菌","今近译籍稗贩,所谓风俗改良,国民进化,咸惟小说是赖,又不免誉之失当"。同时该文进一步就"文学与人生"的关系,与梁、王二人论争,认为:

> 小说固不足生社会,而惟有社会始成小说者也。社会之前途无他,一为势力之发展,一为欲望之膨胀。小说者,适用此二者之目的,以人生之起居动作,离合悲欢,铺张其形式,而其精神湛结处,决不能越乎此二者之范。故为小说与人生,不能沟而分之,即谓小说与人生,不能阙其偏端,以致仅有事迹,而失其记载。②

随后作者讨论了著作小说与翻译小说出版不成比例的问题,小说形式,小说题名,小说趋向,文言小说与白话小说,小说定价等。特别是最后谈到今后小说的改良,包括"形式""体裁""文字""旨趣""价值"等方面,要符合社会之心理。徐念慈的理论的一个重要特征,就是他介绍了德国理想美学和感情美学的理论。指出小说艺术特征,在于一,"满足吾人之美的欲望,而使无遗憾者也",圆满而"合于理性之自然"。二,美之究竟"在具象理想,不在于抽象理想","美之究竟,与小说固适合也"。三,能引起"美之快感"。四,"形象性"特征。五,美的"理想化"③特征等。

---

① 黄人:《〈小说林〉发刊词》,《中国历代文论选》第4册,上海古籍出版社1980年版,第246、247页。
② 徐念慈(觉我):《余之小说观》,阿英编《晚清文学丛钞·小说戏曲研究卷》,中华书店1960年版,第42—43页。
③ 徐念慈:《〈小说林〉缘起》,阿英编《晚清文学钞·小说戏曲研究卷》,中华书局1960年版,第157、158页。

应该看到，两人关于小说的论述，也可看作是对于梁启超、王国维不同文学思想论争的介入。它们不同意梁启超把文学特别是小说的作用看得过重，进行了批评；同时有关小说与人生的关系，也显然不同于王国维的说法，在生活内涵的阐释上，与王国维的观点不尽一致。无疑，黄、徐二人的观点，较之王国维所说的人生内容要宽阔得多，在这里王国维完全陷入叔本华的人生的悲剧观里了。特别值得一提的是，王徐二人的文学观触及了文学艺术的根本特性，即"审美"，同时又认为文学是具有社会功利性的一面的。如果说梁启超受到日本的启蒙思想、新民思想的影响而强调文学的社会作用说，王国维从叔本华的美学思想来评论我国的小说，则徐念慈是从黑格尔和感情美学的观点来解释小说艺术特征的，更为符合文学特征，这在当时是具有较高的学术价值的。但是，有关"形式""体裁"等问题，他们未能进一步展开。

在他们的论文里，也介绍并引进了不少新的术语，如"审美""具象理想""理想化""形象性""美之快感""形式""体裁""价值"等，其中一些用语，虽然与梁、王二人的术语互有交叉，但无疑进一步丰富了他们二人的文学理论的话语系统的。其中关于"审美"一语，大概这时是最早使用的。

王钟麒（天僇生）的小说观另具特征，他不同意梁启超把中国自己的小说贬得一无是处，认为中国小说的作者，"皆贤人君子，穷而在下，有所不能言、不敢言、而又不忍不言者，则姑婉笃诡谲以言之"。指出先人所以作小说，一曰："愤政治之压制"，写小说，"以抒其愤"。二是"痛社会之浑浊"，于是在小说中"以寄其愤"，如《红楼梦》《儒林外史》等作者，"皆深极哀痛，血透纸背而成者也。其源出于太史公诸传"。三是"哀婚姻之不自由"。这些观点，极为深刻地说出了我国优秀小说创作的动因，并且对我国古典小说做了高度的评价。认为把红楼、水浒看作是海淫海盗之作，乃是"不善读小说之过也"，而后又将改良社会以写新小说为前驱，此风一开，于是小说泛滥，效果莫可一睹，"此不善作小说之过也"①。

此外，那时鲁迅不仅翻译外国小说，而且还研究外国文学思潮。他的论文《摩罗诗力说》，充满激情地评价、宣传了外国文学中富于反抗精神的积极浪漫主义思潮。这一思想无疑受到时政和当时国内外文学思潮的巨大影响，以致要使他弃医从文。但是也正是在这篇论文中，鲁迅提出：

> 由纯文学上言之，则以一切美学之本质，皆在使观听之人，为之兴感怡悦。文章为美术之一，质当亦然，与个人暨邦国之存，无所系属，实利离尽，究理弗存。

究其原因，文章"益智不如史乘，诚人不如格言，致富不如工商，弋功名不如卒业之券"。接着他引证英国学者的思想，认为人们又乐于观诵文章，如游大海，神质悉移，元气体力，为之徒增。所以文章之于人生，其作用绝不次于衣食，宫室，宗教，道德。

> 盖缘人在两间，必有时自觉以勤劬，有时丧我而惝恍，时必致力于善生，时必并忘其善生之事而入于醇乐，时或活动于现实之区，时或神驰于理想之域；苟致力于其偏，是谓之不具足。严冬永留，春气不至，生其躯壳，死其精魂，其人虽生，而人生之道失。文章不用之用，其在斯乎？涵养人之神思，即文章之职与用也。②

十分明显，鲁迅的"纯文学"观，较之王国维的纯文学观是有很大不同的。以"人生"为例，它不是将文学引向王国维的人生悲剧的情结，而是为了涵养人之神思，人之精魂。他所提出的文学的"不用

---

① 王钟麒：《中国历代小说史论》《论小说与改良社会之关系》，见阿英编《晚清文学丛钞·小说戏曲研究卷》，中华书局1960年版，第35、36、37、38页。
② 鲁迅：《摩罗诗力说》，《鲁迅全集》第1卷，人民文学出版社1956年版，第202、203页。

之用",极具辩证的理论深度。人有物质与精神的两方面的需求,缺一不可。文学不具实利的功能,不能用以吃喝、穿着,谓之无用或谓不用,但于人的精神涵养不可缺失,谓用与有用。这一观点,自然也不同于梁启超的功利主义的文学观。当然,也要看到,后期的鲁迅的文学观是有所变化的。

文学观念的现代性,也表现在戏曲方面的革新,并且很为突出。20世纪初,改良派不仅在张扬小说救国方面身体力行,而且也注意到了戏曲的作用。1904年,蒋观云在《中国之演剧界》一文中说到,外国人认为中国戏剧之演出,有如儿戏,同时有喜剧而无悲剧,而外国则崇尚悲剧,并引拿破仑言,悲剧"能鼓励人之精神,高尚人之性质,而能使人学为伟大之人物者也";又说:"夫剧界多悲剧,故能为社会造福,社会所以有庆剧者也;剧界多喜剧,故能为社会种孽,社会所以有惨剧者也。"① 作者认为戏剧如要有益人心,必以悲剧为主。这种戏剧观,功利性很强,合乎当时潮流。有人则提出,开智普及之法,首以改良戏本为先;也有探讨古代诗乐变迁与戏曲的关系的。

1905年,三爱(陈独秀)发表《论戏曲》一文,阐述了戏曲的感化作用,提出了改良戏曲的要求,如要提倡有益于风化的戏,插入可以长人见识的演说,采用新的声光手法,不演神仙鬼怪之戏,不演淫戏,除去富贵功名之俗套等,这样,戏院可成为"普天下之大学堂"。这使我国原有的戏剧观为之一改,向现代化迈进了一大步。更值一提的是,他认为要提高优伶、戏子的地位;认为今之戏曲,即古之乐,古代圣贤皆习音律。"我中国以演戏为贱业,不许与常人平等,泰西各国则反是,以优伶与文人学士等同",而"优伶者,实为普天下之大教师也"②。自然,这是一改演员低贱地位的民主的开明思想的表现了。

文学理论的现代性,自应包容通俗文学的崛起的涵义。通俗文学的大量出现,猛烈地冲击了旧文学观。这里说的通俗文学,是指兴起

---

① 蒋观云:《中国之演剧界》,《新民丛报》1904年第17期,见阿英编《晚清文学丛钞·小说戏曲研究卷》,中华书局1960年版,第50、51页。
② 三爱:《论戏曲》,《新小说》第2卷第2期,见阿英编《晚清文学丛钞·小说戏曲研究卷》,中华书局1960年版,第54、53页。

于 20 世纪初的通俗文学。读者决定文学创作的需求,通俗文学的出现与大规模的流行,是与 20 世纪初我国大城市的迅速发展与广大市民阶层的出现分不开的。处于半殖民地的上海这样的大城市,实际上是一个国际性的大都会。工商业发达,经营者来自四面八方,带来了各地的文化因素,但很快地融入了都市生活文化,组成了一个广泛的市民阶层。他们在文化趣味上虽有差异,但在表现城市生活,反映他们的精神需求上却是一致的。同时由于商品市场的发展,印刷事业的发达,于是就有了通俗文学的快速流行。通俗文学的重要特征,一是它的消遣性、趣味性。消遣性、趣味性,就是娱乐性,所谓"美人颜色,名士文章",这是当时文人的趣味,也反映了文学的根本特性的一个方面。二是它的商品性,即一开始它就是作为商品交换、金钱买卖的产物。它适应市民的需求,由熟悉城市生活的文人创作,通过发达起来的印刷出版,迅速投放市场,成为商品,行销各个城市。出现了一批报人、作者,他们看准市民需求,市场行情,努力写作,凭此获得稿酬,以敷生活之用。

如前所说,王国维在评论《红楼梦》时,引入了德国美学中的"游戏说",强调艺术创作有如成人过剩的精力发泄,一种精神游戏,它的非功利性。在我国,这种观念十分明显地表现了文学摆脱长时间统治的"文以载道""兴国大业"的现代趋向,显示了哲理的形而上性质。

那么另一种"游戏说",早在王国维的《红楼梦评论》之前好几年就流行开了。1897 年,李伯元在当年创办的《游戏报》的《告白》中,就谈到办报的宗旨是:

> 以诙谐之笔,写游戏之文;遣词必新,命题皆偶。上自列帮政治,下逮风土人情;问则论辩、传记、碑志、歌颂、诗赋、词曲、演义、小唱之属,以及楹对、诗钟、灯虎、酒令之制;人则士农工贾,强弱老幼,远人逋客,匪徒奸宄,娼优下贱之俦,旁及神仙鬼怪之事,莫不描摹尽致,寓意劝惩。[①]

---

① 《游戏报·告白》,见《游戏报》光绪二十三年(1897 年 6 月 24 日)。

这种游戏说，意在娱乐、休闲、消遣，同时寓教于乐、劝善惩恶，明显地表现了市民需求的功利性及其形而下的一面。

19世纪下半期，通俗读物、弹词长篇、社会言情小说、狭邪小说、探案小说、侠义小说，已相当流行。19世纪末20世纪初，在梁启超等人的文学革命的鼓吹下，竟在我国形成了一个小说创作的高潮。小说高潮的掀起，极大地改变了原有的文学观，使得小说创作成了文学的主潮。其实，梁启超式的政治小说，由于其理论自身的缺点与创作上的局限，行之不远，倒是在这一时候，流行起了谴责小说，随后是黑幕小说、言情小说，它们进一步被通俗化了。此外还有相当数量的爱国主义诗作刊出。

刊载通俗小说的刊物如雨后春笋，各种题材的小说风行起来，广为流传，绵延几十年，这与当时报业、出版业的急速发展相关。同时从当时的刊物名称、宗旨看，可以见到市民阶层对通俗文学的大量需求与特色。如1897年有《游戏报》，后人誉为"方朔诙谐，淳于嘲谑，实开后来各小报之先声"[1]，有《海上繁华报》《笑报》《消闲报》等；1898年有《笑笑报》等；1899年有《通俗报》等，1900年有《奇新报》等；1901年有《世界繁华报》《笑林报》等；1902年有《新小说》《飞报》等；1903年有《绣像小说》《中国白话报》《花世界》等；1904年有戏剧月刊《20世纪大舞台》等；1905年有《娱闲日报》等；1906年有《游戏世界》《月月小说》等；1907年有《小说月报》《小说林》《中外小说林》等。1910年有《小说月报》《上海白话报》等；1911年有《妇女时报》等；1913年则有《游戏杂志》《自由杂志》等；1914年则有《礼拜六》《小说丛报》《香艳杂志》《上海滩》等；1915至1921年间，则有《小说海》《妇女杂志》《消闲钟》《小说新报》《游戏新报》《游戏世界》[2]等。这些报纸刊载的内容，涉及社会时政、民族主义、科学艺文、历史演义、神怪野史、传记逸闻、革命兴亡、官场黑幕、探案嬉谈、帮会妓院、才

---

[1] 见《20世纪中国小说理论资料》第1卷，北京大学出版社1989年版，第489页。
[2] 参阅范伯群主编的《中国近现代通俗文学史》，下卷，江苏教育出版社2000年版。

子佳人、飞仙剑侠，等等。从这些题材广泛的小说创作中，供人游戏、娱乐、休闲已成为小说创作的主导风尚。

在1913年的《游戏杂志》的创刊号上，创办人在《序言》中说：

> 不世之勋，一游戏之事业也，万国来朝，一游戏之场也……故作者以游戏之手段，作此杂志，读者亦宜以游戏之眼光读此杂志。①

这里，出版人把游戏、娱乐与创办游戏杂志和仪式、国事并提，世界不过是游戏之场，万事都为游戏，它们都是不世之勋，这自然是一种玩世、夸张之言了。这里所针对的读者群，似乎比较宽泛。1914年创刊的《礼拜六》，主编王钝根在其创刊号上的《出版赘言》称：

> 倦游归斋，挑灯展卷，或于良友抵掌评论，或伴爱妻并肩互读，意兴稍阑，则以其余留于明日读之。晴曦照窗，花香入坐，一编在手，万虑都忘，劳瘁一周，安闲此日，不亦快哉！②

这里描绘的读者，应该都是在城市里有份体面工作的人，如政府、银行职员、学校教员，各种有较高收入的行当，如商界、企业、交通、邮政的职员。至于一般的普通人，他们哪有礼拜六、礼拜一之分！所以它比较典型地反映了较为上层的市民阶层的趣味的。十分明显，这是一种消闲性的文学观念，极大地发挥了文学的根本功能中的娱乐、休闲的特征。十分有意思的是，在为娱乐、消闲的写作中，王钟麒倒是看到了在市场经济下这种文学的局限方面。他说：现在写书的：

> 不曰：吾若何而后警醒国民？若何而后裨益社会？而曰：吾

---

① 《游戏杂志·序言》，见《游戏杂志》创刊号，1913年6月第1期。
② 《礼拜六·出版赘言》，见《礼拜六》1914年6月6日第1期。

若何可以投时好？若何可以得重赀？①

倒也是一针见血的。

在这一时期的所谓"新小说"的发展中，外国文学的广为传播、中外文学的相互交流与初步的研究，起着极为重要的作用。从当时的"新小说"和外国作品的关系来说，两者几乎是同时出现的，外国文学作品的介绍与出版，成了"新小说"创作的一个参照系。鸦片之战后，中国文人以为中国之失败，主要在于船坚炮利不如外国，所以努力学习外国的军事、机械设备。其后发现制度、政治的积弊，于是提倡政治改良运动，在文学成就方面，则仍以老大自居。及至那些在外国做过考察的官员、精通外语的文人，看到了外国还有发达的文化与文学，才认识到了外国文学的长处，于是大力宣传，进行移译，并将本国文学与之比较研究。外国文学在我国的传播与理论上的介绍，这两个方面，同样深刻地影响了我国固有的文学观念。

从近代翻译作品来看，外国文学从19世纪70年代就有中译问世。有的学者将"五四"前的翻译文学划为三期，前期为1870—1894年，为萌发期；中期为1895—1906年，为发展期；后期为1907—1919年，为繁盛期，这大体是恰当的。②

19世纪末，梁启超就曾说过要把译书作为"强国第一义"。从这种政治观念出发，于是在1898年流亡日本时，翻译了日本的政治小说《佳人奇遇》。几乎与此同时，翻译作品有《巴黎茶花女遗事》《黑奴吁天录》《迦因小传》《八十日环游记》《月界旅行》《俄国情史》《惨世界》《金银岛》等不断问世。而且1906年前，翻译作品的数量多于我国作家自行创作的作品。除了少数人如严复、林纾译文受到推重，但译文本身问题极多，如译者误读、误解、误译较多，随便删节，译述并用，译音不准，译名混乱，今天读者已难以卒读。后期

---

① 王钟麒：《论小说与改良社会之关系》，见阿英编《晚清文学丛钞·小说戏曲卷》，中华书局1960年版，第38页。

② 见郭延礼《中国近代文学翻译概论》，湖北教育出版社1998年版，第22—43页。

翻译文学大有变化,外国主要国家的优秀作品,包括一些弱小国家,几乎都有译本,翻译水平大有提高,翻译作品的各种体裁兼备,由于大都为外国文学名著,所以较好地表现了西方的文学精神,并影响了我国的文学观念。

那么西方的文学精神是什么呢?是反抗民族压迫的爱国主义思想,如《黑奴吁天录》,林纾在其序、跋中,介绍了小说的精神,抨击了白人对黑人的残酷奴役,以及华人劳工在美国所受之压迫与遭受的不公正待遇。同时提倡民主、自由、科学的反封建的启蒙思想,反对门阀、等级制度,提倡自由爱情的思想。林纾自称在翻译《茶花女遗事》时,"掷笔哭者三数",小说出版后,在我国影响极大,被誉为外国的《红楼梦》。多样的文学形式的自由的审美创造,如贴近生活的多种小说叙事形式,诗歌的自由体裁,短篇小说的多种体裁,散文诗形式,科幻、探案体裁,话剧形式等,这种种方面,形成了一股强大的启蒙文学的思潮,不少读者特别是知识分子,对那些进步的作品反映强烈,看到黑人的悲惨生活,同时也看到自己在列强暴政、暴力下的可悲命运,从而被激发出强烈的反抗愿望。这一切深刻地酝酿了 20 世纪初的我国文学观念的变化。

在促进文学观念的变化中,中外文学的交流、研究,也是一个重要环节。比如 19 世纪末,学者、诗人如陈寄同,通晓多种外语,利用旅法职务之便,逐渐进入了法国文学的殿堂。他用法语写作,撰写了《中国人自画像》《中国戏剧》等著作,同时也把《聊斋志异》部分作品译成了法语。对法国文学的深刻了解,使他形成了一个与当时欧洲进步文学观念相呼应的、极为前卫性的"世界的文学"的观念。[①] 他的意思是,不要认为唯有本民族的、我国的文学才是上乘的,外国也有优秀的文学;其次是外国文学中有值得我们学习的东西,所以要大力把它们译介过来;再次是也要把我国的优秀作品介绍出去,参与各国文学相互交流的过程。不过这时人们的主要认识,还停留在如何介绍上,即如何使文学包括译介过来的外国文学作品,为当时的

---

① 参见李华川《"世界文学"概念在中国的发轫》,《光明日报》2002 年 8 月 22 日。

启蒙、时政改革服务。陈寄同的文学观念，即使在现在也是不失其现实意义的。

我们大致在上面粗略地描述了19世纪末到20世纪初，我国文学观念在现代性的策动下的演变，这是一种力图摆脱封建文学观念、建立一种民主文学观念的演变，也是"五四"前夕一种促进文学多元发展的文学观念现代化的首演！

（三）"五四"文学革命时期文学观念之激变，自律与他律之争

打通"五四"前后一段时间，把它视为一个时期的整体，对于讨论这一时期的文学观念的变化，是比较合适的。从上面的论述来看，"五四"新文化运动的发生，是被前几十年社会、政治以及文学本身的激烈变化所准备好的。

"五四"新文化运动是一场广泛的文化革命，这场文化革命的主要角色是文学革命，文学革命中的主导则是文学观念的激变，而文学观念的激变则不断伴随着激烈的论争。

胡适接受了清末民初和西方的启蒙思想，经过长期酝酿和与朋友的切磋，并得到陈独秀的鼓励，于1917年1月的《新青年》发表了《文学改良刍议》。文章提出有名的八不主义，而其宗旨，则以进化论的思想为指导，改革旧文学，提倡新文学，即"活文学"，而"活文学"的中心就是"白话文学"，并断言白话文学"为中国文学之正宗，又为将来文学必用之利器"[①]。接着陈独秀于同年2月发表《文学革命论》，作为响应。陈独秀将改良直接提升到革命，称"文学革命之气运，酝酿已非一日"，文章对"师古""文以载道""代圣贤立言"、明之前后七子、八家文派、桐城派等旧文学思想和代表人物痛加批判，提出"今欲革新政治，势不得不革新盘踞于运用此政治者精神界之文学，使吾人不张目以视世界社会文学之趋势及时代之精神"，

---

① 胡适：《文学改良刍议》，《新青年》1917年1月1日第2卷第5号。

因而主张要推倒"雕琢的阿谀的贵族文学""陈腐的铺张的古典文学"与"迂晦的艰涩的山林文学",代之以"国民文学""写实文学"与"通俗的社会文学",进一步从形式到内容进行文学的革新,张扬了一种新的文学观念。

胡适后来认为,过去的旧文学是"死文字",文学革命的第一步是解决文字的问题。文字与语言的一致,已讨论、实践了几十年。如前所说,先是黄遵宪提出"我手写我口",到民初裘廷梁视"白话为维新之本",指出中国有文字而未成智国,民识字而未成智民,何故?文言危害使然。"愚天下之具,莫文言若;智天下之具,莫白话若。""文言兴而后实学废,白话行而后实学兴;实学不兴,是谓无民。"①裘廷梁极力主张以白话替代文言,以兴实学,尚停留在有利于民智的开发方面。此后十多年间,白话报纸、白话杂志、白话小说与戏剧流行开来,文字虽然带有过渡期性质,但由于书报刊物的普及,白话写作已形成燎原之势,不可遏止。因此当胡适他们提倡以白话文替代文言文,历数其罪状,把文言文宣布为承载旧思想的"死文字"并把白话文学奉为文学正宗,并"以施耐庵,曹雪芹,吴趼人为文学正宗",而陈独秀则坚决认为:"改良中国文学当以白话为正宗之说,其是非甚明,必不容反对者有讨论之余地",也已是水到渠成,形成摧枯拉朽之势,并且真正打到了"死文字"的要害之处。旧的保守营垒,已如穿堂大院,使得革新势力可以长驱直入,守旧派在论争中已经无法设防抵御,简直是一触即溃。在稍后的《建设的革命文学论》一文中,胡适进一步把"国语的文学——文学的国语"视为文学革命的首项任务,即把白话视为中国的"文学的国语"。并提出了实现这一主张的措施。在这一思想的指导下,确立过去的不登大雅之堂的优秀白话小说为文学的主导,这是文学观念的一个激变。但是,这样一来,胡适把大量优秀的古典文学,良莠不分,都当作"死文字""死文学"来处理了。

---

① 裘廷梁:《论白话为维新之本》,《中国历代文论选》第4册,上海古籍出版社1980年版,第168、172页。

一 自律与他律

"五四"时期在文学观念上获得发展与进一步阐释的,是"人的文学"的提出。后来胡适在回顾新文学运动时撰有《新文学的建设理论》一文,他谈到新文学运动的酝酿期,提出这一时期的理论:

> 我们的中心理论只有两个:一是我们要建立一种"活的文学",一个是我们建立一种"人的文学"。前一个理论是文字工具的革新,后一种是文学内容的革新。中国新文学运动的一切理论都可以包括在这两个中心思想的里面。①

1918年12月,周作人发表《人的文学》一文,提出以"人的文学""反对非人的文学"。周作人的关于人的文学的思想来自日本的文学团体"白桦派"的启蒙思想。该文发表前后,周作人大量介绍过"白桦派"的武者小路实笃的思想。武者小路曾经建立"新村",实施所谓"新村理想"。在这个"新村"里,人们集体劳动,平均分配,贫富平等。人不仅有物质的需求,同时也有精神的需求,人是灵肉一致的人,人的核心思想是"人性",相信人的一切生活本能,都是美的、善的,应当得到完全满足。凡是违反人性的不自然的习惯与制度,都应予排斥、改正,也即追求个性的自由发展,同时又改善、协调、完美人与人的关系。按照武者小路实笃说法,个人的地位就是:"我在信任他人的主观之前,首先要遵信我自己的主观。""对我来说,没有在自我之上的权威。""只有通过个性,人才有自身存在的价值","把个性视为外物的人没有尊严"②。周作人则说:"我所说的人道主义,是从个人做起。要讲人道,爱人类,便须先使自己有人的资格",但是个人又处在人类中,因此周作人说:人"彼此都是人类却又各自人类的一个",在这个人类中,又必须去爱人类。"人爱人类,就只为人类中有了我,与我相关的缘故",所以要爱人类,人应

---

① 胡适:《新文学的建设理论》,《新文学大系导论集》,上海良友复兴图书公司1940年版,第35页。
② 参见张福贵等著《中日近现代文学关系比较研究》,吉林大学出版社1999年版,第145页。该书对周作人与"白桦派"的关系、"人的文学"的思想做了极为详尽的梳理。

是利己而又利他，而利他即是利己。人的物质生活，应该各尽人力所及，取人事所需，而在道德方面，应以爱智信勇为本，"革除一切人道以下或人力以上的因袭的礼法，使人人能享自由真实的幸福生活"。这就是爱人类，自己也在其中的、与"人道主义"相通的"一种个人主义的人间本位主义"了。这就是"人的生活"了，"用这种人道主义为本，对于人生诸问题，加以记录研究的文字，便谓之人的文学"①，这种文学，是主张"人情以内、人力以内"的"人的道德"的文学，既可描写理想生活，也可描绘人的平常生活或非人的生活。这种要求个性解放的人的思想与文学思想，对于要求争脱封建思想束缚的中国人来说，真是一阵隆隆春雷。胡适后来说，这一"'个人主义的人间本位'，也颇能引起一斑青年男女向上的热情，造成一个可以称为'个人解放'的时代"②。

几乎就在同时，周作人又发表了《平民文学》一文，这可以看作对"人的文学"思想的进一步发挥。这篇文章提出了文学艺术的派别，即存在"人生艺术派"和"纯艺术派"问题，两相比较，认为时代要求前者。如何区分两者？周作人认为，"纯艺术派以造成纯粹艺术品为艺术唯一之目的"，如古文的雕章琢句，这是贵族文学，自然，白话也可能写成贵族文学，如过分注意修饰的享乐的游戏的文学。他以为，那种"纯艺术品，不是我们所要求的艺术品"。那么"平民文学"呢？他认为与贵族文学相反，平民文学"是内容充实，就是普遍与真挚两件事"：

> 第一，平民文学应以普通的文体，写普遍的思想与事实。我们不必记英雄豪杰的事业，才子佳人的幸福，只应记载世间普通男女的悲欢成败。因为英雄豪杰才子佳人，是世上不常见的人；普通的男女是大多数，我们也便是其中的一人，所以其事更为

---

① 周作人：《人的文学》，《新青年》第5卷第6号，1918年12月15日。
② 胡适：《新文学的建设理论》，《新文学大系导论集》，上海良友复兴图书公司1940年版，第50页。

普遍。

第二，平民文学应以真挚的文体，记真挚的思想与事实。……平民文学不是专做给平民看的，乃是研究平民生活——人的生活——的文学。他的目的，并非要想将人类的思想趣味，极力按下，同平民一样，乃是想将平民的生活提高，得到适当的一个地位。

在上面两篇文章里，周作人谈到"人的文学"与"非人的文学"的区别，在于前者态度严肃，后者持游戏态度。前者对于非人的生活，怀着悲戚与愤怒，后者则安于非人的生活，对这种生活感到满足，带着玩弄与挑拨的痕迹。他认为有不少章回小说，虽是白话，却都含着游戏的夸张成分，够不上"人的文学""平民文学"的资格。在他列举的小说中，如把色情狂的淫书类、《水浒》、《西游记》、《七侠五义》、《笑林广记》、《聊斋志异》、黑幕小说等并列一起，都算作是妨害人性生长的书，而都予以排斥，这实在是理论上的幼稚病了！

同时，周作人认为，与"纯艺术派"相比，"平民文学"也是讲究艺术的。

但既是文学作品，自然应有艺术的美。只须以真为主，美既杂其中，这便是人生的艺术派的主张，与以美为主的纯艺术派，所以有别。①

但在稍后的一篇演辞里，他对艺术派与人生派的艺术的分析，又进了一步。他指出人生艺术派主张：

艺术有独立的价值，不必与实用有关，可以超越一切功利而存在。艺术家的全心只在制作纯粹的艺术品上不必顾及人世的种种问题。……但在文艺上，重技工而轻情思，妨碍自己表现的目

---

① 周作人：《平民文学》，《每周评论》第5号，1919年1月19日。

的，甚至于以人生为艺术而存在，所以觉得不甚妥当。人生派说艺术要于人生相关，不承认有与人生脱离关系的艺术。这派的流弊，是容易讲到功利里边去，以为文艺为伦理的工具，变成一种坛上的说教。正当的解说，是仍以文艺为究极的目的；……便是著者应当用艺术的方法，表现他对于人生的情思，使读者能得艺术的享乐与人生的解释。这样说来，我们所要求的当然是人的艺术派的文学。①

周作人的"人的文学"与"平民文学"，是对胡适的"国语文学"的重要补充，赋予了文学革命以思想内容，显示了新文学的人道主义的内容与性质，表达了"五四"新文化运动"人的解放"的呼声，因此可以算作"五四"新文学的"人生艺术派"的文学观念的重要的理论建设。

差不多在一年之后，和周作人的"人的文学"观念相呼应，沈雁冰在《现在文学家的责任是什么?》一文中说：

>　　文学是表现人生而作的。文学家所表现的人生，决不是一人一家的人生，乃是一社会一民族的人生。……从这里研究得普遍的弱点，用文字描写出来，这才是表现人生的文学。
>　　积极的责任是欲把德谟克拉西充满在文学界，使文学成为社会化，扫除贵族文学的面目，放出平民文学的精神。下一个字是为人类呼吁的，不是供贵族阶级玩赏的；是"血"和"泪"写成的，不是"浓情"和"艳意"做成的，是人类中少不得的文章，不是茶余酒后消遣的东西。②

沈雁冰的论说，把纯艺术论和文学为人生的两种文学主张做了相当清楚的区别，倾向性十分鲜明。同时，他多次撰文，宣传文学与人

---

① 周作人：《新文学的要求》，1920年1月6日在北平少年学会演讲。
② 雁冰：《现在文学家的责任是什么?》，《东方杂志》第17卷第1期，1920年1月10日。

生的关系，主张"人的文学"与"国民文学"。

1920年初形成并有自己的舆论阵地的"文学研究会"，推举周作人起草了《文学研究会宣言》，发表于1921年1月10日出版的《小说月报》，《宣言》称除了"联络感情""增进知识"外，特别强调了：

> 将文艺当作高兴时的游戏或失意时的消遣的时候，现在已经过去了。我们相信文学是一种工作，而且又是于人生很切要的一种工作；治文学的人也当以这事为他终身的事业，正同劳农一样。①

同一期《小说月报》作为配合，发表了沈雁冰的《〈小说月报〉改革宣言》，通过对于写实主义的提倡、世界文学潮流的介绍，把文学为人生的主张进一步加以具体化。《改革宣言》提出"谋更新而扩充之，将于译述西洋名家小说而外，兼介绍世界文学界潮流之趋向，讨论中国文学革新之方法"，设置各种栏目，虽然提出"对于为艺术的艺术与为人生的艺术，两无所袒"，但明确认为：

> 写实主义文学，最近已见衰歇之象，就世界观之力点言之，似已不应多为介绍；然就国内文学界情形言之，则写实主义之真精神与写实主义之真杰作未尝有其一二，故同人以为写实主义在今日尚有切实介绍之必要；而同时非写实的文学亦应充其量输入。以为进一层之预备。②

《文学研究会宣言》所提出的文学为人生的文学观念，表达了不少人要求改造旧文学的热切的希望。这里要说明的是，后来沈雁冰说，"文学研究会"只是一个松散的联谊性质的团体，成员有着共同

---

① 《文学研究会宣言》，《小说月报》第12卷第1号，1921年1月10日。
② 《〈小说月报〉改革宣言》，《小说月报》第12卷第1号，1921年1月10日。

的意向、趣味，各自发表自己的文章，并无统一的指导。将文艺当作高兴时的游戏或失意时的消遣的时候，现在已过去了这句话，是文学研究会团体中成员的共同的心声，这一态度，"在当时是被理解作'文学应该反映社会的现象，表现并且讨论一些有关人生一般的问题'"①。他那时又说道："'怨以怒'的文学是乱世文学的正宗，而真的文学也只是反映时代的文学……是于人类有关系的文学"，②张扬现实主义的文学观念。

接着郑振铎（西谛）于后撰文提出，所谓文学为人生，就是："我们现在需要血的文学和泪的文学似乎要比'雍容尔雅''吟风啸月'的作品甚些吧：'雍容尔雅''吟风啸月'的作品，诚然有时能以天然美安慰我们的被扰的灵魂与苦闷的心神，然而在此刻到处是榛棘，是悲惨，是枪声炮影的世界上，我们的被扰乱的灵魂与苦闷的心神恐总非他们安慰得了的吧。……然而竟有人能之：满口的纯艺术，剽窃几个新的名词，不断地做白话的鸳鸯蝴蝶式情诗情文，或是唱道着与自然接近，满堆上云、月、树影、山光等字。"③ 同时郑振铎也对游戏文学观进行批判，他在《新文学观的建设》一文中说：中国的传统文学观有"文以载道"派与吟风弄月的娱乐派，认为这两种文学观都必须打破：

> 文学是人生的自然的呼声。人类情绪的流泄于文字中的，不是以传道为目的，更不是以娱乐为目的。而是以真挚的感情来引起读者的同情的。
>
> 文学中也含有哲理，有时也带有教训主义，或宣传一种理想或主义的色彩，但却决不是文学的原始的目的。如以文学为传道之用，则一切文学作品都要消灭了。
>
> 娱乐派的文学观，是使文学堕落，使文学失其天真，使文学

---

① 茅盾：《〈中国新文学大系·小说一集〉导言》，《中国新文学大系导论集》，上海良友复兴图书公司1940年版，第87页。
② 郎损：《社会背景与创作》，《小说月报》第12卷第7号，1921年7月10日。
③ 西谛：《杂谭·血和泪的文学》，《文学旬刊》第6号，1921年6月30日。

陷溺于金钱之阱的重要原因的；传道派的文学观，则是使文学干枯失泽，使文学陷于教训的桎梏中，使文学之树不能充分成长的重要原因。①

在《文学旬刊》第一百期中，西谛说，他们的工作在于团结同行，"要在扑灭盲目的复古运动（指"学衡派"——引者）与以文艺为游戏的《礼拜六》派的工作上合作"②。这样，在20世纪20年代初以娱乐为主的游戏派、唯美派文学观，受到了文学研究会写实主义派的猛烈批判。在创作上，为人生的写实主义派的主张，在当时鲁迅、冰心、庐隐、王统照、叶绍钧、落花生等人作品里，得到了充分的体现，形成了文学中的主潮。自然，在这主潮之外，还有其他方式的创作尝试，显示了当时创作的多样化色彩。

在上面我们已经谈到，周作人的文章在这之前已经几次区分了唯美派与文学为人生派的不同，如1922年初，周作人针对两种文学观又做了进一步的论说：

> "为艺术的艺术"将艺术与人生分离，并且将人生附属于艺术，至于如王尔德的提倡人生之艺术化，固然不很妥当；"为人生的艺术"以艺术附属于人生，将艺术当作改造生活的工具而非终极，也何尝不把艺术与人生分离呢？
>
> 总之艺术是独立的，却又原来是人性的，所以既不必使他隔离人生，又不必使他服侍人生，只任他成为浑然的人生的艺术便好了。"为艺术"派以个人为艺术的工匠，"为人生"派以艺术为人生的仆役；现在却以个人为主人，表现情思而成艺术，即为其生活之一部分，初不为福利他人而作，而他人接触这艺术，得到一种共鸣与感兴，使其精神生活充实而丰富，又即以为实生活

---

① 西谛：《新文学观的建设》，《文学旬刊》第37期，1922年5月11日。
② 西谛：《本刊的回顾和我们今后的希望》，《文学》（原名《文学旬刊》第100期）1923年12月10日。

之基本；这是人生的艺术的要点，有独立的艺术美和无形的功利。……有些人种花聊以消遣，有些人种花志在卖钱；真种花者以种花为其生活，——而花亦未尝不美，未尝于人无益。①

对于周作人上述的话，与前一时期的观点相比，无疑有了一些变化，与他授命起草《文学研究会宣言》中的观点，已有不同。那时所说的艺术为人生，分明说的是文学创作是一种事业，一种工作，而今批评了"为人生"派的文学的功利性，取譬于创作，犹如人以种花为其生活，聊以消遣，而无形的功利就在其中。看来，他后来创作的文字的淡散、消闲特征，于此时的理论文章中已可见其端倪。同时周作人也一贯地批评了"唯美派"将人生附属于艺术的文学主张。这样在"为人生"派里，就出现了不同的声音。

在西欧，唯美派在后来常与颓废派连接一起。"五四"时期，这些理论与浪漫主义一起传入中国。1923 年，弥洒社胡山源发表《宣言》，自称："我们乃是艺文之神；/我们不知自己何自而生，/也不知何为而生；/……我们一切作为只知顺着我们的 Inspiration（灵感）。"② 随后，《弥洒》重申奉行的是"无目的的艺术观不讨论不批评而只发表顺灵感所创造的文艺作品的月刊"（第 1 卷第 2 期扉页）。

创造社早就与文学研究会在文学观念上发生冲突。创造社成员各别，他们在国外接触过古典的浪漫主义和当时盛行的现代主义派别，对国内的黑暗的现实生活极端不满。他们提倡文学表现"我们内心的要求"，"重新创造我们的自我"。这一主张在郭沫若的充满进取、豪放的激情和强烈的反抗精神的诗作中与不少短文中，表现得十分突出。他那时重在以内心为动力和重在内心表现的文学观，重艺术的天才、唯美。成仿吾的《新文学之使命》认为文学"决不是游戏"，但其论说又带有一定的"艺术的艺术"派的色彩，如说：

---

① 周作人：《自己的园地》，《知堂序跋》，岳麓书社1987年版，第6—7页。
② 胡山源：《弥洒临凡曲》，《弥洒》创刊号，1923 年 3 月 15 日。

一 自律与他律

至少我觉得除去一切功利的打算专求文学的全 Perfection 与美 Beauty 有值得我们终身从事的价值之可能性。我们要追求文学的全！我们要追求文学之美！①

而郁达夫先是批评为人生的文学观，他说："艺术就是人生，人生就是艺术，又何必把两者分开来瞎闹呢？试问无艺术的人生可以算得人生么？又试问古往今来哪一种艺术品是和人生没有关系？"② 在这里，他明显地把艺术与人生一视同仁了，艺术品和人生之间存在关系，但艺术并非人生。可以以艺术的态度看待人生，但人生不是艺术。所以郁达夫曲解了文艺为人生的命题，只回答了文艺与人生的关系，且是教训人的口吻。随后郁达夫又说，文学在于唯真唯美，不屑于当今腐败的政治的：

我们想以纯粹的学理和严正的言论来批评文艺政治经济。我们更想以唯真唯美的精神来创作文学和介绍文学。现代中国的腐败的政治实际，与无聊的政党偏见，是我们所不能言亦不屑言的。③

郑伯奇则说："艺术只是自我的最完全，最统一，最纯真的表现，再无别的。'人生派'把艺术看作一种工具，想利用来宣传主义，那是他们的根本错误。"④

无疑，上述诸人的观点相互呼应，但又有差别，显得意见纷呈。但综合起来是要求文学只表现自我的内心要求，再造自我，要求文学唯真、唯美，宣称文学无关功利，文学不屑关注残酷的政治现实，声称艺术就是人生，人生就是艺术，这就接近艺术为艺术的主张了；并且对文学研究会成员滥施攻击，把他们骂为"文阀""学阀"，指责

---

① 成仿吾：《新文学之使命》，《创造周报》第 2 号，1923 年 5 月 20 日。
② 郁达夫：《文学上的阶级斗争》，《创造周报》第 3 号，1923 年 5 月 27 日。
③ 郁达夫：《创造日宣言》，《中华新报·创造日》，1923 年 7 月 21 日。
④ 郑伯奇：《国民文学论》，《创造周报》第 33 期，1923 年 12 月 23 日。

他们搞什么新文化运动。但又说不反对血与泪的文学，而且通过创作对黑暗的社会发出了强烈反抗的呼声。这些看起来自相矛盾的、不彻底的文学观自然会在文学界引起论争。

在批判唯美派、颓废派的文学观方面，1923年末雁冰的《"大转变时期"何时来呢？》是篇重要文章，文章取名"'大转变时期'何时来呢"明显是针对创造社的为艺术的文学观而说的，"大转变时期"是指文学要从脱离人生的死文学转向活的文学，附着于人生，促进人生。同时文章的取名大概也有模仿俄罗斯批评家杜勃罗留波夫（Н. Добролюбов）的著名论文《真正的白天什么时候到来？》的意思。在这篇短文中，雁冰针对游戏派创作、创造社诸人的文学见解说："反对'吟风弄月'的恶习，反对'醉罢；美呀'的所谓唯美的文学，反对颓废的，浪漫的倾向的文学，这是最近两三月来常常听得的论调。"出现这些批评，雁冰认为政治黑暗、民气消沉、意气颓唐，只想在唯美主义文学中求得心灵的安慰。一些人自视清高，狂放脱略，把国家兴亡大事，视同春花秋月，西洋的颓废主义文学，被这类"中国名士派的余孽认了同宗"。他们并不懂得唯美主义是什么，只是弄些风花雪月的东西，来装点门面。雁冰写道：

> 我们决然反对那些全然脱离人生的而且滥调的中国式的唯美的文学作品。我们相信文学不仅是供给烦闷的人们去解闷，逃避现实的人们去陶醉；文学是有激励人心的积极性的。尤其在我们这时代，我们希望文学能够担当唤醒民众而给他们力量的重大责任。①

雁冰的这些观念，显然是不同于周作人的上述思想的，对文学表现了很强的功利性。在这种文学的时代强音的激荡中，一方面，以游戏、闲乐为主要目的的《礼拜六》，虽然以作品出版进行了全力的抵

---

① 雁冰：《"大转变时期"何时到来？》，《文学》原名《文学旬刊》第103期，1923年12月31日。

抗，但在思想倾向、价值观念上，受到为人生派的重创，于1921年复刊后两年的1923年春终刊了。另一方面，雁冰的这篇文章，明显地批评了1923年初出现的"弥洒社"的文学主张，并与前期创造社的文学观念发生了激烈的交锋。特别是在1923—1924年的论争中，创造社成员的文章明显地出现了情绪化倾向。后来郑振铎谈到，这次文学的革命运动的成就，在于"一、使死的文学成为活的。二、使模仿的文学成为创造的。三、使游戏的文学成为严肃的。四、使非人的文学成为人的。五、使隐逸的文学成为都市的（社会的）"[①]。这一概括大体是符合事实的。

1923年以后几年，文学观念又酝酿了激烈的变化，文学革命逐渐走向了革命文学的提倡。

"五四"新文化运动前后六七年间，不仅有欧美文化、文学思想的输入，而且也有俄国文化、文学思想的引进。很多作家承认，为人生的文学思想，很大程度上是受到俄国文学思想的影响而产生的。俄国文学对社会问题、国家前途、人民命运、下层百姓的苦难生活的执着的探索与深刻的同情，引起了要求改革现状的年轻、进步的中国作家的强烈兴趣。20世纪20年代初前后几年间，俄国文学中的不少优秀作品，纷纷被介绍过来，成为一股社会性的文学思潮。一些通晓外文的作家都介绍过俄国文学，翻译过俄国作家的作品，一大批作家如鲁迅、茅盾、王统照、郁达夫等都承认俄国文学对他们的影响；一些深通中国文学的作家、文学史家如郑振铎、王统照等，也广泛地论述过俄国文学和编著过俄国文学史。

李大钊在"五四"前已有关于俄国革命思想的介绍与论述。1923年5月27日，郁达夫在《创造周报》发表《文学上的阶级斗争》，声言"我想学了马克思和恩格斯的态度，大声疾呼的说：世界上受苦的无产阶级，/在文学上社会上被压迫的同志，/凡对有权有产阶级的走狗对敌的文人，/我们大家不可不团结起来，/结成一

[①] 郑振铎：《佝偻集》，上海生活书店发行1934年版，第61—62页。此文原为郑振铎1932年3月9日在北京大学的演讲。

个世界共和的阶级,百折不挠的来实现我们的理想!/我确信'未来是我们的所有'"①。这段宣言,激情四射,大概受了《共产党宣言》的影响,是在文学中较早提出阶级斗争的呼声之一。20年代初,恽代英、邓中夏发表文章,提出文学与革命的问题,要作家做一个"革命的文学家,你第一件事是要投身于革命事业,培养你的革命的感情";新诗人"必须从事革命的实际活动"②。而肖楚女的一篇文章《艺术与生活》,赞同艺术即"人生的表现和批评",针对当时关于文学问题的大讨论,介绍了马克思主义的艺术观,这在当时是较早的一篇的。他说:

> 艺术,不过是和那些政治、法律、宗教道德、风俗……一样,同是人类社会的一种文化,同是建筑在社会经济组织上的表层建筑物,同是随着人类的生活方式之变迁而变迁的东西。只可说生活创造艺术,艺术是生活的反映——艺术虽不能范围一切,却能表现一切。只可说艺术的生活,应该表现一切的自由,却不可说艺术是创造一切的。③

接着一些人大力宣传革命文学,在革命文学的旗帜下,提出了文学的"阶级性",对"五四"新文学开始清算。泽民在《文学与革命的文学》一文中针对郑振铎的文学主张写道:

> 郑先生的"血泪"虽然 Figurative 得很,可是并不曾把"血泪"的真实意义指示出来,换言之,就是郑先生所提倡的,并没有把文学的阶级性指示出来,也没有明白指示我们需要一种新的文学。……现代的革命的泉源是在无产阶级里面,不走到这个阶

---

① 郁达夫:《文学上的阶级斗争》,《创造周报》第3号,1923年5月27日。
② 代英:《文学与革命》,《中国青年》第31期,1924年5月17日;中夏:《贡献于新诗人之前》,《中国青年》第10期,1923年12月22日。
③ 肖楚女:《艺术与生活》,《中国青年》第38期,1924年7月5日。

级里面去，决不能交通他们的情绪生活，决不能产生革命的文学。①

而稍后光赤发表论文《现代中国社会与革命文学》，认为在当时中国还没有出现反抗的、伟大的、革命的文学家，但是大贴阶级标签，给叶绍钧贴上了"市侩派的小说家之代表"的称号；冰心则是一朵"暖室的花"，"是个小姐的代表"；郁达夫是个"颓废派"，但从《茑萝集》来看，作者"的确能与我们同立在反对旧社会的战线上"；至于郭沫若，值得称赞，但他不应受到称赞而自傲，"郭君！努力罢！"② 这类文章开始了后来的文学上的"左派"幼稚病。

对于世界文化思潮特别敏感的郭沫若，于1920年提倡"生命文学论"，"生命是文学的本质，文学是生命的反映"，艺术的精神是把小我忘掉，融合于大宇宙之中的"无我"。1923年5月18日他发表了《我们的文学新运动》一文，提出"凡受着物质的苦厄之民族，必见惠于精神的富裕"；提出"我们要反抗资本主义的毒龙"，在混沌之中，"要先从破坏做起"，要"做个纠纷的人生之战士与丑恶的社会交绥"，"我们的目的要在文学之中爆发出无产阶级的精神，精赤裸裸的人性"③。他说，他从未反对过血与泪的文学，他说他信奉的文学定义是："文学是苦闷的象征"，"文学是批判社会的武器"④。同年8月21日在谈表现派时，他提出："艺术家不应该做自然的孙子，也不应该做自然的儿子，是应该做自然的老子。"⑤ 认为"艺术是表现，不是再现"，这显然是王尔德的生活要向艺术学习的变调。1924年5月2日他在上海大学演讲中说，艺术的产生是无目的的，但是它的目的，又是产生后的必然。艺术有两种使命：统一人类的感情，并产生趋向于同一目标的能力，同时又能提高人们的精神，使个人的内在的

---

① 泽民：《文学与革命的文学》，《民国日报》附刊《觉悟》，1924年11月6日。
② 光赤：《现代中国社会与革命文学》，《民国日报》附刊《觉悟》，1925年1月1日。
③ 郭沫若：《我们的文学新运动》，《创造周报》第3号，1923年5月27日。
④ 郭沫若：《暗无天日的世界》，《创造周报》第7号，1923年6月16日。
⑤ 郭沫若：《自然与艺术》，《郭沫若论创作》，上海文艺出版社1983年版，第7页。

生活美化,形成救国救民的自觉,"从这种自觉中产生出来的艺术,在它本身不失其独立的精神,而它的效用对于中国的前途是不可限量的"①。1924年9月4日写就的《艺术家与革命家》一文中,他认为艺术家和革命家可以兼及,"任何艺术没有不和人生发生关系的事","一切真正的革命运动都是艺术运动,一切热诚的实行家是纯真的艺术家,一切志在改革的社会的热诚的艺术家也便是纯真的革命家"。"20世纪的文艺运动是在美化人类社会,20世纪的世界大革命运动也正是如此。"又说:"我们是革命家,同时也是艺术家。我们要做自己的艺术的殉道者,同时也正是人类社会的改造者。"② 1925年,郭沫若还写了一些文章,从文学研究的内在方法,讨论了文学的本质问题,认为诗是文学的本质,文学的本质是有节奏的情绪的世界,等等。从上面的摘录来看,郭沫若的文学观与他的人生经历密切相关,它充满斗争精神,渗入政治,批判、改革旧社会,救国救民,既做革命家,又做艺术家,面对血与泪,提出以"无产阶级的精神"反抗资本主义这条毒龙,同时又把艺术的表现说发展到极致。

1926年春,郭沫若写就的《文艺家的觉悟》《革命与文学》等文,转入了一个新的境地。一,提出当今的时代是"第四阶级革命的时代",中国是受全世界资本家压迫的中国,"文学是革命的前驱,而革命的时期中永远会有一个文学的黄金时代出现";二,继续强调文学与革命,并且认为两者相互一致;认为既有革命的文学,也有反革命的文学,革命文学要反映"时代精神","文学是永远革命的,真正的文学是只有革命文学的一种":

> 你们应该到兵间去,民间去,工厂间去,革命的旋涡中去,你们要晓得我们所要求的文学是表同情于无产阶级的社会主义的

---

① 郭沫若:《文艺之社会的使命》,《文学》月刊第3期,1925年5月18日,又见《文艺论集》,人民文学出版社1979年版,第92页。
② 郭沫若:《艺术家与革命家》,《文艺论集》,人民文学出版社1979年版,第80、81、82页。

写实主义的文学，我们的要求已经和世界的要求是一致。①

三，接着谈道：

> 我们现在所需要的文艺是站在第四阶级说话的文艺，这种文艺在形式上是现实主义的，在内容上是社会主义的。——我在这儿敢斩钉截铁地说出这一句话。②

应该说，郭沫若这几年的文学观念，发生了重大的变化，一方面，他仍然保持了高昂的情绪，向往革命，力求文学与革命的协调，并使文学为革命服务；另一方面，他提出了"无产阶级的社会主义的现实主义"的文学，这是一个在当时来说是十分新颖的观念。这样他就从人生论文学观、表现论文学观、浪漫主义文学观、受到多种现代主义影响的文学观，转向了无产阶级的社会主义的现实主义的文学观，反映社会斗争的文学观。在这里，他分明主张艺术是不失其独立的精神的，艺术的本质，也包括了其内在方面的特征，文学家要为艺术而殉道等。只是他后期的文学实践，与原先的这些主张相悖了。

如果说郭沫若于1923年在文学中倡导"无产阶级精神"，到1926年提出为无产阶级服务的社会主义的现实主义的文学主张，那么沈雁冰则于1925年撰文最早标榜"无产阶级艺术"，并列举了当时苏联早期文学所提倡的一批作品，从理论上进行阐发，指出一，"无产阶级艺术并非即是描写无产阶级生活的艺术之谓，所以和旧有的农民艺术是有极大的分别的"。二，"无产阶级艺术非即所谓革命的艺术，故凡对于资产阶级表示极端之憎恨者未必准无产阶级艺术。怎么叫做革命文学呢？浅言之，即凡反抗传统思想的文学作品都可以称为革命文学。所以它的性质是单纯的破坏。但是无产阶级艺术的目的并

---

① 郭沫若：《革命与文学》，《创造月刊》第1卷第3期，1926年5月16日，收入后来的文集里文字上稍有改动。
② 郭沫若：《文艺家的觉悟》，《郭沫若论创作》，上海文艺出版社1983年版，第26—27页。

不是仅仅的破坏"。三,"无产阶级艺术又非旧有的社会主义文学。社会主义文学就是表同情于社会主义或宣传社会主义的文学作品。这类作品和无产阶级艺术相混,是极自然的事,因为二者的理想相距甚近"。况且这些作者大都是资产阶级社会的知识阶层,"他们的社会主义文学大都有的是一副个人主义的骨骼"①。接着文章讨论了无产阶级艺术的内容与形式。沈雁冰的这篇文章中关于"无产阶级艺术"的主要思想,在相当程度上有着俄国无产阶级文化派的主要代表人物波格丹诺夫的《无产阶级的艺术批评》② 一文思想的影子,它使得几个概念如革命艺术、社会主义艺术与无产阶级艺术相互纠缠,同时表现出了俄国无产阶级文化派的某种狭隘的宗派主义情绪。

这时期鲁迅关于文学观的论述虽不算很多,但一些思想振聋发聩,令人深思。

1925年,他揭示了过去中国的文艺是瞒和骗的文艺,是不敢正视人生的文艺。他要求作家取下假面,"真诚地,深入地大胆地看取人生并且写出他的血和肉来的时候早到了;早就应该有一片崭新的文场,早就应该有几个凶猛的闯将!"指出:

> 文艺是国民精神所发的火光,同时也是引导国民精神的前途的灯火。③

1927年的四·一二大屠杀之后,他的观点更为激进,认为现今虽然在大讲"平民文学",但还无实际成绩,目前的文学都是给上等人看的,平民本身还未开口,文学不能止于哀音,而应反抗和怒吼。

> 现在的文学家都是读书人,如果工人农民不解放,工人农民

---

① 沈雁冰:《论无产阶级艺术》,《文学周报》第172、173、175、196期,1925年5月、10月。
② 可参阅波格丹诺夫《无产阶级的艺术批评》,《无产阶级文化派资料编选》,中国社会科学出版社1983年版,第38—50页。
③ 鲁迅:《论睁了眼看》,《语丝》周刊第38期,1925年8月3日。

一　自律与他律

的思想，仍然是读书人的思想，必待工人农民得到真正的解放，然后才有真正的平民文学。①

在《革命文学》一文中，鲁迅提出，如做革命文学，则作家就要做"革命人"：

> 倘是的，则无论写的是什么事件，用的是什么材料，即都是"革命文学"。从喷泉里出来的都是水，从血管里出来的都是血。②

鲁迅的这一观点，较之我们前面的引文意思，有了变化。前面的观点说的是，只有工农解放后，才有平民文学，或革命文学，那时才不会去表现读书人的思想。这一观点，可能是他自己的切身体会，但也可能是受到了俄国无产阶级文化派的文艺思想的影响，也未可知。

回顾1917年后的10年，文学观念的发展相当复杂。这10年中的文学理论所使用的基本话语有："文学改良""白话文学""文学革命""贵族文学""古典文学""山林文学""国民文学""写实文学""社会文学""活的文学""人的文学""非人的文学""平民文学""唯美派""纯艺术派""人生艺术派""功利""价值""游戏""消遣""娱乐派""美""全""浪漫主义""革命的浪漫主义""人道主义""文学上的无产阶级""无产阶级艺术精神""革命人""革命文学""阶级性""批判社会的武器""表现""再现""目的""无目的""时代精神""到兵间去""到民间去""到工厂间去""无产阶级艺术""社会主义文学""无产阶级的社会主义的写实主义的文学"等。

看一下上面的文学理论术语，我们可以说，"五四"新文学运动时期文学为人生的思潮，是20世纪我国文化、社会、政治剧烈变动

---

① 鲁迅：《革命时代的文学》，《黄浦生活》第4期，1927年6月12日。
② 鲁迅：《革命文学》，《民众旬刊》第5期，1927年10月21日。

下以及外国进步文化的强烈影响下形成的，它审时度势反映了当时文学现代性的主导方面。同时由于社会反动势力的重压，促成了文学观念的新变以及大变革中的激进趋向。新文学几乎是递进式地又是急剧地从一个观念转向了另一个观念，先是文学革命、白话文学、人的文学、平民文学，继而是文学为人生和为艺术而艺术的文学观念的激烈争论；娱乐文学观念的张扬与被批判；之后在外国文学思想特别是苏俄文学思想的影响下，转向了"革命文学"的宣传，提出了"无产阶级艺术"，以及"无产阶级的社会主义的写实主义的文学"等观念。"文学革命"转向了"革命人"做"革命文学"。这一系列的新观念，在内涵上前后是很不相同的。在当时文学中的主要代表人物的主张中，文学与革命的问题所以是逐步地、又是紧紧地联系在一起，原因在于在当时的文学创作中，尚存在着一些自由，只有文学成了抗争的主要阵地，因此文学也十分自然地逐渐成了斗争的手段与工具。但是这样一来，文学观念逐步走向政治化的迹象是十分明显的。

　　至于文学研究会和创造社这两个文学团体围绕文学观念的论争，大体可以说是文学的自律与他律之争，当然情况还要复杂一些。从对文学的总体认识来说，两派的目的是一致的，都是主张文学的启蒙、文学为人生的，但到后来又不完全是文学的自律与他律的问题。在文学的主体性上的强调与文学的功能问题的认识上的论争，就表现了自律与他律的不协调性。创造社成员大都到过国外，较多地接触了外国的浪漫主义和现代派文学思潮，强调创作是自我的内心表现、个人的天才观、创作的自发与无意识、快乐与无功利说（从无功利达到功利）、纯美等，即文学内在的方面，自律的一面。这样导致他们认为文学研究会提出的文学为人生的社会功利说，文学价值的应有之义，不过是旧的文学观的改头换面与继续，是对文学的外加，与他们心目中的新文学完全是两回事，而极尽嘲弄之能事。后来郑伯奇在谈及这一争论时，把创造社的文学主张与外国的浪漫主义思潮联系起来论述是比较合理的。他说：

　　　　创造社的倾向虽然包含了世纪末的种种流派的夹杂物，但它的浪漫主义始终富于反抗的精神和破坏的情绪。用新式的术语，这是革命的浪漫主义。

郭沫若受德国浪漫派的影响最深，他崇拜自然，尊重自我，提倡反抗，因而也接受了雪莱，恢铁曼（惠特曼），太戈儿（泰戈尔）的影响，而新浪漫派和表现派更助长了他的这种倾向。郁达夫给人的印象是"颓废派"，其实不过是浪漫主义涂上了"世纪末"的色彩罢了。他仍然有一颗强烈的罗曼蒂克的心，他在重压下的呻吟之中寄寓着反抗。成仿吾……在理论上，他接受了人生派的主张，在作品行动他又感受着象征派，新浪漫派的魅惑。他提倡士气，他主张刚健的文学，而他却写出了一些幽暗的诗。在这几个人中，张资平最富于写实主义的倾向，在他的初期的作品还带着人道主义的色彩。①

而文学研究会的成员，主要成长在本土，他们大量吸收西方文艺思想，努力与本国国情相结合。他们面对黑暗的生活，提出文学为人生的启蒙的文学观念，这适合现实生活的实际需要，是"五四"新文化运动精神的深入，也是文学功能的应有之义。他们不是不懂得文学的内在的特性，但偏重于文学的社会功能，强调了文学的他律，而较少注意创作主体的诸多的内在特征，即自律，并且在辩论中又把创造社的文学主张推向极端。他们已经不像梁启超提出文学可以救国救民的主张，但是坚信文学是提升精神、启蒙人民、改进人生的工具，文学事业是一种"工作"。他们在开始阶段的宣言中虽然反对旧文学的"文以载道"说，把娱乐派文学的宗旨归结为传道的"文以载道"，但实际上他们自己仍然赋予新文学以一种"道"，这就是文学"为人生"的道。在他们看来，文学为人生的道，就是"五四"的启蒙思想与精神。文学的启蒙，可以促进社会的启蒙，这与民族、国家的救亡，是互为表里、相互一致的，新文学要负担起唤醒民众的"重大责

---

① 郑伯奇：《现代小说导论》（三），《中国新文学大系导论集》，上海良友复兴图书公司1940年版，第159、160页。

任",这种赋予文学为人生的"道",应当说是合理的,是文学的应有之义。后人的责难是容易的,但那是超越了历史的。

这一时期的文学观念也表现了现代性的悖论的一面,这主要体现在对于文学的娱乐、游戏特性的绝对的排斥上,对通俗文学的否定上。"五四"时期的潮流人物,对文学的娱乐、游戏功能,抱有严峻的态度,主要是为了打倒旧文学、建立新文学的艰巨任务,不能不把精力集中到文学为人生的阐发上。"五四"前后的一些追求游乐、消闲为主旨的通俗刊物,如《游戏报》《游戏杂志》《礼拜六》、黑幕小说等,也发表过一些好作品,但也确实存在对庸俗、低级趣味的张扬。所以在沈雁冰、郑振铎等人看来,这有碍文学为人生的启蒙思想的发扬,因而要对它们进行口诛笔伐,把娱乐派文学当成迎合小市民趣味的文学,是拜金主义的文学,使文学堕落的文学,而加以批判。于是在当时社会极为黑暗的环境中,宣布了游戏人生文学的"过时"。但这样一来,这些派别中的较好的、健康的作品,具有一定社会意义的作品,也被拒之门外了。

更为失察之处的是,王国维引进的文学游戏说,实为文学功能不可或缺的组成部分,是使文学独立于政治、哲学的文学自主性的表现,但由于与当时潮流不符,文学的自律说于是被搁置起来了,虽有其时代的合理性成分,但在理论上是偏颇的,有失误的,在后来几十年间发生了消极的影响。这是现代性在文学理论中表现出来的悖论。至于创造社的一些成员,开始宣传浪漫主义文学观、唯美主义文学观,但是不久之后,这些人的观点很快发生转轨,所以沈雁冰等的论述与之交锋之后,就转入新的理论问题的论争了。

这样,"五四"前后时期的文学观念,由于主导意向在于建立思想一新的新文学,长期注重的是文学的他律问题。当文学革命转入革命文学的讨论后,文学的自律问题,自身方面的特征、问题,更是严重地被忽视了的,文学开始超越他律,加强了向政教型文学观转化。

（四）文学观念的亢奋，向他律的倾斜与对他律的越界

1927年前几年，原文学研究会与创造社的一些主要成员，已经从文学革命开始转向革命文学，从人的文学、为人生的文学和为艺术的文学转向革命文学、无产阶级文学、社会主义文学的讨论。双方在革命形势和外国文艺思潮的影响下，在文学观念方面、文学方向上都在改弦易辙，似乎有了接近，但实际情况并非如此。

1928年初，创造社，同时还有新组织起来的太阳社，纷纷著文，宣传革命文学、无产阶级文学，批判"五四"新文学。这些激扬文字，意气风发而思想偏激，于是围绕革命文学与无产阶级革命文学发生了一场激烈的争论。

文学观念是这场文学论争的核心问题，这里不能不说一下我国无产阶级文学艺术思想的来源。

在俄国十月革命后的文化艺术思想中，马克思主义文艺思想混杂着无产阶级文化派的极左思想，在俄国文化界十分流行，而且不断引发激烈的论争。这些文化、艺术思想不时被介绍到日本与我国，其中有些是马克思、恩格斯的片段论述，如意识形态理论，基础与上层建筑理论，而更多的则是打着无产阶级旗号的无产阶级文化派关于文化、艺术左派幼稚病思想的介绍，两者混杂一起，一时使人难以分辨。特别是有关革命时代的思想，文学艺术是组织生活与工具论的思想，无产阶级要建立纯而又纯的无产阶级文化艺术的思想，无产阶级文化艺术只能由无产阶级自身来建立的思想，创造无产阶级文化艺术必须排除农民、知识分子参与的宗派主义思想，把过去传统的文学艺术都视为资产阶级的遗产的思想，这种种貌似革命的思想，在20世纪20年代的俄国文坛风行一时。比如1918年后几年间无产阶级文化派（成立于1917年十月革命前）的主要代表人物波格丹诺夫说：

> 艺术不仅在认识领域，而且也在感情和志向的领域通过生动

的形象的手段，组织社会经验。因此，它乃是阶级社会中组织集体力量——阶级力量的最强有力的工具。

无产阶级为了在社会的工作、斗争中组织自己的力量，必需有自己阶级的艺术。这一艺术的精神是劳动的集体主义：它从劳动的集体主义观点出发，认识和反映世界，表现其感情的联系及战斗的和创造的意志的联系。①

艺术——无产阶级的诗歌、小说、歌曲、音乐作品、戏剧——乃是强有力的宣传手段。②

无产阶级文化派作为一个组织，在20世纪20年代初就受到批评而一蹶不振。但后来组织起来一些文学团体如1920年组织起来的"锻冶场"，1922年成立的"十月"社（拉普前身），1923年成立"列夫"（左翼艺术阵线），同年出版了莫斯科无产阶级作家协会机关刊物《在岗位上》（岗位派），以及1925年在"十月"社组织基础上成立的"拉普"派，则在很大程度上呼应了无产阶级文化派思想观点。比如"锻冶场"派的列别杰夫-波里扬斯基宣称："文学同任何艺术一样，不仅是认识生活的手段，而且是组织生活的手段。"③ "列夫"声明："列夫将以我们的艺术向群众宣传，从群众中获得组织力量。""列夫将积极有效的艺术提到更高的劳动熟练程度上。"④ "岗位派"则宣称："我们将在无产阶级文学中坚守明确和坚决的共产主义意识形态的岗位"⑤；"我们已进入无产阶级文化发展上这样的时期，只是'承认'无产阶级文学已经不够，一定要承认这种文学的领导权

---

① [苏]波格丹诺夫：《无产阶级与艺术》，《十月革命前后苏联文学流派》上编，上海译文出版社1998年版，第356页。
② 《无产阶级文化协会国际局宣言》，《十月革命前后苏联文学流派》上编，上海译文出版社1998年版，第370—371页。
③ [苏]列别杰夫-波里扬斯基：《提纲》，《十月革命前后苏联文学流派》上编，上海译文出版社1998年版，第450页。
④ [苏]列夫：《纲领》，《十月革命前后苏联文学流派》上编，上海译文出版社1998年版，第179页。
⑤ 《在岗位上》社评，1922年第1期。

一 自律与他律

原则，承认这种文学为争取胜利，为吞掉形形色色资产阶级和小资产阶级文学而进行的顽强而系统的斗争的原则"①；同时宣布高尔基不过是个"同路人"，"昔日鹰之首，今日蛇之王"！

我们从前面谈到的20世纪20年代我国进步的、革命的、激进的文学观念里，已经可以看出俄国革命后的无产阶级文化派（包括好些组织）的各种不同色彩思想，在我国一些作家的主张中有所表现。比如郭沫若就说过，要建立为第四阶级说话的文学，只有革命的文学才是真正的文学，革命运动就是艺术运动，等等，而茅盾就介绍过波格丹诺夫的关于艺术批评的纲领性观点。

就是鲁迅在1927年中也说过，其时中国还无"平民文学"，要等工人、农民解放了，真正的平民文学才会产生，现在只有表现知识分子思想的文学。这年年底他就提出了"革命人"创造"革命文学"的问题。但是1928年年初郭沫若就著文说，"有人说：要无产阶级自己做的才是无产阶级的文艺。这是反革命的宣传"，"只要你有倾向社会主义的热诚，你有真实的革命情趣，你都可以来参加这个新的文艺战线"②。不能肯定说这是针对鲁迅说的，但却是使人分明感到锋芒所向。后期的创造社、太阳社成员机构的成员，大体都是和政党有着密切关系的青年理论家，他们从日本带回来了苏联、日本的马克思主义与文学理论思想。在他们看来，中国社会已进入新的革命转折期，他们是一群真正的革命家，认为革命家就是艺术家，包括郭沫若在内，要标榜一种全新的文化、文学观念——无产阶级文化、文学观。

1928年开始，创造社与太阳社的刊物《文化批判》《创造月刊》与《太阳月刊》标榜马克思主义对资产阶级的批判，对"五四"新文化运动展开了进一步的清算。成仿吾提出，要在"政治，社会，哲学，科学，文艺"及其他方面，发动全面批判。"《文化批判》将贡献全部的革命的理论，将给与革命的全战线以朗朗的火光。这是一个

---

① 转引自奥新斯基《论党的"文学"政策问题》，《十月革命前后苏联文学流派》上编，上海译文出版社1998年版，第477—478页。

② 麦克昂（郭沫若）：《英雄树》，《创造月刊》第1卷第8期，1928年1月。

伟大的启蒙。"① 就是说一个新的启蒙时期来到了。郭沫若稍后回顾十多年间的创造社活动时说,在《创造季刊》与《创造周报》时期,他们所演的脚色"百分之八十以上仍然是在替资产阶级做喉舌",后来创造社几经分化,"不久之间到了1928年,中国的社会呈现出了一个'剧变',创造社也就来了一个'剧变'。新锐的斗士朱竟我、李初梨、彭康、冯乃超由日本回来,以清醒的唯物辨证论的意识,划出了一个《文化批判》时期。创造社的新旧同人,觉悟到的这时候才真正的转换了过来,不觉悟的在无声无影之中也就退下了战线"②。这些新锐相当熟悉当时苏联、日本的马克思主义理论,以及混合着无产阶级文化派高调的思想。1930年出版的一本《文艺讲座》,集中地表达了他们的无产阶级文艺主张。③ 可以这样说,1928—1929年间,在中国文坛上出现了马克思主义文学艺术观夹杂着无产阶级文化派的文化艺术观的一次大宣传与大爆发。

成仿吾的《从文学革命到革命文学》一文,先是总结了新文化运动的经历,认为新文化运动只是有闲阶级的知识分子进行的一种"浅薄的启蒙",既不了解时代,也不了解当时思想,文学革命的思想内容不过是"小资产阶级的意识形态",新文化运动几乎被新文学运动遮盖得无影无踪。现在要实行无产阶级的启蒙,这就是要从文学革命到革命文学,作为一个新的口号,一种新的革命的文学观:

> 文学在社会全部的组织上为上层建筑之一;离开全体,我们不能理解一个个的部分,我们必须就社会的全构造考究文学的这

---

① 成仿吾:《祝词》,《文化批判》第1号,1928年1月。
② 麦克昂:《文学革命之回顾》,《文艺讲座》,神州国光社1930年版,第87页。
③ 《文艺讲座》收进了朱镜我的《意识形态论》、彭康的《新文化概论》、冯乃超的《艺术概论》(未完)、郭沫若的《文学革命之回顾》、华汉的《中国新文艺运动》、钱杏邨的《中国新兴文学论》、冯雪峰的《俄国无产阶级文学发达史》、洪灵菲的《普罗列塔利亚小说论》、许幸之的《艺术上的阶级斗争与阶级同化》、蒋光慈的《社会主义的建设与现代俄国文学》等,收入了鲁迅翻译的日本学者的一篇译文《艺术与哲学·伦理》。值得注意的是本书收有冯乃超所编写的两篇关于马克思主义艺术理论的文献:《马克思主义艺术理论的文献》与《日本马克思主义艺术理论书籍》,从中可以了解后期创造社文艺理论思想的来龙去脉。

一部分，才能得到真确的理解。①

成仿吾对新文化运动的评价自然十分偏颇，几乎否定了"五四"新文化运动。同时也可以看到，他和前面所说的肖楚女等人正在把马克思的基础与上层建筑的学说介绍到文学理论中去。蒋光慈这时也著文认为："说文学是超社会的，说文学只是作者个人生活或个性的表现……这种理论显然是很谬误的。"认为"革命文学的第一个条件，是具有反抗一切旧势力的精神"，针对"五四"时期的文学说，"革命文学是反个人主义的文学！革命文学是要认识现代的生活，而指示出一条改造社会的新路径"②。

全面表现这一派别的文学观念的是李初梨的《怎样地建设革命文学》一文。该文开宗明义提出必须重新定义文学，"什么是文学"？作者批判了自称为革命文学家提出的两种文学观："前一派说：文学是自我的表现。后一派说：文学的任务在描写社会生活。一个是观念论的幽灵，个人主义者的呓语；一个是小有产者的把戏，机会主义者的念佛。"这样，就进一步地对"五四"新文学运动所建立起来的文学观进行了清算。那么李初梨所主张的文学是什么呢？他引用美国作家辛克莱的话，说：

> 一切的艺术，都是宣传。普遍地，而且不可逃避地是宣传；有时无意识地，然而常时故意地是宣传。

他认为：

> 文学，与其说它是自我的表现，毋宁说它是生活意志的要求。文学，与其说它是社会生活的表现，毋宁说它是反映阶级的实践的意欲。

---

① 成仿吾：《从文学革命到革命文学》，《创造月刊》第1卷第9期，1928年2月1日。
② 蒋光慈：《关于革命文学》，《太阳月刊》第2期，1928年2月。

> 文学为意德沃罗基的一种,所以文学的社会任务,在它的组织能力。所以支配阶级的文学,总是为它自己的阶级宣传,组织。对于被支配的阶级,总是欺瞒,麻醉。
>
> 文学,有它的社会根基——阶级的背景。
>
> 文学,有它的组织机能——一个阶级的武器。
>
> 革命文学……应当而且必然地是无产阶级文学。
>
> 无产阶级文学是:为完成它主体阶级的历史使命,不是以观照的——表现的态度,而是以无产阶级的意识,产生出来的一种斗争的文艺。
>
> 我们的文学家,同时应该是一个革命家。……我们的作品,不是像甘人君所说的,是什么血,什么泪,而是机关枪,迫击炮。①

同时提出,作家是"为革命而文学",不是"为文学而革命";作品则是"由艺术的武器,到武器的艺术"。在这几篇文章里,文学被直截了当地宣布为宣传,是意识形态的一种,是阶级意愿的反映,是阶级的文学,而且所谓革命文学只能是无产阶级的文学,它的所谓组织社会生活的功能就是被当作阶级斗争的武器的能力。这里当然有马克思主义的文学思想,但又强烈地映照出了我们在前面概述的苏俄初期无产阶级文化派和后来岗位派、拉普派的文化艺术思想。

钱杏邨的《死去了的阿Q时代》一文,则提出了文学与时代、时代精神与革命精神、阶级论、文学与革命的关系、超越时代、甚至技巧等问题。

根据上面所说的文学观念,"五四"时期的文学观念和文学创作,以及周作人提出的文学创作"趣味说"自然都在批判之列,在这场批判中,鲁迅的创作和思想首当其冲也是大势所趋。批判文章认为,现在是工农革命的时代,鲁迅所描写的阿Q时代已经死去,农民在革命的狂风暴雨中已经起来反抗、复仇。"无论从那一国的文学去看,真正的时代的作家,他的著作没有不顾及时代的,没有不代表时代的。

---

① 李初梨:《怎样地建设革命文学》,《文化批判》第2号,1928年2月15日。

超越时代的这一点精神就是时代作家的唯一生命！然而，鲁迅的著作何如呢？不但没有抓住时代，不但不曾超越时代，而且没有抓住时代，不但没有抓住时代，而且不曾追随时代。"至于阿Q是不能放在"五四"时代的，更不能放在五卅时代、大革命时代的，阿Q时代已经死去，甚至连描写阿Q的技巧也已死去！鲁迅的思想走到清末就停止了，鲁迅把小资产阶级的"恶习性""任性""疑忌"暴露无遗！鲁迅已走到尽头，"再不彻底觉悟去找一条生路，也是无可救济了"①！至于杜荃则干脆把鲁迅骂为"是资本主义以前的一个封建余孽"，"对于社会主义是二重的反革命"，"一位不得志的法西斯蒂"。

其时鲁迅接触的马克思主义社会科学著作不多，但也逐渐转向革命文学，进行反驳。面对别人对他的猛烈批判，他所表达的文学观念看来比较合乎情理，至今仍可为我们所接受。针对李初梨的文学是宣传的主张，他说：

> 但我以为一切文艺固是宣传，而一切宣传却并非全是文艺，这正如一切花皆有色（我将白也算作色），而凡颜色未必都是花一样。革命之所以于口号，标语，布告，电报，教科书……之外，要用文艺者，就因为它是文艺。

关于无产阶级文学，鲁迅说："世界上的民众很有些觉醒了，虽然有许多在受难，但也有多少专权，那自然也会有民众文学——说得彻底一点，则第四阶级文学。"至于说到"超时代"，鲁迅讽刺说："现在所号称革命文学家者，是斗争和所谓超时代。超时代其实就是逃避，倘自己没有正视现实的勇气，又要挂革命的招牌，便自觉地和不自觉地要走入那一条路的。身在现世，怎么离去？这是和说自己用手提着耳朵，就可以离开地球者一样地欺人。"② 对于文艺的作用，鲁

---

① 钱杏邨：《死去了的阿Q时代》，《太阳》月刊1928年3月号；《我们月刊》创刊号，1928年5月。
② 鲁迅：《文艺与革命》，《语丝》第4卷第6期，1928年4月16日。

迅讲得也很实在，没有自命为革命文学家的那种小资产阶级的狂热。早在1927年他就说过：

> 自然也有人以为文学于革命是有伟力的，但我个人总觉得怀疑，文学总是一种余裕的产物，可以表示一民族的文化，倒是真的。①

当郭沫若在鼓吹"我们要加上我们的荣冠——和你们表示区别，就是：我们的文艺是'普罗列塔利亚的文艺'"，"我们的目的是要消灭普罗列塔利亚阶级，乃至消灭阶级的；这点便是普罗列塔利亚文艺的精神"。"文艺是阶级的勇猛的斗士之一员，而且是先锋。"② 而鲁迅几乎于同时说：

> 我是不相信文艺的旋乾转坤的力量的。但倘有人要在别方面应用它，我以为也可以。譬如"宣传"就是。③

在论及文艺的阶级性时，鲁迅则说：

> 在我自己，是以为若据性格感情等，都受"支配于经济（也可以说根据经济组织或依存于经济组织）之说，则这些就一定都带着阶级性。但是'都带'，而非'只有'"④。

这样来分析文学的阶级性，显示了文学他律与自律特性的协调，也是实事求是的。

1928年10月，茅盾著文检讨了自己这几年间的小说写作，并指出了当时革命文学工具论和创作中的标语口号化倾向，认为：

---

① 鲁迅：《革命时代的文学》，《黄浦生活》第4期，1927年6月12日。
② 麦克昂：《桌子的跳舞》，《创造月刊》第11期，1928年5月1日。
③ 鲁迅：《革命与文艺》，《语丝》第4卷第6期，1928年4月16日。
④ 鲁迅：《文学的阶级性（并恺良来信）》，《语丝》第4卷第34期，1928年8月20日。

一 自律与他律

> 我们的"新作品"即使不是有意地走入了"标语口号文学"的绝路,至少也是无意的撞了上去了。有革命热情而忽略于文艺的本质,或把文艺也视为宣传工具——狭义的,——或虽无此忽略与成见而缺乏了文艺素养的人们,是会不知不觉走上了这条路的。[①]

此文刊出后,就受到《创造月刊》的批判。克兴著文分析了茅盾的小说的现实的描写,是"空虚的艺术至上论",把茅盾定性为具有资产阶级意识的小资产阶级作家,声明:"文艺本来是宣传阶级意识形态的武器,所谓的本质仅限于文字本身,除此以外,更没有什么形而上学的本质"[②],于是剥去了文字的内涵,而使文字徒具形式,与意识形态分离了开来。

这样我们看到,创造社、太阳社成员提出的文学观念的思想,大部分来自当时的苏联的文化文学理论,又是经过了日本左翼文化界的翻译与宣传的文化文学理论,而这一时期,又正是日本共产党福田和夫的左倾时期。他们将马克思主义和着无产阶级文化派的文化艺术思想一起搬将过来,回国后马上把它们变成教条,把文学观念教条化了、绝对的功利化了、工具化了。然后根据这类观念,横冲直撞,在革命词句的掩盖下,对"五四"后的新文学传统采取了阶级定性,予以全面否定。马克思主义当然把文学看作为社会意识形态的一个组成部分,在基础与上层建筑的社会学说的结构中,把它视为意识形态。但涉及文学本身,就难以把意识形态用来概括文学本质。脱离文学自身特征来规范文学本质,必然导致对文学本质了解的抽象化、观念化。文学是反映了阶级特征的,但那些犯有左派幼稚病的批判者,把文学绝对地当成了阶级斗争的工具、使"艺术的批判"变为"批判的艺术"。文学确实具有宣传鼓动作用,但这是它的众多功能的一个

[①] 茅盾:《从牯岭到东京》,《小说月报》第19卷第10号,1928年10月10日。
[②] 克兴:《小资产阶级文艺理论谬误——评茅盾君的〈从牯岭到东京〉》,《创造月刊》第2卷第5期,1928年12月10日。

方面，如果以偏盖全，那文学无异就是报纸上的广告和宣传文字了。文学确实反映了社会某个集团的思想观念，但是只是曲折地反映，只在其审美的艺术结构、文字描写中透露出来，而且它不仅反映集团的、阶级的某种情绪，同时还传达了人类的共同感情。文学反映时代精神，时代精神既可在歌颂中表现出来，也可通过诗意的批判得以体现。一旦作品所表现的时代精神涵盖了巨大的历史内容，那么它就会获得长远时间的容量，而超越时代，传之久远。但是钱杏邨的所谓超越时代，就是要文学跟着社会革命运动跑，不跟着这种运动跑，就是不能跟上时代，不能超越时代，这完全是一种极端的功利主义的超时代观。这种批评，遭到鲁迅反击，嘲弄批判者虽然面对生活的苦难，却是视而不见，算是"超越"时代了！至于一个阶级的自身自然有一定的抽象的本质属性，但作为具体的人，他是与各个阶级、集团、人群、风尚、习俗、地域有着千丝万缕联系的人，是极端复杂的人。创造社、太阳社的成员对"五四"新文化运动和鲁迅等人进行的批判，正是建立在这种貌似革命、实际是左倾文艺思潮的文学观念的基础上的。当然也要看到，这与历史社会斗争的严酷性所导致激烈的反抗有着密切的关系，这是我们在评介历史现象时应该觉察到的。

围绕革命文学的问题，创造社还与梁实秋发生论争，并且引发文学的阶级性，进而还发生在鲁迅与梁实秋之间关于文学的人性问题讨论。在创造社、太阳社大力宣传"革命文学"、文学的阶级性的时候，新月社的梁实秋却著文大唱反调，提倡文学创作的天才论、不存在什么"革命的文学"、文学是没有阶级性的。他说：

> 一切的文明，都是极少数的天才的创造。科学，艺术，文学，文字，以及政治思想，社会制度，都是少数的聪明才智过人的人所产生出来的。
>
> 因为文学家是民众的先知先觉，所以从历史方面观察，我们知道富有革命精神的文学，往往发现在实际的革命运动之前。
>
> 在文学上，只有"只有革命时期中的文学"，并无所谓"革命的文学"。文学家并不表现什么时代精神，而时代确实反映着

文学家的精神。

　　伟大的文学乃是基于固定的普遍的人性，从人性深处流出来的情思才是好的文学，文学难得的是忠实，——忠于人性。……人性是测量文学的唯一的标准。

　　文学是没有阶级性的。

　　"'无产阶级的文学'或'大多数的文学'"是不能成立的名词。①

在《文学是有阶级性的吗？》一文里，梁实秋嘲弄了有关翻译普列哈诺夫、鲁纳察尔斯基等人论著读不懂，进一步指责无产阶级文学理论的"错误在把阶级的束缚加在文学上面。错误在把文学当做阶级斗争的工具而否定其本身的价值"。认为资本家与劳动者只有遗传的不同，教育的不同，经济环境的不同，所以生活状态也不同，他们共同的地方在于：

　　人性并没有两样，他们都感到生老病死的无常，他们都有爱的要求，他们都有怜悯与恐怖的情绪，他们都有伦常的观念，他们都有企求身心的愉快。文学就是表现这最基本的人性的艺术。

　　文学就没有阶级的区别，"资产阶级文学""无产阶级文学"，都是实际革命家造出来的口号标语。②

梁实秋的人性论的观点，是有极为偏颇的一面。文学当然描写人性，表现人性，但文学的阶级性的存在，也是不争的事实，并非什么对文学的外加。特别在革命遭到挫折，革命与反革命进行殊死斗争的时刻，阶级性的问题十分突出，对此视而不见，还要嘲弄这种思想，否定这种理论，这自然会引起反击。他把有价值的文学仅仅看作是天才的创造，也有片面之处；他把文学价值建立在普遍人性的描写上，

---

① 梁实秋：《文学与革命》，《新月》第 1 卷第 4 期，1928 年 6 月 10 日。
② 梁实秋：《文学是有阶级性的吗？》，《新月》第 2 卷第 6、7 号合刊，1929 年 9 月 10 日。

否定了普遍的人性在描写中总是在其具有时代特征的、具体的形态中得以表现的，因此他的普遍的人性确实就变成抽象的人性了；同时在作家与时代精神的关系上，也是被颠倒了的。当然，梁实秋对于文学的阶级斗争的工具论的批判，无疑有其积极意义，但对于当时所以会出现张扬阶级斗争的理论，这也是远离当时社会、历史斗争的教授所难以理解的。

梁实秋的这些观点无疑是对创造社、太阳社发动的新启蒙运动在思想上的一个打击，因此立即遭到冯乃超等人的反驳。在革命和人性、天才是什么、革命文学产生的必然性、文学的阶级性等问题上，冯乃超的驳论还是有力的，但是对于文学的整体认识，特别是在文学艺术的功能方面的理解上，却是依然保留着波格丹诺夫无产阶级文化派的文学艺术是生活的组织论的思想，艺术本质地必然是 Agitation-Propaganda（鼓动—宣传——引者）。接着梁实秋在提出反驳时，又暗中把鲁迅对马克思主义的文艺理论的翻译质量扯了进去。鲁迅其时经过几年时间翻译马克思主义理论与苏联无产阶级文学作品，思想有很大的转变，从进化论走向了阶级论。同时经过协调，创造社、太阳社的同人已同鲁迅接近起来，酝酿成立中国左翼作家联盟，并于1930年3月2日成立大会上把鲁迅推为盟主，所以此时鲁迅已非彼时鲁迅，他的文艺思想在相当程度上与当时的革命潮流融合了。针对梁实秋资本家与劳动者只有环境、教育、生活状态等不同，而在生老病死、伦常等方面都是共同无异的说法，鲁迅说：

> 文学不借人，也无以表示"性"，一用人，而且正在阶级社会里，即断不能免掉所属的阶级性，无需加以"束缚"，实乃处于必然。自然，"喜怒爱乐，人之情也"，然而穷人决无开交易所折本的懊恼，煤油大王那会知道北京捡煤渣老婆子身受的辛酸，饥区的灾民，大约不会去种兰花，像阔人的老太爷一样，贾府上的焦大，也不爱林妹妹的。①

---

① 鲁迅：《"硬译"与"文学的阶级性"》，《萌芽月刊》第1卷第3期，1930年3月1日。

就社会现象、人际关系来说，鲁迅说的是很对的，梁实秋所说的不同条件，实际上正是形成不同人性特征的关键，因而暴露了梁实秋理论上的抽象的一面。鲁迅的举例是有力的，但是用来概述文学的全部特性，情况又要复杂多了。过去当鲁迅批评创造社的唯阶级论时，鲁迅说过文学的阶级性"都带"而非"只有"，现在大约由于进入了辩论、有所强调的缘故，几乎只说"只有"了。

20世纪30年代初，围绕文学观念问题，再次发生文学阶级性的论争并引发文学与政治关系的论争。胡秋原以"自由人"自居，发表《阿狗文艺论》《勿侵略文艺》等文章，提出：

> 艺术只有一个目的那就是生活之表现，认识与批评。伟大的艺术，尽了表现批评之能事，那就为了艺术，同时也为了人生。
>
> 艺术者，是思想感情之形象的表现，而艺术之价值，则视其含蓄的思想感情之高下而定。
>
> 文学之最高目的，即在消灭人类间一切的阶级隔阂。
>
> 文学与艺术，至死也是自由的。
>
> 艺术虽然不是"至上"，然而决不是"至下"的东西。将艺术堕落到一种留声机，那是艺术的叛徒。艺术家虽然不是神圣，然而也决不是叭儿狗。以不三不四的理论，来强奸文学，是对于艺术尊严不可恕的冒渎。①
>
> 有某种政治主张的人，每喜欢将他的政见与文艺结婚。
>
> 我们固然不否认文艺与政治意识的结合，但是，1. 那种政治主张，应该是高尚的，合乎时代最大多数民众之需要的；……那种政治主张不可主观地过剩，破坏了艺术之形式；因为艺术不是宣传，描写不是议论。不然，都是使人烦厌的。
>
> 没有高尚情思的文艺，根本伤于思想之虚伪的文艺，是很少存在之价值的。②

---

① 胡秋原：《阿狗文艺论》，《文化评论》创刊号，1931年12月25日。
② H.C.Y.（胡秋原）：《勿侵略文艺》，《文化评论》第4期，1932年4月20日。

另一位自称为"第三种人"的苏汶著文将"民族文学"与"左翼文坛"捆在一起,指责左翼理论家是些只看目前需要的"目前主义"者:

> 我们与其把他们的主张当做学者式的理论,却还不如把它当做政治家式的策略,当做行动;……什么真理,什么文艺,假使比起整个的无产阶级解放运动来,还称得出几斤几两?……你假如真是一个前进的战士,你便不会再要真理,再要文艺了。

所谓"艺术的价值",不过是一种"陪嫁"。"在'知识阶级的自由人'和'不自由的,有党派的'阶级争着文坛的霸权的时候,最吃苦的,却是这两种人之外的第三种人。这第三种人便是所谓作者之群。"在"文学不再是文学"的情况下,"死抱住文学不放的作者们是终于只能放手了"①。胡秋原与苏汶对无产阶级文学理论的批判,遭到鲁迅、瞿秋白、冯雪峰、周扬等人的回击。

围绕文学观念的深入,使得不少问题系统化了。有些问题,过去已经涉及,如文学与革命的关系、文学与政治、文学的阶级性、文学的功能与作用等;这次新提出来的,有文学的本质问题,文学的特性问题,"艺术的价值",文学的党性和真实性等。

不能否定,胡秋原的批评比较尖锐、激烈一些,但确是抓住了左翼批评家的论述中的许多谬误。我们来看左翼批评家对胡秋原的反击。瞿秋白(易嘉)的文章谈到了中国新兴文学理论发生的错误:"有些是极端严重的错误",指出钱杏邨是个幼稚的马克思主义学生,不了解:

> 文艺现象是和一切社会现象联系着的,它虽然是所谓意识形态的表现,是上层建筑之中的最高的一层,它虽然不能够决定社会制度的变更,它虽然结算起来始终也是被生产力的状态和阶级

---

① 苏汶:《关于〈文新〉与胡秋原的文艺辩论》,《现代》第1卷第3期,1932年7月。

关系所规定的，——可是，艺术能够回转去影响社会生活，在相当程度之内促进或者阻碍阶级斗争的发展，稍微变动这种斗争的形势，加强或者削弱某一阶级的力量。

以前钱杏邨等受着波格唐（丹）诺夫，未来派等等的影响，认为艺术能够组织生活，甚至于能够创造生活，这固然是错误。可是这个错误也并不在于他要求文艺和生活联系起来，却在于他们认错了这里的特殊的联系方式。①

这个特殊的关系是什么呢，就是文艺创作发生社会作用不是像政治那样直接的，而是间接的，但又不是消极的，而是发生积极作用的。因此，"以前钱杏邨的批评，要求文学家无条件的把政治论文抄进文艺作品里去，这固然是他不了解文艺的特殊任务在于'用形象去思索'。钱杏邨的错误不在于他提出文艺的政治化，而在于他实际上取消了文艺，放弃了文艺的特殊工具"。"用形象去思索"，也即后来所说的"形象思维"，要这比过去的对文艺的理解要深入了一些。瞿秋白的这一批评是真诚的，指出了前几年所犯错误的根源，但理论上出现的系统错误主要应是李初梨、冯乃超的，而且在文艺政治化上问题观点依旧。胡秋原引述普列哈诺夫的话，艺术要用形象去思索，承认艺术反映生活、认识和评价生活，"艺术者，是思想感情之形象的表现，而艺术之价值，则视其所含蓄的思想感情之高下而定"。瞿秋白认为，这种对艺术价值高低上下的区分，缺乏的是用什么阶级标准来进行评价，胡秋原的艺术反映生活，认识、批评生活，不过是"自由人"式的观点。这是清洗了普列哈诺夫的优点，而把他的轻视阶级论的成分的错误观点发展到"虚伪的旁观主义"，"事实上是否认艺术的积极作用，否认艺术能够影响生活"。在瞿秋白看来，在阶级社会里，是不存在胡秋原式的"自由人"的真正的自由的。所以，

当无产阶级公开的要求文艺的斗争的工具的时候，谁要出来

---

① 易嘉：《文艺的自由和文学家的不自由》，《现代》第1卷第6期，1932年10月。

大叫"勿侵略文艺",谁就无意之中做了伪善的资产阶级的艺术至上派的"留声机"。

因此这是"反对阶级文学的理论",是"变相的艺术至上论":

> 肯定的认为艺术不应当做政治的"留声机"……原是立定主义反对一切"利用"艺术的政治手段。①

冯雪峰（洛扬）认为：

> 胡秋原的主义,是文学的自由,是反对文学阶级性的强调,是文学的阶级任务的取消。②

周扬的批判是,胡秋原的"自由的,民主的"文学观,"只要看看蓝（列）宁的《党的组织和党的文学》就可以明白"。这种文学观与马克思主义毫无共同之点,"是百分之百的资产阶级的见解";认为"胡秋原所主张的文学的自由和蓝（列）宁的党派性对立的",并且以他的所谓"无党无派""自由人"的身份破口大骂,"来掩饰他自己的社会法西斯蒂的党派性"。至于在文艺批评问题上,周扬批评胡秋原认为只要说明作品如何产生就够了,而不必论及作品好坏及其实践意义,否定批评的阶级性,

> "文学应该是党的文学"这铁则才是文学批评的现实的基准。作为这个批评的基准的普罗列塔利亚特的党派性,和认识批评的客观性是并不矛盾的。

同时周扬认为,否定文学的积极的变革现实的任务,即文学的政

---

① 易嘉：《文艺的自由和文学家的不自由》,《现代》第1卷第6期,1932年10月。
② 《"阿狗文艺"论者的丑脸谱——洛扬君致编者》,《文艺新闻》第58号,1932年6月6日。

治意义，这也就是取消文学的武器作用。在文学和政治的关系问题上，周扬指责胡秋原"把文学和政治（即社会的实践）分开，甚至对立起来"；"反对一切利用文艺的政治手段"：

> 他根本不去理解，文艺和政治是由阶级斗争的实践所辩证法地统一了的，而文艺本身就是政治的一定形式。
> 胡秋原在对于艺术的本质的认识上……已经很明显地表现了他的反普罗文学的见解。这见解也是有他的普罗文化否定论作理论的基础的。①

对于苏汶的反批评情况也很复杂。面对苏汶的指责——说无产阶级搞的是运动，是些"目前主义"者，为此，他们不要真理，也不要文学，更无从谈什么艺术的价值，等等，瞿秋白指出，无产阶级的科学的文艺理论是在革命运动中建立起来的，剥削阶级把文艺视为影响群众的工具，"所以新兴阶级要革命，——同时也就要用文艺来帮助革命，这是要用文艺来做改造群众的宇宙观人生观的武器"。这样，文学又回到它的阶级性问题上去。瞿秋白强调，文学是附属于一个阶级的，许多阶级各有各的文学，认为新兴阶级以前没有文学，所以现在要创造自己的文学，而旧有的阶级的文学，现在要剿灭新兴文学了。

> 每一个文学家，不论他们有意的，无意的，不论他是在动笔，或者是沉默着，他始终是某一阶级的意识形态的代表。在这天罗地网的阶级社会里，你逃不到什么地方去，也就做不成"第三种人"。②

周扬（周起应）著文反驳苏汶说：

---

① 绮影（周扬）：《自由人文学理论检讨》，《文学月报》第1卷第5、6期合刊，1933年1月。
② 易嘉：《文艺的自由与文学家的不自由》，《现代》第1卷第6期，1932年10月。

> 我们对于现实愈取无产阶级的，党派的态度，则我们愈近于客观真理。
>
> "你假使真是一个前进的战士"，你就一定要站在无产阶级的立场，百分之百地发挥阶级性，党派性，这样你不但会接近真理，而且只有你才是真理的唯一具现者。

他认为，自由主义的创作理论"就是要文学脱离无产阶级而自由"，他引用列宁的话批判说，资产阶级所说的绝对的自由，不过是被金钱收买的自由，受人豢养的自由。"苏汶的目的就是要使文学脱离无产阶级而自由，换句话说，就是要在意识形态上解除无产阶级的武装。"[①] 在这里和阶级性一起，文学的党性问题被提了出来。

冯雪峰（丹仁）刊出《关于"第三种文学"的倾向与理论》一文，批判了苏汶的文艺理论主张。冯雪峰指出，苏汶宣扬文艺是能够脱离政治而自由的、脱离阶级而自由的，虽然他又说一切的文艺都有阶级性，但文艺可以不替阶级服务，不做阶级斗争的武器；所以他反对政治势力对于文艺的干预；所以不满中国和苏联的无产阶级文艺主张；而要建立"斤斤于艺术价值"的第三种文学。冯雪峰认为，苏汶的理论错误的根子主要在于对"阶级性"的解释上。

> 但是，阶级性，主要的却表现在文艺作品（文艺批评亦如此）之阶级的任务，之做阶级斗争的武器的意义上。
>
> 文学的阶级性，以及对于阶级的利益，首先是因为文学是阶级的意识形态的反映。
>
> 文艺作品不仅单是反映着某一阶级的意识形态，它还要反映着客观的现实，客观的世界。然而这种反映是根据著作者的意识形态，阶级的世界观的，到底要受着阶级的限制的（到现在为止，只有无产阶级的世界观——辩证法的唯物论，才能够最接近

---

① 周起应：《到底是谁不要真理，不要文艺?》，《现代》第 1 卷第 6 期，1932 年 10 月。

客观的真理）。①

冯雪峰认为，现实的反映和真理的探求，揭示客观真理，完全是为了无产阶级的。

在论及文艺的功能时，瞿秋白说：

> 文艺——广泛地说起来——都是煽动和宣传，有意的无意的都是宣传，文艺也永远是，到处是政治的"留声机"。问题在于做哪一个阶级的"留声机"。总之，文艺只是煽动之中的一种，而并不是一切煽动都是文艺。……新兴阶级不但要普通的煽动，而且要文艺的煽动。②

周扬提出：我们应该用文学这个武器在群众中向反动意识开火，肃清对于现实的错误观念，"获得对于现实的正确认识，而在这个认识的基础上去革命地改变现实。无产阶级文学是无产阶级斗争中的有力武器，无产阶级作家是用这个武器来服务于革命的目的的战士"③。冯雪峰则说：

> 一切的文学，都是斗争的武器；但决不是只有狭义的宣传鼓动的文学，才是斗争的武器。……非狭义的宣传文学鼓动文学，它越能真实地全面地反映了现实，越能把握住客观的真理，则它越是伟大的斗争的武器。

他认为苏汶把作为武器的文学与狭义的鼓动文学等同起来是不正确的。

> 文艺自然只能够或一定程度（相当程度）地影响生活，影响

---

① 丹仁：《关于"第三种文学"的倾向与理论》，《现代》第 2 卷第 3 期，1933 年 1 月。
② 易嘉：《文艺的自由和文学家的不自由》，《现代》第 1 卷第 4 期，1932 年 10 月。
③ 周起应：《到底是谁不要真理，不要文艺？》，《现代》第 1 卷第 6 期，1932 年 10 月。

现实，帮助着生活和现实的变革。如此，已够是伟大的武器了（易嘉提出了文艺作用的"影响生活的定义"，但还需要具体的说明，例如文艺的组织群众"并非组织生活"是具体的强大作用之一）。

他又说，文艺作品要全面地反映生活真实，把握客观真理，只有站在无产阶级的立场上才能做到。

> 在无产阶级作家，首先要有坚定的阶级的立场，和伊里支所说的坚定的党派的立场。无产阶级在自己的"主观的"，"阶级的"，"党派的"利害之中表现着运动全体的利害，在自己的"主观的"，"阶级的"，"党派的"认识之中表现着客观的真理。①

这时，冯雪峰承认阶级性的表现是个很复杂的问题："我们要承认所有非无产阶级的文学，未必都就是资产阶级的文学的苏汶先生的话是对的；而且我们不能否认我们——左翼的批评家往往犯着机械论的（理论上）和宗派主义的（策略上）错误。……我们要纠正易嘉和起应在这次论文中所表现的错误。"左翼批评家在这次论争中，学风有所改变，说理的成分多了，而且敢于承认错误，这是十分难能可贵的。

至于关于艺术的价值，也成了一个争论的焦点。瞿秋白说，只有站在消灭人剥削人的制度的立场上的无产阶级，才能正确评价人类的艺术的价值，如列宁评价托尔斯泰那样。② 而冯雪峰则把艺术的价值归结为政治价值。他说：

> 艺术价值不是独立的存在，而是政治的，社会的价值。
> 艺术的价值就不能和政治的价值并列起来；归根结蒂，它是

---

① 丹仁：《关于"第三种文学"的倾向与理论》，《现代》第2卷第3期，1933年1月。
② 易嘉：《文艺的自由和文学家的不自由》，《现代》第1卷第4期，1932年10月。

一个政治的价值。然而，正和一切政治行动的价值是客观存在的一样，艺术价值是客观的存在；也正如评价政治不能根据庸俗的目前功利主义或相对主义的观点一样，不能根据目前主义的功利观或相对主义的观点（所谓"彼一时也，此一时也"的观点即是一例）来评价艺术。①

针对瞿、冯、周等人的批判，胡秋原、苏汶进行了反驳。应该说，胡、苏二人的反驳是抓住了左翼批评家在文学观念上的简单化观点的，当然自然也不无极端化的东西。胡秋原在《浪费的论争》一文中所辩论的主要方面也是艺术的阶级性问题，但涉及不少问题。首先是文学的"自由"问题。胡秋原说，列宁说过"文学应该是党的文学"，也强调过哲学之党派性。他认为革命领袖这样说，文学家没有反对的必要。"'不属于党的文学家'滚开吧（伊里支），'滚'就是了。然而，既谈文学，仅仅这样说是不能使人心服的。"作为一个"自由人"，并非"战士"，对于文学应该是可以自由选择的。

> 所谓"自由"二字，革命家很怕提起，这自然是当然的，因为它被一班伪善者所强奸。然而真正的自由主义，不仅是我们不必害怕，而正是我们追求的东西。自由主义是革命期的资产阶级反抗封建独裁的武器，然而社会主义者亦不必拒绝它作反对资产阶级独裁的武器。

在这里，如果说胡秋原不分自由与自由主义的界限，把自由主义当成自由，难免遭到非议，那么另外一些人为了保护自己天赋的特权，则把别人应有的自由当成了自由主义或自己的财富，而予以没收，因此他所指出的问题确实是严重存在的。其次，胡秋原反对文学的"政治化""留声机"论。他说：

---

① 丹仁：《关于"第三种文学"的倾向与理论》，《现代》第2卷第3期，1933年1月。

> 一个艺术家一定要做政治的留声机,我无论如何总是觉得不大够味儿的。
>
> 马克斯(思)严厉地劝拉萨尔创造戏曲,"要仿效莎士比亚,不要仿效释(席)勒,不要将许多个性,变为时代精神之喇叭……"。不要当喇叭,就是说不要当一个纯留声机。易嘉先生要知道高尔基等之所以伟大,在他是革命的春燕,不是革命的鹦鹉啊。

这在理论上也说到了不少左翼批评家的通病。再次,在文艺的功能上,胡秋原认为左翼批评家夸大了文艺的作用。他认为自己提出的文艺的认识、批评作用,就是"影响生活"了,但是要"文艺来做改造世界",就力不从心了。"以为文艺可以改造世界,这是'半部《论语》治天下'的见解。"再其次,是针对周扬的文艺的阶级性、党性问题而发的。周扬论及文艺的党性、阶级性时,口吻绝对,不容中间阶层之存在,认为愈取党派态度就愈接近真理,就能成为真理的唯一的体现者。对此,胡秋原对此做了激烈的反驳,认为这样是"真理只此一家",如不赞成就是"欺骗民众",并会"将一切小资产阶级都坑去,火其书罢"。①

苏汶写了《"第三种人"的出路》一文进行反驳。该文提出的问题依然是文学的功能、阶级性问题,还有非无产阶级作家的地位与创作问题。苏汶认为:

> 左翼文坛在目前显然拿文艺只当作一种武器而接受;而他们之所以要艺术价值,也无非是为了使这种武器作用加强而已;因为定要是好的文艺才是好的武器……除此之外,他们便无所要求于文艺。

左翼批评家把武器的作用看得十分夸张,甚至要肃清非武器的文

---

① 胡秋原:《浪费的论争》,《现代》第2卷第2期,1932年12月1日。

学。在苏汶看来：

> 只要作者是表现了社会的真实，没有粉饰的真实，那便即使毫无煽动的意义也都决不会是对于新兴阶级的发展有害的，它必然地呈现了旧社会的矛盾状态，而且必然地暗示了解决这矛盾的出路在于旧社会的毁灭，因为这才是唯一的真实。①

他指出，如果因为作品没有显然的斗争意识，而便认为取材不尖端，而被归入"不需要"之列，那就会使"作者失去了写作只有表现生活的消极意义的，即使无益而至少也不是有害的那种作品的自由了"。应该说，苏汶这一观点是十分正确的，辨析是细致的。我们知道，有益无害、无益无害的观点，到20世纪五六十年代"左"的文艺倾向碰到困难时，曾在文艺界重又提出讨论的。在阶级性的问题上，苏汶认为文学是有阶级性的，但问题在于如何理解与辨析。他提出，一，"所谓阶级性是否单指那种有目的的意识的斗争作用？"二，"反映某一阶级的生活的文学是否必然是赞助某一阶级的斗争？"三，"是否一切非无产阶级的文学即是拥护资产阶级的文学？"这几个问题，和阶级性密切相关，不弄清楚它们，就可能使阶级性限于空喊，规定一些不切实际的要求，甚至把非无产阶级作家，都当成资产阶级作家来对待了，20世纪50年代出现的现象正是如此。此外，文学形式的低级与高级的区别，苏汶还提出了"文学性"问题。当然苏汶的文章也是存在错误的，如认为20世纪30年代，中国还没有发展到产生无产阶级文学的阶段，和托洛茨基的无产阶级文学否定论的观点相类似。

左翼作家联盟成立前后六七年间，除了文学观念大讨论，相应地还有文艺大众化、现实主义、社会主义现实主义、文学真实性以及后来的两个口号等重要问题的论争与介绍。

---

① 苏汶：《"第三种人"的出路——论作家的不自由并答复易嘉先生》，《现代》第1卷第6期，1932年10月。

这一时期广泛使用的理论话语可说琳琅满目，有"基础与上层建筑""意识形态""革命文学""无产阶级文学""超时代""阶级的武器""宣传""文艺的本质""艺术至上""时代精神""人性""阶级性""党性""党的文学""辩证法唯物论创作方法""政治价值""艺术价值""自由""用形象去思索""影响生活""政治化""政治留声机""真实性""文学性""世界观"与"创作方法"等。

回顾这一时期文学观念的论争，是由文学革命提出的"人的文学"转向革命文学、无产阶级文学的时期。在这一时期，苏联的、日本的无产阶级文艺运动的情况不断被介绍过来，先是提出革命文学，随后很快就转成了无产阶级文艺，认为只有无产阶级文艺才符合时代的要求，要通过无产阶级文艺运动，通过对"五四"新文学运动的批判与否定，转向新的无产阶级启蒙的过渡。在这一时期，马克思主义关于社会结构的基本学说被介绍了过来，有关列宁的党的文学、文学的党性思想与党派斗争的思想论著，普列汉诺夫、卢纳察尔斯基、托洛茨基的文学思想著述争相被译介过来，弗里契、波格丹诺夫著作以及一些苏联文艺团体如"无产阶级文化派"、岗位派、拉普的文化艺术思想，也被当作无产阶级文艺思想文献而被翻译了过来。开始标榜的革命文学的建设思想，与其说是无产阶级的文艺思想，不如说是"无产阶级文化派"的文艺思想，它们情词激切，富挑战性，同时打倒一切，使人望而生畏。直到"无产阶级文化派"与庸俗社会学文学思想在苏联遭到批判，才使一些左翼批评家有了些清醒认识，做了必要的检讨与调整。

在20世纪30年代初前后六七年的时间里，在国际"红色的30年代"的高峰期，我国左翼批评家通过各种论战宣传无产阶级文学，在马克思主义的指导下，初步建立了阶级斗争的文学观。这种文学观把文学视为社会意识形态之一，确认文学与无产阶级斗争、无产阶级政治的紧密关系，大力张扬文学的阶级性、党性原则，宣扬文学要积极地反映生活、认识与批评生活，"影响生活"，以促进现实的革命变革；张扬现实主义、社会主义的现实主义与革命的浪漫主义、典型化和文学的真实性。应该说，这对于推动文学的建设，是起到积极作用的。

但是也要看到，由于当时左翼批评家对马克思主义的理解不深，而当时阶级斗争的形式又十分严峻，加上现实斗争的急切的功利需求，所以同时也就提出了许多简单化的观点。例如，在文学的本质上，把文学看成是追求认识真理的东西，与理论需求一视同仁了，文学的独特性不见了；在文学和政治的关系上，提出了文学从属于政治，或是政治的工具，声称文艺就是政治的留声机，文艺政治化的合理性，甚至文艺本身就是政治的一定形式的观点，把文学等同于政治；在文学阶级性上，把阶级性绝对化了，要求文学成为无产阶级阶级斗争的武器，改造现实的手段；在党性问题上，要求文学表现阶级性的集中表现——无产阶级党性，认为只有这样的文学才是无产阶级的文学；在文学的真实性问题上，宣传在创作中愈有党性就愈真实，甚至就能成为真理的唯一代表。此外还有如创作方法与世界观这类命题。文学的他律是文学自身内涵的一个方面，这几年的论争主要表现在这一方面，但是在具体问题的论争中不仅倾斜于他律，而且大大地溢出了他律、超越了他律，竟使文学完全成了政治手段、武器与工具，使得工具论大为流行，认为艺术价值不仅依附、而且取决于政治价值。后来其中的一些说法，有所缓和、改正，但其缺乏真正的理论反思能力，基本精神被保留了下来，而且被巩固了下来。我们在前面说过，"五四"时期新文学反对旧文学的"文以载道"说，但并未反掉，只不过以文学的"为人生"之道替代罢了。而现在不仅不反"文以载道"说，还以更新了的无产阶级的政治任务之道，强加于文学。究其原因，在于任何阶级都不能不关心文学，都不能不对文学抱有一种功利之心，从而赋予文学以某种特殊的社会功能，这在阶级斗争紧张、严峻的时刻更是如此。我们看到，文学理论中的那些纯文学观、为艺术而艺术的主张，从来不是哪个政治家、革命家提出来的。政治家和那些从事文艺活动的政治家、革命家，从来就是从阶级的功利观出发的，要求文艺紧跟他们的政治主张与活动，要求文艺听从于他们的政治主张，宣传他们的"道"。所以马克思主义的无产阶级文学思想一传入中国，就与过去的"文以载道"的政教型文学思想结合到了一起，这主要是它们在功利观上有着内在的联系，只是"道"不同而不相为谋。而左翼批评家之中不少人是革命家兼批评家，他们通过文学批评进行革命，在他们看来，搞政治与文学就是一回事，文学就是革命斗争的一翼。于是他们把这种政教型文艺观发展到了极致。文学自身的特点与功能被抑制了，文学的作用不仅仅是政治教化，而且还是武器的斗争。所以每当在文学创作中提出要遵循文学自身的特征讨论文学问题，提到需要才能、自由思想，这等于在政治上表示了异议，一定会受到批判的。至于文学自律方面的问题，就很难顾及了。

20世纪30年代初前后六七年间，文学理论派别众多，论争频繁，但看来其中最有活力的是马克思主义文学理论派别，到20世纪30年代至40年代初，在文学界逐渐发展成为主力。它所标榜的种种理论，作为过渡期的理论形态，对于《在延安文艺座谈会上的讲话》具有奠基意义。《在延安文艺座谈会上的讲话》结合生活斗争的实践，根据新的形势和出现的问题，总结并概括了"五四"新文化运动的经验教训，特别是继承了20世纪30年代初无产阶级文艺运动的传统，总结了其经验与教训，将文艺问题理论化、系统化了；它所提出的文艺为工农兵服务的新的文艺观、文学与政治的关系、创作源泉、普及提高、典型化、功利主义、文艺批评原则、文学的阶级性、人性、无产阶级现实主义、作家的思想改造等问题，都有精到深入的论述，发展了马克思主义文艺思想，形成了系统的中国化的马克思主义文艺理论，推动了解放区新文学的发展。1949年以后，它逐渐成为一种走向一统性的文学理论，其中如文艺为政治、文艺为党的一定的政治路线服务，文学的阶级性等问题的论述，在特定时期指导了文艺创作，收到了不少积极的成果。但在形势发生重大变化的情况下，再过分强调阶级斗争，强调文学武器论、工具论、批评斗争观、非此即彼的思维方式等，对新文学的建设也产生了消极的影响。

二　文学理论：1949—1978年

新中国文学理论走过了60年的历程，这60年可以分为前后各30年。前后两个30年自然互有联系，一些根本问题也一脉相承，但所讨论的问题有着重大的差别。这前30年是整个国家生活以阶级斗争为纲的时代，文化的改造，破旧立新，无不贯穿着阶级斗争的思想。其中又可分为前17年、"文化大革命"10年和"文化大革命"后几年两个阶段。这后30年整个国家的重心转向了经济的建设，随后确立了市场经济的体制，文化的改造与需求自然就被纳入了市场经济的轨道，使得文化建设的面貌大为改观，同时也促进了文学理论开创了自己的新局面。这前后两个30年，紧相联系，又各具特征。

（一）"十七年"的文学理论问题

60年虽然可以分为两个阶段，但是总体上是为毛泽东文艺思想贯穿着的。毛泽东文艺思想形成于20世纪40年代，特别在《新民主主义论》《在延安文艺座谈会上的讲话》（下称《讲话》）中对新文化的建设与文学问题进行了全面的阐发。这前30年两个阶段里文艺理论中发生的种种现象，实际上都是围绕着《讲话》中的各种问题而展开的。

由于《讲话》产生于民族解放斗争时期，所以它本身具有强烈的政治的战斗精神。《讲话》的基本精神是：解决文艺为人民大众服务，为工农兵服务，提出了文艺的工农兵方向问题。提出作家要大力描写工农兵，要创造"新的人物，新的世界"，为此作家要深入工农兵，与工农兵相结合，并且十分强调作家要改造自己的世界观，站到无产阶级的立场上来。《讲话》认为人类的社会生活是文学艺术唯一源泉，所以文学艺术家要到生活中去，工农兵中去，观察与研究、分析一切人，一切阶级、群众，一切生动的生活形式与斗争形式；认为文艺作品反映出来的生活，应当比普通的实际生活更高、更强烈、更有集中性、更典型。《讲话》肯定文学作品是一种观念形态，也即意识形态，认为它是一定社会的政治和经济的反映，又给予伟大影响和作用于一定的社会和政治，是整个革命事业的组成部分。"在现在世界上，一切文化或文艺都是属于一定的阶级，一定的党，即一定的政治路线的。为艺术的艺术，超阶级超党的艺术，与政治平行或互相独立的艺术，实际上是不存在的。在有阶级有党的社会里，艺术既然服从阶级，服从党，当然就要服从阶级与党的政治要求，服从一定革命时期的革命任务。""文艺是从属于政治的"，"文艺服从于政治，这政治是指阶级的政治、群众的政治而言，不是所谓少数政治家的政治。政治，不论革命的与反革命的，都是阶级对阶级的斗争，不是少数个人的行为。"《讲话》提出了文艺批评的两个标准，政治标准和艺术标准，指出"政治并不等于艺术，一般的世界观也并不等于艺术创作的方法论"。各个阶级对于文学艺术都有不同的政治标准和艺术标准，并且"总是以政治标准放在第一位，以艺术标准放在第二位的"。"我们的要求则是政治与艺术的统一，内容与形式的统一，革命的政治内容与尽可能高度的艺术形式的统一。缺乏艺术性的艺术品，无论政治上怎样进步也是没有力量的。"

关于人性问题，《讲话》指出：人性是有的，"但是只有具体的人性，在阶级社会里就是带着阶级性的人性，而没有什么超阶级的抽象的人性"。《讲话》辨证地论述了普及与提高的关系；关于创作方法，《讲话》主张"无产阶级现实主义"①。此外还有其他一些重要问题。

---

① 毛泽东：《在延安文艺座谈会上的讲话》，华东新华书店，1949年再版，第34、21—22、22、25、26、26—27、23页。这里所以采用《讲话》的再版本，而未照引1954年修改后的《讲话》版本，主要考虑到在1954年以前，《讲话》的阐释者在阐释文艺与政治等一系列问题上，都是根据初版、二版的《讲话》精神进行的。

二 文学理论：1949—1978 年

《讲话》继承了中国共产党创始人从俄国传播过来的革命文艺思想，吸收并总结了20世纪30年代前后我国文艺论争中左翼文艺思想界积累起来的经验与教训和当时苏联文艺中的主流思想，结合我国反抗日本侵略所进行的民族解放斗争的任务，提出文艺要服务于当时对日斗争的政治目标，要服从于当时的政治，从属于当时的政治，那时是完全必要的。它创造性地发展了马列主义文艺思想，成为发展中的中国革命文艺工作的理论指南与方针，起到了统一思想、推动斗争的作用。因此《讲话》自1942年发表以来（1943年出版），对文艺界产生了极大的影响，推动了解放区的文艺创作。在《讲话》的指引下，作家们深入农村、人民群众，写出了不少为群众喜闻乐见的优秀文学作品。1949年7月，原解放区与国统区的两支文艺大军会合，召开了第一次文代大会，大会用《讲话》统一了大家的思想。中华人民共和国成立后，《讲话》实际上成为作家们的"共同纲领"。其中如文学艺术的本质，文学艺术的社会功能，为广大人民服务，社会生活是文学艺术的唯一源泉，文艺批评原则，内容和形式的相互关系等问题，20世纪50年代中期提出的"双百方针"，作为经典思想，贯穿于新中国成立后的前17年的文艺工作之中。这里需要说明的是，我们要把《讲话》提出的、通过实践证明行之有效的一些基本原理，需要肯定下来，同时又要针对历史中发生的具体问题和进行具体分析。

前30年两个阶段的文艺思想的复杂性，就在于各种理论问题在时间上前后反复，相互交织，因此采用突出问题的办法进行归纳，比较方便。这些问题是：文学与政治关系；社会主义现实主义、革命现实主义与革命浪漫主义的结合（两结合）；写真实问题；人情、人性、人道主义和文学是人学问题；题材问题；从英雄人物论到中间人物；现实主义深化问题。其中文学与政治是最为关键的问题，它以行政手段使政治教育型的文学观获得法定的地位，并支配着上列各种问题的阐释。这里既有理论的建设和丰富，但更多的是批判与斗争，在17年中导致严重的失误；到了"文化大革命"，这种政教型文学观就变为专制文化的组成部分，在文艺领域中无所顾忌地否定一切、打倒一切。当雨过天晴，阴霾散尽，历史老人以实践的标准来检验一切时，该淘汰的就会被淘汰，该作为成果的就会被留下。本文对于上述有的问题评论较为详细，有的则比较简要，根据情况而定。

（二）政治和文艺关系问题关系上的简单化趋势的形成

中华人民共和国成立不久，阶级斗争的形势十分紧张。抗美援朝、镇压反革命、三反五反、土地改革、工商业公私合营，都是阶级斗争的不同形式，形势严峻。随后政治领域的阶级斗争有所缓和，而经济建设中的矛盾日益彰显。社会、文化思想领域，新旧文化观念的冲突大量存在，但是总的来说，较之政治、军事、经济等领域，相对要缓和得多。而且不少现象是几千年来积聚起来的、具有丰富文化含蕴的华夏民族的风尚习俗，并非阶级斗争所要清除的对象。文化领域中的问题大多为思想问题，通过学习、引导、整改与教育，可以不断得到进步与解决。所以处理这类矛盾，应是有别于政治斗争、军事斗争，解决方法也就不同。但是阶级斗争的指导思想与政策，并没有适时调整，却是进一步认为，阶级斗争将会贯穿于整个社会主义建设阶段，往后只会更趋激烈，并且深入到人们生活的各个角落。理论上的这种片面化的强调，使得阶级斗争走向人为的极端化。于是在各个文化思想领域很快形成了一股庞大的"左"的势力，对大量的文化现象、思想问题不加区别与分析，而是广泛地使用了政治斗争的方式加以处理。在除旧布新、移风易俗的口号下，旧有的传统节日如春节、清明、端午、中秋、重阳、除夕，全被废止。在反对宗法社会等级残余观念的同时，号召亲不亲，阶级分，要以阶级观念来划分家庭成员关系，以此来进行亲属的重新认同，疏离与淡化人伦关系，甚至清查烧毁家谱。在文艺方面，除了四大古典小说和解放区来的描写了农民新生活的文艺作品外，把产生于过去封建时代的大部分文化、文学，贴上阶级的标签，视它们为封建文化。在高等学校里，国学、古代文论的课程都被取消；至于"五四"以来的文学，甚至也被视为充满小资产阶级情调的文化现象，于是使得所谓宣传社会主义的苏联无产阶

二 文学理论：1949—1978 年

级文学，甚至包括那些二三流的作品在内，在我国大行其道，但是这也是历史的无奈！

阶级斗争理论的绝对化，使得社会生活的丰富多彩逐渐被阴沉的肃杀气氛所笼罩，在复杂曲折而多变的不同的思想状态中，逐渐形成一种非此即彼、非我即敌的关系。阶级斗争的极端化思想，把社会生活方式、它的生动的感性存在形态，反常地非理性化了，深深地程式化、教条化、庸俗化了；它把人是一切社会关系的总和的关系，仅仅看作政治斗争关系；对人进行分等划类，以新的政治等级，替代了各种社会、人伦的等级。它抑制活生生的人的多种感情与思想，使它们概念化，标签化，使各种各样的人类型化，公式化，从而导致社会生活本身样式的单一化与程式化。①

对于逐渐壮大的革命政党来说，文化领导权是个不容忽视的重要问题。20世纪40年代《讲话》出现后，在文化、文艺思想领域普遍宣传《讲话》的思想，就是争取文化领导权的措施之一。革命胜利之后，对于执政党来说，自然必须在文化思想领域确立《讲话》的绝对地位，用《讲话》所阐发的各种理论思想来统一全国的文化、文艺思想，这是一项极为重要而又复杂、细致的工作。但是由于阶级斗争理论的不断强化，反映到文化、文艺思想领域里，文艺与政治的关系成为最为重要、最为突出的问题，在种种不恰当的阐释中，不断导致文艺与各类文艺思想被普遍混同于政治，逐渐促成了庸俗社会学的不断扩张。

中华人民共和国成立前后，有两篇重要文章是较早来解释文艺和政治关系的问题，宣扬政治教育型文艺观，而且在阐释中，都把政治变成政策了。一篇是周扬的《新的人民的文艺》（1949年7月），另

---

① 关于这点，当时有的作家认为创作的公式化现象是由生活本身造成的。巴人就此发表了几篇批评性的短文，指出从局部看，生活公式化的现象是存在的，但作家的任务正在于改变它们，而不是在创作中照搬生活现象。可以参阅巴人的《遵命集》（北京出版社1957年版）中几篇文章，如《生活本身是公式化的吗？》《略谈生活的公式化》《再论"生活本身是公式化的吗？"》等。又可参阅周扬《文艺战线上的一场大辩论》中对所谓右派分子和修正主义者的批判，作家出版社1958年版，第37页。

一篇是邵荃麟的《目前文艺创作上几个问题》(1950年初)。对于周扬等人来说，他们从青年时代就参加了革命，文艺领域就是他们进行政治斗争的场地，文艺与政治不能分开，文艺必须服从政治，这成了他们的一种信念，因此与《讲话》的思想是十分融洽的。在20世纪40年代中期周扬就写过："艺术反映政治，在解放区来说，具体地就是反映各种政策在人民中实行的过程与结果。"① 这在当时的特殊的形势下也是需要的。新中国成立后，实际形势变了，而文艺政策观念却是依旧。周扬在《新的人民的文艺》一文中，描述了解放区文艺所创造的新世界、新的人物，以及人物的新的感情、新的思想面貌，令人耳目一新。这篇文章谈了作家要站在时代思想的水平之上，即马列主义毛泽东思想的水平上，才能获得艺术上概括的能力。"只有如此，才能将多方面地、深刻地反映生活与明确地、坚持地宣传政策，两者统一起来，不至于为了宣传某一具体政策而歪曲了生活中的基本事实，或者为了生活的局部的细节的真实，而模糊了基本政策思想。"文章认为，反映了人民利益的政策主宰着人民的命运，所以作家"离开了政策观点，便不可能懂得新时代的人民生活中的根本规律"。接着，他进一步要求作家宣传政策，提出文艺作品对政策的宣传要从实际出发，"必须着重反映各地各部门领导干部执行政策的各种不同的情况，各阶层群众对于政策的不同反映"。同时，作家必须学习中国革命的总路线、总政策，才"不致在宣传某一具体政策时发生偏差，而损害或降低艺术作品的思想性"②。在1953年第二次文代大会的报告里，周扬曾经说到"文学艺术上的概念化，公式化之所以不容易克服，还由于一种把艺术服从政治的关系简单化、庸俗化的思想作祟"。但又重申"文艺作品是应当表现党的政策的，文艺创作离开了党和国家的政策，就是离开了党和国家的领导……作家在观察和描写生活的时候，必须以党和国家的政策为指南。它对社会生活中的任何现象都

---

① 周扬：《同志，你走错了路·序》，《周扬文集》第1卷，人民文学出版社1985年版，第479页。
② 周扬：《新的人民的文艺》，《周扬集》，中国社会科学出版社2000年版，第80、81、82页。

二 文学理论：1949—1978年

必须从政策的观点来加以估量"①。这里是说，一，要求作家要站到马列主义毛泽东思想的水平上，需要了解党的政策的，这是有它的积极意义的。但这里实际上又是把文学看成从属于党、从属于政治，看成了服从于党的政策，把既定的党的政策要求，去替代作家对于生活的具体感受，把作家的写作看成是宣传某一具体的政策了。二，再进一步说，他认为只有党的政策才能决定作品思想性的高低，所以作家必须懂得党的总政策与各种具体政策，这就将文艺完全当作宣传政策的工具了。三，文艺创作要表现各部门领导执行政策的水平，这就更加偏颇，把文艺创作当成各类领导干部执行党的政策的思想汇报了。

1950年，邵荃麟在《文艺报》第3期发表长文《目前文艺创作上几个问题》，其中相当部分是谈文艺与政策关系的，而且一些地方比周扬规定得更具体。文章说，文艺从属政治今天没有人怀疑了，当今存在的问题是文艺创作如何与政策相结合的问题。他说："政治的具体表现就是政策，作家不能在创作上善于掌握政策观点，也就不能很好地为政治服务。"他又说：列宁认为，苏联文艺必须提高到政策水平；1934年"斯大林和高尔基确定社会主义现实主义为苏维埃作家的创作方法问题时，也特别指出这种创作方法的特征之一，即是必须与苏维埃政策相结合。前几年日丹诺夫在关于《星》和《列宁格勒》两杂志的报告中，又重申了列宁与斯大林的指示，并且肯定地说：'我们要求我们的文学领导同志与作家同志，都应以苏维埃制度所赖以生存的东西为指针，即以政策为指针'"。并说《讲话》也特别对党员作家指出，"要站在党的立场，站在党性和党的政策的立场"。这里说明了，一，政策表现政治，作家不能把握政策就不能很好地为政治服务。二，说明了这一理论的来龙去脉：文学从属政治、服从政治也即从属政策、服从政策、描写政策，是从苏联照搬过来的，从苏联到中国是一脉相承的。三，这篇文章还从理论上提出，文艺创作所以要结合政策，这不仅仅是政治要求，而且据说还是文艺创

---

① 周扬：《为创造更多的优秀的文学艺术作品而奋斗》（1953年9月），《周扬文集》第2卷，人民文学出版社1955年版，第242、243页。

作中的现实主义的要求："一个正确的政策，却正是现实的最高度的概括"，文艺创作离开了这一政策的高度概括和指导，"它又怎能正确地反映出历史现实和指导现实，它又有什么现实主义可言呢？"这种说法，实际是把文学正确描写政策与现实主义等同了起来。四，同时认为，文艺创作的任务在于教育人民，那么拿什么去教育人民呢？"仅凭作家个人对于现实主观的理解呢，还是结合着由多数人的意志而制订出来的政策去教育他们呢？这答复是很显然的"。这明明是说，要通过作家图解政策，去教育人民，而作家的"个人对于现实的主观的理解"，显然被排除在创作对象之外了。五，接着文章进一步提出，既然文艺需要与政策结合，为政策服务，那么作家如何服务呢？他说"还有和政治任务相配合的问题。我们中间有句流行的话，叫做'赶任务'"。六，如果作家自觉地服务好了政策，赶好了任务，他就获得了"创作自由"。[①] 文艺从属于党、从属于政治、服从于政治，就是服从于党的政策，反映党的政策，描写党的政策，去赶任务，如果任务赶得好，他就获得"创作自由"了。

　　这种以写党的政策为中心的思想作为指导文学创作的理论批评思想，在新中国成立前后几年之内就确立了下来。但是这种以政策取代生活、以政治取代文学的社会学观念，是被极端地简单化、庸俗化了的，因而必然产生图解政策以及公式化、概念化、简单化的现象，出现了文艺创作写本质的说法，并且这些倾向很快在创作中表现了出来。比如1953年，周扬在全国第一届创作会议上的报告中也不得不承认电影中的概念化、公式化现象。他历数"八多"现象：即表现新生活唱歌多；笑多；跳秧歌多；表现时代转变贴报纸多；解放军进山海关场面多；"冲啊！杀！"多；喊"'感谢共产党，感谢毛主席'太多了"；写干部讲空话多。接着又讲到文艺与政策问题说："我们的文艺作品中一定要表现政策"，"过去的缺点是从政策出发表现政策，把

---

　　① 邵荃麟：《论文艺创作与政策和任务相结合》，此文系1950年《目前文艺创作上几个问题》的演讲词的一节，见《邵荃麟评论选集》上册，人民文学出版社1981年版，第285、286、290页。

二　文学理论：1949—1978 年

政策改变成图解来解释政策的条文，不是从生活出发去表现政策。错误就在这里"①。又说"今天没有人会说文艺不必服从政治，不必与政策结合"。"文艺界提出了'赶现实'，'赶任务'的问题，就是说文艺要结合现实，反映政策，完成任务。""文艺作品要反映群众生活中最根本的东西，最本质的东西。什么是本质？本质就是斗争，阶级斗争与生产斗争，主要是阶级斗争。"②但是无论是从政策表现政策，还是从生活表现政策，周扬说的文艺创作描写的对象仍然是政策，是政策的各种规定，或是以政策说明政策，或是以生活图解政策。这种文学理论批评，不仅把文学创作完全当成了政治的附属品，变成了政治的延伸，而且把它变成了政策的说明书。这样创作出来的作品，确实还原了政治的要求与政策的规定，达到了最本质的东西，但是却是极端概念化的东西。理论批评自身制作了一个可以到处套用的政策框架，但是框来框去，却使理论自身迷失自己的本性；使作家成了一个完全被阉割了创造性个性的人。这种观点，本来已是极端庸俗化、简单化的东西，但是后来却是愈演愈烈。

当然，应该看到，在文学与政治关系问题上，后来周扬、邵荃麟的观点是有所变化的，我们在后面会论及这点。

（三）被尊为社会主义文学"最高纲领"的社会主义现实主义

中华人民共和国成立后一直到"文化大革命"，文艺领域中不断地围绕着文艺与政治的关系进行着批判与斗争，其他问题都是由此派生出来的，社会主义现实主义就是派生出来的一个根本性问题，它曾被奉为社会主义文学的"最高纲领"。

1952 年开始，文艺界领导提倡学习社会主义现实主义。要建设我

---

①　周扬：《在全国第一届电影剧作会议上关于学习社会主义现实主义问题的报告》，《周扬文集》第 2 卷，人民文学出版社 1985 年版，第 218、219、220、227 页。
②　周扬：《文艺思想问题》（1954 年），《周扬文集》第 2 卷，人民文学出版社 1985 年版，第 285、268 页。

国的社会主义文学，就必须把它提高到社会主义现实主义的高度。社会主义现实主义理论早在20世纪30年代就由周扬介绍到了我国，在三四十年代，在非解放区一般称作革命的现实主义。在《讲话》中，毛泽东采用了"无产阶级现实主义"的说法，1954年后《讲话》的新版本中改为"社会主义的现实主义"。一般说来，无论在苏联还是在中国，社会主义现实主义被当作创作方法，其实这是一种程式化的规范或规定。从创作实践来看，历史上除了古典主义文学规定了著名的"三一律"，其他如现实主义、浪漫主义，作为创作原则，是随着生活的发展而不断自我丰富的。至于创作方法说，以前未见这种规定，如果谈及方法，一般是指作家自身使用的艺术手段。苏联社会主义文学原是将哲学的唯物辩证法作为统一的创作方法的，后来发现用哲学方法代替文学创作方法，导致了庸俗社会学，于是转而建立创作方法，即社会主义现实主义创作方法。提出社会主义现实主义方法的目的，就是为那些被组织起来的苏联作家，设立一种统一的写作的规范或范式，一种程式，可以用以指导创作，或指导批评，用以检验作家在创作上遵守社会主义现实主义化的程度，以保证无产阶级的政治与政策的执行。于是有了苏联作家协会关于"社会主义现实主义"的定义："社会主义的现实主义，作为苏联文学与苏联文学批评的基本方法，要求艺术家从现实的革命发展中真实地、历史地和具体地去描写现实，同时艺术描写的真实性和历史具体性必须与用社会主义精神从思想上改造和教育劳动人民的任务结合起来。"① 从理论上细加推敲，定义本身就存在问题与矛盾的。

  1952年末，冯雪峰发表长篇论文《中国文学中从古典现实主义到无产阶级现实主义的发展的一个轮廓》，看来作者是知道社会主义现实主义的定义的，然而并未正面回应，而使用了毛泽东《讲话》中的提法。他指出任何民族，凡能遗留下来的杰作，都具有现实主义精神，且并不排斥浪漫主义。他强调了那些优秀杰作，都具有"深厚的人道主义的思想"，认为"五四"后的新文学与中外文学传统有着各

---

① 《苏联作家协会章程》，见《苏联文学艺术问题》，人民文学出版社1953年版，第13页。

二 文学理论：1949—1978年

种继承关系，而走向社会主义现实主义是其自身的发展的必然。他把毛泽东《讲话》中涉及的各种问题，都看作是关于社会主义现实主义的创作任务、态度和方法的最根本方面。其中如和群众结合，进行思想改造，在火热斗争中树立作家无产阶级立场和共产主义宇宙观等。"所以，正是这样地去建立文学的群众路线，建立作家的群众的、革命的、无产阶级的立场和观点，才能使社会主义现实主义的根本问题真正得到实际的解决。"同时冯雪峰认为，对于过去的现实主义，马克思主义是肯定的。所谓现实主义的精神，在他看来，就是"从现实（客观）出发而不有所粉饰或主观地去看现实的那种严肃的、客观的态度，对于现实的观察的深刻性和具体性，以及把文学的基础和美学观点的基础在对于现实之客观的、真实的描写上，等等，——是现实主义的基础"。社会主义现实主义继承了现实主义的基本精神，但"它是以无产阶级的哲学为自己行动（创作）的指南的……党性原则，也就不仅是在宇宙观的基础上，而且就正是宇宙观的最高表现，就正是无产阶级的革命实践性的集中表现"。所以"对于现实关系的紧密性，尤其和实践关系的紧密性，和无产阶级和人民群众关系的密切性"，是社会主义现实主义的第一个特征。其第二个特征，即"它是以唯物辩证法为自己对于现实的认识方法的根本，即对于现实的认识，务期符合于现实的客观运动的法则，也即是在现实的事物相互矛盾的发展中去对它作具体的、深入的、全面的观察和分析"；通过事物的矛盾法则，采用具体的分析方法，看见事物的特殊性和复杂性。最后，冯雪峰指出，典型化的原则是现实主义最根本的原则，现实主义如果抽去典型化方法，这就使它失去了灵魂；同时典型化必须和党性原则相结合，党性原则只能通过典型化来实现，"因为党性……是宇宙观的最高表现，也是人民性、阶级性和革命实践性的最高的集中表现。和党性原则相结合，这就使典型化的原则提到最高的和最后的高度上了"[①]。

[①] 冯雪峰：《中国文学中从古典现实主义到无产阶级现实主义的发展的一个轮廓》，《文艺报》1952年第14、15、17、19号，《冯雪峰论文集》中，人民文学出版社1981年版，第510、521—522、523—524、525、529页。

与此同时，周扬先在苏联文学刊物1952年12月号《旗帜》上发表《社会主义现实主义——中国文学前进的道路》一文，并于1953年初在《人民日报》上刊出。周扬认为，社会主义现实主义现今已成为全世界一切进步作家的旗帜，"中国人民的文学也是世界社会主义现实主义文学的组成部分"。他认为如何去向苏联的社会主义现实主义文学学习呢？那就是"首先要求作家在现实的、革命的发展中真实地去表现现实"，深刻揭露生活中的矛盾，新旧力量的斗争，表现新的人物的真实面貌。而"判断一个作品是否是社会主义现实主义的，主要不在它所描写的内容是否社会主义的现实生活，而是在于以社会主义的观点、立场来表现革命发展中的生活真实"。"因此当我们评论一篇作品的思想性的时候，主要就是看它揭露了社会阶级的矛盾——这种矛盾是无微不至地表现在生活的各方面的——以及揭露是否深刻。"[①] 在第二届文代大会的报告中，周扬说："我们把社会主义现实主义方法作为我们整个文学艺术创作和批评的最高准则，工人阶级的作家应当努力把自己的作品提高到社会主义现实主义的水平。"[②] 当今文艺创作最重要、最中心的任务：表现新的人物和新的思想；创造正面英雄人物。

对照两人关于社会主义现实主义的理解，有接近的地方，也有一定的区别。一致之处在于，两人对社会主义现实主义的式子都未在理论上提出质疑，都把功利观极强的社会主义现实主义视为社会主义文学的最根本的法则，只是表达的方式不同。在他们看来，无产阶级现实主义就是社会主义现实主义，所以无产阶级也就是社会主义，这在概念上极为混乱。二，两人在现实主义历史发展的论述上，有契合之处，冯雪峰从历史发展的角度论证了无产阶级现实主义在中国出现的必然，而周扬关于中国文学是在中国现实的土壤上生长出来的，有自己的悠久的历史和灿烂的文学遗产和优良传统这点上，也与之相呼

[①] 周扬：《社会主义现实主义——中国文学前进的道路》（1952年12月），《周扬文集》第2卷，人民文学出版社1985年版，第188、186—187页。

[②] 周扬：《为创造更多的优秀的文学艺术作品而奋斗》，《周扬文集》第2卷，人民文学出版社1985年版，第249页。

应。"中国文学必须具有自己独特的鲜明的民族风格。但是中国文学的民族特点,决不是什么孤立的、狭隘的、闭关自守的东西,恰恰相反,中国文学可能而且应当在自己民族传统的基础上吸收世界文学的一切前进的有益的东西"①,这在外国人面前讲得很好。但是两人阐释的差异也是存在的,冯雪峰重视现实主义真实性,他从中国文学自身的历史发展谈起,具有较强的历史感与说服力,同时将当时学习《实践论》与《矛盾论》的体会融合了进去,但在解释革命浪漫主义上,却是非常勉强,可以商榷。他说:"从认识(生活的体验、观察、研究),过渡到表现——即作品的制作的时候,革命浪漫主义的原则自然也连续成为表现——组织——的方法和原则了。但到这时候,革命浪漫主义的原则已经有机地、自自然然地溶合到典型化或典型创造的原则里去了,正和它是我们的现实主义的有机的构成部分一样。"②这段话显然是认为,浪漫主义只是一种想象,是作家认识好了生活之后实现创作时的手段。一般来说,这类机械论观点在他的文论中是不常见的。但整体说来,该文特别是前面大部分,对现实主义的阐释是很有见地的;当然他也接受了苏联文论中当时流行的所谓典型任何时候是个政治问题的理论。而周扬关于社会主义现实主义的解释,多半直接诉诸社会主义现实主义的程式,突出它的政治法定性,功利性、简单化倾向很强。

(四)胡风的现实主义的命运

在现实主义与社会主义现实主义问题上,胡风的命运就悲惨了。早在20世纪40年代下半期,《讲话》的阐释者邵荃麟、林默涵、何其芳等对胡风的"主观战斗精神"的批判,就是从现实主义思想入手

---

① 周扬:《社会主义现实主义——中国文学前进的道路》(1952年12月),《周扬文集》第2卷,人民文学出版社1985年版,第183页。这是一篇先发表在苏联报刊上的文章。
② 冯雪峰:《中国文学中从古典现实主义到无产阶级现实主义的发展的一个轮廓》,《文艺报》,1952年版,第14、15、17、19号,《冯雪峰论文集》中,人民文学出版社1981年版,第525页。

的。1949年末到50年代初,批判的调子大为提高。1952年12月初,举行了"胡风文艺思想讨论会",对照《讲话》的思想,林默涵直截了当地指出:"胡风的文艺思想,在实质上是反马克思主义的,是和毛泽东同志所指示的文艺方针背道而驰的。"表现在"他一贯采取了非阶级的观点来对待文艺问题"。下面我们概述一下林默涵等人对胡风的现实主义的批判,第一,指责胡风"片面地不适当地强调所谓'主观战斗精神',而没有强调更重要地忠实于现实,这根本上就是反现实主义的"。第二,"胡风所说的'主观战斗精神'是没有阶级内容的抽象的东西。因而他所说的现实主义也就只是一种没有阶级内容的抽象的东西"。"对于社会主义的现实主义者,根本问题也不是有没有抽象的'主观战斗精神',而是首先要具有工人阶级的立场和共产主义的世界观;没有这种立场和世界观,那就不管你的'主观战斗精神'怎么强烈,也不可能正确地充分地反映今天的现实'。"第三,是立场问题,文章认为:文艺工作者要"到工农兵群众中去,参加工农兵群众的实际斗争……必须改造思想,改变立场,把立场从小资产阶级方面移到工农兵方面来"。认为胡风提出作家的主观战斗精神和客观现实的"拥抱",来克服创作中的公式主义与客观主义,"就是不承认我们文艺的根本问题是为工农兵的问题,由此也就否认文艺工作者的根本问题是思想改造"。"在胡风的全部论文中,从来没有说过文艺工作者应该学习革命理论,相反地,只是片面地强调他所说的生活实践……在胡风看来,不接受革命思想,也可以把握到历史现实的真实本质。"因此,从根本上说,胡风是反对《讲话》的。[①] 同时何其芳的长篇论文,就下列几个问题展开了批判:一是"在文艺创作上,具有最后决定性的因素到底是作者的生活实践,还是作者的'主观精神'"?二是,"对于今天的革命作家,是否无论什么生活都是一样有意义?"这一指责后来演变成为著名的"题材决定论"。三是,"关于思想改造和思想改造的道路"。四是"民族形式和革命的现实

[①] 林默涵:《胡风的反马克思主义的文艺思想》,《胡风文艺思想批判论文汇集》二集,作家出版社1955年版,第49、50、51、54、55、56、59、60页。

二 文学理论：1949—1978 年

主义的关系"，胡风否定民族传统，否定民族形式。五是胡风的现实主义"只能是反毛泽东的文艺新方向的、反无产阶级现实主义的'现实主义'"①。这样，胡风就被描绘成革命文艺阵营内部的反对派了。

胡风的现实主义文艺思想，受过别林斯基、卢卡奇、鲁迅等人的文艺思想的影响，有时用词晦涩，有关文艺创作问题他自有主见。他并不否认客观，但是强调主观战斗精神却是其现实主义思想的精粹之处；并且由于身份不同，身处环境不同，就不可能使用《讲话》阐释者的语言。他结合多年的创作、理论实践的经历，就《讲话》阐释者对他进行的批判进行了反驳，这就是1954年3月至7月写出的《三十万言书》。在呈交《三十万言书》时有一《给党中央的信》，信中说，通过对林默涵、何其芳的批评的分析，"我完全确定了林默涵、何其芳两同志的理论是混乱的主观主义或庸俗的机械论；而他们在这里所暴露出来的几个基本论旨，又正是几年来统治了整个文艺战线的指导理论的重要构成部分，在实践上起了严重的危害作用的"。"这种理论，只有在宗派主义的地盘上才能够取得'合法'的资格，只有通过宗派主义的统治方式才能够占着支配的地位。这种理论，把毛主席的某些原则歪曲地做成了机械唯心论的教条，而且在完全脱离历史条件之下随心所欲地运用，压死了文艺实践的规律，反而用尽方法把和他们意见不同的人做成'宗派主义'或'反对派'，从而企图为这种非党的领导思想造成完全的'统一'局面。这比拉普派的理论还要庸俗无数倍，实质上是已经发展成了反党性质的东西。"②《讲话》的阐释者力图将《讲话》中有关文艺创作的经典性观念发扬开来，并当作时代的统治思想而进行了努力，这是十分必要的。但是对照《讲话》，阐释者倚仗政治正确，在对胡风的批判中，确是将文艺问题当成了政治问题，强调了为政治斗争即阶级斗争服务的一面、强调文学党性的

---

① 何其芳：《现实主义的路还是反现实主义的路》，《胡风文艺思想批判论文汇集》二集，作家出版社1955年版，第70、76、81、84页。

② 胡风：《给党中央的信》，见《三十万言书》，湖北人民出版社2003年版，第37页。

一面和文学作用的急功近利方面，而存在严重的教条主义、机械论倾向，和不证自明的简单化倾向。而胡风从文学自身特征出发来要求文学，文学不是政治，于是在创作中的作家主观能动性问题上、世界观如何改造问题上、生活实践、真实性、人物描写问题上，与《讲话》的阐释者发生分歧，并且抓住了他们的"主观主义""庸俗的机械论""宗派主义"与非历史主义进行了反驳，却是很有力量的。可是问题在于《讲话》的阐释者当时就是《讲话》的代言人，反驳他们实际就是反驳《讲话》。胡风的文艺思想在1955年1月12日的毛泽东的批语中先是被定性为"资产阶级文艺思想"，时过三天，即1月15日，在毛泽东的批示中被升格为"反党反人民的文艺思想"。胡风等人原被定为"胡风小集团"，在收集到舒芜等人的几批私人信件后，他们就将革命阵营中的"反对派"胡风及其朋友，定性为"胡风反党反人民集团"。5月24日在《人民日报》发表的《关于胡风反党集团的第二批材料》中，毛泽东把胡风称为"反革命"，"胡风反党集团"就变成了"胡风反革命集团"①。1955年所谓胡风反革命集团的批判，涉及一大批无辜者，随后酿成了一次肃反运动。对于暗藏的反革命分子的揭露是完全必要的，但正如《毛泽东传》主编所言："当时，毛泽东在思想上存在着对国内阶级斗争形势，对敌情，估计过于严重的'左'的情绪。在这种不切实际的估计下，肃反运动发生混淆两类矛盾、打击面过宽的偏向，严重伤害了不少人。"② 这样，胡风为其更具说服力的现实主义理论而坐牢多年，几乎丢了身家性命。

围绕现实主义问题，我们在这里需提到蔡仪先生，虽然他也反对胡风的文艺思想，但是他就现实主义问题做了理论上的梳理。他将现实主义的来龙去脉、将现实主义在中外文学发展中的各个时期的历史特征做了系统的阐发。这组文章至今读来仍然使人感到它们在理论上

---

① 中共中央文献研究室编，逄先知、金冲及主编：《毛泽东传》上，中央文献出版社2003年版，第302、303、305页。
② 中共中央文献研究室编，逄先知、金冲及主编：《毛泽东传》上，中央文献出版社2003年版，第307页。

巨大的阐发力,可在当时的文学研究所,是被当作脱离实际的所谓系统派的代表的。这里还需要提到茅盾先生,他的《夜读偶记》在当时相当有名,认为一部文学史是现实主义与反现实主义的斗争史,论述引证广博,但遗憾的是它的基本出发点却是不符合文学史史实的。茅盾先生对现当代西方现代派文学抱有强烈的偏见,他对文学史的庸俗化理解,与他原有的丰富的理论知识、创作经验极不相称,这是令人十分惋惜的。

(五)短暂的"百家争鸣"景象;对社会主义现实主义的质疑;一场对文艺界不同观点大扫荡的"大辩论";从捍卫社会主义现实主义到捍卫"两结合"

胡风的现实主义思想虽然被用"反革命集团"的帽子压下去了,但是,关于现实主义的争论并未结束。1956年,是我国文化政策的第一次重大调整的一年。中央提出知识分子已是工人阶级一部分;同年4月,毛泽东提出了"百花齐放、百家争鸣"的方针,前者针对文学艺术而言,后者则针对学术发展而言。这一方针对于繁荣文学艺术、发展科学意义重大。是年,创作活动活跃起来,学术讨论也有起色,比如过去几年,新英雄人物讨论较多,现在转到典型问题的讨论了,我们将在后面涉及这一问题。这时引起更大论争的是发表于9月号《人民文学》上的何直(秦兆阳)的《现实主义——广阔的道路》、《长江文艺》第12期周勃的《论现实主义在社会主义时代的发展》等文章。这些文章质疑社会主义现实主义定义的简单化的东西。比如秦兆阳在文中同意西蒙诺夫对社会主义现实主义的质疑,他认为需要做些补充。首先,"如果认为'艺术描写的真实性和历史具体性'里没有'社会主义精神',因而不能起教育人民的作用,而必须要另外去'结合',那么,所谓'社会主义精神'到底是什么呢?它一定是不存在于生活的真实和艺术的真实之中,而只是作家脑子里一种抽象的概念式的东西,是必须硬加到作品里去的某种抽象的观念"。其次,他认为"社会主义精神"应是世界观的组成部分，因此，它应当存在于"艺术描写的真实性之中"，无需乎硬加进去。再次，秦兆阳认为，按照现在的社会主义现实主义定义的说法，"艺术描写的真实性和历史具体性"，似乎可以与思想性分离开来，与典型问题分离开来。最后他提出，"想从现实主义文学的内容特点上将新旧两个时代的文学划分出一条绝对的不同的界线来，是很困难的"。因此他建议，"可以称当前的现实主义为社会主义时代的现实主义"①，这样可以拓宽作家的思路，以利文学的发展。他又说到，在不正常的情况下，"作家们'一举一动，总是左顾右盼，心神不安'，'不敢写''自己感到最激动的、最严正最尖锐的题材'"。此时冯雪峰也说了"苏联文学为社会主义奋斗的精神还赶不上旧俄文学的人道主义精神"，而文艺界有些青年作家对社会主义现实主义同样进行了质疑，指出当前文学创作中粉饰生活的现象极为严重，提出要把"写真实"作为社会主义现实主义的生命的核心，要求文学干预生活。认为苏联文学在近20年不如前20年，并说我国文学近15年来也退化了；也有人说苏联文学已经"停滞"，社会主义现实主义是少数人"捏造"的口号②，等等。

1957年初开始直到5月初，报刊大力宣传"双百方针"，3月毛泽东发表了《关于正确处理人民内部矛盾的问题》报告，讲了知识分子问题和双百方针必须贯彻。4月末，中共中央发出《关于整风运动的指示》，提出反对官僚主义、宗派主义、主观主义，进行一次正确处理人民内部矛盾的教育。然而到了5月中旬，形势却是急转直下，毛泽东的《事情正在起变化》一文在党内干部中传阅，它高估了党内外右派的人数比例，指出要让民主党派中的右派尽情自我暴露；提出根据苏联的教训，要开始注意批判修正主义。6月初，发出要组织力量反击右派分子进攻的指示，从此大规模的反右运动就开始了。这样，一年左右"双百方针"就被收了回去，并且公开说"百家争鸣"

---

① 秦兆阳：《现实主义——广阔的道路》，《文学探路集》，人民文学出版社1984年版，第142、143、144页。
② 见周扬等《文艺战线上的一场大辩论》，作家出版社1958年版，第26、28页。

二 文学理论：1949—1978年

就是无产阶级与资产阶级两家的斗争。于是先在党内开刀，声称在文艺界揭发出了一个反党集团——丁玲、陈企霞包括冯雪峰在内的反党集团①，接着一路横扫文艺界的所谓右派、修正主义分子。9月中旬，周扬在中国作协党组扩大会议上作了《文艺战线上的一场大辩论》（下称《大辩论》），并经毛泽东修改与补充，于1958年初正式发表，后又印成小册子，广为传播。

《大辩论》实际上并无什么理论上的辩论，不过是"政治正确"的大批判的一贯作法，并被标榜为一场反右斗争的伟大胜利，其中文学理论批评政治化与反现实主义思想则得到了进一步的恶性发展。其实，此前一些作家对于社会主义现实主义理论产生不满的意见，大都是根据现实生活中遇到的事实说话，可能有的说法缺乏历史观点，过激一些；而一些作家长期处于残酷斗争中而形成的不安心态，也是客观事实。《大辩论》把上述各种观点，当作诋毁社会主义文艺成就的论调进行了驳斥，继续歌颂连苏联作家自己都已指出问题所在的社会主义现实主义。其实，我们在前面摘录的苏联的社会主义现实主义的定义，由于它自身规定的内涵的缺陷，造成了苏联文艺中相当普遍流行的无冲突论、粉饰生活、虚假性、反真实、失去文学批判精神等现

---

① 所谓丁陈反党问题是其中的一个重点，由于反党适逢反右，所以丁陈反党集团也被打成了右派分子。涉及世界观问题，《大辩论》作者说："丁玲、冯雪峰等人的堕落成为右派分子不是偶然的。这是他们的资产阶级个人主义世界观和共产主义世界观长期对抗的必然结果。接着说了个人主义者可以过民主革命的关，可就过不了社会主义的关。他们的事件是无产阶级和资产阶级、社会主义道路和资本主义道路的斗争在文艺界的反映。老根子是资产阶级的个人主义，提倡个性自由，拒绝思想改造的结果，所以成了反党分子，甚至还附上一笔20世纪40年代丁玲的几篇散文的老账。但是后来根据这一案件的参办人员指出，丁陈反党小集团的四条错误或是罪行，根本不能成立。一，所谓丁玲宣传了"一本书主义"的个人主义。其实这是丁玲在文学讲习所对学员讲："作为一个作家首先应有作品，如果一本书也写不出来，那算什么作家呢？"结果这话完全被歪曲。二，说她挑拨领导人即周扬与胡乔木的关系，经向胡乔木调查，被调查人认为他自己并无这种感觉，不过是有的人的感觉而已。三，所谓反对党的领导，丁玲和周扬常常意见、看法不尽相同，结果被当作反党，自然荒唐。四，既然没有反党行为，所谓反党小集团也就根本不存在（见李之琏《不该发生的故事——回忆1955—1957年处理丁玲等问题的经过》，见汪洪编《左右说丁玲》，中国工人出版社2002年版，第61页）。所以《大辩论》对丁陈的指责，写得很有气势，高屋建瓴，实则凌空蹈虚，纯系陷构。至于冯雪峰反党的罪名，也是如此定下。在文艺观点上，冯雪峰与胡风比较接近，互有支持，同时在工作中也有失误，但根本不是反党问题。

象。生活本身多姿多彩，作家创作也多种多样，难以定于一式。现在要给创作规定一种方法，这必然会使生动的创作被方法化、概念化，并且成为迫使文学从属于政治的一个最富于理论色彩的观念。所以冯雪峰、秦兆阳、刘绍棠等人的话，并非诬蔑，而是真实情况的反映。然而《大辩论》作者仍然我行我素，坚持理论的虚构，使用那种给写真实、光明与黑暗、批判与歌颂规定各写多少的一定比例的刻板程式，进行政治批判，并以"文艺上的修正主义路线"政治帽子，来打击不同意见者，以震慑其余。《大辩论》所说的这条文艺上的修正主义路线的特点，就是"打着马克思主义的招牌，在反对'教条主义''宗派主义'的口实下来反对马克思主义，反对党的领导。修正主义文艺路线的主要内容就是否定文艺为劳动人民服务，为革命的政治服务的崇高使命，否定在阶级社会中文艺的阶级性，否定或歪曲民族的文化传统，否定作家的思想改造，否定党对文艺事业的领导作用"。"冯雪峰和胡风的思想是一脉相通，代表一条修正主义的资产阶级路线。他们自己吹嘘代表什么现实主义正统，实际上他们代表的正是反现实主义的路线。"[①] 但是从历史实践来看，真正具有危害性的是严重的教条主义、宗派主义和反现实主义理论，只是通过"政治中介"的手段与反击，使这些政治指责完全被虚化，而在实际生活中却是更加肆无忌惮了。

　　随之而来的是1958年的总路线、人民公社与大跃进——三面红旗，它们使全国陷入一片狂热的浮夸风之中。在5月一次会议上，毛泽东提出了"无产阶级文学艺术应该采用革命现实主义与革命浪漫主义相结合的创作方法"。早在20世纪30年代，周扬在介绍社会主义现实主义的时候，就将革命浪漫主义一起介绍过来。在1958年，周扬在《新民歌开拓了诗歌的新道路》一文中，还极力将"两结合"与社会主义现实主义统一起来，而到1960年7月第三次文代大会上，在他所作的《我国社会主义文学艺术的道路》大会报告中，则搁置了社会主义现实主义，采用了毛泽东提出的"革命现实主义和革命浪漫

[①] 见周扬等《文艺战线上的一场大辩论》，作家出版社1958年版，第45页。

主义的结合"（两结合）。然而要知道，不久前秦兆阳等人就是因为对于社会主义现实主义的公式提出不同意见而被打成"右派"的！这时提出"两结合"，看来有几层意思，一是1958年大跃进时期，老百姓真是鼓足干劲，意气风发，形成了盛极一时的新民歌运动；二是领导者本人的创作经验体现了"两结合"的精神；三是试图通过文学的新口号，显示政治、文化上的独立性，体现了摆脱苏联文学的束缚的那种企图。因此它被周扬誉为这是"毛泽东同志对马克思主义文艺理论的又一重大贡献"，"他把革命气概和求实精神相结合的原则运用在文学艺术上"。"这两种精神的结合，不只适用于文艺创作，也适用于文艺批评"[①]。"两结合"的创作方法，一方面确实反映了创作实际，文学史中不乏其例，外国作家也有所论及。把革命现实主义说成是创作的基础，革命浪漫主义则是其主导，也是很有道理的。但问题在于这一概念，并不能全面覆盖文学；自然，把现实主义与浪漫主义截然分离开来，那也是不符文学自身的发展的。至于说可以把"两结合"当成批评方法，则可能更是离谱了。大约正是在此基础上，同年7月，周扬提出了要"建立中国的马克思主义的文艺理论和批评"。这一观点，与1951年的文章相呼应，倒是具有重大的理论意义和现实的意义。要有中国气派，中国特色，在理论上是独立自主的表现，这应是周扬文艺思想的重大贡献。但是由于问题的复杂性，所以至今仍是我们广大理论工作者的追求。

（六）典型"共名说"、人性、人情、"文学是人学"的提出及其受到"左"倾路线的批判

关于典型问题，如前所说，1956年与1957年间，曾有许多讨论，但典型问题上有较大收获的是何其芳。何其芳在新中国成立初期对于胡风的现实主义文艺思想的批判中，传播过机械论与庸俗论，但他在

---

① 周扬：《我国社会主义文学艺术的道路》，人民文学出版社1960年版，第54页。

写于1956年、出版于1958年的《论〈红楼梦〉》却是篇好文章,该文提出了典型的"共名说"。何其芳指出,前一时期在典型问题讨论中,文学典型往往被归结为一定社会历史现象的本质,典型问题任何时候都是政治性的问题,其实这种观点都来自苏联,这种片面的简单化的公式在不久以前的《红楼梦》讨论中十分流行。他说许多论文都重复地引用这些公式,并用来解释贾宝玉、林黛玉这类人物。他说,那些成功的典型人物,所以在生活中广泛流行,"正是它们不仅概括性很高,不仅概括了一定阶级的人物的特征以至某些不同阶级的人物的某些共同的东西,而且总是个性和特点异常鲜明,异常突出,而且这两者总是异常紧密地结合在一起"。在这一论点的基础上,何其芳提出了著名的典型"共名说"①,丰富了典型思想。但是1965年和在"文化大革命"后期,就以人性论罪名遭到几次批判。特别是"文化大革命"后期,他的典型说受到批判,而那时他又被剥夺了参与论辩、回答的权利,为此他甚是忿忿不平,使人深为同情。

十分有意思的是,在反右斗争期间,提出了文学与人情、人性这样的大问题,这大概是1956年中期贯彻"双百方针"、理论家们写了文章、随后形势突然改变而一时又来不及收回文章的意想不到的收获吧。由于当时整个社会充斥了阶级斗争的气息,人与人之间的关系普遍紧张,即使在亲人之间,也是如此。比如,细腻一些的亲情,那必定被批评为多愁善感,立场不稳,或是资产阶级与小资产阶级情调。因此在创作中人物往往千人一面,众口一调,缺乏血肉,干瘪肤浅。巴人的《论人情》一文提出文学需要人情,在当时的社会氛围中,不啻是个小小的惊雷。文章认为:"人情是人和人之间共同相通的东西,饮食男女,这是人类所共同要求的。花香、鸟语,这是人所共同喜爱的。一要生存,二要温饱,三要发展,这是普通人的共同希望……这些要求、喜爱和希望,可说是出乎人类本性的。"而现在的作品政治气味太多,人情味太少。于是他大呼"魂兮归来,我们文艺作品中的

---

① 何其芳:《论〈红楼梦〉》,人民文学出版社1958年版,第78页。

二 文学理论：1949—1978年

人情啊！"① 当然，巴人并没有忽视人的阶级性，他说阶级性是人类本性的"自我异化"，将来阶级消灭后再"自我归化"，复归人类本性并自我丰富。和巴人相呼应的是王淑明，就在反右高潮的浪尖时刻，在第7期的《新港》上发表了他的《论人情和人性》一文。王淑明认为在阶级社会里，人们的心理活动与形态，都带有阶级烙印，但"并不排斥人类在一些基本感情上，仍然具有着'共同相通的东西'"，比如两性之爱和亲子之爱。他又说，现在有些理论家，"将人性与阶级性对立起来，将作品的政治性与人情味割裂开来；说教为人性既带有阶级性，就不应有相对的普遍性，作品要政治性，就可以不要人情味"，他认为这是"庸俗社会学的论调"②。王淑明的文章可说点到了一些呼风唤雨、无所不能的理论家的痛处，所以不久，原在舆论机构工作的王淑明就被贬到了文学研究所去了。

这一时期在理论上更有建树的是钱谷融的《论"文学是人学"》一文。该文的基本观点在于摆脱文学的政治化，让文学回到"人学"。苏联的文学理论，不仅通过党的宣传部门发布的文件，影响我国文学理论，而且通过一系列文学理论教科书进行配合的宣传。那时不仅有这类翻译著作，而且为了向苏联学习，还请了一些苏联"专家"来我国高校进行"传经布道"。固然，这一方面传授了不少新的知识，同时也把简单化、教条化的理论带了过来，进一步助长了我国文学理论中的教条主义。应当说那时一边倒的政策实在是出于无奈，因为西方国家对我们进行全面封锁，掐断了我们与西方文化的交流和经济的来往。于是我们只能全面学习、搬用苏联的东西，其态度坚决到不能提出任何不同意见，或触犯苏联专家。一旦发生这种现象，中央高层领导说不管你有理无理，先打你三扁担再说。钱谷融在这个时候针对苏联文学理论教科书提出不同看法，应该说是很大胆的了。一，针对苏联文学理论教科书中所说"人的描写是艺术家反映整体现实所使用的工具"的这一说法，以及我国文学创作情况，钱谷融提出："我反对

---

① 巴人：《论人情》，《新港》1957年第1期。
② 王淑明：《论人情和人性》，《新港》1957年第7期。

把反映现实当作文学的直接的、首要的任务；尤其反对把描写人仅仅当作是反映现实的一种工具，一种手段。"把人当作工具来写，人就"真正成了一把毫无灵性的工具"。在他看来，"人是生活的主人，是社会现实的主人，抓住了人，也就抓住了生活，抓住了社会现实"。"所以，文学要达到教育人、改善人的目的，固然必须从人出发，必须以人为注意的中心；就是要达到反映生活、揭示现实本质的目的，也还必须从人出发，必须以人为注意的中心。说文学的目的任务是在于揭示生活本质，在于反映生活发展的规律，这种说法，恰恰是抽掉了文学的核心，取消了文学与其他社会科学的区别，因而也就必然要扼杀文学的生命。"二，在谈及作家的世界观时，钱谷融说："在文学领域内，既然一切都取决于怎样描写人、怎样对待人，那么，作家的对人的看法，作家的美学理想和人道主义精神，就是作家世界观中起决定作用的部分了。"人道主义的基本内容，就是"把人当做人"。三，在人物的典型性、个性与阶级性的问题上，他说："阶级性是从具体的人身上概括出来的，而不是具体的人按照阶级性来制造的。从每一个具体的人的身上，我们可以看到他所属阶级的阶级性，但是从一个特定阶级的阶级共性上，我们却无法看到任何具体的人。"① 应该说，上述几篇论文，就文学的人情、人性、阶级性的相互关系，以及对于文学描写的对象的论述上，特别是钱谷融一文，有着较高的理论深度，触及了造成文学创作流于概念化、公式化的真正原因，揭示了庸俗社会学理论的苍白与贫困。

　　但是上述文章的观点马上受到猛烈的批判。1960年7月，周扬在第三次文代会上的报告的"驳资产阶级论人性论"一节中，提出"人性论"是修正主义者的主要武器。指责文学中的人情、人性、人道主义就是修正主义，"他们以抽象的共同人性来解释各种历史现象和社会现象，或以人性或人道主义来作为道德和艺术的标准，反对文艺为无产阶级和劳动人民的解放事业服务"。他认为，卢卡契、胡风、冯雪峰都是修正主义者，而"正当右派猖狂进攻的时候，巴人又搬出

---

① 钱谷融：《论"文学是人学"》，《文艺月报》1957年第5期，着重点是原有的。

了这套陈旧的武器来攻击社会主义文艺,说革命的文艺缺乏'人情味',原因就是没有表现'人和人之间共同相通的东西',也就是'缺乏人类本性的人道主义'。中外修正主义者原来是一鼻孔出气的"。"当然,也有一些好心肠的人被这些动听的名词所迷惑,不能辨别真相,随声附和,就不知不觉地把马克思主义抛到九霄云外去了。"① 该文认为,没有超阶级的人性,只有阶级性的人性,不存在普遍的人性。而不谈或少谈阶级性和阶级斗争,大谈人性、人类之爱和人道主义,就是"抛弃了马克思主义的历史唯物论和阶级斗争的伟大学说,而退回到了资产阶级的反动的历史唯心论和人性论的立场"②。文章对所谓修正主义的批判,对所谓人性论、人道主义的批判,其实都是服务政治斗争需要的批判,它排除了人性、人道主义共性的一面。这种极左的批判在当时影响甚大,同时在对中外文化遗产的批判继承中,也引起了极大的混乱,重蹈了俄国无产阶级文化派的覆辙,从而使得本来就举步维艰、有些起色的文学研究又萧条下来,以政治代替了学术。

(七)第二次文艺政策的短暂的调整;题材多样化、现实主义深化理论、中间人物的提出;两个批示

在对1958年"大跃进"灾难性后果的认识上,中央提出了"调整、巩固、充实、提高"的方针,所以从1961年开始到1962年的8月,气氛似乎宽松了一些。就调整一事,高层领导就文艺工作开过几

---

① 周扬:《我国社会主义文学艺术的道路》,人民文学出版社1960年版,第49、54、53页。该文毛泽东审阅并动笔修改后,给周扬写了一信:"文件看过,写得很好。驳人性论及继承遗产这两部分特好,高屋建瓴,势如破竹,读了为之神往。……"见顾骧《晚年周扬》,文汇出版社2003年版,第137页注一。

② 本文作者当时刚刚走进文学研究所,就被编入了批判队伍,在极左思潮的影响下,批判所谓国际修正主义、人性论去了。20年后,这段历史成了本文作者不断反思与自我评判的对象。

次会议。① 1961年3月，《文艺报》发表周扬授意、张光年执笔的《题材问题》专论，该文认为，为了在文艺创作中贯彻"百花齐放"的方针，"必须破除题材问题上的清规戒律"，指出了在这一问题上存在妨碍创作的片面化、狭隘化现象，提出既要"提倡描写重大题材，同时提倡题材多样化"，指出作家在选择题材上"完全有充分的自由，可以不受任何限制"；认为作家选择一定题材，也和他的风格、流派特色有关；题材本身不是作品价值的决定性条件，不是主题；同样的题材，不同作家使用的效果就不一样。所以要"用一切办法广开文路"，以促进题材的多样化。这些观点实际上与胡风关于题材的说法殊途同归，它们倒是破除了周扬等人那时确立的"题材决定论"的禁锢，这自然是一种务实的进步。是年6月，中宣部在新侨饭店召开了全国文艺工作座谈会，俗称"新侨会议"，讨论"关于当前文学艺术工作的意见"（即"文艺十条"），后来整理为关于文艺工作若干意见《文艺八条》，即领导文艺的政策性规定。1962年3月，在广州召开了剧本创作座谈会，涉及创作题材问题，指出题材无限制，选择什么题材，这是作家的民主权利。5月23日，为纪念《讲话》发表20周年，《人民日报》发表社论，把"文艺为工农兵服务"改为"为最广大的人民群众服务"。8月上半月，召开了大连会议，这是一次关于农村题材短篇小说创作座谈会。当人们经历了一场浮夸的浪漫主义的灾难，所谓反击右倾机会主义之后，乌托邦的浪漫主义热情大为减弱，变得务实一些了。邵荃麟就在大连会议上提出了现实主义深化论和中间人物论两个命题。

关于现实主义深化，他的主要观点是生活是极为复杂的。他转述周恩来的话，文学创作要面对生活的矛盾，"人民内部矛盾是大量存在的，作家应该去写"。他说，在反官僚主义中文学作品往往要描写到领导，但是一写领导的官僚主义，就会变成反党，这是一种两难处境。"处理内部矛盾也有不同的态度，从右的修正主义来强调内部矛

---

① 1961年初到1962年8月间，有1961年6月的"新侨会议"，次年3月，有"广州会议"，8月有"大连会议"等，谈文艺工作，谈知识分子是劳动人民一部分，谈小说创作、题材等。

二 文学理论：1949—1978年

盾，就会把它夸大而致否定社会主义，认为无产阶级专政没有优越性等等。从'左'的方面来看则是否定这个矛盾，粉饰现实，回避矛盾，走向无冲突论。回避矛盾，不可能是现实主义。"又说："有人认为什么都可以写，我看不一定。这与宣传党的政策有关。"那么现实主义如何深化呢？革命现实主义不能不接触矛盾，粉饰、回避是写不好的。"作家在认识和描写当前农村生活的内部矛盾时，如何根据政策理解现实，达到政治性跟真实性一致？（不能说政策跟生活总是一致的，有一定的矛盾）。"第二步，这深化就落实在人物的描写上。他认为，从1954年以后，概念化的东西很多，"创造的人物绝大部分是先进人物：倔强的老头，生龙活虎的妇女，生气勃勃的青年。强调写先进人物、英雄人物是应该的。英雄人物是反映我们时代的精神的。但整个说来，反映中间状态的人物比较少。两头小，中间大；好的、坏的人都比较少，广大的各阶层是中间的，描写他们是很重要的，矛盾点往往集中在这些人身上"。这两头小中间大的理论，来源于茅盾的提法。"茅公（茅盾）提出'两头小、中间大'，英雄人物与落后人物是两头，中间状态的人物是大多数，文艺主要教育的对象是中间人物，写英雄是树立典范，但也应该注意写中间状态的人物。"深化的第三步，就是要深入描写中间人物的特征，即"怎样从描写人民内部矛盾中反映出建设社会主义、教育农民的长期性、艰苦性、复杂性……要写消极的和积极的斗争，但主导的积极的因素"。既然教育农民是长期的、艰苦的，要写到他们的缺点错误，但"同修正主义的暴露人民怎样区别？发生了怎样写、哪些暂时还不能写、投鼠忌器的问题"。接着谈了典型人物描写，把人物提高、拔高的问题，浪漫主义存在的基础问题。最后引用周扬的话，说"作家创作应该写所见、所感、所信。我补充几点：作家应有观察力、感受力、理解力。光感受还不行，还应有理解力——理解是通过形象及逻辑思维进行的，要有概括力……在我们社会里，独立思考往往被忽略。作家当然应该了解政策，但是应该通过自己的思考去了解、认识"。现实主义要具有"广度、深度和高度"，"现实主义深化，在这个基础上产生强大的革命浪漫主义,从这里去寻求两结合的道路"①。

我们在上面比较详细地摘录了邵荃麟在大连会议上的讲话要点,它们说明,周扬、邵荃麟等人的观点与过去已有较大的不同,主要是感觉到了文艺创作中的严重的公式化、概念化现象,是多年来只讲政治功利主义的文艺政策的结果,所以现在必须注意创作规律,主张题材不能一律,是有差别的,作家需要去揭示社会生活矛盾。文学需要描写各种各样的人,不仅要写英雄人物,也可以写中间人物,而且要描写农民改造的长期性、艰苦性、复杂性,也即深入揭示矛盾与人物的心理矛盾。要求现实主义表现出广度、深度和高度,承认作家的独立思考被忽略;革命浪漫主义不是热情一下,装点一下,而要以革命现实主义为基础,等等,这不失是开阔作家思路、活跃文艺创作的思想,在当时已是十分清醒的认识了。但是整个理论,仍然处于必须符合政策、既定的政治教化的框架中,仍然处在"左"倾思潮的源头。比如它要求创作去对照政策,而不是要求政策去适应生活,从而以政策的抽象框架来替代生活的丰富、复杂与多变。在这种框架中,实际上即使强调作家的观察力、感受力、理解力以及施展他的创作个性,但仍然是难以达到的,现实主义也是难以深化的。

前面讲到,1961年到1962年间,有几次会议调整了文艺政策。但每次会议之后,整个形势总要强调阶级斗争的理论。比如1961年3月召开的新侨会议原本是调整过去"左"的错误,但1962年1月到2月的"七千人大会",把反"左"的方向扭转而为反"右"。同年3月在广州开会,进一步落实知识分子政策,4月《文艺八条》分发各地贯彻。8月召开了"大连会议",讨论了小说创作题材的多样化问题。这些文艺政策与会议原本设法纠正过去错误与偏颇,营造宽松一些的环境,以利于文艺创作。但是9月下旬,在八届十中全会上提出阶级斗争必须年年讲、月月讲、天天讲,并且提出"千万不要忘记阶级斗争"的口号。1963年2月又提出"阶级斗争,一抓就灵"的口

---

① 邵荃麟:《在大连"农村题材短篇小说创作座谈会"上的讲话》,《邵荃麟评论选集》上册,人民文学出版社1981年版,第393、395、393、403、395、400、399页。

二 文学理论：1949—1978年

号。同年4月，上海和北京高层领导就题材问题发生争论，前者在1月以"左"的面目提出要大写"13年"，这显然是针对后者什么题材都可以写的观点而来的；后者认为，只能写"13年"的口号，显然是片面的，对于题材的选择不要进行限制。可以看到，文艺问题始终受到"左"的思想路线所制约，而难以有所作为。

1963年12月，毛泽东在关于上海举办故事会活动的材料上写了一个批示："各种艺术形式——戏剧、曲艺、音乐、美术、舞蹈、电影、诗和文学等等，问题不少，人数很多，社会主义改造在许多部门中，至今收效甚微。许多部门至今还是'死人'统治着。不能低估电影、新诗、民歌、美术、小说的成绩，但其中的问题也不少。至于戏剧等部门，问题就更大了。社会经济基础已经改变了，为这个基础服务的上层建筑之一的艺术部门，至今还是大问题。这需要从调查研究着手，认真地抓起来。""许多共产党人热心提倡封建主义和资本主义的艺术，却不热心提倡社会主义的艺术，岂非咄咄怪事。"

1964年6月，毛泽东又就文艺界的刊物、协会做了一个批示，语言更为尖锐："这些协会和他们所掌握的刊物的大多数（据说有少数几个好的），15年来，基本上（不是一切人）不执行党的政策，做官当老爷，不去接近工农兵，不去反映社会主义的革命和建设，最近几年，竟然跌到了修正主义的边缘。如不认真改造，势必在将来的某一天，要变成像匈牙利裴多菲俱乐部那样的团体。"①

这两个批示，是"文化大革命"发动的前奏。它们实际上明确地表示了对新中国成立以后逐渐形成的"左"的文艺思想推行者的不信任，也是对这一时期文化、文艺工作的全面否定，这对于周扬等人来说，真是面对着难以承受之重。1963年5月，《文汇报》发表批判"有鬼无害"论的文章，批判孟超的《李慧娘》；1964年8月，《红旗》发表柯庆施1963年年底到1964年年初在华东区话剧观摩会上的讲话，同样指责戏剧工作"对于反映社会主义的现实生活的斗争，15

---

① 转引自中共中央文献研究室编，逄先知、金冲及主编《毛泽东传》下，中央文献出版社2003年版，第1330—1331、1331页。

年来成绩寥寥,不知干了些什么事。他们热衷于资产阶级、封建阶级的戏剧,热衷于提倡洋的东西、古的东西,大演'死人'、鬼戏"①,并且认为,这是文艺界两条道路、两种方向斗争的深刻表现。接着,一些报刊以阶级调和论罪名对欧阳山的《三家巷》《苦斗》、电影《早春二月》进行批判;《文艺报》就开始对"中间人物"论进行批判,把它看作"资产阶级的文学主张"。1965年,"现实主义深化论"受到批判。1965年11月,周扬在全国业余文学创作积极分子大会上做了《高举毛泽东思想红旗,做又会劳动又会创作的文艺战士》的报告,并发表于1966年1月1日的《人民日报》,总结了新中国成立以来他如何领导的五次大辩论、大批判,号召"要大写社会主义,大写英雄人物"。但是,这样的表态已无济于事,此时的中央高层领导已经认定周扬推行"左"倾文艺路线不力,显然已经要把他划入党内的反对派来处理了。

(八)"文化大革命"中的文化、文艺大批判;发动"文化大革命"的几个主要理论依据;"黑线专政"论与"黑八论"的提出

在毛泽东关于文艺问题的两个批示公开之后,文艺界一片惊惶。毛泽东对国内阶级斗争形势的估计愈来愈为严峻,认为党内已经出了修正主义、走资派,出现了资产阶级,而且代表人物就在他的身边,所以不断在各地吹风,组织力量批判。1965年11月10日,《文汇报》突然发表姚文元的指名批判吴晗的《评新编历史剧〈海瑞罢官〉》文章,文章极尽歪曲、污蔑之能事,把毫无联系的事情牵强附会地穿缀一起,罗织罪状,诬陷他人,成为一篇名副其实的奇文。据《毛泽东传》主编者说:"姚文元这篇文章是在江青策划下写出来的,写好后给毛泽东看过并经他同意发表。"1967年毛泽东和外国朋友谈

---

① 柯庆施:《大力发展和繁荣社会主义戏剧,更好地为社会主义的经济基础服务》,《红旗》1964年第15期。

二 文学理论：1949—1978 年

起"文化大革命"这场斗争时说：这场斗争准备了一个时期，批判文章在北京找不到人写，就由江青到上海去找姚文元写了，并且文章只让他一人看，连周恩来、康生也不能看，如果他们看了，就得让刘、邓看，而后者看了一定会"反对发表这篇文章的"。"毛泽东同意发表这篇文章，而且给以极大的重视，表明他发动'文化大革命'的决心已经下定。"① 于是文艺问题再次成为政治问题，成为"文化大革命"的导火索。针对当时文化思想界普遍的不安、学术气氛的急剧恶化，这时成立于 1964 年的"文化革命五人小组"主张降温，起草了《二月提纲》，继续主张"双百方针"，认为"学术争论问题是很复杂的，有些事短时间内不容易完全弄清楚"。"要坚持实事求是、在真理面前人人平等的原则，要以理服人，不要像学阀一样的武断和以势压人。"②

几乎就在同时，即 1966 年 2 月至 4 月，江青策划了一个《林彪同志委托江青同志召开的部队文艺工作座谈会纪要》（以下称《纪要》），3 月间毛泽东做了三次修改，经他批示，4 月作为中共中央文件向全党下达。《纪要》指出：毛泽东的《新民主主义论》《讲话》《看了〈逼上梁山〉以后给延安评剧院的信》，以及《关于正确处理人民内部矛盾的问题》和《在中国共产党全国宣传工作会议上的讲话》等文章，"是我国和各国革命思想运动、文艺运动的历史经验的最新的总结，是马克思主义世界观和文艺理论的新发展"。"但是，文艺界在建国以来，却基本上没有执行，被一条与毛主席思想相对立的反党反社会主义的黑线专了我们的政，这条黑线就是资产阶级的文艺思想、现代修正主义的文艺思想和所谓 30 年代文艺的结合。'写真实'论、'现实主义广阔的道路'论、'现实主义的深化'论、反'题材决定论'、'中间人物'论、反'火药味'论、'时代精神汇

---

① 转引自中共中央文献研究室编，逄先知、金冲及主编《毛泽东传》下，中央文献出版社 2003 年版，第 1397 页。
② 转引自中共中央文献研究室编，逄先知、金冲及主编《毛泽东传》下，中央文献出版社 2003 年版，第 1402 页。

合'论等,就是他们的代表性论点。"① 后来又加上"离经叛道"论,即后来"四人帮"概括的所谓"黑八论",它的总纲就是有名的"黑线专政论"。这是在阶级斗争思想的指导下走火入魔、失去理性、把什么都当成资产阶级与修正主义、准备天下大乱的一篇宣言,同时也成为发动"文化大革命"的重要的理论依据。随后发出了"五一六通知",批判了二月提纲。其中讲到,要"彻底揭露那批反党反社会主义的所谓'学术权威'的资产阶级反动立场,彻底批判学术界、教育界、新闻界、文艺界、出版界的资产阶级反动思想,夺取在这些文化领域中的领导权。而要做到这一点,必须同时批判混进党里、政府里、军队里和文化领域的各界里的资产阶级代表人物,清洗这些人,有些则要调动他们的职务"。"混进党里、政府里、军队里和各种文化界的的资产阶级代表人物,是一批反革命的修正主义分子,一旦时机成熟,他们就会要夺取政权,由无产阶级专政变为资产阶级专政。""学术界、教育界的问题,过去我们是蒙在鼓里的,许多事情我们不知道,事实上是资产阶级、小资产阶级掌握的……现在,大学、中学、小学大部分被资产阶级、小资产阶级、地主出身的人垄断了。""这是一场严重的阶级斗争,不然将来要搞修正主义的,就是这一批人。"② 这样,无产阶级"文化大革命"就发动起来了,它有如被打开了的"潘多拉"魔盒,一发而不可收拾,中间曾想结束也结束不了,结果折腾了整整 10 年,直至毛泽东逝世,动乱才告结束的。

(九)文化虚无主义的极端发展

《纪要》说,新中国成立以来,文艺界是被一条与毛主席相对立的反党反社会主义的黑线专了政,这完全是对历史的严重歪曲。

1. 从文艺路线的实施来说,新中国成立后在文化界、文艺界一直

---

① 《林彪同志委托江青同志召开的部队文艺工作座谈会纪要》,《人民日报》1957 年 5 月 29 日。
② 转引自中共中央文献研究室编,逄先知、金冲及主编《毛泽东传》下,中央文献出版社 2003 年版,第 1404—1405 页。

二 文学理论：1949—1978年

在进行阶级斗争，贯彻毛泽东文艺路线。比如新中国成立后不久就大力提倡文艺创作要写工农兵，要大写英雄人物，对文艺能不能写小资产阶级的提问进行了批判，认为这种问题的提法本身就是个立场问题。比如电影《武训传》的批判，就提到了是阶级斗争还是阶级调和的高度，为此江青还派人去山东对武训身世进行实地调查。调查将武训对比了当时的农民革命领袖宋景诗，证明了武训行乞办学是改良主义，是地主阶级办学，是为地主阶级服务，揭露武训的高利贷剥削与土地剥削，还有小老婆等。调查对全国人民、各级干部进行了一次历史唯物主义的教育，最后批判大获全胜。随后在思想领域中对俞平伯的《〈红楼梦〉研究》中的唯心主义、胡适反动的学术思想，从阶级斗争的角度进行了运动式的批判；把胡风及其朋友定为反革命集团；把丁玲、冯雪峰等人定为反党集团、修正主义分子，获得了批判资产阶级、修正主义的大胜利。1957年发动的反右派斗争，把几十万大小知识分子打成反党反社会主义的右派，祸及几百万家属。至于20世纪60年代，则是批判连年，扩大了对资产阶级斗争的范围，批判各种小说，把描写刘志丹的小说定为反党小说，株连一万余人，揭露通过小说反党是一大发明，等等。在电影界、戏剧界也是进行着深刻的批判与阶级斗争。那么，怎么能说这是黑线专政，而不是无产阶级、人民民主专政呢？这怎么能说这是资产阶级的文艺路线，而不是毛泽东的革命路线呢？

2. 从十七年文艺所取得的成就来说。十七年里一个时期，文艺创作成绩十分突出，这都是在毛泽东文艺思想指导下取得的重大成果。其中受到大家称赞、经得起时间检验的一批长篇小说、剧作，如《青春之歌》《林海雪原》《红日》《红旗谱》《红岩》《苦菜花》《李自成》《茶馆》等。这些作品，深受广大读者喜爱，印刷量极大，它们可以代表一个时代。此外还有不少优秀的小说、剧作、诗歌、大跃进民歌——《红旗歌谣》、大量的领袖颂诗，等等。那么，怎么能说这些文艺作品是在现代修正主义文艺路线影响下产生的呢？况且，那时根本不可能大量出版现时以所谓人性、性欲需求掩盖政治丑恶的张爱玲的《色·戒》和她的据说优美无比的散文——谛听日本侵略者军营里传来的喇叭声，一旦"外面有人响亮地吹起口哨，信手拾起了喇叭的调子",她就会"充满喜悦与同情,奔到窗口去……"的文字;那时根本不可能有汉奸胡兰成回忆张爱玲的充满柔情蜜意的、令当今"亿万张迷"喜爱万分的温情无比的文字出版。那么,怎么能说十七年的文艺,是被资产阶级专了政呢?

3.《纪要》说,参与专政的还有所谓20世纪30年代的文艺黑线。这种说法是完全违背毛泽东在《讲话》中的看法。《讲话》说中国革命不仅要靠持枪的军队,还要有一支文化的军队。毛泽东说:"'五四'以来,这支文化队伍就在中国形成,帮助了中国革命,使中国的封建文化和适应帝国主义侵略的买办文化的地盘逐渐缩小,其力量逐渐削弱。""在'五四'以来的文化战线上,文学和艺术是一个重要的有成绩的部门。革命的文学艺术运动,在10年内战时期有了大的发展。这个运动和当时的革命战争,在总的方向上是一致的。"① 又说:"这支生力军在社会科学领域和文学艺术领域中,不论在哲学方面,在经济学方面,在政治学方面,在军事学方面,在历史学方面,在文学方面,在艺术方面(又不论是戏剧,是电影,是音乐,是雕刻,是绘画)都有了极大的发展。20年来,这个文化新军的锋芒所向,从思想到形式(文字)等,无不发生了极大的革命作用。其声势之浩大,威力之猛烈,简直是所向无敌的。其动员之广大,超过中国任何历史时代。"② 20世纪30年代的文艺是"五四"以来进步的、革命文艺的不可分割的组成部分,10年内战时期其中一半以上时间是在20世纪30年代,在方向上与当时革命战争是一致的。可是,现在这支文化大军突然不见了,从历史里蒸发了,所谓锋芒所向、极大的革命、威力之猛、所向无敌云云,全都成了看不见的东西。据说"30年代也有好的,那就是以鲁迅为首的战斗的左翼文艺运动"。可是冯雪峰、丁玲、胡风等人都进入了牢房,周扬们及那些"资产阶级作家"创作的戏剧、电影、文学作品也被清除了,只剩

---

① 毛泽东:《在延安文艺座谈会上的讲话》,《毛泽东选集》(一卷本),人民出版社1964年版,第849、850页。
② 毛泽东:《新民主主义论》,《毛泽东选集》(一卷本),人民出版社1964年版,第690—691页。

二 文学理论：1949—1978年

下一个鲁迅，让他当个光杆司令，那还能成为什么文艺运动吗？那20世纪30年代文学、文化还剩下多少分量，还有多少声势？

4. 从整个《纪要》来看，它散发着强烈的文化虚无主义思想。它标榜建设"无产阶级文艺"，但是它把古代的文化艺术都看作封建主义的东西，或是资产阶级的东西，对文化遗产抱着轻浮的鄙夷态度，予以否定，从而割断了历史的继承。拿产生于封建时代的文化来说，这种文化从来不是单一的，其中既有民主性的成分，属于人民的东西，也有封建性的糟粕。如果割断与文化遗产的联系，拒绝民主性的精华，而想建设无产阶级文化、文艺，那必然是搞无米之炊，把无产阶级文化、文艺当成是天上掉下来的东西，这是进行文化建设的冒险主义。毛泽东说过："中国的长期封建社会中，创造了灿烂的古代文化。清理古代文化的发展过程，剔除其封建性的糟粕，吸收其民主性的精华，是发展民族新文化提高民族自信心的必要条件；但是决不能无批判地兼收并蓄。必须将古代封建统治阶级的一切腐朽的东西和古代优秀的人民文化即多少带有民主性和革命性的东西区别开来……中国现时的新文化也是从古代的旧文化发展而来，因此，我们必须尊重自己的历史，决不能割断历史。"① 他还说过，从孔夫子到孙中山，我们都要给以总结。对于外国的东西，也是如此，需要吸收外国文化中那些进步的东西，而不是生吞活剥，不是"全盘西化"。但是《纪要》恰恰不尊重历史，割断与历史的联系，自称要与传统彻底决裂拒绝外国的先进文化，决心闭门造车，制造所谓新文化。其结果，就是10年时间，制作了8个样板戏，而且这些成果都是剽窃来的，还有一部小说《金光大道》；在思想路线上，重蹈苏联初期"无产阶级文化派"的覆辙，但其对于文化建设为害之烈，较苏联的"无产阶级文化派"过之而无不及。

1966年4月开始到1970年间，按照两个"批示"、《纪要》与"五一六通知"的精神，对周扬进行大批判。周扬成了资产阶级文艺

---

① 毛泽东：《新民主主义论》，《毛泽东选集》（一卷本），人民出版社1964年版，第700—701页。

思想、现代修正主义文艺思想和所谓20世纪30年代文艺结合的黑线代表人物，成了所谓文艺界反革命修正主义集团总头目，被无产阶级专了政。4月，《红旗》第5期发表郑季翘的《文艺领域里必须坚持马克思主义的认识论》，把"形象思维"作为修正主义的文艺思潮的认识论基础，对周扬进行讨伐。随后《红旗》《人民日报》不断发表文章，批判所谓周扬的"修正主义文艺纲领""全民文艺""题材广泛论"、反"题材决定论""写真实"论、"写真人""写中间人物""永恒的主题"论、"人的文学"论、"灵感论"①，等等。其中特别是姚文元的《评反革命两面派周扬》一文，是一篇深文周纳、无限上纲、简单粗暴、文风极端恶劣的大批判文章的典型。周扬过去奉行"左"倾文艺路线，使用各种政治口号，横扫一个个思想理论上的对手，今天却被推行极左路线的"金棍子"打翻在地了。

  姚文元历数周扬罪状：在批判《武训传》时，周扬指示思想斗争"具体处理要慎重，仔细，不可急躁鲁莽"，应该说这是完全得当的措施，但成了罪状。在对《〈红楼梦〉研究》的批判中，周扬提出要"依靠作家、艺术家自己的团体"，用"社会方式来领导文艺创作"等。在胡风问题上，姚文元认为周扬是与胡风鼻孔出气的，因为周扬曾说过"艺术的最高原则是真实"；又说过胡风"在大的政治方向政治斗争上"，是同党站在一起的。在反右斗争初，认为周扬反对"庸俗化""简单化""清规戒律"、文艺的"宣传作用""教条主义""宗派主义""对待文艺工作的简单化的、粗暴的态度"，党的不当的文艺政策"严重地束缚了作家、艺术家的创作自由"，等等。在1959年所谓反右倾和反修斗争前，周扬"到处宣传'海瑞精神'"；指责周扬说过10年来我国没有自己的"科学著作"；1961年周扬同意签发的《文艺十条》的讨论稿中，就谈到"文艺为政治服务的范围是很广的，不应当缩小只是配合当前的某一政治斗争"。其中谈到在文艺如何为政治服务的问题上，周扬认为存在着"狭隘的、片面的、不正确的理解"；又说"向文艺工作者提出'写中心、演中心、唱中

---

① 可参阅《文艺评论集》，上海人民出版社1973年版。

二 文学理论：1949—1978年

心、画中心'一类的口号，是不适当的，因为这样就会限制文艺为政治服务的广大范围，限制文艺作品的多样化"；认为"对于题材，不应作任何限制"①，鼓吹"题材广泛论"。同时20世纪60年代初有感于作品、电影中到处喊"毛泽东思想万岁"，周扬说过，"毛泽东思想是一根红线，太多了就不是红线，而是红布了。政治是灵魂，灵魂不是肉体……灵魂不占地方，来去无踪"。又说："胡风说，机械论统治了中国文艺界20年。……如果我们搞得不好，双百方针不贯彻，都是一些红衣大主教，修女，修士，思想僵化，言必称马列主义，言必称毛泽东思想，也是够叫人恼火的就是了。我一直记着胡风的这两句话。"指责周扬1962年借纪念《讲话》发表20周年之际，提出了文艺要"为最广大的人民群众服务"的口号②，提倡修正主义的"全民文艺论"，等等。批判周扬对于西方的"文艺复兴""启蒙运动"，批判现实主义应该抱有分析、批判的态度，不是一概予以否定。应该说，周扬通过自己的多年经历，见到了自己在执行的文艺和政治关系上的"左"的文艺路线中所出现的消极影响，承认机械论、简单化、庸俗化的存在；认为作家选择题材不应受到限制，需要贯彻双百方针，提倡作家风格、题材的多样化，承认真实性是艺术的生命，提倡文艺要为最广大的人民群众服务。但是周扬的这些大部分是正确的言论，到了姚文元那里，就变得黑白颠倒，都成了反毛泽东思想、反马克思主义的严重罪行，把周扬定为"反革命两面派"，使他受了9年牢狱之灾。对照周扬的两类言论，我们不难看到，作为文艺界的领导，周扬经常处于两难境地，当"左"倾路线走得过头，造成人为灾难，政策难以为继，需要调整与充实，其时局势就相对宽松些，对创作中存在的问题就可以发表一些独立的见解，而且多半是理性的、正确的意见。但是刚刚清醒过来，更"左"的路线立即来了一个变脸，压力一大，于是不得不否定自己正确的东西，不得不出来

---

① 《关于当前文学艺术工作的意见》（即《文艺十条》），见甘肃师大中文系现代文学教研组编《文艺战线两条路线斗争文献和资料选编》下册，1974年，第588页。
② 均转引自姚文元《评反革命两面派周扬》，《红旗》1967年第1期。

做些检讨，以争取主动和方向正确的正统地位，而且对于被批判者的用语，一如后来的姚文元那样蛮横，把批判的武器变成武器的批判。

在对周扬进行批判的同时和之后一个阶段，极左势力不断宣传所谓"根本任务论"。这是江青在《纪要》里否定了中外古典文艺、"五四"新文化运动和十七年文艺之后提出的一个基本观点："我们的标新立异是标社会主义之新，立无产阶级之异。要努力塑造工农兵的英雄人物，这是社会主义文艺的根本任务。"① 在此之前，江青在《谈京剧革命》中提出过"首要任务论"。如前所说，早在新中国成立前夕和之后，周扬等人根据《讲话》中的"新的人物，新的世界"的方向，就提出文学创作要写英雄人物，而且是工农兵英雄人物。后来陆定一、周恩来、陈毅在不同时期，都就文学描写英雄人物发表过切合实际的意见。文艺创作不是按照指示就可以创造出来的，而且文艺只写英雄人物，也并不符合生活实际。现在文艺问题完全变为政治，原来的文艺界组织被强行解散，同时规定了文艺的所谓的"首要任务论""根本任务论"，塑造工农兵英雄人物，目的在于坚持阶级斗争，突出阶级斗争，反映阶级斗争，让工农兵占领文艺舞台，巩固无产阶级专政。文艺描写"工农兵英雄人物"，后来根据姚文元的"指示"改为"工农兵英雄典型"。20世纪70年代，初澜（原"四人帮"控制的国务院文化组、文化部评论班子的笔名，又名江天、小丘等）在《人民日报》发表专文，又将"工农兵英雄典型"改为"无产阶级英雄典型"②。这个"根本任务论"的创作原则就是"三突出"，1968年于会泳"根据江青同志的指示精神，归纳为'三突出'，作为塑造人物的重要原则。即：在所有人物中突出正面人物来；在正

---

① 《林彪同志委托江青同志召开的部队文艺工作座谈会纪要》，《人民日报》1957年5月29日。

② 初澜：《塑造无产阶级英雄典型是社会主义文艺的根本任务》，《人民日报》1974年6月15日。另见初澜《京剧革命十年》，《文艺评论集》，人民文学出版社1974年版，第12页。

二 文学理论：1949—1978年

面人物中突出主要英雄人物来；在主要人物中突出最主要的中心人物来"①。有时又用"两结合"的创作方法为指导②，替代"三突出"，十分混乱。至于如何实现"三突出"，江青提出要"把领导、专业人员、群众三者结合起来"③。于是一些经江青修改的京剧，成了前无古人的新的程式化、公式化的无产阶级文艺的"样板"。在推行极"左"文艺路线的过程中，一个典型的手法是，梁效、初澜之流，他们每每使用什么"中央首长指示"，什么中央高层领导有明确批示，在同行中间暗中传达，进行一轮又一轮的政治大批判。

关于这段历史问题，复出的周扬做过反思，他结合自身的经验与教训，深有体会地说："在我们党内，尤其是文艺界，'左'的思想有着长久的历史根源和深刻的社会根源与认识根源，'左'的思想早在30年代就有。新中国成立以后，文艺方面从批判电影《武训传》到批判《海瑞罢官》，一个运动接着一个运动，批判资产阶级思想。问题不仅是思想批判，而是搞成运动。50年代后期，'左'的东西逐渐滋长发展，10年内乱发展到了顶点。20多年，文艺战线'左'和右的错误都有，但就主体和主导思想而言，是'左'的错误。当然，这几年我们也批判过'左'。1961、1963年，……制订的'文艺八条'，就是批'左'的。然而为时不久，批'左'又被更猛烈的反右所打断。'左'很难批得下去。我们工作中'左'的错误，在10年内乱中，为林彪、江青反革命集团所利用和恶性发展。林彪、江青一伙是反革命，但是，不能否认他们推行的极左路线和毛泽东同志晚年'左'的错误，和我们工作中'左'的错误，有着渊源的关系。"在谈及"左"的历史根源时，周扬进一步说道："在最早介绍马克思主义文艺理论时，我们还缺少选择和鉴别能力，也多少受了苏联'无产阶级文化派'的'左'的影响。还要看到，建国初期，我们的文化工作，很多地方是搬苏联的一套。从40年代到50年代，苏联关于文

---

① 于会泳：《让文艺舞台永远成为宣传毛泽东思想的阵地》，《文汇报》1968年5月23日。
② 见《"初澜"资料编选》，《文化部批判组》1977年6月，第98页。
③ 江青：《谈京剧革命》，《红旗》1967年第6期。

化工作的政策和日丹诺夫的言论,对我们也曾发生了不小的影响。总之,在文艺战线上'左'的影响源远流长。"[①] 至于17年的问题,曾经有人认为没有什么错误,在这点上,周扬还是比较实事求是的。他说:"'17年'都对?我怎么能都对?我们要有自我批评。……左翼文艺运动的缺点、错误、弱点,都有我的份,都和我直接有关。"[②] 周扬的反思是深刻的,可能有人不尽同意,如"左"的错误并不是20世纪50年代后期才"逐渐滋长发展",而是从新中国成立后所进行的电影批判、学术思想批判、胡风思想批判就开始了;如对完全失去了分寸与界线的文艺界的"反右"、反所谓资产阶级思想、修正主义思想的评价等。但他毕竟道出了几十年里"左"是主导思想的历史渊源及其恶性发展的后果,这是应该给以肯定的。

[①] 周扬:《文艺界党员领导骨干学习讨论会小结》,见顾骧《晚年周扬·附录》,文汇出版社2003年版,第154—155页。
[②] 转引自顾骧《晚年周扬》,文汇出版社2003年版,第82页。

三 文学理论：新时期到新世纪

（一）文学理论从拨乱反正走向相对独立自主的阶段

中华人民共和国成立已60年了，如前所说，60年又十分自然地划为两个30年。前30年是以阶级斗争为纲、探索社会主义建设的30年，曾被当作阶级斗争的风雨表和工具而背弃自身学理，经历了十分艰难的过程。文学理论中偶有新鲜的思想出现，都要被教条主义所扼杀。前30年间，文学理论并非一无所有。从现代的目光看，那些从50年代初直到"文化大革命"被批判的文艺思想中，就不乏闪光的有价值的东西，需要我们给以实事求是地评说。

文学理论后30年是改革开放、进行经济建设的30年。改革开放30年来，我国的社会主义政治、文化、经济发生了重大变化。这是一个在解放思想、实事求是、贯彻科学发展观、以人为本的思想指引下，逐渐走一个物质文明急剧发展、精神文明不断需要提升的时代，这是我们民族走向伟大复兴的时代。

在后30年里，文学理论获得了前所未有的思想活力和学术发展的空间，建设有中国特色的文学理论，已成为我国文学理论界的共识。"有中国特色的当代文学理论新形态，是一种马克思主义为指导，以现代性的追求为动力，在全球化的语境中充分立足于本土，在现代文论传统的基础上，不断地自我反思与批判，广采博取中外古今思想资料中的有用成分，鉴别创新，形成了一种具有科学的和人文精神的、开放的、动态的、形式复合多样的形态。"①

新时期的文学理论,在解放思想、改革开放的思想指导下,在不同阶段不断提出新问题,讨论新问题,进行理论的探索与建设,大体经历了几个发展阶段,这更是我们自己历史地、完整地、亲身经历过来的。

第一阶段是从1978年到1989年之间,文学理论从拨乱反正走向独立自主阶段。此时文学理论中的各种错误思想特别是"文化大革命"中的错误文艺思想被提了出来,受到激烈的批判。同时中断已久的外国文学理论如饥如渴地被大力介绍过来,促进了人们的思考与文学理论新形态的探索,取得了初步的成绩。第二阶段是从1990年到20世纪末之间,不少人经历了几年的冷静反思,同时在文化市场形成中文学创作出现了许多消极因素,从而引发了人文精神讨论与新理性精神的倡导,和在文化研究的输入与大力影响下,努力探讨具有中国特色的文学理论新形态,出现了理论著作多样化的实绩。第三阶段是21世纪开始至今,在全球化语境中,在后现代主义文化思潮传播、文学与文学理论的消亡声中和"文化一体化"的讨论中,我国文学理论加强了本土化也即中国特色的进一步的探讨,继续文学理论多样化的建构。一些学者对30年不同阶段的划分不尽相同,但在观点、内容上比较一致。当然,也有对30年的估计不同而结论殊异,这也十分自然。这个总体过程的各个阶段,各有联系,相互交织,难以截然分开。它们的主要宗旨是,要使文学回归自身,符合自身特征,发展多样化的文学创作;建设有中国特色的文学理论,发展文学理论的多样化形态。

解放思想,首先要解决文学理论中的文学和政治关系问题,恢复文学与文学理论自身的身份,其次是恢复文学的灵魂,也即恢复文学的人性与人道主义。这两个问题涉及文学理论的全局。教条主义与极左思想,剥夺了文学自己的独立身份,使它失去了自身的灵魂,并且

---

① 参考拙文《文学理论:三十年成就、格局与问题》,《华中师范大学学报》(哲学社会科学版)2007年第5期。

三 文学理论：新时期到新世纪

在文学理论中谈人色变，迫使文学理论走到"文化大革命"时期的绝路的地步。

文艺和政治关系早在20世纪初的中国文学理论中就已提出，到了"文化大革命"年代，文艺完全被等同于政治，使文艺与文学理论走向了极端荒谬的境地。1978年的"实践是检验真理的唯一标准"的大讨论，触动了文学与政治关系的这条主导神经，所以次年年初，就有文艺是"工具论"还是"反映论""文艺正名"说等，展开了对文艺从属政治、文艺是阶级斗争的工具的质疑与批判。1980年初，邓小平在《目前的形势和任务》中提出，今后"不继续提文艺从属于政治这样的口号，因为这个口号容易成为对文艺横加干涉的理论根据"。说文艺不从属于政治，"这当然不是说文艺可以脱离政治。文艺是不可能脱离政治的"①。之后提出文艺要为人民服务，要为社会主义服务，则是发展的必然。后来这一问题争论甚多，甚至有人宣称文学和政治无关，走到了另一极端。其实作家写作，可以不涉政治，不写政治，但是创作实践告诉我们，在中国大量作品往往既涉及写作者的政治态度，又涉及被写的内容中的政治生活、政治成分，因为整个生活包括政治在内都进入了文学创作，所以说文艺与政治无关就缺乏根据。有的作家作品中的政治、道德倾向很露骨，甚至是不健康的、很坏的倾向，可是他们要求评论只谈谈它的叙事策略，这也是强人所难。由于文艺与政治关系这一问题在马克思主义文艺思想中占有特殊的地位，所以它的理论上的解决，在我国只能通过自上而下的政治机制而得以缓解，后来有学者认为，这是"当时马克思主义文艺理论中国化的重要标志"②是有道理的。

和文学与政治关系具有同等全局性的文学理论中的又一关键问题，则是文学中的人性与人道主义问题，它们关乎文学艺术的灵魂。新时期文学中最早发表的作品，描写的是人性被严重扭曲的现象，那时最早的优秀电影，表现的是由于社会运动导致人性的严重异化。文

---

① 《邓小平论文学艺术》，作家出版社1998年版，第27页。
② 朱立元：《新时期文论大发展与马克思主义外来中国化》，《文艺争鸣》2008年第7期。

学呼吁人性、人的价值、人的尊严与人道主义，呼吁人的本性的复归，揭示人与非人的界限。这一讨论在文学理论、批评中是自动发起的，后来哲学方面的学者也不断介入这一问题的讨论。文学与人性、人道主义问题，特别是前者，自 20 世纪 20 年代末开始，就引起了争论；20 世纪 40 年代毛泽东在《讲话》中对人性论进行了批判，认为现今人性只存在具体的资产阶级的阶级性或无产阶级的阶级性。20 世纪 50 年代教条主义的流行，使得描写人性问题成了创作禁区。鉴于文学作品对人的简单化的描写和庸俗化的理解，有的学者提出作家不能把人当作现成的工具来写，而应当作活生生的人来写，于是提出了"文学是人学"的主张。教条主义与极左思潮把人性观念绝对化，给主张文学与人性有着密切关系的学者、作家，戴上了资产阶级人性论的帽子，不分青红皂白地反对人性，而后导致"文化大革命"中出现一批文学、戏剧怪胎绝非偶然。20 世纪 80 年代初，在文学与政治关系讨论的推动下，人性、人道主义的讨论就提上了日程，实际上这是为文学招魂的讨论。文学不通人性，不具人道主义品格，也就不成其为文学，人性、人道主义是文学的灵魂。这一讨论使人们认识到人除了阶级性，他还在自身的历史交往、演化中，积累了共同的精神素质、心理、感情、审美意识等共同人性现象，它们是现实人的根本特征和现实关系的组成部分，因此"不存在文学能不能描写共同人性的问题，而是如何认识和描写的问题"[1]。只是由于后来这一讨论涉及政治异化，又一次出现了政治干预，就被迫停止了。

　　文学与政治、文学与人性和人道主义的大讨论，是使人重新认识自己的一次启蒙，是恢复扭曲了的人，恢复人的本性，使其成为现实的真实的人，是文学思想的大解放，是使文学回归自身的重大举措。随着上面两个根本问题的被触动与在相当程度上的清理，促使人了的审美意识发生激变，文学自身原有的种种问题立即活跃起来。20 世纪 70 年代末，有些学者就马克思的艺术生产与物质生产的相互关系展开了论争，同时文学和生活的关系、文学审美特征问题、形象思维

---

[1] 见拙文《论人性共同形态描写及其评价问题》，《文学评论》1982 年第 6 期。

三 文学理论：新时期到新世纪

问题、艺术真实和艺术理想、感情与思想的关系、现实主义和现代主义、现代主义的各种流派、两结合问题、文学意象、境界论、文学典型问题、文艺心理学、文学创作的"向内转"、对认识论与反映论的激烈批判，等等，都是当时的热门话题，它们有如决堤之水，奔进流泻，汪洋一片，引发了文学理论界前所未有的热烈争论。

　　但是这些众多问题，实际上都涉及一个根本性的问题，这就是这一时期不断触及的文学观念的探讨。在解放思想、改革开放、文学回归自身获得独立身份和恢复自己的灵魂过程之中，我们如何重新来理解文学现象，探讨文学的本质，调整原有的对文学的认识，建立具有现代性意识的文学观念。文学观念的更新，因为必然会影响对于其他问题的认识。20 世纪 70 年代末，有的学者坚持文学是意识形态说，但不属上层建筑，并就马克思的艺术生产与物质生产相互关系发生争论（1878—1980 年）；有的学者继承过去的文学观念，认为文学是社会意识形态，接下去认为是一种特殊的意识形态，这种特殊性表现为文学的形象性，或是文学是用形象思维的，再下去文学是语言艺术，这种文学观念通过新的"三段论法"连结而成。或是有的马列文论研究者、注释派从逆反心理出发，认为既然文学意识形态学说过去造成了那么多的混乱，于是干脆提出马克思从来没有直接或间接地讲过文学是意识形态，在马克思的著作里，从来没有这样的文字记载，可见把文学看作意识形态是错误的。于是提出文学不过是一种社会意识形式，就退回到马克思主义之前的唯物主义者的立场去了。20 世纪 80 年代初开始，文艺心理学研究开始兴起，这一问题的探索连绵不断，中期达到高潮；同时也有学者从"精神分析"学说来探讨文学本质问题、或是对这一问题进行批判；而这时英国女作家伍尔芙提出的文学"向内转"和我国学者的"向内转"说相当流行，而贯穿于整个 80 年代后期。80 年代上半期，美国的"新批评"文学观被介绍过来以后，那种认为文学不过是一种虚构，只与语言、意象、隐喻、象征、修辞、叙事等种种审美成分、因素有关，而排斥文学与社会、思想的联系，使得"内部研究"的风气一时大为流行，"内部研究"确实是需要的，给予必要的重视也在情理之中。但是这种"新批评"文学观，以作品本体论代替了文学本体论，它强调了作品的内在结构成分、因素的分析，而不见作品结构的种种因素与社会、思想有着不可分割的内在联系，对此我在20世纪80年代初就有评述。在文学观念的讨论中，有的作家、学者主张文学就是文学，或是文学什么也不是，和政治、思想、伦理道德无关；或是文学只是作家感情的表现，文学是语言艺术，于是有的作家提出了无功利、无目的的"纯文学"文学观。而且"纯文学"文学思想很快得到了一些年轻作家的响应，加之在当时颇为流行的法国"新小说"理论的影响下，出现了一批专注于"叙事策略"的"先锋小说"，持续了好几年，直至到80年代末这种任意摆弄叙事策略、使读者阅读兴味索然的小说难以为继时才发生转向。也有学者从三论即信息论、控制论、系统论出发，讨论文学本质现象。有的学者从文学的象征特征，提出了象征论文学理论。有的学者对"文学是人学"的原有观念，进行了新的解释。有的学者从文学主体论出发，提出了主体论文学理论。除了上述多种理论观点，还有一些学者强调了过去完全被忽视的文学审美特征，进行了深刻的阐释，同时提出了审美反映论，并把文学界定为审美意识形态，等等。从上面情况看来，文学现象极为复杂，它自身呈现了多层次性，而每个层次都可以表现为自身的本质方面，因此文学本质观念本身就具有多本质性。加上人们对文学的理解不尽相同，切入点各异，所以必然造成文学观念的多样性。其中理论上的多种导向，促成了这一时期的"唯美主义"与"纯文学"文学观的形成。其实，从总体上说，这一时期各种文学观念的提出，包括纯文学观在内，都是对过去文学从属于政治的文学思想的反拨、批判与新的探索。与此同时，我们不能忘记这一时期文学研究新方法的大力介绍，出现了介绍外国文学研究的方法论热，而且连续了好几年，为当时各种文学观念的出现做了铺垫。

但是从20世纪80年代不同层次的、多样的文学观念来看，较有影响的"文学是人学"说，认识论文学观，和文学意识形态论相反的文学意识形态否定论，以为文学只是虚构，与社会生活真实无关的"纯文学"论，只强调审美特征的"唯美主义"文学理论，张扬文学表现人的内宇宙的主体论文学理论，以及审美反映论与审美意识形态论文学观。

如前所说，"文学是人学"是针对教条主义把人当作描写的工具而说的，文学应该描写活生生的人，张扬了文学的人道主义，这一很有针对性的观点，开了解放文学思想风气之先，扩大了人们对文学的认识，使文学与真实的人结合起来，有力地批判了高大全、假大空这类虚假的文学主张，功莫大焉。主体性文学论是人性、人道主义讨论的必然继续与具体表述，与"文学是人学"也是相互呼应的。文学主体论认为过去主体在反映论中完全是消极被动因素，所以那是客体文学，是没有主体的文学，现在要重建具有首创精神的创作主体，建立新的主体文学。纠正过去创作中创作主体的缺失，强调创作主体的创造地位与巨大功能，这是文学理论的一大进步，有的作家有感于此，后来说读了阐释文学主体论的文章，真有一种解放之感；同时这一观念对于促进文学理论框架的反思，影响很大，这都是应该肯定的。而庸俗社会学派对此理论至今仍然耿耿于怀，予以贬低。自然，论述文学主体论的文章，理论自身有许多缺陷。首先，它自称是一种政治批判，批判的对象是反映论，并且它不顾反映论的应有之义，没有弄清反映论的原义，却对被长期庸俗化了反映论再度庸俗化地大加挞伐，从而使得对反映论的批判变成双重庸俗化的批判。其次，把现实主义文学不分青红皂白地当成一种僵死的反映的代表，这自然与大量创作实践不符，在理论上缺乏必要的知识支撑。再次，它把作者主体实际建立在浪漫的想象之上，把主体变成不受客体任何约束、无所不能的主体了。关于马克思的艺术生产的研究，20世纪80年代影响不大，或者说没有什么影响，主要在计划经济时期，一般认为资本主义与艺术生产是敌对的而未顾及其复杂性。但是进入90年代，当我国转入市场经济轨道之后，这一问题就显得复杂化了，特别是文化产业的兴起与实施，与艺术生产的关系如何协调，物质生产、精神生产、艺术生产与商品生产以及各种生产目的之间的相互关系，成了不断争论的问题。这方面西方马克思主义文论虽有不少理论著作、经验可供借鉴，但毕竟语境不同。整体来说，由于思想准备的不足，这一问题尚待进一步通过文化建设与艺术实践给以充实与提高。

至于文学审美意识形态说,早在20世纪80年代初就有一些学者提出来了。文学审美意识形态论的提出,是有历史原因与历史过程的。一些学者针对过去文学理论忽视文学审美特性的弊端,提出了文学审美特征论,击中了旧有的文学理论的简单化特点,所以冲击力很大,这对于进一步探讨文学本质特征是完全必要的。同时持有类似观点的这些学者,几乎参与了当时发生的各种理论问题的批判与讨论,如文学和政治的关系、形象思维、生活真实与艺术真实的讨论。他们肯定了文学作品对于人性与共同人性描写的多种形态;揭示了认为文学只描写感情与思想无关的偏颇,强调了它们之间的内在的相互关系,并在艺术创作心理研究方面下了很大功夫,出版了心理美学丛书。他们针对否定现实主义的倾向,展现了作为创作原则的现实主义是不断的综合与创新,同时肯定了现代主义的创新特征,但不同意一些学者对现代主义的过分张扬。他们批评了"新批评"的"内部研究"文学观的失误,等等。特别针对长久以来把文学意识形态的理论进行简单化的阐释,只突出文学的认识功能,或是针对当时出现的文学意识形态否定论,或是针对只重主体表现而鄙视客体,或是针对只重形式因素与否定社会思想的主张无功利、无目的的"纯文学"论与"唯美主义"理论。这些学者在吸收不同学派长处的基础之上,坚持被一些人不断批判的反映论,在阐述文学创作问题是,不约而同地提出了审美反映。他们探讨了审美反映论如何被简单化、庸俗化,其能动性是如何被阉割的;并从发生认识论的观点描述了审美反映的心理过程中主客体相互的转换和审美主体的创造性特征;进而探讨了审美与意识形态之间较为复杂的关系,提出了审美意识形态论。审美意识形态论这一观念,力图克服过去文学意识形态观念简单化以至庸俗化的倾向,同时也抵御了"纯文学""唯美主义"的势利俗气,使文学本质特征中最为基本的方面融为一体。我曾在《论文学观念的系统性特征》一文中,提出"作为语言艺术的文学的特性既非单纯的意识形态性,也非单纯的审美。强调意识形态性是必要的,但如果局限于这点,会使其审美特性变为附属物;强调、突出审美特性是必要的,但

三 文学理论：新时期到新世纪

如果只见这一特性，又会砍削了文学的另一本质特性"。"文学作为审美的意识形态，以感情为中心，但它是感情和思想认识的结合；它是一种自由想象的虚构，但又具有特殊形态的多样的真实性；它是有目的的，但又具有不以实利为目的的无目的性；它具有社会性，但又是一种具有广泛的全人类性的审美意识的形态。"① 尝试就文学本质作出这样的概括，对其不同方面看作互为表里而又是相反相成的融合，其实都是针对20世纪80年代上半期文学理论论争中出现的各种思想的片面的强调和理论上的偏颇所进行的比较持中的阐述。因为上述各种现象，都是文学自身特征不同层次的组成部分，各执一端，以偏概全，必然片面，无助于问题的深入。文学审美意识形态论凸显了意识形态理论共性的方面和文学自身的审美本质特征，而这正是那时有关文学本质问题争论的焦点所在。我个人就这一问题的表述，在在不同场合文字上存在一定的差异，但其本意有如上述。这种把文学最为本质的特征融合一起的观念，较之其他单一化的文学观念更具概括力一些。之后其他学者以自己的独到的识见与教学实践的经验，对文学审美意识形态进行了充实与丰富。不同学者的表述可能各自有所侧重，但总的观念、目的是同一的，可为互补，后来大体上趋于一致，成为20世纪80年代一些学者的共同建构。这一文学观念后来被不少学校老师在教学中所采用，也与这一情况有关。但是，对于文学本质的复合特征有些人只做单方面的片面的强调，在文学理论中至今并未得到彻底的改变。马克思说，各种意识形态可以历史地从其产生的现实基础之上"追溯它们的产生的过程"②。这说明马克思的意识形态理论不是从天上掉下来，就其自身来说，它既是对于当时意识形态理论的一种接受与质的改造，同时也是充分认识到它是贯穿历史过程的产物。本文作者力图按照这种历史唯物主义原则，即"追溯它们的产生的过程"的方法，曾经描述了文学作为审美意识形态产生的历史源起

---

① 见拙作《论文学观念的系统性特征》，《文艺研究》1987年第6期。
② 《马克思恩格斯全集》第3卷，人民出版社1960年版，第43页。该书第42页的"意识形式"，现新版已改译为"意识形态"。

及其历史发展过程。当然，人们可以不用马克思主义的意识形态理论来讨论文学本质问题，认为意识形态这种说法已经过时，这都是学术自由。但是对于有点马克思主义常识的学者，能够完整读懂马克思的《〈政治经济学批判〉序言》中有关唯物史观的那段著名的论述，即既读完上半段又读完下半段的人，讨论文学本质问题，文学意识形态理论恐怕是难以回避的。有的人说马克思从来就没有说过文学是意识形态，所以文学是意识形态说是根本错误的，只可提提文学有意识形态性；或是说现在要淡化意识形态了，所以以后文学理论不应再提意识形态，云云。这说明这类马克思主义理论家只读了马克思《序言》中论述有关基础、上层建筑和意识形态学识那段著名文字的上半段，下半段因不合自己心意，就不念下去了，就不算数了。这样一来，就把马克思主义的唯物史观看作是没有历史主义的唯物史观，或者只是半截子的唯物史观了。这样意识形态理论就不具学理性，不是科学形态，不过是某种可以临时应对的策略而已，可以让它缩水或是任意抻长，但这是学术中的无原则性的表现了。

（二）冷静的反思，文学创作引发人文精神讨论与新理性精神的讨论与倡导，文学理论中的语言学转向与文化研究的流行，在努力探讨具有中国特色的文学理论新形态的呼声中，出现了文学理论著作多样化的实绩

第二个时期是在经过了20世纪80年代的大讨论、90年代初的沉静的反思，特别在1992年之后，我国继续坚持解放思想、改革开放，市场经济的确立，全球化思潮的不断激荡，使得人的思想包括审美意识进一步发生激变，文学创作、市场需求，需要重新布局。这一时期文论研究特别是马克思文学理论的中国化，取得了重大的成绩，而文学基础理论也得到了前所未有的发展。一些学者对于涉及文学艺术的马克思的《1844年经济学—哲学手稿》，做了很多阐发，有的学者成

三　文学理论：新时期到新世纪

绩斐然。马克思主义的人学思想的研究也获得了一定程度的深化，出现了语言学转向的影响。就学科性的著作而言，在文学文体学、文学叙事学、文学语言学、文学修辞学、文学社会学方面，出现了许多很有分量的专著，讨论问题的范围有所拓宽。2000—2002年出版的"新时期文艺学建设丛书"收入了36种论著，当然，还有相当数量的学者包括一些中青年学者，他们的著作都有很高的学术含量，只是由于出版方面的原因，未能使丛书延续下去。"丛书"与这些未能收入的著作，无疑显示了30年来文学理论实绩的重要部分。就基础理论中的专题著作、文论来说，20世纪80—90年代，有关文学审美特征的问题的研究十分突出，学者们提出了"文学审美特征论""审美意识论""审美反映论""审美意识形态论""审美价值结构论""审美中介论""审美的文化选择""审美体验论""审美实践与文艺学""宗教文艺与审美创造""审美教育""审美超越""真善美的感悟""审美功利主义""审美本体否定论""审美与道德本源""审美幻象""审美现代性""审美人类学""审美文化""文学价值论"等，还有不少这方面的论述。我们从来没有说过审美就是文学，审美本身含义复杂与多样。审美现象超出文学，其实这种现象早就存在几千年，现今更是如此而已。但我们如果要讲文学，那么没有审美特征的东西是难以称作文学的；同时，也不好把有的西方马克思主义者的观点搬来就用，说审美就是什么意识形态了。文学审美特征论是20世纪80年代批判极左文艺思潮中形成的共识。尽管上面提及的有关审美问题的研究，由于思想不一，观点不尽相同，甚至大不相同，但是它们通过比较，相互切磋，共获进步，促使在整体上形成互补，而且有些著作有着较高的理论深度和创新精神。纯粹审美论、只承认文学的"内部研究"，可以导向"纯文学""审美主义"与"唯美主义"。像文学审美意识形态论正是针对这些思想和庸俗社会学思想而提出来的。因此受到两边的夹击，自在情理之中。

再就文学基础理论中的其他问题研究来说，这时期有大型的"文学文体研究"丛书研究，有"文学艺术本体论""文艺学范畴""文艺学的人文视界""文学作品论""文学创作论""文学发展论""文学思潮论""文学人类学""艺术人类学""美的艺术显形""文学美探源""文学语言学""超越语言""创作心理研究""作家心态研究""文学修辞学""文学文本研究""艺术本体论""文艺人学论""艺术的精神""艺术文化论""艺术文化学""现代诗学""文学接受理论"、中外"阐释学""文学批评理论""原型批评"。还有"文学风格流派论""典型问题研究""形式理论""文学与道德""文学意义生成研究""隐喻""形象诗学""小说形态学""意识形态与文艺"研究、"新意识形态批评""文艺学的民族传统""原型与跨文化阐释""比较诗学""范式与阐释""艺术与商品""中国现代文论传统""中国现代文学价值观的演变""自律与他律""中西文学理论融合研究"、文学作品存在的方式、人与自然、人的诗化与自然人化方面的研究,等等。从上面的所提及的方方面面可以看到,文学理论讨论所涉及的范围之广前所未有,显示了文学理论问题的多样与形态的丰富。上面所说的各种文学基础理论问题,在文学理论的更新过程中发挥着不同的影响。还有这方面的不少论著由于手头资料缺乏,只好暂付阙如。

  市场经济的建立,经济的转轨,促使文学艺术进入了市场化机制,使得原有的文学艺术的价值与精神发生裂变,于是促成了20世纪90年代一场有关文学滑坡、重振"人文精神"的讨论,但分歧极多。随后有的学者提出了"新理性精神文学论",它综合了特别是20世纪以来在哲学思潮、社会实践、唯科学主义、科技霸权、人文科学、文学艺术中反复出现、不断重复、具有导向性、互有联系的几种规律性现象,给以综合阐释的一种理论观念。它以现代性为指导,以新的人文精神为内涵与核心,通过交往对话精神,协调人与社会、自然、科技、人与人的相互关系,确立一种新的思维方式,包容了感性的理性精神,关注人的生存处境及其健全的、自由的全面发展,以克服不断出现的文化危机与人的异化。这是一种文化观念,一种学术立场。这也是一种在中外文化、文学理论交往关系中以我为主导的、对人类一切有价值的东西实行兼容并包的、开放的实践理性。

  中国古代文论的研究也已开始走向繁荣。古代文学理论体系与不少这方面的专题研究,质量厚重,并且始终保持了强劲的势头。一些青年学者的这方面的著作，也很显功力。至于古代文论的现代转化的问题，这一时期出现了探讨"中国古代文论的现代意义""中国诗学之现代观"的专著，分量厚实，此外还有"古代文论的现代阐释""中国古代文论现代转化的历史回顾"等专题研究，都对转化的研究有所深入。至于与文学理论关系密切的文艺美学、审美文化研究，如文艺美学、中国审美文化史、华夏审美风尚史当代审美文化研究，这里难以细说，它们的构思与问题的提出，都具有原创精神，开辟了新的学科，拓展了美学与文学理论的新视野。此外如外国文论研究、中西文论比较研究、比较文学理论的研究，已大大不同于 80 年代和 90 年代前期，而显示了中国学者独立的个性，多种成果已令人耳目一新。

我在上面所描述的文学理论研究，所列问题只是一个大概，并不全面，其中不乏高水平的著作，它们思想新颖，充满生机，显示了我国文学理论的主体精神、创新精神。从总体上说，古代文论富有原创性，而当代文论锐意创新，新论迭出。

（三）全球化语境，文学的终结与消亡、文学理论文化批评化、后现代的反本质主义、文学理论扩容、文学非意识形态之争，文化诗学、生态文艺批评与网络文化理论的兴起

第三个阶段大体可以从 21 世纪算始，呈现了文学理论多样化的形态和中国化特色的继续追求。由于后现代文化思潮进一步深入中国学界，中外交往对话的不断加强，大量新的文化、理论信息不断涌现，文化研究理论进一步地大力输入，文学理论特别是高校文学理论教学中的众多问题的凸现，于是就文学理论自身的现状和改革引起了讨论，加上参与讨论的人，学术取向不尽相同，也必然歧义丛生。例如有艺术终结论、文学消亡论之争；有文学载体的巨大变革、图像艺术、网络文学的扩展与原有文学阅读、图书领地的缩小的矛盾之争；有消费性阅读的普及与经典阅读的弱化之争；有日常生活审美化理论与现有的文学理论原理之争；有文学理论的扩容和扩向哪里之争；有

要求文学理论批评化和坚持文学理论原理化之争；有民族文学与世界文学之争，有文学本质研究与反本质主义之争；有文学不是意识形态、意识形态否定论和关于文学审美意识形态之争，等等。这里需要特别着重提出的是世纪之交，在图像艺术、互联网文化的兴起和文学消亡论流播声中，文化诗学、生态文学批评与网络文学理论三大方面，却是异军突起，它们开拓了文学理论和批评的新境地，都有相当深度的学理阐释，出版了文化诗学[①]、网络文学新视野丛书[②]和多种生态文学理论专题研究，获得了突出的成绩，形成了文学理论的新的生长点。这些文学理论新形态的研究，我们可以说，既采用了西方文学理论中的资源，又继承了我国古代传统与结合了当代我国文学理论的实际情况，成为我国建设具有中国特色的文学理论中的新因素、新部门。此外，还有如审美文化、大众文化、城市文化理论研究，其发展势头也是蒸蒸日上。一些专著如审美与道德的本源、文艺美学的研究，都有明显的进展。

21世纪之初几年内，出现了几种体例各异的文学理论教科书式的编著，它们吸收了西方不少哲学思想和文论教程中不少新的因素，一改以往的编写方法，以后现代主义思想为理论主导，倡导反本质主义，着重知识形态的介绍。此外还有标举走向全球化时代的文学理论著作问世。上述种种论著涉及的范围广泛，各有特色[③]，不乏新见，特别是扩充了当前文学的知识状况，新的文学形式的探讨，它们无疑

[①] 此外全文参阅了陈传才《文艺学百年》，北京出版社1999年版；童庆炳等主编《新中国文学理论50年》，安徽大学出版社2000年版；谭好哲等主编《文艺学前沿问题综论》，山东大学出版社2001年版；杜书瀛等主编《中国20世纪文艺学学术史》，上海文艺出版社2001年版；王春荣等著《中国文艺思想史论》当代卷，辽海出版社2001年版；庄锡华《文学理论的世纪风标》，江苏文艺出版社2001年版；张晶主编《交叉与融通》，中国传媒大学出版社2006年版；张艺声《比较学理论》，中国社会科学出版社2006年版；葛红兵主编《20世纪中国文艺思想史论》，上海大学出版社2006年版；黄鸣奋《互联网艺术》，文化艺术出版社2006年版。

[②] 欧阳友权主编：《网络文学新视野丛书》，中国文史出版社2007年版。

[③] 这方面的编著有童庆炳主编《文学理论教程》，修订二版，高等教育出版社2004年版；刘安海、孙文宪主编《文学理论》，华中师范大学出版社1999年版；南帆主编《文学理论新读本》，浙江文艺出版社2002年版；王一川《文学理论》，四川人民出版社2003年版；陶东风主编《文学理论基本问题》，北京大学出版社2004年版；杨铸《文学概论》，北京大学出版社2005年版；张法《走向全球化时代的文学理论》，安徽教育出版社2005年版。

拓展了文学理论的视野，显示了文学理论充满生机、日益多样和与时俱进的实绩。但是反对文学理论的本质观的探讨，并把本质观探讨说成是本质主义的这种说法，却是过激偏颇之词。其实从根本上说，反本质主义同样是一种标举文学本质观的追求，只是在追求另一些类型的本质观，即把原有的各种文学本质观的研究，戴上本质主义的帽子，予以颠覆，拆解原有的文学观。同时又在使用拆解过后的零星碎片，加上当今的媒介网络知识、生态理论和文化批评等板块，重新给以组合，悄悄地阐发自己的文学本质观。表现在对设置的各种章节的论述尤其如此，即既在拆解，又在规范；而且章节的设置也有较大的任意性，很多也是老问题。即使那种自认为不提文学抽象本质、只从形式观点切入文学的形式文论研究，也未能例外，它也是在追求一种形式论的文学本质观。这样说，当然没有排斥这些文学观念存在的价值。上面说到的各类文学理论研究，层次各异，深度不一，不同意见与分歧自然存在，许多问题随着认识的进步，将会得到进一步的展开。看来在当今极端复杂的文学现象中，要找出一个囊括无遗、统一的文学观念是相当困难的，一劳永逸的文学观是不可能存在的，我们只能追求那种更多一些能够说明文学现实发展的文学思想。同时也要容忍、宽容可以在不同程度上说明文学现象的文学观念。

文化研究经过 20 世纪 80 年代的输入、酝酿，到 90 年代文化面向市场的时候就很快升温，在新旧世纪交替之际，出现了以文化研究理论替代文学理论研究的倾向，由此而引发了争议。但是经过讨论，文论研究与文化研究的关系有了进一步的厘清，一方面密切了相互之间的关系，使得文学理论在与经济、文化、政治在内在的、广泛的联系中获得了发展的巨大空间；而且就个人兴趣来说，两者研究自然也可以融合一起，成为一种个人风格。但另一方面，也明确了二者并不是一回事，文学理论扩容无度的倡导者，至今尚未推出极力主张文学理论要面向时尚模特、家居装修、超市广告等方面的专著来。我们不能还像 20 世纪 80 年代初那样，昨天宣传一种新理论，今天又是一种新方法，看来报刊热闹花哨，实则是理论时尚的贫困，因为浮躁原是与理论研究的要求相悖的。这时期介绍过来的西方文化文论，给我们很大启迪，它们有现象学文论、心理分析文论、存在主义文论、接受美学文论、阐释学文论、结构文论、解构文论、后殖民主义文论、女权主义文论、新历史主义文论等，它们看重问题而不追求整体，显示了文化批评、理论的零散化、碎片化、地方知识化等后现代主义文化精神。这些不同形态的文论，价值、层次不尽相同，需要区别对待。文化批评的输入与大力介绍，使人们的知识得到更新，甚至可能导致文学理论中某些范式的转换。但是文化批评的长期热心倡导的倾向，似乎掩盖了另一种倾向，即外国美学、文学理论中有着较为深厚学理的有价值的著作，被疏忽以致被遮蔽了，直至近期才重新引起注意。新的选择与译介，使人们对于当代外国文化理论、美学与文学理论面貌有了较为完整的了解。

近几年来，出版了多种总结近百年来文学理论的历史进程和新时期 30 年文学理论的论著、论文。有些论著学术含量较为厚重，史论并重；有的书籍对于近 30 年来文学理论进程似乎相当陌生，对于 20 世纪八九十年代文学理论中所经历的事件相当模糊，对各种文学观念的历史出场都很隔膜。有的论著，只看一般文学年鉴的综论所提供的线索，只关心热闹、喧哗的论争，却并不在意其中有多少学术泡沫、那些较具深厚分量的学术著作。当然，有的论文质量很高，有的专著质量平平也是常有的事。

我国当代文学理论在科学发展观的指导下，以建设中国特色的文学理论为目标，需要在出发点上形成一些共识。

1. 对现代性的强烈追求，面向实践的需求，这与科学发展观是一致的。现代性涵义各别，但我们在这里讨论的是我们根据实际情况与需求所给以规范的现代性，是我国文学理论所要求的现代性，是文学理论自身科学化所要求的现代性，是使文学理论走向自律，获得自主性，并与他律相融合，使文学理论走向开放、对话与多元，在继承中形成理论自身的创新的现代性。现代性的强烈追求，促使学者们看到文学理论中不断呈现的、层出不穷的问题，需要面向当代文学发展的需求，使得理论自身不断演化、更新与发展。后现代主义文化思潮在把知识零散化中提出了许多新观点，在点的深入方面极有启发，但从总体上说并未被它们引以为荣的颠覆，消灭了大叙事与整体性，所谓颠覆的愉快不过是它们一种并不牢靠的一时快感，因为大叙事与整体性仍然在继续着，虽然大叙事并不是研究中的唯一方面。以此来观照我国当代文学理论，如前所说，我以为近30年来当代的文学理论，正是把文学理论自身当作一个矛盾体的，不少学者充满了自我反思与自我批判精神，有意识地在文学理论传统、特别在现代文论的基础之上，在批判、鉴别之中进行创新。例如中国现代文论传统的确立，中国古代文学理论体系研究，文学人学研究，文学审美特性的讨论与建树，文学观念、文学研究方法的大讨论，文学心理学、文学文体学的研究，就是贯穿了现代性的反思与自我反思、批判与自我批判，面向文学实践的需求的产物。古代文学理论的现代转化的话题，意在提出近百年来对于理论遗产的割裂，而力图通过批判与鉴别，激活古代文论，进一步把优秀的理论传统中的有用成分，有机地融合到当代文论的创新中去，所以完全是一个充满现代意识精神的命题。这样做，自然很有难度，这是一个长期的过程，不能指望一加提倡就可一蹴而就，但是在建设当代文学理论中极有意义。

2. 需要加强创新意识与原创精神，不断突破原有的理论认识与框架而有所更新。有的人至今还在用马克思说过的话和没有说过的话为准则，来批判别人提出的问题的是与非，得与失，这种凡是派学风早就该被抛弃了。文学理论中的有着不同理解的理论范式的转变，随着我国文化的转型，将会不断出现，或是正在逐渐生成。一个观念、一个范式的提出与阐发以及它们的生命力，一是在于它们生成的深刻的现实性，即它们与现实需求的关系，它们是针对现实中的什么问题而说的？为什么这时提出了这个观念？这些抽象化了的观念，能否反映被它们概括了的复杂现象的真实性与实在性的某些方面？评判它们的价值，在于把它同过去的观念进行比较，增添了什么新东西，而不是随手拿些在知识背景上完全不同的、不同领域的、不在同一层次上的观念，进行对照；或者总是拿出符合自己意图的拆字办法，进行拆解，如果不合自己的身材与自己有限的知识背景，粗俗与低俗的感受，就宣布被批判的观念不能成立、不合法，就算清除了对方，也使得问题的讨论南辕北辙了。二是在于它们的深刻的历史性，它们是否按照其自身逻辑、学理提出来的，它们是否有着自身的历史演变的轨迹、发展的前景，以及它们与其他相关观念之间的内在联系，从而成为观念系统中一个组成部分，并能否被读者所接受？或是为什么不少读者接受的是这一观念，而不是别的观念？学理顺了，被认知的东西就多一些，被说明的方面就更会宽阔一些。

在这里，历史性和现实性是结合一起的。历史性也就是历史意识、历史观与历史生成，脱离了历史意识、历史发展观，唯物史观就是简单的、直观的唯物主义，被有的人不断反复标榜的唯物史观，其实不过是半截子唯物史观。任何观念都是在历史中发生的，反映着历史的、现实的需求，或是反映得多一些，或是反映得少一些，一旦在当时现实生活中发生影响，它就成了历史的存在。评价这种历史存在，如果不顾历史的语境及其演变，排除历史主义，也即使用半截子的唯物史观去进行批判，那就会把被批判的观念当作是天上掉下来的东西，徒然显出批判者不过是个历史不在场的角色，并使批判变成一种故意同义反复、而又似是而非、玩弄空洞概念的演绎。人文科学的思维是两个意识的对话与理解的思维，而非单一的解释和判决，更非既当运动员又当裁判员的判决；它是价值的积累与增值，而非压制、绞杀与消灭。我不断强调的交往对话精神，正是针对学术中的这种不断压制、绞杀、消灭而说的，这种绞杀、消灭的学风，已延续了半个多世纪，有时它是一种全面统治的风气，有时它是一个时候一些人的集体文风。需要建立一种良好的学术氛围，培养一种开放的、对话的、宽容的、有价值判断的即非此即彼的，而在总体上却是亦此亦彼的思维方式，兼容并蓄他者的长处，为理论创新创造良好的条件，开辟文学理论的创新时代。学术中的原创意识，只能产生于良好的学术氛围中。

3. 在全球化的语境中坚实地立足于本土。前面已经论及，20世纪80年代初，我国文学理论界不少学者对当代文学理论也即80年代前的文学理论进行了全面批判，而对于那时被介绍过来的而知之甚少的西方文学理论、不少文学流派的宣言与主张，则充满了好奇与崇敬

三 文学理论：新时期到新世纪

之情，如象征主义、唯美主义、形式主义、"纯文学观"、现代派文学等。美国学者韦勒克等人的新批评派文学观，一时影响很大，促进了创作、批评中的"纯文学"与"唯美主义"思潮的形成。西方文学理论一些方面可以参考，但是照搬却是难以奏效。重要原因在于，一本好的外国文学理论著作，虽然不少成分具有知识的公认度，但它们终究是在它们自己国家传统文学的基础上总结出来的文学经验，或是只就文学中的某个方面展开的论述，应该给以鉴别，所以我们必须坚实地立足于本土之上，来思考自己存在的问题，建设我们自己的当代文学理论。一些学者20世纪80年代就开始就把理论建设的重点移置于本土，在全球化的语境中，他们以马克思主义为指导，立足本土，以我为主，确立自己的主体性，即从中国自身的文学现实出发，用中国人的眼光、知识来探讨理论问题，同时吸取外国文化中的各种有用成分，为我所用。文学基础理论每个时期的发展，与引进的外国文学理论的关系极为密切，它的中国化是个严重问题。不过在文学审美特征、文学本质观念、文学文体学、文学语言、文学修辞、文学理论范畴等探讨中，本土化意识是十分清晰的。就是到了20世纪90年代中期以后，即全球化思想逐渐扩散，后现代文化思潮日益深入我国学界，世界文化、文学与民族文化、文学引起争论时，很多学者在全球化的语境中，同样坚持本土立场，力主民族文学，但又主张融入世界文学，使两者相辅相成，相得益彰，提出今后的文学既是民族的，又是世界的文学的主张。那时当一些学者力主将文化研究替代文学理论研究时，有的学者却以独到的眼光，丰富的经验，提出了立足本土的有我国特色的"文化诗学"，这是值得肯定的。文学生态批评、网络文学批评同样如此。这两个方面既是外来的，又是本土的，说是外来的，它们已在外国文化中兴盛起来，因此可以作为我们的借鉴；说是本土的，因为我们同样有丰厚的生态理论资源，而且当今同样面临生态、网络时代，外国的这些理论一旦借鉴过来，也就激活了我们的资源，并融入了我们的文论，成了我们自己的文化和文论的组成部分。新世纪开始，全球化的话语很有影响，有的学者提出了"文化一体化"问题。这是一个悖论，"文化一体化"的现象确实是存在的，特别在物质文化方面,简单地否定是不现实的。但是"文化一体化"又是不可能的,就是说一个民族的文化存在着深层的价值与精神,即使融入了外国文化的成分,促进了原有深层文化的更新,但也会使其变为本民族文化的精粹的组成部分,而成为本民族文化的新的传统。世界文化、文学应是多元共存的。

4. 当代文学理论的科学化与人文精神。20世纪80年代以来,西方文学理论的大量引进,特别是形式文论、结构主义文论新批评文论、文学四要素说和现象学美学思想的引进,对于促进我国当代文论的科学化,起了有利的作用。参考上述理论,我国学者将组成文学的各种因素——语言、修辞、象征和社会、历史、思想等方面有机地融为一体,确立了文学研究的整体方法,建立了文学本体论,即文学存在的形式。但也如前所说,其中有的理论也助长了我国文学、文学理论中的"纯文学观""唯美主义"倾向。

文学理论是人文科学,作为科学理论,自然需要通过实证知识与一定方法进行讨论,同时任何人文科学又必然渗透着作者的主观导向,两者必须有机的结合一起而使文学科学有所进步。外国的人文主义美学、文学理论思想是甚为丰富的,其中一个中心思想就是贯穿着人的思想。我们的文学理论的人文精神渗透着对于人的命运的关注与叩问,对于民族命运的关怀,这就是贯穿于我们民族在其生存、发展中形成的民族文化精神,就是以人为本的人文意识。综观这一时期的文学理论,其主导倾向是充溢着人文精神的,虽然也有一些文学实践是反文化的。从20世纪80年代开始的人道主义、人性问题的大讨论,人学是人学的肯定,文学理论主体性的争论,文学人文精神大讨论,新理性精神文学论,文化诗学,文学与道德,文艺学的人文视界等,都显示了我国文学理论的人文精神与忧患意识,我国的民族文化精神。流淌于我们当代的文学理论的人文精神与忧患意识的以人为本的思想,是我国优秀文化源头的主导精神,而与当代理论的科学性相结合,组成了我国当代文学理论的又一特色。

上面所描绘的30年来我国文学理论的特征、问题与获得的巨大成绩,仅是一个概貌,事实本身远为丰富得多。我国文学理论在科学发展观的指引下，大体正在形成一种有着我国特色、具有一定独创精神的、开放的、动态的、多形式的格局。文学理论需要的是原创与不断的更新，这是它的生命所系，也是我们民族伟大复兴中社会主义新文化建设的特征。

（原刊于《文学评论》2009年第4期）

四 我的文学研究之路
——钱中文先生访谈录

李世涛（以下简称李）：钱先生，今年来我就中国当代文艺思潮做了一系列的访谈，希望从史料的层面挖掘些有关情况。据我所知，自20世纪50年代您从苏联留学回来迄今，就一直从事文学研究，也见证了当代文艺所发生的重大变迁。当然，有些事情是您亲自经历的，有些事情虽然是您独特的经历，但从中也可以反映出当时文艺界的一些情况。所以，我提议还是从您的学术研究经历谈起吧！20世纪50年代到70年代末，学术研究理所当然地受到意识形态的冲击，文艺自然就成了阶级斗争的工具和战场，您们的研究注定要受到各种非学术因素的干扰。其中，五六十年代学术界进行了批判资产阶级、修正主义等活动，估计您也难以幸免。您是否可以谈谈您当时的学术活动，您如何由俄联文学研究转向文艺理论研究的？

钱中文（以下简称钱）：这时期谈不上有什么学术活动。我在这里要说明的是，1959年8月前几年，我主要是阅读有关19世纪的俄罗斯文学和文学史著作，对于苏联文学理论则并未系统学习过。当然，苏联的文学史著作看多了，就觉得这类著作中大俄罗斯民族主义倾向是十分强烈的。俄国人认为自己什么都好，文化辉煌，别国的文化与文学，似乎与他们的文化与文学毫无关系。如果有的学者联系他国文化、文学进行研究，往往会被戴上"世界主义"的帽子，而遭到清算。

1959年10月，我们几个年轻人被分配到中国科学院文学研究所。去文学所之前，先到科学院院部，张劲夫副院长与周扬同志接见了我们，大概说了些鼓励的话，简单了解了一些当时苏联文艺界的情况。到文学研究所不久，就要把我们分配到几个研究组去，开会征求我们意见。领导方面参加的有何其芳、蔡仪和叶水夫等先生。当时何其芳所长希望我到理论组去，说理论组要一些懂外文的人，蔡仪先生是理论组的组长，也表示欢迎。几位学习过美学的朋友就去了理论组，我则因为对文学理论并未系统学习过，不熟悉理论问题，心里无底，所以未敢贸然答应。叶水夫先生则欢迎我去苏联东欧文学组，我自然高兴前往了。这样我就去了苏联东欧文学组，主要方向是研究俄罗斯文学。

一到文学所，正好遇上所谓反右倾运动，领导要让年轻人在运动中"锻炼成长"，于是就布置我们阅读何其芳所长与蔡仪先生新中国成立前后的各种理论著作，查查他们20世纪三四十年代的著作里，有无"右倾机会主义"思想，能否与当前运动挂上钩，这自然是十分荒唐的事。于是我在这时算是真正接触了文艺理论，并且通过阅读他们的著作，对文艺理论居然产生了浓烈的兴趣，觉得在这个领域，可研究的问题极多，这比我去研究一个、两个外国作家有意思得多了。这事我在纪念何其芳先生逝世10周年的文章里谈到过，这里就不多说了。

"反右倾"运动一结束，批判修正主义的运动就接上了。这是所谓"国际大辩论"在文学领域里的继续，于是不少人被编入了批判小组，苏联组的同行都在内，合作批判所谓"国际修正主义"文艺思想，从此我们就有好多年时间被置于极左文艺思想的影响之下。这时我阅读了不少苏联文学评论，整理了不少资料，定下了题目，几经讨论，提出了几个问题进行批判。于是就在1960年的《文学评论》第4期，刊出了我与水夫先生合写的《国际修正主义文艺思想必须批判》一文，用"左"的教条主义，来批判当时正在脱离过去教条主义的苏联文艺思想。水夫先生写前半部分，我写后半部分，各写了1万2千字。由于我掌握材料较多，也熟悉这些思想，所以写得较快，集中用了3天时间就写出初稿，并誊写完毕。文稿打印出来后，经批判组的同志，特别是何其芳等领导同志提出意见，再行修改，定稿。

写完此稿后，我似乎意犹未尽，就针对卢卡契、维特马尔（南斯拉夫批评家）等人关于托尔斯泰的论述又写了一篇《驳修正主义者对托尔斯泰的歪曲》，经领导审阅后，发表在同年的《文学评论》第6期上。

其实，卢卡契等人关于托尔斯泰的思想、世界观和创作的关系的观点的论述，是比较复杂的，作为学术问题完全是可以讨论的，我的文章虽然也做了一些说理与分辨，但总的倾向是，对方已是被定了性为"国际修正主义"分子，是不容分辩、反驳的。批判者则以无产阶级代言人自居，仿佛在世界上我们就代表了无产阶级，而无产阶级就代表了正确和真理。但是，这个"无产阶级"到底是什么，含义并不清楚，比如说谁是无产阶级，能否是有产阶级代表了无产阶级？其后，又掀起了对"资产阶级文艺思想"的批判，其中周谷城老先生的一篇文章就被定为批判对象。报社来找我写批判文章，而被批判的观点报社早就摘录公布了。这类批判文章的格式是，先摘引被批判人的几个观点，自然判定它们是错误的，然后文章引用几位革命导师的绝对真理，一加对照，判定被摘录的观点违反了真理，批判者就完成了批判，在理论上就划清了无产阶级与资产阶级的界限。

在当时所谓对资产阶级、修正主义的批判中，无产阶级主张的是阶级性，而资产阶级讲的则是人性、人道主义，所以，但凡有人在自己的著作中出现"人性""人道主义"的字眼，都会受到批判。这样我在评述"外国古典文学名著丛书"时，就涉及好几位研究外国文学的老专家的序文。这种不容他人争辩的、"无产阶级"式的专横行为与霸道作风，其后在"文化大革命"中发展到了顶峰。及至我自己在"文化大革命"中不明不白、不由分说地成了专政对象，失去了说话的权利，感到在这个世界上孤独无援，体验到生比死还艰难时，倒是老专家对我显示了人性的温暖，使我获得了心灵的拯救，感到那些"资产阶级"比那些对我总是横眉竖眼的无产阶级代表人物要温暖得多，人性得多。这我在《劫难与拯救》一文中有所记述（见《南方文坛》2001年第1期）。但我是个真正意义上的后知后觉者，直到20世纪80年代初，我才真正感到今是而昨非。我觉得我并没有犯过拉斯柯里尼科夫的罪行，他因自己的罪行而在心灵上备受煎熬，孤独、无援、寻找上帝、忏悔、绝望。我要改变自己的孤独状态，就得努力使自己融入人群，让人与人的关系变得人性一些，于是向几位曾经受过我以"人性""人道主义""触动"的老专家道了歉，卸却心头的重负，在精神上获得别人的谅解。对于一位身处异地的老专家，而且是我少年时代十分爱读他散文的老作家，我不知道他的工作单位，心想总有机会和他在见面时致歉的，但到20世纪80年代中期获知他已于70年代中期就已故去的消息，这使我怅然良久。所以80年代以后，我特别讨厌那种在讨论问题时自以为是绝对真理化身、唯我独马的文风，在辩论中非要把人置于死地的文风，彻底否定别人的文风，非此即彼、不给别人说话权利的文风，因为我过去也这样做过，后来也身受其害，还差些丢了身家性命的。所以20世纪90年代我提出"新理性精神"时，要把交往对话精神作为它的组成部分，这是人的生存的基本方式，一种新的思维方式，用它来抵御独断专横的话语霸权，这是否可以算作是一种人生的感悟呢！

在"文化大革命"前，我一面受到极"左"文艺思潮影响，走了时代所划定的弯路，另一方面，我也在摸索，如何进行文学理论研究。作为一种训练，我自己提出了一些论题，如创作中的灵感问题，想象问题，细节与典型化，俄罗斯文学中的小人物问题等，都写成了文章，发表在《文汇报》《光明日报》《新港》《文艺红旗》等杂志上。这些论文，和我参与批判的文章的写作，完全是两个不同的调子，仿佛一种是白天写的，给大家看的，一种是晚上写的，给自己看的。现在看来，这后一种文章可能显得有些稚嫩一些，但更符合我对文学理论发生强烈兴趣、并去研究它的本意，这是学术性的、探讨性的。像灵感现象，在20世纪60年代初这种大批判的年月，似乎是不会有人去做研究的。当然我的论文的时代的局限性也是很明显的，比如一面探讨了灵感现象的突发性、偶然性、联想性，与日常印象的积累的关系，但对其非理性的方面则是没有认识的，而且还要强调其可认知的一面。关于艺术想象、细节等问题的描写，这是我理论学习的一些心得，论点还算妥帖，资料还算丰富。这类文章至今还可一读，所以不久前，我就收入了我的多卷集，算是20世纪60年代仅存的一些果实了。

同时在20世纪60年代初,苏联东欧文学组组长戈宝权先生受人民文学出版社之托,编辑、出版一套外国作家评传小丛书,每本要求六七万字就可。他知道我比较熟悉果戈理,就约我撰写一本。由于自己拥有一部果戈理的14卷全集,就果戈理的中篇小说艺术特征也做过一些探讨,有些心得,所以在三个月里就写了出来,我将初稿先交给组里年长的陈燊先生看看把把关。

李：这本果戈理的评传应该是1980年由上海文艺出版社出版的您的《果戈理及其讽刺艺术》吧！

钱：是啊！陈燊先生很快就看完,提了一些意见,有些文字也作了修饰,这使我深为感动。陈燊先生学养深厚,国学底子极好,当时文学所编辑的"外国古典文学名著译丛""古典文艺理论译丛""马克思主义文艺理论译丛"等三套丛书的组稿、翻译与出版,主要由他在联系、张罗,是水夫先生的得力助手,他在介绍西方文论、外国古典文学方面贡献了其毕生的精力,真是功不可没。我的这部书稿,后来由戈宝权先生交给了人民文学出版社,那时运动连年,毛泽东批评文化部只搞"封资修""大洋古",社会氛围一时十分肃杀。文化部得此恶评,真是如丧考妣,只好大搞"假批判""假整风",出版工作停顿下来,接着发动了"文化大革命"。1978年后几年批判极左文艺思潮,文艺界再度复苏过来。1979年在昆明举行十四院校的文学理论写作研讨会,我被邀参加。会上遇到上海文艺出版社的编辑郝铭鉴先生,闲谈之间,谈起他正在编辑一套文学知识一类的丛书,问起我有无合适的书稿。我把我的在20世纪60年代初写的书稿和他谈了,他很感兴趣,让我回京后将书稿寄他看看,我当然很高兴。回到北京后,我就与人民文学出版社的程代熙先生联系,他很快回了我信,寄还了书稿,并告诉了我的书稿的故事。原来20世纪60年代初,所有出版社成了"封资修"舆论阵地后,再也不敢造次,只出毛主席的红宝书了,我的小小的书稿自然被束之高阁。一到"文化大革命",就被不知哪里来的造反派,扔出了人民文学出版社的办公室,扫进了垃圾堆,幸亏一位至今不知其名的清理垃圾的好心的清洁工,见是书稿,就把它捡了起来,送到编辑室。这样我的这部小小的书稿算是逃过了一场劫难。我拿到已经在人民文学出版社待了18年的小书稿(我孩子也快高中毕业了),真是欣喜莫名,稍稍看了一下,就给郝铭鉴先生寄去。1980年便出版了。

20世纪60年代初几年还有一件事,使我终身难忘。我那时年少气盛,写东西比较快,而且自己不断给自己出题目,做文章。如写"批判"的文章,草稿打印出来后,都要互相传阅,提出意见,再行修改的。有一次,我把手稿送到水夫先生那里,请他审阅。他看过后对我说,你的文章写得太才子气了!我自知我并非什么才子型的人,只比一些同行多读了一些书,肯思考问题罢了,哪来什么才子气?听到这样的话,我就有点忐忑不安了。接过稿子一看,发现他改了一些地方,特别是写得不易辨认的文字,他都重写了。几天里我不断捉摸水夫先生的这句嘲讽性的话,终于悟出了一些道理,这就是我对问题所做的判断有时不够确切,不确切就会显得空泛,就显得论证不够严密,这是一;二,就是我写字贪快,写得不工整,歪歪扭扭,有时让人难辨。明白了自己这些缺点,心里就感到惭愧无比,觉得以后可不能再来什么"才子作风"了。后来写稿,论点总是再三推敲,在文字上也敢于伐皮削肉,毫不可惜地将可有可无的字句删去,这样论证也就严密多了,写下的文字就显得扎实有内容了。后来我写稿子养成了习惯,总是改了又改,即使寄了出去,发现原稿有的用语不够贴切,于是赶忙修改,写信告诉编辑要求改过,所以我不断地要修改稿子,有时要一直修改到文章出来之后。同时重新练字,一笔一划地写,不再潦草,后来几十年里都是如此,算是养成了一个好习惯。抄写时发现一页有几处涂改,就会毫不犹豫地换张稿纸再行誊写,即使用密密麻麻小字写给自己看的初稿也是如此。这样花费时间极多,但看到干干净净、文字顺畅的稿子,心里是高兴的,同时也觉得这是对阅读我稿子的人和编辑的一种尊重,甚至后来写信也是如此,不敢潦草。不想水夫先生一句批评,让我受用了一辈子,这是让我终生感谢的!可惜这话未能让他在生前听到,这是使我万分遗憾的。2003年1月5日在纪念雨果的会议上,我和水夫先生还有说有笑地在一起谈论旧事,谁知几个月后他就去世了!

李：尽管20世纪五六十年代的大环境使您选择研究对象的自由度大大减少了，但您仍然有意识地根据自己的兴趣进行研究：一方面进行具体的作家研究、俄苏文学研究；另一方面被动地写批判文章和主动地写探索性的理论文章。可以说，这是不幸中的万幸了！我想，这种经历无形中促使您把文艺理论的探讨与分析具体的文学现象结合起来。我还注意到，尽管没有放弃对文学的兴趣，但您还是对文艺理论更有兴趣。这是否也是您在20世纪80年代一直注重从文学观念变革中探究文学基本原理的原因呢？80年代，您提出了"文学是审美意识形态"这个命题，应该说，这个命题是那个时期您最重要的研究成果，在90年代以后也产生了广泛的影响，并被视为新时期文艺理论研究的重要成果。请您谈谈提出这个观念的其主旨和提出这个命题的背景。

钱：20世纪80年代初，文艺界对过去被简单化了文学观念纷纷提出质疑。文学艺术按照马克思的说法，是一种社会意识形态。但是庸俗社会学的文学观，把文学仅仅归结为意识形态，只注意文学与其他意识形态的共性；而文学为政治服务的口号，使得文学完全失去了自主性，成了政治的附属品，并且驱使文学为错误的政治服务了几十年。文学自身的根本特征——审美特性，倒是变得可有可无或是可以外加的东西，这使文学创作走上了凋敝的道路。由于教条主义的盛行，使得人们只会引经据典，扮演着注释派传声筒的角色，一旦脱离本本，一些人连话都不会说了，在理论上造成长期的僵化与滞后。新时期酝酿了一场思想的解放运动，遍及各个领域，包括美学、文学思想在内。

20世纪80年代初，在美学界就艺术的审美本质发生了一场大讨论，翻译出版了不少外国的这方面的论著。在美学界，一些学者认为审美就是一切，而对于文学艺术的其他功用，则嘲弄有加。另一些学者则继续主张原有的被简单化了马克思主义文艺思想，按照原来的习惯，坚持原来的文学是意识形态说。这些老话、套话，既无助于对过去几十年的庸俗社会学的文艺思想的反思，又继续严重脱离文学创作

四　我的文学研究之路

实际。接着在文学理论界，也出现了这种性质的争论，一时文学的审美特性、文学的感情特性、文学的心理学研究得到普遍的重视，并很快流行开来，同时在问题讨论中也出现了情绪化现象，这在美学界、文学理论界都发生过。

20世纪80年代初，根据当时更新文学理论的普遍要求，文学所文艺理论研究室接受了一个国家重点研究课题，即集体撰写一本《文学原理》式的著作，以替代原来的带着不少旧有观念的《文学概论》。后来发现，我们这个组由于写作者观点大体相同而又不尽一致，很难写成一本观点完全统一的书。因此在1983—1984年几经商量，就分成几个部分来写。先是共同确定了五个部分，作为探讨文学这一现象存在的过程，即作品、创作、批评、鉴赏与发展。从作品开始，即把作品视为文学的基本细胞、最初的存在形态，然后探讨作家主体的创造、特征与过程，接着探讨作品如何进入流通，成为文学，以及它的历史发展。这一模式已经与过去的文学概论的体系已不很相同，而是从文学现象开始，在其发展过程中逐步展现其自身逻辑与特征，不再像过去那样，一开始就讨论文学的本质问题。这种文学理论的探讨，我以为至今仍不失为一种有效的模式。当然，一开始讨论文学本质，也是文学理论研究的一种方式，看怎么阐释就是了。分工时大家各自选择了自己认为已有一些心得和积累的课题。最后留下的是"发展"论，我已别无选择，就只好负责撰写这一部分。由于前面四部分谈的都是具体的文学现象与过程，所以在围绕文学理论、批评的大讨论中，我不得不思考文学观念的问题，虽然这一问题同行都在探讨。但对于我来说，文学观念这一关键问题不解决，不形成一个比较科学一些的文学观念，我这部分的写作是无法进行下去的。

但是如何建立新的文学观念，这是颇费踌躇的。如果对文学理论的整体情况两眼抹黑，对其前沿问题和已有的成果、水平一知半解，要想在写作上有所出新和超越，那是不可能的。而且学术是一种增值，比如我们已经有了100种这样的著作，你的著作不过是第101种，只是量的增加，那是没有多大意义的，形成不了精神价值的积累。国内的文学理论中的文学观念当然是了解的，但外国人又如何说的呢？20世纪80年代初，我翻阅了当时可以找到的几部外国学者的文学理论著作，如美国人韦勒克与沃伦的文学理论、苏联、德国、荷兰等国的学者的著作，发现他们的说法各不相同。于是我在写作组里先对这几本著作做了介绍，并且提议扩大搜罗范围，设法把当时能见到的、有些见解的外国文学理论著作翻译出来，广为介绍，并着手组织，先把美国、苏联的几本文学理论著作译出出版，后来就出版了"现代外国文艺理论译丛"，计划有三十来种。当时的许觉民所长为这套丛书的出版帮了大忙，他认识三联书店的范用先生，所以出版一事就很快地落实了下来。后来范用先生的接班人大约认为这套译丛不是他点头同意的项目，所以后来我们虽已组织了好些外国名家文学理论的书稿，并已请人翻译了出来，但到20世纪90年代初，三联就将译丛停办了，有的交到出版社去很久的书稿，也给丢了，这真是无可奈何的事！最后几本书的主编费至今没有支付给我们，这是我所了解的三联！就我的遭遇来说，这和纪念三联书店成立50周年会议上一些先生颂扬的什么三联"临事以敬""其命维新"，等等，可完全是两码事！当时一家报纸发了不少颂扬三联的文章，而我就我的亲身经历和包括投稿《读书》的无礼遭遇，写了一篇唱唱反调的短文《盛名之下，其实难副》，投给该报，谁知该报碍于三联的显赫名声，以庆祝盛事已过，不再刊载这类文章为由，将稿毙了，我也只好怪自己不识时务！

我国原有的文学观念，明显已不符文学自身的特征，而外国几种著作所张扬的文学观念也未能使我满意，如韦勒克的"虚构性""内在研究"说、波斯彼洛夫的"意识形态本性论"等。还有如稍后不断涌入的外国学者和我国学者自己提出的文学观念如结构主义、解构主义文论，文学符号论，文学语言学，文学心理学，精神分析论，文学感情论，文学表现论，文学生产论，文学接受论，读者反应论，文学现象学，文学主体性论，文学象征论，文学数学化论，信息论控制论系统论合一的三论文学观，它们或是接触了文学本质特征的某一方面，在文学本质的不同层次上自有意义，但总觉得不具总体性意义；或是它们只是一种研究文学的方法与切入点，而非理论本身。

四　我的文学研究之路

　　20世纪80年代最初几年，可以说，那时有多少谈论文学的文章就有多少文学主张，我自己也在进行紧张的思考并对自己过去的文学思想进行反思。对我来说，反思实际上是一种自觉的自我批判，一种对原有文学知识、文学观念、方法的检验与判断。有用的要保存下来，不合科学思想、不合文学规律、不合时宜的知识与观念必须抛弃，这是无可奈何又必须进行的事。因为不这样做，自己的知识、思想难以更新，也不符学术的进步与需要，那在文学理论中永远只能去做别人的传声筒。但是已经被耽误了二十多年，学术看重的是学术个性，在学术上应该找到自我。在这种思想的策动下，我要设法努力改造自己。1984年以前，在我的一些文章中原有的文学思想影响是存在的，但是在新的文学思潮、方法的影响下，在知识更新中，我的文学思想也是有所变化的。1984年以后，我似乎觉得开始在理论上找到了自我，从内心产生了真正的新生感，这主要是从文学观念的变化开始的。

　　把文学界定为意识形态，这是哲学特别是政治对各种人文科学包括某些社会科学知识的概括与抽象，这对于用来阐明意识形态系统、它们的共性是可行的。政治家谈论文学，谈的并非是具体的文学，而只是抽象了文学，即文学的一般，一种服从政治的意识形态。几十年来，文学研究正是按着政治家的思路进行研究的。新时期初期，在批判文学中的庸俗社会学之后，一些学者强调文学的根本特性在于审美，文学必须回归自身，这是完全必要的，有时说些激烈的话，发泄一下心头的长期积郁与不满，也是可以理解的。但是那种认为文学的特性唯有审美，并用审美来排除、嘲弄、挞伐、否定文学的其他本质特征、功能，也未免是矫枉过正而失之偏颇了，这样做觉得又并不符合文学的真实情况。同时由于那时社会学受到批判，所以在文学评论中，谈论社会研究、历史研究都是犯忌的。1982年，我在《论人性共同形态描写及其评价问题》（《文学评论》第6期）一文中提出，"文艺是一种具有审美特征的意识形态"。认为讨论文学应该是探讨具体的文学样式及文学作品，而非抽象的文学一般，以为文学是通过对语言的审美结构的，通过创作主体的感受、体验而灌注了感情思想的鲜活的艺术形式，即审美意识形态。评价文学作品，需要美学分析，那些不具审美因素的作品，不是文学作品，就难以对它进行美学的分析，但是"加强美学分析，并不是要否定与美学分析密切相关的历史、社会分析"。1984年，我在关于文学研究方法论更新与评论《文学理论中的"意识形态本性论"》的两篇文章里（发表于《文学评论》第4期与第6期），继续提出文学是"审美意识形态"，文学创作是"审美反映"说。但是，直到1986—1988年发表的几篇长文，才较为详细地阐释这两个观念。

李：谈到您的文学基本原理研究，不能忽略您提出的"审美反映说"。在20世纪80年代，认识论、反映论的文学理论遭到了普遍的怀疑，甚至抛弃，成了是保守、过时的"代名词"，许多文学理论命题都源于对它们的反思和反拨。您却"不合时宜"地提出了"审美反映说"。

请问，它的独特之处在哪里？与认识论、反映论的文艺理论有什么关系？

钱：20世纪80年代的最初几年，更新文学研究方法论的呼声不断高涨。1984年文学理论研究室就酝酿一次全国性的研讨会，于是就向不少大学中文系提出倡议，共同筹办会议，得到了它们积极的回应。与苏州大学的范伯群教授协调之后，于是1985年4月，就在扬州大学召开了全国文艺学与方法论问题学术研讨会，我所文艺研究室的同行全部出动。参加这次会议的有德高望重的贾植芳、徐中玉等老前辈。会议商定由王春元先生主持并致开幕词，他提早几天就去扬州，但在会前一天晚饭时间仍不见他的人影，大家都有些着急，但那时交通不便，信息传递也不发达，无处可以打听，直到晚上8点钟他才由南京赶来。一谈明天的会议，他就马上让我起草开幕词，我见他显得疲惫不堪，十分同情，只好勉强答应，就赶紧关门写了起来。文艺学方法论讨论会开得十分成功，与会者各抒己见，介绍了不少国外文学理论研究方法情况，同时也有争论。我则在会上谈了方法论和文学观念的关系，一面指出文学方法论的重要性，同时也认为，方法受到观念的制约，并简要地评述了三本外国文学理论著作的文学观念与方法的问题；同时提出 1985 年如果是文学研究方法论年，那么 1986 年将准备转向文学观念的讨论，1986 年会是一个文学观念年。这一提议马上得到同行的支持，范伯群教授说，苏大愿意承办这次会议，明年可在苏州大学举行。后来朋友们说，1985 年真是个方法论年，4 月扬州会议以后，6 月在武汉接着开了一个全国性的关于文学研究的方法论研讨会，秋天又在厦门开了一个同样性质的会议。这年的报刊几乎没有一家不谈文学方法论的，这反映了人们对于改革文学研究方法的迫切心情。

  1984 年，在我提出"审美反映说"的时候，实际上我已就这一问题写成了长文，即《最具体的和最主观的是最丰富的》初稿，1986 年初稍作修改后投给《文学评论》。但一些朋友大概认为我文中提及的审美反映，有悖当时所领导的文学主体论思想，所以不作任何说明，很快就退还给我，于是我就给了上海的《文艺理论研究》，并且很快就刊用了，这使我感到有一种"东方不亮西方亮"的慰藉。其实，这篇文章我自以为是我写得最为用力的一篇。在这篇文章里，我改造了哲学反映论，批评了认识论的偏颇，同时也批评了对反映论的新的庸俗化现象。文中我提出了适合文学创造的审美反映、审美反映的心理结构、审美反映中的主体创造力、现实的三种形态、审美心理定势、动力源、审美反映中的再现与表现，以及审美反映的多样性及其无限可能性等。当时，刘再复先生提出了文学主体性问题，我以为这很重要，切中时弊，不解决艺术创造中的这一问题，文学难有发展，但在理论本身的论述中，是存在诸多偏颇和争议的地方的。当时作为文学理论室主任，我便在理论室组织大家进行讨论，有赞同的，有提出批评的，十分正常。我则作为讨论会的主持人，不想表示什么意见。主要考虑到刘文发表后，已有人开始用以往的大批判方式进行讨伐了。据闻，刘文此说已被说成涉及"党国的前途与命运"，问题大了，如果我因持不同意见，参与进去，这无疑是对被批判者是雪上加霜了。同时我又考虑到，我的有关审美反映的长文，实际上已经批评了当前文论中一种新的倾向，即把被过去庸俗化的反映论，顺手接了过来，再次加以曲解，以庸俗化的方式批判庸俗化，出现了一种新的庸俗化倾向；所以我觉得没有必要再去讲主体论论述中的种种疏漏，我的文章本身实际上已在暗中进行了论辩。但是在那时掌握文学所权力的人看来，我就是这样做也不行，所以形势一旦趋向缓和，我也就很快地从文艺理论研究室主任的岗位上被光荣地下课了撤换了下来。

20年来，认识论、反映论在文艺理论中一直受到诟病，批评认识论、反映论几乎成了一种条件反射。但是十分有趣的是，人们批判的东西实际上只是把被歪曲了东西的再度歪曲，他们提出的新东西也未必新到哪里去，所以我一直以为这类批评与我的论述是无关的。后来得知，一些同行认为审美反映与审美意识形态论是建立在认识论、反映论的基础之上的，反映论就是认识论，而认识论较之其他什么如人类本体论等，不仅庸俗，而且在实践上也是明显地是落后了。不说慢了很多，起码也是慢了半拍，可这半拍不知是用什么仪器计算出来的！我自己反省，在我阐发提出审美反映和审美意识形态之前和之后，我重视文学的认识作用，但从未强调文学就是认识，也未认为文学创作要以认识作用为先。我倒是一再强调，那种可以称作文学艺术的东西，如果不具审美特征，那么它的其他特征、功能也是无从谈起的，后来也不断在阐释文学的审美特征与文学其他特征的有机联系。反映不是认识，但含有认识，反映论中虽有主体客体之分，但从来是承认主体的能动作用的，只有机械唯物论的反映论，才是僵死的反映。论辩要恢复对方观点的原意再进行批驳，否则岂不是堂吉诃德式的大战风车，有什么意义呢！至于审美反映与一般的反映是不同的。审美反映是审美主体的创造过程，除了承认生活作为创作的源泉这一前提之外，整个创作过程起着主导作用的是审美的主体。我的《最具体的和最主观的是最丰富的》一文，讨论的正是创作主体在审美反映过程中的创造性本质，也即审美反映的创造性本质。

我使用"审美反映"一词，踌躇很久，当时有多种概念、范畴可供选择，如心理、感情、表现、创造、象征、原型、性本能、无意识、集体无意识、生产、信息论、控制论、系统论、数学化等，但觉得使用审美反映来阐释以语言审美结构为其形式特征的审美创造，可

四 我的文学研究之路

能更符合创作的实际一些。但比喻往往是蹩脚的,而概括也往往不能面面俱到地概述事物的全貌。事物与过程绝对比概念、规定要丰富、复杂得多。在《最具体的和最主观的是最丰富的》一文的正文之前有一"提要",简要地概述了什么是"审美反映",现抄录于后:

> 本文认为,应把文艺批评中的简单反映论和能动的反映论区别开来,不作区别,很可能导致新的庸俗社会学。从反映论观察文学,文学的某些本质方面可以得到阐明,也可以使用其他方法研究文学,但不能把反映论直接移植于文学创作,在创作中要以审美反映代替反映论。审美反映有其自身结构,它是由心理层面、感性认识层面、语言形式层面、实践功能层面组成的统一体。审美反映中主观性的创造力表现为对现实的改造,现实呈现为三种形态:现实生活、心理现实、审美心理现实。心理现实中的主客观时时产生双向转化,客观因素的主观化,主观因素的对象化。侧向主观的审美倾斜,可以形成创新,也可能失去沟通。审美反映的动力源,来自主体的审美心理定势,审美心理定势的动态结构(格局)形成一触即发的内驱力,不断要求主体去获得实践的满足。审美心理定势的不断更新,促使主体不断走向审美反映的新岸。不存在没有表现的审美反映,自我在表现中得到归宿。审美反映无限多样,一是现实的无限性,二是主观性是一种不断更新的动力。凡是主观性不强的审美反映可能是失败的审美反映。创作个性是主观性的最高要求,是创造的极致。最丰富的是最具体的和最主观的。

因此,这里所说的"审美反映",就难以套用"反映"两字来规范它,实际上它与审美表现或是审美创造都是相通的,后来有的学者认为,审美反映实际上已经超越了反映论,或者也可以说是表现论。我的这一观点提出后,得到不少同行的认同,因此有位学者在其《走出古典》一书中谈到,"钱中文之后,'审美反映'几乎成了美学与文艺学界的一个普遍用语,许多人将这一用语引入到自己的理论范畴中"。1987年初，我读到了卢卡契的《审美特性》第1卷中译本，这书主要是探讨"审美反映"的。我几次说过，要是早读到了卢卡契的《审美特性》，我的论文恐怕就不会那样写了。同时北师大的童庆炳教授在其1984年出版的《文学概论》也提出了"审美反映"并做了阐发。后来"审美反映"不胫而走，无疑也与卢卡契、童庆炳的著作在我国流传有关。

  1986年11月，正是江南的小阳春天气，我在苏州大学主持了"全国文学观念学术讨论会"，并致开幕词。会上文学观念诸说纷呈，我则重申了在前几年提出的思想，即正在进行中的书稿的部分思想——文学是审美意识形态，随后将稿子整理成文，在1987年的《文艺研究》上发表了，标题是《论文学观念的系统性特征》。此文讨论了文学本质特征的多层次性，审美与意识形态性的不可分离性，文学是以语言结构为其显现形式的审美意识形式。1988年，我又发表了《论文学形式的发生》一文，这主要是探讨文学的发展是从"前文学"到文学的。前文学是先民的一种审美意识的表现，具有多种原型的口头性文学。随着交往的进步，语言文字的出现与发展，使得审美意识逐渐深入诗性的语言文字结构，而使审美意识在语言的诗性形式中获得了存在的实在形态，在社会结构不断完善的基础上，演变而为审美意识形式，并逐渐演变为现代意义上的审美意识形态。文学是审美意识形态这一观念，为不少同行所接受，使用相当广泛。十多年过去了，有的学者曾几次撰文，就文学是审美意识形态的观念进行论述，并把它视为最重要的文学原理之一。他说，认为提出这样的观念，意在"诗意审美和社会功利之间、文学自律和他律之间取得某种平衡"，这是诛心之论，非有这种经过艰苦的思索和切身体会，才能道出其中甘苦。其实，当时一些同行虽未直接使用这一观念，但他们的论著都表达了相同的思想，审美意识形态便成为一种集体共识。当然，也并非所有的同行认同这一观念，甚至也有表示反对的，现在也是如此，这也是正常的。同时，文学的根本问题，也可以从其他方面进行探讨，未可定于一说。任何认识与理论观点，都有自身的特点，也有自己的局限，只是程度不同罢了！

李： 根据我的印象，您在现实主义文学的研究上下过不少的工夫，也非常认同现实主义文学及其理论，甚至可以说，现实主义的文学经验及其理论一度构成了您研究文学和文学理论的起点和学术无意识。但后来，您仍然能够对现代主义及其以后的文学、文学理论持开放的、吸收的态度。请问您是如何完成这个转变的？此外，在20世纪80年代，关于现代派文学的讨论在文论界和外国文学界都有很大的影响，您的转变是否也与此有些关系？

钱： 关于现代派文学的争论，在争论最热烈的时候，我并未介入，主要是不了解对这种文学到底如何接受与理解。阅读西方的现代派作品，一面觉得艺术形式十分新奇，一面又觉得它传达了十分悲观的情绪，生活在其中已是种种奇形怪状，人的理想已成为一片碎片。我年轻的时候接触的主要是现实主义文学，较为熟悉它的种种表现方式。在20世纪80年代初关于现代派的争论中，就学者方面来说，双方不少人是外国文学所的，都是我的好朋友，但对当时流行一时的现代派文学替代论，我颇不以为然，后来作家加入了争论，争论趋向白热化了。一方认为我们今后要现代化，必然要走现代派文学的道路，或是可以有社会主义的现代派；一方认为社会主义文学与现代派文学是性质上截然不同的两种文学，要搞社会主义文学，就不能搞现代派文学。于是出现了要社会主义文学，还是要现代主义文学的争论。1982年间，我收集了不少资料，1983年初，写成文章，就争论表示我的看法。由于我这时对乌托邦思想仍然抱有好感，仍在自我反思之中，旧的影响尚未去尽，所以一面觉得对于现代主义文学不能像有的朋友对它完全持有否定态度，但也不能像有的朋友对它一味推崇。总的说来，我对现代主义者（广泛意义上的）嘲弄现实主义理论的做法比较反感，所以总体上说对于现代主义文学理论的态度比较严峻，而倾情于现实主义。此文写好后，放了好久。及至1983年年底，当时《文学评论》负责人同我说起上面要"清污"反自由化，问我有没有稿子。我说我没有这方面的稿子，只有一篇论述现代主义文学的稿子。他拿去看了后，要我在文前加一段批评宣传现代主义的文字。

我当时很是为难，我写稿子是讨论问题，奉命写作的行当早已不干。但杂志当时处境微妙，商量之后，我只好在文前加了个帽子，涉及了孙绍振、徐迟、徐敬亚三人的文章。徐迟、徐敬亚两先生无缘结识，但与孙绍振先生由于后来工作关系，倒成了好朋友，一直至今。

1985年，我去法国进行学术访问，除了访问一些学者，空下来就专门观赏十分陌生的荒诞派戏剧。最先看到的是日奈的《女仆》，随后是尤奈斯库的《秃头歌女》《椅子》，贝克特的《初恋》，根据卡夫卡日记改编的《梦幻》等。这些现代派戏剧其中看得懂的，如《女仆》《椅子》《秃头歌女》使我感到十分惊心、震撼，让我体验到了生存的艰辛，帮助我回忆起了我曾经历过的荒诞岁月，使我不由自主地噙着泪水看完；有的我看不懂，难以与剧作在感情上有契合，如《初恋》。上演《初恋》的剧场在郊区，座位是几张条凳，可坐40来人。休息时间，和几位观众交谈，知道他们是从英国来的，见到他们面上表情，几乎和我们一样，对剧情也感到茫然。但自此以后，我对现代主义文学、艺术的看法，有了一个根本性的转变，我把其中的优秀之作，视为表现人的生存艰辛的悲怆交响曲，令人回味无穷，把它们与现实主义优秀之作一视同仁了！

1984—1985年间，我大致完成了自我反思与批判，找到了人格的独立和学术上的自我，从此就自以为感到自由了！

李：自20世纪80年代迄今，您曾主持过文论界的一系列会议，这些会议推动了文学理论界对学术问题的探讨，有些议题还直接促进了对具体文艺理论问题的研究，这些会议不失为理解新时期文艺理论发展的一条线索。作为当事人，希望您谈些这方面的情况。

钱：1986年，我在苏州主持过全国文学观念研讨会，前面已谈及。1988年，社科院文学研究所文学理论研究室联合福建师范大学等高校中文系，在福州召开了"全国文学理论建设与中外文化学术研讨会"。20世纪80年代开始，大陆方面购进了不少台湾的书籍，包括文学理论、批评书籍在内，因此对台湾的文学研究有了一定的了解，于是会前就向几位中国台湾学者发出了邀请信。大约由于第一次在大陆召开文化、文学理论这样的学术会议，台湾学者前来赴会的只有龚鹏程先生和他的助手。第二天，会议就文学作品传播问题，开成了两岸学者的对话会。大陆学者介绍了台湾文学在大陆的流播,龚先生则相当详细地介绍了大陆名家特别是鲁迅的作品在台湾的传播情况,大家听得津津有味。这大概可以算作是海峡两岸学者第一次在大陆汇合探讨文学问题的会议。通过这次会议,后来龚先生不断来大陆进行学术交流,大陆、台湾文学界的学者双向交流也日渐增多,直至今天。

1989年后几年,学术界"左"倾思潮重现,我的学术观点,受到左右的夹击,我的行动不知为什么早在前几年就受到限制。比如1987年,香港大学邀请我参加文学理论研讨会,我很早就将出访申请送到社科院港台部门审查,他们就是迟迟不批,那些管事的人,情愿一张参考报、两支烟、三杯茶打发日子,没有下文,用"拖"的办法将你的邀请拖掉。或是认为,你们出去,总会得到一些物质好处,干嘛让你们这些人独得!1989年年初,香港大学又请我去参加10月举行的国际文学理论研讨会,对方各种手续包括旅费、医疗保险都给我办好了,但后来遇到了政治风波,有关部门通知所有人一律不准出去。结果是像我这样根本没有犯事、也不想出去定居的人,一律不许出去,而那些就想出国定居的人,随后包括他们的家属,受到特别的关怀,一个一个地放出国门进行"学术交流"活动去了!这不就是我的生存的荒诞吗!

1989年夏天之后,学术界沉默了几年,大约到1992年,又开始苏醒过来了。文论建设再度被提了出来,于是1992年10月,我在开封河南大学主持了"全国中外文学理论学术讨论会",回顾了10多年来文论研究的成绩,展望今后的建设;同时会上一些同行提议成立中国中外文艺理论学会,以便可以组织大家经常进行学术交流,共同建设当代中国文论。

经过一番曲折,学会于1994年4月终于批准成立。在后来的10来年里,学会根据各个时期文学理论中出现的新问题,不断组织学术研讨会,以便在学术交流中,把握文学理论发展的脉络。1995年7月在济南山东师大召开了"中国中外文艺理论学会成立大会"和国际文学理论研讨会;1996年10月,在西安学会与陕西师大联合举办了

"中国古代文论的现代转换学术研讨会";1998年,学会与四川大学中文系联合举办"西方文论与中国文论建设学术研讨会";1999年5月,在南京与南京师大等校联合举办"1999世纪之交:文论、文化与社会学术研讨会",并进行了学会换届;同年10月,学会与安徽大学中文系在合肥联合举办"新中国文学理论50年学术研讨会";2000年夏,学会与北京文化语言大学联合举办了"文学理论:中国和世界国际学术研讨会",并成立了"国际文学理论学会";2001年10月,学会与厦门大学联合举办了"新理性精神与文学研究方法论研讨会";2002年8月,学会与陕西师大、新疆大学联合举办了"全球化语境与民族文学的发展学术研讨会";2004年5月,学会与北师大联合举行了"文学理论边界学术研讨会",6月在北京与中国人民大学等高校联合举办了"多元对话语境中的中国文论建构国际学术研讨会",并举行了学会第三次代表会,进行换届。不少会议之后,只要条件许可,都出有论文集,如1985年文艺学方法论讨论之后,于1987年出版了《文学理论方法论研究》;1992年开封会议后,由河南大学出版了《文学理论:回顾与展望》;1995年济南会议后出版了《文学理论:面向新世纪》;1996年西安会议后,出版了论文集《中国古代文论的现代转换》;1999年合肥会议后,出版了《新中国文学理论50年》;2002年西安会议的文集的出版,也正在筹办之中。有的会议我因故未能参加,但会前或参与了筹划,或提出了意见。

李:新时期以来,中国的文艺学如其他学科一样,都有了较大的发展。但与一些较为成熟的学科比较起来,文艺学研究存在着诸多的缺陷:学科定位不清晰;研究对象频繁转换;研究缺乏问题意识、创新意识,成了国外文论的"跑马场";缺乏必要的学术规范等。您长期从事文艺理论的研究,您是如何看待新中国成立以来的文艺学研究的成绩和缺陷的?

钱:20世纪前80年里,在文学理论方面,是出现了不少重要的人物的,他们都在一个方面或几个方面,对我国文学理论的现代化做出了贡献的,如梁启超、王国维、陈独秀、胡适、鲁迅、周作人、宗白华、朱光潜、毛泽东、周扬、胡风、冯雪峰、黄药眠、钱锺书、何其芳、蔡仪、叶以群、钱谷融等。他们的文论提出不少基本观念，或是一些观念、术语移植自外国，但我们至今仍在使用，成了我国文论的组成部分，构成了我国现代文论的传统，因此也成为我国现当代文学的组成部分。

新时期以来，我国的文学理论基本问题研究，是取得了可观的成绩的。这20年的文论，就其广度与深度来看，可以说是胜于以往80年的。如有王元化的中外文论的融会研究，有蒋孔阳的典型问题、美论研究，有胡经之的文艺美学研究，有童庆炳的文学审美特性和文化诗学研究，有刘再复的文学主体性研究，有孙绍振、王向峰、朱立元、陆贵山、王元骧、曾繁仁、杜书瀛、畅广元、李衍柱、王先霈等人对于各类不同文论问题的研究。有张少康、敏泽、罗宗强、顾易生、王运熙、蔡钟翔、陈伯海、黄霖、陈良运等人的古代文论、批评研究。此外还有一批极有朝气、极具实力与创新意识的中青年学者的研究等。20世纪之末与21世纪之初，我与童庆炳教授合作主编了一套"新时期文艺学建设丛书"，共计6辑36种，还有一些学者的著述未能收入，主要是由于出版问题，使得丛书难以继续下去，只好停顿下来。这套丛书中的不少论著，和一些未能收入的学者的著述，可以算作是新时期文学理论研究的实绩的吧。我国新时期这类对于文学理论问题的探讨的执着与涉及的范围的宽阔，以我的孤陋寡闻，还未曾在哪一个外国的外国文论研究中见到过，现在，一些文论问题又向前推进了。

但是新时期文学理论的研究，是存在局限的，一是理论的原创性问题。理论著述虽然不少，但缺乏原创性新说，不少论著也缺乏理论深度。这恐怕涉及学者的学养和急功近利的科研体制，在文学边缘化后更是如此。学者的学养是主观方面的因素，人文科学需要长期积累、厚积薄发；而急功近利的科研体制、基金项目，限期要求拿出科研成果，或作为晋升提级的依据，酿成了急于求成、浮躁的普遍心态，所以少有厚重之作。科研体制的另一面是，由于权力机构的重复设置与权力分配，基地学科设完了又设置重点学科，重点学科设完了又设置研究中心，研究中心设置完了又指定首席专家、重要专家制，其中一些人当然是专家，但也有把在这一行业里并不是什么专家的人，被册封为各类专家的。

二是理论借鉴与西化、追风问题。20世纪80年代打开国门，需要了解外国文论，所以短短十来年间，译介极多，总的倾向方面新批评的文学内在研究占了上风，形成了对我国文论的第一次冲击波。20世纪八九十年代，当西方后现代文化研究已经走向衰落，我国学者似乎醒悟了过来，立刻就扑入文化研究，扩大了我国文化、文论话语，形成第二个冲击波。

在全球化潮流、科技信息技术高速发展、商品经济的影响下，西方的后现代主义文化思潮如文学终结论、日常生活审美化论以及身体的理论等，又涌入我国，使得一些学者不断地追新逐后，争相介绍，这一方面固然反映了我国、现实、文化的一定需要，但另一方面把西方的这类理论奉为圭臬，以为这就是我国文化、文论发展的方向，这使我们感到，这些曾经不断张扬身份等各种理论的学者，这时似乎有意忘了自己的身份了。

同时，如今是资本、媒体、批评共谋制造文学时尚、理论时尚的时代，是浮躁的时代，功利、实用的时代。一些人在文学理论界大造声势，认为现今的文学理论严重脱离实际，无人再予理会，声称"文学死了""理论死了"，只留下无处不在的"文学性"了。正如有的学者所说，他们在文学理论界进行内部暴动，自己打倒自己，自己否定自己，走向自身消解，然后宣布文学是什么，至今未有定论，或者接着用生活中的各种文化现象，如售房广告、汽车博览、健身房、商场购物、身体线条、城市广场、酒吧媒体、服装展览、模特表演、身体时尚、女人写真、技术产业，来扩展文艺学的内容，准备把它们作为文学理论课堂教学内容，重定文学理论的对象，来领导潮流。文学理论课程、研究，需要改进，是十分迫切的工作，把上述现象作为日常文化现象进行研究，也是十分需要的。某些文化现象它们的解释词有时使用了某些文学语言，但从整体来说，它们是文学吗？硬要这么干，去搞什么其中的文学性研究，实际上把文学课扯成各种支离破碎的东西，重蹈美国一些大学里文化批评课程的覆辙，掏空文学内涵，把文学课程泛文化化，以泛文化现象研究代替文学研究，取消文学课程，最终消解文化、文学的价值与精神，这是一种后现代文化解构主义的策略。这是在文论界爆发的第三次冲击波。今后如何发展，当然是要由时间来检验的。最近读到有人介绍近年出版的一本美国学者写作的一千多页的《新美国文学史》，它彻底地颠覆了传统的文学理论、文学史观念与文学史写作模式，把各种文化现象都纳入了文学史写作，认为凡是通过文学的透镜而可以重新审视、看到美国经验的，凡是可以通过文学看到历史或是相反的现象，都是文学史研究、写作的对象，所以除了一些文学现象进入文学史外，其中还评述了"拳击比赛、电影、私刑、控制论、里根、奥巴马""旧金山大地震"这类现象和人物，也成了文学史的内容；而艳星弗拉雷斯与20世纪最为重要的女诗人伊丽莎白·毕晓普并列，摇滚歌手贝里的篇幅甚至超过了当代著名诗人哈特·克莱恩的篇幅，诸如此类，不一而足。

李：在您长期的学习和学术研究生涯中，您曾经接触许多学者，或受过他们的领导，或与他们一起共过事。如今，他们中的不少人已经去世，这也是我国人文学界的重大损失。而且，他们的活动已经成为中国当代人文学术史的不可或缺的部分。鉴于此，希望谈一些您们交往的情况，这样，既可以了解一些他们的情况，又可以从一定程度反映当代文艺界的情况。刚才，您谈到了您是从批判何其芳、蔡仪的文艺思想转向文艺理论研究的，他们也是您的领导，我建议不妨就从他们两位谈起吧！

钱：这个角度当然不错，那就先从我与何其芳先生的交往开始吧。

我开始认识其芳同志，是在1959年9月，那时我刚被分配到文学所。我在国外学习时，就很向往到文学研究所工作，现在幸运终于落到了我的头上，自然十分高兴。来到文学所之前，只知道其芳同志是位诗人，也零星读过他的一些文章。一到文学所，其芳同志就接见了我们，他简单介绍了一下文学所的情况，说我们可以根据自己的专业和意愿，选择自己愿去的研究组，他很想我们中一些人去文艺理论组。这第一个印象使我极为振奋，觉得他很开明、随和，没有架子。

后来果然如此，比如在称呼问题上，不久我们看到文学所的年长同志和青年同志，都亲切地叫他其芳同志，连姓都不带，于是我们也就这么称呼他了，而见了面称他何其芳同志反而会不习惯；至于在研究人员中间，我从未听到有人称他做何所长的。

当时文学所正在搞"反右倾"运动，气氛神秘得很。文学所的几位领导，好像都去过庐山，都成了运动重点。后来知道，副所长唐棣华同志是黄克诚同志的妻子，我才恍然大悟，怪不得文学所如临大敌一般。看看大字报，只见她"反"这、"反"那，如此这般。这还了得，光这些帽子就会把人吓死了。至于对其芳同志和蔡仪同志，则要我们几个刚到文学所的年轻人，查阅他们过去的著作，从中彻底揭发他们的"右倾"思想，等等。

我先读了他20世纪50年代前的《画梦录》《刻意集》和《夜歌和白天的歌》，读完一遍后，未发现其中违反总路线、大跃进与人民公社"三面红旗"的地方，不过这么一翻阅，倒引起我的兴趣来了。我看到了痛苦的诗人的他的另一面。读他的《论〈红楼梦〉》，觉得见解独到，论说新颖，文字如行云流水，显示出了一个批评家的独特风格。其中关于典型"共名"说，富有创见，令人信服，但这一论点在大字报上是被当作人性论观点加以批判的。而我知道，一些新来文学所的年轻同志，都反复地阅读过这本书，作为自己学习写作批评文章的范本。

"文化大革命"前几年，我印象中其芳同志总是没完没了地做检讨。"反右倾"这次运动，上面整他整得很厉害，检讨做了三次才通过，听的人都听够了，而他也真有耐心，当然每次都要加码上纲。其实，其芳同志就管一百多人，值得他费那么大的心力去写检讨么？只不过是他有些书生气，别人觉得他好对付而已。1962年提出"以阶级斗争为纲"，其芳同志又作了检讨，检讨了跟不上形势，有糊涂观念、右倾思想，等等。历次检查，他都很认真，检讨内容都用道林纸写成详细提纲，并且像他写稿子一样，规规矩矩，字迹工整，这不知要消耗他多少精力和写作时间。有一年，有关领导要他写篇纪念《讲话》的时评。其芳同志回到所里对人说，他觉得很为难，由于他常常写这类文字，再写也没有新意了，没有什么好说的了。后来，他为此自然受到了批判。

作为历次运动中的一员，其芳同志不仅代人受过，同时也奉命批判别人。他多次说过，他最不喜欢写这类政论性文章，写不好，但又不得不写。他最喜欢写的是关于阿Q、《红楼梦》、诗歌创作研究、小说评论、论争性的文章，而且写了不少。可以看得出来，他处在一种矛盾的心态中。一方面，他无力超越运动的局面，在上级领导下搞批判，诚心诚意地干。因为对他来说，不这样做，就是"失职"，就要检讨，为此，他的虔诚使他吃了不少苦头。另一方面，他的身上始终存在着诗人的气质、理论家的真诚和勇气。他总认为文学研究所是搞学术研究的，要不断拿出经得住时间考验的东西来，因此，他尽量维护真正的文学研究，竭力为广大研究人员争取正常的研究条件，三卷本《中国文学史》正是在他领导下抓出来的。因此，他除了写批判文章外，同时还写了大量的理论性的研究文章。今天看来，这后一类文章中，不少是可以经受住历史的检验的。

李： 我听刘锡诚先生谈到，"文化大革命"期间，何其芳先生也被下放到农村改造，身心都受到摧残。其实，这也是当时文学所许多学者的遭遇。您当时也被下放到河南，希望您谈些这方面的情况。

钱： 十年动乱期间，下干校后，何其芳同志被分配去养猪。那时他已是快60岁的人了。我常在木工棚里，见他矮胖的身子肩挑两桶猪食时东斜西歪的艰难步履，后来更不行了，他就拄着拐棍挑东西了。小猪常常闯出猪圈，跑到田野里去。其芳同志发现后，就叫着"啰啰啰""啰啰啰"地到处去追寻。运动中间，虽然有些人互相摧残，但也有不少人自己虽被摧残过而始终不去摧残别人，其芳同志就是其中之一。他获得"解放"后，并未像有的人那样扩大着仇恨的心，而是对各类人都一视同仁、不存芥蒂，这需要宽厚的胸怀。不过，他对有的人却明显地怀有憎恶感。1975年，《红楼梦》等"研究"闹得不亦乐乎，文学所的大批力量闲得无事可干。在一次会议上，其芳同志很有情绪地说："有人出于好心，劝我给姚文元写信，承认一下过去的错误，为文学所领点业务工作。笑话！我怎么会去干这种事！我向姚文元检讨什么，姚文元算什么？文学所跟他有什么关系？我是共产党员，党员有组织性，我们有党组织……"其芳同志对丑类的不满之情和蔑视，可说溢于言表。大家怕他的话引起麻烦，就把话题岔开了。还在1973年至1974年间，他在一些会议上心情极为不平地谈起了有人在北京图书馆做有关《红楼梦》报告时批判了他的"共名论"。他之所以极为不满，主要是当时他被剥夺了发言权、发表权，他的意见得不到申述的机会。他说这种作法不光明正大，他要辩论，要求有答辩的权利。但是直到"四人帮"垮台，他始终也未能得到这一权利。

李：读您的文章知道，您在何先生去世前曾经在医院照料过他，对他去世的情况应该是比较了解的吧？

钱：1977年的7月，何其芳同志因大量吐血，被送进了医院。住院前几天，在文学所的一次会议上，他就运动中那些纠缠不清的事而发怒了。他说，所里的业务工作已荒废了十多年了，现在要赶快搞上去，怎么总纠缠那些事呢？接着他站了起来，生气地说，我们还要不要搞业务？谁愿纠缠过去的事，就让他继续去干吧，但这样的会我以后不参加了。大家劝他平静下来，而会议显然难以继续，只好不欢而散。

第二天就传来了不妙的消息。原来昨天会后回到家里，其芳同志一反常态，显得焦躁异常，难以休息。晚上工作了一段时间，到半夜竟是大口吐血了。这忧伤的消息使文学所陷入了惶惶不安的气氛之中。行政方面安排所里的同志去医院轮流看护病人，每逢这种情况，说明病人病情不轻。十分突然的是，这次其芳同志是胃癌出血。

我去看他时已在几天之后，轮到我值班。我进入病房时脚步很轻，但他听到了我和另一同志的说话声音。见此情景，我赶忙向他打了招呼。他要我坐下，我忙说，你只管安心休息，有什么事，招呼我就是。过了一会儿，他说他很寂寞，所里无人理解他。我知道前几天的事仍萦绕于他的脑际，赶忙安慰他说不要去想这些事了，以后再说，现在养好身体最要紧；我们大家都理解你，支持你工作，你放心吧。说实在的，多年来没有一个领导人和我这样平等对话了。他的话感动了我,他在我面前没有掩饰,拿一副标准的、原则的脸给我看。因此使我的心为之一动,两眼突然湿润起来。他眼睛闭着,又继续对我说:我怎么能休息,我好些事还未做呢,我的文章的清样不知来了没有?你们组里的工作……

我一面答应一面打断他的话,劝他着急不得,等病好了再说,他大概感到有点累了,就不说话了。

但是不到不到半小时,他突然招呼我,说屋里闷得很,让我开一下电扇。我赶忙说,电扇一直开着呢,是不是有点闷?我看了一下窗外,一片铅色,有如迷雾,湿热难忍。他接着说:我气闷极了,你快扶我坐起来。

我见他挣扎乱抓,就上前扶他的手和背,叫他轻轻地、慢慢地,不要动得太厉害。刚扶起一些,他突然"哇"的一声,大口大口地呕吐出深褐色的已经淤积了一些时候的血来,吐得床单、我左手手臂、我衬衣左胸一边都是血。我吃惊不小,连忙拉起枕头,扶他靠着,然后急忙叫来了护士,护士一见这等情景,立刻转身就跑,叫来了大夫,进行急救。

这时我感到一阵冷战,一股痛楚的感觉,紧紧地捆住了我的心。接着我打了电话,叫来了所里同志,后来家属也来了。以后其芳同志长时间处于昏迷状态,有时清醒过来,就要家人把他的校样取来,说他要工作……等我再去看他时,他已完全昏迷……

其芳同志的逝世,使文学所呆木了许久。好些业务工作刚做了筹划,开了个头,可突然又中断了,失去了头绪。

李:在当时那样的环境下,何先生这样的领导也难以幸免,真是令人感慨啊!他的遭遇也许与他强烈的诗人气质、学者气质很有关系。但从另一方面看,正是何先生的诗人气质、学者气质赢得了大家的信任与敬重,许多学者都表达了对他的尊重。现在,您是如何看待他呢?

钱:我一直把何先生视为我的老师。由于工作关系,我常听到其芳同志关于研究工作的一些经验谈,它们至今给我启发,给我教益。

1959年其芳同志建议我去文艺理论室时我没有去,当时我想,我过去接触的主要是俄罗斯文学，其他文学虽也了解一些，但从未深入思考过，所以不敢贸然答应。"反右倾"运动后，我对文艺理论发生了兴趣，我觉得理论中的问题很多，研究它们，比以毕生的精力去研究几个作家有意思得多。于是我把这个想法向其芳同志说了，要求转一个专业，其芳同志十分支持我的想法。他接着像谈心一样，说一个人的兴趣十分重要，搞研究没有兴趣不行，至于理论研究就更是如此。他说他原来的兴趣是写作，至今犹跃跃欲试，但客观条件不允许，总未免觉得可惜。

他后来在别的场合又谈到，搞文艺理论研究要多读当前作品，要了解现实问题，开始时不要去钻研抽象问题，要多读作品，中外古今的文学感性知识越多越好，知识范围越广越好。如果要写东西，最好先搞一段文学评论，具体分析一些作品，这样一两年后，再研究理论问题，自然会深入下去。否则不需多久，写文章就会感到无话可说，结果就会在概念中转来转去，无法深入，这样做也容易脱离实际。他的这个意见，完全是一种经验之谈，我是深有体会的，因此我后来也给一些同志介绍过。

20世纪60年代初的几年，不少同志写了稿子，总喜欢给其芳同志去看；有时打印出来，相互传阅，互提意见，以便精益求精。其芳同志对大家送去的稿子从不拒绝，也从不敷衍。其芳同志根据自己的经验和看稿中的问题，在一些小会上常常谈到研究、写作问题。他说写文章要抓住问题，抓住问题后要进行彻底的分析。他说要把理论文章当作艺术作品来写，要精雕细琢、字斟句酌，写得要有感情，要有起伏，要有气势，要有文采，切忌平铺直叙、言之无物，这样才会诱人去读。他一写长文章，就要请假，关起门来写。即使这样，在最顺利的情况下，一天最多也就两千字，但是他写下的两千字，却是经得住时间的磨洗的两千字。

为了使自己的文章具有充分的说理性、科学性，其芳同志十分注意引文的准确性。在引用外国作家、理论家的文字时，他都要请人找原文加以核对，他说核对的结果还真会发现译文与原文意思弄反了的。在这方面，他完全做到不耻下问。在他逝世前不久，一次他和我谈起文学的"人民性"问题，我把"人民性"的来龙去脉向他简单地介绍了一下，顺便提到马恩的论述中没有这个概念。可他说他好像在哪里见到过。我说我好久前也曾在马恩的不知哪篇文章中见到过，但和俄国文学理论中的"人民性"是两回事。一星期后，一天上午在所里，其芳同志来找我，手里拿了张卡片，我接过一看，上面摘录了马克思在《第六届莱茵省议会的辩论》中的一段话。我一看正是我过去看到过的那段文字，便对他说，这不是文学的"人民性"的人民性，但一时又说不清楚。他把卡片给了我，说有空再查查。于是我翻阅了马恩全集的俄译本，这里的"人民性"原是"人民特征"的意思，为了避免和文学的人民性的专门名词相混，似译作"人民特性"为妥。我把这个出处和原文意思同其芳同志谈后，他才释然，觉得我的解释有理。

其芳同志对青年同志十分和蔼，他对人平等，没有架子，即使在长幼之间，也很重情谊。1964年他的《文学艺术的春天》出版后，赠送了我一本，并在扉页上写有几行字："送给钱中文同志，谢谢他对《托尔斯泰的作品仍然活着》一文提过许多意见。何其芳，1964年5月。"读完题字我十分激动。原来1961年1月是托尔斯泰逝世50周年，苏联文艺界开会纪念，邀请其芳同志参加。1960年年底，其芳同志写了初稿，给一些同志提意见。我阅读后，曾就论点、材料提出过一些意见，过后也就忘怀了。而其芳同志不仅记着，而且写到赠书的扉页上去了。后来我又阅读了其芳的这篇文章，它较之1961年发表的论文，实际上已做了重大的修改。大家都说，在文学研究所，其芳同志是不可重复的。

李：看得出，您对何先生心存感激。在您的学术研究生涯中，您对蔡仪先生也有着类似的情感，而且，您与蔡先生的业务往来应该更多些。

钱：1959年8月，我从苏联回国；9月，就被分配到中国科学院文学研究所工作。一到所里，正逢所谓"反右倾"运动，文学所一派神秘、肃杀景象。

不几天，所里为了分配我们的工作，由所长何其芳先生召开会议，征求我们意见，确定专业方向，分入研究组（当时无室的编制）。那次会议蔡仪、叶水夫先生也参加了。何其芳、蔡仪先生想加强文艺理论组工作，希望我们参加理论组，水夫先生则欢迎我们进苏联文学组工作。结果是美学专业的同行选择了理论组，我则进了苏联东欧文学组。

  为了显示"反右倾"运动的深入，同时"锻炼"我们这些年轻人，领导要我们清查何其芳、蔡仪先生的著作，包括他们1949年以前出版的理论、散文著作和诗作在内，找出其中的"右倾思想"，好像1959年出现的所谓"右倾机会"思想，早在他们几十年前的著作中就有了！

  我先阅读何其芳的著作，接着我又开始阅读蔡仪先生的著作。一些大字报批评蔡仪先生的著作文字"晦涩难懂"，"缺乏群众观点"云云。我接触到蔡仪先生的著作后，则感到他文章的风格凝重厚实、逻辑性强、见解独到。没有丰富的文学史知识，没有一定的理论积累与思考，自然不容易读懂蔡仪先生的著作，那么，实际上何晦涩之有？这样找来找去，自然没有找出什么"右倾思想"来。阅读蔡仪先生的著作《新美学》《新艺术论》以及有关现实主义的一组文章，实在使我获益匪浅。我过去接触的是苏联读物，多而零星，对于一些问题的见解，不成系统。蔡仪先生有关现实主义的五论，算得上是当时对这一问题相当完整的阐释了。阅读何、蔡二先生的著作，使我的兴趣转向了理论研究，这可算是我在"反右倾"运动中的最大收获。运动后，等我应约写完一部小册子的稿子后，我就正式向何其芳所长提出想去文艺理论组的要求，蒙他立刻答应，同时经他疏通，在征得蔡仪、水夫先生的同意后，我就去了文艺理论组工作了。每当我回忆起这件事，我总把两位先生当作我学术上的引路人看待，心里充满感谢和暖意。

  李："文化大革命"前的很长时间，您与蔡先生一起在文艺理论组从事研究工作，希望您谈一些他当时的情况。

  钱：20世纪50—70年代，是我国学术研究最受压制的年代，学术与政治几乎是一回事，而且是只能是几个人说了算。回顾50年代的学术著作,能够保留下来的有几多?蔡仪先生的现实主义五论就是现在读来仍不失其理论力量,经受住了时间的检验,这真是难能可贵的。但是,蔡仪先生也是不断遇到麻烦的。

20世纪60年代初期,领导布置编写《文学概论》。这文学概论是南北各写一本,南方由叶以群担任主编,北方的由蔡仪担任主编。蔡仪先生写出提纲,这提纲我未见到,据说在天津会议上给领导否定了,于是这位领导自己拿出提纲,要别人按他的提纲写作。蔡仪先生只好照办,组织力量,勉力写成初稿。蔡仪先生平常沉默少言,不痛快的心情一般不轻易外露,但是有时在工作交谈中不免流露出来,认为此书已不是他的想法,有违他的初衷。20世纪70年代末,为适应当时教学的需要,《文学概论》初稿经修改后出版,成为大专院校采用的教科书,影响极大。这书既然写成于20世纪60年代初,自然受到当时左的势力的干扰,部分观念已失去了其意义,所以在20世纪80年代就受到一些非议。出版社曾建议编者进行修改,蔡仪先生觉得除了少量提法可以改动,此书难以再改,要写就得另起炉灶,重搭框架。但他正在改写《新美学》,这是他的毕生精力所在,《概论》已无暇顾及,所以一任人们评说。

另一次是20世纪60年代初,一位名声显赫的文艺界领导,为了提倡"双百"方针,先让朱光潜先生批评蔡仪先生,然后让蔡仪先生进行反批评,这不是创造了一幅学术争鸣的繁荣图景吗?但是在朱先生发了第2篇文章后,蔡仪的反批评文章就不让发了,这自然是那位领导的裁夺,并要何其芳将蔡仪的第2篇文稿从《新建设》编辑部撤回。我知道,蔡仪先生对此事一直感到不快,可又怎么办呢!这事就是连何其芳先生也感到不平、委曲啊,他说怎么可以这样对待人呢?当然,朱先生在极左路线下也是身受其害的,甚至在他弥留之际,在其意识即将消逝的时刻,在回光返照之时,仍在发出"我要检讨,我要检讨"的胡话!要检讨什么呢?大概就是所谓"反动的唯心主义"吧!请看,那已是什么时候了?1986年了!可见其身心蒙受的摧残之深!但是就这场争鸣来说,我们作为局外人,至今都深为蔡仪先生感到不平的!

在"文化大革命"中,蔡仪先生成了"文化大革命"发动者挑动群众斗群众的牺牲品。下放到干校后,蔡仪先生竟以65岁高龄被分配去干校厨房充当火头军,为几百人烧饭、烧水。在炉灶旁,他在沉思着,大概觉得周围的世界是荒诞而寂寞的吧。

李:当时,蔡先生的遭遇也很有代表性。现在,您是如何看待蔡先生的?

钱:蔡仪先生在美学上自成一派。他在20世纪40年代初出版的《新美学》中提出以马克思主义的唯物主义观点来研究美学后,一直未改初衷。有人说蔡仪先生的美学没有新东西。这自然是一种浅薄的见解。其实,20世纪40年代蔡仪提出的唯物主义新美学,就是美学中的重大的创新。他后来主编的《美学原理》,逻辑严密,学理清晰,自成体系。20世纪八九十年代的《新美学》的改写本,极大地丰富了原著。他崇尚新思想,在一段时间里,在编辑《美学论丛》中,我常听他说,文章要有新意,或提出新的问题,或在讨论中有所深入,切忌老生常谈,所以他选稿极严,这给我印象极深。

蔡先生为人,生活简朴,严于律己,宽以待人,真正是位忠厚长者。他知道我的一些缺点和一些不同意见,但他决不像有的人通过"小小的政变"获得权力,立刻排斥异己,扶植亲信。1989年冬,我因手术住院,术后一些年轻的同行都前来看过我。一天下午,蔡仪先生夫妇来到我的床前探望我,使我心头为之一热。蔡仪先生是我前辈,而且已是83岁高龄的老人了,作为后学,我从未想到他会来看我的,每想起此事,总是令我感动不已!

李:在国内外学术界,您的巴赫金研究独树一帜、成就卓著,而且,您主编的七卷本的《巴赫金全集》为提高我国相关领域的研究奠定了扎实的基础。好多人都知道,您曾经被钱锺书先生点将参加了第一届中美国际比较文学研讨会,并由此带动了中国的巴赫金研究。我们还是由此开始谈一些您们交往的情况吧!

钱:实际上,我们的交往要早于这件事情。20世纪70年代末,我可以自由地说话、写作了。20世纪80年代初,因写作《文学原理》,我先与同行合编一套《现代外国文艺理论译丛》,曾写信锺书先生，向他求教可供翻译的外文书籍。锺书先生很快给我回信，谈起情报所一位先生主持的《现代西方社会科学手册》，收有一篇北大年轻老师写的有关西方文论的述评，是经他推荐的。此文的写作，曾经得到先生的不少指点，先生建议我与情报所商量一下，借阅一下原稿，后来不知什么原因，我未去成。他认为述评中所开列的作者与书名，都很准确。同时我也开列了一份书单，先生说我开列的书单，有的著作已过时，其中如卡西尔的《语言与神话》，他认为是"一本基本经典"，《管锥编》就引用过两次；而另一部为结构主义开路的普洛普的《民间故事形态学》，他认为把这本书译出来应"是当务之急"。此书我原与一位搞民间文学的朋友商量由他译出，因国内当时就他有原著，书又不肯借出来，他也答应由他翻译，但一晃已是多年，人事全非，看来是胎死腹中了。先生还讲到卡勒的《结构主义诗学》是本"叙述周备而平允"的著作，这些指点都开阔了我的视野。

李：在文艺理论界，您与王春元先生合作主编《现代外国文艺理论译丛》影响非常之大，目前有些书还被继续刊行，但许多人可能不知道这件事，这也算你们交往的一个插曲。后来您是如何介入巴赫金研究并参加了那次会议的？

钱：20世纪60年代我在一篇文章里，曾批评了所谓资产阶级人性论，涉及外文所（原是文学所分出去的）的几位先生。当生活正常下来后，我觉得人和人的关系应该是真诚的。因此在我初步反思了过去学术思想上的失误之后，见到曾被我提过的先生，我就向他们表示歉意，以获得人家的谅解，这样我们就有了相互的了解与共同的语言。

1983年年初，中国社会科学院准备在8月底、9月初，由锺书先生主持召开第一届中美国际比较文学研讨会，双方各出十人。是年3月，锺书先生通知我撰写苏联文学理论家巴赫金的理论问题，参加这次国际学术会议。当文章写好后，我就送稿子给锺书先生审阅，并附了一信。在信中简要地表示了过去在我身处绝境时，先生是我亲属之外的唯一人性地对待我的人，在残酷的年月，给了我人间的温暖和生之信心，久久不能忘怀；表示了我对过去的反思，在上面提及的文章中，我也曾涉及杨先生翻译的《名利场》一书的序言。锺书先生很快给了我回信，说见我信后，"我们俩极为感动"，信中引了两句杜诗："丈夫声名动万年，记忆细故非高贤"（"声"原诗为"垂"）。先生说，"上一句是我们对你的期望，下一句是我们对自己的鞭策。请不要有记忆包袱"，杨先生则做了附笔。两位先生的话，显示了长者的豁达大度，给了我莫大的鼓励与安慰。

20世纪八九十年代，我国兴起的巴赫金的研究，实际上是和锺书先生的推动分不开的。自60年代我国开始所谓"反修"以来，外国文艺思想被极左思想搞到极度混乱的境地；同时文学研究所几十年不订外国杂志，也使我们到了双目失明的地步。外文方面的文学理论书籍已中断了几十年，图书馆里虽有巴赫金的零星著作，但我并未看过。及至这次锺书先生要我就巴赫金写成文章，并要在两个月内写出，这给了我很大压力，于是我立即进入了状态。我知道我国《世界文学》曾于1982年刊出过巴赫金的《陀思妥耶夫斯基诗学问题》第一章的译文（夏仲翼先生译），以及同时还刊有夏仲翼先生写的《陀思妥耶夫斯基的〈地下室手记〉和小说复调结构问题》一文。这是当时介绍巴赫金的全部中文资料。至于巴赫金的原文著作，20世纪80年代初，我国图书馆里仅有两种，一为《陀思妥耶夫斯基诗学问题》，一为《文学美学问题》（论文集），英文材料当时不易找到。

我阅读了一个多月的原著，觉得巴赫金的文艺思想十分独特，这是我过去从未接触过的，和其他前苏联文学理论是大相径庭的，有关评论巴赫金的俄文资料当时也相当难找。于是围绕复调小说写了一篇文章《复调小说及其理论问题》，指出这一理论的独创性及其对后世文学创作的影响，同时也提出了一些不同的看法。此文交给锺书先生后，不久就接到先生一字条，说文章写得有自己见解，很用工夫；缺点是未将此一理论与同类文学现象进行比较研究，考虑到要译成英文，为外国与会者提供讨论的文本，这次只好这样了。锺书先生说得对，我的文章未作比较，这实际上是个难题，因为我刚刚接触巴赫金，理解他的理论，理清它的线索就很不易，加上20世纪80年代初的知识有限，所以要做"比较"，暂时无从做起。参加这次会议的美国哈佛大学斯拉夫语文系唐纳德·方格尔教授提供了类似的一篇论文，它一面介绍了巴赫金当时鲜为人知的一些传记材料，同时也侧重于对复调小说理论的探讨。由于我们两人论题有些重迭，会有不同观点，于是在研讨会上，一些学者力图挑起我们两人在理论上的争议，但我们两人的论文只是形成了互补，未能激起针锋相对的争论。会上，方格尔教授提供给我的一份研究巴赫金的文献目录，是很有价值的。西方从20世纪60年代中期起至1983年6月止，在研究巴赫金方面，大约出版了几本小册子、发表了120篇左右的论文（不包括前苏联在内），而我国则刚刚开始。我听到参加这次会议的王佐良教授说，20世纪80年代初，在国外与西方学者进行学术交流时，总是听到巴赫金、巴赫金的，不清楚巴赫金是什么人，这次中美学者共同讨论这一问题，大体使人了解了巴赫金其人及其学术地位，很有帮助。而此时锺书先生对西方掀起的巴赫金热早就看到，所以当西方学者提交的论文中有巴赫金的论题时，也就让我来做这方面的文章了。

  巴赫金是20世纪独树一帜的哲学人类学家、美学家、文学理论家，他的学术思想，比苏联著名的美学家、文学理论家的著述，更富独创精神，更有意义和更丰富得多。通过这次会议，外国人知道了在中国也有学者在研究巴赫金的著作。1983年10月，我就收到香港大学比较文学系的邀请书，要我这年12月参加他们召开的一次有关文学理论的国际学术讨论会，我因来不及准备论文，未能去成。1984年春，美国专门研究巴赫金的学者霍奎斯特夫妇，来京作短期逗留，与我约会，谈了不少国外研究巴赫金的情况，他们自己则已写完《米哈伊尔·巴赫金》一书，即将出版，等等。后来我国学者培养了好几位研究巴赫金的博士，出了专着，有关巴赫金的论文也日见增多。1996年，我与巴赫金遗产继承人鲍恰罗夫教授取得联系，并无条件地获得巴赫金著作翻译成中文的版权后，与白春仁、晓河教授一起，主编并出版了中译6卷本《巴赫金全集》，进一步普及了巴赫金，目前，经过增补、修订的7卷本《巴赫金全集》也已经出版。而在我自己的著作中，则借鉴巴赫金的对话理论，给以阐发，努力使之成为我的文学观念的组成部分。可以这样说，锺书先生是促成我国研究巴赫金的

"始作俑者"。

这次国际学术研讨会,学术组织工作极好,讨论问题相当宽泛,显示了中美两国比较文学研究的实力。锺书先生大会的开幕词,充满了交往对话的精神,得体而富有睿智与幽默。他用中英两种语言交替演说,引起了中外学者的阵阵掌声!

李:之后,您们应该还有不少来往吧!

钱:大约是1986年的8月,邻居许国璋先生托我上班回家时,顺便为他给锺书先生送篇他的文稿,请锺书先生提提意见。我与锺书先生约好后,回家时就去了他家。锺书先生的大客厅进门是会客地,往里就算是工作室。几个书柜,书并不多。他充分依靠图书馆的书,随借随看随扎随还,所以他过去图书馆跑得很勤,与一般学者喜欢买书的习惯是大不一样的,不过,他案头新的外文杂志不少。这次我去,正值他身体不太好的时候。我一到,他就用无锡话和我交谈。他说,他主要是血压高,低压到了110帕,而且没有感觉,所以医生嘱他要严格休息。他自己也无精神看东西,他说连西德、法国出他的小说、论文集的序文,他都不看,主要是没有精力。因此对许国璋先生的文稿只好表示抱歉了,让我如实转告许先生,许先生是不会见怪的(许是他的学生)。

随后他谈到前不久,一位年轻人,通过院领导转给他看稿子,他翻了翻,觉得错误不少,引了些美国末流教授的话,真没价值,他对这种学风表示不满。此人还说到,神话的"表层结构""深层结构"是他发明的,先生对此很不以为然,认为这些说法,中国文论中有的是,中国的文字也分表里的。他说现在不少文章的引文,你去核对一下,就会发现走样了,有的完全走样了,不知道它是从哪里引来的。

锺书先生接着说:搞文学理论研究不容易,我一生搞理论,搞得很苦,理论研究要有自己的见解。现在不少人都在说新理论,其实在外国人那里,早已不是什么新的了,结构主义已经过时,我们过去不清楚,现在仍在大搞,也真是没有办法呢!托多罗夫已经改弦易辙,有本叫《批评之批评》的,可以看看。这是我第一次听到先生自己说,他一生是在搞理论的。一般认为,他较多地是研究古籍、古代文论与古代文学的,而且年轻时还搞创作。

我还说,现在理论上各种各样的说法都有,很需要把外国的东西有计划地介绍过来,让人多多了解。锺书先生马上接着说,那自然要的,但怎么介绍?你看看,介绍那些外国理论的人,真正弄清楚的人不多,倒往往是他被人家的理论介绍了。我忍不住哈哈一笑,连连说,正是这样,正是这样,这种情况很多,作者其实并不清楚自己的对象,却是摆着架势,这类文章,读者读的自然莫名其妙。

先生说:我看到一些文章,错误太多,一知半解。我看你们研究室很活跃,就一篇关于主体性的文章说了不少意见(指我当时在文艺理论研究室主持的关于主体性的讨论会),真是,文章经不起推敲,这可是不行的呢!澳大利亚的一位哲学家说,真正的好文章,在于证明,为什么是错误,而一般文章都是在证明自己的正确。如果反过来看看自己的不足,笑话就可能会少多了。然后谈到当时有人提到"忧患意识"的问题,先生说,这一问题外国人七八十年前就讲了,我在三四十年前的《谈艺录》中也谈过的。

锺书先生对法国作家萨特的评价似乎不高,但对卡夫卡十分推崇。他说,卡夫卡说过:得到了出路,并不就是得到了自由。我说,这话是很深刻的,实际情况往往就是这样。这时,先生就从书柜里拿出他的《七缀集》,打开书面第29页,给我看他的引文。我说,我很喜欢卡夫卡的小说,我们都是通过他描写的"城堡""审判",走进了20世纪80年代的。锺书先生笑了一笑,接着说,卡夫卡可以好好研究一下的。然后先生带着感叹的语调说:中文啊,我们这些人实际上生活在两种现实里面,一种是小说的现实,一种是生活的现实,看看好的小说,对照对照这两种现实,各有启发,是很有意思的呢!

使我尤为感佩的是,他对中外文学理论发展的现状与趋势,相当熟悉,而且了如指掌。对于外国文艺理论中出现的新现象,他都能及时把握;他对于我们刚刚讨论过的有关问题,甚至一些人的发言,也能及时阅读,这对于一位已经接近八旬高龄的学者来说,实在是难能可贵的了。他未写作有关当前文学理论问题的文章,但他了解当前的种种理论现象,因此他的思想总是处在学术前沿的。他的关于生活在两种现实里面的说法，我也是第一次听说。这使我了解到锺书先生的精神生活的一个侧面，即对于一位文学理论家来说，他大体面对两种现实，在小说阅读与对现实的体验的相互激荡中，来进一步欣赏虚构的东西与体验现实真实的东西，从中获取心灵的愉悦与灵感。

后来锺书先生身体一直不算太好，我也不忍去打搅他，只是逢年过节打个电话问候。每逢他在电话中知道是我，立刻就使用家乡话和我谈话，这有时使我感到突然，一下还反应不过来。在得知我大病之后，他便驰书表示慰问，使我感动；有时来信，表示几句抱歉，说所里把我的信送到他那里去了，拆开一看内容，才知是我的信。我也发生过好几次类似的情况，并且至今一些给我写信的人，大约深受锺书先生名字的影响，老要给我改名，把我名字里的中字加上金字偏旁，好些信件，干脆把我的姓也改成了"钟"，这也是无可奈何的事。

历史已经证明：锺书先生的《谈艺录》《宋诗选注》《管锥编》和小说《围城》，是会长久地流传下去的！

李：刚去世的季羡林先生是我国当代人文学界的一位重要的学者，他写过不少文艺理论、美学方面的文章。我读过您写的纪念季先生的文章，希望您最后再谈一谈您了解的季先生的情况。

钱：我认识季羡林先生是1993年的事。这年3月，我应邀出席在澳门召开的"东西方文化交流——历史与展望"研讨会，在澳门会议上，季老做了《嘉宾演辞》，又以《东方文化和西方文化》做了大会报告。季老在两文中，一是强调文化的多元化；二是中西文化体系的同与异，它们各自提高了人的本质，推动了人类的发展；三是认为东西方思维不同，我们要弄清它们各自的长短，才不致于在文化交流中产生盲目的现象。季老认为，西方人轻视东方文化，出自民族偏见，为时已久；中国人看不起自己的文化，则是一种短视。在他看来，任何文化都有一个发生、繁荣、逐渐走向衰微的过程。西方文化曾经独霸天下，但由于其思维方式是分析型的，对自然只知索取、征服，发展至今，引发了无数严重的社会弊病。东方型思维是综合性的，在对待自然方面是倡导"天人合一"。现在正是以后者来补充、纠正、丰富前者的时候，在人类历史上，"东西文化总是互为主导"

的，于是提出了"三十年河西，三十年河东""河西河东行将易位"的观点。而且，在东西文化交流中，西方文化由于长期处于强势地位，所以在输入、输出方面赤字极大。过去我们奉行的是"拿来主义"。季老认为，今天我们应持"送去主义"，即将我们文化中的优秀部分送出去。

李：这是你们的初次见面，实际上，季老晚年在学术上一直非常活跃，不但著述不断，而且有不少新见解。文学研究是季先生学术研究的重要组成部分，文学问题应该是你们共同关注的话题吧！

钱：1995年7月8月间，中国中外文学理论学会在山东师范大学举行成立大会，学会、学校方面拟请季老前来指导。季老因年迈未能到会，但托刘烜教授带来了一篇书面发言《现代中国文学史研究问题》，刘烜教授在大会上宣读了这篇论文，后来编入了由我和李衍柱教授共同主编的《文学理论：面向新世纪》。季老的文章提出了一个文学史界和文学理论界时常遇到的问题，即思想性和艺术性问题。季老一反潮流，认为"评定文学作品首要标准是艺术性，有艺术性斯有文学作品。否则思想性再高，如缺乏艺术性，则仍非文学作品"。他说，"写文学史，应置文学性于第一位。只要艺术性强而新，即使思想性差一点，甚至淡到模糊到接近于无，只要无害，仍能娱人，因而就是可取的"。季老认为，文学史家往往不重视艺术性，"而艺术性最重要的表现工具，我认为是语言文字"。西方人用有形态变化的文字写诗，而"汉文没有字母，只有单个的字，每一个词就等于一幅画。它没有形态变化"。汉文妙就妙在它的模糊性，模糊性迫使人们要具有整体概念、普遍联系的观点。西方强调概念清楚、科学，季老长期也想用它们来说明中国的文学理论，但思考的结果，觉得难以如愿，他认为这是被中西两种不同的思维方式、不同的审美情趣所决定的，中国的"可以意会不可以言传"的东西，禅宗主张"不立文字"的办法，西方人难以理解，所以特别要注意不同的语言特征，重新来撰写中国文学史。

1995年深秋，刘烜老师给我电话，约我在一个星期天和我一起去看望一下季老，我说我与季老不很熟悉，不妥当吧？其实就在这年的

4月20日我参加一个会议,季老也出席了,中饭时我们同桌并肩而坐。由于第一次一起用餐,我有些拘谨,和他来说话的朋友较多,所以我和季老没有说上几句话。这次刘烜老师说:季老想了解一下当前文艺理论研究的情况,我推荐你去比较合适;并说季老想给《文学评论》写稿子,想听听你的意见。当时所里正要让我接任《文学评论》主编,听说季老要给《文学评论》稿子,自然喜欢,老一辈学者的稿子,越来越少了,都属于"抢救"的对象了,所以我立刻表示同意。

12月12日,我与刘烜老师先在北大校门口见了面,然后慢慢走进了朗润园。刘老师是季老家的常客,到了季老家里,谈话毫无拘束,我也十分松快,向季老问好。此时刘老师和季老正在策划禅学研究的丛书,谈得很是投入;随后我谈了在1993年春在澳门的一段往事,季老听后呵呵一笑,连说"幸亏你,幸亏你!"。原来那次会议间小憩,大家在走廊里闲聊,台湾历史学家张振东教授要和季老合影,让我拍摄,之后我与季老转到会场侧门想进会场。走廊与会议场地有一很低的台阶,由于灯光较暗,不易觉察,季老进去时显然踩了个空,身子往前一冲,我这时正在他的左边,右手赶紧拽住他的左臂,算是扶正了他,这让我出了一身冷汗,而季老连忙向我道谢,我们相对一笑,算是进一步认识了。这次在季老家里,大家谈了一会文艺理论研究中的问题。我说季老要给《文学评论》写稿,我们无任欢迎。接着季老就文艺理论中的某些问题,谈了不少意见,而且还拿了一摞稿纸向我示意,我们几人也说了一些看法。告辞时,季老一直把我们送到门口道别,相约以后再见。

后来,我就收到季老寄来的稿子,并附有一信。我看过后立刻让其他编委审读,表示这些年来,老学者们由于气候关系,很少发表文章,我们要改善学术环境,要尊重老学者们的学术成果,只要自成一说,便优先刊出,这就是发表在《文学评论》1996年第6期上的那篇《门外中外文论絮语》。季老在这篇文章中谈到他最近读了一些论文,涉及我国文论中的所谓"失语症"问题。他说这一问题提得很好,近百年来,西方文论不断传播过来,文艺理论中充满了外来语,中国文学理论面对西方文论几乎是"失语"了。20世纪50年代,苏联专家来华讲文学理论，课堂设在人大，他也去听了，涉及东方文学，错误甚多。但是照他现在的看法是，西方文论是有"话语"的，自然未曾"失语"，不过一涉及中国文学，他认为患"失语症"的不是我们的中国文论，而是西方文论了。他以为我国文论不是赤贫，而是满怀珠玑，自有一套不同于西方的文论话语。中西文论的差别不在形式上，而是在思维方式上，只有从根本上弄清楚了两者的差异，才能深入到中西文论的相互关系中去。西方思维立足分析，凡事求个清清楚楚，但世间事物极为复杂，难以做到这点；而东方综合思维主张整体，从普遍联系中了解事物，自有它的长处，这是符合当前兴起的模糊科学与混沌科学的。

次年5月16日，我和刘烜老师又一次去看望季老，谈了他提出的命题所引起的一些争论。他说，早在意料之中，对于一个新的说法，没有争议反倒是不正常了。他说他有一篇谈美学的稿子要给我，观点与当今流行的美学不一样。我们闲谈不久，就有两拨外地的老师，有的邀请季老为他们的会议题词，有的要求他当他们的一套丛书的学术顾问，一时小房间里挤满了客人。我和刘烜老师想先行告辞，让季老接待外地和边远地区的老师。季老示意我们稍稍等待一下，等那些客人走后，我们又闲谈了一会，一起在他住所东面约五六十米开外的一家小饭馆用了午饭才散。

稍后季老寄我《美学的根本转型》一文，刊于《文学评论》1997年第5期上。他认为中国近代美学主要受到西方美学影响，是舶来品，我国美学家们在西方美学的范畴里兜圈子，难以出新。他讲到作为感性学的西方美学，基本上只限于眼和耳，研究眼视之美与耳听之美，而忽略了鼻、舌、身三个方面，从"美"的词源出发，美源于五官中的舌头，不同于西方。季老提出有以心理为主要因素的美，如眼与耳，也有以生理因素为主的美，如从鼻、舌、身。所以我国美学必须重起炉灶，把生理与心理感受的美融于一体，寻找建立新的美学体系之路。

李：从这些文章看，季老非常善于把自己的学识、体验、研究结合起来，尽管这么大的年纪，他还提出、探索了不少问题，并坦率地表达了对这些问题的看法，确实是一位真正的学者。

钱：从我们的聊天中，我也能深切地感受到他的学者气质。

1998年夏，我主编的苏联哲学家、文艺理论家《巴赫金全集》中译6卷本（2009年合补遗为7卷本）出版，我与刘烜老师商量想送一套给季老，刘老师很是赞同，由他安排在1999年1月20日的星期三上午。我和刘烜老师去后，发现延边大学的王文宏老师（1996年夏天我应邀去延边大学讲学时与她认识的）也在。这次我送给季老一套《巴赫金全集》，然后粗略地介绍了一下巴赫金其人及其学术成就。

季老听完后说：奇怪！在一些国家，一些有学问的知识分子怎么都要受到迫害？可能这些知识分子凭着自身的人格与学问，著书立说，坚持独立的精神，自由的思想，不肯轻易盲从别人，故而受尽折磨，能够活着过来，真是不容易啊！"文化大革命"中我蹲牛棚，让我看守35楼女生宿舍的大门。我去35楼时是不走大路的，专走小路，那排房后面原无路可走，平常也没有人去，那里到处是人粪狗屎。走到底，无处可走了，才转上大路，随后赶快再寻找无人的背阴小路，怕见人啊，怕连累人啊！人的心态被扭曲到这种地步！

季老说：在牛棚里，他想来想去，觉得无事可做，就想着把《罗摩衍那》翻译出来。但白天又不好办，晚上就一段一段阅读《罗摩衍那》，把大意记在小本本上。白天带着小本本"上班"，看看没有险情，就拿出小本本逐句斟酌、修改。从1971年到1981年一直在翻译此书。说来可笑，要是没有"文化大革命"这场厄运，就不会有我的这部翻译了！他说，你们也要把"文化大革命"中的遭遇记下来，不记，就会淡忘、忘掉的。我连忙说，是要记的，是要记的，记下来，就是历史，否则，很多历史片段就不见了。

由于是随便聊天，季老谈到他在德国求学时的情况。他说在德国10年，实际上是饿了10年，平常吃的是小鱼和着面粉做的面包，吃了肚里尽胀气，可那时只有这种食物供应，不得不吃。谈起他在大学里的学习，他说他相识了一位80多岁的德国老教授，这位教授非要把自己的全盘知识毫无保留地传授于他，回国后真是终身受用，这也

四 我的文学研究之路

是缘分吧。季老说他自己的工作方式特别,晚上9点钟就寝,清晨4点起床,随即工作到7点,这段时间效率特高,已几十年了。谈起文学研究所诸家,他兴趣盎然,问起杨季康,我说她是外文所的,他说他几次参加外文所的会议,从未见到她出席,我说她平常是不去所里的,而刚去世的钱锺书先生,文学所分家时留在了文学所。后来我们说到他熟悉的文学所的老人——走了,其中有王伯祥、俞平伯、余冠英、吴晓铃、吴世昌、孙楷第、蔡仪等。外文所也有一批人作古了,如冯至、卞之琳、潘家洵、缪朗山等。后来,话锋一下转到新诗问题上来。季老说:新诗是失败的,我的看法可能很简单。闻一多、林庚、卞之琳都主张新诗是有形式的,而我以为新诗只是断句的散文文句。一次我与冯至谈起此事,冯至大不以为然。接着谈起文学所的敏泽,季老说,他的《中国美学思想史》未能在三届中国图书奖中入围,该书在香港评价颇高,在内地则无人置评,据说《思想史》首发式邓力群、贺敬之等人都参加了,还有蔡仪也参加了。我说敏泽是很用功的,他的著作的首发式我也参加了,由于该书写于"文化大革命"之后不久,仍然贯穿了阶级斗争这根线索,所以不同意见颇多。他主持《文学评论》,采稿单一些,不过这段时间也很难办,上面有时要反自由化,于是一方说《文学评论》左了,可一方说他右了,有人径直给他打电话,责问他怎么登了某某人的稿件?这段时间,学者们不愿写文章,一些刊发出来的文章,又霸气十足。由于我与他学术上有些交往,所以他有时还可向我诉诉苦。1995年他病倒了,领导要我接手《文学评论》,我不愿干,后来所里领导第三次和我说这是院里的决定,我想我也许还会有求人的地方,比如要求扩大一些住房呀,也就答应了。这次在季老那里闲聊,无所不谈,十分愉快。

而且,季老不遗余力地提携后进,令人感动。2000年6月10日,我与童庆炳教授主编的《新时期文艺学建设丛书》第一辑6册(至2002年出版了6辑,收入了我国当代36位不同年龄的文学理论家的著作,后因出版问题只得停止)首发式在京举行,这辑丛书收有童庆炳、胡经之、孙绍振、张少康、朱立元和我的著述。季老寄来了书面发言,他说,"这一套丛书是对我国文艺学研究的重要贡献。著作这几部书的先生我差不多都认识,感谢他们为我们中国自己的文艺学做出的成就。我一直认为,中国有自己的博大精深的文艺理论,这是西方所望尘莫及的,但是一定要归纳整理出来。现在这几位先生做了这项工作,这是令人很欣慰的事情"。"丛书通过不同年代人的优秀论文清理了新时期文艺学的发展轨迹,应当说是中国文艺学发展中很有历史意义的事情。"季老的贺词热情洋溢,使与会者深为感动,也使我们作为丛书的主编深受鼓舞。

李:季老也以长寿、学术常青闻名,21世纪以来,他更是青春焕发、老当益壮。您们的交往是否也随之跨越了新的世纪?

钱:21世纪初,季老主编的"东方文化集成"出版,实践了他将东方文化"送去主义"的主张,我曾著文祝贺。这套丛书由我国各方面的东方学家撰写,规模宏大,种类繁多,显示了东方文化的恢弘与精深。在首发会议上我又见到过季老,但后来见面的机会甚少,他的李姓秘书接我电话后,总要详细地审查我与季老的各种关系,我也就懒得联系了。

2007年初,我收到季老的3本著作,第一本是他的《相期以茶——季羡林散文集》,这是他的80年的散文精选。第二本是《牛棚杂忆手稿本》,季老在扉页写道:"这一本小书是用血换来的/,是和泪写成的/。我能够活着把它写出来/,是我毕生的最大幸福/,是我留给后代的最佳礼品/。"季老以亲身的遭际,真实地揭露了"中国历史上最野蛮,最残暴,最愚昧,最荒谬的一场悲剧,它给伟大的中华民族脸上抹了黑。我们永远不应该忘记"。在面对严酷的历史与现实、说真话这点上,人们常常把季老与巴老并提。第三本是季老主编的丛书《中国禅学丛书》中季老在各个时期关于禅学的论文集《禅与文化》,他以为总结我国古典文学理论,禅学是一个不可或缺的方面。

季老去世前几年,我一直没有机会与他联系,有好几次只闻友人对他病情的描述,为他的病情深感不安,直到他去世为止。

李:您提供了不少有价值的材料,它们对于我们了解这些学者和当代人文学术都是大有益处的,最后我再次表示对您的感谢!

五　现代性与当代文学理论的新的建构
——钱中文先生访谈录

（一）

吴子林：钱先生，您好！首先感谢您在百忙之中接受我的访谈。在我国文艺学界中，真正做到理论上自成体系的理论家是屈指可数的，而您是其中最具名望的学者之一。我是读着您的一系列著作走上文学理论研究道路的，很想听您谈谈从事文学理论研究的宝贵经验。据我所知，您原来的愿望是想成为一个作家，后来怎么转向文艺理论研究了呢？

钱中文：每个人的人生道路都是一道优美的弧线！我幼时念过乡村私塾，1945年夏，我小学毕业，考入了无锡县中学。从初中二年级开始，我渐渐发觉，我生活似乎有个目标，而且到后来越来越强——这就是我想写作、将来当个作家的愿望。这个愿望深藏在我的心里，像一颗种子一样慢慢萌发。此前，我在课外大约读了两年半的旧小说、武侠小说。初二下学期的时候，我的审美情趣发生了一个激变，转到现代文学上去了。这主要是我班上的国文教师启发了我。他给我们上课时，顺便讲了"五四"新文学运动，讲了一批新作家与新文学作品，讲了科学与民主，还有反对封建迷信，等等。于是，我设法找来鲁迅的《呐喊》与《彷徨》、冰心的《寄小读者》等作品阅读。我感觉鲁迅的作品描写的就是我身边的人和他们的困苦生活情状，就是我熟悉的家乡的风景，写得多好啊！《寄小读者》一书充满了多少温情和爱啊！这位国文教师给了我"五四"精神的启蒙教育，鲁迅等人的作品则改变了我的阅读趣味，使我热爱新文学，走上文学的道路。

吴子林：我想，也就是在这时您萌发了"文学抱负"，正是它推动了您后来将毕生的精力投入到文学的生命活动中去。

钱中文：是的。1951年，我以一个偶然的机会，考入了中国人民大学俄语系学习。这一年夏天，我在报考大学时，屈从了世俗的观念，为了将来有个牢靠的谋生手段，报了医学院。可是，文学是我心中的真正圣地，我怎么忍心舍弃它呢？因此，高考之后，我一直闷闷不乐。回到无锡，学校正急着找我，说要分配我去报考中国人民大学，这是所干部学校，进去不但不花一分钱，还有生活补贴。我一听，自然同意了。当时，我觉得去人民大学学习俄语，比起学习医学更接近文学，将来当个文学翻译家也很好，这曾是我少年时代的梦想之一啊！北上人大时，我拣了十多本小说，捆进了行李包，算是我的财富！到北京后，虽然手头拮据，但我还在人大书摊零购过几次当时唯一的文学杂志《人民文学》，有时还买《文艺报》看看文艺形势，表现自己是个文学爱好者，在生活方面则除了买支牙膏、买块毛巾什么的，不敢有其他方面的支出。

起初，校方一开始就抓端正学习态度，说来人大学习俄语，就是要为国家培养翻译人才，于是，大家向翻译方面努力；谁知我们刚稳定思想，校方的培养方向就变了，要我们将来去当俄语教员。不少同学不愿当，我的心愿是当文学翻译，也不想当教员。于是，领导就要我们不断地检查自己的入学动机。经过一年时间的政治学习，反反复复自我检查，最后大致消磨了自己的热情与棱角，自然全心全意地服从了组织的要求。但是，文学创作的欲望仍在我心里骚动，我却不大敢看从家里带来的小说，因为在当时的革命环境中，阅读这类小说变得已经变得不合时宜了。进入人大一年后，原来的供给制改为薪金制，我因非干部出身，所以改为薪金制后，我的生活更拮据了。4年大学生活，因无钱买火车票，未曾探亲回家过一次——这对现在的大学生来说是不可思议的。

在大学的4年生活里，我确是成长起来了，获得了一定的知识。我极愿意服务于我们伟大的祖国，希望她能尽快繁荣富强，为此我愿献出自己的青春。在我的胸中有一种渴望服务的激情，而且我至今仍旧怀着这种信念！

  1955年，我大学毕业，被推荐去苏联留学。说实在，去苏联留学这件事，我从未奢望过，经过国内考试录取后，去了苏联，被分配在莫斯科大学俄罗斯语文系学习，成了俄罗斯文学的研究生。1959年8月，我回到了北京。9月，我和几个年轻人被分配到了中国科学院（1978年起为中国社会科学院）文学研究所。

  一到文学所，正好遇上所谓"反右倾"运动，领导布置我们阅读何其芳、蔡仪两位先生解放前后的各种理论著作，查查里面有无"右倾"思想。在这一"锻炼"中，我算是真正接触到了文学理论，通过阅读他们的著作，对文学理论居然产生了浓烈的兴趣。"反右倾"运动一结束，批判修正主义的运动就接上了。这时我阅读了不少苏联文学评论，整理了不少资料。1961年，我转入了文艺理论组。1960年至1965年间，我被编入批判组，发表了多篇所谓批"修"批"资"的文章，我的思想自然受到"左"倾文艺思想的影响。同时在这其间，我也发表如《灵感漫谈》《文学创作的想象》《细节描写与典型化》《谈"多余的人"》等"不合时宜"的文章。1965年秋，我被派往江西省丰城县搞"四清"运动，1966年6月1日，我被召回北京，参加"文化大革命"。说来可笑，我是非常小心谨慎地参加"文化大革命"的，也山呼过万岁万万岁，可是历史跟我开了一个残酷的玩笑。1969年，我成了群众"专政"的对象，被看管起来，不得与家人见面，凡3年，完全失去了自由，"反革命"的帽子到1978年才被摘除。在干校，当我感到在这个世界上孤独无援，体验到生比死还艰难时，钱锺书先生是唯一的人性地对待我的人，他使我获得了心灵的拯救。现在回想起来，20世纪50年代乃至到70年代，谈不上有什么学术活动。我真想再度一次青春岁月，一个像今天多少可以自我选择的岁月，如果可能的话！

  吴子林：梦魇一般的日子终于一去不复返了！那么，您的学术生涯是怎样重新开始的呢？

  钱中文：我是一个真正意义上的后知后觉者。到20世纪70年代中后期，我才开始反思自己，反思社会，反思我过去获得的知识、思想，反思各种人物的作为。经过无数次痛苦的思索，直到 80 年代中期，我大致完成了反思。

吴子林：这种反思与学术研究之间有着怎样的关系呢？

钱中文：首先，我觉得要改变自己的孤独状态，因为我在这种孤独的创伤中生活已经 10 多年了。人在孤独中是难以生存的，尽管这个世纪是孤独、焦虑、迷茫、彷徨弥漫的世纪。我没有原罪，也没有拉斯科里尼柯夫的那种罪行，我不能醒着睡着都生存于噩梦之中。因此我得努力使自己融入人群，希望人与人之间的关系更人性一些，于是向几位曾经受过我以"人性""人道主义""触动"的老专家道了歉，卸却心头的重负，在精神上获得别人的谅解，再次进入了人群。我也反思了"文化大革命"，觉得我们这块东方古老的、散发着封建主义霉烂腐气味的土地上，问题多多，摆正自己的位置是多么重要啊！

其次，通过反思，我找到了自己，在精神上获得了真正的解放，渐渐地也形成了自己的学术个性，即一种追求真理的独立精神。我终于明白，人和人是一种各自独立、相互依存的存在，是一种对话关系的存在，个人的思想各自独立，自有价值。理论不是只有一个人能创造，能创造的人很多，你也只能在理论上提出新说，有所创造，而非精神上的哑巴。一旦明白了这些道理，你就感到了精神上的自由与解放，你就在学术上找到了自我，敢于坚持自己的观点。

20 世纪 80 年代以后，我特别讨厌那种在讨论问题时再度重来的自以为是的绝对真理化身的文风，在辩论中非要把人置于死地的文风，彻底否定别人的文风，非此即彼、不给别人说话权利的文风，因为我过去也这样做过，并深受其害。而且，由于过去的那种盲从的热情，还几乎使我丢了身家性命。所以每当遇到别人对某种理论或介绍过来的文学理论大加赞扬的时候，我总是较为冷静，总要细加体味，并且往往持有保留的态度，即使对于我自己介绍的外国文学理论也是如此。我明白，我不可能再崇拜新的理论偶像，我必须在我原有的水平上对它们进行思索与鉴别，而决定取舍，我只能吸取那些自称为新理论中的某些我需要的、于文学理论这一学科的改造、发展有利的因素。

对于一个知识分子——学者来说，他应不断求真求新，坚持真理，有着独立的精神，自由的思想；他还应是一个具有血性和良心、怜悯和同情的人，一个富有人文精神的人。20世纪90年代，我提出"新理性精神文学论"，把"交往对话"精神作为它的组成部分；在我看来，这是人的生存的基本方式，一种新的思维方式，可以用它来抵御独断专横的话语霸权——这也算是我的一种人生的感悟吧！

吴子林：回首那些流逝的岁月，真是让人感叹不已！我在阅读您的学术著作时，清晰辨出了其中的俄苏文学知识谱系。显然，您的立场观点和信念在当时就基本奠定了，俄罗斯文化中那种深厚的人文精神、宽阔的思想视野和胸怀，深深影响了您那从容、坚韧的精神气质。这让我想起了法国著名作家罗曼·罗兰说过的一句话："一棵树不会太关心它结的果实，它只是在它生命液汁的欢乐流溢中自然生长。只要它的种子是好的，它的根扎在沃土中，它必将结好的果实。"可以说，正是生活苦难的磨练给了您一种历史的穿透力与大气的贯注！

（二）

吴子林：以自我反思为契机，新时期伊始，您便展开了自己崭新的学术思考。"审美反映论"与"审美意识形态"是您在20世纪80年代最重要的理论创造，它代表了当代中国文艺理论所达到的新的高度，是新时期以来文艺理论研究的重要成果之一，并在90年代以后产生了广泛的影响。现在年轻一些的学者和读者，已经不甚了解您当时提出这个命题的背景了，请您谈谈好吗？

钱中文：20世纪80年代初，文艺界对过去被简化了的文学观念（如，文学是一种意识形态，文学要为政治服务等）纷纷提出了质疑。在美学界，围绕艺术的审美本质发生了一场大讨论，翻译出版了不少外国的有关论著。一些学者认为审美就是一切，而嘲弄文学艺术的其他功用;另一些学者则坚持原有的被简单化的马克思主义文艺思想,仍主张文学是意识形态说。这既无助于对过去几十年的庸俗社会学的文艺思想的反思,又继续严重脱离了文学创作的实际。根据当时更新文学理论的普遍要求,文学所文艺理论研究室接受了一个国家重点研究课题,即集体撰写一本《文学原理》式的著作。我们这个组由于写作者的观点大体相同而又不尽一致,很难写成一本观点完全统一的书;后来几经商量,决定分成几个部分来写,分别探讨文学这一现象存在的过程,即文学作品、创作、接受、鉴赏与发展。分配给我的是"发展论"部分,这迫使我不得不思考文学观念的问题。我想如果不能提出一个比较科学一些的文学观念,我这部分的写作根本无法进行的,即使写了出来,那也不过是些新老文学知识的拼凑,要想有所出新和超越就无从说起,根本就不可能。当时我们几个人都形成了这一信念:要写一部《文学原理》,必须着眼在新,怎么个新法呢?即如果我国已经出版了一百部《文学原理》《文学概论》这样的书籍,那我们的《文学原理》如果写成第一百零一部,就毫无意义,而应是第一部。学术创造如果只是量上的增加,那是没有多大意思的,形成不了精神价值的积累。

我国原有的文学观念,明显已不符合文学自身的特征;那么,外国人又是如何说的呢?我各处奔走,找到的当时几部外国学者的文艺理论著作,翻阅之后,在写作组中对这几本著作做了介绍,并提议把当时多国通用的《文学理论》这类书籍翻译过来,扩大我们的视域,了解外国文学理论的前沿水平,不致闭门造车,提议翻译出版"现代外国文艺理论译丛",这套译丛后来在三联书店出了14种,由于出版社更换了负责人,这套译丛到20世纪90年代初就停止出版了。外国几种文学理论著作所张扬的文学观念并未使我感到满意,如韦勒克的"虚构性""内在研究"说,波斯彼洛夫的"意识形态本性论"等;稍后不断涌现的外国学者和我国学者自己提出的文学观念,如结构主义、解构主义文论,文学符号论,文学语言学,文学心理学,精神分析学,文学感情论,文学表现论,文学生产论,文学接受论,读者反应论,文学现象学,文学主体论,文学象征论,还有文学数学化论,信息论、控制论与系统论文学论等。它们或是接触了文学本质特征的某一方面，在文学本质的不同层次上自有意义，但我总觉得不具有总体性意义；或是它们只是一种研究文学的方法与切入点，而非文学理论本身。

对我来说，反思是一种自觉的自我批判，一种对原有文学知识、文学观念、方法的检验和判断。

1982 年，我在《文学评论》第 6 期发表了《论人性共同形态描写及其评价问题》一文，我提出了"文艺是一种具有审美特征的意识形态"的观点；认为讨论文学应该是探讨具体的文学样式及文学作品，而非抽象的文学一般，以为文学是通过对语言的审美结构、通过创作主体的感受、体验而灌注了感情思想的鲜活的艺术形式，即审美意识形态。1984 年，我在评述苏联的文学理论与关于文学研究方法论更新的几篇文章里，继续提出文学创作是"审美反映"，文学是"审美意识形态"，并对文学"意识形态本性论"专文进行介绍与评析。指出"意识形态本性论"这一观念，强调的是"文学艺术是认识生活的一种形式"，而忽视了文学艺术的审美特性。与此同时，童庆炳教授在其 1984 年出版的《文学概论》中也已提出了"审美反映"说，并对文学的本质作出了与文学审美意识形态论的相同的阐释。

吴子林：文学"审美意识形态"论的提出，在观念的层面上，第一次把文学艺术的意识形态与政治意识形态做了明确的理论区分；它把文学艺术从政治的直接组成部分剥离了下来，成为一个单独的自主性的存在——这正是当时文学理论试图摆脱政治从属论和庸俗社会学的直接反映与理论阐释。值得注意的是，您提出这一理论时，当代现实主义理论正经受着现代主义的冲击。"审美反映论"的提出，是否有现代主义这一思想参照系呢？

钱中文：是的。关于现代派文学的论争，在争论最热烈的时候，我并未介入。但是当时我收集了这方面的不少资料。1983 年，我写下了《现实主义和现代主义的几个理论问题》一文，在比较两种创作原则及其特点的同时，就当时的争论表示了我的看法。总的说来，我对外国和我国现代主义者在理论上嘲弄现实主义的做法比较反感,他们批判的是被他们庸俗化了的现实主义;他们认为文学的发展是一种更迭现象:浪漫主义文学被现实主义文学所替代,现实主义文学被现代主义文学所替代。但我认为他们错把文学创作原则的多样化,看成文学思潮、流派的更迭了,而创作原则一旦形成,就会不断更新自己而长期存在下去的。现实主义文学不断形成高潮时,浪漫主义文学照样存在,现代主义文学流行时,现实主义文学获得更新与发展。所以我对于现代主义文学及理论的态度比较严峻,我自己承认我不大理解现代主义文学,而倾向于现实主义文学。20世纪80年代中期,我的认识发生了一个转机,当我在法国做学术访问时,有意识地专门观看一些荒诞派剧作的演出,之后,我对这类文学的看法发生了根本性的转变,那些优秀的剧作,真是震慑人心,后来我把它们称作一首首关于人的生存的"悲怆交响曲",我以我的人生体验感悟了它们。这些有关文艺创作的认识,也确实成为建构"审美反映"的参照。1984年,我写了《现代主义创作方法中的几个问题》,后来以这篇论文的主要观点为基础,写了《最具体的和最主观的是最丰富的——论审美反映的创造性本质》一文的初稿。1986年上海的《文艺理论研究》很快就刊用了此文。在这篇我写得最为用力的文章里,我试图对哲学认识论、反映论做些新的评说,同时也批评了对反映论的新的庸俗化现象。文中我提出了适合文学创造的审美反映说。在创作中,应将我们习惯使用的反映论代之以审美反映,同时提出审美反映的心理结构、审美反映中的主体创造力、现实的三种形态、审美心理定势、动力源、审美反映中的再现与表现,以及审美反映的多样性及其无限可能性等。我认为,"审美反映是一种灌注生气、千殊万类的生命体的艺术反映,它具有实在的容量、巨大的自由,它不仅曲折多变,而且可以使脱离现实的幻想反映,具有多样的具象形态,可使主客观发生双向变化";"审美反映具有强烈的感情色彩。思想是抽象的观念,而在审美反映中,它却成了一种具象的、充满生活血肉的艺术的思想,即对现实生活的事物特征感性的总体把握、认识而出现";"审美反映无限多样,一是现实的无限性,二是主观性是一种不断更新的动力。凡是主观性不强的审美反映可能是失败的审美反映。创作个性是主观性的最高要求，是创造的极致。最丰富的是最具体的和最主观的"①。

吴子林：您刚才提到了对反映论的新的庸俗化现象，后来有人认为审美反映和审美意识形态论是建立在认识论、反映论的基础之上的，反映论就是认识论，它较之其他什么如人类本体论等，不仅庸俗，而且在实践上也明显是落后了。对此，您是怎么看的呢？

钱中文：所谓对反映论的新的庸俗化，就是把被过去庸俗化的反映论，顺手接了过来，把反映论当作庸俗化的东西，即再次加以曲解，以庸俗化的方式批判庸俗化。

20多年来，认识论、反映论在文艺理论中一直受到诟病，有人一见到它们就恶语相向，批判一番，如同条件反射一般。实际上，他们批判的东西是把被歪曲了的东西再度歪曲。我在提出审美反映和审美意识形态之前和之后，的确重视文学的认识作用，但是，我从未强调文学就是认识，也未认为文学创作要以认识作用为先。我一再强调的是，那种可以称作文学艺术的东西，如果不具审美特征，那么它的其他特征、功能也是无从谈起的，我后来也不断地在阐释文学的审美特征与文学的其他特征的有机联系。反映不是认识，但含有认识；反映论中虽有主体客体之分，但从来是突出主体的能动作用的，只有机械唯物论的反映论，才是僵死的反映。

我使用"审美反映"一词时，踌躇了很久。当时有多种概念、范畴可供选择，如心理、感情、表现、创造、象征、原型等，但觉得使用审美反映来阐释以语言审美结构为其形式特征的审美创造，可能会更符合创作的实际一些。理论的概括不可能面面俱到地概述事物的全貌，事物与过程绝对比概念、规定要丰富、复杂得多。

审美反映论是审美主体的创造过程，除了承认生活作为创作的源泉这一前提外，整个创作过程起着主导作用的是审美的主体。我的《最具体的和最主观的是最丰富的——论审美反映的创造性本质》一

---

① 钱中文：《现实主义与现代主义》，人民文学出版社1987年版，第75—76页。

文，实际讨论的是创作主体在审美反映过程中的创造性本质，也即审美反映论的创造性本质。我提出，"审美反映中主观性的创造力表现为对现实的改造，现实呈现为三种形态：现实生活、心理现实、审美心理现实。心理现实中的主客观时时产生双向转化，客观因素的主观化，主观因素的对象化"；具言之，"心理现实是一种不断改变自己特征的动态统一体。主观性既然可以消灭存在和观念之间的绝对界限，赋予客观性因素以主观形式，并不断使之获得主观的特征，那么在充满变幻的审美心理现实的实现过程中，原来的主观因素可以不断对象化，获得客观性特征，而原来已经获得了主观形式，渗入了主观精神的客观因素，可以进一步被主观化，从而形成不断进行着的双向转化过程，展现出审美主体的能动的积极性来"[①]。至于说到审美反映论比人类本体论庸俗、落后，也只是一些学者的意见就是。

吴子林：显然，"审美反映论"是在顽强地与现代主义对话中提出的，它无论是在对审美主体的规定，还是在对客观性的阐释上，都已经迥异于经典的现实主义对反映论的基本规定了。因为经典现实主义的反映论，强调的是所谓的客观真实性，即对已经认定的本质规律做出一致的反映。可以说，它实际超出了传统现实主义的界域。

钱中文：我所说的"审美反映"，很难套用"反映"两个字完全来规范它，实际上它与审美表现或是审美创造都是相通的。后来有学者认为，我的审美反映论把主体的审美感知推到了最重要的地位，它是心理的、感性的和符号学意义上的反映论——在这一意义上，审美反映论可以说是审美表现论。

吴子林：这很有意思。我知道，有人就称您为"一个现代主义的现实主义者"！最近，有人对您的"审美意识形态论"提出了所谓的"考论"。我很想知道您的想法。

钱中文：学术的论辩必须尊重对方观点的原意，这样才有意义，否则就没有什么意思。因此，我觉得很有必要清理一下自己的认识。

---

① 钱中文：《最具体的和最主观的是最丰富的——论审美反映的创造性本质》，《文艺理论研究》1986年第4期。

五 现代性与当代文学理论的新的建构

1986年11月,我在苏州大学主持了"全国文学观念学术讨论会"。会上文学观念诸说纷呈,我重申了前几年提出的思想,即正在进行中的书稿的部分思想——文学是审美意识形态。随后,我将发言稿整理成文,在1987年的《文艺研究》上发表了。这就是《论文学观念的系统性特征》一文,它讨论了文学本质特征的多层次性,以及作为文学最根本特性的审美与意识形态的不可分离性,审美与意识形态的融合,它的那种具有与生俱来的复合性特性。1988年,我又发表了《论文学形式的发生》一文,这时我的认识较之以前已有所深入,主要探讨文学的发展是如何从"前文学"到"文学"的。"前文学"是先民的一种审美意识的表现,具有多种原型的口头性文学。我将文学"审美意识形态"的逻辑起点归之于"审美意识",及其在不同形态的审美反映过程的历史的生成,主要是试图恢复文学本质特性,探讨和文学观念形成中的自身的历史感。随着交往的进步,语言文字的出现与发展,使得审美意识逐渐生发出诗性的语言文字结构,使得审美意识在语言的诗性形式结构中获得了存在的实在形态,演变而为初始形式的审美意识形态。如《周易》与《诗经》,随后经过历史的长期的发展,逐渐演变而为现代意义上的审美意识形态。出版于1989年的《文学原理——发展论》(第二、三版改为《文学发展论》)讨论文学观念的第一编共四章,其中用了两章的篇幅,专门阐释了"审美意识"的演变。最近我又此问题做了一些补充的论述。

从总体上说,"文学作为审美的意识形态,以感情为中心,但它是感情和思想认识的结合;它是一种虚构,但又具有特殊形态的真实性;它是有目的,但又具有不以实利为目的的无目的性;它具有阶级性,但又是一种具有广泛的社会性以及全人类性的审美意识形态"[①]。所以,审美意识形态不是一些人认为的那样,只是审美加意识形态。当然,那时用语不够规范,如有"审美的意识形态""与审美意识的形态"之说,后来就统一为"审美意识形态"说,对我来说,它们没有"偏""正"之分。后来不少同行的论著都表达了相同的思想,

---

① 钱中文:《论文学观念的系统性特征》,《文艺研究》1987年第6期。

使用了审美意识形态一词，于是使得审美意识形态成了一种集体的共识。20世纪90年代末，我国著名文学理论家童庆炳教授将"审美意识形态"作为文学理论的基本原理之一，写入了新编的《文学理论教程》之中。他认为，"'文学审美意识形态论'理论的建立，应该说是百年来中国现代文论的一大收获"，是中国学者"寻找到的在诗意审美和社会功利之间、文学自律和他律之间取得某种平衡的现代文学理论。历史将证明，这一思想的确立是中国现代文学观念走向成熟的一个标志"。当然，也有一些人原是认同这一观念的，后来由于某种复杂的原因反悔了，转而表示激烈反对，这也是可以理解的，对事物的看法有了变化，或是激变。只是那种兴师动众的大会批判、一篇又一篇的批判文章使我感到茫然，我熟悉这种方式，这是在30多年前十分流行的批判方式。这哪里是在做学术探讨，这分明是在进行宣传，把宣传混同于学术了。比如，我对某人的观点有意见，写篇文章长一些、短一些说完就完了，哪会有一个人一两年之内写了15篇（可能还要多）批判文章、至今还没有批判清楚、还要批判下去的问题！最后去编写向老百姓、学生们宣传的高级小册子可以大量发行，收入不菲，但这不是学术研究。文学本质问题也可以从其他方面进行探讨，未可定于一说。任何认识与理论观点，都有自身的局限，只是程度不同而已，重要的是提出新的思想来。

吴子林：据我所知，现在批判"审美意识形态论"的"考论"者缺乏一种"高度发达的事实感"，而刻意扭曲"审美意识形态"论，说这是什么"硬拼凑"，是所谓的"纯审美主义"；更耐人寻味的是，有的"考论"者采取的是一种自我否定的策略——这种批判不探究对方本意，有时离谱得实在出奇。

（三）

吴子林：20世纪90年代中期以降，您的学术思想又有了一次拓展，相继提出了"新理性精神""交往对话主义""中国古代文论的现代转换"等命题，显示出了前所未有的开放，回应着当代最尖锐、最前沿、最时尚的理论难题。这在您那一辈人当中是少有人可以望其项背的。当时，您为什么会提出"新理性精神"呢？

钱中文：首先是看到20世纪以来中外文学艺术价值、精神的下滑，人的精神的淡化与贬抑，这与20世纪人的价值、精神的贬值、失落有关；其次，人的价值、精神的失落，与20世纪各种社会灾祸紧密相连，致使信仰神化，理想失落，一再引发人的精神危机；再次，理性到19世纪下半期，所宣扬的美妙的千年王国并未实现，它的极端的工具化、实用化，使其不断走向反面，而日趋没落。人文理性在唯理性主义、实用理性的打压下，遭到严重破坏。总之，传统的理性主义不可避免地衰落下去，甚至发生"理性的毁灭"，各种非理性主义不断更迭，逻辑实证主义又离开人文精神。在反理性主义不断蔓延的情况下，一些人文主义知识分子开始重新寻找自己的立足点。当时，上海的一些学者提出了人文精神的讨论，不久就告中断。1995年，我写下了《文学艺术价值、精神的重建：新理性精神》一文，回应了当时的人文精神讨论。后来又写了几篇这类的文章，加以充实与发挥。

总的说来，"新理性精神"试图在大视野的历史唯物主义的观照下，弘扬人文精神，以新的人文精神充实人的精神；它意在探讨人的生存与文化艺术的意义，在物的挤压中，在反文化、反艺术的氛围中，重建文化艺术的价值与精神，寻找人的精神家园。"新理性精神"作为一种文化、文学艺术内在的精神信念，是对以往理性的扬弃。为了避免旧理性的覆辙，非理性主义、反理性主义的极端化与虚无主义，"新理性精神"从以下四个方面确立自身内在的理论逻辑关系，它们是当代文化、思想中不断出现、反复讨论、具有一定规律性的现象。其一，新理性精神提倡新人文精神，即以人为中心，希望通过社会的努力、文学艺术的呼唤，在人与人、人与社会、人与自然、人与科技的关系中，极大地发挥过去不被允许的自由进取精神，恢复人应当具有的血性和良心、怜悯与同情，使人获得自身全面发展的生存条件——这是针对20世纪不断毁灭人的各种极端反理性的社会灾祸、科技进步带来的消极面等问题而提出的。其二，主张要以"现代性"即现代意识精神为指导，来进行我们当今的文化建设。我所理解的

"现代性",是一个矛盾体,对于任何学说都是如此。现代性的功能就是不断自我反思、自我批判,是一种自觉的文化批判力,要求不断清除其反面效应。在全球化的语境中,现代性是在历史传统基础上建立起来的现代性,在承认传统的基础上实行创新;是吸收外来文化有用成分建立的本土化的现代性。现代性表现为"促进社会进入现代发展阶段,使社会不断走向科学、进步的一种理性精神、启蒙精神,就是高度发展的科学精神和人文精神,就是一种现代意识精神,表现为科学、人道、理性、民主、自由、平等、权利、法制的普遍原则"①。其三,为了达到这一目的,必须改变根深蒂固、非此即彼的思维方式和你死我活的斗争方式,需要清除存在于社会思想原则中的丛林原则,提倡一种建立在平等对话基础上的交往对话精神——这种交往对话把人与人看成一种相互平等、各有价值、各自独立的对方,并在交往对话中相互切磋而获得双赢,形成一种人的新的生存方式;这也是一种互相依附,具有一定价值判断、亦此亦彼的思维方式;其四,感性和理性,这主要涉及具体的文学创作问题,暂不展开。

吴子林:波普尔在写于 1952 年的《猜想与反驳——科学知识的增长》中说:"真正的哲学问题总是植根于哲学以外的那些迫切问题,这些根烂了,哲学也随之死亡了。"②文学也是这样。作为一个文艺学研究者,必然要关注到文学所面对的"迫切问题"——人的现实生存境况。自 20 世纪 90 年代以降,世界经济全球化趋势日益发展,跨国资本胜利凯旋,信息科技飞速进步,工具理性横行无阻。在这种思想缺席、精神委顿、存在堕入遗忘的情况下,一部分文学艺术在西方文化思潮,特别是后现代主义文化思潮的消极影响下,不断地颠覆、消解其所负载的人文价值与精神;学术研究上则追"新"逐"后",以"去中国化"为时髦,学术论争中的"二元对立"思维仍然存在……正是这些现实问题与现象引发了您深深的忧患感,显而易见,人文精

---

① 钱中文:《文学理论现代性问题》,《文学评论》1999 年第 2 期。
② [英]波普尔:《猜想与反驳——科学知识的增长》,傅季重、纪树立、周昌忠等译,上海译文出版社 2000 年版,第 99 页。

神构成了"新理性精神"的核心。"新理性精神"的提出,有着极强的现实针对性和生活依据,它是您面对当今目迷五色的社会文化潮流时,寻找自己的立足点,以透视人的现实生存状态与文化、文学艺术的一种文学研究或人文科学研究的方法论。您以高度的社会责任感提出的"新理性精神",概括了一个崇高的理念,而显示出宏大叙事的特征;它是属于中国的属于我们这个时代的观点和理论,对于它的前景,您是怎么看待的呢?

钱中文:"新理性精神"提出后,就被介绍到了国外,五六年后,在国内也有学者作出了肯定性的回应。不过,"新理性精神"能否成为不少同行的共同理念,促进文学理论的建设与创新,我不会过分乐观,而自然要让它在实践中去接受检验,而且它自身在理论上还要不断深化与完善。理论一旦认为自身如何如何,就往往会给自己套上枷锁。没有必要把尚未兑现的设想说在前面,或是说得太早了。我倒宁愿新理性精神只是少数有着共同理念的同行的学术立场与行动。这样,我们的心态可以放松一些,探讨可以自由一些,话语可以个性化一些;或者遭到学术与非学术的挞伐而消失,也可以做到悄无声息,心情平和一些。学术一旦被注入外力,学理必然会被削弱或遭到剪裁;或是说得过头了,或是被炒作了,在当今文化氛围尚不十分健全的语境中,就必然会遭到风必摧之的命运!

吴子林:您这种开放的胸襟、深厚的学养和远见,非常让人佩服!在我看来,只有像您这样思想厚实的理论家才能真正做到这点。1999 年,您在《文学理论:走向交往对话的时代》一书提出了"交往对话"理论。这是一种理论立场、思想态度,更是一种精神境界。"交往对话"是您继往开来的理论支点与动力,它与"新理性精神"和"中国古代文论的现代转换"等命题,比较全面地呈示了文学理论的现代性。请您概括性地谈谈文学理论的现代性问题。

钱中文:文学理论的现代性的精神实质就在于不断反思、开放、多元、交往和对话。在我看来,现代性是一种被赋予历史具体性的现代意识,一种历史取向,反思、批判意识,它是未竟的事业。学术上的分歧和冲突,在我看来应是一种常态——没有分歧和论争意味着停滞,但是只能通过对话解决。一些学术思想在彼时彼地看似违背现代性的要求,在此时此地却可能是应和了现代性的要求。当今现代性所要求的,应是一种排斥绝对对立、否定绝对斗争的非此即彼的思维,更应是一种走向宽容、对话、综合、创新,同时包含了必要的非此即彼、具有价值判断的亦此亦彼的思维。历史的经验告诉我们,霸权的、单一的、统一的文学理论往往用自己一套观念排斥不同见解,以为自己说的都是真理,别人都是学术上的无知。它表现的是理论的独白,而不是真理的对话,一张口就是你错我正确,立即给你判决,一种往往是嘲弄与压制的声音。它把学术当成宣传,不断重复同一观点,以为不断宣传就会成为真理!

当今文学理论的现代性要求,主要表现在文学理论自身的科学化,使文学理论走向自身,走向自律,获得自主性;表现在文学理论走向开放、多元与对话;表现在促进文学人文精神化,使文学理论适度地走向文化理论批评,获得新的改造。《文学理论:走向交往对话的时代》是一部"在新时期20年来对文学理论发展的追踪与探索"的论文集,我想强调的是交往、对话的主体性以及理论批评话语的共同性,倡导对不同国家之间的文学批评理论进行交往与对话,以达到双方的各自理解。1993年,我在《面向新世纪:八九十年代中外文学理论新变》一文中,提出"在中西文论的研究中,综合研究方法的运用,在于使中西文论产生新的交融。从整个理论形势来看,一种在科学、人文精神思想指导下具有当代性的中西文论交融研究,将会在下一阶段、新世纪得到极大的进展与兴盛。双方交流的研究是一种最具生命的研究,是一种走向创造新理论的研究,是文学理论走向建设的大趋势,中西文论会以各自的优势比肩而立"①。当今的文学理论面临着三种文论传统,即古代文论传统、西方文论传统和近百年形成的现代文论传统。我们只能在现代文学理论的基础上,充分地研究古代文论,把其中的有用成分,包括它的体系与各种术语,最大限度地分离出来,不是表面地使用一些古代文论的术语,而是丰富其原有的涵

---

① 钱中文:《走向交往对话的文学理论》,北京大学出版社1999年版,第278页。

义，赋予其新义，与现代文学理论、西方文学理论融合起来，使其成为当代文学理论的血肉，形成当代文学理论的新形态。这将是具有中国特色的文学理论的新形态，一种在长远时间里不断生成、不断丰富、体现现代性的文学理论的新形态。

吴子林：您在20世纪90年代后期这种不断走向开放对话的理论姿态，显然与您对巴赫金的研究有着极为密切的关系。1983年，您写了我国第一篇正面评论巴赫金文论的论文；1998年，您主持翻译出版了《巴赫金全集》六卷本，引发了学术界的"巴赫金热"；此外，您还由叙述学界面切入"复调"理论，由文艺学界面切入"对话"理论，由文化学界面切入"外位性"理论。这些研究与巴赫金本人学术探索的内在理路是相吻合的，基本还原了由"小说学""文艺学"而"哲学人类学"的思想家巴赫金的心路历程。因此，有学者指出，您之于中国学界于汉语世界的巴赫金学，一如迈克尔·霍奎斯特之于美国学界于英语世界的巴赫金学；或者，一如茨维坦·托多洛夫之于法国学界于法语世界的巴赫金学，我以为这是相当精辟的概括！

（四）

吴子林：自20世纪90年代以来，传统的文学研究大有全面转向文化研究之势，一直以"先锋"姿态出现在学术前沿的文艺学更是首当其冲。请您谈谈自己的思考。

钱中文：在全球化潮流、科技信息技术高速发展、商品经济的影响下，西方的后现代主义文化思潮，如文学终结论、日常生活审美化论以及身体理论等，涌入了我国，使得一些学者不断地追新逐后，争相介绍。这一方面固然反映了我国现实、文化的需要，但另一方面把西方的这类理论奉为圭臬，以为这就是我国文化、文论发展的方向，这使我们感到，这些曾经不断张扬各种理论身份的学者，这时似乎有点忘却自己的身份了。

如今是资本、媒体、批评共谋制造文学时尚、理论时尚的时代，是浮躁的时代，功利、实用的时代。一些人在文学理论界大造声势，认为现今的文学理论教学严重脱离实际，无人再予理会，声称"文学死了""理论死了"，只留下无处不在的"文学性"了。正如有的学者所说，他们在文学理论界进行内部暴动，自己打倒自己，自己否定自己，走向自身消解，然后宣布文学是什么，至今未有定论，接着用生活中的各种文化现象，如售房广告、汽车博览、健身房、商场购物、身体线条、城市广场、酒吧媒体、服装展览、模特表演、身体时尚、女人写真、技术产业，来扩展文学理论的内容，准备把它们作为文学理论课堂教学内容，重新确定文学理论的对象，这就把文学理论的扩界、重新界定搞得不伦不类、不着边际了。其实，我完全赞成文化研究，文化研究也许是建构未来社会的一种重要思想。在今后争取科学、理性、社会正义、公正、民主、自由、法制、平等、权利的社会运动中，暴力对抗已经日渐减弱，需要建立强有力的协调机制，而文化研究与文化批判是否可能成为重要的途径之一？难以逆料。这是非常宽阔的领域。但这不是去做以审美名义掩盖金权勾结、掠夺暴发中的那种日常生活审美化的附庸，不是去歌颂那种资产阶级与暴富阶层极度平庸、平面化了的、极端势利俗气的、娱乐至死的日常生活审美化，自然日常生活审美并非都是如此，需要不断满足人们的日常生活的审美需求。要去批判过度娱乐化的现象，过度娱乐使人平庸而失去思考能力，使人娱乐至死，实际生活例子已经不少了。要使文化研究成为一种促进社会进步、发展、具有高度人文精神的批判理论，建立健康的审美文化的研究与批判。

　　文学理论的研究、课程的开设需要改进，是十分迫切的工作，在扩充它的内容、边界上也没有多大分歧，把上述现象作为日常文化现象进行研究，也是十分需要的。问题在于，文学理论及其学科，各有自己的对象与课程设置，它担当不了文化研究的任务。比如广告，不少大学早就开设了广告设计、商品广告的美学课；服装设计有服装学院的诸多大师；家居装修有这类图文并茂的设计指南，书摊报亭大量供应；模特表现有模特训练机构，女人裸体写真有摄影人员在专门包装，超市装潢自有橱窗设计，对它们的解释有时使用了某些文学语言，但从整体来说，它们是文学吗？硬要把它们作为文学，实际上把文学课堂教学扯成各种支离破碎的东西，重蹈美国一些大学里文化批评课程的覆辙，即掏空文学内涵，把文学课程泛文化化，以泛文化现象的解释代替文学研究，取消文学课程，最终消解文化、文学的价值与精神，这是后现代文化解构主义的策略。至于这一潮流今后如何发展，当然是要由时间来检验的。

我早在《文学原理——发展论》一书的第三编，就提出了文学是文化的组成部分，并论证了民族文化与文学发展的关系。民族文化在其长期的发展中，形成了它自身的结构，它的思维特征，它的价值系统，最后，在这些因素的综合作用下，形成一种民族文化精神。正是民族文化精神，它的潜在形态的强弱兴衰，有形无形地制约着民族文学的发展。在我看来，文学既要探讨自身的特点，即自律，同时也应探讨它与其他文化部门的关系，即他律，两者结合一起，才能组成文学自身。对于文学来说，这些因素是天然地结合在一起的。文学发展论这一编还广泛讨论了文学与审美文化与非审美文化，以及与介乎两者之间的独特的文化形态的关系，文学研究必须在这种宽阔的文化背景上进行，这就是文学的文化研究。这不同于上面讲的后现代主义的"文化研究"，实际上，它就是后来有的学者所倡导的"文化诗学"。

我在韩国出版的我的四卷集的"后记"里写道："一个伟大的民族自然要拥有丰富的物质财富，但是，最终昭示于世人、传之久远的则是其充溢着民族文化精神的文化创造。生产这种精神财富，应该在文化、学术中，从发出自己的声音做起，进行原创性的创造。要坚持自己的声音，坚持那种具有学理精神的原创性声音，因为学术认同的只是创造。学术回应时代：学理的深化，完善与丰富。但是这种回应，应是绝对的个性化的，而不是重复与雷同。"

吴子林：我非常赞同您的观点！最后，我想请您谈谈数十年来研究文学理论的宝贵经验。

钱中文：我从事文学理论工作的时间不算短了，写过一些东西，而令人满意的不多，心得体会之类很是肤浅。我就简单说说自己的感受吧。

首先，要有兴趣，浓烈的兴趣。文学理论研究涉及文学的各个领域，要求研究人员有较为丰富的文学知识，对于中外古今的文艺现象有一定的了解。从取得成就的角度来说，文学理论较之搞作家研究相对要困难些，不容易很快见效。如果对理论问题缺乏热情，没有寻根究底的决心，常常会使人苦恼万状，不知从何下手，最后半途而废。相反，如果你对自己的工作满怀兴趣，那时就能以苦为乐，会把旁人视为苦恼的劳动，当作自己生活愉快的源泉，从中获得精神上的享受。

在20世纪50年代，像我这样喜爱文学的青年，曾经想搞创作苦恼过几年而终于不可得。后来，一个偶然的机会要我改学文学，把我分配到文学所工作，这真使我喜出望外。我想，这也是文学工作，在许多有才华的同学在失去正常生活条件的情况下，我能从事离我最感兴趣的工作文学研究，那真是时代的幸运儿了。我先搞了一阵作家研究，待接触到一些文学理论著作后，觉得文学理论中问题不少，而且文学理论活动场地也大，于是又把兴趣转向了理论。时间久了，就摸出了一条适合于自己能力、知识的路子来，觉得有不少问题需要研究，可以写作。因此，当我听到有的同志说文艺理论难搞时，我一面深有同感，其中难处确实不少；一面又不以为然，觉得一旦深入了这个领域，就会不断出现"山穷水尽疑无路，柳暗花明又一村"的境界，可以不断开拓研究的领域。

其次，要有理想的知识结构。从事文学理论研究，要有丰富的文学理论知识，同时，也要把握文学发展中的各种倾向和文学批评成果，还要有广博的文学史知识。刚刚从事文学理论工作的新手来说，对于后两个方面不一定能够体会得到。文学理论研究人员要熟悉当前的各种文艺情况，对不断重复出现的现象和独特的现象进行分析、研究，找出它的规律性。文学批评是对当前文艺现状的积极反应，它往往最先发现文艺现象中的一些重大问题，而有待理论研究的进一步丰富。记得何其芳同志说过，搞文艺理论研究的同志最好先搞几年文学批评工作，以积累感性的文学印象和知识；一开始就搞理论问题研究，常常会使经验不多的研究人员无所适从。这是很有见识的。

至于文学史现象，这是一个极其重要的领域。今天文学中的一些规律性现象，需要使用大量的文学史知识加以阐明，否则理论将是干瘪的。一个文学理论工作者最起码的知识结构是，他必须了解我国或外国的某个重要作家，对他作过较为深入的研究，进而能比较深入地了解一个作家群，以至不同作家群，熟悉一段文学史；再进一步，最好能掌握一个国家的文学史。这样，就能对理论上的一些问题触类旁通，使自己的理论分析左右逢源。最理想的情况是，能够了解一些主要国家的文学史现象，并且写出一些文学史方面的著述，这可大大加强理论研究的广度和深度，增强理论本身的说服力，在较大范畴内作出理论概括。

在我看来，一个理论工作者除了精通文学基本理论外，他最好对中国古代文论与西方文论，以及现代的文学理论都有极好的修养。在我国，这样的人才慢慢多了。大学中文系出来的青年同志，在理论上有一定的底子，对理论研究也有一定兴趣，但外语底子稍差一些，阅读外国文学理论著作数量有限，这使他们视野不够开阔；有些从事文学理论研究的同志，原来是学外文的，对文学理论缺乏系统学习，理论修养较差，一般喜欢搞作家研究，对外国文学理论偏于介绍，缺乏应有的分析评价。若能把双方各自的长处结合起来，有较深的中外文学理论的基础，一个文学理论工作者就有了比较理想的知识结构了。

再次，理论研究要有新意，但不要耸人听闻。所谓"新意"，一是在文章中有无个人独创的观点；对文学实践中发生的问题，能否及时作出新的科学的解释。二是有无新的材料来说明问题。三是在某一问题上对前人的观点是否有所发挥，或有所辨正，等等。在文学理论研究中，进行体系的创造是极为困难的，但是在正确的文学观的指导下，在掌握丰富的史实和现状资料的基础上，有所创新，有所阐发，也不是不可能的。强调理论研究要有创新，并不是要人们去搞耸人听闻的东西，搞实用主义。可惜，在这几年的文学理论研究中不乏这样的现象。搞实用主义表现为趋时附势，今天这样说，明天那样唱，反复无常，鹦鹉学舌，没有自己的观点立场，或许这就是他的立场。这种华而不实的浮躁风气，在一个时期内相当流行，有时好像是抢新闻一般，以至往往弄到是非不分的地步。有的杂志甚至以此自我标榜，有的人则借此哗众取宠，以求快速猎取名声。殊不知，这类文章由于缺乏了历史观点，不讲科学性，它们往往是没有生命力的。

最后，敢于伐皮削肉，是写作成熟的标志。写作论文需要修改，反复推敲。在这个问题上有无自觉性，非常重要。20世纪60年代初，在文学研究所，大家写的稿子经常互相传看，互相提意见。何其芳同志经常说，稿子写好后，自己要反复看，请人看；文章内容要充实，论点要清楚，文字上要讲究，要字斟句酌。他对自己写的稿子就是这么办的，稿子打印出来后，就发给一些同志征求意见。大家都说何其芳同志的文章，文采风流，自成一格，有理论深度，是散文家的笔法，诗人的沉思，学者的严谨学风的高度结合。他尚且如此，我们更应该这样去做。直到今天，我写完一篇稿子，一般总要放一阵，做冷处理，接着就干别的事，或写另外一篇稿子。过了一段时间再把原稿拿出来细看，这时就像看别人的稿子一样，比较容易发现其中的毛病和不足，然后一直要修改到送出去为止。应当把自己当成编辑，对自己的稿子伐皮削肉，使它们真正完美起来。

吴子林：现在，我终于深深地认识到，您正是以健康的人文立场和强劲的批判精神，努力协调中西文学理论的融合重铸进程，而在我国的文艺学界导乎先路与执旗领军，身心俱进地进入了学术创造的殿堂！最后，请允许我代表诸多文学理论工作者对您的学术成就表示衷心的敬意！并祝您身体健康，永葆学术的青春！

（原刊于《学问有道》下册，方志出版社2007年版）

六　跋涉中创新
——钱中文先生访谈录

杨子彦（以下简称杨）：钱老师您好，您是当代文艺理论的权威学者，也是文学所的老人。您的学术成就是在不断变化的文学所小环境和社会大环境下取得的。在作为学者的个体、单位和社会这三者之间的互动关系方面，我个人觉得在文学所乃至当代社会，您都是很有代表性的。我们首先从您的文学阅读开始好吗？从一些文章知道，您从小学开始到初二，很喜欢读武侠小说，还记得是哪些小说吗？

钱中文（以下简称钱）：我从小学五年级开始课外阅读，开始接触的是《儿童世界》《小朋友》这样的杂志，觉得挺有趣的。到了五年级下半期，有同学带来武侠小说，出于好奇，我就开始借来阅读。我记得第一批看的是《薛仁贵征东》，然后就是《隋唐演义》，后来就一发而不可收，这样一直看了两年多。

杨：您刚才说的这些是传统的演义小说，似乎还不是现在认为的武侠小说，还读些什么书？

钱：那时读的武侠小说，还有《三侠五义》《七侠五义》《小五义》和平江不肖生的《江湖奇侠传》等，一有空就读，简直成了个武侠小说迷了，新武侠小说那时还没有。到了初二上半年，当时的国文老师是新潮派，对"五四"以后的文学极为崇敬，在课堂上结合课文，宣扬"五四"新文化思想，说阅读就要读新文学作品，特别是"五四"以后的作品，说这种文学是为穷苦百姓说话的，是血和泪的文学。我听后心有所动，觉得武侠小说特别是剑侠、剑仙小说实在虚妄。意识到这点，以后就再也不看了，直到现在，就是新武侠小说也

第二编

不看，它们总是一个模式。那时我找来老师介绍的一些新文学作品来看，一看真好，有鲁迅、茅盾、冰心、郁达夫、沈从文、王鲁彦、艾芜、李广田、章靳以、唐弢、郑定文、施济美等人的小说，读巴金散文时我直觉地感到他的文字有些欧化，小说是后来看的；还有朱自清、冰心、叶绍钧、夏丏尊、黄庐隐、芦焚、秦牧等人的散文、曹禺的剧作、马君玠的诗歌（上面提及的这些作家的小说或散文集我都有，现在还保存着）。这些作家的书，有的是老师介绍后看的，大多数是我自己找来看的，有的作家的短篇小说，我反复读过多遍。郭沫若的作品我到大学里才接触到。我对国文课里所选的古文也很感兴趣，年幼时我读过私塾，那时除了死背《三字文》《百家姓》之外，还叫我念背前后《赤壁赋》，后来长期怠慢古文，几乎忘得差不多了。这几年为了训练自己的记忆力，几次翻读两赋，竟是恢复了记忆，很快就能全文背诵。老师讲到李后主的词，我也很喜爱，但书店里没有卖，于是暑期里我去县图书馆借了商务印书馆万有文库的《李璟李煜词》，竟把全书抄了下来，和着其他人的诗作一起念。那时没有人指导我这么做，全凭着自己的爱好。我还半懂不懂地读了王国维的《人间词话》，这个开明版的、深绿色封皮的小开本本子，我至今也保留着。初中时新文学作品不仅看了不少，也买了一些。读完初二后，我朦朦胧胧地想将来要当个作家，为劳苦人民说话。做完功课，没有人教我，我就开始自己写东西，不断地写，写到初中毕业。一年内共写了五个练习本，现在找到了四个，丢了第四个本子，都是用蘸水钢笔写的。我主要抒写对于周围各类事物所引发的种种感受，把季节的景物变化、姊姊、同学、隔壁女佣、生病、升学困难、个人忏悔意识、家庭生活苦闷等，都写成文稿，其中有散文、随笔和速写；有童话、小小说，有的小说稿已是写得很长的。我自己出题目，写文章，自得其乐。初三毕业，我直升高中，不用为考试奔忙，暑假里就想，何不给报纸投稿试试呢！于是寄了一篇短文《口试》给无锡的《人报》，结果很快就发表出来了，那是在1948年9月。不久，《人报》又发表了我的一篇文章《人情》。这两篇文章都属于速写随笔一类的文体。有趣的是报社寄我稿费（用实物折算）单，让我去领取。我一身旧汗衫旧短裤，两脚一双布鞋，来到报社门口，很是胆怯，转来转去，正想进门，却给门房老头恶声恶气骂我"小赤佬"，"不转好念头"，叫我滚蛋，把我赶了出来。我自然很不甘心，迟疑了一忽，回转身去，手里扬着稿费单，表示是来领稿费的。老头不由分说，从门后抄起木棍，大骂我"小瘪三"，又把我赶跑了，没有领到稿费，真让我委屈了一阵。

杨：1948年您就开始发表文章了，后来为什么不继续投稿呢？

钱：那时进行着解放战争，形势瞬息万变，同学每天评谈时政，心情亢奋，1949年4月无锡解放了，觉得那种令人痛恨的贪污腐化的旧社会从此结束，开始建设新社会了。社会生活真是翻天覆地地变化着，到处是新事物、新景象，人的精神、思想变了。看着这时的报纸，解放区的小说，我本能地感到，原来的那种写作情调不能适应新时代，所以也就难以继续写作投稿，看来要有一段重新学习认识的时间了。

杨：此后您还系统读了哪些小说，喜欢哪些作品？

钱：新中国成立后一开始读的是周扬编的《解放短篇创作选》，还有丁玲、赵树理、周立波、孙犁、柳青、聂绀弩、欧阳山、孔厥袁静、刘白羽、草明、马烽、西戎等人的小说与散文，大部分是解放区印刷的，无锡很早新华书店就有卖。他们写的都是新人新事，是我所陌生的。与此同时，苏联的文学作品大量翻译过来，新中国成立初期就读到高尔基、法捷耶夫、西蒙诺夫、革拉特科夫、奥斯特洛夫斯基、戈尔巴托夫等人的小说，苏联文学给人们打开了另一个世界。我老想搞写作，但是家里穷啊，希望我赶快参加工作，由我来负担家庭经济，可大学还是要念，1951年高三毕业，思来想去，只好屈从世俗的要求，报考了医学院，毕业后就可工作，养家糊口。正好这时中国人民大学分给苏南地区六个名额，招收报考俄语系的学生，学校介绍我去应考，说如果考取进去就是干部待遇，供给制，有吃有穿，还有零用钱，于是通过考试，录取后就高高兴兴地去了。到了人大，开始说是将来是搞翻译，我想搞翻译的话，也可以搞文学。一年后又说教学方向改了，让我们当教员，于是又产生了新的思想问题。人大是革命学校,有良好的革命传统,每个周六下午有一个法定的生活检讨会,检讨自己一星期来不符合人民要求、不符合党的要求的思想。我多次检查了一心想写作的名利思想,个人主义。在反贪污、反浪费的运动中,干部出身的同学思想比较复杂一些,生活检讨会多半是他们在做自我检讨。可是我检讨什么呢?想来想去,我一次买了五百元钱的一小包花生,我想这就是浪费了。那时还通用金圆券,伍佰元相当于稍后发行的人民币五分钱。我检讨说,有一点钱就买花生吃,讲享受,将来有钱就会买更多东西,就会铺张浪费,满足不了就会去贪污盗窃,走上犯罪的道路了。大家认可我这样的检讨,表示对运动的态度还算端正,认识还算深刻,因为大家也是这么检讨的。第二年暑假的时候,大家都回家了,七八个青年学生出身的同学都没有走。大学4年期间,我没有回过一次家,不是不想回去,而是没有路费。从北京到无锡一张火车票是人民币21元,来回得42元,那是好大一笔开销啊,这个票价一直保持到1983年。我到人大后,第一年确是供给制,每个月发给21元(后改了人民币),扣掉11元伙食费,还剩下10元,5元寄往老家,余下的留下零用。发了一身灰布制服、一身黑色的棉帽棉衣棉裤。一条灰布裤,后来臀部都穿得稀烂,于是就到学校缝纫组去打了个大补丁,不久又烂了,于是补丁摞补丁的。

杨:那个时候人大学生是不是都这样?

钱:到了大学第二年供给制就改成了薪金制。我们这些没有工作过的青年学生出身的学生,每个月的津贴改成了16元,比原来少了5元,这样我就顾不得老家了。那些工作过的调干同学,工资低的有30来元,高的拿到70多元,那真是相当富裕的了,养家糊口都不出问题。

杨:我读过一篇文章,您谈到自己在大学二年级的暑期跳窗户到一个空教室写作,还被人发现了。

钱:我老想写作,总惦着这件事。进入大二,暑假里就想找地方写东西。我找到一个平常听大课的大教室,已经封门封窗,但发现一扇窗子里面的插销松开着,心想这下可好了。于是准备好了纸与笔,第二天早饭后来到大教室窗下,四顾无人,拨开窗户,两手撑着窗沿，一纵身就跳了进去，写了好几天。但是后来被人发现了，看来那人已看了我好一会。等我意识过来，心里突然发毛，惶惶不安起来。那时正是肃反年月，要是被人告发，清查起来，如果不相信我是在写作，我也交代不清楚，于是记录在案，就很难办了。后来看了好几遍自己写的几千字的东西，越看越觉得没有灵气，我少年时期写得东西可不是这样的啊。现在我反反复复检讨个人主义、名利思想，真不知检讨了多少遍，我写的故事倒像是我写惯了的检讨的串联呢。于是我想起写作就又心疼又悔恨，干吗老要去自寻烦恼呢！后来慢慢地心如死灰，思想上逐渐变得单纯起来：要我干什么就干什么吧，断绝了将来去当作家的念头。回想4年大学生活，对我个人的发展有积极的方面也有消极的因素。积极的方面是突出了为人民服务的意识，热爱国家，总想为社会做点事，这种激情一直保持到现在。消极的方面是原有的个性受到了压制，个人兴趣难以选择，这也是时代形势、需求使然，也难以避免。

杨：我曾多次聆听您在学术会议上的发言，感觉在您身上有很突出的关注现实、同情弱小，有很强的正义感这样的特点。这是不是也是您小时候看武侠小说的原因？天性、阅读和创作，我觉得它们在内在追求和兴趣上是一致的。这是大学时期培养的，还是天性如此？中国历来注重集体，集体和个体之间的关系，您如何对待？

钱：天性也是受到环境影响的，这与我童年、少年时期的生活有关。我刚满5岁懂事的时候，无锡沦陷，亲眼看到日寇飞机的狂轰滥炸，经历了日寇的烧杀。鬼子清剿我村时，杀死了9人，被奸淫的邻居，后来发疯而死，我差一点被日寇挑死，这些悲惨、屈辱的经历终身难忘。离开我村七八里路的一个村，日寇把全村人集中起来，扫射死了223人，只有一个婴儿被压在大人身下奇迹般地活了下来，因此我对日寇和汉奸十分憎恨。现在有的从美国回来的所谓文化界知名人士，写起民国时期的生活时，对这种生活羡慕得很，对文化汉奸、汉奸文化情有独钟，文章满篇是汉奸文人的"教导"，真不知"可耻"为何物！我少年时代接触的旧小说，大都是宣扬惩恶扬善的故事，从中还可得到一些历史知识，自然受到影响。小学五年级下学期时，老师讲解孙中山先生的"要立志做大事，不要立志做大官"一句话，让我记了一辈子，那时班上每年有一次演讲会，我用这个意思写成作文，还在班上演讲过。在中学里受到启蒙教育，阅读了"五四"以后的新文学作品，读后激发了我做人要正直，要有正义感，要同情弱者。童年、少年时期的教育，培养了做人的道德底线，这就是血性和良心，怜悯和同情。我心里想着就是要同劳苦大众在一起的，我同情他们，想为他们做些事。新中国成立后，各种工作都要人去做，因此强调集体主义，个人必须服从集体。我的个人兴趣、爱好虽已形成，但在集体主义的要求下，得无条件地服从，顺应潮流，这个过程就是我的反反复复的思想改造过程了。

杨：看来您一方面有自己的个性，一方面也有很强的社会适应性和灵活性。您大学毕业后去苏联留学，能谈谈这个过程吗？是组织推荐还是通过考试？

钱：说实在，我从未想过去苏联留学这类美事。四年级下学期初，系里领导推荐了我和另一位同学去苏联学习俄罗斯文学，叫我们准备准备，要考试的。大三、大四的四个学期，我们听过苏联专家讲的俄罗斯文学课程，虽然简要，也总算受到过俄罗斯语言和文学的系统训练，积累了不少有关知识。当时我被推荐出去留学，我并无现在成风的后门要走。现在猜想，第一，大概我思想单纯，家庭关系也不复杂，通过了政审；第二，大概我的学习成绩还可以。后来考试时，内容都是我们学过的东西，所以都能顺利回答上来。

杨：那一批派出留学生有多少人？

钱：那年大批的留苏大学生8月份就派出去了。研究生和进修教师有20多人，都学过俄语，10月初到北京俄语学院报到，集中培训了一个多星期。10月中旬出发，途经我国东北、西伯利亚、欧洲东部，火车走了9天9夜，到达莫斯科。我被莫斯科大学研究生院俄罗斯语言文学系录取。记得不久我就去了红场，在大雪纷飞中参加十月革命纪念活动。其他同学、进修老师，有分配去了莫斯科高等院校的，有分配去了列宁格勒的。

杨：4年苏联留学生涯，对您有什么影响？

六 跋涉中创新

钱： 在苏联4年，印象难忘。虽然人在国外，但通过《人民日报》不断了解国内情况。特别在国内"大跃进"时期，情绪振奋，真是想念自己的家园，有时真是想得心都发疼，想早日为国家服务啊，不知别人有无这种想得心都发疼的体验？在苏联我攻读的是19世纪俄罗斯文学，我拼命阅读作品。19世纪是俄罗斯文化发展的高峰时期，不仅文学辉煌，而且绘画和音乐也达到顶峰。俄罗斯文学中的诗歌，感情馥郁，培养人的高尚的情操，而阅读那些小说家的作品，常常会体验到一种深刻的使命感。对于俄罗斯与西欧的古典音乐，我是很欣赏的，有所感悟，自发地零星写过一些这方面笔记，有一个本子，后来丢掉了。暑假里，苏方常组织外国留学生外出游览，沿着伏尔加航行，去高加索、格鲁其亚、列宁格勒、基辅旅游，或去郊外割草，跟农民一起喝刚刚挤出来的牛奶，一下就喝坏了肚子，领略了俄罗斯各处的风物。我们也常去各类剧院、展览会、作家艺术家纪念馆，趁着进城之便，我常去旧书店淘书，还真淘到一些珍贵的专业书籍，过了一段超前的"社会主义生活"。苏联的普通老百姓，感情质朴，对中国人是很友好的。我到莫斯科不久，肖洛霍夫的《一个人的遭遇》（也可译为《人的命运》）在《真理报》上连载，这事在文化界震动极大，苏联同学奔走相告，我们读了也极为感动。俄罗斯人的生活是相当贫苦的，苦难不断，灾祸连连，而战争的创伤又使他们陷入生活的窘境。但是人面对生存的艰辛，却要困难地活着，要坚强地活下去，小说描绘了真实的俄罗斯人的命运。海明威的《老人与海》与《人的命运》往往相提并论，确是这样，都是杰作，但我以为《人的命运》更具艺术的震撼力和人道力量。

杨： 我看您的简历一般都写研究生学历。

钱： 是研究生学历。当研究生时，前两年有几门文学、哲学考试，考试完后就是论文写作，我选的是关于果戈理描写城市和艺术家的中篇小说的研究课题。果戈理同时期也有一些作家是写城市和艺术家命运的，我就将果戈理和其他作家类似主题的作品进行对比研究，实际上就是现在的比较研究。探讨何以后来果戈理的作品成了经典，而其他作家的作品则稍逊一筹，或差得很多？题意相当明确。等到论文快写完了，来了1958年的"大跃进"。国内反右派之后，思想更趋"左"倾，浮夸风越刮越大。在文化界提出要破除资产阶级法权思想，抨击和要求废除学衔制。我们在国外也受到影响，大使馆也来吹风，觉得既然学衔是资产阶级法权的形式，那么对于学位获得与否也没有什么可留恋的。大跃进形势使人意气风发，当时年轻，总想和国家、时代风尚保持一致，在这种情况下，我的论文虽然快要写完，但迫于形势，就写不下去了。早我一期的同学，原本1958年要答辩、毕业的，都没写完，就搁下论文回国教书去了。我的导师和苏联同学，都觉得我这样半途而废很是可惜，说苏联以前也有这种缺乏理性思考的简单化情况，但是我已经不好再做申请，于是1959年初秋就回到北京。1958年浮夸风一过，比我晚一年的即1960年或1961年毕业的同学倒是安心下来，先后都拿到了副博士学位。后来知道，国内研究生学位制也停了下来。我的现在几位北京大学中文系的的朋友，当时他们也是研究生，也未取得副博士学位。回国后的工资是研究生待遇，谁知道到了20世纪80年代初，教育部有个文件，说凡是在国外拿到副博士学位的，工资可调高一级，晋升职称也可优先。这个时候我才清醒过来，觉得吃了亏了，原来"资产阶级"法权还是有用的，但是为时已晚，哈哈哈哈！

杨：您留苏回国后就到了文学所，还记得第一次工资拿了多少吗？

钱：我是1959年9月到文学所的，一开始拿69元钱。那个时候，刚毕业的大学生拿56元，国内毕业的研究生拿62元。

杨：这个69元拿了多久？

钱：差不多到70年代末，很长时间工资没有变动。

钱：您好像是1979年评的副研究员，工资应该相应调整了吧。

钱：是的，从1959年到1979年，二十年里从69元升到78元，不过大家都一样，虽然平均，也是合理的啊，大家都一样的穷啊，哈哈。

杨：工作二十年工资涨了9元钱。您在留学时受到了正规、系统的学术训练，从此走上学术道路，是吗？

六　跋涉中创新

钱： 是的，在苏联几年，还是受到系统、正规的训练的，是很有用的，主要是明白了如何进行学术研究。

杨： 您进所后，进的是苏联东欧组是吗？我看您先后在几个组待过。

钱： 有的朋友说我受了苏联文艺理论的影响，也可以这样说，我在苏联的时候与文学理论有些接触，但主要是研究文学作品的，当然在文学史思想方面，也受到苏联学术的影响。倒是古代组的陈毓罴先生，在苏联的专业是文学理论，他的导师波斯彼洛夫是苏联著名的文学理论家。他去苏联前是教古代文学的，到文学所后继续做他的古代文学研究，很有钻研精神。在"文化大革命"前五六年间，除了搞运动外，我倒真是读了一些书的，做补课呀，包括苏联文学理论书籍，自然深受影响，那时我国的现代文学理论、美学著作和别的国家的文学理论是不受注意的。在饥饿的困难时期，我常常是读到深夜，有时也无月光，夜深人静，路灯、宿舍里灯火全已熄灭，找不到房间，有好几次只好回到走廊开头，摸着墙和数着房间顺序，回到宿舍睡觉的，精神上觉得挺充实。那时每月粮票之外还有半斤糕点票，可买七八块小点心，买后总是搞"计划经济"，规定每晚饿时吃一块。有意思的是一次买了糕点，晚上饿时兴致来了，怎么也守不住"计划经济"的底线，来了个"市场经济"，提前按需消费，大开杀戒，把八块粗糙的糕点竟是一下子全都吞到肚里了，还馋得未过瘾呢！精神是充实的，可胃肠真是空虚、堕落啊！

杨： 您1959年进所后到1966年"文化大革命"之前，处于那样变动的环境之下，您在所的经历应该也是很丰富的吧？

钱： 可以这样说吧。我进所不久，结束了"反右倾"运动，马上就开始批判所谓"修正主义"和资产阶级文艺思想运动，我自然难以选择，被卷了进去。不过1960—1965年间，我进行了两种写作。一种是我把它称做是白天的写作，即所谓批判苏联关于战争与和平、人道主义、人性论、作家世界观与创作等问题的"修正主义"思想（说来真是可笑，我曾听说，在批判"苏修"期间，我驻苏使馆有的人员听到托尔斯泰的《战争与和平》一书，不知道是什么性质的书，竟认定它是苏联修正主义著作,这种书怎么能阅读呢)。其实被批判的这些思想都是可以讨论的,我写的文学与政治、创作与世界观之间矛盾等部分,也做了力所能及的辨析,但是极"左"的霸权思想已经做好预设,别无选择地要套进修正主义的框框。随后我应北京三家大报之约,又写了好几篇类似的文章和自发写的文章,伤及一些老专家。大约1964年,所里的批判组分配我写批判文化部夏衍同志的文章,稿子在所里通过了,《人民日报》排版的清样也已出来,但据说周扬看后没有通过,说我的文章理论上站得不高,批判力不强,被枪毙了。我后来在"文化大革命"中受到非人待遇,我就意识到,这是我不分青红皂白批判人道主义、人性论的残酷报应了;我也要感谢周扬,他减少了我一份心理上的自责。我的这些活动,促进了我在20世纪70年代末以后长达四五年的沉痛反思、灵魂的自赎与精神的自新!

另一种是我称它是晚上的写作,写些学术性的文章,这是和"批修""批资"完全无关的文章。这期间,我应戈宝权先生之约,为人民文学出版社写了一部书稿(小册子)《果戈理及其讽刺艺术》。戈宝权先生交给了出版社,不久之后下达了两个批示,宣布文化部、作协机构只搞"大洋古""封资修",已滑向修正主义的边缘,就快变成裴多菲俱乐部了。之后极"左"的文化思潮更其猖獗,各个出版社检查思想路线都来不及,怎敢出书?后来出版社编辑告诉我,"文化大革命"中外地红卫兵到出版社造反,竟将我的书稿扔到走廊里的垃圾堆里去了,幸好一位好心的清洁工捡了出来,送回编辑部,算是逃过一劫。这部书稿在出版社呆了18年,直到1980年才在上海出版。此外在这时期,还在《文汇报》《光明日报》等报刊上发表了好几篇探讨创作中的灵感、想象、细节描写与典型化、"多余的人""小人物"的文章。在批判运动时期,谁敢去触及灵感、想象这样的纯学术的问题呢?但对我来说,这是文学理论补课的必要的实践。给外面刊物写稿,有时不免退稿或退回修改,领导注意到了这种动向,就在有的会上不点名地提出批评,说有的人不断对外投稿,被退稿了,是名利思想作怪云云。我不知道别人听了怎么想的,而我是对号入座了。

六　跋涉中创新

我想我要补课，不进行努力写作锻炼，怎么行呢！我不能听着领导安排才去写作，我还要主动地训练自己、提高写作能力啊！我毕竟不是中文系出身的啊！

这期间还有一件事，也算是我在文学所的一个难忘的经历吧。新分配来到文学所的青年人，都要下乡劳动锻炼一年。1962年本要下乡，所里见我当时健康不佳（因下乡参加"整社"，一天三两粮食，上午还要帮农民推井水浇灌小麦，半月后就浑身浮肿，真是"举步维艰"，只得回所半休），调我出来帮助所里干些行政工作，以代替一年的劳动锻炼。这年初冬，一次办差，我跑到外省的穷乡僻壤，到预定的目的地还有七八十里，没有长途汽车，但有水路，为了赶时间我选择了旱路，估计走上五六个小时，就可到达目的地的。于是第二天一早起来，问好了路，吃完早饭就走。县城很小，走了一会就已来到郊外，两边都是小麦地，田野里笼着薄雾，只有几个人影。我走的很快，十多分钟后，偶尔回头望望，发现离我三四十米开外，有两个汉子在我后面跟着。走了一下段路，我又回头，只见他们还是这个距离跟着我。我走快一些，他们也快走，我稍慢一些，他们也慢下来，总是保持那段距离。我心里开始嘀咕起来，可能遇上麻烦了。为了探个明白，到了一条岔路口，我就停了下来，装作观望的样子，看他们怎么动作。谁想他们也居然停了下来，并且毫无顾忌地瞧着我。我心想糟了，可能碰上剪径的了。在他们看来，我的一身打扮，就是个外地来干公差的，身上总有一些油水的吧。在还未完全走出大饥荒的年代，饥饿的人抢掉你身上几十斤粮票、几十块钱，那是小事，即使要你的命也是易如反掌，在这几无人迹的旷野里，几下子就把你解决了。想到这里，心里真是发毛，思量如何摆脱这一险境。一是快速往前走，但我已经走得很快，他们的耐力比我更好呢，如何跑得过他们？二是折回去往回走，那岂不提早与他们碰个正着？正在踌躇之中，只见前面影影绰绰地有两个挑担的农民和我面对面走来。我想机会来了，一面加快脚步，以便加速和前面的两个挑担人的会合，二是立刻打定主意，跟着他们往回奔。等两个挑担农民走过后十来步，我装作若无其事，立刻来个转身，跟着两个挑担的农民沿着原路往城里

· 363 ·

方向走，还同他们打了个招呼："上城去？"，他们"嗯嗯"地应了一下。这时我回头看那两个跟踪我的汉子，停了下来，也转了身，站在大路中间，一个搓着两手，一个摸着棉袄的口袋，惋惜地又贪婪地看着我。于是我快步地走过挑担人，稍过一会，再回头看时，只见那两条汉子，仍站在大路中间看着我。我轻轻说了一声"真好险哪！"急速地回到了县城，才松了口气，心里真感谢这两位挑担农民，让我躲过了一劫。这年冬天，我因营养不良而得了肝脾肿大症，浑身浮肿乏力，于是批准我回老家无锡休养了一个月。

杨：老师您那时已经工作有工资了，还会浮肿到这种地步吗？文学所其他人情况怎样？

钱：所里浮肿的人很多，是很普遍的。我们算是幸运的了，那个时候我每个月有29斤粮食，精壮的年轻人还多几斤，完全够吃的了，主要是油水太少（一个月二两油、二两肉），没有其他营养的东西，而且有钱也买不到的。

杨：您说的这些从时间上距离并不遥远，但是现在的年轻人看来可能就有点难以想象了。对于您刚才说的我还有一点不能理解，我们是科研单位，写作学术文章往外投稿，这是很正常的，领导为什么要批评呢？

钱：那时撰写文学史的和文学概论的集中到党校写作，余下的组织批判小组，强调组织、集体派委任务写作，风尚如此。现在的年轻朋友，是难以体会那时的情况的，他们现在想写什么就写什么，很是自由的。在这段时间里，我在与老一辈的学者的交往中，还是学到了他们身上的不少好学风的。比如和何其芳所长在一起，常听他说，写文章要搜集大量有关材料，材料功夫要扎实，论题要明确，要有新东西，论证要严密，分析问题要"彻底"，文字要流畅，写完后要反复阅读。他说写评论文章，被评论的著作起码要读三遍，第一遍了解概貌，第二遍深入了解他人文章内容；第三遍要对需要分析的部分反复阅读、思考。他说引用他人的观点要全面，情愿引文长一些，避免断章取义，这样细致深入，才不至于曲解他人，而做到有说服力。

杨："文化大革命"前，可否说您没有牵扯到政治是非？作为刚工作的青年学者，看到自己尊敬的学术前辈和领导受批判，有何感想？政治运动里这种情况持续到什么时候？

钱："文化大革命"前政治运动连年，很难说没有扯到政治是非中去。组织我写的批判文章，就是错误政治影响下的产物。时代是难以超越的，个人的命运总是被崁入时代的各种变幻的框架里的，何况我那时真是个"跟跟派"！每逢运动来了，我们都是"被动员"，满怀热情地、积极地参与运动的。运动中间，何其芳所长都要出来做检讨：总是"右"倾（从来没有说过"左"倾），总是跟不上阶级斗争形势，总是忘了毛主席的教导，等等。在全所大会上检查了一遍，报到上面，未获通过，于是在全所会上再来一遍深入的检讨，有时一个问题要在全所检讨三遍，等领导满意了才罢休。何其芳每次写检讨书，都是用一种大白纸写的（就像现在的四号复印纸），字迹工工整整，这不知要花去他多少时间。看着所的领导不断检讨，我们心里往往产生一种同情和惊惧，领导工作艰难啊！一搞运动，所里的研究工作就干不下去。可是正是20世纪60年代初开始，我已经想写些东西了，但也无可奈何，有时就干些"私活"。

杨：当时做检讨的除了何其芳，还有别的人吗？

钱：自然还有其他领导人，他们也要在小范围里检讨。我们当时一听什么动员报告，回去就要表态，给领导提什么意见，接着自己就做检讨了。比如在反"右倾"运动中，我们都要检查"右倾"思想，好像我们都参加过庐山会议似的；大唱阶级斗争为纲时，好像我们都参加过七千人大会似的，都缺了阶级斗争这根弦。后来明白，上面开会，下面就要代人受过，他们生病，就要我们代他们吃药。

杨：我看您在几篇文章中说自己也经历了一个很倒霉的阶段。您是怎么牵扯进去的？

钱：那是"文化大革命"了。"文化大革命"运动一来，一会儿这个大人物被揪了出来，一会儿那个被揪了出来，真是惊心动魄！当时一听收音机里用庄严肃穆的高八度的音调广播，大家知道又要出事了，又要揪出一个或是一批反党反社会主义的分子了！我在《劫难与拯救》一篇文章中写道："我正是响应伟大领袖的号召，要把'文化大革命'进行到底,才从观望到积极参加运动的。那时候谁知道这是一个大坑呢:先把一批坏蛋、文痞提拔为中央"文化大革命"领导运动的人物,运动群众,激起他们人性中最为黑暗、最为残暴的本能,大搞痞子运动;然后随着政治斗争的需要,不失时机地历数痞子运动领导人的罪状,一个一个把他们打倒在地。在下面,那些曾因派性把文痞们视为"文化大革命"运动领导人的广大群众,自然是押错了宝,在政治上站错了队,就像多米诺骨牌,一大片一大片地倒了下去,输了个精光,跟着倒了霉!这样,我就成了……争权夺利的牺牲品。"不少人不仅没有当上革命派,倒是成了"反革命"了。"文化大革命"造成一场惨烈无比的伤害无数干部、人民群众、毁灭文化的"大革命"。

杨:在几篇文章里您都引用了歌德的"群众是群众的暴君"这句话。群众稀里糊涂地跟着搞运动,不明不白地就成了政治的牺牲品。您是1969年到1972年在干校,我看文章说您在干校期间过得很痛苦,能说一说具体情况吗?

钱:群众专政群众,这是我们的发明,这种发明残忍得很。斗别人的人和挨斗的人,"暴君"和"被暴君"的人,后来明白自己都是牺牲品,群众都是一样无辜的,只不过一时处境不同而已。因此,当局面平静下来以后,相互谅解,基本上都仍如"文化大革命"前一样,和好如初。在干校里,我的生活当然是很痛苦的,完全成了地富反坏右中的第三种人,人被隔离开来,除了被叫去审讯,无人和你说话。孤独、无援、焦虑、狂躁、失望、绝望,甚至渴求死亡,那真是一个"生死存亡的时代",生存比死亡还难,这就是一种人的生存状态了。后来读了点书,我才领悟到,这是20世纪人们的相当普遍的生存处境,人被各种邪恶势力追东逐西,放逐杀戮,普遍的孤独啊,普遍的焦虑啊,普遍的任人排布啊,普遍的走投无路啊,普遍的失望啊,普遍的绝望啊,普遍的把人变为"非人"与"鬼"啊,普遍的向往死亡啊,普遍的被20世纪这只无形的罪恶之手操纵着!你刚想起飞,飞向蓝色的天空,却一下被折断了翅膀,难以掌握自己的命运啊!所以各种生命哲学、存在主义哲学、悲观主义哲学在20世

六　跋涉中创新

纪应运而生，它们一改旧时哲学的高调，从不同的角度，描述着人的焦虑、孤独与无援，人的生存状态、精神与心理，产生了许多种哲学理论流派，企图为"罪孽深重"的人指出自赎和救赎的途径。你有了亲身的体验，才会多少懂得一些这类哲学的精粹之处。钱锺书先生发送《参考消息》时，用家乡话叫我一声名字，说"中文，参考来了喏"，而使我热泪盈眶，觉得毕竟还有人是有人性的。眼看着外面的风云变幻，愁绪满怀，忧虑无限。真是荒年说乱话，一会儿说中央"文化大革命"组长被当做坏人揪了出来；一会儿又是伟大统帅的法定继承人逃往国外，飞机失事跌死了，形势真是云谲波诡。这好像是有人在变戏法似的，又好像是演出宗教神秘剧一般。在这种扑朔迷离的形势下，只有我们干校奉北京之命，还要掘地三尺，又来个大挖反革命，于是运动又是风起云涌，搞死了不少人。几张大标语刷出来："某某某自绝于人民，罪该万死，死有余辜！"看到这种语调，就知道有人自杀了，明天又有一张新的标语刷了出来，那就是又一个人死了！于是在干校后面的土岗上，把他们当做死狗死猫一样埋掉了，又添了几个孤魂野鬼，谁也不需要负什么责任，仿佛在这个世界上，这些人的生命从未存在过一般！只是不通人性的野狗，把他们的尸骨扒出来咀嚼，腥臭难闻，惨不忍睹。真是，这是庄严，还是卑鄙？

杨：您在干校的时候，您的夫人顾老师的情况怎么样，是否受到了牵连？我看张首映在一篇文章里写顾老师的收入要高一些，连住房也是顾老师分的？

钱：我的住房是这样的，我在 1966 年分到了东交民巷的房子，算是不错的了，真是感天动地的喜事了。至于顾老师，后来也下到干校，因为我而受到牵连，不断挨斗，搞垮了身体，想不通啊！1972 年从干校回京，继续教书，那时身体衰弱得连进城的气力都没有了，于是就想办法与她学校的一位也是挨整的教授对换了房子。由于顾老师工作得早，1978 年前工资要比我高一级。我因出国留学，家里欠了一身债，回国后我与弟弟共同还债，到 1966 年大部分都还了，最后一笔直到 20 世纪 90 年代才还清。60 年代我有了孩子，那时家里开销都是顾老师支撑着的，这些事她是从不和我计较的。

杨：您在干校期间还看书吗？

钱：在干校，总有一些空闲时间的，我就阅读已经出版的几十本马恩全集，并且把里面跟文学有关的注释部分都抄下来，要是在平常还没有这样集中时间的机会呢！还有就是又看《三国演义》与《水浒》，编写里面人物的特征与绰号，密密麻麻地抄了好几个本子，解我寂寞。其他也没有什么书可看，下雨天无法外出做工，有时就看着我们自己盖的土坯房顶发呆，一直到1972年集体迁回北京。

杨：马恩全集是理论资源，三国、水浒是文学资源，这些跟学术还是有关的，做学问都可以用到。1972—1978年您主要在做什么？

钱：主要在自己在家里读书。1976年，三位领导人同年去世，又是唐山大地震，在大家思想相当混乱中粉碎了"四人帮"。次年大家想，可以恢复文学研究的业务工作了，何其芳所长焦急地张罗着，但却在这年发病去世了。

杨：看来何其芳先生也是政治运动的受害者。"文化大革命"是很值得中国人反思和总结的。"文化大革命"之后，您主要做什么？我看文章里说您从20世纪70年代末开始到80年代中进行了四五年的反思，主要反思什么呢？

钱：经历了两种反思，一种是对"文化大革命"的反思。我是个真正的后知后觉者，"文化大革命"结束到20世纪80年代初两、三年里，我跟着搞拨乱反正，至于对"文化大革命"发生的动因，对个人和集体的悲惨遭遇，想都不敢想，也不愿意想。只觉得运动荒废了我那么多的学术生命，还有什么比抓住现实的生命的时间更为迫切的呢！所以我极力清理和思考文学理论中出现的老问题、新问题，努力写作。但是解放思想、改革开放已成为时代潮流，我岂能置身于这一伟大的潮流之外？反思让我认识到，"文化大革命"，是中华民族的一场文化毁灭的大灾难，幸亏在1976年结束了这场民族的惨剧。理解这些灾难性现象是容易的，但是深入一步，逐渐地认识到"文化大革命"逆历史的潮流而动，有着它的深刻的根源和必然性。这就是我们这块古老的东方的封建主义土壤，仍然肥沃得很，不断产生着"文化大革命"的细菌和动因。至于我自己，在解放后的几十年里，也逐渐

六 跋涉中创新

成了这块土壤的一部分。我曾是个人迷信的拥护者,又是受害人,虽然我渺小得很,但又无法超越时代,也是有我一份无可推卸的责任的。因此在我从"非人"变为"人"后,我曾向在人性、人道主义下被我伤及的老先生表示歉意过,取得他们的谅解,才能继续做人啊!但是"文化大革命"只是被否定了,但其发生的社会体制、文化的根源的动因,还未有深刻地认识与全面性的彻底批判,这是需要很长的历史时间的。

另一种是学术思想的反思,有四五年之久。在不断写作的过程中,我意识到,要对自己学术思想进行自我反思、自我批判。我慢慢明白,搞学术研究,需要追求前贤提出的独立之精神,自由之思想,真要达到这种境界,只有不断地努力和追求。对于任何理论,需要抱着审视的目光去对待它。个人迷信思想,终极真理思想,使我过去在人格上形成了盲从与依附的致命弱点,人格不过是个依附的人格,不过是个单纯的工具与符号。正因为如此,个人的活动完全被限定在一个既定的僵化的框架之中,这是与学术创新的要求相违背的。学术的生命在于创新,就是在前人求索的已有成就的基础上,在自己深刻认知的基础上,丰富原有的思想,提出新问题,而有所出新;或是提出新思想,发表自己的新观点,丰富与发展原有的学问,推进学术的进步。自我反思与批判,使我终于明白了一个事实,真理不是独一无二的,它的内涵与形态是多种多样的,所以学术的求索是无限的,因此个人求索的思想是自由的,别人是不能给以规范、限制、替代的。在社会生活、学术的领域中,个人的意识、思想自有价值,相互平等;他们的价值可能有高有低,但不能消灭对方,而应在对话中各自丰富,或彼此消长,或达到双赢。学术研究必然要求说出自己的话,在研究者蕴含着自身生命的体验之中,说出具有自己的独创见解,从而也在这一阐发过程中形成自己的学术个性,学术个性是一个学者学术上成熟的表现。一旦明白了今是而昨非,我在思想上感到自由了,觉得在人格上感到独立了,我在自己从事的理论研究里找到自己了,从此我就凭着自己的选择写作了。后来我为我的《学术文化随笔》写了篇跋:《艰难的选择》,其中大致表达了我在好几年里进行自我反思、自我批判做了"选择"之后的心情。

杨：您刚才谈的虽是"文化大革命"前后的事，但是这些对于学者尤其是文学所的青年学者搞研究，是很有裨益的。您后来搞理论，还读文学作品吗？主要看哪些作品？

钱：20世纪70年代末80年代初，主要阅读过去在苏联时期被禁止的作品，也读了很多法国、德国的作品。我比较喜欢法国的现实主义小说，英美的文学作品阅读起来不知怎的我在情绪上与它们总有一种隔阂的感觉。这个时期，我对那种横冲直撞的现代派文学理论态度上有所保留，可能严峻一些，但做了较为深入的探讨，并不否定它们。至于现代派（广义意义上的）的作品，意识流的小说读的很多，其中特别喜好荒诞派的作品。我不像有些人，一说外国的就认为都是好的，我得亲自认真的阅读与体验，我已不再是"跟跟派"。1985年我在法国学术访问，专门提出观看了一些荒诞派的戏剧，这对我的思想触动很大，也彻底改变了我对现代派文学的看法。那些优秀的荒诞剧，真如人们在"文化大革命"中的经历一般，它们真是一曲曲显示了人之生存艰辛和荒诞命运的悲怆交响曲。后来有一次我在钱锺书先生家里，我对他说我们都是艰难地穿过卡夫卡的"城堡"与"审判"过来的，说完大家都"嘿嘿"一笑，"文化大革命"不是为我们提供了更为严酷的体验的吗？在现代外国作家中，他对卡夫卡十分推崇。我对拉丁美洲的文学作品也读了不少，至于我国新时期的作品，佳作很多。新世纪以来阅读的势头才减弱下来，那时出版的新作品实在太多了，选择极为困难。20世纪90年代下半期，友人徐慰曾先生（《简明不列颠百科全书》中文版秘书）推荐我为美国出版的《大不列颠年鉴》每年撰写"中国文学"条目，所以这期间工作虽忙，但为了能够准确把握我国文学面貌，我要阅读一些小说，并且写条目前总要请教我所的一些当代文学专家，这样写了好几年。谁知1999年，我将条目寄去后好久，出版社寄我清样，我一看就恼了起来，他们在我写的条目中，加进了几个中国香港的文化泼皮到广西搞什么抗议一事。我立刻发去电子邮件，说明这类无聊举动与文学是根本无关的，要求删去。回信却说《年鉴》已经印刷，不能改动，于是我一怒回信，辞去撰稿人的差使。但是事情到此没有结束，他们过去每年除寄我稿费外，还寄我一册《年鉴》。这次稿费、《年鉴》都寄来了，而《年鉴》的邮费却要"对方付费"，即由我付费。我正好出差在外，《文学评论》编辑部的同事不知就里，竟代我付了一笔高昂的邮费。要是我在场，那是会让邮局退回美国人的，因为我并未订购此书。此事让我领略了有的美国文化人的无赖的手段。

杨： 是不是还有《美丽新世界》《1984》之类的作品？您看了很多经典作品，但是唯独《我们》在您的文章和发言中屡屡提及。

钱：《美丽新世界》《1984》都有中译本，我在我的著作里几次提及《我们》。因为《我们》里的乌托邦描写和我们社会的一段现实生活太有启迪意义了，作者扎米亚京原是一位科技工程师，小说里有很多工程术语，比较难读，写的是英国。但小说带有预言特点，写得十分独特，给我留下了深刻的印象。它在苏联时期是被禁止的，直到20世纪90年代初才在苏联公开出版。当然这时期我还大量阅读了好些理论书籍，赶快补课，补我国古代文论的课。

杨： 那么您认为如何能够写作厚重的学术文章来呢？

钱： 1984年我写过一篇《文学理论研究琐谈》，谈了文学理论研究的初浅体会。一是，研究文学理论要有浓烈的兴趣而不是一般的兴趣，如果说要有责任心，那应是一种十分自觉的责任心，搞文学理论比搞作家研究相对困难些，难出成果一些，如果没有兴趣，那真是索然无味的，没有动力的。二是，要有理想的知识结构，这个知识结构就是要有丰富的理论知识，要善于把握当前文学中的发展趋向和文学批评成果，又要有丰富的文学史知识。一定要有文学史知识做基础，中国古代文学史也好，现当代的也好，要熟悉一段文学史，对某些作家、某段文学史有发言权，即你在这方面写过有自己见解的文章。文学史知识是理论研究必须具备的，有了这样的知识做基础理论研究才有根底，才有发言权。何其芳说过，搞文学理论的人，"开头最好搞几年文学批评工作，以积累感性的文学印象和知识。一开始就搞理论问题研究，常常会使经验不多的研究人员无所适从"。在这些基础上提出一个理论观点来，哪怕是你文章中一句话，背后都有大量的文学史实做支撑，文章就立得住，否则文章空洞，失去了价值。在这个理想的知识结构中，还应包括对外国文学、理论的熟悉与了解。自然最好懂得外文，哪怕一种也好，从外文资料中获得信息与启迪。三是，写作理论研究文章，要有新意。蔡仪先生一次看了他主编的《美学论丛》的稿子时说，写文章一定要有新意，哪怕一点点也好，否则文章就没有意思了。我在20世纪80年代初给研究生上课的时候，就提出在人文科学中，一个学者哪怕对一个问题能够提出一点新的意思来，也可算作是一种进步、甚至是一种发明了。人文科学的发展，长久以来被教条主义、唯马派所束缚，说出一些新的意思，常要遭到大批判式的围攻，创新极为困难，历来如此，改善环境是必需的。那种搞唯我独革的、我总是马克思主义的传人的大批判式的东西，从来是没有什么新意的。新意也不是去发表那种抢新闻式的、耸人听闻、发生即刻轰动效应的东西。新意不是总是跟着外国人今天这样唱，明天那样说的东西。有时我们看到有的理论文章，满篇摘录的都是外国人如此这般地在说话，去掉了那些外国人的话，还留下什么呢？你自己的话在哪里？新意也表现在材料的把握上，即有无新的发现？新意就是独创性，是属于你个人的独到的观点，是丰富了原有知识系统的见解。独创性有高下层次之分，有的涉及对问题的总体把握，或是有的只是局部的表现，这是任何文化、理论最具价值的部分。四，我个人的经验是，对自己的文稿，要反反复复修改，使写作趋于成熟。我总觉得有的辞藻华丽的批评文章、理论文章，固然文采斐然，读起来愉快，而留下的干货却往往不多，读后没有多大印象。我自己写作，由于才识不足，不能像有的朋友立马成文，曾在起步的时候写得洋洋洒洒，但经验教训多了，觉得文章还是通达明理为好。所以文稿写完后，总要反复修改，会毫不留情地不断清理那些浮饰之词，所谓伐皮削肉是了。有时文稿已经寄出，觉得有的地方需要多说几句，或删去几个字，还要改动，于是往往会追到刊物编辑部或通过写信，要求修改，直到文章刊出为止。厚重的学术著作，不仅表现了作者丰富的知识积累特别是观念的更新，而且一定是投入了作者自己的生命体验与感悟的。

六 跋涉中创新

杨：文学所老领导提出理论研究要以文学史知识为基础，真是有眼光有水平的领导，搞文学理论的学者注意以文学史为基础，这种状况持续到什么时候？现在搞理论研究而不看文学作品的现象是不是比较普遍了？我毕业进入文学所，感觉已经不是这样了。

钱：到 20 世纪 80 年代都是如此，以后就没有这么强调了，虽然大家也知道，但是个人的做法并不一样。有些人就纯粹搞理论了。如果不慎陷入了当今欧美文化批评的模式去做学问，那就会徜徉在各种各样的知识表层，把东拉西扯当做博学，而难以深入当今文化、文学理论中的实际问题。我多次转述过，欧美模式的文化批评的始作俑者，有过反思：这类模式的批评曾经风光一时，它们脱离了文学创作、文学史，浮光掠影地大谈其他文化现象、社会现象，就是不谈文学作品本身，结果掏空了文学本身的深刻涵义，榨干了文学作品所显示的人文精神，呼吁文学研究还是应该回到文本。

杨：我常常想，为什么一个单位里，大家最初也差不很多，后来就出现了学术上的一些差距。您觉得除了社会环境外，个人的因素是哪些？

钱：关键是要坚持自己的理想。人的能力有高有低，知识结构也不尽相同，但应该有明确的目标与方向，要有理论的自觉，要有问题感，要有奋斗的意志，要有奉献感。其实文学所的条件多好啊，为学术的进步而奋斗，是件多么幸运而又愉快的事情啊！如果没有理想和自觉，那再好的条件也是没有用的。

杨：您认为文学所的条件好，好在哪些方面？

钱：首先是做学问的学术空间很大，基本上可以自由支配时间，这对科研人员极为重要，这是符合科研工作所要求的思维方式的。新来的领导初来乍到，见到研究人员不上班，认定这个单位是松松垮垮，极端的自由主义表现，总要声色俱厉地提出批评，喝令在多少天里改正，其实这正是把科研构机当做他过去管事的衙门了。科研人员十个、八个人挤在一间房子里，能思考问题与写作吗？平心而论，领导做的报告，发表的讲话，都是你在办公室里写就的吗？哪次报告不是由各类秘书在什么别墅、疗养院里捉刀代笔的？而大部分科研人员特别是年老的科研人员,那是没有什么助手可以得到帮助的啊。他们的科研成果,是不能抄书抄报就可以拿到报纸上去发表的啊!过去常常听到行政人员的意见,以为科研人员不上班,在家里可以舒舒服服过日子,或者可以随便出去逛逛大街。可能有这种不自觉的科研人员,就我来说,在家里每天工作一般都要10小时甚至12小时(不包括还要买菜做饭时间),我不开夜车,但常年如此(现在年老当然不行了),电影电视是很少看的,而且是没有星期天的(现在还有星期六),每次写完一篇论文,总要小病一场。即使在36里路的上班路上,骑着自行车,也在思考问题。我有一篇论文《艺术真实和艺术理想》的提纲,就是上班时骑着自行车从西郊家里出发到建国门,一路紧张思索,到了复兴门桥西南角的"国家广播电影事业局"门口时构思完成的,当然这提纲已经酝酿多日了;在工会大楼十字路口还撞了别人的自行车,被拉住过,好在没有撞伤别人,被讹诈赔上十万、八万人民币。其次是文学所图书资料丰富,国家图书馆也不远,多好的条件啊。不过,在文学所工作一定要自觉,高度的自觉,这就是压力,出自内心的内在压力,要有自觉的奋斗精神,否则时间白白过去了,太可惜了!

当然,研究机构的研究方式也是有缺陷的,在这个环境里,外在压力似乎较小,不像学校里竞争激烈。现今实行的基金项目制,以可观的项目费为动力,把不少人都收编进去了。但也有缺陷,规定的选题非你所长,勉强做了,难以深入;同时又要限期让你按计划完成。其实,从行政上要求限时限期完成,看看统计报表,管理上固然方便,但这种含有功利主义的量化统计,也会促使研究质量的粗糙化趋向。还有,就是有的学者,仿佛有三头六臂,一人承担多个项目,而且项目都是一种知识系统。真正的内容部分,交由研究生去写作,很快就能完成。我总认为,研究生是来学习的,受训练的,现在却编起教科书式的、"原理"一类的东西,来教育别人了,这样的著作质量能保证吗,能获得学术上的信任吗?当然,如果是论文集又当别论。

杨:改革开放、解放思想这个阶段里您的学术研究有些什么进展?

钱：1978年《文学评论》复刊，第1期就刊出了我写的批判四人帮对俄罗斯革命民主主义者文艺思想的歪曲，同年南开大学学报也刊发了我类似的一篇评论，但仍留有过去大批判的文风。从这时起，几乎每年都有我的论文发表在《文学评论》和其他杂志上，同时思考《文学原理——发展论》的问题，这是理论组的一个国家项目。这些论文结合当时清理文学理论发展中出现的问题，如有关艺术真实、文学的人性与人道主义、思想感情问题、无意识问题、艺术直觉问题、现实主义诗学和现代主义诗学、传统问题、文学理论方法论问题，都渗透了我的文艺思想上的反思，对它们做了比较深入的探讨。其中如《艺术真实和艺术理想》（《文学评论》1980年第3期）一文，曾被新疆学者翻译成维吾尔文刊出，但现在看来，这篇文章的最后部分，时代的影响十分明显，对"艺术理想"太理想化了。又如文学与人性问题，几十年里犹如噩梦一般，缠绕着作家的创作，不做解决，实难推进创作，在这方面，我还算写了论点比较深入、材料比较丰富的文章。同时在这些论文中，我逐渐形成了不同于过去的文学观念，随后对这些观念如审美意识、审美反映、审美意识形态、文学的所谓更迭与非更迭现象、文学形式的发展，在理论上作了进一步的阐述，一些观念被学界相当广泛地引用。

杨：您不断努力的目标是什么？

钱：从事文学理论工作，就是不断梳理已有的理论问题，发现新的理论问题，提出新的理论问题而有所创新，促进文学理论的进展。提出新问题是不很容易的，一旦提出，发生了作用，那它必然是建立在大量知识积累的基础上和现实的需要上的。如前所说，理论研究需要具有文学史、作品批评方面的比较宽泛的知识，需要比较深入了解历史上的、现当代的众多的中外理论流派、思潮和各种主张，需要把握它们的发展趋向，判断它们在历史、现实中，哪些成分还有生命力量，尚是属于未来的东西，哪些已经失去了生命力，已是属于过去，成了历史的陈迹。文学理论自然需要进行史论结合的综合研究，这种研究自然是为了今天，但更需要的是直接面向今天的理论，提出今天、现实更为迫切的问题。要有当代的敏感的问题意识，又要有深刻的历史意识，对于各种新的理论要有较高的辨析能力，敏锐地看到它们的得与失。随着信息科技的发展，文学存在的形式发生了重大的变化，文学理论自然需要不断更新，拓展自己的内容，揭示新的文学现象，以适应现状的发展与需要。这几年由于外国文化、文论思想的大量输入，一些学者提出要以外国文化批评的来改造文学理论，大力张扬所谓"反本质主义"，宣传"不确定性"，然后提出当今学者的任务不过是汇集一些新鲜知识，是"文学性"，嘲弄与反对做出有观点的理论阐释，接着就是水到渠成，提出没有限制的文学理论的扩容，把什么民间健身、街心花园、超市装设、明星炒作等等，都要列入文学理论教学、研究。这不是什么理论创新，而是近于不加辨别的对外国文化批评的照搬了。这种张扬"反本质主义""不确定性"、让知识分子自贬为"知道分子"、任意改变学科的一定边界，以为这就是创新，结果会是什么结果呢？这里有个现成的例子，不久前美国出版了一本大部头的《新美国文学史》，主要主编之一是位音乐家，这本文学史把拳击比赛、电影、私刑、里根、奥巴马、歌手、控制论，都收入了它编写的范围。有意思的是，报刊刊有这位主要主编者的照片，他侧着头，两手叉在胸前，一副睥睨一切的样子，仿佛在说，我就这么着，你奈何我！如果照他这种所谓文学史原则进行写作，那么北京每年出版的《北京人手册》自然可以称作《新北京文学史》了！我想既然有了这样的《新美国文学史》，估计不久也会有这样的《新中国文学史》的，中国人实在是个好学的民族。当然，理论上提出新问题，往往不很完善，需要宽容，但是要与中国的现实、本学科的现状与实际需求结合起来，才能起到积极的效果。在人文科学中一个学科的建立，是经过了长期的积累的，马上要废除它，或用外国理论替代它，恐怕是难以奏效的。

杨：今天听了您的谈话，我解开了一个疑问，就是在各种关于您的介绍、总结类的文章著述中，关于您的学术贡献、主要成就，我发现几乎无一例外都是从您在20世纪80年代的审美反映论、审美意识形态论开始的，后来是新理性精神文学论。这是不是也意味着您的学术成就是伴随着您的学术个性的形成而取得的？

钱： 可以这样说，它们大体上是同步的。我 20 世纪 80 年代初的写作，是根据我自己对文学理论现状的了解提出的问题去写作的。我对它们有了积累，并融入了我的生活的感悟，努力去求索过去文学理论所未涉及的文学现象，形成了自己的理解，努力说着自己的话，这是文学理论自身所要求说的话。这时写出来的东西，开始表现了我的独立人格，也显示了我的自由精神，最终在不断的实践中，逐渐形成了学术个性。当然，独立之精神，自由之思想，也只能从大体上说，因为在现今的语境中，也存在着众多的外在因素的制约与牵扯，还不能做到彻底啊。但是没有这种精神，学术是不可能得到重大发展的，这是可以肯定的。

有的朋友跟我说做文艺理论研究很是困难！困难是存在的，可能由于所处的环境不同，比如教学要面对学生群体，自然受到外力的影响。我还没有感到那么困难，主要是我觉得文学理论涉及的方面十分宽阔，有了大量的学术积累，又关注着当代现实，就会发现问题，慢慢进入学术研究的轨道。20 世纪 80 年代以后，我的心态比较自由，一心一意地搞自己的研究。

杨： 关于 20 世纪 80 年代初，我想有一件事对您应该也是有影响的，就是 1983 年钱锺书主持的"文化大革命"后第一个高规格的国际学术会议，好像就是在那个会上，您开始了关于巴赫金的学术研究。能谈一谈这方面的情况吗？

钱： 这是"第一届中美双边比较文学讨论会"，在 1983 年 8 月底 9 月初举行，钱锺书先生主持了这次会议，中美双方各出十位学者，我所有我与周发祥。钱锺书先生在 3 月初给我指定题目，要我做巴赫金的比较研究，5 月份交稿，我只觉得时间十分吃紧。当时在北图和我所图书馆只找到两本巴赫金的著作，其他的可以说我国还没有，因为"文化大革命"中和"文化大革命"后十多年里，一般学术机构是不订购外文图书了。中译材料只有在《世界文学》1982 年刊出的夏仲翼先生翻译的巴赫金《陀思妥耶夫斯基诗学问题》的第 1 章，和他就陀思妥耶夫斯基《地下室手记》所写的一篇论文；苏联和外国学者有关巴赫金的论述，在当时国内是没法找到的。在那两个月里，我真是分秒必争，苦苦思索，按我自己的理解，如期写好一篇论文，交给了钱先生。钱先生看过后说，你就巴赫金写的文章写得很好、很扎实，缺点是没有比较，不过时间很紧，就这样吧。我想我是刚刚接触巴赫金的，只看到他的两本原著，对他的学识只是了解了某些方面，要和哪位外国学者或中国学者进行比较，还真说不上来呢！锺书先生为何要让我做巴赫金呢？主要是看到参与这次会议的美国耶鲁大学的乔纳森·方格尔教授是做巴赫金的复调理论的，他说我们也有人懂得苏联文学理论的，也可写这方面的文章，有个对应，可以比较一下中美学者的各自了解，因此找了我。后来在讨论会上，有的学者想挑起我和美国学者的论争，但美国学者的论文主要谈的是巴赫金的复调理论思想和当时尚不为人所知的巴赫金的遭遇，我则探讨、归纳了小说中的复调、对话形式和作者与主人公的几种关系，我们两人没有办法争论起来。关于"对话"或"对话性"一词，最初是在1982年夏仲翼先生的译文里出现的（译作对白性、对话风格）。我在提交这次会议的论文里，初步论述了巴赫金的对话思想，以后我用得更多。1993年，我写有《走向对话：误差、激活、融化与创新》一文，更新了对话的内容，而将其融入我国文论。尔后"对话"一词，通过传媒，进入了更为宽阔的社会文化生活领域，直到现在，不知能不能这样说。后来巴赫金的书不断翻译过来，1996年我主编《巴赫金全集》中译本6卷集，于1998年出版，由我写了长序。2008年又补出了我主编的第7卷译文。现在我国的巴赫金研究取得了不少成果，可以说就国际范围来说，走到了这一学科的前列。

  说起这次中美双边比较文学讨论会，还旁涉我与香港的一段不成功的"因缘"。美国代表团回国时途经香港，与香港大学比较文学系有了交流，谈了北京的比较文学讨论会情况。是年11月初，我得香港大学比较文学系乔纳森·霍尔系主任来信，邀请我参加香港大学12月中召开的一次国际文学理论讨论会，这种会议在香港大学已是第3次召开了，前一次就是"重写文学史"讨论会，并把前两次会议的论文集寄了我。我因时间太局促了，来不及准备论文，考虑后就致信乔纳森·霍尔系主任，直说来不及准备论文，只好缺席了。一般参加外国、境外的学术会议,都得有所准备,写有论文,不作兴做即兴发言。我想邀我参加会议,办会方面得知中国也有人在研究巴赫金,因为巴赫金的理论当时在欧美等国十分流行。一次王佐良先生对我说,前几年参加一些外国的学术会议,只听得外国学者报告中总是巴赫金、巴赫金的,不知道巴赫金是何许人,听了我与美国学者的报告,初步知道巴赫金是怎么回事了。1984年初,我得美国研究巴赫金的学者霍奎斯特来信,说他们夫妇春天要去香港,极愿来京和我一晤,我自然高兴。4月初,他们夫妇真的到了北京,我们在建国饭店见了面,畅谈了外国巴赫金研究状况。他们介绍了一些我那时还不知道的巴赫金著作,并说他们夫妇在苏联呆过很长时间,收集了不少材料,写了《巴赫金传》快出版了,并送了我他主编的有关巴赫金四篇关于小说理论的英文译本《对话的想象》(1982年版)。1987年春天,香港大学霍尔博士第2次邀我秋天去香港大学参加国际文学理论会,并为我安排了半个月的日程和医疗保险。我把出境的报告送到院里外事局欧洲处,并写好了论文,谁知这里是个十足的官僚衙门,是个不作为的部门。在我启程之前一星期去欧洲处打听英国使馆的签证时,他们竟说不知道有此事。我认识院秘书长吴介民先生,请他过问此事,欧洲处才查出我的申请报告,并与英国使馆联系。谁知对方回答,由于申请期限已过,名单在一星期前就销毁了,无法再申请了。"欧洲处"的人对我理也不理,从他们的态度来看:我是上面派来的,我对上面负责,你奈何我?请看,这些人就是这样对待国际学术交流和"被领导"的人的!他们大概以为,你出去学术交流,是搞什么好处去的吧,是游览去的吧,关他什么事!1989年春,霍尔博士第3次邀我去港大参与10月份的又一次学术讨论会,并告诉我,已为我在港期间的活动办好了各种手续,我也早早准备好了论文,以免再来意外。谁知由于是年的政治风波,依然没有去成。2002年春,我应邀去台湾讲学,途经香港,在办手续过程中乘车看了一下香港市容,真可谓名副其实的"香港一瞥"了。前几年,有位香港文友邀我去港参加一个杂志编辑会议和讲学,行程由他安排。怎奈我已到了不宜远出的年龄,竟是有拂友人美意,未能行成,这就是我与香港的一段奇特的

"缘分"。

杨：刚才谈到了钱锺书先生和巴赫金研究。我看资料上，您当主任是1985年，刘再复先生是1984年当所长，您和他平时工作交往多不多，能不能再谈谈这方面的情况？

钱：我和他交往不算很多。他20世纪80年代初出版的《性格组合论》，在理论上是本很有新意的著作，印数很大，据说王府井新华书店里有好些婚前的青年男女也争着买，一翻此书，才发现不是他们所需要的青年男女婚配、性格如何排列搭配的秘方，不过可见其影响之大。随后他提出的文学主体性问题，我觉得这在文学理论上是很有价值的，它抓住了当时文学理论中的一个要害问题。过去主体性是受压抑的，我们自己就有这种感觉，所以有的作家说读了这篇文章好像有一种解放之感，这篇论文对于过去僵化的理论可说是一种挑战，是有重要意义的。刘的文章一时引起争论，而且非常激烈。反对者的文章认为它是严重违背马克思主义的，并且把它提到涉及党国命运的高度，是彻头彻尾的唯心主义，这实在是习惯思维的发作。理论室的朋友对这篇文章也有不同意见，于是由我主持，开了一次座谈会，谈了各种意见。我对这篇文章虽有不同看法，但是在一哄而起的批判中，我已嗅到大批判的气味，这正是我过去熟悉的东西，我不能为这种大批判风气推波助澜，趁机对被批判者落井下石，所以我未发言。后来发表于《文学评论》的座谈会记录里，就没有我主持人的观点。当然，应该说明，参加这场批判的并不都是为"大批判"来的，不少是谈学术问题。同时，刘的文章确实也存在重要毛病，首先是再度庸俗化的问题，它猛烈地批判认识论、反映论，但它显然把过去的庸俗化了的反映论，顺势当作了能动的反映论批判了，因此这又是一次对反映论的庸俗化，其批判的情辞愈是激切，也就离真理愈远。其次是把主体性当做不受任何限制的浪漫主义个性对待了，随意性太强，缺少了科学性。再次是存在着文学史知识性方面的失误。现在有些唯我独马派，一提这篇文章仍然在嘟嘟哝哝地予以否定，而全然不去想想，20世纪八九十年代那些重复着过去老调、毫无新意的注释派文章，除了编辑之外，绝对是无人问津的窘境。那时，我对前几年文学理论中兴起来的庸俗社会学已积累了较多的印象,并把反映论进入文学创作转换为审美反映论,已写就了《最具体的和最主观的是最丰富的》3万多字的论文,其中对再度把反映论庸俗化提出了批评意见。1986年初,我把文稿给了《文学评论》,编辑部不几天就退还给了我。于是我赶快把稿件转给上海《文艺理论研究》,那里很快就发表了。说实在,这篇论文是我自己论文中写得最满意的一篇。1988年我这个文艺理论研究室主任也就被下课了。

杨:历史的发展真是让人意想不到。1989年《文学评论》上发表了《历史无可避讳》一文,在当时争议很大。老师您作为理论研究者当时没有发表意见,这是为什么?

钱:20世纪80年代后,除了在现代派理论问题上我与有的同行有过一些分歧,并在文章中写了出来,但我努力思考的是文学理论本身的问题,文学发展的问题,努力寻找新材料,说出些新的意思,表述自己的观点。那时文学理论争论很多,新鲜观点也多,但偏颇也多。比如如前所说,1986年发生的对文学主体性的批判,其中有正常的批评意见,也有大批判式的批判,这是20世纪80年代以来的文学理论中针对个人文艺思想进行的第一场大批判。我过去的教训够多的了,一闻气味就熟知这种高调的性质,所以不参与政治性的批判。《历史无可避讳》一文引起了争议,学术的问题就要当作学术问题来谈,不宜提高,硬要提高就走调了,所以未曾细读,也未曾参与。

杨:原来是这样。我看后来您又去了比较文学研究室,是吗?

钱:那是在1991年了。比较文学室的前身是"新学科"研究室,新学科研究室做了不少工作。当时我是个闲人,副所长马良春动员我到新学科去,我不愿去,原因是,一,新学科不是那么好搞的,标榜新学科,应先要有深厚的各种学科知识,不是想几下,一个新学科就出来了,可是我们这方面的知识准备极为薄弱,标榜新学科实际上是学术上的浮躁表现。二,更为重要的是,在我们传统的土壤里,是不容易产生新学科的!一个新的观点的提出往往就要受到批判,何况新学科?但是所领导几次约谈后,我就建议新学科与其勉为其难,不如改为比较文学研究室是为上策,一是可与外面接轨,高校的比较文学研究已大有进展，外文所没有比较文学研究室，我所在学科设置上也无比较室应对，落后了。二是新学科研究室的成员都懂外文，搞中外文学比较研究应是他们的长处，卸去搞新学科的压力，不如来个适应外面形势和自己长处的转轨。所领导接纳了我的意见，并要我去比较室当主任，这样我只好去了比较室。后来马良春的身体健康每况愈下，找我谈话让我当副所长，我未答应，主要是1989年11月我做过癌症大手术，刚过了一年时间，虽然外面的一些会议没少参加，但要是去当了副所长可能我就没命了。1991年马良春去世，院领导两次找我谈话，拟让我出任所长。我觉得还是我的身体健康要紧，所以都婉言谢辞了，他说那再等一等吧，因此差不多有两年文学所只有副所长问事。1993年所领导班子正式换届，院领导又找我谈了所长一事。这时我的健康状况大体已经恢复，但是面对所里长期的、每年的学术研究规划、住房分配、职称提升等大问题，都是耗费精神的。我做事还算有几分认真，当好所长可是要玩命的，所以我还是谢辞了，推荐了张炯继续干下去，我觉得我还是留在学术研究领域，心态自由一些为好。

杨：在准备这个访谈之前，我个人一直以为您在"文化大革命"之后学术发展很顺利，但是看您的一些文章知道，似乎也并非一帆风顺。您在一篇文章中说，您提到您的学术观点，新派认为保守，把您当作抨击的目标，老派的又指责您搞"自由化"，对您进行批判？能讲讲是怎么回事吗？您后来怎么做研究的？

钱：这些都发生在20世纪80年代下半期后期和90年代初，都是有所指的。老派指的是有些人总是在原有材料的框架里注释来注释去，著述缺乏新意，其中有的人的思想极端偏颇，以唯我独马自居。1990年有个反自由化运动，有人编了"文艺思想论争汇集"，把我与朋友们提出的"审美反映""审美意识形态"编入了属于资产阶级"自由化"的栏目。还有人著文说，反映论就是反映论，哪有什么审美反映论？意识形态就是意识形态，哪有什么审美意识形态？说我已滑到资产阶级自由化的边缘，回头是岸犹未为晚。当时没有就这几个问题对我们展开大批判，不过这种大批判终于在21世纪头十年的下半期几年内发生了，弄清楚了他们的历史的来龙去脉，看看那种宏大的气势与梁效式的文风，就明白批判不过是几十年来批判的延续。从 20 世纪五六十年代、70 年代、80 年代中期、90 年代初，直到近几年来，文学理论中的批判与被批判的问题、批判与被批判的队伍不是一脉相承、泾渭分明的吗，文学理论不就是这样过来的吗！所谓新派就是标榜只有他们才是新的文艺思潮的倡导者，宣传并依附西方思想的新潮人物，其他人都是守旧派，提了社会主义文学就要遭到嘲弄，而且这不是我的观点，我是概述当时关于现代派争论的情况两派的观点。我自己觉得，我就一直处在这两种思潮中间，不时受到冲击。一次，我把这种情况和蒋孔阳先生谈了，我说在学术上我是中间派，受到两边夹击。他说这样好，中间派好，探讨问题不偏颇，两边的长处都可学习。我自己想这倒也好，一个人发表了著作，或写的再多，如果无人应和，也无人反对，那未必就是好事；如果有人狂搞大批判，这时我有坚持，还有不少同行从理论上来应和，那未必就是坏事了。

20 世纪 90 年代开始，我就研究了近百年来的文学理论过程，我国文学理论和外国文论的错位关系，提出并探讨了文学理论走向对话的含义，改革开放后审美意识的激变与文学理论的进展，文学理论的现代性，文学的人文精神问题，新理性精神文学论，巴赫金的交往对话理论，全球化语境与文学理论的前景，文学消亡的不可能性，文化一体化的可能与不可能性，文学的民族性与世界性的关系，评价了外国文化研究模式的积极影响与局限性。其中以新理性精神文学论、文学理论现代性问题影响最大。有的文章英译发表在美国的刊物《新文学史》与论文集中，澳大利亚出版的刊物中，多篇论文收入越南学者编译的中国文学理论的论文集中，4 卷文集以中文形式面向日、美，先于韩国出版，尔后于国内出版。现在仍有论题在写，不知能否完成。

杨：我知道在 1994 年您就发起、成立了中国中外文艺理论学会，稍后您还主持了几年《文学评论》编辑部的工作。能否简要谈谈这些方面的情况？您是如何具体开展工作的？

钱：20 世纪 90 年代初几年，形势很是严峻，几乎没有什么学术讨论。1992年下半年起，局面似乎有些松动，于是联合了外面的研究所和高校共17个单位共同发起，于10月在河南大学举行了"中国中外文学理论学术讨论会"。一是想表明，改革开放十多年来文学理论研究成绩是巨大的，文学理论扩大了自己应有的园地，马克思主义文艺思想获得了发展，不是都"自由化"了，而"左"的文艺思想只在少数人中间流行，读者不多，影响很小。要进一步吸收外国文学理论中的有用的东西，来建设我们的文学理论，这个趋势是难以改变的。二是，十多年来经历了几次运动式的批判，时间上有的很短，有的很长，都有消极影响，文学理论界大多数人不愿参这种批判运动，他们反对"二唯"，即唯我独马和唯西学马首是瞻两种倾向，而希望在文艺理论中结束那种运动式的思想批判和追求时髦的轰动效应、一天提出一个主张的浮躁，营造一个平静的、渐进式的、可以平等地讨论问题的环境。三是要在文学理论的研究中，奉行主导、多样、鉴别、综合、创新的原则，确立中国的立场。于是经过一段时间的酝酿，于1994年成立了"中国中外文艺理论学会"。学会根据中外文学理论研究进展的趋势，每年提出新问题，组织大家进行学术讨论。学会团结了广大中青年学者，它的工作得到高校老师的大力支持，避开了"二唯"的干扰，会风良好；同时不断向老专家们请教，深受如季羡林、钟敬文、汝信、徐中玉、蒋孔阳、袁可嘉等先生的好评；同时也与法国、美国、俄罗斯和其他国家的著名文艺理论家建立了比较广泛、深入的联系；出版有多种会议论文集，现在每年编有年刊出版。

关于《文学评论》，1990年春，马良春曾让我去《文学评论》，我未答应，我还在养病，后经各方商量，任命敏泽从《文学评论》第4期起为主编。敏泽在1996年患病，不能工作。张炯所长找我谈了几次，要我去主持文评的工作，后来说是院部意见，于是我只好从比较室到了《文学评论》。20世纪90年代初后几年，文评发表了一些好文章，但由于几年内受到"左"倾思潮的影响，版面老话多了，生气少了。一些人嫌它"左"了，认为它套话、说教的东西多，少人理睬；一些人说它"右"了，径直责问主编为何发表某某人的文章，等等，而主编与编辑之间也有一些纠葛，十分难办。1995年，我在文评发表了有关文学新理性精神的文章，并成为我的文学思想的一个基本观点。我去《文评》之后，主要抓文学理论部分。文学评论是面向全国的，整个杂志要有导向，体现在各个版面，其中尤其是文学理论这一块，更要体现出当前文学理论研究的导向来。这样，杂志要提出问题，讨论问题，甚至一个问题可以讨论一个时期，而且每期都应发表两三篇有很高学术价值的文章，推动学术的进步。如果没有问题感，缺乏导向，有什么刊登什么，这就无异于学校的一期学报，或是一本论文集了，我策划、组织、参与了一些问题的讨论。1999年换届，我申请下来，所领导很是高兴，答应我退出编辑部后可以为我配个助手，我也高兴。但院里仍要我干，我也只好继续下去，一直到2004年换届才下来，配个助手当然也落空了。

杨： 您在所多年，经历了文学所发展的几个时期，您认为哪一届所领导管理得比较好？哪一阶段文学所发展的比较好？

钱： 说到所领导，何其芳平易近人，兢兢业业，总是扶掖后人。譬如说请他看稿子，他会问要紧不要紧，急不急，你说不急，那就一个星期看出来，比较急的话两三天就看出来了，还会给你改动，他对文学所的工作真是呕心沥血，让人感佩。当然何其芳所处的环境与地位，是很为难的，一方面要应付各种差事，批判这个批判那个，明明是不喜欢的，但要服从，坚持去做，还要做好。另一方面还要自己搞学术，他说他最喜欢的是搞《论〈红楼梦〉》这类研究，还有就是写评论文章。说到文学所发展最好的时期，还是在20世纪80年代上半期。一是改革开放，提倡思想解放，整体的气氛好，二是所领导沙汀，后来是陈荒煤、许觉民在学术上管的比较宽松，在所长的位置上不谋取私利。再后来是张炯，他不说大话，我佩服的是对他提了批评意见，他从不在后面整人，给小鞋穿。现在不少人一说起20世纪80年代，说这是黄金时期，思想活跃，新说如潮，大大地促进了学术的发展，当然也出现了浮躁、肤浅、一切都是外国的好的学风。

杨： 您曾几次出国进行学术访问，此后又多次出国参加学术会议。现在出去进修的青年学者也比较多，您对此有些什么建议？

钱： 我出访了很多次，20世纪八九十年代外出做学术访问卡得很紧，不像现在，经费多得很，找个堂皇的理由出访，已成家常便饭，比如为行政管理、为人事制度改革，也要往美国、法国去"取经"，真是滑天下之大稽了！在派人出去进修方面，我以为不能因为钱多名额多，随意派出，要派选在学术上已有一些积累、大体明确了自己研究方向的人。没有学术积累，不明不白去国外进修想解决些什么问题，也不了解去的国家的学术专业中心、代表人物在什么地方，像个大学生那样，这样去后，头几个月要适应当地生活，后几个月到处转转，看看外国花花世界，那多半会无功而返。这样的派出人员回国后依旧不清楚自己的专业方向、专业位置，东摸西摸，有的干脆离职走了，只是花大钱给他们增添了一个学历而已。如果有了一定学术积累，明确自己需要深入的问题所在，那出国进修8个月、10个月的效果完全会是另一个样子。20世纪80年代我因写《文学原理》的需要，明白自己需要进一步了解的问题，对去访问国的学者也有所了解，两次学术交流，虽然时间短促，但收获很大。

杨：最后一个问题，在我看来，您和文学所、文学理论是密不可分的。作为一个学者，您形成了自己的学术个性，在文学理论研究领域取得了大家公认的学术成就，并且通过中国中外文艺理论学会，改善和建设了文学理论的学术环境，这些都是难能可贵的。您有什么经验和心得来跟青年学者尤其是文学所的青年学者分享？

钱：我的经验与心得，可以简化为几句话：对自己从事的文学研究要有兴趣，浓烈的兴趣，耐得住寂寞；要沉入各种知识的梳理与思考，对各种理论与各种思想都要给以鉴别，汲取真正的新思想，而不盲从；要努力发现新问题，在自己的著述中不断提出新问题、新思想，在学术上有所积累，使学术有所前进，从中逐渐形成自己的学术个性。要恪守道德底线，对于失去诚信的社会，纵使无力回天，也要清白做人，要做一个具有血性和良心、怜悯和同情的人文知识分子，而不是一个"知道分子"。

（原刊于《甲子春秋——我与文学所60年》，
社会科学文献出版社2013年版）

七　我国文学理论与美学审美
　　现代性的发动
——评梁启超的"新民""美术人"思想

梁启超早期文论中的一个中心思想是"新民说",它与后期以"趣味"美学为基础的"美术人"说是相互贯通、互为目的的。"美术人"即受艺术趣味熏陶、懂得艺术享受的人,或是借用席勒说的"审美的人"①,是新民说的更高发展。"新民说"与"美术人"是梁启超文论美学思想的整体表现,它们显示了我国近代文论、美学的强烈的审美现代性特征。

关于现代性说法、解释多样,按照我们的社会实践经验来说,现代性就是建设现代社会的经济、政治、社会、文化等方面的思想、价值的取向的需求与表现,就"是促进社会进入现代社会发展阶段,使社会不断走向科学、进步的一种理性精神、启蒙精神,一种现代意识精神,一种时代的文化精神"。我同意现代性是一种未竟的事业的主张,根据百年来的社会理论、学术中的经验与沉痛教训,要"把现代性本身看作一个矛盾体,应当看到它的两面性,以避免使它走向极端"。要"把现代性的功能视为一种反思,一种文化批判,一种现代文化的批判力,也即一种思想前进的推力……身具有不断清理自身矛

---

① [德]席勒:《美育书简》,徐恒醇译,中国文联出版公司1984年版,第116页。这里我只是说借用。席勒说:"从感觉的受动状态到思维的能动状态的转变,只有通过审美自由的中间状态才能完成……这种状态仍然是我们获得见解和信念的必要条件。总之,要是感性的人变为理性的人,除了首先使他成为审美的人,没有其他途径。"当代美国学者埃伦·迪萨纳亚克著有《审美的人》,商务印书馆2004年版。

盾的能力"。同时"主张现代性是在传统基础上建立起来的现代性，又是使传统获得不断发展、创新的现代性"①，应该铸成一种新的文化传统的现代性。梁启超思想学说所表现的现代性，是一种转向现代社会、建设现代社会过渡时期的启蒙现代性。审美现代性说的是其对于感性的精神文化艺术表现的主张和导向，和启蒙现代性相适应、并在不适应中发挥"救赎"②的审美诉求。

启蒙现代性所表现的自我反思与文化批判，早在明代中期以后的一百多年间"失落的文艺复兴"时期③与清代社会、学术思想发展的几个时期，针对政治制度的腐朽、文化的颓唐、国运的衰落，已经发动起来，流行开来。随后针对对封建王朝体制所引发的各种弊端，康有为、梁启超等人所做的犀利的揭发与批判和所发动的改良主义运动，达到了启蒙思想发展的高潮，也可以说是启蒙现代性的高度体现。戊戌政变失败后，梁启超在流亡中进行了自我反思与自我批判，体验了迎面扑来的西方世界各种新思潮和日本明治维新成功新经验的思想激荡，接受了日本的各种来自西方的启蒙学说，如民权、自由、司法等，并宣传"破坏主义"。他说"历视近世各国之兴，未有不先以破坏时代者。此一定之阶级，无可逃避者也。有所顾恋，有所爱惜，终不能成"。在谈及卢骚的《民约论》时，当时梁启超情绪激昂，想象卢骚的民约思想一旦传到东方，老大中国就能变成自由乐土，因而用诗一般的语言祷告："大旗觥觥，大鼓咚咚；大潮汹涌，大风蓬蓬；……《民约论》兮，尚其来东！大同大同兮，时汝之功！"④与此同时，梁启超大体上接受了日本的启蒙家中村正直的"新民"学说，思想为之一变。中村正直师法西方，认为西方列国的强盛，在于人民具有优良的国民素质，他与其同时期的日本启蒙学者

---

① 见拙文《新理性精神与文学理论研究》，《钱中文文集》，上海辞书出版社 2005 年版，第 328—329 页。
② 可参见周宪《审美现代性批判》，商务印书馆 2005 年版。
③ 这里借用卢兴基的《失落的"文艺复兴"》一书书名。
④ 梁启超：《破坏主义》，《梁启超文选》上，中国广播电视出版社 1992 年版，第 215、216 页。

一样认为，维新的真正意义，在于"人民之一新"，而不是"政体之一新"。梁启超在《自助论》（1899）一文中介绍了这位日本大儒的学说，并在其影响下提出了要从道德教育入手，来改造国民的性质①。正是这一目的，引起了梁启超对我国"国民性"的探讨，转入了社会、政治"新民说"的呼吁。

19世纪末，国民性的反思，由严复、梁启超等人为发端，成为我国社会启蒙思想现代性发展中的一个极其深刻的论题。国民性不同于民族性，它是正在进入现代社会的我国国人，在近代封建极权社会、政治、文化高压影响下形成的相当普遍的习性，奴隶性是其最为突出之点。梁启超就国民性指出：国之存亡，并非社稷宗庙之兴废，也非正朔服色之存替，而涉及国民性之丧失②。1899年12月月，《清议报》刊出梁启超的文章《国民十大元气论》，提出了"国民"问题，认为"人而不能独立，时曰奴隶，于民法上不认为公民；国而不能独立，时曰附庸，于公法上不认为公国"。他说不能独立之人有二，一为希望别人帮助的人，这是凡民，二为仰他人之庇护者，这是奴隶，奴隶则具有奴隶根性。他感叹："吾一语及此，而不禁太息痛恨于我中国奴隶根性之人何其多也。"他甚至把这种"奴隶根性"称之为"畜根奴性"，而且"此根性不破，虽有国不得谓之有人，虽有人不得谓之有国"。③梁启超把长期积累而成的社会风俗视为"奴隶根性"的积弱之根源，并对"奴隶根性"的表现作了界说：有奴性，愚昧，为我，好伪，怯懦，无动等。造成中国人身上的上术种种丑陋的表现，专制政体自然是其根本的根源。

梁启超认为，实际上中国并没有存在真正意义上的国民。这是因

---

① 郑匡民：《梁启超启蒙思想的东学背景》，上海书店出版社2003年版，第117页。
② 梁启超："国民性为何物？一国之人，千数百年来受诸其祖宗，因而以自觉其卓然别成一合同而化之团体以示异于他国民者是已。国民性以何道而嗣续？以何道而传播？以何道而发扬？则文学实传其薪火而筦其枢机。明乎此义，然后知古人所谓文章为经国大业不朽盛事者，殊非夸也。"《丽韩十家文钞序》，《饮冰室合集》第4册卷32，商务印书馆1989年版，见金雅《梁启超美学思想研究》附录2，第231页。
③ 梁启超：《国民十大元气论》，《梁启超文选》上，中国广播电视出版社1992年版，第60、62、63页。

为由于中国长期视自己国家为天下,"有可以为一人之资格,有可以为一家人之资格,有可以为一乡一族人之资格,有可以为天下人之资格,而独无可以为一国国民之资格"①。所以只有"部民",而无"国民"。可是在列国并立、弱肉强食的时代,如果国人无国民资格,那么作为一国之民,就绝无可能自立于天下,对于国家也是如此。1903年梁启超东游美国,在思想上发生了矛盾与很大的变化,如与革命思想决裂等。同时这时他所见甚多,不少华人即使在美国大城市,其丑陋恶习也一如国内,游手好闲,秘密结社,挟刀寻仇,聚众滋事等等,这无疑促使他进一步反思国民性及其劣根性一面。于是他提出:(1)中国人有族民资格,而无市民资格,有族制,而无市制,发达国家可组成国家,而我们不能。(2)有村落思想,但无爱省之心、爱市之心,因而也无国家思想。(3)只能受专制不能享以自由。所以这时他认为立宪、共和是多数政体,在当今中国无法实现,只能以铁腕人物,雷厉风行,以铁以火,陶冶锻炼我国国民几十年,然后方可与之谈卢骚之书,华盛顿之事,即人权、平等、自由等等。(4)最根本的是国人无高尚之目的。梁启超主张应该在衣食、安富尊荣之外,有更大的目的,而日有进步;认为,欧美人有好美之心,真善美并论,而在中国,孔、孟虽言善美,但后人甚少谈美,所以与欧美比较而言,得出"谓中国为不好美之国民可也"。②同时中国人缺乏社会名誉感、宗教信仰观念,由此使得国家凝滞堕落。梁启超对于"国民性"思想的探讨,其影响深远,如果他主要从政治、社会角度,揭发、批判了中国人的国民性的消极方面,显示了强烈的启蒙性,那么后来的鲁迅,则以小说、杂文的创作,深刻地剖析、鞭挞了中国人国民性中的劣根性而传之不朽。

梁启超理想中的中国国民应是甚么样子的呢?针对外国人称中国为"老大帝国",早在1900年,梁启超说他心中有一个少年中国,并

---

① 梁启超:《释新民之义》,《梁启超文选》上,中国广播电视出版社1992年版,第108页。
② 梁启超:《新大陆游记》四十,《梁启超文选》上,中国广播电视出版社1992年版,第402页。

七 我国文学理论与美学审美现代性的发动

用以比之人之老少。少年人常思将来,心怀希望,勇于进取,常敢破格,常好行乐,气度豪壮,"能灭世界","能造世界";少年人如朝阳,如乳虎,如侠,如春前之草,如长江之初发源。梁启超称,制出将来之少年中国,乃中国少年之责任。所以他满怀希望:"少年智则国智,少年富则国富,少年强则国强,少年独立则国独立,少年自由则国自由,少年进步则国进步……少年雄于地球,则国雄于地球。"①这和他在前面描述中国人的国民性那种奴隶根性绝然对立,其新的特征即新的中国少年应是自由的人、独立的人、富于进取精神的人,是有智慧的人、奋发的人,是一扫柔弱懦怯、体魄刚健的人。这里所说的自由、独立、进取等特征,正是外国共和政体所标榜的国民基本权利与品格。但是这理想中的中国少年,现在连国民都不是,于是梁启超进一步提出了"新民说"。他认为,急需要把广大的、还没有成为真正意义上的国民的人要改造为"新民",并认为这是"今日中国第一急务"。如果前两年他还在宣传破坏,那么现在他与革命党人发生论争,反对革命所必然导致的破坏,认为要使国家安富尊荣,不能不宣传"新民"之道。新民就是使人都成为"国民之文明程度高者",这国民之高度文明水平与他理想中的中国少年的品格是完全一致的。"苟有新民,何患无新制度,无新政府,无新国家!非尔者,则虽今日变一法,明日易一人,东涂西抹,学步效颦,吾未见其能济也。"②于是新民成了建设新制度、新政府、新国家的根本。数十年来国家虽然不断酝酿新法,但并无效果,主要原因在于不了解新民之道,造就新民所致。新民所说际上就是梁启超式的启蒙与救亡。

在梁启超那里,新民实际上有好几种含义。"新民云者,非新者一人,而新之者又一人也,则在吾民之各自新而已。孟子曰:'子力行之,亦已新子之国。'自新之谓也,新民之谓也。"③又说:"新民

---

① 梁启超:《少年中国说》,《梁启超文选》上,中国广播电视出版社 1992 年版,第 254 页。
② 梁启超:《论新民为今日中国第一急务》,《梁启超文选》上,中国广播电视出版社 1992 年版,第 103 页。
③ 梁启超:《论新民为今日中国第一急务》,《梁启超文选》上,中国广播电视出版社 1992 年版,第 105 页。

云者，非欲吾民尽弃其旧以从人也。新之义有二：一曰，淬厉其所本有而新之；二曰，采补其所本无而新之。二者缺一，时乃无功。"①，这两个思想十分重要。第一个思想是，新民并非新一人，人人都应自新，身体力行，成为新民，那时自然就有了新民之国。第二，在谈到"新"之本义时，梁启超提出的解说实际上涉及两个方面，一是，必须淬炼原来的东西，即对旧的东西，进行"濯之拭之，发其光晶；煅之炼之，成其体段；培之浚之，厚其本源"②，继长增高，日征月迈，使国民之精神，得以保存与发达。这里关于新民的说法，承袭了孟子之说，并加以新的丰富与改造。就是说，国人身上有着好的一面，只不过要不断洗涤擦拭，给以煅炼，保存其原有精粹的一面，并给以发扬。二是，这"新"之本义，在于必须学习外国之长处，以补自己的不足，即"博考各国民族所以自立之道，汇择其长者而取之，以补我之未所及"③。这不足是什么呢，即《论公德》一文中所说的外国国民所具有、中国人所缺乏的"公德"，这"自立之道"与被选择的"长者"是什么呢？照一般人看来就是他国政治、学术、技艺方面的精粹了，然而在 1902 年的梁启超已经明确地是指人文精神因素了。他认为，一般人们"不知民智、民德、民力，实为政治、学术、技艺之大原"④。因此如果不取于此而取于彼，实在是弃其本而摹其末的行为，无补于充实我本来缺乏的方面，而难以更新我国民之道。他在这里把民智、民德、民力等人文精神等因素，看做是政治、技艺之"大原"，即基础与根本，应该说其思想实在是很锐利与超前的。梁启超关于"新"的解说，不仅适用于国人面貌、精神之更新，实际上也适用于新文化的建设。因为新文化的建设，也正是这样一个过程，这些方面，都显示了其改良主义启蒙思想现代性的深刻特征。

那么如何使得广大国人成为新民？梁启超转向了文学，转向了小

---

① 梁启超：《释新民之义》，《梁启超文选》上，中国广播电视出版社 1992 年版，第 107 页。
② 梁启超：《释新民之义》，《梁启超文选》上，中国广播电视出版社 1992 年版，第 108 页。
③ 梁启超：《释新民之义》，《梁启超文选》上，中国广播电视出版社 1992 年版，第 109 页。
④ 梁启超：《释新民之义》，《梁启超文选》上，中国广播电视出版社 1992 年版，第 109 页。

七 我国文学理论与美学审美现代性的发动

说艺术,把新民的任务交给了小说,而且特别钟情于政治小说。早在新民说提出之前,即1898年年底,梁启超在《清议报》第一册发表《译印政治小说序》一文中,大力推崇、提倡政治小说这种文体,认为欧洲各国包括日本在内的变革,"政治小说,为功最高焉"①。其实,当梁启超出逃日本,在日舰上就阅读了日本东海散士(柴四郎)的政治小说《佳人奇遇》,并把它翻译了出来。日本的政治小说,在明治维新自由民权运动高涨时期,特别流行。据我国学者引用日本学者的统计,"从明治13至明治30(1880—1897)年间共出版了571部政治小说(当然这一数字未必精确)"。"其中明治15—16年是一个高峰,其后有所下降,在自由民权运动最兴旺的20—21(1887—1888)两年间'政治小说得到飞跃的增加,据统计平均三日出版一本政治小说'。"②十分明显,日本政治小说的流行,是为了鼓吹自由民权运动的需要,一时的确十分普及,显示了其服务于政治运动、启蒙群众的审美现代性之特征。但是政治小说毕竟只能流行于一时,主要是宣传的功利性强,艺术性不高,所以当梁启超来到日本,那时政治小说的流行的高潮已过,但余响犹存,这无疑影响了正在探求改良新路的梁启超,对它发生了强烈的兴趣,以至把政治小说的作用说得如此之高。

1902年,《新小说》刊出《论小说与群治之关系》一文。需要说明的是,这篇论文刊出于在梁启超进行其他政治活动失效、又与革命党人决裂之际,他以改良主义的启蒙热情,继续把政治小说誉为改造国家功劳最高的手段,把小说审美救赎的作用发挥到了极致。他说:"欲新一国之民,不可不先新一国之小说。故欲新道德,必新小说;欲新宗教,必新小说;欲新政治,必新小说;欲新风俗,必新小说;欲新学艺,必新小说;乃至欲新人心,欲新人格,必新小说。何以故?小说有不可思议之力支配人道故。""故今日欲改良群治,必自小

---

① 梁启超:《译印政治小说序》,《中国近代文论选》上,人民出版社1959年版,第150页。

② 孟庆枢:《日本近代文艺思潮与中国现代文学》,时代文艺出版社1992年版,第25页。

说界革命始,欲新民,必自新小说始。"① 在这里,把小说当成了启蒙、救亡图存的根本途径,这种说法不能说没有道理,但是对于小说自身来说其负担过于沉重了。不过重要的是,他在这篇文章里探讨了小说本质的特性,提出小说具有"不可思议之力支配人道故"。这"不可思议之力"就是小说的审美感受、体验的特性,这"支配"就是发生影响的力,这"人道"就是情感与人性。审美感受、体验,固然表现为小说的通俗易懂方面,由此使得小说阅读成为一种赏心乐事,可以将人置于可惊、可悲、可愕、可感的境地。但人仍然不能满足于此,小说可以"导人游于他境,而变换其常接触常受之空气者也",进入理想的境地。同时一般人对于世态万象所引发的喜怒哀乐、怨恋骇忧等心理现象,习焉不察,知其然而不知其所以然,但是一经作家状物写景,将人物心理和盘托出,则会不禁心醉神往,深为感动。于是梁启超进而解释了达到上述状态的四种审美感受力,即熏、浸、刺、提,这四种力量,无疑融合了中外文论典籍中的审美学说与精神,这也正是小说有着特有的感染力之处,这里我们不拟细说。

无疑,梁启超通过对于小说的阐发,提出了一种新型的政教型的文学观。说其是政教型的,在于它与古典文论中的文学"乃经国之大业"这一思想,是紧密联系着的,说它是新型的,在于这种文学观念已经自觉不自觉地把普通国民视为它的对象,它的目的是为了培育"新民"、"铸成雄鸷沈毅之国民"。具有如此明确的启蒙精神的文学主张,可以说在那时是独树一帜的。一方面,这种文学观即使是改良主义的,却仍然表现了审美现代性的强有力的方面。另一方面,梁启超又把封建制度及其落后生活所派生出来的思想、陋习,如状元宰相才子佳人思想、江湖盗贼、妖巫狐鬼、迷信堪舆、相命、卜筮、祈禳、迎神赛会,以及国民之羡慕升官发财、奴颜婢膝、寡廉鲜耻、权谋诡诈、轻薄无行、沉溺声色、儿女多情、伤风败俗,以及民间会道

---

① 梁启超:《论小说与群治之关系》,《梁启超文选》下,中国广播电视出版社1992年版,第3、8页。

门、义和拳起事、沦陷京国、致召外戎，等等，都被说成是因为小说广为阅读、流传的后果，使得《水浒》《红楼梦》都不免受到株连，小说成了国运衰落、民心败坏的渊薮，"吾中国群治腐败之总根源"。无疑这时的梁启超把物质与精神的关系颠倒了，表现了政治改良主义历史观方面的严重缺陷，凸显了其启蒙现代性的消极面。这种政教型的文学观，把审美救赎当成了最根本的手段，忽视了社会物质条件，以及广大国民在文化上的依附的处境，因此也可以说表现了其审美现代性的不彻底性。新民在现实生活中是存在的，如一些革命党人的形象；新民作为国民的理想是鼓舞人心的，但对于当时的现实生活来说，却是带有审美乌托邦色彩的。

如果过去我们的现代文论、美学研究中，包括我自己在内，主要讨论梁启超的前期文学思想，在一些学者研究我国现代美学的著作中，对于其后期十分重要的美学思想有时甚至只是顺便提及，那么现在情况有所改变，主要是今天一些学者对于梁启超的后期美学思想的资源进行了发掘，对梁启超的文论、美学思想在整体上开始有了一个较为完整的认识，这不能不说是对梁启超文化思想巨大贡献的认识的深化。

1917年，梁启超退出政坛，此后虽然对政治有浓厚兴趣，但已比较专心于学术研究，著述更为丰硕。历史对于不同的个人的探索，有时是十分奇特的，19世纪末、20世纪初，梁启超曾经像我们在上面描述的那样热衷于国民、国民性的探讨而具有首创精神，但到"五四"前后，如前所说，这一事业却是由鲁迅等人继续了下去。当然梁启超的探讨并未停息，却是"兴味"十足地研究起"趣味"来，形成了美学中的新的趣味说，并在此基础上提出了"美术人"来。如前所说，"美术人"与"新民"一脉相承，而且是更高意义的发展。说它具有更高意义，在于"新民"说，是在政治体制上要求国人成为国民，使其享有平等、自由、权利和人格独立的公民，以及改造国人身上种种丑陋的积习，并把这一启蒙任务交给了小说，通过小说审美特性及其审美功能，创造表达国民理想的"文学新民"，使之普及开来，达到"审美救赎"的作用。"美术人"则是传承了中外人生论哲学思想，把人生内化为人的生存趣味，进而把生存趣味内化为人的审美趣味，一种与生命的内在精神和理想相契合的人，一种生命的高级本然意义上的自由的新民，在此基础上盈育而为"美术人"，这是一种更新了的新民了。在这里，审美现代性的趋向发生了变化，并使其内涵变得复杂起来。

1922年，梁启超在《美术与生活》一文中说："人类固然不能人人都做供给美术的'美术家'，然而不可不个个都做享用的'美术人'。""'美术人'三个字是我杜撰的……我确信'美'是人类生活一要素——或者还是各种要素之中的最要者，倘若在生活全内容中把'美'的成分抽出，恐怕便活得不自在甚至活不成！中国向来非不讲美术——而且还有很好的美术，但据多数人见解，总以为美术是一种奢侈品，从不肯和布帛菽粟一样看待，认为生活必需品之一。我觉得中国人生活之不能向上，大半由此。"[①] 梁启超所说极是，美是生活最重要的要素，是组成人的生活的必要条件，去掉了美，人的生活以至生存都会成为问题。艺术是表现美的，人都应懂得表现了美的美术。他说，"美术人"这一术语是他的"杜撰"，但按其对"美术人"的解释来说，这"美术人"明确是指懂得和享受美术的人，是懂得享受包括文学在内的各种艺术形式、具有审美能力的人，即"审美的人"。就这点而言，"美术人"是个了不起的"杜撰"。

那么这"美术人"如何实现其自身？在梁启超看来，要做"美术人"，先要做一个有趣味的人。1920年，梁启超提出趣味说，先就他个人而论。他说："我生平是靠兴味做生活源泉。"[②] 稍后，他说他的人生观是以"责任心"和"兴味"为基础的。"'责任心'强迫把大担子放到肩上是很苦的，'兴味'是很有趣的。二者表面上恰恰相反，但我常把他调和起来。""假如有人问我：'你信仰的什么主义？'我便答道：'我信仰的是趣味主义'。有人问我：'你的人生观拿什么做

---

① 梁启超：《美术与生活》，《梁启超文选》下，中国广播电视出版社1992年版，第153页。
② 梁启超：《外交欤？内政欤？》七，《梁启超文选》上，中国广播电视出版社1992年版，第199页。

根柢？',我便答道：'拿趣味做根柢'。"① 他说天下万物，都充满趣味，他平时做事，扎根于趣味，做得津津有味，兴会淋漓，没有悲观厌世的念头。做事成功，趣味盎然，即使失败，也感到兴味，他只觉得在各种活动中有无限乐趣，物质上虽有消耗，但精神上快乐无比。接着他把趣味提升到一种人生哲学的本体论的高度。"问人类生活于什么？我便一点不迟疑答道'生活于趣味'。这句话虽然不敢说把生活全内容包举无遗，最少也算把生活根芽道出。人若活得无趣，恐怕不活着还好些，而且勉强活也活不下去。"② 这样，趣味实际上成了人类生活、生存的依据，"以为这便是人生最合理的生活"，或是说"人类合理的生活本来如此"③。自然，对于梁启超的这种说法是可以推敲的，不必尽表同意，但把趣味提升到一种生活状态，或进一步说一种生存状态，却是有道理的。而且梁启超在讲"生活于趣味"的时候，明明说的是一种"责任心"下的趣味，这实际上赋予了趣味以价值判断。他认为，趣味是生活的原动力，但不见得都是好的，有不同性质的趣味，它们有高下之别。"青少年的趣味要引导，培养终身受用的趣味。""所有学问，所有活动都是目的，不是手段，学生能领会，就有趣味。"④

梁启超学贯中西，他对东方的儒、道、佛学，西方的各种哲学、政治文化思想，都有开创性的研究，并使它们融会贯通。在欧洲美学、文论中，有关趣味的论说很多，并且经历了一个复杂演变的历史过程，这里不拟多加引用。⑤ 梁启超所主张的生活趣味说，与康德的

---

① 梁启超：《趣味教育与教育趣味》，《梁启超文选》下，中国广播电视出版社1992年版，第469页。
② 梁启超：《美术与生活》，《梁启超文选》下，中国广播电视出版社1992年版，第153—154页。
③ 梁启超：《美术与生活》，《梁启超文选》下，中国广播电视出版社1992年版，第393—395页。
④ 梁启超：《趣味教育与教育趣味》，《梁启超文选》下，中国广播电视出版社1992年版，第473、472—473页。
⑤ 关于外国学者的"趣味"说，可见朱立元主编《西方美学范畴史》第5章"趣味"，山西教育出版社2006年版。后该章作者范玉吉在《审美趣味的变迁》一书中作了进一步的丰富，做了极有价值的历史梳理（北京大学出版社2006年版）。

趣味就是审美判断并不相同。康德将趣味分为直接的感性反应的趣味与理性的反思趣味，趣味亦作鉴赏力解，"鉴赏力是作出普遍有效的选择的感性判断力的机能……就是想象力中对于外在对象做出社会性判断的机能"[①]。但是梁启超的趣味说倒是与康德的审美无功利说、游戏说一面与席勒的游戏说联系得更紧密。从我国的思想资源来说，梁启超的"生活于趣味"主要是以孔子老子的学说为其基础的，这就是孔子的"知不可而为"主义与老子的"为而不有"主义。《论语》中说的"知其不可而为之"，意思是天下之事成败得失，难以逆料，但还是要勉力去做。照梁启超的说法"就是做事时候把成功与失败的念头都辟开一边，一味埋头埋脑的去做"。成败是相对的事，无法定形，"可"与"不可"的"不同的根本先自不能存在"，难以预设，所以"天下事无绝对的可与不可"，也无绝对的成功或是失败，没有东西为我所得，自然也就没有东西为我所失。老子的"为而不有"，照梁启超的说法，就是不以所有观念作标准，不因为所有观念为劳动，即为劳动而劳动。我以为对于这一思想，要分两个层面来说。

从第一个层面也即从形而下的方面来说，上述思想显然难以适应现实生活的，道理是人人都需要物质生活，并生活在一个社会结构之中，了解对象和自身，了解可能的和不可能的，需要进行物质生产，需要规划，需要科学发展，需要有既定目标，需要达到既定结果，否则就会陷入盲目，陷入相对主义，失去生存的目标感，就会使社会生活走向崩溃与解体。对于这方面的问题"知不可而为"可能不完全适用，或者很不实用。当广大人民处于绝对无权的地位，不得不出卖劳动、承受剥削的时候，当他的劳动被异化、个人被异化，他能生活于趣味吗？为劳动而劳动吗？能为生活而生活吗？能够出现劳动的艺术化、生活的艺术化吗？看来梁启超自己也意识到了这点。他说，"这两种主义或者是中国物质文明之障碍，也未可知"。

从第二个层面即形而上的层面来说，这两种主义，"在人类精神

[①] ［德］康德：《实用人类学》，《康德美学文集》，曹俊峰译，北京师范大学出版社2003年版，第203页。

七 我国文学理论与美学审美现代性的发动

生活中却有绝大的价值,我们应该发明他享用他"①,这话则有相当道理。那么这绝大的价值在哪里?梁启超游历欧洲,看到了欧洲文明的消极面,那里唯科学主义、工具主义、极端的实用主义盛行;科学的发明,在战争中,制造了无数灾难,把欧洲社会毁坏得满目疮痍。这使他觉得需要给以理性的调控,反对弥漫于社会生活中一味追求物质享受的功利主义。在精神生活、精神创造中,自然也是存在明显的主张与目的的,比如在政治、经济、法律等这些领域十分重要,但是在其他人与人、人与自然、社会的关系中,孔老的学说对于抑制绝对化了的功利主义是有着积极意义的。梁启超认为,从宇宙、人生的长河来看,无绝对的可与不可,不存在绝对的成功与失败,如果绝对地成功了,那事物的发展就"圆满","进化"也就停止了,因为"宇宙和人生永远不会圆满。正因为这永远不圆满的宇宙中才容得我们创造进化"②。"知不可而为"在于"破妄返真","为而不有"则在于"认真去妄",而立足于两者则会"使人将做事的自由大大的解放,不要作无为之打算,自己捆住自己",这时自己将会真正地投入生活与劳动,"为劳动而劳动,为生活而生活,也可以说是劳动的艺术化,生活的艺术化……不为什么,而什么都做了"。这时生活不再是重负,不再是苦难,而是一种乐趣,在"知不可而为"与"为而不有"中实现了生活的自由,劳动的自由,这样反倒是成就了"圆满",使人生成为"最高尚最圆满的人生",进入人生的更高境界。

正是在这一种人生生活状态之上,人们才能获得趣味,把"生活的艺术化,把人类利害的观念,变为艺术的感情的"③。应该说,这是人类理想的一种高度演进的人生境界。首先这里的"艺术化"就一般理解来说,可以看作是审美化。梁启超说,"爱美是人的天性",把美融入人生,"生活的艺术化"就是让我们审美地去看待人生,这一理

---

① 梁启超:《"知不可而为"主义与"为而不有"主义》,《梁启超文选》下,中国广播电视出版社1992年版,第459页。
② 梁启超:《为学与做人》,《梁启超文选》下,中国广播电视出版社1992年版,第484页。
③ 梁启超:《"知不可而为"主义与"为而不有"主义》,《梁启超文选》下,中国广播电视出版社1992年版,第464—467页。

念是十分重要的，可以说也是现代美学的追求。其次，要让人们摆脱相互之间的世俗利害观念，使这种观念具体化、现实化，则就复杂得多，问题又来了。这要通过懂得"生活于趣味"、趣味便是生活、能够享用美术的人，不断地给以实现的"美术人"才能做到。美术人要把活生活自身看成是有趣味的东西，但是生活中虽然充满趣味，而趣味不会自动到来，而应通过生活的实际途径，即必须通过人的审美活动、审美教育而获得。所以他指出趣味的来源有三，一，"对境之赏会与复观"，即在观赏自然之美中培养自己的美感。二，"心态之抽出与印契"，即在心理方面去感同身受于他人的苦乐。三，"他界之冥构与蓦进"，即"超越现世界闯入理想界去""同往一个超越的自由天地"，进入审美的超越。他认为文学、音乐、美术，就是诱发审美感觉、审美情感的三种利器，这些艺术形式，因其上述多种作用而发挥了其"美术的功用"，即审美的功能。"审美本能，是我们人人都有的"，但感觉器官不用，就会变得麻木。"一个人麻木，那人便成了没趣的人；一个民族麻木，那民族便成了没趣的民族。美术的功用，在把这种麻木状态下恢复过来，令没趣变为有趣。……把那渐渐坏掉了的胃口，替他复原，令他常常吸收趣味的营养，以维持增进自己生活的健康。"① 所以文学艺术在社会生活中占有极为重要的作用，它的普及可以培育享用美术的"美术人"，也即"审美的人"。这样看来，趣味与审美相辅相成，互为依附，在审美活动、审美教育中，趣味诱发审美，审美又提升趣味。如果说，梁启超在前期，以为通过审美救赎，炼成"新民"，就有了"新国"，那么现在就转到"美术人"身上去了，可以说这也是一种审美救赎。但是这个"美术人"是一个具有很高精神情操的人，他不一定懂得孔老学说，但在"责任心"的普遍驱使下，是会大量出现这样的"美术人"的。

梁启超的"美术人"即"审美的人"提出的时候，正值"五四"之后民主、科学思潮高涨的时期，马克思主义开始广泛传播的时期，

---

① 梁启超：《美术与生活》，《梁启超文选》下，中国广播电视出版社1992年版，第154—156页。

七 我国文学理论与美学审美现代性的发动

各种西方哲学如实用主义、生命哲学等相当流行的时期，启蒙现代性呈现了极为复杂的流向。表现在文学理论、美学中，这是"人的文学"、文学与人生、纯艺术论，甚至文学与社会主义、不同文学流派等问题的大讨论时期，而国民性的反思仍然是思想界、文学创作中的重要话题，显示了审美现代性的多种取向与锋芒。而这时埋头于学术的梁启超却提出了"文学的本质和作用就是'趣味'"，"趣味是生活的原动力"，"生活于趣味"，"为劳动而劳动，为生活而生活"，"为学术而学术"等观念，显然与当时流行的社会思潮、文艺思潮所造成的氛围难以适应，不相合拍，一般读者在20世纪20年代的社会氛围中对上述观念都会造成误解，虽然提倡趣味同时有"责任心"为之说明，但影响有限。梁启超对外国的哲学、文艺思想的吸收是多方面的，20世纪20年代初，一些人包括梁启超在内，对柏格森的生命哲学创化论思想相当推崇，移用了其"创造进化"等观念。而1920年宗白华提倡过"艺术的人生观"，"就是从艺术的观察上推察人生生活是什么，人生行为当怎样？……艺术创造的目的是一个优美高尚的艺术品，我们人生的目的是一个优美高尚的艺术品似的人生"[①]。像梁启超、宗白华这样来探讨美学问题在当时所引起的注意，不像其他社会思潮的争论那样热烈和为人瞩目。

"新民"、特别是"美术人"的思想的提出，对于当时我国来说可能是超前的，但是就现代文论、美学的整体发展来说，却是适时的重大回应。我们如果把梁启超的美学思想与康德、席勒、黑格尔以及后来的柏格森等人的美学思想稍作比较，则会了解到他们之间的思想上的交叉点。例如，席勒讲到，要"把美的问题放在自由的问题之前……这个题目不仅关系到时代的审美趣味（原译为'鉴赏力'，朱光潜先生译作'审美趣味'，这里行文从朱），而且更关系到这个时代需求，我们为了在经验中解决政治问题，就必须通过审美教育的途

[①] 宗白华：《新人生观问题的我见》，《时事新报·学灯》，《宗白华全集》第1卷，安徽教育出版社1994年版，第222、223页。

径。因为正是通过美,人们才可以达到自由"①,就像朱光潜先生所说的,当席勒提出要使人成为"审美的人"条件时,"按照当时历史情景把这句话翻译为普通话来说,这就是:要把自私自利腐化了的人变成依理性和正义行事的人,要把不合理的社会制度变成合理的社会制度,唯一的途径是通过审美教育;审美自由是政治自由的先决条件"②。这些方面,我们可以在梁启超美学中看到某些光影,而他所阐述的趣味学说、人生艺术化说,是具有丰富的现实哲理意趣的,自然,对于这些问题我们必须鉴别,而采用其合理部分。但是,无论"新民",无论"美术人",作为我国现代美学中的新观念,它们显示了我国文学理论与美学审美现代性的发动,和王国维一起,他的美学与文学理论是古典美学与文学理论的终结与现代美学与文学理论的开端。

梁启超的美学思想由于我们过去只从其改良主义政治主张、革命不革命观点看问题,被遮蔽了很多年。一旦"濯之拭之",就"发其光晶"了。他的"新民"与"美术人",或"审美的人",给以改造,对于我们今天的审美教育来说极为需要。他在《少年中国说》中描述了理想的中国少年:"少年雄于地球,则国雄于地球。红日初升,其道大光;河出伏流,一泻汪洋;潜龙腾渊,麟爪飞扬;乳虎啸谷,百兽震惶,鹰隼试翼,风尘吸张;奇花初胎,矞矞皇皇;干将发硎,有作其芒;天戴其苍,地履其黄;纵有千古,横有八荒;前途似海,来日方长。美哉我少年中国,与天不老!壮哉我少年中国,与国无疆!"在我们民族伟大复兴的今天,这种充满爱我中华、激情喷薄的思想,仍然振奋着我们!

我们需要以新时代的价值与精神,来锻铸我们新时代的"新民""美术人"与"审美的人"!

(原刊于《社会科学战线》2008年第7期)

---

① [德]席勒:《美育书简》,徐恒醇译,中国文联出版公司1984年版,第38—39页。
② 《朱光潜美学文集》第4卷,上海文艺出版社1984年版,第478页。

八 反思与重构：近20年来我国中青年学者的俄苏文学研究

20世纪80年代开始，我国外国文学研究的形势日益好转，而苏联文学的研究则相对滞后。90年代初，历时70余年的苏联一朝解体，在俄罗斯本土，有关苏联文学的论争又持续了多年。必然的无序与丛生的乱象，自然又加大了我国苏联文学研究的难度。

但是，让人高兴的是，我国俄罗斯文学研究界以高度负责的敬业精神，通过俄罗斯文化、文学自身的资料的努力搜集与发掘，及时关注俄罗斯文学自身的演变，和对其他国家有关俄罗斯文化、文学的资料的收集，逐渐扩大了苏联时代文学的范围。曾为主流的苏联文学部分必然要受到新的检验，而被遮蔽了许多年代的其他部分的俄罗斯文学及其理论，自然会被抹去历史的烟尘而凸显出来。一旦除去了人为的阉割、传统的片面断裂和专横的大一统的真正的"单流论"，俄罗斯文学就显示了其丰富多彩的面貌与深厚的蕴涵，形成了一个相对完整的20世纪俄罗斯文学观念。在这一领域，一批年长的学者无论在19世纪俄罗斯文学还是在苏联文学、理论和批评史研究方面，都取得了丰硕的成果。其中如吴元迈的《苏联文艺思潮》《求索集》，刘宁主编的《俄国文学批评史》和他的《俄苏文学 文艺学与美学》，陈燊的《异同集》，王智量的《论普希金、屠格涅夫、托尔斯泰》，刘宗次的普希金研究，张铁夫的《普希金的生活和创作》，倪蕊琴的托尔斯泰研究，与陈建华合作主编的《论中苏文学发展进程》，夏仲翼的托尔斯泰、陀思妥耶夫斯基研究，李明滨的《俄罗斯汉学史》及其他，彭克巽的《苏联小说史》和他主编的《苏联文艺学学派》，李兆林、徐玉琴主编的《简明俄国文学史》，徐稚芳的《俄罗斯诗歌史》，钱善行的《当代苏联小说的主要倾向、流派的嬗变》，童道明的《他山集》，李辉凡的《文学·人学》与《二十世纪初俄罗斯文学史潮》，与张捷合著的《20世纪俄罗斯文学史》，张捷的《苏联文学的最后7年》与《俄罗斯作家的昨天和今天》，朱逸森的《契诃夫》，郑判龙的阿·托尔斯泰研究，张羽的高尔基研究，陈寿朋的《高尔基美学思想论稿》，陈守成、郁凤麟的马雅可夫斯基研究，顾蕴璞的《叶赛宁研究论文集》，程正民的《巴赫金的文化诗学》，陈敬咏的《苏联反法西斯战争小说史》等。这些著作可以说是我国苏联、俄罗斯文学研究第二代学人（不知是否合适）贡献的重要成果。它们的作者长期治学，学养深厚，学风踏实，他们的著作将会影响着我国俄罗斯文学研究的发展。此外还有王金陵、王德胜、余绍裔、雷成德、马家骏、匡兴、何茂正、谭得玲、赵先捷等著名学者，在各自的研究领域里做出了独特的贡献。在这篇短文里，我主要谈谈中青年学者。

我国一批研究俄罗斯文学的中青年学者，从20世纪80年代破土而出，目前已成为俄罗斯文学研究中的中坚力量。他们具有强烈的现代性意识，深刻的危机意识和反思能力，在解放思想、改革开放中显示了勇敢的探索、创新精神。反思与解放思想，就是批判与自我批判，在这一过程中摆脱原来钳制性的政治框架。反思与解放思想，就是寻找新的文本、探索新的文化语境，开阔自己的眼界，拓宽文化的视野。反思与解放思想，不是简单轻浮的否定，而是辩证、精深的思考，认真的批判与取舍，从中获得再生的契机。反思与解放思想，是寻找新的整体性与多元开放的包容性，恢复事物原有的复杂性。反思与解放思想，就是崇尚对话精神，在文化交往中有所借鉴，确立那种具有一定的价值判断的非此即彼而在总体上亦此亦彼的思维方式。与其他外国文学研究比较起来，俄罗斯文学研究的选择有它的艰巨性，克服这种障碍，需要坚毅的心理和学术的责任感。在20世纪学风相当浮躁的八九十年代，在面临苏联文学解体的时代，一批从事俄罗斯文学研究的中青年学者能够沉潜下来，默默耕耘，没有任意切断传统，而是在批判中对传统进行扬弃，力图更新传统；他们扩大研究的

八 反思与重构：近20年来我国中青年学者的俄苏文学研究

视界，深入俄罗斯文化的领域，逐渐确立了文化整体性的观念。这里既有细致的鉴别与剥离，进行吸收，又做了艰苦的整合，另辟蹊径，在破碎之后走向了新的重构。他们在我国俄罗斯文学研究的复兴中，起了重大的作用。可以说，今天我国俄罗斯文学研究佳作迭现，虽然问题多多，但已处在一个渐入佳境的时代。

1982年《世界文学》刊登了夏仲翼对巴赫金的文学理论思想的介绍与简评，在俄罗斯文化文论、文学的译介方面，吹进一股新风。随后是俄罗斯形式主义文论、什克洛夫斯基文集与巴赫金全集的出版和多种过去被错误批判的多种文学作品的出版。但是更大规模的介绍是多套白银时代文化思想、哲学、宗教著作和文学作品的出版，它们刷新了中国读者对俄罗斯文化、文学的原有认识。尽管关于白银文学的上限与下限的划分还有分歧意见，一些作家是否就是白银时期的代表人物，对于他们的著作价值判断不尽一致，但是这是一个19世纪末到20世纪前20多年间极为丰富的俄罗斯哲学、宗教文化与文学艺术的辉煌的时代，却是毫无疑义的，我国读者终于看到了一个被长期遮蔽了的、不熟悉的时代。

在俄罗斯文化研究方面，林精华的《想象俄罗斯》与《民族主义的意义与悖论》，是探讨俄罗斯民族性与俄罗斯文化转型的厚重之作，作者以宽阔的视野、丰富的资料切入"俄罗斯，只可想象不可分析"的难题，对俄罗斯的"不可分析"恰恰进行了"分析"，显示了中国年轻学者对俄罗斯本源有了深入的了解。应该说，进入俄罗斯文化这是一个难题，俄罗斯学者也在探索其隐秘，我国学者能参与其中，需要胆识与魄力，还有大量需要去粗存精的资料，上述两书，见解独到，有说服力，可以说是一个良好的开头。宗教文化是俄罗斯文化的重要部分，过去一方面是我们长期对于宗教文化的狭隘的教条主义的理解，另一方面是由于苏联政权把这部分文化遗产视为异端封存高阁使得资料难求，所以在研究一些俄罗斯大作家时虽然不致完全隔靴抓痒，但总觉得难以说得透彻。以俄罗斯文化、宗教文化视角较早切入陀思妥耶夫斯基是何云波的《陀思妥耶夫斯基与俄罗斯文化精神》，使得我国的陀氏研究出现了新意。赵桂莲的《漂泊的灵魂》一书，从俄罗斯传统文化包括宗教文化精神的视野来解读陀思妥耶夫斯基，触及了陀氏笔下的人物犯罪、堕落、自我折磨、忍耐、受难、宽恕、爱的追求这些精神现象之后的宗教、文化本源和心灵的隐秘，而令人耳目一新。不久前读到刘文飞编的《苏联文学反思》一书，其中收有王志耕的《宗教精神的艺术显现》一文，作者切入宗教文化精神，探讨了贯穿于苏联文学的宗教情结，阐明了俄罗斯文化中宗教精神因素在后来苏联文学中的变异与更新，揭示了过去我国读者陌生的一面。有刘亚丁的《全身心倾听革命》一文，革命是20世纪初俄罗斯社会生活的主题，俄罗斯文学与之结了不解之缘。现在对它表示否定、鄙视当然时髦，但是怎么看待这种文学的存在、精神的存在，恐怕要进行历史的、理性的反思，使其获得合理的解释。个人兴趣可以避开，但是写作文学史可能就难以违避。还有董晓的《乌托邦与反乌托邦》一文，描述了曾经是几代人的追求的理想，它的蜕变和悲剧的破灭，以及贯穿于苏联文学的对乌托邦的反制与反抗过程，观点新颖，读来既熟悉又饶有兴味。

在文学理论、批评思想研究方面，巴赫金的文学理论著作大概是一个最为热门的话题，据我不完全的了解，十多年来就通过了张杰、董小英、夏忠宪等6人的博士论文，它们主要集中在对话、复调、狂欢理论以及巴赫金在我国的接受的探讨。这些著述一面传播了这位学者深邃独特的文学思想，另一面则为我国文论的建设，提供了新的思想资源，激发了新的活力，据闻还有一些青年学子在写这方面的博士论文。但是一些巴赫金研究者和博士论文的写作者，似乎不需要懂得俄语与其他外语，不需要了解俄罗斯与其他国家学者就自己所研究的巴赫金的有关问题已有的论述，一切从我开始，这真使我深感惘然！不久前看到的凌建侯的《巴赫金哲学思想与文本分析法》、晓河的《巴赫金哲学思想研究》与曾军的《复调的接受》等著作，在巴赫金研究方面有了新的进展。凌建侯的著作以巴赫金的哲学思想为纲，以语言学和文艺学为目，通过文本阅读，提出独白思维与反独白思维是互动的观点的文本分析法。晓河的著作将他人之我作为巴赫金哲学思想的主干，对这种哲学进行了历史的回顾，探讨了他人之我在审美活动、时间涵义整体与超语言学中的表现，并对巴赫金的道德哲学和涵义理论作了独立的论述。曾军的著作对20年来巴赫金思想在我国的广泛传播做了清理，探索了它对我国新时期以来各个时期文艺思想的影响，而形成一个接受结构，构思新颖。在俄罗斯诗学（诗歌理论）研究方面，黄玫的《韵律与意义：20世纪俄罗斯诗学理论研究》，该书就俄罗斯的形式主义诗学、结构诗学、修辞诗学、诗律诗学、语言学诗学、语义诗学、文本结构诗学，做了简明扼要与比较准确的论述。此外还有张杰与康澄的《结构文艺符号学》与康澄的《文化及其生存与发展的空间》。这两本著作的出版，虽然隔有几年，但都是我国研究洛特曼结构符号理论的开场之作（不算零星介绍）。前书剖析了洛特曼的思想渊源与艺术文本理论的内涵和方法论特点，并将洛特曼符号学理论与各种符号学派进行了比较，后者探讨了洛特曼的文化符号学的特征与应用。由于符号学的理论本身晦涩难懂，研究者寥寥，所以这两书的出版，为我国洛特曼的研究会起到引导作用。

白银时代文学的译介与研究，是这个时期的重大现象。我所浏览的是我手头的几套丛书，有周启超主编的《俄罗斯白银时代精品文库》、严永兴主编的《白银时代丛书》、郑体武主编的《白银时代俄国文丛》，以及黎皓智译的《俄国象征派诗选》。阅读它们大体可以感受到这个时期诗歌、小说、文学理论、批评、笔记随笔的思想的复杂多样，形式构思的精致巧妙，价值的多元取向。在有些作家那里，世纪末情调十分强烈，那时的马克思主义批评家的批判也十分严峻的，但是从总体上看、从时代酝酿的变革来看，这些著作却是充满了艺术变革的热望，形式创新的渴求，这是一个各种哲学思潮多元勃兴、文学艺术思想相互渗透复调喧哗的时代。这几套丛书与译本的长序，写得都很扎实，有的写得很有激情，文字流畅。自然，存在不同意见也是正常的。关于象征主义文学思想，最早有周启超的专著《俄国象征派文学研究》，这部著作先是对俄国象征派文学的内在发展轨迹、一般的意识形态立场和基本的哲学思想渊源作了评述，而后就将重心转向揭示俄国象征派文学的艺术个性；其后，他的《俄国象征派文学理论建树》一书，从外来影响、宗教哲学、诗学建构、语言特征、诗歌使命以及延续的影响，很有见识地分析了这一流派中的诸多独创现象，大概是我国学者目前对于俄罗斯文学中的象征主义研究最为系统的著作了。开始整合白银时期的著作是汪介之的《现代俄罗斯文学史纲》，如果该书偏重于史，那么后来周启超的《"白银时代"俄罗斯文学研究》一书，则偏重于论，作者对白银时代文学中的作家个性，体裁风格，流派群体，思潮更迭，都有发掘和深刻的分析，加深了我们对于白银时代创新特征的学理性认识。

在20世纪俄罗斯文学思想的研究中，张杰与汪介之合作撰写的《20世纪俄罗斯文学批评史》是一本新颖的、很有分量的著作。该书全方位地整合了19世纪90年代起至20世纪90年代止的俄罗斯文学中的各个文学批评流派，在结构、格局上已大大不同于我们常见的批评史。20世纪俄罗斯文艺思想各种流派思潮，纵横交叉，兴衰流变，十分复杂，不易把握，很难使用原有的套式。该书提出了20世纪俄罗斯文学批评包括两大板块即国内与国外；三股潮流即社会批评潮流、历史文化批评潮流、审美批评潮流；三次转移即文学形式研究由语言符号转向文化符号、文艺本质认识由意识形态本质论转向审美本质论和社会历史批评由现实世界向宗教文化视角转移；以及最后走向多元。这种批评史的格局与构图，它的总体描述，可能会引起不同意见，但这毕竟是我们在研究俄罗斯文学批评史方面走出的重要一步。周启超的论文集《对话与建构》对俄罗斯形式论学派在当代苏联的命运、20世纪20年代俄罗斯文论格局、苏联解体以来俄罗斯文论建设的基本表征作了积极的观察与反思，对巴赫金、洛特曼、柯日诺夫、雅各布森等当代文论大家学说做了有力度的探讨与研究。

中国文学与俄罗斯文学关系的研究方面，也是一些中年学者关注的课题。俄罗斯文学的引进始于20世纪之初，随着社会运动与变革，俄罗斯文学成为外国文学引进中的主潮，这一潮流一直延伸到20世纪50年代。汪介之的《选择与失落》探讨中国文学在求索中，着重从文化心理、人道主义、"为人生"、"使命意识"、"现实主义"文学精神与文学形象等方面与俄罗斯文学的贴近，以及由于社会政治原因，造成了接受中片面与割裂，如对待俄罗斯文学中的宗教文化意识等，思考深刻。他的《俄国形式主义在中国的接受》一文，对我国20世纪80年代以后出现的文学本体论思潮与俄国形式主义的内在关联作了细致的梳理。陈建华的《20世纪中俄文学关系》和他主编的四卷本《中国俄苏文学研究史论》，以由史及论的角度，系统地梳理了百年来各个时期的中国文学如何接受俄罗斯文学、苏联文学的。俄罗斯文学对"五四"前后中国文学发生积极影响，后来出现了苏联文学引入的高潮、滑坡与失落。特别是把中俄两国各个时期文学理论思想两相对照，既是有趣的，也是令人深思的。这些著作特别是后一著作，资料丰赡，气魄宏大，历史线索清晰，评价公允得体，大概可以算作这一时期的力作了。2006年出版了《托尔斯泰览要》一书，该书由王智量、谭绍凯、胡日佳、区品圣任主编，戈宝权作序，它集中了46位学者，以100万字的篇幅，撰写了托尔斯泰的生平大事年表，作家亲属、友人名录，家谱，创作系年总目，作品目录，各种作品简介，苏联、欧美、中国学者研究书目，我国研究托尔斯泰大事记中文译本目录，托尔斯泰研究索引等。这是一份我国学者的集体创作，十分方便我国学者的查阅，反映了托尔斯泰在中国的巨大影响。

20世纪90年代后，我国学者对19世纪俄罗斯作家创作的研究，是取得了巨大成绩的，几乎重建了过去我国俄罗斯文学研究的格局，达到了很高的水平。张铁夫主编的《普希金》从多种视角切入普希金，使人视野大为开阔。朱宪生的《在诗与散文之间——屠格涅夫的创作和文体》，使我直观地感到这是一个富于创意的课题，果然该书抓住了屠氏文体中诗体、散文交叉与变化特征，显示了作者精细的艺术感受。他的《俄罗斯抒情诗史》，既是俄罗斯抒情诗不同风格的展现，又是作者抒发性的散文式的解读，有很高的可读性。此外有曾思艺的《丘特切夫的诗歌研究》，吴泽林的《托尔斯泰和中国古典文化思想》与《叶赛宁评传》，邱运华的《诗性启示——托尔斯泰小说诗学研究》，王加兴的《俄罗斯文学修辞特色研究》、王志耕的《宗教文化语境下的陀思妥耶夫斯基诗学》、石南征的《明日黄花》，黎皓智的《俄罗斯小说文体论》，查晓燕的《普希金——俄罗斯精神文化的象征》，胡日佳的《俄国文学与西方审美叙事模式比较研究》等著作。其中如《丘特切夫的诗歌研究》,我年轻时候只读到过俄国学者的一本小册子,现在我国青年学者竟然写出了这么深入的大部头著作,令我称奇。有如其中两本关于托尔斯泰的著作,对问题进行了如此精深的研究,也是显示了我国作者们的聪明才智。又如小说文体、叙事模式比较研究,也是思路宽阔,别开生面,特别是后者,在苏联批判所谓"世界主义"时代和之后,在大俄罗斯主义盛行的时代,论题绝对是被颠倒了的。这些论著富有研究的独特性,具有研究问题的深度和学术上的独创精神,体现了我国俄罗斯文学研究当代性的强烈追求。由于篇幅关系,我难以一一评说,我只能说它们和我在前面提及的著作一起,代表了我国俄罗斯文学研究的新水平。

自然,走向新路,还仅仅是开端,需要清理、讨论、争论的问题很多。精彩的俄罗斯文学研究的景致还在后面。同时由于作者仅凭手头现有的论文、著作评说,所以总是今天怀有一种遗珠之憾。优秀的著述恐怕还有不少,未能在此提及,这是要请朋友们谅解的。

(2006年2月初稿,2008年3月8日再改,
原刊于《俄罗斯文艺》2009年第2期)

附言:

此文写完后,发现我国一些俄罗斯文化、文学的研究者写的新著,成绩十分突出。其中有金亚娜的《期盼索菲亚——俄罗斯文学中的"永恒女性"崇拜哲学与文化探源》,她与刘锟、张鹤等合著的《充盈与虚无——俄罗斯文学中的宗教意识》,有刘锟的《东正教精神与俄罗斯文学》,还有郭小丽的《俄罗斯的弥赛亚意识》等。这些著作揭开了俄罗斯宗教文化、民族意识与俄罗斯文学的关系,已深入到了俄罗斯民族文化的深层,令人耳目一新,这是十分令人高兴的事。

(2012年6月补记)

九　文学经典的艺术魅力
——评果戈理《死魂灵》

　　1842年5月，果戈理的《死魂灵》第1卷问世。小说是作者几经周折、冲破审查机关的重重阻碍才得以出版的。《死魂灵》的出现，在俄国知识界立刻掀起了一场争论。有的人把它贬得一无是处，有的人又不恰当地把它誉为当代的《伊利昂纪》。别林斯基当时撰文指出："没有一个诗人遭遇过像果戈理这样古怪的命运：能够把他的作品背诵如流的人，都不敢把他视为伟大的作家；对于他的才能，没有一个人是漠然视之的：不是狂热地爱他，就是对他衔恨入骨。"[①] 读者因一部小说而分成壁垒分明的两边——崇拜者和反对者，这在文学史上并不多见的。无怪乎赫尔岑说："《死魂灵》震动了整个俄罗斯！"

　　果戈理生前境况并不如意，他因自己的创作一生受尽非议；加上生活上的种种烦扰，朋友间的激烈争论和尖锐的对立，常常使他陷入精神忧郁的境地。不过从文学史的观点看，他毕竟是幸运的。可以说他的《死魂灵》为俄罗斯现实主义文学的形成奠定了基石，小说的艺术创作原则，为后来的俄罗斯作家所公认和发展，它的批判倾向，对于19世纪俄罗斯文学的长足进步，具有方向性意义。

　　1835年秋，果戈理开始创作《死魂灵》。在这之前，他已出版了《狄康卡近乡夜话》《密尔格拉得》和《小品集》（其中包括《涅瓦大街》《肖像》和《狂人日记》）。他在这些作品中显露出来的俄罗斯民间文学所具有幽默和讽刺的艺术才能，深为普希金所赞赏。为了支

[①] 《别林斯基选集》第3卷，满涛译，上海译文出版社1980年版，第412页。

持果戈理的创作，普希金把自己搜集得到的有关《死魂灵》的素材，无私地送给了他。不久之后，果戈理写信给普希金说："我已动手写《死魂灵》，这将是一部卷帙浩繁的长篇小说，而且它也许会使人发笑。但是我写到第3章就搁笔了……我打算在这部长篇小说里即使只从一个侧面也好，一定要把整个俄罗斯反映出来。"① 为什么果戈理写到第3章就停笔下来呢？原来这时他产生了写作喜剧的强烈愿望，于是他又向普希金求助，从后者那里得到了《钦差大臣》的素材。次年，在《钦差大臣》上演后不久，果戈理准备旅居国外，继续《死魂灵》的写作。行前他把已经写好的几章初稿念给普希金听，诗人听后满怀忧郁地说："老天爷，我们的俄罗斯是多么令人忧伤啊！"②《死魂灵》是果戈理在异乡漂泊的年月中，怀着无穷的乡愁写成的。

在《死灵魂》里，果戈理谈到有两种作家。一种作家回避现实，隐瞒生活真相，描写虚幻和美丽的故事、高尚的人物，为此他会大受世人的欢迎。另一种作家则面向人生的坎坷、世道的艰辛，他的琴弦决不奏出甜美的歌，却只是深入那冷酷的、破碎的和平凡的性格深处，用不倦的雕刀来刻画出真实的人物形象，透过那"世人所能听得到的笑和世人见不到的、没有尝味过泪"，来再现人生。果戈理生在黑暗时代，满目时艰，他无疑同意并且属于后一类作家。他的创作展现了俄罗斯社会的停滞和历史发展必然要求直接按的矛盾，普通人的不幸命运和他们对自由、幸福的向往。

《死魂灵》描写唯利是图的乞乞科夫来到某市，交结了省长、税务厅长、警察厅长等官僚，然后向该地地主收买已经死去而尚未注销户口的农奴——死魂灵，企图把他们当做活的农奴，抵押给监管委员会，骗取大笔押金，在丑事即将暴露之际逃之夭夭。果戈理通过乞乞科夫和一批贪官污吏和各类的地主的交往，广泛地展现了他们的日常生活和精神世界，把这些自称为"生活的主人"的丑类的庸俗、贪婪、腐朽以及资本原始积累者的那种不择手段、冷酷无情的欺诈行

---

① 《果戈理全集》第10卷，苏联科学院出版社1940年版，第375页。
② 《果戈理全集》第8卷，苏联科学院出版社1952年版，第294页。

径,尽情地加以嘲笑,使地主贵族的卑琐志趣、动物式的贪欲、精神的空虚、道德的堕落情状暴露无遗。小说还揭露了沙皇政权的反人民的实质,透露了农奴制的衰亡、没落的消息,写出了俄罗斯文学前所未闻的震慑人心的东西。在19世纪俄罗斯的一些训诫小说里,地主们一个个温文尔雅,无一不是正派人物,社会的花朵。《死魂灵》一反这类小说的倾向,使得"生活的主人"现出原形。正如赫尔岑所说的:"果戈理终于迫使他们走出别墅,跑出地主的家园,于是他们就不带假面具,毫无掩饰地在我们面前走过他们是些醉鬼和饕餮之徒,他们是权力谄媚的奴隶,是毫无怜悯地虐待奴隶的暴君;他们吞噬人民的鲜血和生命,竟是这样自然、平静有如婴儿吮吸母亲的乳汁一般。"① 这种撕下统治阶级假面具的无情揭露,正是果戈理作品的新内容,带入俄罗斯文学的新东西。但是这使保守文人深为惶恐,以至要诬蔑《死魂灵》把一切优良的东西"淹没在胡闹、恶俗和废话的大杂烩里面"。他们指责小说展现生活的"污秽",充满"无聊"琐事,"没有内容",只写浑身缺陷、志趣低下的人,却不写正人君子,而且用语"粗俗",书中官僚、地主的话就连一个"正派的"仆人也说不出口的。因此小说在"矜持拘礼的客厅里,在艳装小姐的闺房里",那是令人难以忍受的,等等。在这类指责里,贵族老爷的精神可说溢于言表。对此,果戈理在关于《死魂灵》的第3封信里写道:"……使他们害怕的是,我的人物一个比一个庸俗,没有任何现象可以使他们感到慰藉……如果我写出了不同寻常的恶棍,人们很快会原谅我,但是决不能宽恕我表现了庸俗。"② 别林斯基对《死魂灵》的出现,感到由衷的喜悦,他驳斥了保守分子对小说的攻击,指出果戈理是勇敢而直率地正视俄罗斯现实的第一人。"《死魂灵》这部作品所以伟大,正因为在它里面揭露并解剖生活到了琐屑之处,并且赋予这些琐屑之处以普遍意义。"③

---

① [俄]赫尔岑:《赫尔岑论文学》,辛未艾译,上海文艺出版社1962年版,第72页。
② 《果戈理全集》第8卷,苏联科学院出版社1952年版,第249—295页。
③ 《别林斯基全集》第3卷,上海译文出版社1980年版,第507页。

在《死魂灵》里，俄罗斯社会生活的阴暗面，通过卑琐的"生活的主人"的人物群像得到了充分的表现，这些人物性格后来被称为文学典型。

玛尼洛夫浅薄无聊，耽于幻想。这种人外表显得斯文知礼，善于应酬，但是你马上就会发现，他不具鲜明个性，言谈极端贫乏，而缺乏明确的个性，又正是这类人的个性特征。那张两年前就夹在一本书的第14页的书签，巧妙地显示了它无所事事的生活方式和精神上的慵懒。女地主柯罗博奇卡则是固执、愚蠢，与世隔绝又略带几分机警的人。她精心经营家业，铢积寸累，极力支撑着小小的庄园。如果说玛尼洛夫的庄园是宗法制农村走向凋敝的预兆，那么她的庄园则是那种自给自足的宗法式农村的缩影，不过像这种地方，在当时的俄罗斯已为数不多了。诺兹德廖夫嗜酒好赌，撒谎成性，横蛮霸道，无所不为，表现了乡间恶少、地痞的本色。果戈理用熊的笨拙的特征来描绘地主索巴凯维奇的外貌，而索巴凯维奇的思想和心理，也无不像熊一样贪婪和冷酷。他精明务实，狡狯异常，行诈而不受人骗。敛财与饕餮是这个高利贷者的本质特性。在普柳什金身上，果戈理主要突出了他的悭吝。他拥有上千农奴，但却衣衫褴褛，形同乞丐；他贪财如命，不惜与子女断绝往来；他宁可让粮食霉烂变质，也不让农奴得到温饱，致使大批农奴外逃谋生，或如蝇子一般死亡。守财奴的本性使他大量破坏物质财富，丧失一切人性感情。他的破惨不堪的庄园，是宗法制农村走向解体的生动写照。

乞乞科夫是小说里的中心人物，小说通过他收买死魂灵的历程，把俄罗斯城乡一幅幅生活画面联接了起来，再汇集成一副危机四伏的俄罗斯社会的完整的图画。此人精明强干，老谋深算，善于审时度势，适应任何环境，为了达到发财致富的目的，不惜践踏任何道德原则。乞乞科夫这种"好掌柜"式的生意人，是19世纪初俄罗斯社会的新现象，是农奴制行将没落、资本主义迅速发展时期的产物。由于是新现象，所以在小说第1卷的最后一章里，补叙了这个人物的成长。乞乞科夫出身小贵族，自小接受的家庭教育是：一是要想方设法博取上级的欢心；二是"有了钱什么事你都能够办得到，什么路你都能够打得通"。这种"家训"后来成为乞乞科夫的处世哲学。他走进社会后,逢迎上司,贪污受贿,大搞投机事业,当丑行被揭露、遭到打击时,又善于从逆境中脱身,伺机再起。收买死魂灵是他屡屡挫折之后的又一攫取钱财的新"事业",表现了资本原始积累时期正在成长中的资产者的掠夺本性。

《死魂灵》的另一方面的重要内容,在于揭示了人民的痛苦处境,他们合理的生活追求。广大人民生活的悲惨境遇,常常通过"生活的主人"丑行的描写,间接地表现出来。在乞乞科夫和玛尼洛夫交谈死魂灵的买卖时,后者说他的农奴"死了很多",但到底有多少,他却说不清楚。在索巴凯维奇那里,死去的农奴中不少是结实的庄稼汉,会修房造车的能工巧匠。小说通过市里官僚谈论农奴移居问题,从侧面告诉读者:广大农奴由于不堪忍受压迫,或结伙逃亡,或聚众暴动,杀死为非作歹的宪兵,等等。特别写得出色的是,在乞乞科夫的勾当即将败露之时,小说插进了一个戈贝金大尉的故事。戈贝金在反抗法国入侵的卫国战争中成为残废,生活无着,去彼得堡也是求告无门,在屡遭冷遇和侮辱并被押送回乡之后,终于忍无可忍,铤而走险,占山为王去了。故事谴责了反动官僚的假爱国主义和表现了官逼民反的必然趋势。

《死魂灵》揭露出来的社会问题的严重性,它的批判倾向,曾使当时俄罗斯的有识之士深为震惊,意识到不改变现状,就无法拯救俄罗斯。小说的客观的艺术效果甚至使作家本人也大为惊恐,好像出乎他的意料,以致在受到保守势力的影响后,竟在小说的二版序言(1846年)中说:"在这本书里,许多描写是不正确的,不真实的,与俄罗斯发生的情况不符。"① 不过俄罗斯的进步舆论是公正的,别林斯基认为果戈理是一位"合乎时代精神的诗人",指出《死魂灵》的出现,表明了俄罗斯文学正在"不断地走向独创性和民族性",在这方面,"没有一个作家获得像果戈理一样大的成功"②。

---

① 《果戈理全集》第 6 卷,苏联科学院出版社 1951 年版,第 587 页。
② 《别林斯基选集》第 2 卷,满涛译,时代出版社 1953 年版,第 400 页。

《死魂灵》在艺术上别具一格，它的人物性格描写，幽默与讽刺的运用以及和抒情的结合，都无不显示出它特有的独创性，在俄罗斯文学文学可谓独树一帜。

小说在所造人物性格方面，大致采用了两种方式。一是作家通过人物在特定环境中的活动，以肖像画的方法鲜明地勾勒出他们的性格特征，精神面貌，而不展现其形成过程。玛尼洛夫等几个地主形象的刻画，就属于这一类型。一是作家在描写人物性格时，也写他的形成过程，对于乞乞科夫的刻画就是如此。但无论使用哪种方式，果戈理十分注意环境在人物性格形成中的支配作用，而不仅仅将环境看做人物活动的场所。别林斯基在谈到《死魂灵》中的人物时说："这些人物所以为人丑恶，是在他们所受的教养上，在粗鄙无学上，却不是在本性上……"[①] 小说中地主们的各种性格特征，无不与农奴制，地主政治、经济地位和他们特有的生活方式、文化教养有关。其次，果戈理在人物描写中十分自觉地强调人物的个性特征，他抓住这些特征之后，加以充分的夸张与集中，把它们推向极限而又不失其真。各个地主的形象的特征固然是多方面的，但作为性格特征，果戈理实际上只突出了他们每个人的某些方面。有时重复描写它们，目的在于使其发展为人物性格中的充分个性化的东西，使人物成为富有个性特征的"这一个"。果戈理塑造的人物典型，有的已成为文学中的"普通名称"或"共名"，例如，人们遇到吝啬的人，就会联想到普柳什金其人。一个艺术形象能够如此深入人心，这对于作家来说，可是一种级高的荣誉。

果戈理创作中的强烈批判倾向，同他使用的幽默讽刺手段是分不开的。一般人固然都可以在生活中发现某种可笑的现象，但是时时处处能够抓住笑的契机，却是少有的才赋。果戈理自己说过，人们对他发了不少议论，但都未判明他的主要特征是什么，只有普希金一人觉察到了。诗人对果戈理说："还从来没有一位作家有过这样的才华，善于把生活中的庸俗那样鲜明地描绘出来，把庸夫俗子的庸俗，那么

[①] 《别林斯基选集》第3卷，满涛译，上海译文出版社1980年版，第457页。

有力地勾勒出来，使得所有容易没滑过的琐事，一览无余地呈现在大家面前。"① 这就是果戈理的重要特征。《死魂灵》最终地形成果戈理的富有独创精神的创作个性，在这里，庸俗人的庸俗主要通过幽默的笔调和讽刺的描写，而得到充分地体现。但这绝不是向壁虚构，作家只是敏锐地抓住生活中的可笑的形象，把它们淋漓尽致地展现出来而已。这也不是为了博取人们浅薄的一笑，而是让人在笑过之后，继之以沉思，一种忧郁的思索。果戈理的幽默讽刺，融入了人物外貌、动作、言语、心理和场景的描写之中。即便是一件家具，人物的一个动作，转眼之间，作家可以赋予它们以特殊意义，成为讽刺人物的手段，造成幽默滑稽的情势。索巴凯维奇熊一般的长相和动作，普柳什金破烂衣衫、不男不女的打扮，玛尼洛夫和乞乞科夫进入客厅时长时间的谦让的滑稽镜头，诺兹德廖夫杂、乱而缺乏逻辑的言语，乞乞科夫和柯罗博奇卡、索巴凯维奇谈判买卖时的不同心理反应，都是显示人物性格的出色的心理描写。至于官僚衙门，果戈理是极为痛恨的，他把这些衙门描写得宛如一家无情的机器，用讽刺的笔触，把那里贪污受贿的普遍的腐败习气，生动地展现于读者之前。这是一张能够激发起读者鄙视和愤怒的讽刺。不过，如果我们顺着故事的讽刺笔触而潜入作者的内心深处，则不难发现他是怀着极大的痛苦写成《死魂灵》的。例如，其中涉及死灵魂买卖的场面，虽则戏剧性十足，但一切又带有悲剧色彩；以滑稽的戏剧形式演出悲剧，更显出作家内心忧愤之深广。因此我们可以说，《死魂灵》中的讽刺和由此而引起的笑，正是作家愤慨的表现。

《死魂灵》作为讽刺作品。又利用了抒情插叙，这是俄罗斯文学中罕有的现象。果戈理看到现实生活里没有一线光明，处处是普柳什金家园式的败落景象。因此，他描绘生活本来面目，不加半点粉饰。但是，果戈理作品中的否定精神和理想是互为依存的。"崇高和美常常是从卑下的、受人卑视的生活里冒出来的，或是由于无穷的和不同

---

① 《果戈理全集》第8卷，苏联科学出版社1952年版，第292页，着重点是原有的。

性质度现象的撞击而引起的,这些现象使人类生活不断变得五彩缤纷……"①在《死魂灵》里,果戈理一写到人民的命运时,他原来那支充满嘲讽意味的笔,立刻会倾泻出处抒情的音调;他描绘的理想的祖国,有如疾驶着的三驾马车,飞奔向前,唱出广漠无垠的大地一定会诞生英雄的歌。但是在当时真正的死魂灵仍然统治着俄罗斯,人民无穷的聪明才智受尽摧残。所以作家难以通过艺术描写,把理想的东西具体化,而只能诉诸抒情插笔的形式,来表达他对理想的向往,对人民的赞美,对祖国命运的忧思。在这种场合,那洋溢着激情的、高远而嘹亮的音调,真如穿透乌云的太阳光束,照射到现实深处,使生活愈加显出其丑陋,从而更加反映了小说对现实的否定倾向。也正是这种昂扬的抒情笔调,赋予《死魂灵》第1卷激动人心的力量。在19世纪俄罗斯文学中,抒情和幽默、讽刺的奇妙结合,大概只有在《死魂灵》里才能见到。不过我们也要看到,在有的抒情插笔中,也夹杂着某些神秘因素,如小说11章里写道:"会有一天天赋神明般的德性的大丈夫上场……"云云,这是宗教神秘思想的流露,别林斯基当时就曾为此不安,这种因素后来真的发生了复杂的消极影响。

果戈理善于从荒诞不经的事件中摄取题材,能够在那些初看起来令人难以置信的事物中,发现其合理因素,通过艺术加工,把事物的偶然性,最大限度地转化为艺术的必然性,并且既保持原来事物的荒诞性,又赋予它们以深刻的社会意义。《钦差大臣》是如此,《死魂灵》也具有这种特点。例如,买卖死魂灵这类事件,耸人听闻,荒诞不经,但是通过艺术的提炼,却是转化成了含义深刻的惊心动魄的故事了。在情节选择方面,果戈理极好使用突然和意外的因素,造成结构上的波澜起伏的紧张性。小说中的五个地主的出场颇具匠心,写法各不一样。乞乞科夫先是结识了玛尼洛夫、索巴凯维奇和诺兹德廖夫。他去拜访玛尼洛夫,受到一番礼遇,而在去索巴凯维奇家时,深夜迷路,意外地闯进了柯罗博奇卡的庄园,同这个足不出户的女地主的买卖谈判,竟使他大费口舌。而在路上的小酒店里,竟与诺兹德廖

---

① 转引自艾里斯别格《讽刺理论问题》,苏联作家出版社1957年版,第91页。

夫不期而遇。乞乞科夫原来以为从他那里可以不费吹灰之力得到一批死魂灵，谁料事与愿违，竟受到种种侮辱。之后，他又费尽心力，与索巴凯维奇进行了一场勾心斗角的买卖。随之引出普柳什金，乞乞科夫出乎意外地从他那里便宜地买到了一批死魂灵。乞乞科夫在办理过户手续时，又来了一个突然。作者让诺兹德廖夫与柯罗博奇卡在乞乞科夫的买卖中发生意料不到的影响：一个不请自至，以司空见惯的造谣方式，当众揭穿乞乞科夫"在做死魂灵的买卖"；一个则不顾远道，进城来打听死魂灵的时价，估量自己在买卖上是否吃亏。结果谣言夹杂真情，四处传播，官僚们议论纷纷，摸不透乞乞科夫为何物，于是气氛骤变。乞乞科夫四处碰壁，惊慌失措，只得溜走了事。可以看到，情节布局中这种峰回路转的描写，十分引人入胜。

《死魂灵》问世不久后，果戈理与1843年出版了自己作品的4卷集其中收有过去未曾发表过的作品，如《外套》等。就这些作品的思想倾向来说，它们和《死魂灵》第1卷是一脉相承的。但是自此以后，果戈理在思想上、进而在创作上发生了深刻的危机。

19世纪40年代，随着俄罗斯社会矛盾的不断激化，社会思想分化、冲突有所加剧。围绕俄罗斯往何处去，社会如何才能振兴等问题，保守的斯拉夫派、自由主义的西欧派与革命民主主义派之间的争论日趋激烈，彼此之间的对立也日渐分明。这时果戈理站到了保守阵营即本土派的一边。他害怕社会震动，不赞成用革命的手段解决社会问题；他转向宗教、道德的探求，以为个人的内心的修养和自我完善，乃是平息现实中的"普遍纷争"和改造社会的有效手段。这种思想上的迷误，在他1847年出版的《与友人书简选》中，发挥到了顶点：他竟认为农奴制是最理想的制度，农奴应该安分守己，听凭农奴主的剥削与奴役。他的这种错误思想，受到了别林斯基的严厉批评。

《死魂灵》的第2卷写作，其实早在1840年就已开始，现行流传的是《死魂灵》的第2卷残稿，因此缺乏结构上的完整性。据苏联学者考证，这5章残稿写于1843——1845年间[①]，是作家思想危机开始

[①] 见赫拉普钦柯《果戈理的创作》，苏联科学院出版社1954年版，第486页。

时期的产物。所以一方面,它在思想艺术上与第 1 卷仍然保持着一定的联系;另一方面,第 2 卷的批判锋芒大大的减弱了,果戈理在一些章节中企图从没落阶级的人物中寻找能够力挽狂澜、振兴农奴制的理想人物。这两个方面,在小说中的不同人物身上分别反映了出来。

乞乞科夫仍然干着死魂灵的勾当,不过这已不是小说发展的主要线索。此人依旧圆滑世故,善于随机应变和揣摩对方心理。但终以诈骗他人巨额遗产的丑行败露,再次锒铛入狱。在绝望的时候,他向人求饶,声言一定悔过自新,一旦处境稍有好转,却又立刻故态复萌。

坚捷特尼科夫的形象,使我们想起了玛尼洛夫。他原来胸怀大志,但由于腐朽的教育和环境的影响,使他一无所长。在仕途受挫之后,就隐居乡间。他对农事一窍不通,整日在"构思"一部关于俄罗斯的鸿篇巨著,借此消磨时光。地主彼杜赫是一个索巴凯维奇式的人物,不过没有那么狡狯,但也是一个饕餮鬼,整天只知安排吃喝。对于退伍上校柯什卡廖夫,小说着墨无多,但刻画得十分生动。柯什卡廖夫管理田庄的办法是文牍主义的。在他的田庄办事,必须先写申请,逐级传递,再由他亲自审批。他还盲目崇外声称"只要给半数俄罗斯庄稼汉穿上德国款式的裤子,科学就会昌盛,商业就会繁荣,黄金时代也必将来临于俄罗斯"。至于破落地主赫卢布耶夫,在经济上虽然已经山穷水尽,却仍不肯放下贵族架子,一有进款,立即挥霍干净,连乞乞科夫也把他视为"浪荡子"。由于这些人物都反映了俄罗斯社会的消极面,所以果戈理对他们仍然抱了一种嘲讽的态度,在描写他们时,"笔力不让第 1 卷"[1]。但我们又分明看到,果戈理同时在这里使用了下述原则:"我的人物决非坏人,只要我给其中任何一人加上些正面特点,读者就会同他们握手言欢。"[2] 例如对贝特里歇夫将军的描写,说他"既有在关键时刻的大度、勇猛、无比慷慨,处事机

---

[1] 吴子敏、徐迺翔、马良春编:《鲁迅论文学与艺术》下册,人民文学出版社 1980 年版,第 982 页。
[2] 《果戈理全集》第 8 卷,苏联科学出版社 1952 年版,第 293 页。

敏，却又掺杂着任性，虚荣，自爱……"对赫卢布耶夫也是如此。总之，在倾向性上是不同于第 1 卷的。

我们在前面说到，《死魂灵》第 1 卷出版后，有人指责果戈理只写满身恶行的人，而不屑高尚人物。果戈理在《死魂灵》第 2 版序言中写道："优秀的人物性格将在后几卷里出现。"第 2 卷中的柯斯坦若格洛和摩拉佐夫，就是作家的理想人物。柯斯坦若格洛被果戈理写成振兴农奴制的"优秀的人物"，他精力旺盛，管理有方；任何地主"必须对劳动怀有热爱"，声言"我自个儿干活也像牛一样拼命地干，庄稼汉在我这里也得这样"。为了解决自己的农产品的路，他利用大批快要饿死而投奔他的农奴，开办各种工厂，大发其财；而且据说他庄里的庄稼汉，也"过着金银铺满地，铲子铲不尽的好日子"！小说写到专卖人、富豪摩拉佐夫时，说他"不但可以管理地主的庄园，简直可以管理一个国家"。此人笃信宗教，道德高尚，虽有千万资材，但穿着简朴。他以"对善的爱"和"强迫自己行善"，来启发乞乞科夫灵魂的自信。毫无疑问，果戈理企图通过这两个人物，描绘出一幅美妙的社会图景："普遍纷争"将为普遍和谐所替代，地主和农民将共同富裕。由于这纯粹是一种幻想，既无现实基础，也歪曲生活，所以这些人物身上充满了说教气味，艺术上也苍白无力。至于结尾一章中的公爵，一面好像深知社会积弊，一面又要求各级官僚恪尽职守，和谐一致，拯救俄罗斯，云云，也纯属抑郁的呓语。果戈理在《作者自白》中写道："我从未通过想象（意为杜撰——引者）创作出什么东西来，我没有这种资质。我只取材于现实生活以及我所熟悉的材料，那样才能创造出好东西。"① 不幸的是小说第 2 卷的创作，却违背了这一原则，一些任务完全是出于作家的杜撰，这是他的保守、迷误的宗教思想造成的结果。他否定了小说第 1 卷的倾向，却肯定了应予否定的生活现象，这使他在艺术上走向虚假。在关于《死魂灵》的第 4 封信里，果戈理写道："不，常常有这样的时候，当你表现不出一代人的卑鄙龌龊的全部深度，那时候你就不能把社会以及整个一代人

---

① 《果戈理全集》第 8 卷，苏联科学出版社 1952 年版，第 446 页。

引向美；常常有这样的时候，当你不能了如指掌地为所有的人指出通向崇高和美的途径时，那就不应该去侈谈崇高和美。后一种情况在《死魂灵》第2卷里的表现是极为微弱的，但它却应该成为第2卷里最主要的东西；就因为如此，我把第2卷焚毁了。"① 果戈理一面对《死魂灵》第2卷稿子里的否定性取向感到不安，一面又创造不出理想的人物形象，来为世人指点迷津，因此他不胜苦恼，并导致1845年焚稿的悲剧。后来他痛苦地承认，由于长期客居异乡，对俄罗斯现状已大为隔膜，需要重新研究生活。他在1849年的一封信里说："我根本还未考虑到有美德的人物。相反，几乎所有登场人物都可以称为带有缺点的人物。"② 我们看到，这时的果戈理在思想上已有所变化的，不过由于他只限于想把正在走向没落的地主、贵族写成"带有缺点的人物"，而并未根除虚假的思想，所以第2卷的改写工作难见成效，结果不得不在去世前再次焚稿。

　　一个作家是要有理想的；缺乏对人民的深切同情，会使自己醉心于低下的趣味，使他的作品流于平庸。但是那种脱离了生活的理想，那种与生活进程不符、特别是为没落的社会、宗教观念所束缚的理想，也即教导人们与罪恶制度妥协、逆来顺受、不断进行原罪的自赎、维持虚假和谐的思想，必将使作家在创作上走入歧途。这正是《死魂灵》第1、2卷的成败得失给予我们的启迪。

　　《死魂灵》开创了俄罗斯文学的新阶段，它使现实主义在俄罗斯文学中获得了彻底胜利。1845年别林斯基写道："《死魂灵》使果戈理本人以前所写的作品都为之黯然失色，它在巩固新的流派胜利的同时，彻底解决了当代的文学问题"③，即现实主义方向问题。大约10年之后，车尔尼雪夫斯基在评述前一时期的文学时，把这一时期称为"果戈理时期"，指出果戈理奠定的现实主义就是批判现实主义。他说，果戈理"使得俄罗斯文学坚决追求内容，而且这种追求是顺着坚

---

① 《果戈理全集》第8卷，苏联科学出版社1952年版，第298页。
② 《果戈理全集》第14卷，苏联科学出版社1952年版，第152页，着重点是原有的。
③ 《别林斯基选集》第2卷，满涛译，时代出版社1953年版，第134页。

实的倾向,就是批判的倾向而进行的"①。俄罗斯批评家们的这些评述,高度评价了果戈理在俄罗斯文学中的丰功伟绩,确立了伟大作家在批判现实主义文学中的历史地位。这些论述由于真实地反映了俄罗斯文学的历史进程,而至今为人们所公认。

(本文原为《死灵魂》中译本序,

人民文学出版社1983年版)

---

① 《车尔尼雪夫斯基论文学》上卷,新文艺出版社1957年版,第28页。